HEYNE
BÜCHER

Das Buch

Endlich ist der ›Weiße Engel‹, ein grausamer Serienkiller, gefaßt worden. Jonathan Christopher von der New Yorker Polizei bittet noch in der Nacht seinen Freund, Staatsanwalt Bobby Austin, den Mörder zu verhören. Doch es gelingt dem ›Weißen Engel‹ – er hat platinblonde Haare – Austin in eine Falle zu locken. Er tötet ihn wie alle seine Opfer mit einem Stich durchs Auge. Doch bei seiner Flucht aus dem Fenster des Polizeireviers hinterläßt er Blutspuren, die sichergestellt werden. Austins Frau Cassandra, Molekularbiologin und Genetikerin, stiehlt eine dieser Proben und produziert in einem Geheimlabor einen Klon des ›Weißen Engels‹, der ihn schnappen soll. Der natürliche Alterungsprozeß des Klons ›Lawrence‹ wird künstlich beschleunigt, so daß dieser nach Tagen bereits das biologische Alter von neunzehn Jahren erreicht. Als Cassandras fünfzehnjährige Tochter Sara sich mit Lawrence anfreundet, gerät sie in tödliche Gefahr – und der Wettlauf gegen die Zeit und die Mordpläne des ›Weißen Engels‹ scheint nicht mehr zu gewinnen zu sein…

Der Autor

Erich van Lustbader, geboren 1946 in New York, war Journalist bei verschiedenen Musikzeitschriften, Manager und Produzent einer Band, bevor er zu schreiben begann. Er gilt als einer der erfolgreichsten Thrillerautoren der Welt und seine Romane werden heute in über 30 Sprachen übersetzt.

Im Wilhelm Heyne Verlag liegen vor: *Der Ninja* (01/6381), *Schwarzes Herz* (01/6527), *Die Miko* (01/7615), *French Kiss* (01/8446), *Der Weiße Ninja* (01/8642), *Schwarze Augen* (01/8780), *Der Kaisho* (01/9083), *Okami* (01/9456), *Schwarzes Schwert* (01/9625), *Schwarzer Clan* (01/9785), *Schwarze Heimkehr* (01/9961) *Drachensee* (01/10573)

ERIC VAN LUSTBADER

WEISSER ENGEL

Roman

Aus dem Amerikanischen
von Bernhard Liesen

WILHELM HEYNE VERLAG
MÜNCHEN

HEYNE ALLGEMEINE REIHE
Nr. 01/10951

Die Originalausgabe
PALE SAINT
erschien bei HarperCollins Publishers 1999

Umwelthinweis:
Dieses Buch wurde auf
chlor- und säurefreiem Papier gedruckt.

Redaktion:
Verlagsbüro Dr. Andreas Gößling und Oliver Neumann GbR

Deutsche Erstausgabe 10/99

Printed in Germany 1999
Umschlagillustration: The Stock Market/Pete Saloutos, Düsseldorf
Umschlaggestaltung: Atelier Ingrid Schütz, München
Satz: Buch-Werkstatt GmbH, Bad Aibling
Druck und Bindung: Pressedruck, Augsburg

ISBN 3-453-15213-1

http://www.heyne.de

›Die Tage des Menschen sind wie Gras,
wie die Blume des Feldes, so blüht er.‹

Psalm 103.15

Widmung

Ich widme dieses Buch meiner geliebten Frau Victoria.

Hinweis des Autors

Wenngleich es sich bei diesem Buch um einen Roman handelt, sind die medizinischen Methoden des Klonens darin völlig korrekt dargestellt worden. Auch die Ausführungen zu der bis jetzt noch im Theoriestadium befindlichen Methode des rapiden Alterungsprozesses basiert auf den aktuellsten wissenschaftlichen Hypothesen.

ERSTES BUCH

DIE BESTIE

1. bis 17. Oktober

›Seine erste Strafe bestand darin,
daß in seinem Herzen kein Schuldiger
freigesprochen werden konnte.‹
Juvenal

1.

Robert Austin dachte an Baseball, als er an jenem Morgen angerufen wurde und erfuhr, daß er den berüchtigtsten Serienmörder des Landes anklagen sollte. Es war Freitag, der 1. Oktober, und er hatte nichts anderes im Kopf als das Meisterschaftsspiel der New Yorker Yankees, das er morgen nachmittag mit seiner fünfzehnjährigen Tochter Sara besuchen wollte. Sie spielten gegen die Orioles, deren Star Andy Pettitte war. Über einen Bekannten aus der Anwaltschaft, der an der Park Avenue residierte und tausend Dollar Honorar pro Stunde kassierte, war Austin in den Besitz von Karten für das Baseball-Spiel gelangt. Die Plätze waren so gut, daß Sara Pettitte gut beobachten konnte. Unter Austins fachkundiger Anleitung hatte sie eine ausgefeiltere Wurf-Technik als die meisten gleichaltrigen Jungs entwickelt, besaß inzwischen sogar eine bessere Übersicht. Seit sie in der New York City Inter-Borough League spielte, hatte Austin ihre Fortschritte verfolgt und zugesehen, wie seine Tochter sich die Tricks aneignete, die er in seiner Jugend gelernt hatte. Jetzt war es auch ihrem Können zu verdanken, daß ihr Team am 20. Oktober um die Stadtmeisterschaft ihrer Liga spielte.

Der Anruf kam um fünf Uhr morgens. Austin erwachte aus einem unruhigen Halbschlaf, griff nach dem schnurlosen Telefon auf dem Nachttisch, stieg aus dem Bett und trottete aus dem dunklen Schlafzimmer, ohne seine Frau Cassandra aufzuwecken.

»Halt deinen Hut fest, Bobby«, sagte der Anrufer, Jonathan Christopher. »Ich habe einen heißen Fall für dich.«

Austin nahm die kaum unterdrückte Aufregung in der Stimme seines Freundes wahr. Er stand in der kleinen Küche, deaktivierte den Stand-by-Modus des Computers und klickte auf das Symbol für die Kaffeemaschine, die Cassandra in der letzten Nacht gefüllt hatte. Der Timer war auf 7 Uhr 30 progammiert – um diese Zeit standen sie gewöhnlich auf. Er stellte die Kaffeemaschine auf manuelle Bedienung um. Computerverrückt wie Cassandra war, hatte sie die meisten Funktionen in ihrer Wohnung automatisiert.

»Erstens trage ich keinen Hut, und zweitens sind alle Fälle, die du für mich hast, heiß«, antwortete Austin. Er war im Büro des Bezirksstaatsanwalts Experte für die blutrünstigen und komplizierten Fälle, die unbedingt gewonnen werden mußten. Deshalb bat Christopher ihn immer wieder um seine Mitarbeit. Als Lieutenant der Mordkommission hatte er erfolgreich Serienmörder und Vergewaltiger überführt. Aus diesem Grund verfügte er über hochkarätige Beziehungen zum Bezirksstaatsanwalt und zu den meisten Leuten vom New Yorker Police Department. Christopher hatte Einfluß auf die Mannschaft des Bezirksstaatsanwalts und konnte sein Team mit Leuten aus den verschiedensten Stadtteilen vervollständigen.

»Der Bezirksstaatsanwalt muß fünfzig Pfund zugenommen haben, seit ich dabei bin. Er tut nichts anderes, als in Gesellschaft von Politikern Drei-Gänge-Menüs einzunehmen.«

»Ich wette, daß er dich in sein Team aufnimmt, wenn er sich als Bürgermeister zur Wahl stellt«, sagte Christopher lachend. Er war erst Ende Dreißig, und dennoch spürte Austin das ganze Gewicht seiner Erfahrung, wenn er sprach. Sein Freund kannte nichts als Arbeit. Sie schien sein einziger Halt zu sein. »Du würdest den Dreckskerl in die Tasche stecken.«

»Den Teufel werde ich tun.«

»Unsinn. Ich sehe doch, wie du die heiklen Fälle bearbeitest, die ich dir zuschanze. Du bist der geborene *Golden Boy*.«

»Das nennt man Überzeugungsarbeit.« Kaffeeduft erfüllte die kleine Küche, und Austin griff nach seinem Lieblingsbecher, der mit einem großen roten Herz und dem Wort ›Daddy‹ verziert war. Sara hatte ihn ihm geschenkt, als sie sieben gewesen war. »Was ist los, Jon? Im letzten halben Jahr hast du mir drei Fälle übertragen. Aber ich kenne dich. Du hast während dieser ganzen Zeit an irgendeiner geheimen Sache gearbeitet, stimmt's?«

»Allerdings.« Christopher klang alles andere als beschwingt. »Dein neuer Fall legt in Chinatown die Füße auf den Tisch. In zehn Minuten wartet unten ein Polizeiwagen auf dich.«

Austin hätte sich fast die Zunge an dem heißen Kaffee verbrannt. »Sogar ein Chauffeur? Das gibt es nicht alle Tage. Jetzt *hast* du mein Interesse geweckt.«

»Verdammt, Bobby, es ist soweit.« Christopher konnte die Aufregung in seiner Stimme nur mühsam unterdrücken. »Wir haben den Pale Saint geschnappt!«

»Guter Gott!« Austin hätte die Tasse beinahe fallen gelassen, während sein Magen vor Aufregung kurz rebellierte. »An *diesem* Fall hast du gearbeitet?«

»Ja. Die Dinge entwickeln sich positiv. Wir haben ihn am Tatort festgenommen, drüben am Tompkins Square, über und über bespritzt mit dem Blut seines Opfers. Nur die Tatwaffe fehlt, aber die werden wir auch noch finden.«

Selbst jetzt, nach der einundzwanzigsten Leiche, deutete nichts auf die Motive oder die Mordwaffe des Pale Saint hin. Es mußte sich um einen sehr scharfen und langen Gegenstand handeln, vielleicht um ein Rasiermesser. Aber vielleicht lagen sie damit auch vollkommen daneben, weil der Gegenstand das Fleisch der Opfer nicht nur zerfetzte, sondern auch durchbohrte. Doch verglichen mit Gewehren und Maschinenpistolen war es mit Sicherheit eine altmodische Waffe.

Bei allen offenstehenden Fragen – eins war klar: Der Pale Saint genoß es, ein enges und persönliches Verhältnis zu seinen Opfern aufzubauen. Das hatte zu der Überlegung geführt, ob es sich bei dem Gesuchten nicht um einen Veteranen der Special Forces handeln könnte. Da er jedoch praktisch keinerlei forensisch verwertbare Beweise an den Tatorten zurückließ, war seine Identität weiterhin unbekannt. Daran hatte auch die Vielzahl gerichtsmedizinisch geschulter Psychologen nichts geändert, die man engagiert hatte, damit sie über den Fotografien der Tatorte brüteten und, wie vorzeitliche Propheten aus den Eingeweiden von Opferziegen, Ahnungen herauslasen. Das Land war in Aufruhr, aber niemand kannte die genauen Hintergründe.

Doch jetzt hatten sie ihn.

Austin blieb kaum Zeit für solche Gedanken. Vorfreude und Entsetzen mischten sich mit Reue und Schuldgefühl, aber das war für ihn ein alter Schuh. »Oh, Mist.«

»Was zum Teufel soll das heißen? Ich schanze dir den Fall des Jahrzehnts oder sogar des Jahrhunderts zu, und dir fällt dazu nichts Besseres ein als ›Oh, Mist‹?«

»Ich wollte mit Sara zu den Playoffs.«

»Das Pettitte-Match, was?« Wie bei einem Ehepaar genügte es den beiden, in Stichworten zu reden, so gut verstanden sie einander. »Verflixt, das ist hart.«

»Du sagst es.« Austin nahm ein paar weitere Schlucke Kaffee. »Ich kann mich gar nicht mehr daran erinnern, wann ich meine Tochter zum letzten Mal eine ganze Stunde lang gesehen habe.«

»Ich will dich nicht in die Enge treiben, Bobby. Aber soll ich diesen Fall dem Bezirksstaatsanwalt überlassen? Er wird ihn wahrscheinlich Jonas übergeben.«

»Diesem Idioten? Der wird mit Sicherheit Mist bauen.«

»Deshalb brauche ich ja auch dich.« Christophers Stimme klang klar und deutlich. »Hast du deinen Kaffee schon ausgetrunken?«

Austin stellte den Becher gerade auf die Theke, als Cassandra die Küche betrat. »Dauert nur zwei Minuten. Sag den Bullen, sie sollen bleiben, wo sie sind.«

»Natürlich«, antwortete Christopher.

»Aber warum Chinatown? Ich habe geglaubt, daß ein Verbrecher dieses Kalibers in Manhattan South angeklagt werden würde.«

»Bis der Commissioner seine Unterlagen für die Pressekonferenz beisammen hat, mußten wir einen Ort finden, um den Pale Saint vor der Presse zu verstecken.« Christophers Tonfall hatte sich verändert. »Hör zu, Bobby. Laß dich von dieser Geschichte nicht so runterziehen. Sara ist noch da, wenn das Geschrei um diesen Fall verstummt ist, und wird immer noch diese gefährliche Spitball-Technik einsetzen, die du ihr beigebracht hast.«

»Ein Spitball ist regelwidrig. Sowas tut sie nicht, und das weißt du.«

»Natürlich«, antwortete Christopher. »Wir sehen uns in Chinatown.«

»He«, sagte Austin. »Glückwunsch, Kumpel.« Er legte auf und wandte sich um.

»Sag nicht, daß das Christopher war.« Cassandra hatte nach seinem Becher gegriffen und nippte an dem heißen Kaffee – sie stürzte ihn nicht unüberlegt hinunter. Sie beobachtete ihn ruhig.

»Die ganze Woche lang habe ich dich nicht gesehen«, sagte er. »Was ist aus deinen Sprüchen geworden: ›Hi, Honey, wie geht's dir?‹« Im Gegensatz zu ihm verfügte Cassandra über die irritierende Fähigkeit, sofort ganz wach zu sein, nachdem sie die Augen geöffnet hatte.

Sie warf ihm ein gespieltes, spöttisches Lächeln des Bedauerns zu und küßte ihn auf die Lippen: »Als ich gestern nach Hause gekommen bin, habe ich dich auch so geküßt. Schade, daß du nicht reagiert hast.«

»Ich war erst kurz vor Mitternacht hier und habe dann das Licht ausgeschaltet, um meinen Augen Ruhe zu gönnen.«

»Du warst wie tot.«

»Zu viele Fälle.«

Irgendwann in diesem Jahr hatte sich Cassandra ihr blondes Haar so kurz schneiden lassen, daß sie es nie frisieren mußte. Sie besaß die Statur einer großen, schlanken Reiterin, den distanzierten Blick einer Forscherin und die kühlen, berechnenden Augen einer Frau, die bereit war, Risiken einzugehen. Die Art und Weise, wie sie sich ohne irgendein Anzeichen von Befangenheit bewegte, hatte etwas zutiefst Erotisches. Sie erinnerte Austin an das wilde Mädchen, das er in seiner Jugend geliebt hatte, und das machte sie nur um so begehrenswerter.

»Nein, es liegt an Christopher.«

»Ich dachte, das Thema wäre erledigt.«

Cassandra begann zu lächeln. »Ach, zum Teufel, Bobby, ich wollte feiern. Dillard und ich haben es endlich geschafft: eine erfolgreiche Genverpflanzung!« Sie stellte den Becher ab und schlang die Arme um ihn. Sie duftete nach Zitrus und Schlaf. »Wir haben das Gen, das wir lokalisiert haben, aus der Zirbeldrüse isoliert und es in die Zygote einer Laborratte implantiert. Du weißt, was eine Zygote ist?«

»Eine nicht geteilte, befruchtete Eizelle. Ich könnte die Definition im Schlaf runterleiern.«

»Minnies Wachstumsgeschwindigkeit vom Embryo zum Fötus bis zur Geburt ist erstaunlich ...«

»Minnie?«

»So habe ich die weibliche Laborratte genannt. Und das Beste an der ganzen Sache ist, daß wir durch Tetracyclin-Injektionen in der Lage sein werden, die Wachstumsgeschwindigkeit zu kontrollieren. Das beweist, daß meine Theorie richtig ist. Die Zirbeldrüse ist der primäre, aktive Regulierer des Alterungsprozesses.«

»Schon möglich, daß Dr. Nobel diesen wissenschaftlichen Fachjargon romantisch findet, Cass, aber ich nicht.« Bei Gelegenheiten wie dieser wünschte sich Austin, daß Cassandra kein Doktor der Philosophie und der Medizin mit den Spezialgebieten Molekularbiologie, Genetik und Embryologie gewesen wäre.

»Was soll das heißen? Außerdem wäre es mir lieber, wenn du ihn nicht so nennen würdest.«

»Das heißt, daß er viel Zeit damit verbringt, dich träumerisch anzustarren, wenn ihr beide im Labor seid.«

»Hutton ist harmlos. Er beschützt mich nur, das ist alles.« Cassandra drückte Austin an sich und blickte ihn dann offen an. »Sei nicht eifersüchtig, Liebling. Diese letzten Wochen im Labor waren wirklich eine Plackerei. Kannst du dich nicht wenigstens ein bißchen für mich freuen? Nein? Dann werde ich mich eben für uns beide freuen.« Ihre Finger glitten zwischen seine Beine. »Wie wär's, wenn ich mal diese Drüsen bearbeite ...«

Austin befreite sich aus ihrem Griff. »Mein Gott, Cass, das ist nicht der richtige Augenblick.« Er eilte schon fast den Flur hinab.

»Diesen Tonfall kenne ich.« Sie folgte ihm ins Schlafzimmer. Dieselbe Hartnäckigkeit, die sie zu einer bedeutenden Wissenschaftlerin gemacht hatte, konnte einen zu Hause auf die Palme bringen. »Was wird aus deinen Plänen für morgen?«

»Kann ich noch nicht sagen.«

»Oh, Bobby, wir wissen beide, was das bedeutet. Deine Verabredung mit Sara ist geplatzt.«

Austin streifte die Boxer-Shorts ab, die er zum Schlafen trug. »Dann gehst *du* eben mit ihr zu dem Spiel. Sie darf den Auftritt von Pettitte nicht verpassen.«

Cassandra stöhnte. »Ich wünschte ich hätte Zeit. Gerry hat einen Termin für mich vereinbart. Ich soll in Dean Koenigs Sendung im Kabelfernsehen ein Interview geben.« Gerry Costas war der Chef des Vertex-Institutes und einer der Financiers des Labors.

»Das Problem läßt sich leicht aus der Welt schaffen. Überrede Dr. Nobel, das Interview zu geben. Er und Costas gleichen sich wie ein Ei dem anderen. Haben sie nicht gemeinsam in Yale promoviert? War da nicht so was?«

»In Harvard.«

»Elite ist Elite, meine Gute«, knurrte Austin.

»Mir wär's wirklich lieber, wenn du ihn nicht Dr. Nobel nennen würdest. Er heißt Dillard. Wie auch immer – er ist mein Kollege, aber ich bin die Chefin des Labors. Ich kann das Interview nicht ausfallen lassen, Bobby, weil das das Vertex in einem schlechten Licht erscheinen ließe. Dean Koenig versucht schon wieder, unseren Laden dichtzumachen, und diesmal wird es ihm vielleicht gelingen. Er hat es geschafft, sich Rückendeckung durch die Christian Convocation zu verschaffen. Dieser Koenig und seine gottverdammten, selbstgerechten ethischen Prinzipien.«

»Er droht eben ganz altmodisch mit dem Fegefeuer.«

»Ich weiß. Er ist ein Experte in der Verbreitung von Unwissenheit und Angst, und in der heutigen Welt gibt es so viel, wovor man sich fürchten kann. Ich darf es nicht zulassen, daß er unserem Unternehmen schadet. Helix Technologies, unser Hauptkonkurrent, steht schon in den Startlöchern. Sie würden uns innerhalb von Sekundenbruchteilen unsere Kunden wegschnappen.« Cassandra atmete tief durch. »Bitte, sag Christopher ab. Nur dieses eine Mal.«

»Mir gefällt die Sache keinen Deut besser als dir, aber es geht nicht.« Austin schlurfte ins Badezimmer, und Cassandra folgte ihm auf dem Fuße. »Dieser Fall ist so heiß, daß ich ihn übernehmen muß. Ich schulde es ihm.«

»Und was schuldest du unserer Tochter?« Ihr Gesichtsausdruck hatte sich verhärtet zu jener furchteinflößenden Miene, die sie aufsetzte, wenn sie gezwungen war, ihre kontroversen Theorien über die DNS-Replikation zu verteidigen. »Es ist schlimm genug, daß wir uns nicht oft sehen, aber sie ... Ach, Bobby.«

Er wandte sich um, die Hände auf den Wasserhähnen der Dusche. »Du verstehst mich nicht, Cass. Sie haben den Pale Saint geschnappt, und Jon hat mich gebeten, ihn anzuklagen. Dieser Bastard ist ein geborener Killer. Wie könnte ich da nein sagen?«

Wenn er erwartet hatte, daß sie sich erweichen ließ, lag er falsch. »Der Pale Saint kann mir gar nicht gleichgültiger sein. Natürlich bin ich froh, daß sie ihn eingebuchtet haben, aber Gott sei Dank gehört er nicht zu unserer Welt. Und übrigens – was immer für ein Monster er auch sein mag, er ist kein ›geborener Killer‹.«

Heißer Wasserdampf schlängelte sich wie eine Drachenzunge zu der weißen Decke empor. »Jetzt muß ich mir wohl einen Vortrag über Dr. Nobels Lieblingstheorien anhören ...«

»Hier bin ich mit ihm einer Meinung. So unwissend, wie du dich gibst, solltest du jetzt besser aufpassen. Vieles ist erblich. Genetische Vorausetzungen können die Wahrscheinlichkeit für Erkrankungen erhöhen - ich denke an deinen hohen Blutdruck, an Krebs und Diabetes, Fettleibigkeit und Alkoholismus. Auch wenn man geneigt sein könnte, es nicht zu glauben, gibt es sogar wissenschaftlich dokumentierte Beweise, daß Patienten nach einer Herz- oder Lebertransplantation Geschmacksvorlieben und Begierden der Organspender übernehmen. Aber manisches Morden ist definitiv *kein* vererbbarer Charakterzug. Es ist offensichtlich, daß Menschen mit bestimmten Persönlichkeitsmerkmalen geboren werden. Hutton hat sich ein Jahrzehnt lang der Erforschung dieses Themas gewidmet. Er hat seine ganze wissenschaftliche Reputation mit der These verknüpft, daß Umwelt und Erziehung – also Kindheitserfahrungen – die bestimmenden Faktoren sind, wenn es zu extremen Verhaltensabweichungen wie manischer Mordsucht kommt.«

»Aber bewiesen habt ihr beiden Wunderkinder das noch nicht, oder?« Natürlich wußte Austin Bescheid. »Das Ganze ist nicht mehr als eine Theorie, die ihr ...«

»Ich weigere mich, mich auf eine Debatte über die Theorie der Vererbung von Charakterzügen einzulassen, wenn wir statt dessen miteinander schlafen könnten«, antwortete Cassandra.

»Tut mir leid. Auch dafür habe ich keine Zeit.«

»Wenn Christopher sich entschieden hat, vierundzwanzig Stunden am Tag zu arbeiten, weil sein Privatleben ein Trümmerhaufen ist, ist das seine Sache. Aber du solltest dich nicht von ihm da reinziehen lassen.«

»Das ist ungerecht, Cass.«

»Ist mir egal. Sara zählt auf dich. Verdammt, Bobby, du hast ihr und mir etwas versprochen, und ich erwarte, daß du Wort hältst. Im Moment verbringst du mehr Zeit mit Christopher als mit ihr – oder mit mir.«

»Gib mir eine Chance, ja? Schließlich veranstaltest du mit Dr. Nobel die Doktorspiele.«

»Halt den Mund, Bobby. Natürlich verbringe ich mit Hutton viel Zeit im Labor, aber ...«

Austin betrat die Dusche und begann sich einzuseifen, aber Cassandra ließ nicht locker. Sie griff nach dem Vorhang und beugte sich vor. Ein feiner Sprühregen bedeckte ihr Gesicht. Die Wassertropfen auf ihren Wimpern wirkten wie Tränen.

»Ich dachte, wir hätten das geklärt, als man mir die Forschungsgelder bewilligte. Die Gelegenheit, das erste voll entwickelte DNS-Biotechnik-Labor aufzubauen, war einfach zu großartig, um sie sausen zu lassen. Wir hatten gemeinsam beschlossen, daß du dich um Sara kümmerst, während ich das Labor einrichte. Erinnerst du dich?«

»Okay, aber das ist achtzehn Monate her«, brach es aus Austin hervor. »Ehrlich gesagt, ich kann keinerlei Veränderungen in deinem Terminplan erkennen.«

»Ich habe es dir erzählt, es liegt am Forschungsaufwand. Und jetzt, wo uns der Durchbruch gelungen ist, sind wir der Lösung des Problems des Alterungspozesses so viel näher. Das wird Koenig zum Schweigen bringen und dafür sorgen, daß alle anderen uns glauben. Wir sind so kurz vor dem Ziel, daß ich das Resultat fast mit Händen greifen kann …«

Austin trat aus der Dusche und begann, sich abzutrocknen. »Weißt du, was du da sagst, Honey?«

»Und du? Du rennst um fünf Uhr morgens los, um Jon Christophers Befehl Folge zu leisten.«

»So ist es nicht, Cass.« Er warf das Handtuch zur Seite und schlurfte ins Schlafzimmer zurück, um sich anzuziehen.

»Ach nein? Jedesmal, wenn er dich anruft, bist du verschwunden. So geht's nicht weiter, Bobby. Was wird aus Sara, wenn wir so weitermachen? Sie wird bald gar keine Eltern mehr haben.«

Austin zog Unterwäsche und eine Hose an und suchte dann nach einem sauberen Hemd. »Laß uns die Diskussion abbrechen, okay?« Im stillen sagte er sich, daß er sich morgens um halb sechs nicht auf eine solche Diskussion mit seiner Frau hätte einlassen sollen. Nie hatte er seine Ruhe. Er griff nach seinem Tweedmantel und der abgenutzten Aktentasche. »Ich verspreche dir, dies ist das letzte Mal, daß ich sie enttäusche. Ich werde Jon sagen, daß er mir nur noch ganz normale Fälle zuschanzen soll, wenn ich diesen Job erledigt habe.« Er legte einen Arm um sie, während sie den Flur hinabgingen. »Okay?«

Cassandras graue Augen blickten ihn an. »Es ist deine Aufgabe, Sara beizubringen, daß sie das Spiel nicht sehen wird.«

»Sobald ich nach Hause komme.« In Gedanken beschäftigte sich Austin bereits mit den ersten Fragen, die er dem Pale Saint stellen würde. »Ich werde mir etwas einfallen lassen, um ihre Enttäuschung zu mildern.«

»Das solltest du auch«, antwortete Cassandra und ging in Richtung Küche. »Du hast übrigens vergessen, dich zu rasieren.«

Austin strich sich über die stoppeligen Wangen und

stöhnte, aber es blieb ihm keine Zeit mehr. Bevor er die Wohnung verließ, öffnete er die Tür zu Saras Zimmer einen Spaltbreit. Ihr Bett stand am hinteren Ende des blaßblau gestrichenen Raums. Sie lag auf der Seite. Das schwache Licht der schädelförmigen Nachttischlampe, die sie ihr zu Halloween geschenkt hatten, umhüllte ihr Gesicht mit einem schwachen Heiligenschein. Sie atmete langsam und gleichmäßig. Ihr helles Haar, das dem ihrer Mutter glich, ergoß sich wie Gold über das Kopfkissen. Die dunklen Augen, die jetzt geschlossen waren, hatte sie von Austin.

Sara hatte ihren rechten Arm vor dem Gesicht angewinkelt, und die Finger ihrer Hand waren geöffnet – eine Haltung, die so unschuldig war wie ihr Gesichtsausdruck. Sie war in der Pubertät, jener Zeit der Unbeholfenheit, wo die Gesichtszüge eines Kindes überdimensioniert und verzerrt erschienen. Auf ihre Art war sie wunderschön. Für Austin sah sie wie der Engel aus dem Märchen aus, das seine Mutter ihm früher oft vorgelesen hatte.

Lange beobachtete er seine schlafende Tochter und fragte sich, ob es auf der Welt etwas Wertvolleres gab als ein Kind.

Während der Polizeiwagen in Richtung Chinatown raste, streiften die ersten Sonnenstrahlen des prächtigen Oktobermorgens das Dach des World Trade Centers. Der Rest der Gebäude lag noch im Schatten, und die dunklen Glasverkleidungen lenkten den Blick unweigerlich auf die Gingko-Bäume und Platanen, die die Straße säumten. In kaum einer Stunde würden die herbstlich gefärbten Blätter golden glänzen. Dann hätte Austin dem Unbekannten ins Gesicht geblickt, den alle nur ›Pale Saint‹, den ›bleichen Heiligen‹, nannten.

Dies war der Fall aller Fälle, der, wie Christopher angedeutet hatte, seiner Karriere einen gehörigen Schub geben würde – er würde ihn berühmt machen. Doch der Ruhm war Austin egal. Unter seinen Kollegen war er bekannt und respektiert, und das reichte ihm als Anerkennung. Er war schließlich nicht Jurist geworden, um berühmt zu werden oder ein Vermögen zu verdienen. Ganz im Gegenteil. Austin glaubte, daß es im Grunde nur darauf ankam, seinen Platz auf der Welt zu finden, und er war sicher, daß er diesen Platz gefunden hatte, seine Rolle in der großen Ordnung der Dinge. Wenn das nicht so gewesen wäre, hätte er nachts nicht schlafen können.

Der Polizeiwagen bog mit quietschenden Reifen in den East Broadway ein. Im Laufe der Jahre hatten sich sowohl die italienischen als auch die jüdischen Einwanderer dem unerbittlichen Wandel gefügt, nachdem die Chinesen die einstigen Grenzen ihres Viertels ausgedehnt hatten.

Das Gebäude lag in einem Bereich des East Broadway, wo es wie in Kowloon roch: Der strenge und unverwechselbare Duft von Ingwer und Anis drang durch die herabgelassenen Stahlrolläden der Geschäfte. Das Haus war so altersschwach, daß es eigentlich schon vor Jahren abgerissen werden sollte. Nur weil der Stadt das Geld dazu fehlte, stand es noch. Zumindest an diesem Morgen war es das wichtigste Gebäude, über das das New York Police Department verfügte.

Während Austin die Treppenstufen hinaufstieg, blinzelte er in der Morgendämmerung auf die beiden Cops, die in der Dunkelheit links und rechts neben dem Eingang postiert waren. Die alten Glasgehäuse der Lampen, die von Rowdies zerschmettert worden waren, hatte man nie ersetzt.

Austin bemerkte Reuven Esquival, Christophers Verhaltenspsychologen.

»Wir haben Sie schon vor einer halben Stunde erwartet.«

»Sie müssen die halbe Nacht hier gewesen sein«, entgegnete Austin.

»Eher die ganze.«

»Scheiße.«

Esquival zuckte die Achseln. »An der vordersten Front lernt man, ohne Schlaf auszukommen.«

»Wem erzählen Sie das?«

Austin öffnete die Tür und betrat das Gebäude. Er nahm den abgestandenen Geruch von Big Macs, Schweiß und Angst wahr. An der Decke eingeschraubte, nackte Glühbirnen erhellten die Dunkelheit. Ein glatzköpfiger Polizist in Zivil nickte ihm zu und bedeutete ihm, daß er ihm folgen sollte. Auf einem an sein Revers gehefteten Ausweis stand sein Name: Walter Kowalchuck.

»Habt ihr den Spaßvogel schon identifiziert?«

Kowalchuck grunzte. »Keinerlei Erkenntnisse über seine Identität, und der Kerl arbeitet nicht mit. Und sonst ... Mit Sicherheit können wir nur sagen, daß es sich um einen Weißen Anfang Dreißig handelt. Wir überprüfen gerade seine Fingerabdrücke.«

Das schien das Ende des kurzen Gesprächs zu sein.

In den fast verwaisten Gängen klang das Echo ihrer Schritte unheimlich. Die endlosen Reihen der Zellen mit den Stahltüren wirkten wie Symbole für die vergeblichen Hoffnungen zahlloser Verbrecher, die denselben Gang zu den Verhörräumen zurückgelegt hatten. Jetzt hatte sich auch der Pale Saint in diese Parade eingereiht.

Ihre Schuhsohlen kratzten über den alten Fußboden aus Holz und Linoleum, und die unangenehmen Geräusche erinnerten Austin an die Beschreibungen, die er über das Handwerk des Pale Saint gelesen hatte. Schon wahr, das war der Stoff, aus dem Alpträume gemacht wurden. Trotzdem konnte man die Berichte nicht ignorieren. Es war, als würde man auf dem Long Island Expressway an einer Massenkarambolage vorbeifahren – man bremste unwillkürlich ab. Je mehr Blut und demolierte Autowracks man sah, desto langsamer fuhr man, bis man endlich bemerkte, daß man angehalten hatte. Mit schlechtem Gewissen registrierte man, daß man wie hundert andere Schaulustige zu den Gaffern gehörte.

Der Klang glich dem Geräusch, das entstand, wenn ein Rasiermesser abgezogen wurde. War es dasselbe Geräusch, das die unbekannte Waffe verursachte, wenn sie Haut und Fleisch durchbohrte? Austin mußte den Pale Saint fragen. Er überlegte, zu welcher Kategorie von Verbrechern er wohl gehörte. War er scharf auf Aufmerksamkeit? Würde er alle Einzelheiten über die Morde so detailliert ausspucken, daß sich einem der Magen umdrehte? Oder würde er die Fragen mit versteinertem Gesicht über sich ergehen lassen wie ein Märtyrer, dessen Motiv nur in seinem eigenen, verwirrten Geist einen Sinn ergab?

Irgendein Trottel hatte sich aus der Anonymität hervorgewagt und den Verrückten in einem Interview mit der *Post* auf den Namen Pale Saint getauft, nach einer Schamanen-Gottheit, die angeblich zur Jahrtausendwende auftauchen sollte. Die Presse hatte den Namen begeistert aufgegriffen. So war der Serienmörder getauft und zu einer bekannten Persönlichkeit des öffentlichen Lebens geworden, für die die Amerikaner des späten zwanzigsten Jahrhundert eine merkwürdige und krankhafte Faszination empfanden.

Kowalchuck blieb am Ende des Ganges stehen und reichte Austin die offiziellen Papiere.

Vor der unbeschrifteten Tür standen zwei Cops. In einer Ecke sah Austin einen Stapel verschmierter Pappbehälter. Der Geruch alter Fast-food-Mahlzeiten sorgte dafür, daß sich ihm der Magen umdrehte. Vielleicht lag es auch an der Besorgnis darüber, was ihn hinter der verschlossenen Tür erwartete.

»Ich dachte, daß mehr hier sein würden«, sagte er trotz seiner Nervosität.

»Mehr was?« fragte Kowalchuck.

»Bullen.«

»Sie sind vor ungefähr zwanzig Minuten abgehauen«, antwortete Kowalchuck. »Irgendein Verrückter hat am General Post Office an der Fortieth Street rumgeballert. Der Typ hatte ein Scharfschützengewehr, und er hat bereits zwei Zivilisten erledigt.«

Austin nickte schweigend. In der von Zorn und Frustration erfüllten Stadt nahmen die Dinge ihren chaotischen Lauf. Einen Augenblick lang schloß er die Augen und stellte sich ein Baseballfeld vor. Der Ball wurde um das Innenfeld herumgeworfen und landete im Handschuh des Fängers. Er konzentrierte seine Gedanken auf das Spiel. Der gemächliche, fast rituelle Rhythmus des Matches half ihm, seine Nerven zu beruhigen und seinen Kopf von unwesentlichen Gedanken zu befreien. So war es schon immer gewesen. An der juristischen Fakultät hatte er zehn Minuten vor einer Prüfung einen Spielzug vor seinem geistigen Auge Revue passieren lassen. Seine Nerven waren beruhigt, sein Kopf klar, und er bestand das Examen an der juristischen Fakultät der Columbia-Universität mit Auszeichnung. Dazu paßte, daß er so viele hochdotierte Jobangebote renommierter Anwaltsbüros ausgeschlagen hatte, um Assistent des Bezirksstaatsanwalts zu werden. Er konnte sich beim Rasieren noch in die Augen sehen. Die Anwälte aus den piekfeinen Park-Avenue-Kanzleien, die sich damit brüsteten, aalglatte Angeklagte rausgehauen zu haben, hatten alle ihren Preis bezahlt, was sie auch erzählen mochten. Austin war anders.

»Sind Sie bereit?«

Austin öffnete die Augen.

Kowalchuck starrte ihn an. Austin nickte, und der Polizist öffnete die Tür.

Der Mann, der in dem zellenartigen Raum saß, wirkte äußerlich eher unscheinbar: Er war von mittlerer Statur und nicht übermäßig muskulös. Er saß an einem alten Tisch aus hellem Holz, der am Boden festmontiert war und dessen Platte mit unzähligen Brandspuren von Zigaretten und Kaffeeflecken übersät war. Sein Stuhl war in ähnlicher Weise am Boden verankert, genau wie die zweite Sitzgelegenheit auf der anderen Seite des Tisches. Wenn man von einem alten Heizkörper absah, dessen Farbe abblätterte, waren das die einzigen Einrichtungsgegenstände in dem Raum. Der Verbrecher trug ein kariertes Flanellhemd, eine Jeans und ausgetretene Stiefel. Eine Baumwolljacke mit Plaid-Innenfutter lag auf dem Tisch. Austin bemerkte, daß man dem Mann Gürtel und Schnürsenkel abgenommen und ihn an Beinen, Handgelenken und Taille in Eisen gelegt hatte.

»Was soll das denn?«

»Christophers Anweisungen.« Kowalchuck, lakonisch wie immer, schob sich zwei Kaugummis in den Mund.

»Und was ist mit seinen bürgerlichen Rechten? Er ist angekettet wie ein tollwütiger Hund.«

»Guter Vergleich«, antwortete Kowalchuck. »Aber in dieser Hinsicht ziehen wir es vor, die Rechte der einundzwanzig Menschen zu schützen, die er abgeschlachtet hat.«

»Nicht, daß ich nicht Ihrer Meinung wäre«, sagte Austin.

»Aber ich will nicht, daß sein Pflichtverteidiger die Bürgerrechtler auf den Plan ruft.«

»Überlassen Sie das Christopher. Wir reden hier über das Böse, eine Bösartigkeit, von der Pflichtverteidiger noch nie etwas gehört haben.« Kowalchucks Finger spielten mit einem Schlüssel. »Dieser Kerl ist uns monatelang auf der Nase herumgetanzt, und wir werden mit ihm keinerlei Risiko eingehen.«

Obwohl es um ihn ging, schien der Pale Saint dem Gespräch keinerlei Beachtung zu schenken. Er starrte auf seine rechteckigen, kräftig wirkenden, tief gebräunten Hände, die auf der ramponierten Tischplatte lagen. Austin sah die Kopfhaut unter seinen milchweißen Haaren – sie war gebräunt und glänzte im grellen Licht der Deckenbeleuchtung.

Plötzlich blickte der Mann auf. Er kniff die Lider zusammen und fixierte Austin. Er hatte tiefliegende Augen, eine Adlernase und einen breiten, fast sinnlichen Mund. In einer Menschenmenge würde er nicht weiter auffallen, und wahrscheinlich würden die Nachbarn aus seiner Heimatstadt in einem Interview sagen: »Er war so ein normaler, großzügiger und höflicher Junge. Wer hätte gedacht, daß er sich zu einem Ungeheuer entwickelt?«

»Wer sind Sie?« fragte der Pale Saint. »Seit Stunden antwortet mir niemand auf meine Fragen. Werden Sie es tun?« Seine Sprache wies keinerlei Anzeichen der schrägen Dissonanzen des New Yorker Dialekts erkennen auf – die Weichheit, mit der er die Vokale artikulierte, ließ vielmehr auf eine Kindheit im Herzen des Landes oder im Westen schließen.

Während Austin seine Aktentasche auf den Tisch legte, bemerkte er, daß Kowalchuck noch im Raum war. »Ich muß mit ihm allein sein.«

»Meine erste Wahl wäre das nicht.« Kowalchuck kaute wie wild auf seinem Kaugummi herum. Vielleicht war er ein Leckermaul, vielleicht nur nervös. »Wenn ich Sie wäre.«

Austin setzte sich. »Dann sind wir ja beide glücklich, daß Sie nicht ich sind.«

Kowalchuck grunzte und öffnete die Tür gerade weit genug, um sich hindurchzuzwängen. »Wie Sie wünschen. Wir warten draußen. Klopfen Sie einfach, wenn Sie die Nase voll haben.« Die Tür fiel hinter ihm ins Schloß.

Sah Austin die Andeutung eines Lächelns im Gesicht des Verbrechers?

»Mir gefällt, was Sie zu ihm gesagt haben. Ist er nicht auch nur ein Rädchen in diesem elenden Getriebe?«

Eine merkwürdig antiquierte Redewendung, dachte Austin, genauso altmodisch wie die mysteriöse Tatwaffe. »Ich heiße Robert Austin und arbeite für den Bezirksstaatsanwalt. Wer verteidigt Sie? Ein Pflichtverteidiger?«

»Ich kenne ihren Namen nicht. Ich hab' sie weggeschickt.«

»Was? Ich kann Ihre Aussagen nicht aufnehmen, solange Sie nicht ...«

»Ich brauche keinen Rechtsanwalt.« Der Mann lächelte nervös. »Sie sehen, daß ich Ihnen vertraue, Mr. Austin, wenngleich das bei Ihnen vielleicht anders sein mag. In der heutigen Welt ist Vertrauen die wichtigste menschliche Eigenschaft.«

Austin wußte nichts darauf zu antworten. Als er sein Notebook aus der Aktentasche zog, wies der Mörder mit dem Kinn darauf. »Für den ersten Entwurf ist also alles vorbereitet.«

»Wir formulieren Aussagen nicht zu Entwürfen um.«

»Das habe ich nicht gemeint.«

Austin blinzelte ihn an. »Verzeihung?«

Der Tonfall des Verbrechers änderte sich plötzlich. »Denken Sie etwa nicht an ein Buch? Sie machen ein paar Millionen, und das bevor die Filmrechte verscherbelt sein werden. Kümmern Sie sich besser um einen Agenten, und schließen Sie den besten Vertrag ab, den Sie kriegen können. Heutzutage kann man die Aufmerksamkeit der Öffentlichkeit durch nichts lange fesseln.« Seine Stimme, die durch das Selbstmitleid bitter geklungen hatte, war jetzt wieder so sanft wie zuvor. »Verzeihen Sie, ich kann keinen klaren Gedanken fassen. Ich weiß wirklich nicht, warum ich hier bin.«

»Sie werden wegen eines kaltblütigen Mordes angeklagt werden, und zweifellos werden weitere Anklagen folgen.« Austin blickte in seine Unterlagen. »Man hat Sie über das

Opfer gebückt am Tatort vorgefunden – im nordwestlichen Teil des Tompkins Square Park in East Village. Sie haben sich geweigert, Ihren Namen zu nennen oder sich irgendwie auszuweisen, und zwar sowohl am Tatort als auch in den nachfolgenden Gesprächen mit Lieutenant Christopher ...«

»Ich heiße Morris, Jack Morris«, platzte es aus dem Mann heraus. »Über den Ermordeten weiß ich nichts. Ich habe den Mann dort liegen sehen. Er erinnerte an eine zertretene Zigarettenschachtel, und ich wollte ihm helfen. Das arme Schwein.«

»Um wieviel Uhr war das?«

Morris hob die gefesselten Hände, um seine Fingernägel zu zeigen. Die Nagelbetten waren verschmutzt. »Sehen Sie selbst, Mr. Austin. Ich bin ein einfacher Arbeiter – Mechaniker. Alle können sehen, worin meine Arbeit besteht. Ich repariere Motoren, ich mache nichts kaputt.«

»Tatsächlich?« Austin blickte in seine Unterlagen. »Ungefähr um zwei Uhr heute morgen haben Sie dafür gesorgt, daß William Cottons Herz zu schlagen aufhörte.«

»Von wem reden Sie?«

»Von dem Mann, den Sie umgebracht haben, Mr. Morris. Er hieß William Cotton.«

»Davon weiß ich nichts.«

»Sein Blut, Mr. Morris. Ihre Hände waren bis zu den Gelenken damit besudelt ...«

»Nein.« Morris blickte finster drein. »Ich glaube, es läuft nicht mit Ihnen.«

» ... als ob sie wie ein Frettchen in seinem Brustkorb herumgewühlt hätten.«

Morris richtete sich auf, als hätte Austin ihn beleidigt. »Das wäre ein Sakrileg. Ich versichere Ihnen, daß es nicht so war.«

»Nein? Ich nehme an, daß Sie mir erzählen werden, was Sie mit seinen Augen gemacht haben. Sie haben sie ihm aus den Höhlen gemeißelt. Was haben Sie dann damit angestellt?«

Morris' Gesichtsfarbe hatte sich durch die Wut grau verfärbt. »Ich bemitleide Sie. Sie sind im Auftrag von Institutionen hier, die so riesig sind, daß sie jegliche Existenzberechtigung verloren haben.« Er beugte sich angespannt vor, so wie es Männer in Bars häufig tun, wenn es in einer Diskussion ans Eingemachte geht. »Im Gegensatz zu Ihnen habe ich Achtung vor dem Leben. Sie haben Ihres in dem Augenblick zerstört, als Sie für diese Leute zu arbeiten begannen. Wie ein Ochse im Joch sind Sie an eine Behörde gekettet, die an ihr Wohlergehen genausowenig Gedanken verschwendet wie ein Elefant an eine Fliege. Wenn man Institutionen die Kontrolle überläßt, ist das, als ob man einem Affen ein Maschinengewehr gibt. Man weiß nie, was geschehen wird, man weiß nur, daß es wirklich schlimm kommen kann.«

»Können wir jetzt wieder auf den Mord zurückkommen?«

»Wenn Sie darauf bestehen.« Morris lehnte sich entspannt und zufrieden zurück. Austin hatte einmal eine Katze, die genauso aussah, wenn sie ein Wollknäuel zerfetzt hatte. »Ich habe ihn auf die gleiche Art ermordet wie all die anderen auch.«

»Wie viele andere?«

»Zwanzig. Aber es werden weitere folgen. Das war alles nur ein Vorspiel.«

Austins Blick flackerte. »Wir wollen doch die Realität nicht außer acht lassen, Mr. Morris. Wissen Sie, wo Sie sich befinden?«

»Im Gewahrsam von Lieutenant Christopher.«

Austin schenkte ihm ein mitleidiges, dünnes Lächeln. »Lassen Sie uns für den Augenblick noch beim Fall William Cotton bleiben. Warum haben Sie ihn umgebracht?«

»Wußten Sie nicht, daß er Vizepräsident von Advent On-Line war?«

»Dem Internet-Provider?« Austin blätterte eine Seite seiner Unterlagen um. »Dann war es also kein Zufall, daß Sie ihn umgebracht haben?«

»Nichts in diesem Universum beruht auf Zufall.« Morris legte die Hände aufeinander, und die Kette zwischen den Handschellen klirrte wie das Geschirr eines Pferdes.

»Wollen Sie damit sagen, daß keins der Mordopfer zufällig ausgewählt worden ist und daß hinter allem ein Plan steckt?«

»Bravo, Mr. Austin! Sie sind der Klassenprimus!«

Austin fühlte ein Schauer über seinen Rücken laufen. »Erzählen Sie mir mehr über Ihren Plan.«

»Spielen Sie Karten, Mr. Austin?«

Austin blickte ihn skeptisch an.

»Ich versichere Ihnen, daß das keine müßige Frage ist und auch nicht das Gefasel eines Verrückten.«

»Zum Kartenspielen habe ich keine Zeit«, antwortete Austin schließlich.

»Aber für Ihren Computer haben Sie Zeit.«

»Den brauche ich für meine Arbeit.«

»Tatsächlich? Was ist aus Schreibblöcken und Bleistiften geworden?« Morris wies mit dem Kinn auf Austins Notebook. »Wieviel haben Sie dafür bezahlt? Tausend Dollar? Zweitausend?«

»Mr. Morris, das ist nicht der richtige Zeitpunkt ...«

»Wollen Sie eine Antwort auf Ihre Frage – oder lieber nicht?«

Austin seufzte. »Irgendwas dazwischen.«

»Für zwei Dollar hätten Sie sich ein Kartenspiel kaufen und jede Menge mehr Spaß haben können, weil Sie Ihre Hände bewegt und sich mit Ihrem Geist in der Wirklichkeit befunden hätten, statt sich in ein Netzwerk der Virtuellen Realität einzuklinken.«

Austin lehnte sich zurück. »Ich hab's kapiert. Sie sind einer von diesen neuen Technikfeinden – wie nennen Sie sich noch?«

»Neo-Ludditen.«

»Genau. Wie der Unabomber.«

Morris zuckte die Achseln. »Warum nicht, wenn Ihnen der Vergleich gefällt? Wir befinden uns mitten in einer weiteren kulturellen Umwälzung, die nicht weniger furchterregend ist als die Industrielle Revolution. Wie damals verlieren auch heute Millionen von Menschen ihre Arbeitsplätze. Ganze Industrien verschwinden unter einer Flutwelle von Silikon-Chips und Computernetzen. Während die armen Schweine bestenfalls marginalisiert, schlimmstenfalls aber gleich abgeschoben werden, etabliert sich eine neue Generation von raffgierigen Industriebaronen. Die Bosse von Riesenunternehmen wie Microsoft, Intel oder Disney verdienen mehr Geld, als man sich auch nur annähernd vorstellen kann. Die Medien erzählen uns, daß die wunderbare und segensreiche Zukunft des Informationszeitalters auf uns wartet. Die Frage ist nur, segensreich für wen? Die Medien sind aufgekauft worden und selbst ein Riesenunternehmen, dem man nicht trauen kann, wenn dies jemals der Fall gewesen sein sollte. Sagen Sie, was wird aus den Horden der kaltherzig entlassenen Arbeiter, die in der schönen neuen Welt keinen Platz finden?«

»Und Ihre Antwort besteht darin, daß Sie die Leute umbringen, die für diese Revolution verantwortlich sind?«

»Einen nach dem anderen«, antwortete Morris. »Das ist der einzige Weg, die Mächte des Chaos und des Bösen zu bekämpfen, den Niedergang der Moral, den Verlust der Arbeitsethik und das Aufkommen eines Fundamentalismus, der der Zwillingsbruder des Totalitarismus ist. Begreifen Sie das nicht? Das Ganze ist ein Ritual. Ich lese dem *American dream* die letzte Messe.«

Austin dachte eine Weile darüber nach. »Lassen Sie uns etwas mehr ins Detail gehen. Worin besteht die Bedeutung der Zeichen, die Sie Ihren Opfern in die Stirn geritzt haben.?«

»Runen.«

Austin gestikulierte. »Eine altertümliche Schrift, die heutzutage niemand mehr versteht, stimmt's?«

»Befragen Sie Ihr Computerwörterbuch, Mr. Austin.« Der Pale Saint bewegte sich auf seinem Stuhl. »In der Zwischenzeit würde ich gerne aufstehen und ein bißchen herumspazieren.«

»Tut mir leid, aber das kann ich nicht zulassen.«

Morris zuckte die Achseln und beobachtete weiter seine ramponierten Fingernägel, während Austin sein Computerwörterbuch befragte. Einen Augenblick später blickte er auf. »Runen sind altnordische Schriftzeichen, die die Germanen zwischen dem dritten und dem dreizehnten Jahrhundert benutzten.«

Morris lächelte. »Typisch. Das ist eine sehr begrenzte Definition. Eine umfassendere Erklärung besteht darin, daß es sich bei einer Rune um die Beschwörung magischer Macht handelt.«

»Nennen Sie mir ein Beispiel.«

Morris schüttelte den Kopf. »Runen werden nicht ausgesprochen, sondern nur niedergeschrieben.«

Austin drehte den Computer herum, so daß sein Gegenüber auf den Bildschirm blicken konnte. »Zeigen Sie mir, was Sie in die Stirn Ihres Opfers eingeritzt haben.«

»Nicht mit dem Computer.« Er wies auf die Aktentasche. »Haben Sie einen Stift und einen Block dabei?«

Austin zog einen gelben Block mit Gerichtsformularen und einen Kugelschreiber aus seiner Aktentasche hervor, zögerte dann aber unentschlossen.

»Sie können mir vertrauen«, sagte Morris. »Ich werde Ihnen die Wahrheit erzählen – nur Ihnen.«

Während Austin ihm den Block und den Stift reichte, veranlaßte ihn eine plötzliche Eingebung zu einer Frage. »Glauben Sie an Gott?«

»An Gott – und an den Teufel«, antwortete der Pale Saint, als ob er die Frage erwartet hätte. Er warf sich über den Tisch und holte mit dem linken Arm aus, ohne daß er sich darum gekümmert hätte, daß die Handschelle hart in sein Handgelenk schnitt. Die Ketten rasselten unheilvoll, während er den Stift so tief in Austins linkes Auge bohrte, daß er in sein Gehirn eintrat. Austin fuhr zurück und schwankte, als ob er sich bei rauhem Wetter auf einem kleinen Boot befände. Er öffnete den Mund, brachte aber keinen Laut hervor.

»Kein Blut«, sagte der Pale Saint, als ob er seine Gedanken lesen könnte. »Auf gewisse Art leben Sie noch.«

Austin saß wie angewurzelt auf seinem Stuhl. Mit dem unverletzten Auge konnte er das Gesicht des Pale Saint erkennen, das wie ein riesiger Mond vor ihm schwebte. Er schien wie verwandelt zu sein. Sein gieriger Blick glich dem eines Fuchses, der alles gleichzeitig aufsog, als ob er es verschlingen wollte. Der breite Mund erinnerte an eine Schnittwunde und bildete mit den mächtigen Kiefern die Vorderansicht einer neuartigen Vernichtungsmaschine. Oder war sie vielleicht so alt wie die Zeit selbst?

»Das menschliche Gehirn ist ein merkwürdiges Organ. Es erträgt Schußwunden, den Angriff mit einem Dorn und jede Menge weiterer ekelhafter physischer Attacken, ohne daß der gesamte Organismus sofort vernichtet wird. Wenn man Sie sofort in ein Krankenhaus bringen würde, würden Sie wahrscheinlich überleben. Aber das ist unmöglich. Ihre Bestimmung liegt anderswo.«

Die Kreatur betrachtete ihr Werk mit ungewöhnlicher Sorgfalt. Wenn Austin Schmerzen hatte, war er sich ihrer nicht bewußt.

Plötzlich begann der Pale Saint zu lächeln wie jemand, der sich an einen guten Witz erinnert. »Ich weiß alles über Sie, Robert: Wo Sie geboren wurden, welche Schule Sie besuchten und mit welchen Mädchen sie sich trafen, bevor Sie sich wieder von ihnen trennten.« Er legte einen Zeigefinger an die Lippen. »Wenn ich ein Spieler wäre, worauf würde ich dann wohl setzen? Daß Sie Cassandra treu bleiben oder sie verlassen? Nein, Sie werden bei ihr bleiben. Denn da ist ja auch noch Sara, um die man sich kümmern muß. Genau.«

Der Pale Saint blinzelte, als ob er sich mit einem Schlag daran erinnern würde, wo er war. Er gestikulierte mit den Fingerspitzen, und die Ketten klirrten erneut. »Sie haben sich genau wie alle anderen zum Narren halten lassen. Das hier ist Blut, Robert, kein Dreck. Es ist so eingetrocknet, daß ich Lauge und eine Drahtbürste bräuchte, um es zu entfernen. Aber das wird nicht notwendig sein. Ganz im Gegenteil. Dieses Blut ist der sichtbare Beweis meiner Arbeit, Zeuge der kreativen Anstrengung, die ich meiner Seele abgerungen habe, die Spur des Dämons in meinem Inneren. Dieses Blut ist mein Ansporn, der Sinn meines Lebens.« Er lächelte und enthüllte dabei die gelben Zähne eines Fuchses. »So wie es aussieht, wird es nicht lange dauern, bis auch Sie Beweise für die Existenz dieses Dämons in Ihrem Inneren finden.«

Austin, der weder sprechen noch seinen Kopf bewegen

konnte, war gezwungen, der Vorstellung zuzusehen, als ob es sich um eine Show in Las Vegas gehandelt hätte.

»Es wird Ihnen gefallen, wenn ich sie berufen werde«, sagte der Pale Saint. »Sie werden in ihr Hurengesicht blicken und ihren Namen kennen. Zweifellos ist sie Ihnen begegnet, als sie noch ein Kind waren.« Der Pale Saint spitzte seine Lippen. »Man hat mir zu verstehen gegeben, daß wir in der Kindheit geformt werden. Wenn das der Fall ist, denke ich, daß Sie meine Kindheit interessiert. Es tut mir leid, ich kann Ihnen nichts erzählen. Das würde die Erinnerung beanspruchen, und das Gedächtnis ist ein trügerischer Freund. Die Erinnerung fördert nicht das zutage, was geschehen ist, sondern sie erschafft die Vergangenheit neu, und zwar in der Form, die uns augenblicklich am ehesten zusagt. Vergessen Sie also die Erinnerung, und begraben Sie sie in einer Kiste am Fußende Ihres Bettes, als ob sie nie existiert hätte.« Er neigte seinen Kopf. »Verstehen Sie irgend etwas von dem, was ich Ihnen erzähle, Robert? Wirklich, ich bete, daß es so ist.«

Der Pale Saint brachte sein Gesicht vor das Austins. »Natürlich bin ich schuldig. Ich übernehme die volle Verantwortung für das, was ich getan habe, und auch dafür, was ich noch tun werde. Das ist der springende Punkt. Mein *Ich* ist alles, was ich besitze. Es steht für alles, was ich bin oder jemals sein werde. Meine Eltern habe ich schon vor langer Zeit verleugnet. Ich habe ein Foto von ihnen verbrannt, und schon existierten sie nicht mehr.« Er legte seine Fingerspitzen zusammen. »Paff! Nur das Morgen existiert – es gleicht einer brennenden Lampe in der Nacht. Und ich verspreche Ihnen, es wird eine schreckliche Zukunft werden. Das Ende der Welt, so wie wir sie kennen, natürlich metaphysisch gesprochen. Ich bin mir dessen so sicher, als ob diese Wahrheit in meine Seele eingebrannt wäre: Ich bin der Bote, der Gesalbte. Der Pale Saint.«

Er schwieg einen Augenblick, und sein Blick glitt fast liebevoll über Austins Gesicht. »Das Schicksal hat Sie gesandt, um meinen Zielen zu dienen, aber ich habe das Schicksal etwas zu meinen Gunsten manipuliert. Sie werden mich doch verstehen, wenn ich Ihnen mein Geheimnis offenbare, Robert? Ja. Ich glaube, daß Sie mich begreifen werden, weil Sie auf so *intime* Weise in die Sache verwickelt sind.

Zuerst werde ich Ihnen erzählen, warum ich Cottons Augen brauche.« Er beugte sich vor und begann, Austin etwas in das linke Ohr zu flüstern, weil ihm klar war, daß dessen rechtes Ohr bereits taub war.

Während er sprach, begann sich Austins gesundes Auge langsam zu schließen, und unter dem Lid bildete sich eine einzelne Träne, die größer wurde, obwohl Austin sich alle Mühe gab, das zu verhindern. Die Träne glitt langsam seine Wange hinab, bevor sie zitternd wie ein Spinngewebe im Wind an seinem Kinn hängenblieb.

»Ah, ja.« Der Pale Saint fing die Träne mit einer Fingerspitze auf. »Ich wußte, daß Sie mich verstehen würden.« Er leckte seinen Finger ab und genoß den salzigen Geschmack der Träne. Dann wandte er sich Austins Notebook zu. »Jetzt wissen Sie, was ich vorhabe, und Sie kennen auch den Grund. Es wird Zeit, den Dämon heraufzubeschwören.«

Als er das energische Klopfen aus der Richtung der Tür hörte, rauchte Kowalchuck gerade verstohlen eine Zigarette. Das Rauchen war in dieser Art von Gebäuden verboten, selbst in einem abgewrackten Kasten wie diesem hier, aber er war so wütend, daß er in diesem Moment nichts darauf gab. Schon bevor ihn dieser smarte Jurist wie ein Stück Dreck hinausgeworfen hatte, hatte er die Nase voll gehabt. Und jetzt das. Dieser Typ und Christopher waren Freunde.

Kowalchuck inhalierte erneut tief und schüttelte angewidert den Kopf. Personalmangel hin oder her, hier hätte man ihm mehr Unterstützung geben sollen. Was der Bürgermeister dem New York Police Department antat, war kriminell. Wie ein harter Frost einer Orangenplantage, saugte er ihnen das Leben aus. Sein Alltag ließ Kowalchuck bereits jetzt von seinem Ruhestand in den Florida Keys träumen: brennend heiße Sonne, wunderbares hellblaues Wasser, und er würde am Bug eines kleinen Boots stehen und die Angelleine auswerfen …

An der Tür wurde erneut geklopft, diesmal eindringlicher. Der *Golden Boy* hatte mit dem Verbrecher allein sein wollen, deshalb konnte er ruhig noch etwas warten, bevor er ihn wieder herausließ. Kowalchuck zog an seiner Zigarette und ließ den Rauch langsam durch die Nase entweichen. Romero hatte gerade die Hälfte eines seiner riesigen Snickers-Riegel verputzt, die so süß waren, daß Kowalchuck schon vom Zuschauen Zahnschmerzen bekam. Borrows war auf der Herrentoilette, wo er, nach allem, was Kowalchuck wußte, mit sich selbst beschäftigt war. Das war so ungefähr alles, wozu Borrows gut war, aber man hatte ihn ihm nun mal zugeteilt. Ein weiterer Grund für Kowalchuck, sauer zu sein. Waren die Bürokraten im NYPD verrückt oder einfach nur unterbelichtet? Wie auch immer – für Leute wie ihn, die nur ihren Job erledigen wollten, war das Ganze eine schlimme Sache.

Er zog ein letztes Mal tief an seiner Zigarette, warf den Filter auf den dreckigen Boden und öffnete die Tür, wobei seine andere Hand auf dem Griff der Dienstwaffe lag.

Als er den Assistenten des Bezirksstaatsanwalts zusammengesunken am Tisch sitzen sah, strömte der Zigarettenrauch aus seinem halb geöffneten Mund. »Was zum Teufel ...?«

»Herzinfarkt«, sagte der Pale Saint. »Er kippte einfach nach vorne wie ...«

»Zurück!« Kowalchuck zog die Waffe, richtete sie auf den in seiner Nähe stehenden Mann und ging auf den Tisch zu.

»Ich sage Ihnen doch ...«

»Halt dein verdammtes Maul, du Drecksack!« Kowalchuck beugte sich über den reglosen Körper. Er hatte Angst. Er streckte den Arm aus und drückte Austins Schulter. »He«, sagte er. »He!« *Wenn dieser Mann während meiner Schicht stirbt, werden sie mir die Hölle heiß machen, und zwar nicht zu knapp*, dachte er.

Als er den Kugelschreiber in Austins Auge sah, wollte er aufschreien, doch dann stöhnte er nur gequält, weil ihm der Pale Saint die Faust in die Seite rammte und zwei Rippen brach. Er versuchte, seinen Arm mit dem Revolver herumzudrehen, aber ein weiterer brutaler Hieb traf ihn gegen die Luftröhre. Würgend und mit tränenden Augen sank er auf die Knie, während Galle in seiner Kehle brannte. Im nächsten Moment krachte die Spitze eines der Stiefel des Pale Saint gegen seine linke Schläfe, und er verlor das Bewußtsein.

Mittlerweile hatte Romero seine Pistole gezogen. Mit dem Rest des Snickers-Riegels im Mund, betrat er den Raum. Der Pale Saint erschoß ihn mit Kowalchucks Waffe. Romero ging zu Boden, während der Verbrecher bereits Kowalchucks Taschen durchsuchte. Er fand die Schlüssel für die Handschellen und befreite sich.

Als der Pale Saint in den Flur trat, verließ Borrows gerade die Herrentoilette. Er schoß dem überraschten Cop in die Stirn. Das Echo sich schnell nähernder Schritte erfüllte den Korridor. Der Pale Saint zerstieß ein Fenster mit einer Ecke von Austins Aktentasche. Am hinteren Ende des Gangs flogen Türen auf, und er sah mindestens vier uniformierte Polizisten mit gezogenen Waffen. Ihm blieb keine Zeit, die scharfkantigen Glasscherben vom Fensterbrett zu entfernen. Einer der Uniformierten feuerte, eine Kugel heulte, und dann rieselten Putz und Farbe aus einer Ecke in der Nähe des Kopfes des Pale Saint herab. Er ließ die Aktentasche fallen und kletterte durch das zerbrochene Fenster. Während sich die Polizisten einen Überblick über die Lage verschafften und sich über ihre getöteten Kameraden beugten, floh der Pale Saint in die bläulichen Schattenzonen des frühen Herbstmorgens, die wie die Obdachlosen die Straßen der Stadt säumten.

2.

»Blut«, sagte Jonathan Christopher. »Auf dem ganzen Fensterbrett. Glauben Sie, daß es nur von dem Verbrecher stammt oder auch von den Cops? Die beiden haben ja wohl auch ziemlich geblutet, nachdem er sie erschossen hat.«

Christopher war ein großer Mann mit breiten Schultern und dem schlanken, muskulösen Körper eines Schwimmers. Der verschleierte Blick seiner Augen über der Habichtsnase verriet nicht viel, aber wenn er lächelte, was häufig geschah, gab er seinem Gegenüber das Gefühl, ihn schon ein Leben lang zu kennen.

»Das werden wir durch ein Ausschlußverfahren ermitteln«, sagte Emma D'Alassandro, während sie mit behandschuhten Händen vorsichtig blutige Glassplitter abbrach und in Tüten verstaute. »Wir haben auch ein oder zwei kleine Stückchen, bei denen es sich um Epithelgewebe zu handeln scheint.«

»Haut.«

D'Alassandro nickte. »Das ist das Aufregende an der Sache, Jon. Durch die Hautfunde und die Fingerabdrücke, die wir auf Austins Computer gefunden haben, sind wir im Besitz der ersten greifbaren Beweise, die er an einem Tatort hinterlassen hat. Wenn wir ihn schnappen, ist der Fall klar. Dann sitzt er praktisch schon in der Todeszelle.« D'Alassandro, eine kleine, dunkelhaarige und lebhafte Frau mit einer kleinen Nase und spitzem Kinn, war eine in Forensik ausgebildete Pathologin, die Christopher für seine Mannschaft ausgewählt hatte. Sie liebte ihren Beruf leidenschaftlich und war ernsthafter, als das für einen Pathologen gut war. Da sie von ihrer Arbeit besessen war, spielten weder Schlaf noch Erholung für sie eine Rolle. Sie arbeitete ordentlich und präzise, war fanatisch um gesunde Ernährung bemüht und ekelte sich vor dem Fraß, den der Rest des Teams verschlang.

»Die Fingerabdrücke ...«

»Esquival überspielt sie persönlich via Modem. Wir müßten gleich eine Antwort erhalten.« Sie lächelte. »Ich habe so eine Ahnung, daß die Fingerabdrücke in der zentralen Datenbank sind. Wir sind von Küste zu Küste mit jeder Bundes-, Staats- und Lokalbehörde verbunden.« Sie warf ihm rasch einen Blick zu, und ihre Augen glänzten wie schwarze Oliven. »Können Sie sich auf den Job konzentrieren, Chef?«

»Um Himmels willen, bemuttern Sie mich nicht.«

Das baufällige Bezirksgebäude wimmelte jetzt von Polizisten, die mitarbeiteten und von jener Verzweiflung erfaßt waren, die immer dann auftrat, wenn es einen der ihren erwischt hatte. Diesmal waren es gleich drei Cops gewesen, und Gott allein wußte, was sich in ihrem Inneren abspielen mochte. Die Krise am General Post Office war längst entschärft, aber erst jetzt, nach den Morden, hatte Brockaw neue Mitarbeiter bereitgestellt. Mit der Bürokratie war es immer dasselbe.

Christopher beschäftigte sich mit diesen Überlegungen, um nicht zu sehr an Bobby denken zu müssen, und konzentrierte sich dann auf die Fensterbank. »Ich habe gerade daran gedacht, daß es nicht sehr viel Blut ist, selbst wenn es von ihm stammt. Er hat sich nicht ernsthaft verletzt – wahrscheinlich waren es nur ein paar Schnitte.«

»Aber die Fingerabdrücke, Jon. Schauen Sie nicht so mürrisch drein. Wenn er bei einer Spezialeinheiten oder irgendwo sonst in der Armee gedient hat, haben wir ihn.«

»Nein, wir *hatten* ihn«, erwiderte Christopher verbittert. »Jetzt weiß nur Gott allein, wo er sich aufhält.«

»Aber wir wissen jetzt mehr über ihn, Chef: die Fingerabdrücke, sein Foto, sein Blut ...« Emma hielt inne, weil der Assistenzarzt und ein Fotograf von der Gerichtsmedizin Christopher baten, ihnen den Weg zum Verhörraum zu zeigen. Dann stürmten sie davon. »Wir werden ihn bald schnappen, früher oder später.«

»Jon ...!«

Christopher wandte sich um, während Reuven Esquival auf sie zustürmte, mit einem Bündel Faxe winkend. Der große, schlanke Mann war der Verhaltenspsychologe des Teams und hatte schon zuvor mit Christopher zusammengearbeitet, da er vom FBI in Arlington ausgeliehen worden war. Gewöhnlich war er ein lässiger Typ, aber die bittere Frustration, die dieser Fall ausgelöst hatte, zehrte an seinen Nerven. Um nicht ganz den Verstand zu verlieren, hatte er kürzlich damit begonnen, Emma mit Scherzen aufzuziehen, deren Einfallsreichtum Christopher so erstaunte, wie sie die Pathologin zum Wahnsinn trieben. Das Ausmaß von Esquivals Schlampigkeit stand dem von Emmas Ordnungssinn in nichts nach. Er war auf jede Art von Junk food spezialisiert und liebte fette Speisen über alles. Insgeheim verglich Christopher sie mit Laurel und Hardy. Es war immer wieder faszinierend zu beobachten, wie sie sich mit Kleinigkeiten quälten. Aber er war überzeugt, daß das ihre Art zu sagen war, daß sie sich mochten.

»Also, die Fingerabdrücke«, begann Esquival. »Es gibt keinerlei Übereinstimmung, weder bei der DMV, den örtlichen Dienststellen noch bei der Armee.«

»Lassen Sie mal sehen.« D'Alassandro griff nach den Faxen und schrie leise auf, als sie einen losen Daumen in der Hand hielt. »Mistkerl!« brüllte sie.

Esquival brach in schallendes Gelächter aus, während er den Latex-Daumen vom Boden aufhob. Er wurde schnell wieder sachlich und verkündete weitere schlechte Nachrichten. »Wir können keinen Treffer landen, Punkt. Der Computer hat nichts zutage gefördert – *nada*. Es ist, als ob dieser Mann nicht existieren würde.«

»Unmöglich.« Christopher ging mit den für ihn charakteristischen langen Schritten durch den Korridor. Niemals schien er es eilig zu haben, aber seine Schritte waren so raumgreifend, daß diejenigen, die darauf nicht gefaßt waren, mühsam hinter ihm hereilen mußten. »Wir wissen, daß es ihn gibt. Vielleicht haben wir Glück – vielleicht hat man seine Fingerabdrücke mal wegen eines kleinen Delikts in irgendeinem Provinznest aufgenommen. Wir müssen den Radius unserer Nachforschungen ausdehnen. Sobald Sie mit dem Einsammeln der Beweisstücke fertig sind, werden Sie das übernehmen, Emma.« Er war der geborene Befehlshaber und wußte, wie man Aufgaben delegierte. »Reuven, Sie gehen in den Verhörraum zurück und beschaffen mir ein paar Antworten. Ich will wissen, was zum Teufel da passiert ist.«

»Einen Augenblick noch«, protestierte D'Alassandro. »Da sind noch jede Menge forensisch relevanter Beweise, die eingetütet werden müssen. Ich kann das nicht alles allein machen.«

»Ich werde einem Cop draußen sagen, daß er Ihnen zur Hand geht.«

D'Alassandro murmelte leise einen Fluch vor sich hin, den Christopher ignorierte. »Dieser Typ ritzt Symbole in die Stirn seiner Opfer«, fuhr er fort. »Bei Bobby hat er das nicht getan, statt dessen hat er etwas in seinen Computer getippt. Das könnte wichtig sein – besorgen Sie mir einen Ausdruck von allen Dateien auf der Festplatte, aber pronto. Halten Sie mich wegen der Fingerabdrücke auf dem laufenden, Emma.«

»Da ist noch was«, sagte Esquival. »Draußen wartet eine ziemlich attraktive Frau, die jede Menge Wirbel verursacht. Sie behauptet, die Frau eines der Opfer zu sein, und verlangt, ihren Mann zu sehen.«

»Hat sie kurze blonde Haare, graue Augen und flucht ziemlich undamenhaft?« fragte Christopher.

Esquival nickte. »Das ist sie.«

»Hört sich ganz so an, als ob Cassandra Austin hier wäre.« Christopher zerrte die beiden wie eine Naturgewalt mit sich in Richtung der Tür. »Wir sind mit der Untersuchung der Leichen noch nicht einmal fertig«, sagte er zu Esquival. »Als ich ihr Bescheid gesagt habe, bat ich sie, nicht zu kommen. Ich will nicht, daß sie ihn sieht – nicht in diesem Zustand.«

»Nach allem, was ich mitbekommen habe, wird ihr egal sein, was Sie wollen«, sagte Esquival, der bei dem Versuch, mit seinem Boß Schritt zu halten, keuchte.

»Wir sehen uns, sobald ich Zeit habe«, sagte Christopher, während er die Eingangstür öffnete. »Man hat uns bereits Cops zur Verfügung gestellt, die die Gegend absuchen. Hier wimmelt es von Obdachlosen. Irgend jemand muß gesehen haben, wie unser Mann geflüchtet ist.« Er schritt durch die Tür. »In der Zwischenzeit muß ich mich mit einer unbezähmbaren Macht namens Cassandra Austin beschäftigen. Sollte sie noch hier sein, wenn die Kerle von der Presse auftauchen, werden sie sie zum Ereignis des Tages machen.«

Als Christopher Cassandra auf dem East Broadway inmitten der Horde blau uniformierter Polizisten sah, rebellierte sein Magen. Sie trug einen olivfarbenen, knöchellangen Mantel mit Epauletten, schwarze Wildlederstiefel und einen schwarzgelben Schal. Ihr kurzes blondes Haar akzentuierte ihre Gesichtszüge und ließ sie durchsetzungsfähig und erotisch zugleich erscheinen. Obwohl sie von Zorn und Schmerz gezeichnet war, sah ihr Gesicht dennoch wunderschön aus. Er wußte, daß ihre Ausstrahlung schon im normalen Leben ungeheuer stark war, aber im Anblick des Unglücks wuchs sie schier über sich hinaus. Das war schon damals so, als sie noch Teenager gewesen waren, verstörte Kinder aus zerrütteten Elternhäusern, die sich an ihren kühnen Heldentaten berauschten. Mit dreizehn hatten sie sich im Nordwesten des Staates New York kennengelernt, wo sein Vater und ihre Mutter den Sommer verbrachten. Ihre Freundschaft hatte auch während der folgenden Sommer gehalten – ihre beider Sehnsucht zu fliehen, hatte sie einander verbunden.

Während Christopher die Stufen hinabstieg, spürte er erneut einen ungewöhnlichen Schmerz in der Herzgegend. Man hatte zwei Polizisten beauftragt, sie zu begleiten, aber das reichte nicht. Sie hatte sich schon in Richtung der ramponierten Veranda des Gebäudes vorgearbeitet. Als sie Christopher erblickte, lief sie dem unglücklich wirkenden jungen Polizisten zu ihrer Linken davon. Der Cop wirbelte herum und schaffte es, sie zu packen. Erstaunt registrierte er, daß sie ihn abschüttelte.

»Einen Augenblick, Sie können nicht …«

»Ich kann und ich werde.« Cassandras Stimme klang so entschieden, daß der Polizist zögerte.

»Schon gut, Ramirez.« Christopher gab dem Cop ein Zeichen, sich zurückzuziehen. »Ich kümmere mich um sie.« Er wandte sich ihr zu. »Es tut mir so leid, Cass …«

Die Diamanten an ihrem Handgelenk reflektierten das Sonnenlicht, als sie ihm mit der flachen Hand eine Ohrfeige gab. »Zum Teufel mit dir, Jon. Du hast Bobby umgebracht, du und deine gottverdammten Superfälle.«

Christophers Wange war gerötet und schmerzte, aber er blieb standhaft. »Glaub mir, Cass, Bobbys Tod schmerzt mich genauso wie dich.«

»Du sagst, daß es dir leid tut, aber was hat das zu bedeuten? Ihr beiden habt zahllose Stunden zusammen verbracht: Tage, Nächte und Wochenenden, aber für dich spielte das keine Rolle. Du riefst an, und er ist immer gesprungen.« Sie trat einen Schritt auf das Gebäude zu, aber er stellte sich ihr in den Weg. »Ich möchte ihn sehen. Das ist das mindeste, was du tun kannst.«

Christopher versuchte, sie vom Eingang wegzudrängen, aber sie wehrte sich und befreite ihren Ellbogen aus seinem Griff. »Tu das nicht!« Sie schluchzte fast. »Laß mich einfach durch.«

»Versteh doch, Cass.« Christopher trat einen Schritt auf sie zu, so daß er in dem anwachsenden Tumult leiser sprechen konnte. »Wir haben Fingerabdrücke und außerdem Blut- und Hautspuren des Pale Saint, die wir an dem Fenster gefunden haben, durch das er geflüchtet ist. Aber wir suchen das ganze Gebäude noch immer nach weiteren Hinweisen ab.«

»Um Himmels willen, ich bin Wissenschaftlerin und weiß, wie man Räume in ihrem ursprünglichen Zustand beläßt.«

Einen Augenblick lang verschwand der Schmerz aus ihrem Gesichtsausdruck, und ihr Blick schien abwesend zu sein. Christopher erinnerte sich an diese Eigenart: Als sie noch jünger waren, hatte er sich immer vorgestellt, daß sie von einer perfekten Welt träumte, wo Eltern sich liebten und nie daran dachten, sich scheiden zu lassen.

»Ich versuche lediglich, dich zu schonen.«

»Wie früher. Du mußtest mich damals nicht beschützen und heute erst recht nicht.«

Er nickte. »Ich weiß. Du konntest immer selbst auf dich aufpassen. Aber das hier ist etwas anderes. Ich habe Bobby gesehen. Glaub mir, du wirst ihn nicht sehen wollen. Vielleicht in einer Stunde, aber nicht jetzt. Hör zu, Cass ...«

Sie rannte ohne Vorwarnung die Treppe empor, und bevor er sie stoppen konnte, hatte sie die Eingangstür aufgerissen und war im Inneren des Gebäudes verschwunden.

Fluchend lief Christopher hinterher und konnte sie gerade noch packen, bevor sie das Ende des Ganges erreichte. Er wirbelte sie herum, und sie blickte ihn an. »Ich bitte dich.«

Sie war außer Atem, und in ihren Tonfall mischten sich

Erregung und Erschöpfung. »In einer Stunde wird es zu spät sein. Wie kann ich Sara dann je wieder ins Gesicht blicken? Wie soll ich ihr erklären, daß ich ihn nicht gesehen habe und mich nicht für uns beide von ihm verabschieden konnte?«

Christopher zögerte. In diesem Moment flog die Eingangstür auf, und Anthony Brockaw, der Polizeichef, betrat das Gebäude.

»Christopher!« Er winkte wie ein römischer Cäsar. »Ich möchte kurz mit Ihnen reden, falls es Ihnen recht ist.«

»Mist.« Christopher warf Cassandra rasch einen Blick zu. »Ich muß gehen.« Er sah zu seinem Chef hinüber, der bereits eine Tür geöffnet hatte. Als sein Blick dem Brockaws begegnete, gestikulierte dieser, daß er ihm folgen solle. »Warte hier auf mich«, sagte Christopher. »Ich warne dich, Cass. Unternimm nichts ohne mich.«

Sobald Christopher den Raum betreten hatte, schloß Brockaw hinter ihm die Tür.

»Das Ganze ist ein einziger Schlamassel, Jon.«

Christopher blickte ihn schweigend an. Sie befanden sich im Umkleideraum für Männer, wo es nach Moder und alten Socken stank. In unregelmäßigen Abständen tropfte Wasser in ein Waschbecken, dessen Porzellan sich stellenweise blaugrün verfärbt hatte. Die schmalen Türen der Metallspinde standen offen, als ob sie die Geister von Männern beschwören wollten, die einst auf diesen Straßen patrouillierten. Hinter ihnen konnte man durch ein oder zwei kleine Löcher in dem dahinrottenden Mörtel sehen, was vom Umkleideraum für Frauen übriggeblieben war.

Trotz der mittlerweile schäbigen Atmosphäre, die an die Arbeit der Vergangenheit erinnerte, war der Raum durch die Anwesenheit des Chefs sofort mit Leben erfüllt. Er war nicht gerade groß, dafür korpulent, aber nicht fett. Seine bläulichen Wangen und die buschigen schwarzen Augenbrauen ließen den Gesichtsausdruck finster wirken. Die dunkeln Augen, die sich von seiner kaffeebraunen Haut abhoben und stets umherwanderten, während er sprach, erweckten – je nach persönlichem Standpunkt – den Eindruck von Wachsamkeit oder Paranoia.

»Das Ganze ist ein *verdammter* Schlamassel, Jon.«

»Es war ein Schlamassel von dem Augenblick an, als ich den Befehl bekam, den Pale Saint zu verstecken, ohne daß ich genügend Personal hatte.«

»Sehen Sie?« Brockaw zeigte mit einem seiner stummelhaften Finger auf ihn. »Das ist genau die Art von Kommentar, die ich im Moment nicht von Ihnen hören möchte. Ich komme gerade aus dem Büro des Bürgermeisters. Wir müssen der Sache irgendeinen positiven Aspekt abgewinnen. Ansonsten werden mich die Medien in der Luft zerreißen.«

»Vier unserer Leute sind tot, und Sie reden von positiven Aspekten.«

»Irgend jemand muß es ja tun«, grunzte Brockaw. »Darin besteht der Unterschied zwischen unseren Jobs, Jon. Sie haben es mit den Verbrechern zu tun, ich mit der Presse.«

»Direktoren in einem von Terminen bestimmten Zirkus. Mir ist die Presse ziemlich egal.«

»Guter Gott, als ob ich das nicht wüßte. Ihnen liegen zwei Dinge am Herzen – Ihr Job und Ihre Mannschaft. So sollte es auch sein.«

»Mein Sohn hat mir auch am Herzen gelegen.«

»Natürlich, tut mir leid.« Einen Augenblick lang schienen Brockaw die Worte zu fehlen.

Die Stille wurde nur durch das monotone Geräusch der Wassertropfen unterbrochen, die in das Waschbecken fielen. »Sehen Sie«, sagte Brockaw dann hastig. »Bei diesem Fall besteht bereits jetzt die Gefahr, daß alles außer Kontrolle gerät. Wir dürfen uns keinen Illusionen hingeben. Bevor die Sache erledigt ist, wird sie noch viel größere und ekligere Dimensionen annehmen.« Er zog die Augenbrauen zusammen, bis sie einander zu berühren schienen. »Ein freundschaftlicher Ratschlag: Finden Sie diesen Verbrecher, und bringen Sie ihn so schnell wie möglich vor Gericht. Sie haben es ja schon mal geschafft ...«

»Verdammt, ich habe nichts dergleichen getan«, sagte Christopher gequält. »Er hat sich uns freiwillig gestellt.«

»Was? Ich dachte, Sie hätten einen telefonischen Tip von einem unserer Spitzel bekommen.«

»Ja, aber ich bin mir nicht so sicher, ob der Anruf von einem Spitzel kam. Ich habe länger als eine Stunde mit dem Pale Saint gesprochen und bin dann zurückgegangen, um mir die Bandaufzeichnung des Anrufs anzuhören. Damit war ich auch beschäftigt, als er ausbrach. Ich bin überzeugt, daß er selbst angerufen hat.«

»Aber das ist Schwachsinn. Warum sollte er sich freiwillig einlochen lassen, wenn er dann wieder fliehen will?«

»Darüber habe ich nachgedacht«, antwortete Christopher. »Meiner Ansicht nach wollte er uns zeigen, wozu er fähig ist. Ich bin überzeugt, daß wir die Tatwaffe deshalb auch nicht fanden. Er hat sie vor dem Anruf versteckt. Und was hat er mit den Augen angestellt, die er dem Opfer aus dem Kopf geholt hat?« Christopher schüttelte den Kopf. »Wir haben seine Fingerabdrücke überprüft, aber bisher ist nichts dabei herausgekommen. Es ist, als ob der Kerl überhaupt nicht existiert. Nach mehr als sechs Monaten Arbeit an dem Fall kann ich nicht mehr als einen Haufen von Spuren vorweisen, die wie bei einem chinesischen Puzzle überall und nirgendwohin führen. Begreifen Sie das endlich. Wir *sollten* diese Spuren finden, die Sackgassen in einem Labyrinth gleichen. Der Mann hat uns von Anfang an zum Narren gehalten.«

Brockaw gestikulierte, um ihm das Wort abzuschneiden. »So etwas will ich nicht hören. Dieser Fall hat jetzt eine politische Dimension, und Sie wissen, was das bedeutet. Wenn wir hier fertig sind, erwarte ich von Ihnen, daß Sie bei meinen Beratern ein Statement abgeben, das in die Veröffentlichung für die Presse aufgenommen werden kann. Sie stehen jetzt im Rampenlicht der Öffentlichkeit, Jon. Der Bürgermeister wünscht aus Gründen der Publicity, daß ein Spezialist den Fall bearbeitet, und Sie sind genau der richtige dafür. Sie können jeden Anschein von Moral aufgeben. Jetzt wird mit harten Bandagen gekämpft, und es wird mit Sicherheit Blut fließen.«

»Guter Gott, Chief, es hat uns schon jede Menge Blut gekostet. Ich habe Mist gebaut. Ich hatte ihn, und dann ...«

»Sie haben getan, was Sie für richtig hielten, Jon. Wir hatten die ganze Zeit über einen erfahrenen Polizisten und zwei

Uniformierte vor Ort. Er war in einem geschlossenen Raum eingesperrt und mit Ketten gefesselt. Was hätten Sie denn noch tun können?«

»Ich hätte die ganze Zeit über bei ihm bleiben sollen. Statt dessen bin ich weggegangen, um mir die Bandaufnahme anzuhören.«

»Und haben dabei einige interessante Indizien entdeckt. Sie haben richtig gehandelt, Jon. Außerdem – woher wollen Sie wissen, daß Sie mehr Erfolg gehabt hätten als die anderen? Vielleicht hätte ich dann heute morgen in Ihre erloschenen Augen geblickt.« Brockaw seufzte. »Ich kenne Sie zu gut, um Ihnen zu raten, sich nicht mit Selbstvorwürfen zu quälen. Sie sind ein Perfektionist, und außerdem weiß ich, was Austin Ihnen bedeutet hat.« Er strich sich mit einer Hand übers Gesicht. »Wir hatten in diesem Fall einfach schlechte Karten, aber wie hätten wir wissen können, wozu dieser Mann fähig ist?«

Brockaw griff nach dem Türknauf und hielt inne. »Noch ein letzter Ratschlag. Jetzt, wo drei unserer Männer und ein Assistent des Bezirksstaatsanwalts ermordet worden sind, werden Sie unter starkem Druck stehen. Sie werden zweifellos von Angehörigen und Freunden der Opfer aufgesucht werden, die Ihnen Fragen stellen – Sie wissen, welche Art Fragen. Die Leute nehmen das, was heute passiert ist, persönlich, und man redet bereits von Blutrache. Ich will nicht, daß so etwas in meinem Department vorkommt. Um aus dem Schlamassel wieder herauszukommen, brauchen wir eine hübsche, saubere Festnahme. Und zwar ohne Haken und Ösen, die uns vor Gericht das Genick brechen. Der Bezirksstaatsanwalt hat das bereits persönlich von mir gefordert. Wir werden von vorne anfangen.«

Irgend etwas an Brockaws Worten gefiel Christopher nicht. »Wollen Sie mir zu verstehen geben, daß meine Freundschaft mit Bobby mich dazu verleiten könnte, dem Scheißkerl die Mündung meiner Waffe an die Schläfe zu setzen und abzudrücken?«

Brockaws Blick fixierte Christopher so lange, bis dieser sich wieder beruhigt hatte. »Dies ist für uns beide eine Feuerprobe. Was ich noch sagen wollte: Von dem Moment an, wo die Pressekonferenz beendet ist, werden die Medien alles aufwärmen und jeden unserer Schritte analysieren.« Er schwieg einen Augenblick, bereits im Begriff, die Tür zu öffnen und das Getöse der Außenwelt in den Raum eindringen zu lassen. »Es kommt alles auf die Frage an, wessen Blut als nächstes fließen wird, Jon. Tun Sie sich selbst einen Gefallen, und sorgen Sie dafür, daß es nicht Ihres ist.«

Es ist, als ob der Kerl überhaupt nicht existiert. Der Mann hat uns von Anfang an zum Narren gehalten.

Cassandra hatte ihre Arme um ihren Körper geschlungen und lehnte an der fleckigen Wand des Korridors. Sie versuchte, an nichts zu denken, aber es gelang ihr nicht. Vielleicht hatte sie nicht wirklich vorgehabt, Jon zu belauschen, vielleicht mußte sie nur auf die Toilette. Möglicherweise war das der einzige Grund gewesen, warum sie den Umkleideraum für Damen betreten hatte. Aber als sie gehört hatte, wie Christophers Stimme durch die löchrige Wand drang, war sie geblieben. Mehr noch – sie hatte ihren Kopf in das hallende Innere eines offenen Spinds gesteckt und das Gespräch belauscht, als ob es sich um Stimmen aus der Vergangenheit handelte. Wer konnte es ihr übelnehmen – ihr Mann war gerade ermordet worden, und sie wollte in ihrer Verzweiflung wissen, was los war. Aber – guter Gott, sie hatte nicht damit gerechnet, *dies* zu hören. Wenn Jon das Gefühl hatte, daß es hoffnungslos war, diesen Dämon zu schnappen, dann wußte sie, daß man den Pale Saint nie fassen würde.

Ihre Herz raste, und ihr heißer Atem ging schnell. Sie zog sich in den Gang zurück und versuchte, die aufsteigende Panik zu unterdrücken. Stets hatte sie an die Ordnung der Dinge geglaubt, aber das war völlig falsch gewesen. Ein Teil von ihr konnte nicht glauben, daß Bobby tot war, ein anderer *wollte* es nicht. Das war ihr großer Widerspruch. Sie hatte es nie fertiggebracht, Bobby oder Christopher davon zu erzählen. Cassandra, die große Wissenschaftlerin, die täglich Unmengen mathematischer und biologischer Daten analysierte, war im Grunde ihres Herzen eine Mystikerin. Wie die Seherin, deren Namen sie trug, besaß sie einen beunruhigenden Glauben an die Natur der Dinge, von denen nur wenige etwas wußten. Vielleicht war sie deshalb Wissenschaftlerin geworden. Weil sie versuchen wollte, das zu erklären, wovon sie im Grunde ihres Herzens wußte, daß es nicht zu erklären war. Aber dieser Widerspruch hielt sie nicht davon ab, sondern trieb sie mit einer Unbeirrbarkeit voran, die keiner der Männer, die in ihrem Leben eine Rolle spielten, je hätte verstehen können.

Sie bewegte sich, als ein Mitarbeiter des Arztes sie streifte. Er verströmte den strengen Geruch von Rasierwasser, und sie wurde wieder an den frühen Morgen erinnert, als sie und Bobby sich im Badezimmer aufgehalten hatten. Erneut nahm sie seinen Geruch war, als ob er neben ihr stehen und ihr etwas ins Ohr flüstern würde. Ihr Herz brach. Sie bekam keine Luft, und hinter ihren Lidern bildeten sich Tränen, so daß sie gezwungen war, sich umzudrehen und bis zwanzig zu zählen, während sie ihre Stirn gegen den kühlen, bröckelnden Putz preßte. *Mein Gott,* dachte sie, *wie kann ich weiterleben, wo ich doch weiß, daß Bobby und ich uns wie Feinde bekämpft haben, als wir zum letzten Mal zusammen waren? Ich kann es nicht,* dachte sie, *ich kann nicht. Ich will nach Hause und Sara in meinen Armen halten. Ich sehne mich danach, uns beide in den Schlaf zu wiegen, und danach, daß Bobby wohlbehalten und lebend vor uns steht, wenn wir aufwachen.*

Aber das würde nicht geschehen – nie wieder. Bobby war tot. Leise und einsam begann sie zu weinen. Sie spürte, daß sie nicht nur um Bobby weinte, sondern auch Saras und ihretwegen. Sie wußte, daß sie Sara jetzt nicht in die Augen blicken und ihr erzählen konnte, was ihrem Vater zugestoßen war. Dafür würde sie alle ihre Kräfte brauchen, und im Augenblick fühlte sie sich dafür nicht stark genug.

Sie weinte und wollte bis in alle Ewigkeit weiterweinen, aber das paßte nicht zu ihr. Am liebsten hätte sie aufgegeben, doch auch das paßte nicht zu ihr. Was war nur mit ihr los? fragte sie sich zitternd. Sie fühlte sich, als wäre es völlig gleichgültig, was sie tat oder sagte. Und sie war voller Zorn gegen ein Universum, das sie ihr ganzes Leben lang geschätzt und das sich jetzt auf grausame Weise gegen sie gewendet hatte. Bobby war von einem auf den anderen Augenblick umgekommen – wo lag da der Sinn? Sie hatte geglaubt, daß sie, Bobby und Sara gegen das Schicksal gefeit und für Höheres bestimmt wären, besonders im Angesicht des Universums. Wie töricht erschien diese Annahme jetzt.

Tränen glitten über ihre Wangen, heiß wie pulsierendes Blut. Sie erinnerte sich an Christophers Worte, daß der Pale Saint Blutspuren auf dem Glas des Fensters hinterlassen habe.

Tief in ihr reifte eine Idee. Sie war sich dunkel der Tatsache bewußt, daß sie immer noch unter Schock stehen mußte, aber ein anderer Teil in ihrem Inneren – der der Mystikerin, die immer an die Ordnung der Dinge geglaubt hatte – ließ sich nicht beruhigen. *Wenn ich an eine Blutprobe herankommen könnte,* dachte sie, *könnte ich Analysen vornehmen, von denen sie im Labor der Polizei noch nie etwas gehört haben. Ich kann seine DNS-Struktur erkennen. Wer weiß? Vielleicht hat er eine Störung oder eine Krankheit, und die Resultate der Tests können Jon helfen, ihn zu finden.*

Das war nicht unwahrscheinlich. Als Wissenschaftlerin zählte sie eher zu den Revolutionären, und oft ging sie Risiken ein, wobei sie sich auf ihre fast unheimlichen Instinkte verließ. Ihre Fähigkeit, die anderen, langsameren Forscher hinter sich zu lassen, hatte sich schnell zu ihrem größten Vorteil entwickelt.

Sie ignorierte Christophers Ermahnung, sich nicht von der Stelle zu rühren und ging den schäbigen Korridor hinab. Niemand sprach sie an – alle waren viel zu sehr beschäftigt. Sie war auf der Suche nach einem bestimmten Fenster, nämlich dem, das der Pale Saint bei seiner Flucht zerbrochen hatte.

Dann sah sie Emma D'Alassandro vor einem Fenster, einen Kasten mit Utensilien neben sich. D'Alassandro gab ungeduldig einem jungen, pickelgesichtigen uniformierten Cop Anweisungen. Cassandra blieb abrupt stehen. Sie war der Pathologin nur einige Male begegnet, aber sie kannte sie gut genug, um sicher zu sein, daß sie sie nicht in die Nähe des Fensters lassen würde.

Nach D'Alassandros verärgertem Gesichtsausdruck zu

urteilen, machte sie keine großen Fortschritte dabei, das Pickelgesicht hinsichtlich einer korrekten forensischen Vorgehensweise zu instruieren, und Cassandra hatte Mitgefühl mit ihr. Sie sah, daß D'Alassandro den Kopf schüttelte und dann den Korridor hinunterging.

Mit klopfendem Herzen beobachtete Cassandra, wie das Pickelgesicht neben dem Kasten kniete und Blutproben von dem zerbrochenen Fenster einsortierte, die D'Alassandro ihm gegeben hatte. Sie ging schnell und zielstrebig auf den Cop zu, behielt dabei aber D'Alassandro im Auge.

»Hallo! Ich bin eine Mitarbeiterin von Emma D'Alassandro. Brauchen Sie Hilfe?«

Bobby hatte immer gesagt, daß ihr Lächeln den Times Square während eines Stromausfalls erleuchten könne, und als das Pickelgesicht zu ihr aufblickte, wußte sie, daß er recht gehabt hatte.

»Immer«, sagte der Junge beflissen. »Mit meinem Dienstrevolver treffe ich aus knapp zwanzig Metern ins Schwarze, aber bei solchen Jobs habe ich zwei linke Hände.«

Während Cassandra neben ihm niederkniete, sah sie, daß ihm der Schweiß den Hals hinunterlief und daß sein Kragen bereits durchnäßt war. Sie nahm ihm die Blutproben ab und ordnete sie geschickt in die dafür vorgesehenen Fächer des Kästchens ein. »Sie müssen sie senkrecht hineinschieben«, sagte sie. »So. Wenn die Blutprobe mit den Seitenwänden in Berührung kommt, wird sie verunreinigt.«

Das Pickelgesicht nickte dankbar. »Das ist nicht gerade die Art von Job, die ich mir vorgestellt habe, als ich auf der Polizeiakademie war.«

»Verstehe. Kein Problem.« Cassandra verstaute weitere Blutproben in dem Kasten. »Sind das alle?«

Als das Pickelgesicht sich umdrehte, griff sie nach einer der Proben, die Blut und Epithelgewebe enthielt, und steckte sie in die Tasche ihres Mantels.

»Ja.« Er atmete tief durch – offensichtlich war er erleichtert. »Im Moment scheint das alles zu sein.«

»Großartig.« Sie standen auf. Cassandra blickte sich um. »Ich werde D'Alassandro suchen. Sie bleiben hier.«

»Natürlich.« Das Pickelgesicht grinste, während sie wegging. »Noch mal danke!«

Als Christopher von der beunruhigenden Unterredung mit seinem Chef zurückkehrte, stand sie wieder dort, wo er sie verlassen hatte.

»Jon …«

»Komm.« Christopher packte sie am Ellbogen und geleitete sie um eine Ecke und dann den Gang hinab auf den Raum zu, wo Bobby Austin noch immer auf dem Stuhl saß. Der Stift, der sein linkes Auge und sein Gehirn durchbohrt hatte, war noch nicht entfernt worden. »Ich werde ihn dir zeigen.« Er führte sie in den Raum, wo D'Alassandro und Esquival gemeinsam mit dem Fotografen des Arztes ihre Sachen zusammenpackten. »Cassandra Austin«, sagte Christopher leise, während der Fotograf den Raum verließ.

Esquival stand auf. »Wir bedauern den Tod Ihres Mannes, Mrs. Austin.«

D'Alassandro nickte in Cassandras Richtung, stand aber so reglos da wie ein Wachtposten im Dienst.

Christopher führte Cassandra um den Stuhl herum, auf dem Bobby Austin saß. »Vorsicht.« Die beiden Mitglieder seines Teams hatten gerade noch genug Einfühlungsvermögen, um unter gemurmelten Trauerbekundungen den Raum zu verlassen.

Cassandra hörte sie nicht – ihr Blick war auf die Leiche Bobbys geheftet. Der große Mann saß aufrecht auf dem Stuhl, sein unversehrtes Auge war geöffnet, als ob er seinem Mörder noch ins Gesicht starren würde.

»Kein Blut«, sagte Cassandra automatisch, und während ihr ganzer Körper erstarrte, setzte ihr wissenschaftlich geschulter Blick seine unbarmherzige Untersuchung fort.

»Nein.« Christopher trat nervös von einem Fuß auf den anderen. »Das ist eines der Rätsel, die wir zu lösen versuchen.«

»Aber wie hat er es geschafft, Bobbys Lippen zusammenzunähen?«

»Mit dem Korkenzieher an Bobbys Taschenmesser und dem Faden eines seiner Mantelknöpfe.«

Cassandra starrte weiter auf das wächserne Gesicht ihres Ehemanns. »Warum hat er das getan?«

»Keine Ahnung. Ich wünschte, ich hätte eine Ahnung.«

»Und was hat der Arzt dazu gesagt, daß er nicht geblutet hat?«

»Cass, ich glaube wirklich nicht, daß dies der richtige Zeitpunkt oder der passende Ort für diese Unterhaltung ...«

»Erzähl es mir einfach, Jon! Ich will die Meinung eines professionellen Arztes hören.«

Sie sagte das mit großer Entschlossenheit, aber das leichte Zittern ihrer Stimme verriet etwas von der Intensität ihrer Qualen. Er seufzte. »Im Moment hat er noch keinen Hinweis, aber er hofft, daß die Autopsie ihm weiterhelfen wird.«

Cassandra nickte und tat dann etwas Merkwürdiges: Sie beugte sich über Bobby und roch an seinem Hals. »Ich kann seinen Geruch nicht mehr wahrnehmen.« Als sie wieder aufrecht stand, begann sie zu weinen. »Ich kann seinen Geruch nicht mehr wahrnehmen, Jon.«

Fluchtartig verließ sie den Raum und verschwand in der Menschenmenge, die den Gang bevölkerte.

Christopher war hin- und hergerissen zwischen der moralischen Pflicht, hinter ihr herzulaufen, und dem Wunsch, bei seinem toten Freund zu bleiben, bis die Mitarbeiter des Arztes kamen, um ihn in die Leichenhalle zu bringen. Bis dahin konnte er den Toten nur voller Seelenqual anblicken und sich verzweifelt wünschen, daß dieser Tag nie angebrochen wäre.

Der Pale Saint liegt auf einer Matratze, nicht dicker als sein Unterarm, und schließt die Augen. Er weiß, daß das jetzt nicht der richtige Moment dafür ist, aber er kann nicht anders. Das Donnern der Müllwagen draußen läßt ihn mit den Zähnen knirschen, und seine Augen tränen. Sein Herzschlag ist beschleunigt. Die Dunkelheit hinter seinen Augenlidern gleicht der Finsternis im Inneren der Kiste, die am Fußende des Bettes seiner Eltern stand.

Durch diese Dunkelheit treibt ein Bild, glitschig wie Öl, das zur Wasseroberfläche hochsteigt. Es leuchtet wie phosphoreszierendes Licht, erinnert an elektrische Entladung: Er sieht ein blauweißes, weibliches Gesicht, von einem Heiligenschein in derselben Farbe umgeben. Die Gesichtszüge verschwimmen, als ob sie von einem dreijährigen Kind mit Fingerfarben gemalt worden wären. Das eisblaue Licht ist so verwirrend, daß es halluzinogen wirkt.

Der Mund seiner Mama beginnt sich zu bewegen: »Guter Gott, mein Kleiner, du bist eine schlimme Plage. Du bist ein so eigensinniger Junge, und das seit dem Moment, als dein Kopf wie ein roter, runzliger Filzbausch zwischen meinen Schenkeln erschien.«

Um das Bild seiner Mama zu verdrängen, beschwört er das von Faith herauf. Sie ist wunderschön – wie das Sonnenlicht, das durch die Baumwipfel scheint, wie ein plötzlicher, heftiger Regenschauer nach einer Dürre oder wie der Mondaufgang in einer klaren, kalten Nacht. So wunderschön wie der vollkommene Kadaver eines Nagetiers der Prärie, der der glühenden Sonne ausgesetzt und dessen Haut so dünn geworden ist, daß Faith dadurch Muster von Licht und Schatten erkennen kann, die das Mondlicht hervorbringt.

Das Mondlicht erinnert ihn an den tief am Himmel stehenden, kupferfarbenen Mond, der gelegentlich verhüllt ist, weil an der Brandstelle dicke, schwarze Rauchschwaden aufsteigen. Zu diesem Zeitpunkt hat er in den Great Plains nichts mehr verloren. Das elektrisch blaue Auge ist ausgelöscht. Alles ist tot, aber nicht begraben, und deshalb ist das Feuer notwendig.

Er beobachtet die durch Kerosin zusätzlich angeheizten Flammen, die das dunkle und höhlenartige Haus seiner Jugend verschlingen, und dann blickt er in die Dunkelheit der großen Ebene, über der der Staub tanzt. Er ist sich der Anwesenheit der Nachttiere bewußt, die am Rande des Feuers verstohlen dahinschleichen, von der Hitze und der heiligen Energie angezogen.

In diese von Leben erfüllte Finsternis spricht er laut jene Zeilen aus der Bibel, die seine Mutter einst als Waffe gegen ihn verwendet hatte: »›Er blickte nach Sodom und Gomorrha und schaute das ganze Gefilde jenes Landes, und siehe,

Rauch stieg aus dem Erdboden, wie der Rauch eines Schmelzofens.‹«

Plötzlich öffnen sich die Augen des Pale Saint. Er liegt auf der nackten Matratze, und seine Brust hebt und senkt sich. Seine zusammengebissenen Zähne sind entblößt, und er wischt sich den Schweiß ab, der seitlich an seiner Nase herabrinnt. Dann greift er nach einem der Hershey-Schokoladenriegel, die neben seiner dünnen Matratze gestapelt sind, und ißt ihn zur Hälfte – und keinen Bissen mehr.

Während er den leicht kalkigen Geschmack der Schokolade genießt, kehrt er langsam wieder in seine Welt zurück. Er blickt sich in seiner Wohnung um und sieht das fusselige Sofa, die Holzstühle, die so hart wie Kirchenbänke sind, den fadenscheinigen, fleckigen Teppich, der einst einem anderen gehört hatte, und seine Matratze, an deren Fußende eine sorgfältig, fast ehrfurchtsvoll zusammengefaltete, in Handarbeit hergestellte Decke mit einem Stammesmuster liegt. Auf seinem Schreibtisch stapeln sich Schnellhefter, Zeitungsausschnitte, Papiere, Lehrbücher und Gebrauchsanweisungen. Seine graue Lampe erinnert an einen Rochen. Den Bücherschrank hat er selbst gewissenhaft aus weiß gestrichenen Kieferbrettern zusammengebaut. Er hat präzise konstruierte Ecken und schwere, verstellbare Regalbretter, auf denen Bücher über Anatomie, Neurologie, Psychologie, Pathologie, vergleichende Religionswissenschaften, Akupunktur, Metaphysik und unerklärbare Phänomene stehen. Die Rücken dieser gelehrten Bücher sind staubfrei und perfekt ausgerichtet. Es gibt eine altmodische Stereoanlage mit einem Plattenspieler statt CD-Player, und die makellosen Cover seiner Sammlung von Bob-Dylan-Alben sind chronologisch geordnet und genauso ordentlich aufgereiht wie die Bücher.

Der Pale Saint blickt auf den alten Steinmörser und den Stößel, die er in Mexiko aufgetrieben hat, seine geliebte Foto- und Video-Ausrüstung, auf eine alte blaue Glasflasche, die einst zerbrochen, deren Scherben aber wieder zusammengeklebt worden waren, und auf seine fleckigen, beigefarbenen Stiefel mit den brandneuen Schnürsenkeln. Dann schweift sein Blick zu den Augäpfeln seines letzten Opfers, die auf einer Zeitungsseite liegen.

Er bewegt seine Zehen durch den rauhen Flor des fadenscheinigen Teppichs, steht dann auf und geht zum Schreibtisch hinüber. Ohne sich zu setzen, schaltet er die graue Lampe ein. Das fluoreszierende Licht hüllt die weißen Papierstapel in einen violetten Schein.

Während er die Stereoanlage einschaltet, öffnet er einen Schnellhefter. ›*Most likely you go your way and I'll go mine*‹, singt die klagende Stimme Bob Dylans. Der Pale Saint starrt auf das Foto, das auf dem obersten Blatt des Schnellhefters klebt.

Das Foto zeigt Jon Christopher. Es ist grobkörnig und etwas verwackelt, obwohl er einen sehr guten Film benutzt hatte, aber sie hatten sich beide bewegt, als er auf den Auslöser drückte. Nachdenklich ißt er Schokolade, jeden einzelnen Bissen genießend. Als er die Hälfte des Riegels verzehrt hat, legt er die andere sorgfältig zu den anderen Hälften, die er nicht gegessen hat. Einige der in braunes Papier gewickelten halben Riegel sind so alt, daß die Schokolade bleich und kalkig wie der Boden in Oklahoma aussieht.

Während er mit den Fingerspitzen das Foto berührt, denkt der Pale Saint an William Cotton, sein letztes Opfer. Keiner seiner Morde entbehrt der Logik und der Notwendigkeit. In dieser Hinsicht versteht er Christopher vollkommen. Auch der Pale Saint würde jeden gnadenlos jagen, der sinnlos tötet, etwa aus sportlichen Gründen, oder weil es ihm einen Schauer über den Rücken jagt. Das sind abscheuliche, verachtungswürdige Taten, die er niemals verzeihen würde. Nein, er würde einen so respektlosen Missetäter bis ans Ende der Welt verfolgen und töten. Wie Christopher. Vielleicht auch nicht wie Christopher. Er muß erst noch herausfinden, wozu Christopher in der Lage ist oder wie weit er gehen wird, wenn es sich um jenes nicht zu fassende Phänomen handelt, das er Gerechtigkeit nennt.

Während er diesen Gedanken nachhängt, steht der Pale Saint vor der aufgeschlagenen Zeitung mit den Augen seines Opfers. Er trägt die Augäpfel ehrfürchtig zum Schreibtisch hinüber, wo das Licht mit dem violetten Schimmer ihre konvexen Oberflächen funkeln läßt. Dann legt er sie auf das Foto von Christopher. »Jetzt durchschaue ich ihn.« Der Pale Saint starrt gebannt auf das grobkörnige, etwas verschwommene, zweidimensionale Gesicht auf dem Foto. »Ich durchschaue ihn vollkommen.«

3.

Auf dem Weg zu Austins Wohnung erblickte Christopher Sara. Sie ging mit ihrem Hund spazieren, einem Weimaraner mit silbrigem Fell, der auf den Namen Hound hörte. Er hupte, hielt im Parkverbot und heftete seinen Polizeiausweis hinter die Windschutzscheibe. Sara hatte ihren Walkman dabei, und Christopher drückte erneut auf die Hupe.

Während er aus dem Auto ausstieg, wandte sie sich um und nahm den Kopfhörer ab. »Onkel Jon!«

Hound bellte und vergrub mit wedelndem Schwanz seine Schnauze in Christophers Händen.

»Wie geht's dir, alter Junge?« sagte er, bevor er Sara in die Arme nahm, sie hochhob und herumwirbelte. Erneut bemerkte er erstaunt ihre Vitalität. Es ist komisch, dachte er, wie lang begrabene Erinnerungen in einem Sekundenbruchteil wieder leuchten und funkeln konnten und die Vergangenheit so lebendig wurde, als hätte sich alles erst gestern zugetragen. Er erinnerte sich an den Moment, als er Bobby Cassandra vorstellte. Es war wie das Echo eines Gewehrschusses im Gebirge oder das einer zugeschlagenen Tür in dem Gefängnis, das er selbst errichtet hatte. In diesem Moment geriet sein Leben auf eine andere Bahn, von deren Existenz er bis zu dem Augenblick nichts geahnt hatte. Cassandra verließ ihn, und in seinem tiefsten Inneren wußte er, daß sie nie zurückkommen würde.

»Hi, Honey«, sagte er, während er sie wieder absetzte. »Hast du deine Mutter heute schon gesehen? Ich suche sie.«

Sara schüttelte den Kopf. »Sie hat mich aus dem Labor angerufen, als ich aus der Schule kam, und gesagt, daß es nur eine Stunde dauert.« Sie lächelte. »Es kommt mir so vor, als hätte ich sie ewig nicht mehr gesehen.«

Während sie auf das Gebäude zugingen, stülpte sie Christopher lachend den Kopfhörer über, aus dem rauher Rock' n' Roll drang.

»Alice in Chains?«

Sie nickte. »Du hast immer recht. Mein Vater ist unmöglich – er könnte Alice in Chains nicht von den Smashing Pumpkins unterscheiden.« Sie nahm den Kopfhörer wieder an sich, während Christopher für einen Moment den Atem anhielt.

Als sie das Gebäude betraten, fragte er sich, was zum Teufel Cassandra vorhatte. Es war offenkundig, daß sie Sara noch nichts vom Schicksal ihres Vaters erzählt hatte. Die Pressekonferenz sollte rechtzeitig beginnen, um in den Abendnachrichten übertragen zu werden, und dann würde die ganze Welt wissen, daß Bobby Austin tot war. Was dachte sich Cassandra dabei, in solch einem Augenblick ins Labor zu flüchten? Es war unverständlich.

Christopher spazierte durch die Wohnung, während Sara den Anrufbeantworter abhörte. In ihrem Schlafzimmer stand eine Reihe von Fotos auf dem Nachttisch. Er griff nach einem der Bilder, und erneut durchfuhr ihn ein Schauer. Das Foto war fünfzehn Jahre alt und zeigte Christopher und Mercedes, wie sie ihre Hochzeitsfeier verließen. Sie trug das rote Kostüm, das sie auch während der Flitterwochen auf den Bahamas oft angehabt hatte, aber sie trug noch ihren Hochzeitshut und den Brautschleier – offensichtlich hatte sie beides noch nicht ablegen wollen. Sie starrte in das Auge der Kamera, und der Ausdruck reiner Freude verklärte ihr wunderschönes Gesicht. Seine Haare waren damals länger gewesen. Er hatte seinen Smoking bereits abgelegt und trug ein sportliches Jackett und eine lässig geschnittene Hose. Sein Kopf war leicht abgewandt, und es war offensichtlich, daß er auf irgend etwas oder irgend jemanden knapp außerhalb des Bildausschnitts der Kamera blickte. Vielleicht auf den Schatten von Mercedes' vorzeitigem Tod?

Christopher hob das Foto hoch, um es näher zu betrachten. Jetzt bemerkte er, daß er unter dem Jackett ein wollenes Polohemd trug, das Cassandra ihm geschenkt hatte.

Er stellte das Foto wieder zurück und griff nach einem anderen, auf dem Andy abgebildet war. Sein Sohn war fotografiert worden, ohne daß er es gemerkt hatte. Er war darauf mit Sara zu sehen, die ihre Baseballkleidung trug, und er hatte eine Teamkappe auf dem Kopf, die Sara ihm geschenkt hatte. War dieses Foto wirklich erst vor zwei Jahren aufgenommen worden?

»In meiner Klasse ist ein Junge namens Ben«, sagte Sara, die barmherzigerweise seine Gedanken unterbrach. Sie stand im Türrahmen und beobachtete, wie er Andys Foto wieder auf den Nachttisch stellte. »Er sitzt im Rollstuhl, aber das ist besser als zu Beginn, als sein Gesundheitszustand noch sehr kritisch war und er im St. Vincent-Krankenhaus lag. Ein dummer Junge, der nur noch die Hälfte sah, weil er zuviel Whisky und Bier getrunken hatte, hat ihn mit dem Buick seines Vaters über den Haufen gefahren. Ben stand auf dem Bürgersteig und wollte gerade losgehen.« Christopher blickte sie an und bemerkte erstaunt, daß ihn Bobbys dunkle, intelligente Augen anstarrten. »Ich weiß, bei Andy war es etwas anderes. Er ist nicht einfach nur gefallen.«

Nein, dachte Christopher, *das ist er nicht.*

»Aber irgend etwas an Ben erinnert mich so an Andy – die große Traurigkeit, als ob das Gewicht seines gesamten Lebens ihn niederdrücken würde. Wenn ich in seiner Nähe bin, möchte ich in Tränen ausbrechen. Ich frage mich, ob er vor dieses Auto laufen wollte, so wie Andy springen wollte.«

»Ich weiß es nicht, Honey.« Die Trauer über den Tod seines Sohnes glich einem dumpfen Schmerz hinter den Augen, der ihn nicht verließ.

»Manchmal wollen Menschen es tun.«

»Wie meinst du das?« Christopher spürte den Sog des Fotos, das ihn anklagend anzustarren schien. *Du hast nicht genug für mich getan,* schien Andy zu sagen. *Warum hast du mich in das leere Schwimmbecken springen lassen?*

Sara ergriff Christophers Hand und geleitete ihn wieder ins Wohnzimmer. »Ich glaube, daß Andy nur das wollte, was auch Ben sich wünscht«, sagte sie. »Er wollte glücklich sein – so wie wir alle.« Sie senkte den Kopf. »Nur wissen manche Menschen nicht, wie sie das anstellen sollen.«

Christopher drückte ihre Hand. »Wenn ich nur einen Weg gefunden hätte, an ihn heranzukommen.«

»Du hast dein Bestes getan, Onkel Jon.«

Christopher wurde von Schuldgefühlen geplagt, die aber nicht nur etwas mit Andys Tod zu tun hatten, sondern auch damit, daß Bobbys Tod irgendwie das Schloß jenes Raumes in seinem Inneren aufgesprengt hatte, wo er die Wahrheit verschlossen hielt: daß er nie wieder ein menschliches Wesen so tief und innig lieben würde wie Cassandra.

Der Hund begann zu bellen, und Sara ging mit ihm in die Küche, um ihn zu füttern. Christopher griff nach einem Buch, dessen Deckblatt mit Saras schwer lesbarem Gekritzel bedeckt war: *Die sieben Säulen der Weisheit* von Thomas Edward Lawrence. Schwierige Lektüre für eine Fünfzehnjährige, aber Sara war immer schon frühreif gewesen. Er begann das erste Kapitel zu lesen. Lawrence' Stil war poetisch und voller Eigenheiten, aber gerade deshalb erschien ihm irgend etwas an dem Buch sofort vertraut. Er las weiter, als ob eine rätselhafte Kraft ihn antreiben würde, bis er bei einer Textpassage angelangt war, die ihm die Haare zu Berge stehen ließ: ›Man kann mit Leichtigkeit einen Menschen zu einem Ungläubigen machen, aber es ist kaum möglich, ihn zur Konversion zu einem anderen Glauben zu bewegen‹, las er. ›Ich hatte einen Glauben aufgegeben, ohne einen anderen anzunehmen, und glich Mohammeds Sarg in unserer Überlieferung. Im folgenden empfand ich intensiv die Einsamkeit des Lebens und eine Verachtung, die sich nicht auf andere Menschen bezog, aber auf all das, was sie tun.‹

Mit klopfendem Herzen startete er sein Notebook, suchte und las dann erneut die Zeilen, die der Pale Saint nach dem Mord in Bobby Austins Computer eingetippt hatte: ›Aus mir kann man mit Leichtigkeit einen Ungläubigen machen, aber es wird kaum möglich sein, mich zum Konvertiten zu machen. Wie ein Sarg in der Schwebe. Ich habe einen Glauben abgelegt und noch keinen anderen angenommen ...‹ Hatte der Pale Saint Lawrence absichtlich oder unbewußt paraphrasiert?

Sara kam ins Zimmer zurück und warf ihm einen Blick zu, der ihn aus der Fassung brachte. »Onkel Jon, solange du noch hier bist ... Können wir miteinander reden?«

Christopher setzte sich näher zu ihr. »Das weißt du doch, mein Schatz.« Er zog sie an sich. Offenbar hatte er allzu mütterlich geklungen, denn Sara kicherte. Christopher schüttelte sie sanft. »Was gibt's?«

Sie lehnte ihren Kopf gegen seine Brust und schloß die Augen. »Manchmal habe ich eine große Angst in mir«, sagte sie nach einer langen Zeit. »Manchmal wird sie so groß, daß ich befürchte, daß für nichts anderes mehr Platz bleibt.«

»Und was glaubst du, wo diese große Angst herkommt?«

Sara zuckte die Achseln.

»Du weißt es, oder?«

»Meine Eltern sind beide so mit ihrer Arbeit beschäftigt ... Wenn sie sich streiten, scheint das alles zu sein, was es noch gibt. Wut, die sie aufwühlt, aber auch irgendwie zusammenhält. Warum sind sie so wütend, Onkel Jon?«

»Wahrscheinlich, weil sie beruflich überlastet sind. Auch für sie muß das beängstigend sein.«

Sara drehte sich herum und blickte zu ihm auf. »Glaubst du?«

Er nickte. »Bei mir war es so, als Andy noch lebte. Jetzt denke ich viel darüber nach – über die Zeit, die ich nicht mit ihm gemeinsam verbracht habe.« Sein Herz brach. Das Wissen um Bobbys Tod hatte ihn in einen Abgrund gestürzt, und er mußte auf jedes seiner Worte achten, um Sara nicht mit hinabzuziehen. Ihm war klar, daß er so mit ihr reden mußte, als ob ihr Vater noch lebte. »Aber du kannst nicht mit der Angst allein bleiben, Sara. Deine Mutter wäre beunruhigt, wenn sie wüßte ...«

»Aber du wirst ihr nichts erzählen?« fragte Sara etwas besorgt.

»Natürlich nicht«, versicherte er. »Ich bin verschwiegen

wie ein Beichtvater.« Er drehte sie herum, so daß sie ihm in die Augen blicken konnte. »Aber ich bräuchte es ihr auch nicht zu erzählen, weil du das tust.«

»Unmöglich. Sie sind nicht wie du, Onkel Jon. Meine Mutter hat keinerlei Ahnung, und mein Vater erwartet von mir, daß ich stark bin. Er sagt, daß das der einzige Weg ist, eine erfolgreiche Werferin zu werden.«

Christophers Handy piepte, und er hob einen Zeigefinger, während er das Mobiltelefon aufklappte.

»Wir haben ein Problem«, sagte Emma D'Alassandro.

Christopher entfernte sich von Sara. »Schießen Sie los.«

Er bemerkte, daß D'Alassandro zögerte. »Sind Sie gerade mit Mrs. Austin zusammen?«

»Nein.« Christopher beobachtete Sara, die sich wieder ihrem Buch widmete. »Was haben Sie auf dem Herzen?«

Er hörte, wie D'Alassandro tief durchatmete. »Okay. Ich vermisse eine Blutprobe von dem zerbrochenen Fenster, durch das der Mörder entkommen ist. Ich habe alles dreimal überprüft und bin mir sicher. Zunächst habe ich gedacht, daß Esquival sich einen seiner dummen Späße erlaubt hätte, aber dann habe ich mit Lang gesprochen, dem uniformierten Polizisten, der mir bei der Beweisaufnahme geholfen hat. Er behauptet, daß während meines Aufenthalts im Verhörraum eine Frau aufgetaucht sei und behauptet habe, meine Mitarbeiterin zu sein. Sie hat ausdrücklich meinen Namen genannt.«

»Hatte sie einen Ausweis?«

»Er erinnert sich nicht.« Sie räusperte sich. »An die Frau erinnert er sich aber, weil sie sehr gut aussah und ihm half. Groß, kurzes blondes Haar, graue Augen, ein olivfarbener Mantel mit Epauletten, ein Diamantarmband am rechten Handgelenk. Was er über ihre Figur gesagt hat, lasse ich lieber weg.«

»Mist.«

Christopher bemerkte, daß Sara ihn anblickte, und lächelte sie an.

»Warum sollte Cassandra Austin eine Blutprobe stehlen?« fragte D'Alassandro. »Was will sie damit?«

»Keine Ahnung«, antwortet Christopher. Jetzt fragte er sich wirklich, was Cassandra in ihrem Labor tat. Was war wichtig genug, um sie an diesem Tag von Sara fernzuhalten? »Aber ich werde es mit Sicherheit herausfinden. Wie läuft's sonst?«

»Eine gute Nachricht. Ich wette, daß das Blut auf den Glasscherben ausschließlich vom Pale Saint stammt«, antwortete D'Alassandro. »Erste Analysen haben bis jetzt ergeben, daß das Blut von keinem der Menschen ist, die sich zum fraglichen Zeitpunkt in dem Gebäude aufgehalten haben. Die schlechte Nachricht: Der Suchvorgang des Computers ist beendet. Der Kerl existiert nicht, zumindest nicht offiziell.«

»Verdammt, damit sind wir wieder am Anfang.« Christopher dachte einen Moment lang nach. »Besorgen Sie mir ein Exemplar von *Die sieben Säulen der Weisheit* von Thomas Edward Lawrence.«

»Scheint mir für Polizeiarbeit etwas zu tiefgründig zu sein.«

»In diesem Fall nicht.«

D'Alassandros Atem ging jetzt schneller. »Soll das heißen, daß Sie eine Spur haben?«

»Vielleicht«, sagte Christopher nachdenklich, bevor er das Mobiltelefon in die Tasche steckte und zu Sara hinüberging.

»Alles in Ordnung?«

»Natürlich«, log er und wandte sich schnell wieder ihrem vorherigen Thema zu. »Ich möchte, daß du mit deiner Mutter redest.«

»O Onkel Jon ...«

»Versuch es einfach, okay?« Er strich ihr durchs Haar und lachte. »Das wird eine gute Übung für deine Willensstärke sein.«

Sie lachte ebenfalls. »Okay, aber ich kann dir jetzt schon versichern, daß wir uns gegenseitig auf die Nerven gehen werden.«

»Vielleicht wird sie dich überraschen«, sagte er und zeigte auf das Buch. »Wie bist du auf dieses Buch gekommen?«

»Ich habe den Film *Lawrence von Arabien* gesehen und mich in Peter O'Toole verliebt.« Sie verzog das Gesicht. »Na ja, nicht so sehr in Peter O'Toole, obwohl er in dem Film ganz schön gut war. Ich wollte herausfinden, was es mit Thomas Edward Lawrence wirklich auf sich hatte.«

»Und wie denkst du jetzt darüber?«

»Ich glaube, daß der Unabhängigkeitskrieg in der Wüste ihn verändert hat.« Sie sah Christopher mit dem festen Blick ihres Vaters an und nahm dann das Buch zur Hand. »›Unser Ziel bestand darin, die bezüglich des Materials schwächste Stelle des Feindes auszumachen und uns nur darauf zu konzentrieren, bis im Laufe der Zeit die gesamte Front zusammenbrach.‹« Sie blickte auf. »Er wußte, daß die Willenskraft der Araber stärker als die der Türken war und daß er sie am Ende besiegen würde. Aber im Verlauf dieser Entwicklung geschah was Unerwartetes und Furchtbares. Der Krieg hat ihn ...« Sie schwieg einen Augenblick und suchte nach dem richtigen Wort. Dann glitt ihr Finger wieder über die Zeilen. »›Durch unsere eigenen Taten verloren wir unsere Moral, unsere Willenskraft und unseren Verantwortungssinn, bis wir welken Blättern im Wind glichen.‹« Sie blickte erneut auf. »Genau das ist mit ihm geschehen: Er wurde zu einem welken Blatt im Sturm seines Krieges.«

Während sie sprach, passierte etwas mit Christopher. Es war, als ob er eine mysteriöse Verbindung wahrnehmen würde, einen Schauer der Erkenntnis in seinem tiefsten Inneren. Ihm schien, als ob er diese Worte schon einmal gehört hätte oder sie in der Zukunft noch einmal hören würde.

Er schüttelte das unheimliche Gefühl ab, beugte sich vor und küßte Sara auf die Stirn. »Halte mich über deine Meinung zu Mr. Lawrence auf dem laufenden. Jetzt muß ich aber gehen.«

Sie blickte ihn an. »Ich glaube, daß Andy Lawrence genauso sehr gemocht hätte wie ich.«

Christopher schwieg einen Moment lang. »Da bin ich mir sicher, Honey.«

»Wenn Mama nach Hause kommt, sage ich ihr, daß du hier warst.«

Er lächelte sie an. »Werde nicht zu schnell erwachsen, okay?«

Sie nickte. »Onkel Jon«, sagte sie plötzlich, »es ist doch alles in Ordnung?«

Sara blickte ihn sehr lange an und schlang dann impulsiv die Arme so fest um ihn, daß er wußte, sie wollte ihn nicht gehen lassen. »Besuch mich so schnell wie möglich wieder.«

»Versprochen.« Während er sie zärtlich auf beide Wangen küßte, bemühte er sich, nicht an Bobbys Gesicht und den Kugelschreiber in seinem Auge denken zu müssen.

Das Vertex-Institut hatte für Cassandras Forschungen ein vierstöckiges Sandstein-Gebäude erworben, das an der Grove Street westlich der Seventh Avenue lag. Die Direktoren des Instituts behaupteten, sich aus Gründen der Abgeschiedenheit für dieses Haus und nicht für ein größeres Gebäude in Soho entschieden zu haben. Abgeschiedenheit – im Klartext hieß das Sicherheit. Vertex war eine ausgesprochen prominente Biotechnologie-Firma, eine der beiden wichtigsten nichtstaatlichen Quellen des HARP, dem von der Bundesregierung betriebenen Healthcare Antiaging Research Program. Das andere beteiligte Unternehmen war Helix Technologies. Die beiden Firmen waren Konkurrenten, erbitterte Feinde, die sich permanent einen Vorsprung in der Forschung abzujagen versuchten. Da sowohl Vertex als auch Helix durch Überprüfungen vor dem Kongreß und durch die öffentliche Meinung Schaden nehmen konnten, gab es jede Menge Intrigen, von denen Cassandra glücklicherweise nichts wußte. Was die hochgradig politischen Aspekte ihrer Arbeit betraf, schirmte Gerry Costas sie gut ab.

Ein Vorbesitzer des Hauses mußte ein Liebhaber von Bäumen gewesen sein, denn hinter dem Haus gab es einen kleinen, rechteckigen Garten mit einer großen Kastanie, die im Frühling rosafarbene Blüten trug, und einem kleinen japanischen Ahornbaum, dessen Blätter im Herbst die Farbe von Flammen annahmen. Im hinteren Teil des Gartens führte ein kurzer Steinweg zu einem kleineren Hintergebäude.

Vertex hatte die Innenräume beider Gebäude nach Cassandras Wünschen völlig umgestaltet. Das Ergebnis war eine

Reihe voneinander unabhängiger Laboratorien, wo man in völliger Isolation arbeiten konnte.

Christopher hatte Cassandra erst einmal an ihrem Arbeitsplatz besucht. Damals hatte er Bobby begleitet, der sie drei Tage vor Thanksgiving, an ihrem Geburtstag, überraschen wollte. Damals trug Christopher einen dreischichtigen Butterkuchen mit Erdbeeren, den er extra für diesen Anlaß gebacken hatte, und Bobby hielt sein Verlobungsgeschenk in den Händen, ein Diamantarmband, das er sich eigentlich nicht leisten konnte. Cassandra hatte es, soweit Christopher wußte, seitdem nie wieder abgelegt.

Noch viele Jahre danach hatte er sich selbst etwas vorgemacht, weil er geglaubt hatte, daß sie an diesem Abend alle sehr glücklich gewesen waren.

Jetzt, wo er den vier bewaffneten Sicherheitsbeamten gegenüberstand, die alle Besucher des Vertex-Labors überprüften, war Christopher in einer völlig anderen Stimmung. Er wurde von Gefühlen überwältigt, und es bestand die Gefahr, daß er die für seine Arbeit erforderliche Distanz verlor. Die Sicherheitsbeamten arbeiteten professionell: Sie verglichen seine schriftlichen Unterlagen mit den Angaben ihres Computers und würden ihn so lange nicht durchlassen, bis sie die Nummer seiner Dienstmarke überprüft hatten. Es schien absurd, ja fast komisch zu sein, daß vier bewaffnete Männer ein Labor bewachten, aber dann erinnerte sich Christopher an Dean Koenigs Drohungen. Einer der Sicherheitsbeamten reichte ihm einen Plastikausweis mit einem digital im Computer produzierten Foto, das dem Bild in einem neuen Führerschein glich. Man erklärte ihm den Weg zu Cassandras Labor. Er traf sie an, als sie sich gerade über ihre Unterlagen beugte. Noch bevor er neben sie treten konnte, wurde er von einem stattlichen Mann mit gefärbten Kontaktlinsen aufgehalten.

»Kann ich Ihnen helfen?« Seine Stimme hatte den leicht übertriebenen Boston-Akzent, den Christopher unsympathisch fand, weil er fast immer affektiert klang.

Er zeigte seinen Ausweis und beobachtete den Gesichtsausdruck des Manns. »Erinnern Sie sich an mich, Doktor?«

Vor ihm stand Dr. Hutton Dillard, der selbsternannte Wachhund Cassandras. Obwohl er aus einer Oberschicht-Familie stammte, die in Philadelphia residierte, beschützte er Cassandra wie ein lateinamerikanischer Ehemann. Er gehörte zu denen, die dem Nachnamen ein ›Mister‹ oder den beruflichen Titel hinzufügten, wenn sie einen ansprachen; wenn er jemanden gut kannte, ließ er den Titel weg. Dillard hatte in Harvard als Mediziner promoviert und dann am Walter-Reed-Institut geforscht, bevor Cassandra ihn einstellte. Christopher war ihm auf einer Wohltätigkeitsveranstaltung zur Förderung der medizinischen Forschung begegnet, zu der Bobby und Cassandra ihn geschleppt hatten. Bobby hatte ihm jede Menge über Dillard erzählt. Er konnte den Mann nicht leiden, aber offensichtlich mochte ihn niemand, selbst Cass nicht. Ihren Worten zufolge war er allerdings ein genialer Forscher.

»Sind Sie als *Polizist* hier, Lieutenant Christopher?« Der gemessene Tonfall und die Betonung ließen das Wort abfällig klingen.

»Ich will nur kurz mit Ihrer Chefin sprechen.«

»Dr. Austin ist nicht meine Chefin, sondern meine Partnerin«, sagte Dr. Dillard, als Christopher an ihm vorbeiging.

Rechts neben Dillard schaltete ein Assistent einen kleinen Keramikofen ein. Das Geräusch klang gedämpft, als ob es von der riesigen Ansammlung komplizierter Maschinen in dem Labor absorbiert würde. Weit hinten im Raum, hinter einer Reihe von glänzenden Röhren aus rostfreiem Stahl, Kompressoren mit Schläuchen und Ventilatoren, gab es ein Fenster, durch das Christopher kupferfarbene Blätter sah, die der frische Oktoberwind von den Zweigen der Bäume fegte. Während er sich Cassandra näherte, blickte sie auf, und ihr Blick verriet ihm, daß sie ihn erwartet hatte.

»Tut mir leid, daß ich einfach so weggerannt bin, aber ich ...«

»Alles in Ordnung?«

»Die eiskalte Fassade ist noch intakt, wenn du das meinen solltest. Sheridan hat angerufen.« Dan Sheridan war der Bezirksstaatsanwalt, Bobbys Boß. »Er war sehr nett und hat darauf bestanden, sich um die Kosten der Beerdigung zu kümmern. Ich wußte nicht, was ich sagen sollte.«

»Ich denke, du hättest sein Angebot annehmen sollen.«

»Der Gedanke an Bobbys Beerdigung erscheint mir immer noch irreal.« Sie schwieg einen Augenblick und blickte ins Leere, während sie alles wieder vor sich sah. Dann wandte sie sich ihm plötzlich zu und sah ihn auf ihre besondere Art an, die ihn immer aus der Fassung brachte. »Ich sehe, daß du wütend bist, Jon.«

»Vielleicht wäre ›verwirrt‹ das bessere Wort«, räumte er ein. »Ich weiß, daß du unter Schock stehst. Warum hättest du sonst meinen Befehl mißachten, dich als Polizistin ausgeben und ein offizielles Beweisstück am Tatort stehlen sollen?«

»Du hast gesagt, daß ich an Ort und Stelle bleiben soll, aber ich habe nicht gedacht, daß das ein Befehl war.«

»Es war einer.«

»Ich lasse mir nichts befehlen. Von niemandem.«

Sie wirkte unnatürlich ruhig. Stand sie unter Schock, oder war sie einfach nur dickköpfig? Früher hätte er es gewußt, heute nicht mehr. Schon jetzt hatte er das Gefühl, das ihm die Kontrolle über das Gespräch entglitt. Er konnte ganze Horden von Kriminellen einschüchtern, die sich auf den Straßen der Stadt herumtrieben, aber bei Cassandra lag der Fall anders. Nur mit Mühe gelang es ihm, sich zusammenzureißen. »Ich war bei Sara.«

»Ich weiß. Sie hat mich angerufen, nachdem du gegangen warst. Dein Auftritt hat sie verängstigt.«

»Ich habe dich gesucht, und du hättest zu Hause sein sollen, Cass. Du mußt ihr erzählen, was ...«

»Hör auf, Jon. Sie ist *meine* Tochter, und dies ist *meine* Familie, nicht deine. Komisch, daß du das nie begriffen hast.«

Das ist überhaupt nicht komisch, dachte Christopher. Er sah, daß Dillard sie aus den Winkeln seiner unnatürlich blauen Augen beobachtete. »Verdammt, denk an Sara. Willst du, daß sie um siebzehn Uhr aus den Nachrichten erfährt, was ihrem Vater zugestoßen ist?«

Cassandras Augen funkelten, aber sie sprach nicht lauter

als zuvor. »Das ist nicht deine Angelegenheit, okay? Ich rechne es dir hoch an, daß du es mir persönlich erzählt hast, aber von dem Augenblick an habe ich mich unglaublich hilflos und zornig gefühlt. Ich wollte nicht zusammenbrechen, und deshalb habe ich mich entschlossen, *jetzt* etwas zu unternehmen, so daß es mir etwas besser geht, wenn ich es Sara erzähle.« In ihren Augen standen Tränen, aber ihr Blick war herausfordernd. »Ich erzähle es ihr, wann ich es für richtig halte, und zwar auf meine Art und Weise.«

Sie verhält sich wie ein General gegenüber seinen Truppen, dachte Jon: *hart, angriffslustig, direkt*. Er beschloß, es mit einer anderen Taktik zu versuchen. »Du solltest mir besser erzählen, was zum Teufel hier los ist, Cass. Warum hast du die Blutprobe gestohlen?«

»Dieses verfallende Gebäude ... Ich habe dein Gespräch mit Brockaw belauscht, Jon. Du hast gesagt, daß es nicht möglich sein wird, diesen Mörder zu fassen.«

»Guter Gott!«

»Da kam mir eine Idee. Ich kann dir helfen. Dieses Labor ist der ideale Ort, um ...«

»Verdammt, Cass, deine Ideen sind mir scheißegal.«

»Jon ...«

Seine Handbewegung schien ihr das Wort abzuschneiden. »Kein aber!« brüllte er.

Die scheinbar reibungslos ablaufenden Aktivitäten im Labor wurden kurz unterbrochen. Die Assistenten blickten von ihrer Arbeit auf, und Dillard kam zornig ein paar Schritte auf sie zu.

»Lieutenant Christopher, ich muß darauf bestehen ...«

»Bleiben Sie, wo Sie sind, Doktor«, sagte Christopher warnend.

Dillard blickte Cassandra an, die barsch den Kopf schüttelte. Die eiserne Disziplin, die sie von ihrem Team verlangte, führte dazu, daß die Mitarbeiter ihre Arbeit wieder aufnahmen. Dillard jedoch kochte, wenn auch auf die wohlerzogene Art und Weise, die man ihm in Harvard beigebracht haben mußte.

»Du stehst unter Schock, Cass. Glaub mir, ich kenne mich

damit aus. Du bist unfähig, klar zu denken. Was immer du auch vorgehabt haben solltest, ich will, daß du es dir aus dem Kopf schlägst. Überlaß diese Nachforschungen den Profis.«

»Du bist so dickköpfig. Laß mich dir erklären …«

»Gib mir dein Wort, daß du diese gestohlene Blutprobe nicht verwenden wirst. Jetzt sofort. Ansonsten lasse ich dich festnehmen.«

»Das wirst du nicht tun.«

»Du kannst es ja darauf ankommen lassen. Schon jetzt hast du genug Ärger am Hals. Es ist ein schwerwiegendes Vergehen, wenn man Beweismaterial stiehlt und sich als Polizistin ausgibt.«

Cassandras Laborkittel glich dem, den sie damals trug, als er und Bobby sie mit dem Kuchen und dem Diamantarmband besucht hatten, um ihren Geburtstag zu feiern. Damals war ihr Haar lang und zu einem Pferdeschwanz zusammengebunden gewesen. Christopher erinnerte sich, daß es wie ein blasses Feuer geleuchtet hatte. Vorher hatte er nie gedacht, daß die Lampen in einem Labor romantisch sein könnten.

»Zum Teufel mit dir«, flüsterte sie.

Er mußte kein Polizist sein, um zu wissen, daß dieser Kampf weniger mit der Gegenwart als mit der Vergangenheit zu tun hatte. Aber diese Erkenntnis nutzte ihm nicht viel. Bobbys Tod hatte die Wunde aufgerissen, die nie richtig verheilt war. Erst jetzt erkannte er, daß die Wunde unter jener Schicht weiter eiterte, die er seit der Nacht der Hochzeit so sehr gepflegt hatte. Damals hatte er neben seinem besten Freund gestanden und beobachtet, wie Cassandra durch das Kirchenschiff auf sie zukam – und gewußt, daß er sie für immer verloren hatte. Jetzt war ihr Gesicht von Schmerz gezeichnet, und er fühlte sich schrecklich. Er haßte sich selbst, und doch war es genau dieser Selbsthaß, der ihn weiter antrieb.

Cassandra beobachtete ihn eine Weile. »Wenn ich, so wie jetzt, ganz nah neben dir stehe, spüre ich eine Erschütterung bis in die Knochen. Bist du dir dessen bewußt?«

Christopher starb einen kleinen innerlichen Tod, aber vielleicht war das gerecht. Vielleicht hatte er sich die ganze Zeit über gewünscht, für seine Sünde an ihr und Bobby bestraft zu werden. Cassandra mochte Beweismittel gestohlen und sich als Polizistin ausgegeben haben, aber er hatte das schwerwiegendere Verbrechen begangen.

»Warum sagst du nichts? Ich bin dir böse und weiß, daß es dir nicht anders ergeht. Aber wie böse bist du mir tatsächlich, Jon? Sag es mir.«

Christopher wollte sich jetzt nicht darauf einlassen. Vielleicht würde er es nie wieder wollen – das Ganze war zu schmerzhaft. Es war schon schlimm genug, daß er den emotionalen Konflikt in seinem Inneren in ihrer Gegenwart bewältigen mußte.

»Du wirst die Blutprobe nicht verwenden? Ich warte auf deine Antwort.«

»Einverstanden. Aber im Gegenzug erwarte ich, daß du mir sagst, ob D'Alassandro ausgerechnet diese eine Blutprobe benötigt, die ich entwendet habe.«

»Was D'Alassandro braucht oder nicht braucht, ist irrelevant.«

»Für mich nicht. Ich hätte nie ein Beweisstück an mich genommen, das für ihre Nachforschungen unerläßlich ist. Verstehst du, Jon?«

Wenn sie diesen Kampf verlieren sollte, würde sie mit Sicherheit dafür sorgen, einiges von ihrem Stolz zurückzugewinnen.

»Woher wußtest du, daß ...?«

»Es ist mein Job, Bescheid zu wissen.« Sie war gut vorbereitet. »D'Alassandro weiß es – du auch. Alle diese Blutproben stammen von einem Mann – von Bobbys Mörder.« Ihre wunderschönen grauen Augen blickten ihn an. »Du weißt, daß ich recht habe, Jon.«

»Und trotzdem ...«

»Es wird deine Nachforschungen nicht beeinträchtigen, daß ich die Blutprobe entwendet habe. Für dich macht das keinerlei Unterschied.« Ihre grauen Augen zogen ihn an wie das Licht die Motten »Für mich bedeutet diese Blutprobe alles.« Sie studierte seinen Gesichtsausdruck, als ob sie sich an jeden Augenblick ihrer Freundschaft erinnern würde. »Wenn du kurz darüber nachdenkst, wirst du mich verstehen, Jon. Ich *weiß* es.«

Er blickte sich in dem Laboratorium um und sah die Ausrüstung und die kleinen, leise vor sich hin summenden Maschinen. Dillard schien zu arbeiten, beobachtete sie aber verstohlen, und die Assistenten waren an ihren Arbeitsplätzen mit rätselhaften Prozeduren beschäftigt. Er sah das Fenster und den kleinen Ausschnitt der herbstlichen Außenwelt. »Verdammt, Cass, was soll das? Niemand kann immer nur knallhart sein.«

»Uns ist nicht zu helfen. In dieser Hinsicht gleichen wir uns«, antwortete sie ohne eine Spur von Ironie.

»Du hast recht«, sagte er nach einer Weile. »Also, was ist jetzt?«

»Guter Gott, Jon, was ist bei uns schiefgelaufen?«

»Alles.«

Sie atmete tief durch. »Glaubst du wirklich?« Als er nicht antwortete, ergriff sie erneut das Wort. »Beantworte mir eine Frage, Jon. Aufrichtig.«

»Wenn ich kann.«

»Wie typisch.« Auf ihrer Stirn pulsierte eine Ader. »Hast du irgendeine Spur vom Pale Saint? Irgendeine?«

Christopher beschloß, weder zu lügen noch die Wahrheit zu verzerren. »Es ist noch zu früh, um das beantworten zu können.«

»Wann wirst du aufhören, mich anzulügen? Ich weiß, daß es nicht leicht sein wird, ihn zu finden, wenn du ihn überhaupt schnappen solltest. Du erinnerst dich, daß ich gehört habe, was du zu Brockaw gesagt hast?« Sie zeigte auf ein Teströhrchen, das sich in einer Zentrifuge drehte. »Hier ist seine DNS, in meinen Händen. Ich habe nachgedacht, Jon. Die Analysen, die ich hier vornehmen kann, sind so modern, daß deine Leute im Labor nicht mithalten können. Ich kann bei der Untersuchung helfen. Vielleicht fällt mir bei der Analyse seiner DNS-Struktur etwas auf, das …«

Warum lief es ihm aufgrund einer Vorahnung plötzlich

kalt den Rücken hinunter? »O Gott, Cass, deine Mitarbeit ist das letzte, was ich jetzt brauche. Du bist die Witwe seines letzten Opfers. Daneben würde das gegen eine Reihe von Vorschriften verstoßen. Es *geht* einfach nicht.«

»Wirklich? Du wirst also deine Meinung nicht ändern und mich nicht weiterarbeiten lassen, obwohl du jetzt weißt, wofür ich die Blutprobe benötige?«

»Absolut nicht. Die ganze Angelegenheit ist erledigt – hier und jetzt. Hast du mich verstanden?«

»Was bist du bloß für ein Polizist?« Als sie seine Reaktion sah, begann sie ihn zu verhöhnen. »Geh dorthin, wo immer dich dieser Fall auch hinführen mag. Was ist nur aus dem ersten Grundsatz des großen Mr. Christopher geworden?«

»Es gibt bei jeder Regel Ausnahmen. Du hast mir versprochen, dieses Experiment, oder wie immer du es auch nennen magst, einzustellen, und du wirst es tun. Ist das klar?«

Sie starrte ihn kalt an.

Er ließ ein Paar Handschellen aus rostfreiem Stahl aufspringen und rasselte damit. »Oder willst du in eine Zelle?«

Sie wandte sich abrupt um. »Ich verschwinde«, sagte sie zu Dillard, während sie nach ihrem Mantel und ihrem Portemonnaie griff. »Jetzt gibt es ja keinen dringenden Grund mehr zu bleiben.«

Dillard warf Christopher einen giftigen Blick zu, während dieser Cassandra die Tür aufhielt.

Christopher fuhr sie nach Hause, ohne daß sie ein einziges Wort wechselten. Unterwegs hielten sie am Büro des Chefarztes der Gerichtsmedizin, und er stand neben ihr, als sie ihren Mann in der Leichenhalle offiziell identifizierte. Er beobachtete sie aufmerksam und mit fast klinischer Genauigkeit, um feststellen zu können, ob sie ins Schwanken geriet, aber an ihrer eisigen Ruhe änderte sich nichts. Sie unterschrieb die Formulare, das war alles. Auch im Büro des Arztes hielt das Schweigen zwischen ihnen an; sie hätten sich in verschiedenen Räumen aufhalten können. Vor ihrer Haustür nahm er ihr das Versprechen ab, Sara so schnell wie möglich alles zu erzählen. Sie bat ihn nicht, mit hereinzukommen, aber er ertappte sich dabei, wie er sich vorstellte, was in der Wohnung passierte. Nichts Gutes. Wie auch immer – er mußte zur Pressekonferenz des Chiefs. Der erste öffentliche Auftritt des Mannes, der für den Fall Pale Saint verantwortlich war – der Sündenbock. Wenn er es nicht schaffte, den Mörder hinter Gitter zu bringen, würde der Bürgermeister ihn sicher fallenlassen. Man würde Christopher den Fall entziehen und einen anderen damit beauftragen. Das wäre mehr oder weniger das Ende seiner Karriere im Mordkommissariat. Er mußte damit rechnen, weit weg vom Scheinwerferlicht der Medien an einem staubigen Schreibtisch Papierkram zu erledigen – bis zu seiner Pensionierung oder seinem Tod.

Cassandra wandte sich nicht um, als Christopher die Straße hinabraste, aber jetzt, da er weg war, fühlte sie eine erschütternde Leere in sich. Schuldgefühle und eine Art hilflosen Zorns loderten in ihr auf, weil sie dieses oder überhaupt ein Gefühl für ihn empfand, wo Bobby doch gerade erst gestorben war.

Sie steckte den Schlüssel ins Schloß und stieß die Tür auf. »Sara? Ich bin wieder zu Hause, Honey.«

Sara war geschminkt und wirkte erstaunlich erwachsen, aber dennoch verletzlich - wie ein Model in einer Calvin-Klein-Werbung. Cassandra hielt den Atem an.

»Ich übe nur«, sagte Sara, die den Gesichtsausdruck ihrer Mutter falsch deutete. »Ich werde die Schminke abwischen.«

»Nein, nein.« Cassandra streckte die Hände aus und hielt sie davon ab. »Nicht nötig.« Während sie mit ihrer Tochter ins Wohnzimmer ging, kam es ihr in der Wohnung unnatürlich heiß vor, und sie empfand ein beklemmendes Gefühl von Beengung. Bläuliche Schatten säumten die Straße vor dem Fenster, und die Baumwipfel der buntscheckigen Platanen wiegten sich im Herbstwind.

»Ich muß dir was sagen.« Plötzlich wurde sie von einer unerklärlichen Angst erfaßt, daß Sara sich in Luft auflösen würde, wenn sie sie losließ. »Es ist … etwas Furchtbares passiert. Dein Vater ist umgebracht worden.« Cassandra weinte, als sie die Worte aussprach, obwohl sie sich geschworen hatte, keine Tränen zu vergießen. Aber manche Versprechen ließen sich nicht aufrechterhalten angesichts einer Tragödie, die oft nicht nur Schock und Trauer, sondern auch Überraschungen mit sich brachte.

Sara sank in Cassandras Arme, als ob sie vom Pfeil einer Armbrust getroffen worden wäre. »Daddy.« Ihre Stimme klang wie damals, als sie noch sehr klein war und an dem hohen Fieber litt, das mit Ohrinfektionen einherging. Abrupt löste sie sich aus Cassandras Griff. »Nein!« schrie sie. »Morgen geht Daddy mit mir zu den American League Championships. Er hat diese großartigen Karten für Plätze direkt über der Mannschaftsbank der Yankees, so daß wir Andy Pettitte beobachten können.«

Cassandras Herz teilte den Unglauben ihrer Tochter und ihre Trauer. »Schatz ...«

»Das kann nicht wahr sein. Er hat sich freigenommen und wollte mir Pettittes Technik erklären.«

»Sara, Sara ...«

»Daddy, Daddy, Daddy.« Ihre Worte steigerten sich zu einem rauhen, scharfen Schluchzen. Sara lehnte den Kopf gegen die Brust ihrer Mutter und verwandelte sich wieder in ein Kind. Cassandra wiegte sie hin und her und streichelte sie zärtlich, während sie auf dem Holzboden knieten.

Aber die Ruhe währte nicht lange. Sara stieß ihre Mutter weg, stand auf und rannte zum Badezimmer. Cassandra folgte ihr. Sie stand im Türrahmen und beobachtete ihre Tochter, wie sie ihr Ebenbild im Spiegel anstarrte. Über der Reihe von Fläschchen und Tuben mit Cremes und Lotionen, die auf dem Bord aufgereiht waren, erblickte sie ihr tränenüberströmtes Gesicht. Mit einer wütenden Armbewegung fegte Sara all die schönen Glasbehälter und Fläschchen zu Boden. Das Geräusch des zerbrechenden Glases erinnerte an das Donnergetöse eines Sturms, der seinen Höhepunkt erreicht hatte.

Weinend schloß Cassandra ihre Tochter in die Arme, aber sie war untröstlich.

»Wir hatten nicht genug Zeit füreinander!« schrie Sara. »Das ist ungerecht! Wir hatten nicht genug Zeit!«

»Ich weiß, meine Süße, ich weiß.«

Ihre eigene Trauer und Saras Verstörtheit machten Cassandra sprachlos. Sie sehnte sich danach, die Worte auszusprechen, die ihre Tochter besänftigen und die Dinge wieder ins Lot bringen würden, aber sie fielen ihr nicht ein. Angesichts von Bobbys schrecklichem Tod schienen alle Worte in einem schwarzen und luftlosen Strudel erstickt zu werden. Cassandra wußte, daß es leicht wäre, dieser Verzweiflung nachzugeben. Sie hatte miterlebt, wie diese Verzweiflung Christopher überwältigt hatte, als seine Frau gestorben war und Andy vor zwei Jahren Selbstmord begangen hatte. In Saras Interesse – und ihrem eigenen – mußte sie gegen dieses furchtbare Schweigen ankämpfen.

»Sara«, sagte Cassandra weinend mit sanfter Stimme. »Nichts wird ihn uns so zurückbringen, wie er war, aber du wirst sehen, daß die Erinnerung sehr mächtig ist – sogar stärker als der Tod.« Sie strich ihrer Tochter Strähnen des wirren Haarschopfes aus der feuchten, heißen Stirn. »Wenn wir über Bobby sprechen und uns an ihn erinnern, bleibt er bei uns. Und darum geht es doch, oder? Wir müssen ihm eng verbunden bleiben, damit wir ihn nicht für immer verlieren.«

Sara hatte sich zusammengerollt und zitterte leicht. »Ich werde ihn nie vergessen«, flüsterte sie nickend. »Niemals.«

Später, als die Stadt in ein Halbdunkel getaucht war, blickte Cassandra durch das Fenster auf die Bradford Pears hinab. Als sie in der Ferne die Übertragungswagen der Fernsehsender sah, die einige Blocks weiter geparkt hatten, war sie dankbar, daß ihr Haus von Polizisten umstellt war.

Bei einem nahe gelegenen Restaurant bestellte Cassandra etwas zu essen, aber sie mußte feststellen, daß sie keinen Appetit hatte. Sara hatte sich in ihr Zimmer zurückgezogen und verließ es auch nicht auf Cassandras Bitten. Sie trat wieder ans Fenster. Auf der anderen Straßenseite, vor dem Restaurant, in dem sie die noch immer unangetasteten Mahlzeiten bestellt hatte, standen Tische auf dem Bürgersteig. Und da dies New York war, saßen dort auch ein paar harte Jungs in Lederjacken. An einem der Tische hatte ein stattlicher junger

Mann Platz genommen, der eine Zigarette nach der anderen rauchte und offensichtlich auf jemanden wartete, der nie auftauchen würde. Paare flanierten vorbei und wurden vom sanften Murmeln des Lebens eingehüllt, während Cassandra sie, durch die unsichtbare Mauer ihres Kummers isoliert, einsam aus der Ferne beobachtete.

Sie beschwor Erinnerungen an Bobby herauf: Ihr fiel ein, daß sie ihm bei ihrer ersten Verabredung die Finger verbrannte, als sie ihm einen heißen Fondue-Spieß reichte, und daß er zu ihrer Hochzeit zu spät gekommen war, weil er in der Centre Street im Verkehr festsaß. Er war den ganzen Weg zur Kirche gerannt und mit durchgeschwitztem Smoking dort angekommen. Christopher fand den Ring, den er verlegt hatte. Bobby redete ihr den Plan aus, Sara Jordan zu nennen, weil er sich einen zarten Namen für seine Tochter wünschte. Zu ihrem Hochzeitstag, dessen Datum er sich nie richtig merken konnte, schickte er ihr immer zwei Dutzend weiße Rosen. *Ist das alles*, fragte sich Cassandra, *ist das alles, was von unseren gemeinsamen Jahren übriggeblieben ist?*

Plötzlich konnte sie es nicht mehr ertragen, auch nur einen Augenblick länger mit ihren Gedanken allein zu sein. Ohne zu zögern, verstaute sie das Essen in einer Plastiktüte und verließ das Haus.

Am Ende des Häuserblocks, an der Ecke zur Houston Street, hatte sich ein Obdachloser aus verrottetem Sperrholz und Pappe eine Art postmoderne provisorische Behausung gebaut. Während der Sommermonate lebte er auf einer Bank im nahegelegenen Park, aber wenn es kalt zu werden begann, errichtete er sein provisorisches Haus über den Gittern der Lüftungsschächte der U-Bahn.

Bobby hatte die Angewohnheit gehabt, ihn mit Essen und alten Kleidungsstücken zu versorgen, oder einfach auf dem Rückweg von der Arbeit angehalten, um ein paar Worte mit ihm zu wechseln. Gelegentlich hatte Cassandra beobachtet, wie er sich aus dem Fenster lehnte, um sich zu vergewissern, daß mit dem obdachlosen Mann alles in Ordnung war.

Die provisorische Unterkunft stank wie ein Leichenhaus, was Cassandra immer abgestoßen hatte. Dennoch zog es sie jetzt hierher, vielleicht, um etwas zu tun, das symbolisch mit Bobbys Existenz verknüpft war, um den Kummer zu besiegen, der sie innerlich zu zerreißen drohte.

Der Obdachlose, der offensichtlich zusammen mit all seinen anderen irdischen Besitztümern auch seinen Namen aufgegeben hatte, nahm das Essen mit lakonischen Dankesworten an. Dann sah er aus seiner kauernden Stellung zu ihr auf, und sie erkannte den Scharfsinn, den der Blick seiner tränenden, schwarzen Krähenaugen verriet. »Sie sind Bobbys Frau, stimmt's?« Sein Atem stank nach Alkohol.

Sie nickte und spürte einen Kloß in der Kehle.

Der Obdachlose rümpfte die Nase. »Ich habe ihn eine Weile nicht gesehen.«

»Er ist tot.« Die entsetzlichen Worte entströmten ihrem Mund wie dickflüssiges Öl, und sie begann zu würgen.

»Tot.« Der Obdachlose öffnete die Plastiktüte und überprüfte den Inhalt. Als er den Kopf wieder hob, begegneten sich ihre Blicke. »Sie können nichts essen und nicht schlafen, stimmt's?«

Sie blickte ihn hilflos an.

»Gehen Sie wieder nach Hause«, sagte er. »Und seien Sie dankbar, daß Sie ein Zuhause haben.«

Cassandra ging langsam zurück. Die Straßenlampen waren von kleinen Heiligenscheinen aus Licht umgeben, und die Absätze vorbeigehender Passanten klickten rhythmisch auf dem Asphalt. Aus dem Restaurant auf der anderen Straßenseite wehte Folkmusik wie Rauch herüber. Der junge Mann war gegangen, wahrscheinlich ohne Begleitung. Zwei Verliebte kamen auf sie zu, und ihre schlanken Körper drückten ein Begehren aus, das man selbst noch aus einiger Entfernung wahrnehmen konnte. Während sie beobachtete, wie sie sich leidenschaftlich küßten, empfand sie starke Sehnsucht, Christopher anzurufen.

Cassandra erwachte mitten in der Nacht und hatte das Gefühl, noch gar nicht eingeschlafen zu sein. Ihr Haar war an der Stirn und im Nacken durchgeschwitzt. Noch halb in ihren Alptraum versunken, streckte sie automatisch die Hand nach Bobby aus, aber als sie nur den kühlen Bettbezug fühlte, rannte sie würgend ins Badezimmer. Obwohl es nicht notwendig war, betätigte sie die Wasserspülung der Toilette mehrmals. Mit einer Mundspüllösung mit Minzaroma vertrieb sie den beißenden Geschmack ihrer Magensäure, spuckte die Lösung ins Waschbecken und beobachtete, wie die blaugrüne Flüssigkeit durch den Abfluß sickerte.

Sie konnte sich nicht wieder ins Bett legen – sie konnte sich nicht einmal vorstellen, jemals wieder in diesem Bett zu schlafen. Statt dessen streifte sie durch die Wohnung, umgeben von einer Finsternis, die der Situation völlig angemessen schien.

Gleichgültig lauschte sie der Nachricht, die Gerry Costas auf ihren Anrufbeantworter gesprochen hatte. Er drückte ihr sein Beileid aus und sagte, daß sie sich um die Verschiebung des Interviews in Dean Koenigs Talkshow im Kabelfernsehen keine Sorgen zu machen brauche – er würde sich persönlich darum kümmern. Statt dessen bot er ihr einen Urlaub auf Kosten des Unternehmens an. Sie müsse sich nur an die Reiseabteilung von Vertex wenden, wo man alles organisieren werde. Es war bereits die dritte Botschaft dieser Art, die er auf dem Anrufbeantworter hinterlassen hatte. Aus irgendeinem Grund deprimierten sie seine Worte.

Schließlich schaltete sie den Fernseher ein, als ob es sich um eine Lampe handelte, und sah sich zerstreut, fast mit der manischen Unaufmerksamkeit eines autistischen Kindes, Musikvideos ohne Ton an. Sie wollte in ihr Labor zurückkehren, aber sie konnte und würde Sara nicht dieser Finsternis aussetzen, die mit dem Tod eines vertrauten Menschen einherging.

Gefangen in der Dunkelheit und ihrer Einsamkeit, starrte Cassandra auf den flimmernden Bildschirm, ohne etwas wahrzunehmen. Sie sah vor ihrem geistigen Auge den kleinen Hautfetzen des Pale Saint, den sie aus der Blutprobe extrahiert hatte. Die Doppelhelix seiner DNS schien einer Flagge zu gleichen, die auf einem leichenübersäten Schlachtfeld entrollt wurde. In diesem Augenblick nahm ihre Idee klare Konturen an. Jetzt glaubte sie, daß diese Idee in ihrem Geist seit dem Moment existierte, als Christopher ihr von den Blutproben erzählt hatte. Seit Vertex ihr das Labor eingerichtet hatte, hatte sie sich stets auf diesen Augenblick vorbereitet. Es überraschte sie, daß sie keine Reue empfand, weil sie Christopher angelogen hatte. Natürlich hatte sie nicht die Absicht, ihr Experiment zu beenden. Ganz im Gegenteil – sie war im Begriff, in eine ganz neue Dimension der molekularbiologischen Forschung vorzudringen.

Sie spürte das Pochen ihres Pulses in der Kehle, stand auf und ging zum Fenster. Die Lichter auf der nächtlichen Straße schienen Ketten von DNS-Molekülen zu gleichen. An Schlaf war jetzt nicht mehr zu denken – sie war zu aufgeregt, um noch irgendwelchen Zweifeln Aufmerksamkeit zu schenken. Was sie vorhatte, mußte in absoluter Isolation und unter totaler Geheimhaltung erledigt werden. Das bedeutete, daß sie Gerry Costas belügen mußte. Sie haßte das, aber die Erfahrung hatte sie gelehrt, daß aus Berechnung jeder zum Lügner werden konnte. Ihr Entschluß war richtig, da war sie sich sicher. Gerry würde nie verstehen, geschweige denn dulden, was ihr vorschwebte. Als Chef von Vertex war er ein Geschäftsmann – für ihn zählte nur, was unter dem Strich herauskam. Später würde sie Zeit haben, die Daten ihrer Forschungen über den Kampf gegen das Altern zusammenzustellen, was ihre Karriere sichern und Vertex ein Vermögen einbringen würde. Aber das war jetzt zweitrangig – wegen Bobbys Tod hatte sie ihre eigenen Pläne. Ihr verzweifelter Wunsch nach Gerechtigkeit und ihre Sehnsucht, dem Chaos einen Sinn abzugewinnen, waren übermächtig, auch wenn sie wußte, daß sie sich für einen sehr schwierigen und gefährlichen Weg entschieden hatte.

Sie merkte, daß sie neben dem Telefon stand, erinnerte sich aber nicht, wie sie vom Fenster hierher gelangt war. Es war, als ob sie schlafgewandelt wäre. Sie griff nach dem Hörer und wählte Hutton Dillards Nummer.

Dillard meldete sich nach dem sechsten Klingeln. »Cassandra? Alles in Ordnung?«

Seine ruhige Förmlichkeit trug dazu bei, daß sich ihr wild pochender Herzschlag beruhigte.

»Ich möchte, daß wir uns morgen früh um sechs Uhr im Labor treffen.«

»Das ist in kaum mehr als drei Stunden, Cassandra …«

»Wir sind dabei, in die Geschichte einzugehen, Hutton – wir werden das Construct-Projekt starten.«

»Ich glaube, ich habe Sie nicht richtig verstanden.«

»Mit Ihrem Gehör ist alles in Ordnung.«

»Das kann nicht Ihr Ernst sein.«

Cassandra senkte die Stimme. »Ich brauche Ihre Hilfe. Sie sind der einzige, an den ich mich wenden kann. Bitte, nicht einmal Gerry darf etwas davon erfahren.«

»Von ethischen Aspekten einmal abgesehen – wir haben die DNS nicht, um …«

»Jetzt haben wir sie.«

»Einen Augenblick!« Sie bemerkte den Anflug von Panik in seinem Tonfall. »Guter Gott, Cassandra, schwören Sie mir, daß das Ganze nichts mit Mr. Austin zu tun hat. Sie planen doch nicht etwa, Ihren Gatten als Klon wieder zum Leben zu erwecken?«

»Mit Sicherheit nicht.« Nie würde sie ihm anvertrauen, daß ihr dieser Gedanke in ihrer Verzweiflung und ihrer Trauer kurz durch den Kopf geschossen war. »Die Folgen könnten so furchtbar sein, daß man nicht darüber nachdenken sollte. Ich könnte es nicht ertragen, wenn unser Versuch scheitern würde. Und wenn wir Erfolg hätten, wäre es nicht Bobby. Der Klon würde nicht über Bobbys Erinnerungen verfügen – unser gesamtes gemeinsames Leben wäre verloren. Der Gedanke, einem Bobby gegenüberzustehen, der nicht Bobby ist …« Sie konnte nicht weiterreden.

»Gut, dann bin ich erleichtert.« Dillard zögerte. »Alles in Ordnung, Cassandra?«

Sie versuchte, ein paarmal tief durchzuatmen.

»Ja, ja, mir geht es gut. Ich werde Ihnen alles morgen im Labor erklären. Sie wissen, welches Labor ich meine.«

»Ja.«

»Dann sind Sie also dabei?« Schweigen. »Hutton«, flüsterte sie, »ich muß wissen, ob Sie mit mir zusammenarbeiten. Allein kann ich das Construct-Projekt nicht starten.«

»Sie wissen, daß ich alles für Sie tun würde.«

»Guter Gott, ich danke Ihnen.«

»Aber Cassandra, ich ...« Einen Augenblick lang schien er fast sprachlos zu sein. Aber das war unmöglich. Hutton Dillard fehlten *nie* die Worte. »Ich habe schwerwiegende Vorbehalte, über die ich morgen eingehend mit Ihnen reden muß.«

»Morgen früh, Hutton. Punkt sechs Uhr.«

Nachdem sie den Hörer aufgelegt hatte, fühlte sie sich, als ob sie eine durch Drogen verursachte Lähmung überwunden hätte. Sie schaltet den Fernseher ab, ging in die Küche und machte sich ein riesiges Sandwich mit Erdnußbutter und Marmelade. Es war dieselbe Sorte Weißbrot, die sie und Christopher bei ihren Ausflügen in die Wälder im Norden des Staates New York immer mitgenommen hatten.

Christopher träumte, er wäre ein einsamer Hirsch in einem Wald, aber dieser Wald bestand nicht aus Bäumen, sondern aus modernen Häusern. Während er seinen Kopf mit dem Geweih hin- und herwendete, sah er nichts als Häuser und weitere in den Himmel aufragende Häuser. Plötzlich bemerkte er, daß die Bürgersteige blutüberströmt waren. Er stampfte aufgeregt mit den Vorderhufen und ging weiter, aber das Blut war überall. Ein verlassenes Wesen mit Bobby Austins Gesicht, das in einem Torweg stand, ließ ihn mit einer tierischen Stimme aufschreien, die er nicht erkannte.

Seine vier starken Beine setzten sich in Bewegung, und er begann an den Flanken zu schwitzen, während die Gebäude vor seinem Blick verschwammen und seine Angst wuchs. Er erinnerte sich an das Rauschen des Windes, der durch die grünen Blätter strich, und er nahm den strengen Geruch des Kiefernharzes wahr, auch den der kleinen Säugetiere. Vor seinem geistigen Auge sah er das goldene Sonnenlicht, das zusammen mit den Schatten einen riesigen Teppich von Kiefernnadeln sprenkelte. Ihm erschienen diese Phänomene als wirklich, aber er empfand auch tiefe Trauer, weil er wußte, daß es sich nur um schwache Erinnerungen an eine lang zurückliegende Vergangenheit handelte, die er nur wie sprühende Funken in kurzen Erscheinungen heraufbeschwören konnte.

Christopher, der Hirsch, rannte immer weiter durch die blutüberströmten Straßen, Avenues und Seitengassen, bis seine Lungen schmerzten und sein Herz zu bersten schien. Auch jetzt sah er nur Häuser, immer nur Häuser und Blut. Trotzdem lief er weiter, weil er nicht wußte, was er sonst hätte tun können. Er rannte, bis er plötzlich keuchend aufwachte.

Er starrte auf die Sterne, die durch das Oberlicht seiner Wohnung im obersten Stockwerk schienen. Seine Brust hob und senkte sich, als ob er tatsächlich unablässig gerannt wäre. Er zog die Knie an, legte seine Arme darum, preßte die schweißüberströmte Stirn gegen die Knie und dachte an den Pale Saint, der sich in *seiner* Stadt herumtrieb und in dem Wald Blut vergoß, den er zu beschützen geschworen hatte.

4.

»Wie geht's Minnie?« fragte Dillard, während er in den Käfig starrte.

»Gut.« Cassandra hielt Minnie in den Händen, die weibliche Laborratte mit der mutierten Zirbeldrüse. »Sie ist bereits geschlechtsreif.«

»Unglaublich.«

»Zeit für eine weitere Tetracyclin-Dosis. Wir wollen, daß ihr Alterungsprozeß sich jetzt auf einem normalen Niveau einpendelt.« Sie injizierte der Laborratte das Antibiotikum, wobei sich das Tier quiekend wand. »Schon gut, Schatz«, säuselte sie. »Gleich ist alles vorbei.« Sie streichelte ein paarmal das Rückenfell des Tieres, bevor sie es wieder in den Käfig setzte.

Es war Viertel nach sechs Uhr, und die beiden Forscher befanden sich in einem abgetrennten Teil des Vertex-Labors, zu dem niemand außer ihnen Zutritt hatte.

Dillard beobachtete Cassandra, die ihre Latex-Handschuhe abstreifte. »Wir beide haben die Theorie, auf der das Construct-Projekt beruht, tausendmal durchdiskutiert und wissen, daß sie fundiert ist. Sehen Sie sich Minnie an. Die

Methode eines rapiden Wachstums funktioniert in der Praxis, und aufgrund unserer Modifikationen wird sie auch bei jedem weiteren Versuch funktionieren. Wir können jetzt sofort beginnen, mit menschlichem Erbmaterial zu experimentieren. Wir müssen nur …«

»Moment. Sie haben doch gesehen, wie kontrovers unsere DNS-Manipulationen bei Tieren diskutiert worden sind. Es hat eine stürmische Debatte im Institut für Bio-Ethik gegeben, scharfe Kritik von einigen unserer konservativen Kollegen, und unsere Versuche haben Dean Koenig und seine reaktionären Freunde, die Christian Convocation, die Leute von der Right-to-Life-Bewegung und jede Menge radikaler Fundamentalisten aufgebracht und verängstigt, die nur allzu bereit sind, Gewalt einzusetzen, um ihre Ziele zu erreichen. Und jetzt wollen Sie mit menschlichem Erbmaterial experimentieren? Vertex hat Ihren Vorschlag bereits zweimal abgelehnt. Ich war dabei, als Costas Ihnen befahl, das Construct-Projekt in die Mottenkiste zu verbannen. Bei Construct handelt es sich um eines jener in ethischer Hinsicht nicht verantwortbaren Projekte, die Koenig uns vorwirft. Die Reaktion des Instituts für Bio-Ethik würde schon schlimm genug ausfallen, aber wenn Koenig Wind von der Sache bekommt, wird er uns so verteufeln, daß Vertex innerhalb eines Monats nicht mehr im Geschäft sein wird.«

»Die Idioten vom Institut für Bio-Ethik sind mir seit Jahren ein Dorn im Auge«, erwiderte Cassandra. »Das sind keine Forscher, sondern Heulsusen und Zauderer. Und überhaupt, was wissen sie schon über uns? Wir sind kurz davor, in die Geschichte einzugehen. *Wir* kämpfen an vorderster Front und setzen unseren wissenschaftlichen Ruf aufs Spiel. Sie sind unfähig, das zu tun, was wir können. Ihre Kritik ist nichts anderes als berufliche Eifersucht. Wenn wir ihnen die Gentechnologie überlassen würden, wären wir zur Untätigkeit verurteilt.« Sie schüttelte den Kopf. »Und was Dean Koenig und seine Ganoven betrifft, so können sie sich alle zum Teufel scheren.«

»Ich persönlich hege keinerlei Sympathie für Mr. Koenig, aber was ist mit Costas? Er bezahlt unser Gehalt.«

»Das ist der springende Punkt«, sagte Cassandra. »Costas verwaltet das Vermögen des Unternehmens und erstattet dem Vorstand Bericht. Sein Gott ist die Summe, die unter dem Strich steht. Ob uns wissenschaftlich bedeutsame Durchbrüche gelingen oder nicht, ist für ihn zweitrangig.« Sie schüttelte erneut den Kopf. »Wie lange haben wir beide nach einer Methode gesucht, das Einsetzen des Alterungsprozesses zu verzögern? Das ist das zentrale Thema unserer wissenschaftlichen Arbeit.«

»Stimmt, aber ich weise Sie darauf hin, daß wir noch nicht einmal den Tierversuch beendet haben. Wir sollten wirklich *daran* weiterarbeiten. Minnie muß beobachtet und ihre Entwicklung studiert werden. Wir müssen unsere Resultate wieder und wieder überprüfen, bevor wir einen neuen Versuch starten. Mein Gott, wir wissen noch nicht einmal, wie diese mutierte Laborratte in einem Monat aussieht, ganz zu schweigen davon, was in einem Jahr sein wird. Und Sie wollen sich sofort an ein Projekt mit *menschlichem* Erbmaterial heranwagen? Selbst wenn man all diese Aspekte beiseite läßt, gibt es da noch ein wichtigeres Thema: Wie entscheiden wir uns, wessen DNS wir verwenden werden?«

»Das ist ja gerade das Schöne an der Sache, Hutton. Durch das Schicksal ist mir eine perfekt geeignete Blutprobe in den Schoß gefallen.« Sie erzählte ihm, wie sie in den Besitz der Blutprobe und des Epithelgewebes des Pale Saint gelangt war.

»Sie haben der New Yorker Polizei eine Blutprobe gestohlen? Guter Gott, Cassandra, dann war der Lieutenant gestern deshalb hier?«

Sie tätschelte seinen Handrücken. »Schauen Sie nicht so verstört drein, Hutton. Ich passe schon auf.«

»Aber was wollen Sie mit der DNS einer Bestie? Er scheint mir der letzte Mensch auf dieser Welt zu sein, den man klonen möchte.«

»Ganz im Gegenteil – seine DNS ist perfekt geeignet für unser Construct-Projekt. Meine Argumentation ist folgende: Zunächst haben wir es mit einem Serienmörder zu tun. Das heißt, nur die American Civil Liberties Union würde vielleicht ethische Bedenken anmelden, wahrscheinlich aber nicht einmal sie. *Niemand* will auf der Seite dieses Verbrechers stehen. Aber wie dem auch sei, sie werden ohnehin nichts von unserem Experiment erfahren.

Zweitens haben wir es hier mit einem speziellen Fall zu tun. Anhand der Blutprobe habe ich eine komplette DNS-Analyse durchgeführt. Bereits jetzt passiert etwas mit seiner Zirbeldrüse. Ich weiß noch nicht, worum es sich handelt, aber ich kann Ihnen versichern, daß er der ideale Forschungsgegenstand für uns ist.« Sie atmete tief durch, bevor sie weitersprach, ohne sich der Auswirkungen bewußt zu sein, die ihre körperliche Nähe auf ihren Kollegen hatte. »Wir haben darum gebetet, diese Chance zu kriegen. Es ist, als hätte Gott uns ein Zeichen gegeben.«

Dillard zuckte zusammen. »Bitte beschwören Sie nicht Gottes Namen auf diese Weise. Das ist ein Sakrileg.«

»Tut mir leid.« Cassandra mußte sich ständig selbst daran erinnern, daß ihr Kollege streng religiös erzogen worden war. »Hören Sie zu, Hutton. Diese Chance dürfen wir uns nicht entgehen lassen. Wir werden außerordentlich viel darüber lernen, wie die Zirbeldrüse den Alterungsprozeß beeinflußt.«

Gedankenverloren setzte sich Hutton einen Augenblick lang hin. »Sind Sie sich eigentlich der Tatsache bewußt, daß wir nur in rudimentärster Weise über die mit dem Construct-Projekt verbundenen Gefahren Bescheid wissen? Wir arbeiten auf so unerforschtem Gebiet, daß es mit Sicherheit Überraschungen geben wird, die vielleicht sehr unangenehm sind.«

»Genausogut könnte es auch angenehme Überraschungen geben, aber es werden ohne Frage innovative und revolutionäre Erkenntnisse damit verbunden sein. Glauben Sie mir, die Übernächtigung hat Sie nervös gemacht.«

»Meinen Sie das?« Er hob die Hände. »Sehen Sie, ich zittere. Es ist, als ob wir ohne Sauerstoffflaschen im Marinas-Graben tauchen würden.«

»Aber will man sich nicht gerade als Forscher in den tiefsten Gewässern aufhalten? *Dort* werden die großen Entdeckungen gemacht.« Cassandra stand von ihrem Stuhl auf und ging im Labor auf und ab. »Die logische Schritt-für-Schritt-Analyse hat mit Sicherheit ihre Existenzberechtigung, aber sie ist nur ein Aspekt der wissenschaftlichen Forschung, und Sie wissen das. Der Zufall, Pannen, Glück, das Schicksal und gelegentlich auch der Glaube an revolutionäre Sprünge sind alles wichtige Komponenten bei wissenschaftlichen Entdeckungen.«

»Das Problem Ihrer Argumentation liegt darin, daß Sie nur eine Seite der Medaille im Blick haben, Cassandra. Die andere Seite sieht so aus: Wenn Sie nicht vorsichtig sind, wird Ihr Ziel Sie in den Untergang treiben. Ob es Ihnen gefällt oder nicht, in ethischer Hinsicht stehen Sie auf wackligem Boden.«

»Alle revolutionären Forschungsfortschritte bergen große Risiken.«

»Sie sehen doch, welche Auswirkungen allein die Vorstellung auf mich hat, ein solches Risiko einzugehen. Mir hat man beigebracht, mich konventioneller Forschungsmethoden zu bedienen.«

Cassandra packte ihn bei den Schultern. »Das ist die Fassade, Hutton, aber ich kenne Sie. Innerlich sind Sie ein kleiner Rebell. Nein, nein, geben Sie sich keine Mühe, es abzustreiten. Seit einem Jahrzehnt arbeiten Sie an Ihrer Theorie über die umweltbedingte Erwerbung menschlicher Charakterzüge. Sie haben neun brillante Aufsätze zu diesem Thema veröffentlicht. Wie stark hat man Sie wegen Ihrer Theorie kritisiert?«

Dillard seufzte und nickte dann. »Sehr stark, aber das waren nur politische Intrigen.«

»Unsinn. Sie verfügen über Unmengen von Computer-Statistiken, aber man wird Sie nie wirklich ernst nehmen, solange Sie keine klinischen Beweise vorlegen.« Cassandras Augen leuchteten. »Sie haben sich mit dem Establishment angelegt. Warum bringen Sie die Sache nicht zu Ende? Jetzt sind wir im Besitz der Mittel, um Beweise für die Stichhaltigkeit Ihrer Theorie zu erbringen. Wir werden den Serienmörder klonen. Ich vertraue Ihren Theorien genug, um eine Wette darauf abzuschließen, daß der Klon keinerlei Neigung zum Morden haben wird. Vertrauen Sie Ihren Theorien genauso wie ich?«

»Natürlich, aber …«

»Dann beweisen Sie es – mir und sich selbst.« Sie packte ihn erneut bei den Schultern. »Mein Gott, Hutton, *deshalb* tun wir das, was wir hier tun – wir wollen die Tür zum Unbekannten weit aufstoßen, wenn uns die Gunst des Schicksals das Privileg einräumt.« Sie drückte seine Schulter. »Die Chance, die sich uns bietet, kommt vielleicht nur einmal im Leben, und die meisten Forscher werden sie nie haben.«

Dillard lächelte. »Ich habe ja immer gesagt, daß Ihr grenzenloser Enthusiasmus Sie zu einer außergewöhnlichen, wunderbaren …«

»Achtung, Herr Doktor.«

» … Forscherin macht.« Er nickte. »In Ordnung. Fangen wir an.«

Cassandra reckte ihren Daumen in die Höhe und wandte ihre Gedanken dann der Kreation jenes Transgens zu, das für den rapiden Alterungsprozeß des Klons des Pale Saint verantwortlich sein würde. Die Absurdität der Situation verblüffte sie. Sie war im Begriff, die äußersten Grenzen der bisherigen wissenschaftlichen Forschungen zu überschreiten, und die Methode, die sie verwenden würde, glich in ihrer Einfachheit in etwa der eines Schwangerschaftstests, den man zu Hause durchführen konnte.

Sie griff nach einem Reagenzglas, das zu einem Drittel mit destilliertem Wasser und EDTA - Äthylendiamintetraessigsäure - gefüllt war, einer organischen Säure, die die Degradierung wichtiger Enzyme verhinderte. Vor einigen Jahren hatten Molekularbiologen die Entdeckung gemacht, daß bestimmte Krankheiten – etwa Diabetes oder einige Krebsarten – erblich sind. Obwohl Mitglieder derselben Familie das für solche Krankheiten verantwortliche Gen in sich tragen mochten, erkrankten sie ihr ganzes Leben lang nicht daran, weil das Gen nie ›aktiviert‹ wurde, wie Cassandra und ihre Kollegen aus der molekularbiologischen Forschung sagen würden.

Wenn Cassandra Vorträge hielt, verwendete sie den Vergleich mit dem Tor, das sich öffnete und schloß. Wenn das ›Gen-Tor‹ geschlossen war, geschah nichts, aber wenn das Gen aktiviert und das Tor geöffnet war, machte die DNS in dem Gen einen zweistufigen chemischen Prozeß durch. Beim ersten Schritt, in der wissenschaftlichen Terminologie ›Transskription‹ genannt, redupliziert sich die Zelle als ein einfacher strukturiertes Molekül namens RNS. Beim zweiten Schritt - der ›Translation‹ – funktioniert die RNS als eine Art molekularbiologischer General, der Befehle gibt, ein noch simpler strukturiertes Protein zu produzieren. Dieses einzigartige Protein würde die Veränderung im menschlichen Körper herbeiführen und eine erbliche Krebserkrankung, Diabetes oder – in diesem Fall – den rapiden Alterungsprozeß bei dem Klon auslösen.

Mit der Mikro-Pipette füllte Cassandra drei Gene in das Reagenzglas. Das erste war das, das sie in der menschlichen Zirbeldrüse entdeckt hatte und das den Alterungsprozeß beschleunigte, wenn es aktiviert wurde. Das zweite Gen würde Aktin produzieren, ein Protein zur Öffnung des ›Gen-Tors‹. Das dritte Gen schließlich enthielt Rezeptoren für Tetracyclin. An einem gewissen Punkt des Experiments würde man den Alterungsprozeß kontrollieren und normalisieren müssen, weil der Klon ansonsten ein paar Wochen nach Erreichen des Erwachsenenalters an einer Alterskrankheit sterben würde. Wenn sich aber ein Tetracyclin-Molekül mit den Rezeptoren des mutierten Gens verband, würde das für den rapiden Alterungsprozeß verantwortliche Protein nicht mehr produziert werden und der Alterungsprozeß sich auf einem normalen Niveau einpendeln.

Cassandra hielt das Reagenzglas gegen das Licht – alle drei Gene schwammen in der Flüssigkeit. Jetzt mußte sie sie miteinander verschmelzen, und das war erstaunlich einfach. Sie fügte ein im voraus produziertes Enzym namens DNS-Ligase hinzu, das der Grundstein der gesamten Molekularbiologie ist, zusätzlich ATP, also Adenosintriphosphat, ein Triphosphat-Energiesubstrat, das als Beschleuniger bei der chemischen Reaktion diente. Diese spezielle ATP-Substanz hatte Cassandra selbst hergestellt. Normalerweise vollzog sich der DNS-Verschmelzungsprozeß über Nacht, aber mit ihrer Substanz geschah alles innerhalb weniger Minuten.

»Wie sieht es aus?« fragte Dillard.

»Das werden wir gleich herausfinden«, antwortete Cassandra.

Sie mußte das neue, aus der Verschmelzung der drei Gene enstandene Transgen von den restlichen DNS-Substanzen isolieren, die noch in der Flüssigkeit umhertrieben. Dies war eine relativ schnell zu bewältigende Aufgabe, weil das neugebildete Transgen größer als die anderen war. Hutton hatte eine normale Portion Agarose-Gel vorbereitet. Das Gel wurde von einem schwachen elektrischen Stromfuß durchströmt, positiv an der oberen Seite, negativ an der unteren. Cassandra goß den Inhalt des Reagenzglases auf das Gel. Wie alle anderen Säuren war auch Nukleinsäure – DNS – negativ aufgeladen, so daß die kleineren Stücke sehr schnell durch das Gel sickerten, während das Transgen in ihm zurückblieb.

Cassandra tauchte das rechteckige Gelstück jetzt in eine Petri-Schale mit Ethidium-Bromid, schaltete das ultraviolette Licht ein und sah den Umriß des Transgens wie ein Neonschild fluoreszieren.

»Wunderschön wie ein Sommertag«, sagte sie.

Sie zerschnitt das Gel mit einer Rasierklinge und füllte es dann in eine Spritze mit einem Spezialfilter an der Stelle, wo sich sonst die Nadel befand. Dann drückte sie auf den Kolben und spritzte das Transgen in ein anderes Reagenzglas mit Wasser und EDTA, während das Gel zurückblieb. Jetzt hatte sie das Transgen isoliert. Aber der wichtigste Schritt stand noch bevor. Bevor das Transgen in die Eizelle eingepflanzt werden konnte, mußte es gereinigt werden. Umhertreibende Proteine waren die aggressivste Bedrohung, jedes einzelne, das zurückgeblieben war, konnte die Eizelle abtöten. Deshalb füllte sie zusätzlich fünf Mikroliter Phenol-Chloroform in das Reagenzglas, das alle Proteine auflöste, während das DNS-Material unversehrt blieb. Jetzt war sie im Besitz des gereinigten Transgens.

»Alles bereit«, sagte sie.

Dillard hatte den Mikro-Manipulator vorbereitet. Dieses Gerät, unverzichtbar in allen Laboratorien, wo mit In-vitro-Fertilisationen experimentiert wurde, war im Grunde genommen ein extrem leistungsfähiges Mikroskop, das mit einem mechanischen Arm verbunden war, an dessen Ende sich Mini-Spritzen, Mikro-Pipetten und andere Instrumente befanden.

Cassandra blickte durch das Okular. Während sie die Zellen des Epithelgewebes des Serienmörders betrachtete, dachte sie, daß es eine göttliche Vorsehung gewesen sein mußte, daß der Pale Saint bei seiner Flucht aus dem Polizeigebäude Hautfetzen und Blutproben zurückgelassen hatte. Die Haut eines erwachsenen Menschen war das ideale Material zum Klonen. Blut war nicht gut geeignet, weil seine DNS von einer Nuklearmembran umhüllt war, und Samen bestand aus haploiden Zellen, was bedeutete, daß er nur den einfachen Chromosomensatz enthielt.

Andererseits war Haut auch aus dem Grund ideal, weil ihre Epithelzellen – im Gegensatz zu Blut- oder Organzellen – bereits ausgereift und ausdifferenziert waren, ihre Zellkerne aber nicht. Die Zellkerne von Hautzellen waren totipotent und hatten immer noch das Potential, sich im menschlichen Körper zu einer beliebigen Zellform zu entwickeln.

Cassandra erinnerte sich an die klassischen DNS-Experimente der sechziger Jahre. Die Forscher hatten den Zellkern eines Froscheis entfernt und ihn mit dem Zellkern eines anderen erwachsenen Froschs vertauscht – das Ergebnis war die Geburt eines ganz neuen Froschs. Wie viele Lichtjahre hatte sie sich von diesen ersten zögernden Schritten entfernt? Sie wünschte, daß diese Pioniere jetzt bei ihr wären, um zu sehen, welche Früchte ihre Arbeit getragen hatte.

Cassandra atmete tief durch, durchstach vorsichtig die Zellwand und extrahierte den Zellkern. Neben ihr bereitete Dillard einen Objektträger mit der nicht ausgereiften, unbefruchteten menschlichen Eizelle vor. Sie benötigten eine unausgereifte Zelle, weil diese bis zur Reife die Fähigkeit behalten würde, sich selbst zu teilen. Menschliche Eizellen waren in allen Labors, die sich mit In-vitro-Fertilisation beschäftigten, unverzichtbar, und es war nicht schwierig gewesen, unausgereifte Zellen zu beschaffen.

»Alles klar?« fragte Cassandra, ohne von dem extrahierten Zellkern aufzublicken.

»Alles vorbereitet«, bestätigte Dillard. Er stand auf und legte den Objektträger auf Cassandras Mikro-Manipulator. Einen Augenblick später tauchte er in ihrem Blickfeld auf, und sie extrahierte den unausgereiften Zellkern und verpflanzte den Zellkern des Epithelgewebes des Pale Saint. Sie ersetzte die dreiundzwanzig DNS-Stränge des Wirteis durch die komplette Anzahl von sechsundvierzig Strängen der DNS des Pale Saint.

Natürlich befand sich immer noch Wirt-DNS in dem Zytoplasma, dem Material der Eizelle, das den Kern umgab, aber dies war nicht-migratorisch und machte nur etwa ein Prozent der menschlichen DNS aus. Es würde sich nicht störend auswirken oder sich mit der DNS des Pale Saint verbinden, die jetzt in dem Ei dominant war. Das Durchstoßen des Eis bei der Injektion hatte den Effekt, daß es zum Narren gehalten wurde und ›glaubte‹, befruchtet worden zu sein. Bald würde die selbständige Teilung beginnen, ein Prozeß, den Fachleute ›Parthenogenese‹ nannten.

Die Zelle war jetzt funktionsfähig und konnte sich wie eine von Spermien befruchtete Eizelle im Uterus der Mutter zu einem normalen menschlichen Wesen entwickeln - wobei es sich in diesem Fall um einen Klon des Serienmörders handelte.

In der Zwischenzeit hatte Dillard dreimal das etwas über zwei Meter große Gefäß aus Plexiglas überprüft, das mit synthetischem Blut und künstlichem Fruchtwasser gefüllt war. Es war auf einem fahrbaren Gestell angebracht, das mit einer riesigen, computergesteuerten Kammer mit doppelten Wänden verbunden war, in die man durch ein Fenster aus zehn Zentimeter dickem Glas hineinsehen konnte. Danach überprüfte er die LCD-Anzeigen der beiden mit dicken, sich windenden Schläuchen an das Gefäß angeschlossenen Apparate. Es handelte sich um eine Herz-Lungen-Maschine, die den Fötus mit Sauerstoff versorgte, und ein Dialyse-Gerät, das Verunreinigungen aus der Flüssigkeit chemisch abtrennte.

»Der Sicherheitsgenerator ist eingeschaltet. Wir haben grünes Licht.«

Cassandra nickte. »Es geht los«, sagte sie mit klopfendem Herzen.

Mit einer Mikro-Pipette des Manipulators saugte Dillard das gereinigte, für den rapiden Alterungsprozeß zuständige Transgen auf. Der Kern dieses neuen Lebewesens war unendlich leicht, er wog ungefähr ein Pikogramm. Cassandra war immer wieder überrascht, welche Wunder man in ihrem Beruf vollbringen konnte. Sie war im Begriff, etwa einen Mikroliter in die vorbereitete Eizelle zu injizieren. Das mußte schnell und vor der Zellteilung erfolgen, weil dieses neue, für einen rapiden Wachstumsprozeß verantwortliche Gen Bestandteil der DNS jeder Zelle sein mußte.

Cassandra blickte auf und sah, daß Dillard sie gespannt beobachtete. Er schien den Atem anzuhalten – oder tat sie das? Ihr Herz klopfte weiter heftig. Vielleicht merkte er es, denn er nickte ihr ermutigend zu. Sie blickte durch das Okular ihres Mikro-Manipulators und verschmolz das Ei mit dem Transgen.

Mit einem Katheter extrahierte sie die Eizelle und plazierte sie in einem Beutel, der aus halb durchlässigen Polymeren bestand. Dies war der künstliche Uterus, in dem das Ei sehr schnell zu einem Embryo und dann zu einem Fötus heranreifen würde. Genau wie das Plexiglas-Gefäß, in dem er deponiert werden würde, war auch der Beutel von Vertex nach Cassandras präzisen Angaben entwickelt worden. Sie senkte den Beutel in das Gefäß.

»Jetzt gibt es keinen Weg zurück«, sagte Dillard. »Ich fühle mich ein bißchen wie Dr. Frankenstein.«

»Kein glücklicher Vergleich, Hutton.«

Dillards Lächeln überspielte seine Nervosität. »Tut mir leid, aber die Parallelen sind offenkundig.«

»Der Fortgang der Geschichte hoffentlich nicht.«

Cassandra rollte mit ihrem Stuhl zu der verchromten Theke vor der Kammer und drückte auf das Computer-Touchpad, wodurch das Gefäß wieder in die Kammer zurückbefördert wurde. Mit einem leisen Rumpeln entfernte es sich, bis es in der Mitte der Kammer verschwunden war. Sie drückte auf ein anderes Rechteck ihres Touchpads, und die dicke Tür schloß sich mit einem tiefen Seufzen der hydraulischen Vorrichtungen. Dann aktivierte Cassandra einen von vier flachen Bildschirmen, auf dem sofort ein Videobild des Beutels erschien. In ihrer Taskstation begannen die Daten einzugehen. Die computergesteuerten Sensoren würden durch ein Software-Programm, das sie selbst entwickelt hatte, jede kritische Veränderung registrieren und aufzeichnen. Das Programm würde sie sogar auf bevorstehende Probleme hinweisen und mögliche Lösungen empfehlen.

»Computer online«, sagte Cassandra. »Lassen Sie uns anfangen.«

»Was?«

»Beginnen Sie mit der Aufzeichnung, Hutton.«

Von diesem Augenblick an wurde alles, was in der Geburtskammer vor sich ging, digital aufgezeichnet und direkt auf dem optischen Speichermedium des Computers festgehalten. Vier gepanzerte Videokameras innerhalb der Geburtskammer erlaubten es, eine bestimmte Perspektive zu wählen oder Einzelheiten heranzuzoomen. Wenn die Zeit gekommen war, würde sie mit ihren Feather-Lite-Kopfhörern dem Herzschlag des Fötus lauschen können. Zwischen den doppelten Wänden der Geburtskammer waren Glasfaserkabel in einer Kunststoffhülle verlegt, die sie wie eine Nabelschnur mit dem Labor verbanden. Von ihren Taskstations aus konnten die beiden Wissenschaftler jedes Entwicklungsstadium des Fötus verfolgen. Wann immer es ihnen gefiel, konnten sie die ›Umwelt‹ des Fötus testen und manipulieren, wofür ihnen ein kompliziertes System von Roboterarmen und Werkzeugen zur Verfügung stand.

Es war vollbracht.

Während der Arbeit hatte Cassandra keine Zeit gehabt, über die Konsequenzen ihres Tuns nachzudenken, und erst jetzt begannen sie diese Gedanken zu beschäftigen. Der Inhalt des Polymer-Beutels konsternierte sie.

Sie schien so abwesend zu sein, daß es Dillard beinahe körperlich weh tat. Um ihr näher zu sein, rollte er mit seinem Stuhl neben sie. »Wie geht es Ihnen? Diese Tragödie – Sie sollten eigentlich gar nicht hier sein.«

»Doch, ich *muß* hier sein.« Sie gestikulierte. »Ganz im Ernst, Hutton, wenn ich nicht diese Beschäftigung hätte, wüßte ich nicht, was ich tun sollte.« Sie blickte in die Geburtskammer, wo das Objekt ihrer wissenschaftlichen Neugier von Minute zu Minute wuchs. In leidenschaftlicher Erwartung verfolgte sie den Wachstumsprozeß. »Ich war nicht darauf vorbereitet …«

»Ich weiß.« Dillard berührte kurz ihren Handrücken. »Ich wurde von meiner Großmutter erzogen. Sie wurde zweiundneunzig Jahre alt, und schon über ein Jahr davor wußte ich, daß sie sterben würde. Es spielte keine Rolle. Niemand ist auf den Tod vorbereitet, ganz gleichgültig, wann er eintritt.«

»Wohl wahr, aber …« Ihr Kopf wirbelte herum, und sie blickte ihn an. »Ich ertrage es nicht, hilflos zu sein«, brach es aus ihr heraus. »Haben wir nicht alle unbewußt vor irgend etwas Angst? Ich fürchte mich vor der Hilflosigkeit. Im Moment hält mich dieses Projekt am Leben. Verstehen Sie mich?«

»Natürlich. Ich versuche nur, die Stimme der Vernunft zu sein.«

Sie lächelte schwach. »Das erkenne ich an, Hutton. Deshalb sind wir ein gutes Team. Wir mögen nicht immer einer Meinung sein, was die Methoden angeht, aber ich hatte immer das Gefühl, daß ich Ihnen unbedingt vertrauen kann und Sie meinen Standpunkt verstehen.«

»Und ich werde alles tun, dieses Vertrauen nicht zu enttäuschen.« Er drückte ihre Hand, um sie zu beruhigen.

Cassandra studierte die einlaufenden Daten ihrer Taskstation. »Mein Gott …« Sie veränderte die Perspektive und sah eine erstklassige Nahaufnahme des Beutels. »Sehen Sie sich das an, Hutton!«

Dillard beugte sich über ihre Schulter, um auf den flachen Monitor blicken zu können, und pfiff leise. »Die Zygote hat sich bereits zu einem Embryo entwickelt.« Er überprüfte seine Daten und kam dann zu ihr zurück. »Der Alterungsprozeß läuft fast fünfmal so schnell ab wie bei Minnie.«

»Es funktioniert!« rief Cassandra ekstatisch. »Es klappt, Hutton.« Sie sprang auf, umarmte ihn schnell und küßte ihn auf die Wange. Ihre Augen leuchteten, während sie ihn anblickte. »Ist Ihnen klar, daß wir in die Geschichte eingehen werden?«

Genauso schnell saß sie wieder auf ihrem Stuhl. »Ich aktualisiere meine Daten«, sagte sie, während ihre Finger über die Tastatur glitten. »In acht Tagen wird dieses Baby ›geboren‹ werden, und in neunzehn Tagen wird es erwachsen sein. Danach werden wir mit der täglichen Tetracyclin-Therapie beginnen, um den Alterungsprozeß auf ein normales Maß zu verlangsamen.«

Cassandra war in das Studium ihrer Daten vertieft und bemerkte nicht das kurze Aufflackern körperlichen Begehrens in Dillards Gesichtsausdruck, das nach ihrem spontanen Gefühlsausbruch ein kleines Abweichen von seinen extrem korrekten Manieren signalisierte.

Wie jeden Morgen frühstückte Christopher sehr zeitig in einer winzigen Spelunke an der Mercer Street, die bezeichnenderweise No-Name hieß.

Die Wände des Cafés waren in einer undefinierbaren, hellen Farbe gestrichen, und es gab drei briefmarkengroße Tische und einen rosa und grau gemusterten Formica-Chromtresen, der aus den fünfziger Jahren stammte. Auf einer Stufe vor dem Tresen standen acht Barhocker aus Chrom und lippenstiftrotem Kunststoff. Hinter dem Tresen, wo die Bedienung ihren Platz hatte, war ein Durchgang zu einer winzigen Küche. Auf der Durchreiche stand eine Klingel, die der Koch betätigte, wenn ein Gericht fertig war. Eine altmodische Jukebox spielte Platten von Los Lobos und Roseanne Cash, unspektakuläre Hintergrundmusik, die Christopher mochte. Nur ein weiterer Barhocker war besetzt. Ein Stammgast, ein Gorilla von einem Mann, der viel zu fett für den Barhocker war, verschlang ein riesiges Frühstück.

Der Mann hinter dem Tresen hieß Kenny und war einer

von Christophers Spitzeln. Er war sehr dick und hatte die schmutzigblonden Haare zu einem Pferdeschwanz zurückgebunden. Christopher konnte seine Tätowierung, eine nackte Frau sehen. Kenny war ein interessanter Typ. Bis vor ungefähr einem Jahr hatte er für einen Fabrikanten jenseits des Hudson in Hoboken Audio-Komponenten entworfen, aber als er von einer weiblichen Mitarbeiterin fälschlicherweise wegen sexueller Belästigung beschuldigt wurde, warf man ihn hinaus, ohne ihn auch nur anzuhören. Jetzt servierte er von sechs Uhr morgens bis zwei Uhr mittags das Essen und arbeitete unter dem Namen DJ Kendo von Mitternacht bis fünf Uhr morgens im Club The A List.

Während er auf seinem Toast herumkaute, wandte Christopher sich um und blickte auf die Straße. Eine Zeitlang beobachtete er einen Eingang auf der gegenüberliegenden Straßenseite.

»Ist sie da?« fragte Kenny.

»Um diese Tageszeit ist sie immer da«, antwortete Christopher. Er wandte sich wieder Kenny zu. »Machen Sie mir eine Portion Suppe, ein Brötchen mit Butter und Kaffee mit viel Milch und Zucker fertig.« Als Kenny begann, sich um die Bestellung zu kümmern, fügte Christopher hinzu: »Halbe-halbe.«

»Alles klar.«

»Danke«, sagte Christopher, als Kenny ihm die Papiertüte reichte. Er eilte über die Straße, wo das junge Mädchen in dem Eingang herumlungerte. Früher mochte sie einmal hübsch gewesen sein, aber jetzt war ihr langes braunes Haar fettig, und ihre Haut sah krank aus. Die Nase war gerötet und lief, aber Christopher konnte nicht sagen, ob die Ursache eine Erkältung oder ob Drogen dafür verantwortlich waren. Im Gesicht war sie an mehreren Stellen gepierct. Christophers geschulter Blick erkannte, daß sie knapp einen Meter siebzig groß war und nur etwas über hundert Pfund wog.

Sie war eine Ausreißerin, die ihren Kunden nachts auf die Schnelle einen blies und morgens zitternd in den Hauseingängen herumhing. In seiner Freizeit arbeitete Christopher oft mit der Hilfsorganisation Missing Persons zusammen, und er hatte sich einen gewissen Ruf erworben, Menschen wie dieses Mädchen von der Straße zu holen.

Aber Christopher mußte zugeben, daß sie ein harter Brocken war. Er beobachtete, wie sie die Mahlzeit gierig verschlang. Sie war käuflich und ihre Seele von einem Panzer umgeben, den Christopher bis jetzt noch nicht hatte knacken können. Er sprach mit ihr wie sonst auch, aber sie antwortete nicht. Er mußte es weiter versuchen.

Als Christopher wieder ins No-Name zurückkehrte, schenkte Kenny ihm frischen Kaffee ein.

»Die Kleine sieht nicht besonders gut aus.«

»Nein, wirklich nicht«, antwortete Christopher.

»Es ist eine Schande.«

Christopher nickte. »Allerdings.« Er wandte sich erneut Kenny zu. »Der Verbrecher, nach dem wir suchen, der Pale Saint … Ich muß ihn finden, und zwar schnell. Nur Gott weiß, wie viele Menschen sonst noch sterben werden.«

Kenny nickte. »Ich habe meinen Leuten bereits Bescheid gesagt. Haben Sie irgendeine Spur?«

»Er glaubt, daß er cleverer ist als wir.«

»Das glauben sie alle.«

»Ja, aber bei ihm könnte es vielleicht zutreffen«, entgegnete Christopher.

Der Chefarzt der Gerichtsmedizin in New York hieß Shankar Natarajan, aber alle nannten ihn nur Stick. Dr. Natarajan nahm es niemandem übel – ihm gefiel dieser Spitzname. Er gehörte nicht zu den Indern, die Räucherstäbchen ansteckten und Vegetarier waren. Dr. Natarajan mochte Sherlock Holmes, Johann Sebastian Bach und starken schwarzen Tee, und zwar genau in dieser Reihenfolge. Zudem liebte er den Geruch des Formaldehyds, der ihn an die Flüchtigkeit des Lebens erinnerte.

Er war ein großer, sehr dünner Mann, dessen Hautfarbe der von Teakholz glich. Seine großen, leuchtenden Augen ließen einen glauben, daß sie in der Dunkelheit glühen würden. Sein Haar war so tiefschwarz, daß es im Neonlicht des Kühlraums bläulich schimmerte.

Dieser Raum, in dem Autopsien vorgenommen und die Leichen aufbewahrt wurden, befand sich im Kellergeschoß eines Gebäudes, das an der Kreuzung der 31. Staße und der First Avenue lag. Stick liebte den kühlen Raum, weil hier alle Rätsel des Lebens aufgeklärt wurden. Seiner Ansicht nach war die Gerichtsmedizin detektivische Arbeit auf höchstem Niveau, wie Bachs Werke Musik auf höchstem Niveau waren. In dieser Stadt war es oftmals eine schwierige und anspruchsvolle Aufgabe, herauszufinden, wie Menschen ums Leben gekommen waren.

So war es nicht weiter überraschend, daß Stick immer alle Hände voll zu tun hatte und es einige Tage dauerte, bis man einen Termin bekam. Nur selten gelang es, ihn sofort zu sprechen, und noch seltener geschah es, daß er selbst um ein Gespräch ersuchte.

»Ich habe Sie heute morgen hierher gebeten«, sagte Stick zu Christopher, »weil mich die näheren Umstände im Mordfall Bobby Austin sehr irritieren.«

»Welche Umstände?« Christopher hielt eine Tasse mit erstklassigem, in Frankreich geröstetem Kaffee in der Hand, den Stick ihm angeboten hatte, aber er war nicht in der Stimmung, Kaffee zu trinken. Soweit Christopher wußte, brachte Stick normalerweise nichts aus der Ruhe, aber jetzt wurde er eines Besseren belehrt.

»Ich fasse das Wesentliche für Sie zusammen«, begann Stick. Er blickte sich in seinem Büro um, das bis unter die Decke mit Nachschlagewerken und anderen medizinischen Publikationen vollgepackt war: mit Büchern, Magazinen, Thesenpapieren, Fachzeitschriften und den letzten Updates über Retroviren und seltene Tropenkrankheiten. »Das primäre Trauma trat vor dem Tod ein – das steht außer Frage. Verschiedene Charakteristika der Wunde faszinieren und verstören mich. Erstens: Dieses Trauma wurde mit der Präzision eines Neurochirurgen ausgelöst.«

»Wie meinen Sie das?«

»Das spezielle ›Skalpell‹ dieses ›Chirurgen‹ – der Kugelschreiber – durchbohrte die Pupille, glitt vom Sehnerv zum *Thalamus opticus* und durchstach dann den *Corpus callosum*, bevor er in die Zirbeldrüse eindrang. Sie müssen wissen, daß diese Drüse sehr klein ist – ihre Größe gleicht in etwa der eines winzigen Kiefer-Tannenzapfens. Daher stammt auch der Name ›Zirbeldrüse‹, denn in manchen Landstrichen bezeichnet man die Kiefer als Zirbel. Sie ist kein Ziel, das leicht zu treffen wäre. Als der Täter die Zirbeldrüse getroffen hatte, hat er sie als Ganzes extrahiert.«

»Aber was sollte er mit der Zirbeldrüse anstellen wollen?«

»Was wollen wahnsinnige Mörder schon?« Stick zuckte die Achseln. »Mich beschäftigt etwas anderes. Mit einer solchen Wunde hätte das Opfer eigentlich wie ein Schwein bluten müssen. Entschuldigen Sie den Vergleich.«

»Schon gut.«

»Daß Austin *nicht* blutete – es gab nicht einen einzigen Tropfen –, ist aus medizinischer Sicht völlig rätselhaft.«

»Mit anderen Worten, Sie haben keine Erklärung dafür.«

»So ungefähr.«

Christopher erinnerte sich, daß Cassandra ihn vor Ort nach der Meinung des Gerichtsmediziners gefragt hatte, als er ihr den toten Bobby gezeigt hatte. Warum hatte sie so insistiert, etwas über den medizinischen Befund zu erfahren?

Stick ergriff erneut das Wort. »In Kürze: Wir haben es hier mit einem absoluten Rätsel zu tun.«

»Gibt es eine Lösung?«

»Es gibt für jedes Rätsel eine Lösung«, antwortete Stick. »Nur sind wir vielleicht nicht fähig, die Erklärung zu akzeptieren.«

»Was soll das heißen?«

Stick zuckte die Achseln. Angesichts seiner schmalen Schultern schien sein Anzug eine Nummer zu groß zu sein, und der Kragen seines weißen Hemdes war durchgescheuert. »Wenn es keine herkömmlichen Antworten gibt, müssen wir uns anderen Möglichkeiten zuwenden. Das, was ich Ihnen gleich erzählen möchte, geschah, als ich noch ein Kind war und bevor ich in dieses Land kam. In einem staubigen Nest auf La Figue wurde ich Augenzeuge einer ziemlich seltsamen und furchterregenden Demonstration. Wissen Sie, wo La Figue liegt? Das ist eine der Seychellen-Inseln.«

Stick verschränkte seine langen Finger hinter dem Kopf und blickte zur Decke empor. »Diese Gegend im Indischen Ozean ist merkwürdig, weil das Gift der dort lebenden Tiere und Fische das tödlichste auf der Welt ist. Nur ein Beispiel: Rochen, deren Gift überall sonst nur eine Fuß- oder Gelenkentzündung hervorrufen würde, wenn Sie auf ihren Schwanz treten, paralysieren dort Ihren Körper, so daß Sie innerhalb von Minuten ertrinken. Es ist merkwürdig, und niemand kennt den Grund dafür. Wie auch immer – in diesem staubigen Nest sah ich einen Mann, der sich einen Eisendorn durchs Auge stieß, ohne einen Tropfen Blut dabei zu verlieren. Er schien auch keinen Schmerz zu empfinden, lächelte uns an und plapperte während dieser bizarren Zeremonie mit einer Singsang-Stimme vor sich hin, als ob er auf einer Kaffeegesellschaft wäre.«

»Das Ganze war kein für die Touristen inszenierter Schwindel?«

»Nein.« Stick spitzte seine dicken Lippen. »Ich erinnere mich, daß sich all das an einem Feiertag zutrug, aber nicht an einem, der von Buddhisten oder Muslimen gefeiert wird. Ich kann wirklich nicht sagen, um welche Religion es sich handelte. Vielleicht hätte es mein Vater gewußt, aber er ist schon lange tot. Wie dem auch sei – der Mann trat vor uns und bedrängte uns, den Dorn zu berühren. Er sagte, daß uns das läutern werde. Obwohl ich verängstigt war, konnte ich mir nicht helfen. Ich berührte die Stelle, wo der Dorn seine Pupille durchbohrt hatte und in seinen Schädel eingedrungen war. Es bestand keinerlei Zweifel daran: Das Auge war durchbohrt.«

Stick saß plötzlich wieder aufrecht, und seine großen, wäßrigen Augen fixierten Chistopher. »Es ist faszinierend, daß Erinnerungen aus der Kindheit häufig die lebhaftesten sind.« Er zuckte erneut die Achseln. »Da ist noch etwas anderes, worüber Sie Bescheid wissen sollten. Aufgrund meiner Erinnerung an diesen Tag – aber mit Sicherheit nicht aufgrund meines in langen Jahren erworbenen medizinischen Fachwissens – bin ich bereit, darauf zu wetten, daß Austin nicht sofort tot war. Nein, Sir. Er saß auf seinem Stuhl, empfand wahrscheinlich keinerlei Schmerz und war sich dessen völlig bewußt, was um ihn herum vorging.«

»Guter Gott, Stick, das kann nicht wahr sein.«

»Sie meinen, daß Sie sich das nicht *vorstellen* können. Und dennoch, mit großer Wahrscheinlichkeit war es so.« Der Gerichtsmediziner schüttelte langsam den Kopf. »Was ich Ihnen erzählt habe, ist ein Beleg dafür, daß es so etwas gibt, aber als ein in der westlichen Welt ausgebildeter Arzt fehlt mir dafür jede Erklärung.«

»Und als Mann, der aus der östlichen Hemisphäre stammt?«

»Als Mann aus dem Osten weiß ich, daß Bobby Austin kein gewöhnliches Mordopfer war, aber ich bin nicht in der Lage, es zu erklären. Er war das Opfer irgendeines sehr primitiven Rituals.«

Wegen Andy Pettitte schafften die Orioles im achten Inning ihren ersten Run. Sara stöhnte. Bis zu diesem Moment hatte er der gegnerischen Mannschaft keinen Hit gestattet, und alle, sogar Cassandra, hielten den Atem an. An diesem Samstag nachmittag hatte sich ein riesiges Publikum versammelt. Die gespannten Menschen und der Geruch von Hot dogs, Bier und Erdnüssen erfüllte Cassandra mit nostalgischen Gefühlen. Früher hatte sie am Sonntag gemeinsam mit Bobby und Christopher Sportveranstaltungen besucht. Gelegentlich war auch Christophers Frau Mercedes mitgekommen, aber sie hatte nicht viel für Sport übrig. Dann war sie krank geworden und gestorben. Cassandra spürte, wie sie ein kleiner Schauer durchfuhr. Sie erinnerte sich an die Beerdigung und an Christophers bleichen und niedergeschlagenen Gesichtsausdruck. Am Grab hatte sie neben ihm und Bobby gestanden. Der feine Regen war so dicht gefallen, daß man ihn für Nebel hätte halten können. Der Duft von Blumen, die wie frisches Fleisch rochen, und der Geruch von frischer Erde stiegen ihr in die Nase. Der Priester sprach auf spanisch, und als sich ihre Finger mit denen von Christopher verschränkten, sah er sie mit einem Blick an, der ihr durch und durch ging. Sie errötete, wich seinem Blick aus und dachte unpassenderweise an jenen langen Nachmittag, den sie gemeinsam in der Sonne und dann im Schatten unter den Robinien verbracht hatten. In diesem Augenblick verstärkte Christopher den Druck seiner Hand, und ihr Herzschlag setzte einen Moment lang aus, weil es ihr so vorkam, als teilte Christopher die intime Erinnerung mit ihr. Plötzlich verängstigt, wich sie zurück und stand den Rest der Bestattungzeremonie mit gesenktem Kopf und demütig gefalteten Händen vor dem Grab.

Zwischen den Innings wandte sich Sara ihrer Mutter zu. »Spürst du, daß er da ist?«

Cassandra war einen Augenblick lang irritiert, weil sie glaubte, ihre Tochter hätte von Christopher gesprochen.

»Ich fühle, wie Daddy mit uns Andy Pettitte beobachtet.«

Cassandra lächelte. »Natürlich.« Ohne daß sie es gewollt hätte, sah sie in ihrem wissenschaftlich geschulten Geist Bobbys Körper in dem gekühlten Raum des Gerichtsmedizinischen Instituts, wo er ähnlich einer defekten Maschine Stück für Stück auseinandergenommen wurde.

Sie strich einige von Saras Haarsträhnen hinter das Ohr ihrer Tochter.

Sara zuckte zurück. »Laß das, Mama.«

»Bist du sicher, daß du bei der Meisterschaft mitspielen willst, Schatz?«

Sara, die ihre ganze Aufmerksamkeit Pettitte widmete, der sich aufwärmte, warf ihrer Mutter einen widerspenstigen Blick zu.

»Niemand würde es dir übelnehmen, wenn du … Nach allem, was geschehen ist …«

»Mein Gott, du hast keine Ahnung. Das ist das *letzte*, was ich tun würde. Daddy würde mich *umbringen*. Er wollte, daß ich als Werferin mitspiele.«

»Ja, aber willst du es auch?«

»Siehst du, was ich meine? Wie kannst du überhaupt diese Frage stellen?«

Mehrere Innings lang herrschte ein eisiges Schweigen zwischen ihnen. Cassandra war so verwirrt, daß ihr nichts einfiel, was sie zu ihrer Tochter hätte sagen können. Gleichzeitig konnte sie aber auch dem Spiel nicht mehr folgen, dessen Grundregeln ihr Bobby beigebracht hatte.

Als Sara sich ihr schließlich wieder zuwandte, wirkte sie beinahe erleichtert. »Wird Onkel Jon uns in Zukunft häufiger besuchen?«

»Wenn er Zeit hat«, erwiderte Cassandra. »Warum fragst du?«

»Weil er es gesagt hat und weil ich ihn gern öfter sehen würde.« Sara senkte den Kopf. »Du nicht?«

»Du weißt, daß ich ...« Cassandra fühlte, wie ihre Wangen erröteten, und lächelte verunsichert. »Es würde mir gefallen.«

»Er braucht uns genauso wie wir ihn. Bist du einverstanden, wenn ich ihn bitte, uns häufiger zu besuchen?«

»Natürlich.« Cassandra zögerte. Sie erinnerte sich noch lebhaft an den vorangegangenen Gefühlsausbruch ihrer Tochter. Was hatte sie getan? »Sara?«

»Was gibt's?«

Cassandra beobachtete, wie ihre Tochter mit vorgebeugtem Oberkörper selbst noch die kleinste Bewegung Andy Pettittes verfolgte. Sie fühlte sich besiegt. »Nichts.«

5.

»Dann wollen wir uns mal gemeinsam den Stand der Ermittlungen ansehen«, sagte Christopher. »Heute wird auch Sergeant Lewis an der Besprechung teilnehmen. Er war mit der Suche nach der Mordwaffe im Fall Tompkins Square Park beauftragt.«

Jerry Lewis war ein großer, dunkelhaariger Mann von außergewöhnlicher Beobachtungsgabe. Christopher mochte den Blick dieses freundlichen Mannes, dem kein Detail entging. »Leider hatten wir bis jetzt kein Glück bei unserer Suche«, erklärte Lewis.

»Das ist nicht weiter überraschend«, warf D'Alassandro ein. »Wir haben an keinem der Tatorte eine Waffe gefunden.«

»Jetzt sind Sie an der Reihe, Emma.« Christopher saß mit den Mitgliedern seines Teams in jenem knapp dreißig Quadratmeter großen Zimmer, das er gern ›Raum für besondere Fälle‹ nannte und der sich mitten in der Abteilung seines Spezialkommandos in einem Geschäftshaus an der Lower East Side befand. Der große Gastronomie-Eisschrank und der riesige Vulcan-Gasherd waren sehr willkommen, wenn die Mitglieder des Teams hier viele Stunden ohne Pause zubringen mußten. Der Raum war schwarz gestrichen, hatte dicke Wände, eine Decke aus gepreßtem Zinn und einen Parkettboden, der schon bessere Zeiten erlebt und von dem Christopher persönlich den Dreck und das Bohnerwachs der letzten sechzig Jahren abgekratzt hatte, bevor er ihn neu strich.

Alle Gegenstände im Raum waren schwarz – Schreibtische, Stühle, alte Holzaktenschränke, Telefone und Faxgeräte. Nur die Kunststoffgehäuse der Computer schimmerten weiß wie gebleichte Knochen in der unheimlichen Atmosphäre. Man mußte sich erst daran gewöhnen – die blassen Reflexionen auf der hochglänzenden Wandfarbe erzeugten die Illusion eines grenzenlosen Raums. Das war irritierend und machte Neulinge nervös. Christopher, der seine eigene Art hatte, bezweckte damit, Besucher wie hohe Tiere des NYPD oder ihre aufdringlichen Sendboten zu entmutigen.

Er saß mit seiner Mannschaft an einem runden Tisch, an dem sechs Leute bequem Platz nehmen konnten. Bei acht Gesprächsteilnehmern wurde es allerdings schon eng. Die Büros draußen wimmelten von uniformierten Polizisten, die der Chef für den Fall bereitgestellt hatte. Christopher hatte die zusätzlichen Kräfte damit beauftragt, Leute aus der Nachbarschaft zu befragen und die bisher erfolglose Suche nach weiteren Beweisstücken in der Umgebung des Tompkins Square Park fortzusetzen.

Emma D'Alassandro blickte auf den Bildschirm ihres Notebooks. »Okay. Wie sich in der Voruntersuchung bereits abzeichnete, gibt es keinerlei Anzeichen dafür, daß William Cotton, das Opfer des Tompkins-Square-Park-Mordes, versucht hat, sich zu verteidigen.«

»Das ist die Handschrift des Pale Saint«, bemerkte Christopher. »Wenn es keine Spuren gibt, bedeutet das, daß kein Kampf stattgefunden hat. Logische Schlußfolgerungen: erstens, er kannte den Pale Saint.«

»Das müßte dann für alle anderen einundzwanzig Opfer gelten, mal abgesehen von unseren Jungs, die er umgelegt hat«, erwiderte Esquival. »Nicht sehr wahrscheinlich.«

»Ich stimme Ihnen zu«, sagte Christopher. »Damit wären wir bei der zweiten Schlußfolgerung. Fassen Sie die doch einmal zusammen, Reuven.«

»Gern.« Esquival öffnete einen Schnellhefter mit Eselsohren, dessen Außenseite mit hingekritzelten Notizen und kleinen Zeichnungen übersät war. »Meiner Ansicht nach haben wir es hier mit einer Art von Ritualmorden zu tun. Von den Mördern, mit denen wir uns hier jeden Tag herumschlagen, unterscheidet er sich beispielsweise dadurch, daß ein Mann wie der Pale Saint in psychischer Hinsicht bereits tot ist, also nichts empfinden kann. Wie kommt es dazu? Typischerweise wird eine solche Entwicklung durch ein Trauma – oder eine Kette von Traumata – in der Kindheit ausgelöst, wodurch ein wichtiger Teil der Persönlichkeit zerstört wird. Ein solcher Mensch ist unfähig, Gewissensbisse oder Mitleid zu empfinden. Er lebt in einer von Finsternis und Tod beherrschten Welt und ist auf eine Art vereinsamt, die wir uns nicht vorstellen können. Seine Erlebniswelt isoliert ihn von seiner Umgebung. Seine Mission – und sein einziger Grund, selbst am Leben zu bleiben – besteht darin, so viele Menschen wie möglich umzubringen, um sie in seine Welt des psychischen Todes hinüberzuziehen. Das macht ihn so furchterregend: Er scheint aus dem Nichts aufzutauchen und aufs Geratewohl zu morden, bevor er dann wieder in seine unbekannte, düstere Welt verschwindet.«

»Dieser Kerl mordet also und wird es auch weiterhin tun«, warf Lewis ein.

»Stimmt. Bis ihn selbst der körperliche Tod ereilt«, erwiderte Esquival. »Glauben Sie mir, irgend etwas treibt ihn, so zu handeln. Neben dem Grund, den ich bereits erwähnt habe, und der häufig Ursache für das Morden ist, könnte er auch auf morbide Art und Weise vom Prozeß des Tötens selbst besessen sein.«

»Und deshalb brauchen wir eine Verbindung zu dem Kerl«, sagte Christopher. »Wenn wir erst einmal wissen, warum er mordet, haben wir zumindest eine Chance vorauszusagen, wo er das nächste Mal zuschlägt.« Er zeigte auf Esquival. »Das komplette Charakterprofil, Reuven. Machen Sie weiter.«

»In Ordnung.« Esquival befeuchtete einen Finger und blätterte eine Seite um. »Er ist ein hochintelligenter Einzelgänger mit einem beinahe krankhaft ausgeprägten Ego, der nur dann mit anderen Menschen kommuniziert, wenn es unbedingt notwendig ist. Er hat keinen sexuellen Kontakt zu seinen Opfern, greift sie nicht an und verstümmelt sie auch nicht nach dem Mord.«

»Und was sagen Sie dazu, daß er Bobby Austin den Kugelschreiber durchs Auge gebohrt hat?« fragte Esquival.

»Zu dem Thema kommen wir gleich«, unterbrach Christopher. »Aber im Moment, Jerry, glauben wir nicht, daß diese Tat mit den postmortalen Verstümmelungen vergleichbar ist, mit denen wir es normalerweise zu tun haben.« Er nickte Esquival zu und bedeutete ihm, mit seinem Bericht fortzufahren.

»Er bringt die Mordwaffe selbst mit und benutzt sie meisterhaft, um welchen Gegenstand es sich auch immer handeln mag. Bis zu dem Zwischenfall in Chinatown hat er an jedem Tatort äußerst gewissenhaft dafür gesorgt, daß keine Spuren zurückblieben.« Esquival blätterte erneut eine Seite um. »Was seinen persönlichen Hintergrund angeht, so kommt er mit an Sicherheit grenzender Wahrscheinlichkeit aus einem zerrütteten Elternhaus. Höchstwahrscheinlich ist er ein Einzelkind, aber er stammt bestimmt nicht aus einer großen Familie. Er hat solide Kenntnisse in Anatomie, Psychologie, Philosophie, Metaphysik und Schamanismus. Sein Akzent und seine Ausdrucksweise verraten eindeutig, daß er irgendwo im Mittelwesten aufgewachsen ist, und sein Vokabular läßt darauf schließen, daß er zumindest das College absolviert hat. Vielleicht war er auch zwei Jahre auf der Graduate School – er könnte sogar eine medizinische Ausbildung abgebrochen haben. Aber – um es erneut zu sagen – wir hatten kein Glück mit diesen Hypothesen. Offensichtlich handelt es sich nicht um einen Psychotiker – man muß sich außerordentlich in der Gewalt haben, um über eine so lange Zeitspanne hinweg so viele Menschen zu ermorden. Ich versichere Ihnen, daß wir einen wirklichen Psychopathen mittlerweile geschnappt hätten. Wie viele Serienmörder, mag er seinen Opfern anfänglich Hilfe und Beistand anbieten, und vielleicht hat er sogar selbst das Gefühl, ihnen zu helfen. Mit Sicherheit haben die potentiellen Opfer diesen Eindruck. Wenn das Vertrauensverhältnis dann schnell, schockierend und grausam zerstört wird, sind die Betroffenen zu paralysiert, um rechtzeitig reagieren oder auch nur versuchen zu können, sich zu wehren. Ich fasse zusammen: Er ist hochgradig intelligent, stark und verfügt über eine animalische Schlauheit. Er lebt auf der Straße. Außerdem hat er einen ausgeprägten Sinn für Humor.«

»Sinn für Humor?« fragte D'Alassandro. »Ich bitte Sie.«

»Wie würden Sie es sonst nennen?« erwiderte Esquival. »Der Mann begeht einen Mord und liefert sich anschließend freiwillig Christopher aus, und zwar nur aus dem Grund, um uns demonstrieren zu können, wie einfach es ist zu fliehen.«

»Es war nicht einfach«, sagte D'Alassandro, die gar nicht amüsiert war. »Er mußte vier Menschen töten, um fliehen zu können.«

»Genau«, sagte Esquival, der etwas in seinen Unterlagen notierte. »Er hat keinerlei Gewissensbisse.«

»Mein Gott, Sie sind abscheulich.« Sie schüttelte den Kopf, als Esquival lachte.

»Würden Sie mir bitte diese Tragetasche da reichen?« fragte Esquival, während er die Seite in seinem Schnellhefter überflog.

D'Alassandro drehte sich auf ihrem Bürostuhl nach rechts und streckte die Hände nach der Tragetasche aus. »Was ist da drin? Ihr Mittagessen?« Sie schrie auf, als ein blutiger Schädel aus der feuchten Tiefe der Tasche herausfiel und ihr entgegenrollte.

Esquival lachte hysterisch, während sie die Gummireplik wegkickte. Sie war mit echtem Blut besudelt. Der falsche Schädel war mit der außergewöhnlichen, detailgetreuen Sorgfalt hergestellt worden, wie man sie sonst nur bei Requisiten sehr teurer Spielfilmproduktionen findet.

»Guter Gott, Reuven!«

»Ach, kommen Sie schon, Emma.« Er balgte sich mit ihr um den künstlichen Kopf. »Ich erfülle doch nur einen wohltätigen Zweck.«

»Tatsächlich?« D'Alassandro kämpfte darum, ihren hämmernden Herzschlag zu beruhigen. »Und worum könnte es dabei gehen?«

»Ihren Sinn für Humor zu entwickeln.« Er gestikulierte. »Sehen Sie doch. Selbst unser geschätzter Jerry Lewis hat sich amüsiert.«

D'Alassandro schüttelte den Kopf. Sie hatte sich wieder unter Kontrolle. »Ich schwöre Ihnen, daß ich mir eines Tages einen Scherz einfallen lassen werde, den Sie als wirklichen Tritt in den Hintern empfinden werden.«

»Das wird ein großartiger Tag werden.«

»Okay, Kinder, die Pause ist vorbei«, sagte Christopher rasch. »Was den durch das Auge gebohrten Kugelschreiber angeht, Jerry, müssen wir auch die Tatsache mit einbeziehen, daß der Pale Saint William Cotton die Augen aus dem Kopf herausgeschnitten hat. Wir glauben, daß es sich dabei um eine Art von Ritual gehandelt hat, und Rituale gehören nicht in die gleiche Kategorie wie Verstümmelungen. Stimmt das, Reuven?«

»Allerdings.«

»Ihr glaubt doch nicht etwa an diesen ganzen Hokuspokus über primitive Rituale?« fragte Lewis.

»Was wir glauben, spielt keine Rolle«, antwortete Christopher. »Aber es scheint, daß unser Verbrecher daran glaubt. Meiner Ansicht nach ist das eine vielversprechende These. Der Pale Saint sieht in den von ihm getöteten Menschen Opfer. Und noch interessanter ist, daß mir zufällig ein Buch von Thomas Edward Lawrence in die Hände fiel, in dem mehr oder weniger dasselbe steht.«

»*Die sieben Säulen der Weisheit*«, ergänzte D'Alassandro.

Christopher nickte. »Ich war gerade beim Chef der Gerichtsmedizin. Das eigentlich Erstaunliche ist, daß er mir keine medizinisch plausible Erklärung geben konnte, warum Bobby Austin keinen Tropfen Blut verloren hat. Stick hat gesagt, daß er mit einer solchen Wunde eigentlich fürchterlich hätte bluten müssen.« Christopher blickte D'Alassandro direkt an. »Haben Sie irgendwelche Theorien dazu?«

D'Alassandro dachte einen Augenblick nach. »Vielleicht, aber ich befürchte, daß sich das Ganze so anhören wird, als wäre es sehr weit hergeholt.«

»Nicht nach allem, was wir gesehen haben«, entgegnete Christopher. »Schießen Sie los.«

D'Alassandro nickte. Sie hatte sich von Esquivals kleinem Streich erholt und war ganz bei der Sache. »Während es für all die toxikologischen Testergebnisse noch zu früh ist, kann ich mit Sicherheit sagen, daß das gesamte Blut und Epithelgewebe, das ich an dem Fenster gefunden habe, von einem Mann stammen.«

»Unser Junge«, sagte Esquival, während D'Alassandro eine Grimasse zog.

»Weiterhin haben meine eigenen vorläufigen Analysen ergeben, daß das Blut des Verbrechers einen veritablen Alkoholpegel aufwies.«

»Einen Augenblick«, unterbrach sie Esquival. »Wenn Sie damit sagen wollen, daß er betrunken war, als er William Cotton und Austin tötete, würde ich alles darauf verwetten, daß Sie schiefliegen.«

»Sie haben recht«, entgegnete D'Alassandro. »Hier geht es nicht um gewöhnliche Alkoholmoleküle. Aber ich vermute, daß es so ist, da es strukturelle Ähnlichkeiten gibt. Zusätzlich zeigt die Blutanalyse einen abnorm hohen Anteil des Hormons Serotonin.«

»Und was ist das?« fragte Christopher.

»Die medizinische Wissenschaft arbeitet noch an dem Problem. Es scheint so, daß Serotonin in der Zirbeldrüse produziert wird. Es könnte ein Zusammenhang zwischen dem Hormon und einem verbesserten Gesundheitszustand, dem

Immunsystem oder dem Alterungsprozeß bestehen, vielleicht aber auch nicht. In den letzten paar Jahren sind unterschiedliche Theorien über die Funktion oder Funktionen von Serotonin entwickelt worden, ohne daß es nur den kleinsten Beweis gab, der die Thesen hätten stützen können. In Kürze – wir haben es mit einem weiteren rätselhaften Körperhormon zu tun.« Sie zuckte die Achseln. »Mit Sicherheit kann ich Ihnen aber sagen, daß der Mörder an den hohen Anteil dieser Substanzen in seinem Körper gewöhnt ist. Für ihn ist das alltäglich. Ich würde behaupten, daß er an keinerlei sensorischen, motorischen oder kognitiven Beeinträchtigungen leidet. Es ist möglich, daß das Gegenteil der Fall ist.«

»Erklären Sie uns das«, sagte Christopher.

»Letzte Nacht habe ich mir ein paar wenig bekannte Studien aus dem World Wide Web heruntergeladen, die sich mit eingeborenen amerikanischen Schamanen beschäftigten. Sie geben vor zu beweisen, daß ein hoher Anteil von Serotonin und ein gewisses Maß von Alkohol oder mit ihm verwandter, komplexer Moleküle notwendig sind, um den halb ekstatischen Zustand der Schamanen zu erreichen. Diese komplizierten Moleküle müssen noch detailliert erforscht werden, aber es ist bekannt, daß in diesen Zuständen die sinnliche Wahrnehmung tatsächlich zu einer fast schmerzlichen Intensität gesteigert wird. Dieses Halbbewußtsein, das Laien einen Traumzustand nennen würden, vermischt sich mit dem Bewußtsein, und so ergibt sich eine Art anderer Realitätsebene, auf der sich, wie man annimmt, Schamanen während ihrer Kulthandlungen befinden.«

»Zunächst sind wir davon ausgegangen, daß es sich um irgendeinen kampferprobten Veteran der Special Forces handeln würde«, sagte Lewis. »Und jetzt theoretisieren Sie hier darüber, daß wir es mit einer Art von primitivem Zauberer zu tun haben?«

»Diese Annahme scheint immer plausibler zu werden«, räumte D'Alassandro ein. »Die Hypothese mit dem Veteran der Special Forces war rein spekulativ – diese hier beruht auf konkreten forensischen Beweisen.«

Lewis zuckte die Achseln. »Vielleicht ist er nur ein Säufer.«

»Und vielleicht bin ich Magaret Thatcher«, erwiderte Esquival. D'Alassandro mußte lachen, und Lewis sah ratlos aus.

»Da ist noch etwas«, sagte Christopher, um auf das eigentliche Diskussionsthema zurückzukommen. »Der Titel *Die sieben Säulen der Weisheit* lehnt sich an ein Zitat aus der Bibel an, genauer gesagt an eines aus den Sprüchen Salomos: ›Die Weisheit baute ihr Haus und hieb sieben Säulen.‹«

»Stimmt genau.« D'Alassandro blickte auf den Bildschirm ihres Notebooks. »Als ich im Web surfte, sind mir auch einige faszinierende Theorien über Thomas Edward Lawrence aufgefallen. Eine besagt, daß er der erste jener Leute war, die wir heute Neo-Ludditen nennen.«

»Die ursprünglichen Ludditen«, fuhr Esquival fort, »waren Weber aus Nottinghamshire im England des Jahre 1811. Sie rebellierten gegen die Veränderung ihrer Lebens- und Arbeitsbedingungen, die ihnen von der Industriellen Revolution und besonders von der Automatisierung aufgezwungen wurden. Zu ihnen gehörte ein gewisser Ned Lud. Es kam zu einigen Gewalttätigkeiten, ein Fabrikant wurde getötet, und die Ludditen wurden mehr oder weniger so lange verfolgt, bis sie ausgerottet waren. Jetzt sind durch die Computerrevolution Neo-Ludditen aufgetaucht. Man hat sie als Technikfeinde gebrandmarkt, aber das ist unzutreffend. Im Grunde genommen wehren sie sich gegen das absolute Vertrauen in die Technologie, die alles andere außer acht läßt.«

»Geben Sie uns einige Beispiele«, bat Christopher.

»Sie sind gegen Computer und behaupten, daß diese nur sinnlose Botschaften bereitstellen. Das Internet reduziert ihrer Ansicht nach alle Informationen auf ein- und dasselbe Niveau, so daß Mathematik, Moral, Sexualität, das Banale, Heilige und Profane unterschiedslos nebeneinanderstehen und deshalb bedeutungslos werden. Das gilt für sie besonders für Kinder, die das Web als Lernraum oder als Forschungsquelle benutzen.« Esquival blickte auf seinen Notizblock. »Mir ist ein Zitat des Unabombers aufgefallen: ›Wenn Sie nur ein bißchen Grips hätten, hätten Sie bemerkt, daß es viele Menschen gibt, die es Ihnen bitter übelnehmen, daß idiotische Technologiefanatiker wie Sie die Welt verändern.‹« Er blickte auf. »Nach Meinung der Neo-Ludditen wird die Welt durch einen Informationskult kontrolliert, der sie verängstigt. Von vielen Menschen wurden sie zunächst für verrückt gehalten und als Randgruppe unterschätzt. Aber vieles, wovor sie gewarnt haben, ist bereits Realität geworden, und einige von ihnen erscheinen jetzt geradezu als Propheten. Nur zwei Beispiele: Unternehmen verlassen sich heute routinemäßig auf CD-Rom-Programme, um ihre Mitarbeiter zu schulen. Und Amerikas Geschäftswelt stellt, um Websites gestalten zu lassen, fünfzehnjährige Jungen ein, die zwar ›Mortal Kombat‹ meisterlich beherrschen, aber noch nicht einmal eine Freundin hatten.«

Esquival griff nach einem Stapel Papieren. »Ich habe analysiert, was der Pale Saint in Bobby Austins Computer eingetippt hat, und bin der Meinung, daß es sich mehr oder weniger mit der Philosophie der Neo-Ludditen deckt.« Er blickte kurz auf seine Notizen. »Er bezieht sich auf das sprunghafte Wachstum riesiger Konglomerate und auf Unternehmensaufkäufe im Bereich der Medien, die er ›*coups*‹ nennt. Seiner Meinung nach geht der Sinn für die Wahrheit wegen unternehmerischer Prioritäten verloren, und er spricht von der Erniedrigung der Menschen, die durch diese neuen, riesigen Unternehmenskonglomerate zu Opfern werden. Er vergleicht den Vormarsch von Disney, GE, IBM, Microsoft, Time-Warner und andere Unternehmenskonglomerate mit Armeen auf einem Schlachtfeld, deren erklärtes Ziel zugleich in der Anhäufung von Besitz und der Verbreitung einer sorgfältig auskalkulierten Popkultur besteht.«

»Hört sich wie eine Kurzversion von *1984* an«, warf Lewis ein.

Christopher blickte auf seinen Notizblock. »William Cotton war Vizepräsident von Advent On-Line, einem Internet-Provider.«

»Noch ein Wort zu diesem Thema«, sagte Esquival. »Ich habe Ihnen ja bereits erzählt, daß sich Serienmörder mehr oder weniger in drei Kategorien einordnen lassen: den Sensationsgierigen, den seine Taten körperlich erregen, den Opportunisten, der durch seine Mordorgie ein anderes Verbrechen vertuschen will, und den Kreuzfahrer, der an seine noble oder vielleicht sogar heilige Mission glaubt und die Welt von dem erlösen will, was er für das Böse hält. Ich habe es bereits gesagt und wiederhole es noch einmal: Meiner Meinung nach gehört der Pale Saint in die dritte Kategorie – was er in Bobby Austins Computer eingetippt hat, bestätigt das.«

»Haben Sie die Akten der anderen Opfer zur Hand, Reuven?« fragte Christopher.

»Ich habe Sie heute morgen im Licht dieser Erkenntnisse noch einmal neu ausgewertet«, antwortete er. »Alle standen auf die eine oder andere Weise mit den Medien, der Computerindustrie, Computer-Dienstleistungsunternehmen oder Net-Providern in Verbindung, aber das Spektrum war so breit, daß wir trotz dieser neuen Informationen noch keinen Zusammenhang erkennen konnten.«

»Immerhin haben wir jetzt eine Spur«, sagte Christopher. »Ich würde gern noch mehr über Thomas Edward Lawrence erfahren, Emma.«

»Gut. Noch einmal – ich sage nicht, daß ich an irgend etwas von all dem glaube, was ich herausgefunden haben. Sie alle kennen diese Verrückten, die sich im Net tummeln. Aber gut - laut einigen dieser Theorien besteht der Grund dafür, daß Lawrence sich ›irgendwie zu Hause zu fühlen begann‹, nachdem er zu den Arabern geschickt wurde, darin, daß er insgeheim ein Neo-Luddit war. Seinem Heimatland gegenüber hat er sich immer loyal verhalten, aber er identifizierte sich bald mit den Arabern – primitiven Männern, die ein einfaches Leben im Einklang mit der Natur führten. Lawrence schrieb: ›Die Lebensweise der Beduinen war selbst für diejenigen beschwerlich, die von Kindesbeinen an damit vertraut waren, aber für Fremde war sie furchtbar: ein Tod im Leben.‹ Und dennoch bewunderte er ihre Lebensweise.« D'Alassandro blätterte eine Seite um. »Dieser Ausdruck, ›Tod im Leben‹, taucht in seinen Schriften wieder und wieder auf. Ein Beispiel: ›Wir hatten immer Blut an den Händen kleben – es war ja unser Recht, Blut zu vergießen. Das Morden und Verwunden schien nur ephemere Schmerzen zu verursachen – so extrem kurz und traurig war unser Leben. Wenn die Trauer des Lebens so groß war, mußte die Trauer der Bestrafung unbarmherzig sein. Wir lebten für den Tag und starben für ihn.‹«

»Es ist merkwürdig«, fuhr Esquival fort. »Dieselben Bezugnahmen auf den Tod im Leben wiederholen sich auch in den Ritualen primitiver Schamanen, gleichgültig, ob es sich um Ureinwohner Amerikas oder Nordasiens handelt. Auch zu dem, was der Pale Saint in Austins Computer eingetippt hat, gibt es Parallelen.«

»Damit wären wir wieder bei unserer Arbeitshypothese, daß unser Serienmörder ein Schamane ist«, resümierte Lewis. Die wachsende Anzahl von plausiblen Argumenten schien ihn überzeugt zu haben.

»Noch ein weiterer Aspekt spricht dafür«, sagte Christopher und erzählte den anderen von dem Ritual, dem Stick auf den Seychellen beigewohnt hatte.

»Das bestätigt meine Theorie«, entgegnete Esquival.

»Ich bin derselben Meinung«, fügte D'Alassandro hinzu.

»Aber was hat den Pale Saint anfänglich an Lawrence fasziniert?« fragte Lewis.

»Vielleicht ist unser Verbrecher genau wie Lawrence homosexuell«, antwortete Esquival. »Das würde zum Profil dieses Typs von Serienmörder passen.«

Christopher erinnerte sich an die unheimliche Erschütterung, die er empfunden hatte, als Sara ihm das Zitat vorgelesen hatte – ›Er wurde zu einem welken Blatt im Sturm des von ihm geführten Krieges.‹ Er sagte: »Der Pale Saint mag homosexuell sein oder nicht, aber ich bin bereit, darauf zu wetten, daß er nicht einfach nur ein weiterer Neo-Luddit ist, und eines weiß ich sicher. Er ist ein Soldat, der einen Krieg führt. Das ist seine Verbindung zu Thomas Edward Lawrence. Schon bevor er *Die sieben Säulen der Weisheit* las, fühlte er sich zu ihm hingezogen.«

»Ich glaube, daß Sie da eine richtige Spur entdeckt haben«, bestätigte Esquival. »Lawrence kämpfte in einem Wüstenkrieg, natürlich in einer realen Wüste. Meiner Ansicht nach ist die Wüste unserem Mörder zur zweiten Natur geworden – ich spreche von einer seelischen Wüste, dem dunklen, verdammten Ort, den er durchwandert. Kein Wunder, daß er sich so stark mit Lawrence identifiziert.«

»Gute Arbeit.« Christopher schwieg einen Augenblick. »Wenn man bedenkt, daß wir vorher keine Zusammenhänge gesehen haben. In der Laufbahn des Pale Saint scheint der Tod William Cottons einen Wendepunkt zu markieren – er hat seine Methode geändert. Unser Mann hat sich die Zeit genommen, William Cotton die Augen aus dem Schädel herauszuschneiden. Das hat er bei keinem der anderen Opfer getan. Er durchbohrte Bobbys Auge und tippte dann etwas in dessen Computer, was einer Schmähung gleichkommt. Warum? Nach Sticks Ansicht hat es einige Zeit gedauert, bis Bobby tot war. Der Mörder scheint das so geplant zu haben. Warum?

Ich möchte folgendes wissen: Was hatte sich geändert, so daß der Pale Saint plötzlich seine Methode wechselte? Vor Bobbys Tod wußten wir praktisch nichts über ihn, jetzt scheinen wir eine Menge zu wissen – zumindest sind wir in der Lage, einige recht präzise Vermutungen anzustellen. Warum? Wo liegt unser Ansatzpunkt?«

»William Cotton«, sagte Esquival. »Bei ihm hat er seine Methode geändert.«

»Er war die jüngste Zielscheibe der Neo-Ludditen«, warf Lewis ein. »Das ist nichts Neues, es sei denn, der Verbrecher hätte William Cotton gekannt.«

»Bei Bobby Austin hat er seine Methode erneut geändert«, warf D'Alassandro ein.

»Aber da war er in Polizeigewahrsam«, erwiderte Christopher. »Bei dem gleichen Zwischenfall hat er noch drei weitere Menschen getötet. Irgend etwas davor muß ihn dazu verleitet haben.«

»Ganz meine Meinung«, sagte Esquival. »Er hat seine Vorgehensweise bei dem Tompkins-Square-Park-Mord geändert. Aufgrund unserer Erkenntnisse würde ich sagen, er hat sich damit auf eine neue Ebene begeben.«

»Wie meinen Sie das?« fragte Lewis.

»Ich glaube nicht, daß die Sache mit den Augen ein Zufall

war, und ich setze meinen Ruf aufs Spiel, daß es sich dabei nicht um eine normale Verstümmelung handelte.«

»Sie haben keinen Ruf«, erwiderte D'Alassandro. »Da kommt keine große Spannung auf.«

Esquival grinste sie mit entblößten Zähnen an. »Ich will nur sagen, daß ich einiges darauf wetten würde, daß die Augen irgendeine Rolle in seinen Ritualen spielen.«

»Sie glauben, daß er sie benutzt?« fragte D'Alassandro.

Esquival deutete mit dem Finger auf sie. »Bingo! Geben Sie der kleinen Lady einen Preis!« sagte er in seiner besten näselnden Aussprache.

»Im Augenblick ist William Cotton unser Ausgangspunkt«, sagte Christopher, der das Meeting beenden wollte. »Ich möchte, daß alles über ihn in Erfahrung gebracht wird.«

»Sie werden Migräne kriegen«, warnte Hutton Dillard.

Cassandra preßte ihre Finger in die Augenwinkel, bis sie rote Sterne sah. Das hatte sie auch schon während der letzten sechzehn Stunden getan, und sie wußte, daß Dillard recht hatte. Zwischen ihren Schulterblättern spürte sie einen dumpfen Schmerz, und ihr Hals schien plötzlich aus Stahl zu bestehen.

»Die Resultate sind perfekt«, sagte Dillard. »Genau wie Sie es vorausgesagt haben. Der Fötus entwickelt sich normal. Sie selbst haben die Software entwickelt, die auf diesem Computer läuft. Lassen Sie ihn die Arbeit erledigen. Warum nutzen Sie nicht die Gelegenheit, um …«

»Nein!« Cassandra gestattete es sich nicht, sich auszuruhen. »Ich will alles selbst beobachten. In dem Moment, wo der Fötus komplett entwickelt ist, werde ich damit beginnen, ihn mit Delta-Wellen zu bombardieren. Die Japaner haben bewiesen, daß Tiefschlaf das weitere Wachstum beschleunigt.«

»Der Computer erledigt das automatisch«, betonte Dillard.

»Sie verstehen nicht. Ich will dabei sein, wenn es soweit ist. Ich *muß* …«

»Enthusiasmus ist ein bewundernswerter Charakterzug,

Cassandra, aber selbst an Ihren Maßstäben gemessen, ist dies eine unverhältnismäßig große Anstrengung. Ich bin gezwungen, Sie darauf hinzuweisen, daß Sie die Grenzen Ihrer Ausdauer überschreiten. Glauben Sie, daß das klug ist, wenn man bedenkt, was Sie in den letzten Tagen durchgemacht haben?«

»Klug oder nicht, ich muß es tun.« Cassandra zuckte zusammen, während der erste Vorbote des Migräneanfalls hinter ihren Augen pulsierte. Sie hielt sich mit einer Hand an der soliden Chromtheke fest, die vor der Geburtskammer stand, und atmete mehrmals tief durch, während sie in die Tasche ihres Laborkittels griff. Wenn sie zwei extra starke Excedrin-Tabletten rechtzeitig vor Ausbruch des Anfalls einnahm, reichten die 250 mg Aspirin und 65 mg Koffein, die jede Tablette enthielt, gewöhnlich aus, um den Kopfschmerz zu besiegen. Mit einer zu einem Drittel gefüllten Tasse Kaffee spülte sie die beiden Tabletten hinunter.

»Lassen Sie mich wenigstens eine Zeitlang die Aufsicht übernehmen, und schließen Sie für eine halbe Stunde die Augen, um sich auszuruhen.«

Sie schüttelte verbissen den Kopf. »Der Fötus wächst so schnell, daß ich zu viel verpassen würde.«

»Das Video wird Sie auf dem laufenden halten. Sie können alles später ansehen.« Er lächelte. »Kommen Sie, ruhen Sie sich etwas aus. Nebenbei bemerkt – ich hätte dann etwas Zeit, an einer bestimmten Sache zu arbeiten. Eigentlich wollte ich Sie damit überraschen, aber ...«

»Was? Erzählen Sie es mir.«

»Werden Sie sich dann ein wenig ausruhen?«

Sie lächelte. »Einverstanden, ich verspreche es. Aber mehr als eine halbe Stunde ist nicht drin.«

Dillard nickte. »In Ordnung. Ich habe darüber nachgedacht, wie wir Minnie jeden Tag eine Tetracyclin-Dosis verabreichen können. Schon bei einer Ratte ist das lästig genug, von einem Menschen ganz zu schweigen. Deshalb habe ich an einer subkutanen Kapsel gearbeitet, die per Zeitsteuerung die angemessene Dosis für eine Woche freigeben wird.«

»Das ist ja wundervoll, Hutton!«

Sein Lächeln wurde breiter. »Und das Beste ist, daß die Kapsel fertig sein wird, wenn wir den rapiden Alterungsprozeß des Klons verlangsamen müssen.«

»Gut, ich gebe mich geschlagen.« Cassandra ging durch das Labor auf ihren Schreibtisch zu, ließ sich in den Bürosessel fallen und legte die Füße auf die Schreibtischplatte. Während sie ihren Kopf zurücklehnte, setzte sie merkwürdig aussehende Kopfhörer auf. Sie betätigte den Schalter, der sehr langsame, für das Ohr nicht hörbare Wellen mit breiter Amplitude auslöste, die mit den Delta-Wellen des menschlichen Gehirns identisch waren und einen Menschen beinahe augenblicklich in den Tiefschlaf beförderten. »Aber nur eine halbe Stunde«, sagte sie mit warnendem Unterton. »Denken Sie daran.«

»Träumen Sie schön, Cassandra.«

Bobbys Beerdigung fand an einem nebligen Freitag statt. In der folgenden Nacht stattete Cassandra Christopher einen Besuch ab. Sie traf erst nach Mitternacht bei ihm ein, aber er lag noch nicht im Bett. Statt dessen hatte er erneut die seltsame, unzusammenhängende Botschaft gelesen, die der Pale Saint auf der Festplatte von Bobbys Computer hinterlassen hatte und die er inzwischen für ein Manifest hielt.

»Störe ich dich?«

»Überhaupt nicht.« Er war dankbar für die Ablenkung, machte Platz, damit sie eintreten konnte, und schloß hinter ihr die Tür.

Mit einer fließenden Bewegung streifte sie ihren Mantel ab. »Ich möchte dich etwas fragen.«

»Willst du einen Drink?«

Sie standen nicht weit voneinander entfernt und blickten sich an. Nach einem Augenblick strich sich Cassandra mit einer Hand durchs Haar. Ihre Augen flackerten. »Nur etwas Wasser.« Sie griff in ihre Handtasche. »Ich muß noch mehr Excedrin nehmen.«

Christopher holte ihr ein Glas Eiswasser, und sie stürzte es mit zwei Tabletten hinunter. »Jetzt habe ich diese Migräne bereits seit fünf Tagen, und sie läßt nicht nach«, sagte sie und gab ihm das Glas zurück.

»Setz dich.« Er zeigte auf ein ockerfarbenes Sofa, das mit Kordsamt bezogen war und auf das sie sich mit einem tiefen Seufzer fallen ließ. Sie streifte ihre Schuhe ab, setzte sich in den Schneidersitz, lehnte den Kopf gegen die Rückenlehne und schloß die Augen. Bei dieser Gelegenheit ließ Christopher das Manifest des Pale Saint verschwinden. Es wäre nicht gut gewesen, es ihr zu zeigen.

»Es ist doch normal, daß du in dieser Situation nicht schlafen kannst«, begann er.

»Das ist ja das Merkwürdige. Ich bin mir sicher, nie einschlafen zu können, und dann träume ich plötzlich und habe das Gefühl, die ganze Zeit zu träumen, während ich schlafe.« Sie öffnete die Augen und hob den Kopf, um ihn anzublicken. »Ich träume von einem Ort, Jon. Von den Wäldern, *unseren* Wäldern, *unserer* gemeinsamen Zeit.«

»Das überrascht mich nicht«, antwortete er. »Du träumst von einem anderen Ort und einer anderen Zeit, als das Leben noch einfacher war.«

»War es damals einfacher?« Ihre grauen Augen blickten ihn fest an. »Früher habe ich das auch gedacht, aber jetzt bin ich mir nicht mehr so sicher. Mir scheint, daß es tatsächlich sehr schwierige Zeiten waren.«

»Wie meinst du das?«

Sie bewegte sich auf dem Sofa. »Warum bleibst du stehen und setzt dich nicht, Jon? Du machst mich nervös.«

Er ließ sich in einen tiefen, gepolsterten Sessel fallen und streckte die Beine aus, die ganz in ihre Nähe reichten. Er fühlte sich sehr schwer, als ob seine Geheimnisse ihn hinabziehen würden.

Cassandra seufzte. »In diesen Träumen renne ich, Jon. Mein Herz pocht wie wild, ich höre das Blut in meinem Körper laut pulsieren, und der Atem in meiner Kehle ist heiß. Zuerst habe ich mich gefragt, wovor ich davonlaufe. Diese Wälder waren so friedlich, einladend und vertrauenswürdig. Es war, als ob wir dorthin gehörten und dort immer beschützt waren. Als ich aufwachte, dachte ich darüber nach, und schließlich hatte ich heute nacht erneut denselben seltsamen Traum, in dem ich durch die Wälder rannte. Aber plötzlich begriff ich, daß ich nicht vor etwas *davonrannte*, sondern auf etwas *zulief*.«

»Weißt du, worauf?« fragte Christopher nach langem Schweigen.

»Ich hatte gehofft, du könntest mir das sagen.«

»Woher sollte ich es wissen?«

»Irgendwie dachte ich, du wüßtest es.«

Er beugte sich vor. Das Bedürfnis, ihr zu sagen, daß er sie liebte, war so stark, daß er zu schlucken begann. »Cass, ich ...«

»Macht nichts.« Sie winkte ab. »Ich bin erschöpft und weiß überhaupt nicht mehr, was ich noch sage oder fühle.«

»Tut mir leid, aber ich glaube, daß genau das der Fall ist.«

Sie nickte und schloß erneut die Augen. »Ich muß dich etwas fragen.«

»Dann frag.«

Cassandra stand auf und schenkte sich erneut Wasser ein. Obwohl sie ihm den Rücken zuwandte, war sie sich bewußt, daß er sie anblickte. »Was hat der Chef der Gerichtsmedizin über Bobbys Augenwunde gesagt?« fragte sie, als sie mit ihrem Glas zurückkam.

»Bist du sicher, daß du in der Lage bist, dir das anzuhören, Cass?«

Sie senkte den Kopf. »Du fängst schon wieder an.«

»Womit?«

»Mich beschützen zu wollen. Das ist nicht notwendig.«

»Selbst du ...« Er hielt abrupt inne, weil ihm klar wurde, wie wütend seine Reaktion Cassandra gemacht hatte. »Es gibt Zeiten, wo jeder Mensch Schutz braucht.«

»Mit deiner Ausnahme, hab' ich recht, Jon? Ja, natürlich. Es ist ja dein Job, alle um dich herum zu beschützen.« Sie stellte das Glas auf den Tisch. »Eines Tages wirst du mir erzählen müssen, wer dir diesen Job beschafft hat und warum du glaubst, daß es der einzige Beruf ist, in dem du gut bist.«

»Ich hasse es, wenn du dich so aufregst.«

»Glaubst, daß ich ausflippe? Mein Gott, Jon, selbst du kannst nicht so schwer von Begriff sein.«

Erneut gingen sie aufeinander los. Christopher fragte sich, wie es soweit kommen konnte. Und er entschloß sich, das zu tun, was ihm allein übrig blieb: Er konzentrierte sich auf das naheliegende Thema, ihr Anliegen, wiederholte, was Stick ihm über die Präzision erzählte hatte, mit der der Mörder das Auge und die Zirbeldüse durchbohrt hatte, ehe er sie extrahierte.

Cassandra schwieg lange, und Christopher glaubte, daß sie eingeschlafen wäre, weil sie die Augen geschlossen hatte. »Ich wußte es«, sagte sie schließlich.

»Was hast du gewußt?«

»Daß es irgend etwas mit der Zirbeldrüse zu tun hat.«

Er beugte sich vor, denn sein Interesse war plötzlich geweckt. »Guter Gott, Cass, wie konntest du das wissen?«

»›Wissen‹ ist ein interessantes Wort und sehr mit Bedeutungen aufgeladen. Ich hatte eine Ahnung. Bobby starb, ohne daß er einen Tropfen Blut verloren hat. Der Chefarzt der Gerichtsmedizin hatte dafür keine Erklärung – aber ich. Selbst für mich ist die Zirbeldrüse eine Art Rätsel. Aber wir wissen mit *Sicherheit*, daß sie die biologische Uhr reguliert. Tagsüber sondert sie Serotonin ab, nachts Melatonin. Diese Substanzen regulieren die zyklischen Prozesse im Körper und – auf einer spezifischeren Ebene – die Geschwindigkeit von Impulsen zwischen den Nerven. Während wir altern, verringert sich die Menge dieser von der Zirbeldrüse abgesonderten Substanzen. Das Thema wird heftig diskutiert: Ist die Zirbeldrüse eher ein passiver Monitor des Alterungsprozesses, oder ist sie aktiv daran beteiligt? Mein jüngstes Experiment hat meine Theorie bestätigt, daß die Zirbeldrüse ein aktiver Faktor ist. Ein Organ, das die Schnelligkeit des Alterungsprozesse kontrolliert und synaptische Reaktionen im ganzen Körper reguliert, könnte – rein theoretisch – auch dazu in der Lage sein, den Blutfluß zu kontrollieren.«

Sie tauchte einen Zeigefinger in ihr Wasser und skizzierte dann die Umrisse eines Auges am Ende eines Stiels auf die Tischplatte. »Die menschliche Zirbeldrüse ist ihrer Struktur und Evolution nach identisch mit etwas, das bei Eidechsen das Zirbel-Auge genannt wird.« Sie zeichnete weiter. »Es ist durch diesen Stiel mit dem Gehirn verbunden, und liegt direkt über und zwischen den Augen, knapp unter der Haut.«

»Was ist es?« fragte Christopher.

»Gute Frage. Niemand weiß es mit Sicherheit. Als wir es mit dem Mikroskop untersucht haben, haben wir ein Netzwerk entdeckt, das dem des menschlichen Auges stark ähnelt.«

»Aber es befindet sich unter der Haut. Was könnte es sehen?«

»Kennst du nicht die Legende des Dritten Auges, Jon? Eigentlich ist es keine richtige Legende, weil viele Menschen – und in primitiven Kulturen fast jeder – an seine Existenz glauben.« Sie tippte mit einer Fingerspitze auf die Mitte ihrer Stirn. »Es befindet sich hier, in der Zirbeldrüse. Hier sind die höheren Kräfte beheimatet, alle Instinkte und die Verbindungen zur natürlichen Welt.«

Cassandra schwieg für einen Moment, um ihre Gedanken zu sammeln. »Meiner Theorie nach ist die Zirbeldrüse der Ort, wo das höhere Lernen angesiedelt ist, der Ort, der tatsächlich mit dem Dritten Auge identisch ist. Aber es ist außergewöhnlich schwierig, das zu beweisen. Ich vermute, es ist ungefähr so wie beim Blinddarm, dem im Laufe der Zeit die gesamten Funktionen verloren gegangen sind. Irgend etwas ähnliches ist auch mit der Zirbeldrüse passiert – ihre eigentliche Bestimmung hat sich geändert. Ich bin mir sicher, daß sie einst ein sehr wichtiges Organ und für das Leben so unabdingbar war wie das Herz, die Lunge oder die Leber.

Im Laufe der Jahrhunderte, als der Mensch sich vom Leben in der Natur und auf dem Land entfremdet und Gewehre, Städte, Autos und Flugzeuge gebaut hat, hat er die Fähigkeit verloren, die Zirbeldrüse zu benutzen, weil er zum Überleben nicht länger auf die primitiven Instinkte angewiesen war. Doch Studien haben bewiesen, daß in primitiven Kulturen, wo der Schamanismus blüht, Kräutergetränke und Zeremonien, die Schamanen auf der ganzen Welt anwenden, die Zirbeldrüse beeinflussen. In der modernen Welt wird dieses Phänomen nicht verstanden, nicht einmal von Forschern, die ein Interesse an der Phytopharmakologie bekunden.«

»Und was hat das alles mit meinen Nachforschungen zu

tun?« Christopher sah plötzlich Stick vor sich, wie er ihm den bizarren religiösen Ritus auf der Insel La Figue beschrieb. »Weißt du, warum der Pale Saint auf die Zirbeldrüse seiner Opfer scharf ist?«

Cassandra spitzte die Lippen, und er wußte, daß sie eine Theorie hatte. »Du hattest mir doch geraten, mich aus deinen Nachforschungen herauszuhalten.«

»Das war, bevor Emma einige interessante Hinweise entdeckte. Es ist möglich – oder sogar wahrscheinlich –, daß unser Gesuchter ein Schamane ist.«

»Das ist wirklich interessant.« Cassandra lehnte sich zurück und tippte mit dem Zeigefinger gegen ihre Lippen.

»Sag mir, was du denkst«, sagte Christopher. »Ich weiß, daß du darauf brennst, es mir zu erzählen.«

»Da liegst du falsch«, erwiderte Cassandra leise. »*Du* brennst darauf, daß ich es dir erzähle.«

Christopher stand mit klopfendem Herzen auf. »Vielleicht – aber auch nur vielleicht – haben wir beide recht.«

Cassandra sah ihn lange mit festem Blick an. Als er sich wieder gesetzt hatte, ergriff sie erneut das Wort. »Es ist wieder nur eine Ahnung. Die Zirbeldrüse ist den Schamanen heilig. Sie ist die Gottheit der Menschheit, der Ort, wo die Götter der Schamanen die Sterblichen berührt haben. In schamanistischen Gesellschaften ist die Zirbeldrüse mit reiner Magie identisch. Etwas nüchterner ausgedrückt: Ich glaube, daß die Schamanen die Sekretion ihrer Zirbeldrüse bis zu einem solchen Grad kontrollieren können, daß es ihnen möglich ist, Dinge zu vollbringen, die auf moderne Menschen wie Wunder wirken.«

»Sie können beispielsweise verhindern, daß eine Wunde blutet.«

»Genau. Um deine Frage möglichst einfach zu beantworten: Der Pale Saint versucht, sich im Moment des Todes oder kurz danach die magischen Kräfte seiner Opfer anzueignen.«

Christopher war plötzlich angespannt. »Das hört sich nach sehr viel mehr als nur einer Vermutung an.«

Ihre grauen Augen blickten ihn an, ohne daß sie etwas erwiderte.

»Mein Gott, Cassandra, du hast mit deinem Experiment weitergemacht.«

»Dein Glück.«

»Du hattest mir versprochen ... Wir hatten ein Abkommen getroffen.«

»Ich habe gelogen - ich mußte, Jon. Ich habe dir erzählt, daß ich sehr viel feinere Analysen vornehmen könnte als Emma. Möchtest du jetzt erfahren, was ich herausgefunden habe, oder lieber nicht?«

»Ich werde das nicht vergessen, Cass.«

»Dann vergiß auch nicht, dich bei mir zu bedanken, wenn ich dir alles erzählt habe.« Sie hielt einen Moment inne, damit er die plötzliche Wende der Ereignisse verdauen konnte. »Der Pale Saint hat einen enorm hohen Anteil von Serotonin in seinem Blut, und dazu kommen andere, komplexere Substanzen. Aufgrund meiner wissenschaftlichen Arbeit weiß ich, daß diese Stoffe von der Zirbeldrüse produziert werden. Es handelt sich um Substanzen, die herkömmliche Serologen nicht zu kategorisieren wüßten.«

»Auch D'Alassandro hat Serotonin gefunden.« Er erzählte ihr von Emmas jüngstem Bericht über die Serologie des Gesuchten und von der Anzahl rätselhafter Moleküle im Blut, die zwar mit dem Alkohol verwandt, aber keine Alkoholmoleküle waren. »Ich habe nach handfesten Beweisen gesucht, daß der Pale Saint tatsächlich ein Schamane ist. Jetzt habe ich sie. Ich bin dir zu großem Dank verpflichtet, Cass.«

Cassandra stand auf, und Christopher bemerkte, daß die Aufregung sie zu übermannen drohte. »Da ist noch etwas, Jon. Sogar noch viel mehr.«

»Diesen Tonfall kenne ich, Cass«, sagte er, während er sich erhob. »Ich frage mich, wieviel mehr ich noch ertragen kann.«

Sie lächelte. »Laß uns einfach sagen, daß meine Arbeit eine historische Wende genommen hat.« Sie griff nach ihrem Mantel. »Ich glaube, du solltest mich begleiten.«

Zwanzig Minuten später führte sie ihn durch das Vertex-Labor und weiter durch eine Seitentür, die geschlossen gewesen war, als er sie vor ein paar Tagen besucht hatte. Sie befanden sich in einem kleinen Raum mit Bücherregalen, einem Schreibtisch aus poliertem Holz, einem bequem aussehenden Bürostuhl und einem Desktop-Computer. Vom Schreibtisch aus konnte man auf die Kastanie und die japanischen Ahornbäume blicken, die von kleinen Strahlern erleuchtet wurden. Sie waren so kunstvoll angeordnet, daß man den Eindruck gewann, auf eine vom Mondschein erhellte Lichtung zu blicken, obwohl der nächtliche Himmel verhangen war.

Cassandra starrte durch das Fenster nach draußen. »Ich werde dich in ein Geheimnis einweihen, Jon. In eines von vielen, die noch folgen werden. Ich liebe es, aus diesem Fenster zu blicken. Und die meisten Menschen, denen ich hier Zutritt gestatte, mögen den Ausblick ebenfalls. Sie mögen ihn wegen des Gartens – und zwar nur deswegen, denn das ist alles, was sie sehen. Weißt du, was ich sehe, wenn ich aus diesem Fenster blicke? Ich sehe das kleine Gebäude, das fast durch die Bäume verdeckt wird. Selbst im Winter ist es wegen der vielen Zweige kaum auszumachen.« Sie zeigte darauf. »Aber das ist der Ort – *mein* Ort, Jon. Mit Ausnahme von einigen wenigen Leuten, die der höchsten Führungsebene von Vertex angehören, weiß niemand, was dort geschieht.« Dann wies sie auf die geschlossene Tür zum Labor, durch das sie gerade gekommen waren. »Die Arbeiten, die wir dort durchführen, DNS-Replikation und Klonen, ist schon umstritten genug, um Leute wie Dean Koenig und die Christian Convocation dazu zu bewegen, eine wilde Kampagne zu entfachen, um uns zu erledigen. Aber wenn sie wüßten, was in diesem kleinen Gebäude dort draußen vor sich geht …«

Sie brach den Satz abrupt ab und ging zu den Bücherregalen hinüber. Nachdem sie auf einen versteckten Knopf gedrückte hatte, glitt ein Teil des Regals zur Seite und gab den Blick auf das verchromte Innere eines kleinen Aufzugs frei. Sie traten ein, Cassandra drückte erneut einen Knopf, und die Tür schloß sich lautlos. Als sie sich wieder öffnete, befanden sie sich in einem unterirdischen Gang mit Betonwänden, wo es stark nach Maschinenöl und Feuchtigkeit roch.

»Wie du zweifellos vermutet hast, befinden wir uns direkt

unter jenem lieblichen Garten«, sagte sie, während sie ihn durch den Gang geleitete, der von kleinen Glühbirnen in Drahtummantelungen erhellt wurde. Ihre Schuhe verursachten auf dem nackten Betonboden kratzende Geräusche. »Ich glaube, ich sollte mit meinem Bericht ganz am Anfang beginnen. Vor zwei Jahren fiel mir ein obskures Thesenpapier in die Finger, dessen Autor Hutton Dillard war. Er vertrat die Ansicht, daß das Individuum durch die Umwelt und nicht durch Gene geprägt wird. Natürlich spielten seiner Ansicht nach beide Faktoren eine Rolle, aber im Zweifelsfall waren Erziehung und Umwelt ausschlaggebend. Wissenschaftler und Akademiker glauben nicht gerne an eine solche Theorie, die sie für unwissenschaftlich halten. Nun, vielleicht bilden die Soziologen darunter eine Ausnahme, aber die gelten ja auch kaum als Wissenschaftler.« Sie hatten fast das Ende des Gangs erreicht. »Wie auch immer – ich stellte Dillard sofort ein, um mit ihm im Vertex-Institut bei meinen genetischen Versuchen zusammenzuarbeiten. Ich weiß, wie Bobby über Hutton dachte, und ich nehme an, daß es sich bei dir nicht anders verhält, aber Tatsache ist, daß niemand sonst mir bei dem hätte helfen können, was ich gerade getan habe.«

Am Ende des Gangs befand sich eine kleine, sandige Betontreppe. Sie stiegen hinauf, und Cassandra zog einen Bund mit Schlüsseln aus der Tasche ihres Laborkittels. Sie schloß die Tür auf, drückte auf die Stahlklinke, und dann befanden sie sich in dem kleinen Gebäude im hinteren Teil des Gartens. Christopher bemerkte, daß sie die Tür wieder sorgfältig verschloß.

Er folgte Cassandra in ein weiteres Labor, wo das Summen der komplizierten Maschinen und Generatoren wie das Herz irgendeines riesigen und gesichtslosen Wesens pochte. Christopher mochte weder Laboratorien noch Operationssäle, und er sah auch keinen Unterschied zwischen beiden. Die Menschlichkeit ging hier wie dort verloren, fand er.

Cassandra blieb direkt vor der riesigen Geburtskammer stehen. Durch das dicke Glas erspähte er etwas, das in einer rötlichen Flüssigkeit zu schwimmen schien.

»In Gottes Namen, Cass, was ist das?« flüsterte er heiser.

»Hier wird Geschichte geschrieben«, sagte sie, während sie die flachen Monitore ihrer Taskstation einschaltete. »Wir züchten einen Klon des Pale Saint, des Mannes, der Bobby ermordet hat.«

Christopher blickte zwischen ihr und dem Fötus hin und her.

»Wir verwenden ein neues, im Tierversuch getestetes Verfahren. Morgen wird er einem neugeborenen Kind gleichen, und neunzehn Tage später wird er neunzehn Jahre alt sein. Dann werden wir mit der Chemotherapie beginnen, die den Alterungsprozeß wieder auf ein normales Maß verlangsamt.« Sie schüttelte den Kopf. »Sieh mich nicht so an.«

»Was zum Teufel glaubst du, was du da tust? Wie ist es dir gelungen, die Vertex-Bosse zu überreden, diesem Experiment zuzustimmen?«

»Um ehrlich zu sein – sie wissen nichts davon. Wenn ich sie eingeweiht hätte, hätten sie es nicht gestattet.«

»Und was ist mit Dillard?«

»Er muß die Stichhaltigkeit seiner Theorien beweisen. Das ist sein Einsatz bei der Sache.«

Christopher atmete tief durch. »Ich möchte dich richtig verstehen, Cass. Aus welchem Grund hast du mich hergebracht?«

Cassandra näherte sich ihm. Sie duftete wie Frühlingsregen. »Sieh doch nur, was geschehen ist, Jon: Der Pale Saint läßt sich einzig und allein aus dem Grund festnehmen, weil er euch zeigen möchte, daß ihm die Flucht gelingt. Die Morde an Bobby und diesen armen Polizisten sind nicht die letzten gewesen, und das weißt du auch. Ich halte das nur für ein Vorspiel. Denk nach! Wenn du ihm nicht Einhalt gebieten kannst, wird er weiterhin unschuldige Menschen wie Bobby töten.«

»Glaubst du, ich wüßte das nicht? Ich verspreche dir, daß wir ihn finden werden, Cass.«

Sie fieberte beinahe vor Erregung. »Nein, das wirst du nicht, und noch schlimmer ist, daß du das auch weißt. Dieser Kerl ist zu Dingen fähig, die du dir nicht im entferntesten ausdenken könntest. Das hat er schon jetzt bewiesen.« Sie zeigte auf die Geburtskammer. »Sieh dir genau an, was in dem künstlichen Uterus heranwächst. Wer sonst als dieser Klon könnte ihn schnappen? Er wird seine Gewohnheiten und Vorlieben kennen, einfach alles. Er ...«

»Du spielst Gott, Cass. Woher willst du wissen, daß du recht hast?«

»Ich weiß es. Gott hat nichts mit dem zu tun, was hier geschieht. Was du siehst, ist Wissenschaft – wir brauchen Wissen, Information, Fortschritt, und der ist unaufhaltsam. Ich habe die Barriere der Regulierung des Alterungsprozesses durchbrochen, und das ist eine Tatsache. Dillards Theorie besagt folgendes: Einige menschliche Charakterzüge werden durch die Gene festgelegt, andere aber nicht. Sie sind ein Produkt der Umwelt und der Erziehung. Er glaubt, daß der Hang zum Morden auf Umwelteinflüsse zurückzuführen ist.«

»Schön für Dillard. Er ist ein Meister der Theorie und kann die Teilnehmer von wissenschaftlichen Symposien und die Leser medizinischer Fachzeitschriften blenden. Aber was wir hier vor uns sehen, ist real. Was geschieht, wenn er sich geirrt hat? Wir haben es bereits mit einem wahnsinnigen Superhirn zu tun! Was, wenn ihr hier ein weiteres heranzüchtet? Wie kannst du ein derartiges Risiko eingehen?«

»Weil ich an Huttons Theorien glaube«, antwortete sie. »Und weil ich eine perfekte Rückversicherung habe.«

»Tatsächlich? Und wie sieht die aus?«

»Ich spreche von dir. Du bist meine Rückversicherung.«

Christopher blickte sie an, als ob sie Mandarin-Chinesisch gesprochen hätte. »Wie bitte?«

»Du wirst ihn erziehen, Jon.«

»Was? Bist du verrückt?«

Aber sie redete bereits weiter: »Du wirst ihm alles beibringen, was er wissen muß, und du wirst ihm eine Ethik und ein Wertegefühl vermitteln, damit er zwischen richtig und falsch unterscheiden kann. Wer wäre besser dafür geeignet als du, Jon? Und das Ganze wird funktionieren, weil er sich durch dich prägen lassen wird, genau wie verletzte Tiere aus der Wildnis sich durch Menschen prägen lassen, die sie gerettet und erzogen haben. Er wird dir nacheifern und der beste Schüler sein, den du dir nur wünschen kannst. Denn er gleicht einem leeren Gefäß, das gefüllt werden will. Das wirst du übernehmen und den besten Polizisten aus ihm machen ...«

»Nein.«

»Du wirst bald keine andere Möglichkeit mehr haben. Und ohne mich wird es dir nicht gelingen, diesen Mörder zu fassen. Du kannst das Risiko nicht eingehen, daß ich recht behalte.«

»Zum Teufel, ich kann nicht? Nein, Cass.« Er gestikulierte kurz, um das Gespräch abzubrechen, während er auf die Tür zuging. »Zähle nicht auf mich.«

»Ich brauche dich bei dieser Sache, Jon. Der Klon braucht ...«

»Halt den Mund, Cass. Dieses *Etwas* da drin braucht mich nicht, und du auch nicht. Ich werde an diesem monströsen Experiment nicht teilnehmen, und das ist mein letztes Wort.«

»Du bist ein riesiger Idiot.«

»Glaub mir, Cass, auf dieser Welt gibt es noch andere Standpunkte außer deinem, aber du warst nie wirklich in der Lage, das zu begreifen.«

»Nur weil ich für das kämpfe, was ich für richtig halte?«

»Ob du es wahrhaben willst oder nicht, es ist ein Unterschied, ob man für das einsteht, woran man glaubt, oder ob man sich rücksichtslos über alle anderen Meinungen hinwegsetzt.«

»Du bist nie darüber hinweggekommen, daß ich beim Bogenschießen mehr Punkte erreicht habe als du«, rief sie wütend.

»Und *du* bist nie darüber hinweggekommen, daß du ertrunken wärst, wenn ich dich nicht aus dem reißenden Strom gerettet hätte.«

»Einen Augenblick.« Sie zog ihn zurück, um ihn daran zu hindern, den Raum zu verlassen. »Hier geht es nicht um mein Experiment, oder? Es geht um dich und mich, Jon – so wie immer.«

»Cass, ich ...«

»Nein, nein. Ich habe es satt, mich mit dir zu streiten. Jedesmal, wenn wir uns begegnen, ist es dasselbe. Diese – ich weiß nicht, wie ich es sagen soll – höllische Feindseligkeit zerrt an unseren Nerven.« Ihre leuchtenden grauen Augen blickten ihn an. »Begreifst du, was passiert ist, Jon? Irgendwie sind wir zu Feinden geworden.«

»Das ›irgendwie‹ kannst du dir sparen.«

»Was soll das heißen? Verstehst du etwa, was geschehen ist? Wenn ja – erkläre es mir. Bitte. Ich ertrage es nicht ...« Einen Augenblick lang wandte sie ihr Gesicht ab. Dann atmete sie tief durch. »Am Samstag war ich mit Sara beim Baseball, wie Bobby es geplant hatte. Und weißt du, was sie sagte?« Als sie sich wieder zu ihm drehte, glitzerten in ihren Augen die Tränen, die sie mit einer tapferen Kraftanstrengung zurückhielt. »Sie wollte wissen, ob du uns jetzt häufiger besuchen kommst. Warum hat sie wohl danach gefragt, Jon?«

»Ich weiß es nicht.« Er entfernte sich einige Schritte von ihr, aber sie folgte ihm.

»Sie sagte, daß du es ihr versprochen hast. Stimmt das?«

»Vielleicht, aber ...«

Cassandra hielt ihn fest. »Sieh mich an, Jon.« Sie wartete, bis sich ihre Blicke trafen. »Sara weiß Bescheid. Als ich in ihre Augen blickte ...« Sie hielt inne und biß auf ihrer Unterlippe herum. »Sie spürt, wie sehr du leidest, Jon, und wünscht sich, daß es vergeht. Doch sie kann nichts daran ändern. Aber sie irrt sich in einem Punkt. Sie glaubt, daß dein Leid nur etwas mit Schuldgefühlen wegen Andys Selbstmord zu tun hat.«

»Das ist auch so.«

»Oh ja, das weiß ich. Aber ich weiß auch, daß Andys Tod nur einen Teil deines Leids ausmacht.«

»Ich weiß nicht, was du meinst.«

Die Verzweiflung übermannte sie. »Guter Gott, Jon, was soll ich nur mit dir anfangen?«

Es herrschte Stille im Raum, wenn man von dem Zischen der Maschinen absah, in denen der Klon des Pale Saint von Minute zu Minute wuchs.

»In Ordnung«, sagte sie. »Ich werde dir etwas erzählen, obwohl ich mir geschworen hatte, es nie zu tun. Aber jetzt ist es mir egal. Seit Bobby getötet wurde ...« Sie hielt inne, weil ihr die richtigen Worte fehlten. »In der Nacht vor meiner Hochzeit habe ich allein in meiner Wohnung gesessen und geweint.« Sie schüttelte ihn energisch. »Ich habe nur an dich gedacht und geweint, verstehst du?« Ihre wunderschönen grauen Augen forschten in seinem Gesicht. »Wie eine Idiotin habe ich gehofft, daß das Telefon klingelt und du mich anrufst. Ich habe mir nur eines gewünscht – ein Wort von dir, irgendein Zeichen, daß du mit der Heirat nicht einverstanden bist.«

»Das ging mich nichts an, Cass.«

Sie versetzte ihm eine schmerzhafte Ohrfeige. »Es ging dich in jeder Hinsicht etwas an.« Dann legte sie ihre Hand sanft aus seine gerötete Wange. »Hast du es immer noch nicht begriffen, mein geliebter Feind? Ist es so schwer, mir zu sagen, was du empfindest?«

»Es war nie leicht für mich, aber als du Bobby begegnet bist, wurde es unmöglich.«

»Warum?«

»Weil ...« Er wandte sein Gesicht ab, blickte sie dann aber wieder an. »Ich habe nie begriffen, was zwischen uns war – bis es zu spät war.«

Cassandra senkte langsam den Kopf, bis ihre Stirn an seiner Brust ruhte. »Was geschah wirklich an dem Sommernachmittag, als wir vom Schwimmen zurückkamen, Jon? Wir lagen nackt da, zwei unschuldige Teenager. Du warst eingeschlafen. Ich rollte mich auf den Bauch ...«

Es dauerte lange, bis Christopher in der Lage war, ihr zu antworten. »Ich habe nicht geschlafen, sondern nur so getan. Ich habe beobachtet, wie du masturbiert hast, und deinen Orgasmus miterlebt«, sagte er flüsternd. »Es war so überraschend, dich so preisgegeben zu sehen – es gab nichts außer deinem nackten Körper, der Sonne, dem in den Baumkronen rauschenden Wind und dem gelbweißen Schmetterling, der von Blüte zu Blüte flog. Du wirktest so kraftvoll und unberührbar, ganz anders als die Cassandra, die ich kannte, gleichzeitig warst du ihr aber auch sehr ähnlich. In diesem Augenblick wollte ich ...« Er war so angespannt, daß er kaum sprechen konnte. »Ich wollte alles fühlen: Dich, die Sonne, den Wind, der durch die Baumkronen der Robinien strich, und sogar den Schmetterling, der so schnell wieder verschwunden war. Und ...« Er hielt inne, plötzlich unfähig, weiterzusprechen.

»Und ...?« fragte Cassandra schnell.

»Zwing mich nicht, es auszusprechen, Cass. Bobby ...«

»Bobby ist tot, Jon.«

»Aber das ist es ja gerade. Er ...«

»Ich habe ihn geliebt – auf meine Weise. Aber nach seinem Tod habe ich gemerkt, daß ich immer auch an dich dachte. Ich wurde so sehr von Schuldgefühlen geplagt, daß ich alles verdrängte, aber die Gedanken an dich verschwinden nicht. Du wirst mir jetzt erzählen, was du eben sagen wolltest. Wenn ich irgend etwas begriffen habe, wenn es um dich, mich und Bobby geht, dann das, daß es sich um Schuldgefühle handelt.«

»Cass ...«

»Ich werde dich nicht gehen lassen, ehe du es mir nicht gesagt hast.«

»Guter Gott«, sagte er und preßte sein Gesicht gegen ihren Hals. »Du, das Sonnenlicht, das Rauschen in den Baumkronen der Robinien und der verdammte Schmetterling, in welchem Himmel er auch ruhen möge – ich sehne mich noch immer danach.«

Da begann sie zu schluchzen. Cassandra, die stahlharte Frau, die ihn immer und in allem übertreffen wollte.

»Weißt du eigentlich«, flüsterte sie, während sie ihn an sich drückte, »wie lange ich auf diese Worte gewartet habe?«

»›Unsere Entschuldigung dafür, daß wir das Maß verloren, war der *Krieg*‹«, hatte Thomas Edward Lawrence geschrieben. Für den Pale Saint, der vor einem Elektrogeschäft steht und in das große, blaue, flimmernde Auge eines Fernsehers starrt, scheint dieser Krieg, der Thomas Edward Lawrence so faszinierte, der Lebensinhalt zu sein. »›Wir hatten immer

Blut an den Händen kleben – es war unsere Bestimmung. Wenn das Leid des Lebens so groß war, mußte die Bestrafung unbarmherzig sein. Wenn es einen Grund gab oder wir den Wunsch verspürten, jemanden zu bestrafen, erteilten wir ihm eine Lektion, indem wir das widerspenstige Fleisch des Opfers umgehend mit dem Gewehr oder der Peitsche quälten, und niemand konnte uns dafür belangen.‹«

Wie Thomas Edward Lawrence hat auch er sich verzweifelt in die Idee des Krieges verrannt, weil er sich danach sehnt, verändert zu werden. Er will dem Gefängnis des düsteren und höhlenartigen Hauses entkommen, über dem das große blaue Auge flackernd und glühend wacht wie ein Leuchtturm, an dem sich nachts die Flugzeuge orientieren. Er will dem Staub der Großen Prärie entkommen, wo alles außer ihm in Bewegung ist: der Wind, der Regen, die Sonne, der Mond, die Stürme und selbst der aufgewehte Staub, den er so verachtet. Er möchte in eine Zeit *davor* zurückkehren. Und mit einer Zuversicht, die auch Thomas Edward Lawrence eigen gewesen sein mußte, weiß er, daß nur der Krieg über die ausreichende Macht verfügt, ihn zu ändern.

Auf der dunklen Panzerglasscheibe des Fensters sieht er das bleiche Spiegelbild eines jungen Mädchens, das in einem Toreingang auf der anderen Straßenseite steht. Der Pale Saint beobachtet sie eine Zeitlang wie ein Falke, der hoch in einem vor Hitze flimmernden, blendend weißen Himmel fliegt und auf das unter ihm liegende, nur ihm gehörende Territorium hinabspäht.

Das phosphoreszierende Licht des Fernsehers flimmert um ihr Spiegelbild herum und verdunkelt ihre Erscheinung, als ob sie zu Kohlenstoff verbrennen würde. Der Pale sieht dies, doch er sieht noch mehr. Das Flimmern erinnert ihn an den Krieg zwischen Feuer und Finsternis, Tag und Nacht, Gut und Böse. Vor seinem geistigen Auge taucht ein anderes Gesicht auf.

Mama.

»Mama«, flüstert er,«du bist stärker als die meisten Männer, die ich kenne. Papa eingeschlossen.«

»Dein Vater. Solche Männer gibt es heute nicht mehr«,

antwortet sie, wobei ihr Haß so stark und unverfälscht ist, daß er schon beinahe wieder an Verehrung grenzt. »Er war ein bösartiger, schlechter Mann. Jesus weinte, er hat diese Ende verdient.«

Was für eine Beziehung sie zu seinem Vater gehabt hatte, war unklar. Sie war natürlich die meiste Zeit nicht zu Hause, sondern predigte bis tief in die Nacht aus vollem Halse. Papa hatte dafür kein Verständnis – er betrachtete ihr Lebenswerk, als nicht existent. Diese Grausamkeit mußte sie sehr verstört haben. Was in der Welt hatte dazu geführt, daß sie sich miteinander abgefunden hatten?

Aber letztendlich hatte sie sich natürlich nicht mit ihm abgefunden. Papa wurde über den Jordan geschickt. Er hatte ihr Leben zerstört und wurde zum Tabuthema.

Aber wie kam es, daß seine Eltern bei den wenigen Gelegenheiten, wenn Mama mehr als einen Tag lang zu Hause war, ständig miteinander schliefen? Der Pale Saint wußte das, weil er die schrecklichen Geräusche aus dem obersten Stock hörte und Angst bekam. Weil die Laute so ähnlich klangen, stellte er sich vor, daß Papa seine Mutter wie ein Kater nahm, der es mit den Katzen trieb. Er begriff nicht, warum sie das machten – es schien doch weh zu tun.

Eines Tages beging er den Fehler, Mama danach zu fragen. Sie zerrte ihn am Ohrläppchen unter die Dusche und wusch ihm den Mund mit Seife aus. Dabei wurde sie fast so naß wie er. Das naturfarbene Musselin-Kleid klebte ihr am Leib, so daß sich die Formen ihres Körpers darunter abzeichneten. Ihre Brüste mit den großen, dunklen Warzen unter dem dünnen Stoff zogen seinen Blick auf sich.

Seine Mama bemerkte es. Ihre Augen verengten sich zu Schlitzen, und sie versetzte ihm eine kräftige Ohrfeige mit dem Handrücken. Hart schlug er auf den glitschigen Wannenboden.

»Du bist ein böses, schlechtes Kind.«

Das Wasser rann ihm über den geöffneten Mund, und er schluckte krampfartig. Er erinnerte sich an die schmerzhafte Hitze, den Alkaloid-Geschmack der Seife und an den Duft parfümierter Kerzen, nach denen Mama immer roch, wenn sie nach Hause zurückkam. Es war ein Geruch, der an einem haften blieb, wie sich eine Katze an ein Stuhlbein schmiegt, ein Geruch, den man nie vergaß.

»Du bist zurückgekommen, Mama. Ich habe dich im Fernsehen gesehen. Du hast dasselbe wie sonst auch getan, als ob nichts geschehen wäre. Warum haben sie dich entlassen?«

Und als er wie ein Wahnsinniger nach diesem Tagtraum die Augen öffnet, sieht er, wie Dean Koenig im Fernsehen über Gott und den Teufel, Pech und Schwefel, die Verdammnis Amerikas faselt und vom Leuchtenden Licht seines geistlichen Amtes schwärmt. Der Pale Saint kennt diesen Mann – er hat ihn schon oft gesehen. Aber selbst wenn dies das erste Mal gewesen wäre, hätte er ihn in- und auswendig gekannt. Sie sind alle gleich, diese populären Prediger. Sie haben ihre Lügen so oft verkündet, daß sie sie nicht mehr von der Wahrheit unterscheiden können. In ihren Herzen herrscht eine Finsternis, die nur für einige Privilegierte erkennbar ist.

Er gibt leise, schnüffelnde Laute von sich, während er so lange kaut, bis sein Mund voller Schaum ist. Sein Rücken wölbt sich, seine Lenden zittern vor schwindelerregender Hitze, und auf seiner Hose breitet sich ein Fleck aus.

Der Klon glitt pünktlich aus dem Polymer-Uterus – rosig, gesund und schreiend. Cassandra hielt ihn am Kopf und am Rücken fest, während Dillard sanft auf seinen Körper klopfte, damit sich seine Lungen an Sauerstoff gewöhnten anstelle des synthetischen Fruchtwassers.

Dillard hatte vor Aufregung große Augen, und Cassandra stellte sich vor, wie er insgeheim bereits seine Nobelpreisrede konzipierte.

Christopher blickte finster auf den Klon herab und beschwor wie ein Seher die unausweichliche Zukunft der beiden identischen Menschen herauf, in der sie sich unweigerlich gegenüberstehen würden. Aber er sah in ihm nicht nur ein Mittel zum Zweck. Angesichts der Unausweichlichkeit fürchtete er, daß das Böse auch von dem Neugeborenen Besitz ergreifen würde.

Die Reaktionen der beiden Männer waren nicht weiter

überraschend, aber für Cassandra war es verblüffend, daß der Klon nun tatsächlich existierte. Sie war völlig unvorbereitet darauf gewesen, daß ihre Gefühle sie übermannen würden, wenn sie das Baby in den Armen hielt. Der grimmige Haß, mit dem sie ihr Herz gegen alles abgeschottet hatte, was ihr im Weg stand, begann wie Eis im Sommer zu schmelzen. Sie erinnerte sich deutlich an die fliegengewichtige Sara, die der Gynäkologe auf ihren Leib gelegt hatte, und an die Unschuld in ihren bewölkten Augen, von der sie geglaubt hatte, daß sie in der modernen Welt unter die Räder gekommen war. Jetzt erkannte sie dieselbe Unschuld im Blick dieses Kindes, und angesichts der Tatsache, wie es geboren worden war, war sie zugleich erstaunt und ängstlich.

Christopher bemerkte diesen Wandel ihrer Gefühle und sprach sie darauf an. Daraus ergab sich eine hitzige Diskussion, in der es nicht in erster Linie um die angemessene wissenschaftliche Methode ging, sondern darum, ob Männer oder Frauen sich besser um ein neugeborenes Kind kümmerten.

Dillard, der etwas abseits stand und die Geräte beobachtete, konnte der Versuchung nicht widerstehen, das beste aus der angespannten Situation zu machen. »Ob es Ihnen gefällt oder nicht, Christopher, der Klon wird in Cassandra seine Mutter sehen.«

»Großartig«, schnaubte Christopher angewidert. »Hier geht's um ein gottverdammtes Laborexperiment.« Er wandte sich abrupt ab, um den Raum zu verlassen.

»Ich rate Ihnen, sich besser an Ihre neue Rolle zu gewöhnen«, rief Dillard ihm nach.

»Tatsächlich? Meine Mutter hat mir empfohlen, nie Ratschläge von einem Grünschnabel anzunehmen.« Christopher knallte die Tür hinter sich zu.

»Ignorant«, murmelte Dillard leise.

»Sehen Sie nur, Hutton«, sagte Cassandra, die von dem Baby in ihren Armen hingerissen war. »Sehen Sie sich dieses Wunder an.«

»Es ist wirklich ein Wunder.« Hutton hob eine Augenbraue. Er beschäftigte sich in Gedanken bereits damit, wie viel Reichtum und Ruhm ihm dieses Kind einbringen würde. »Unsere Ratte Minnie ist *nichts* dagegen.«

»*Er*«, korrigierte Cassandra scharf. »Er ist ein männlicher Mensch.«

War es nur seine Einbildung, oder drückte sie das neugeborene Kind wirklich fester an ihre Brust? Seine Angst, daß eine persönliche Beziehung zu dem Kind den gewohnheitsmäßigen Gang der Dinge im Labor beeinträchtigen könnte, war stärker als sein brennender Wunsch, sich gegen Christopher auf ihre Seite zu stellen. »Um aufrichtig zu sein, Cassandra, wir wissen noch nicht, um was für ein Wesen es sich handelt.«

Cassandra starrte ihn an, während sie das Baby wiegte.

Dillard kam etwas näher und senkte die Stimme. »Es ist nicht meine Absicht, brutal zu sein, Cassandra, aber Sie müssen realistisch denken. Es schmerzt mich, das zugeben zu müssen, aber in dieser Hinsicht hat Christopher recht. Es ist nicht gut, wenn Sie sich an dieses Wesen gewöhnen. Was ist, wenn wir das Experiment vorzeitig abbrechen müssen?« Er griff nach dem Baby, und Cassandra wandte sich instinktiv ab. »Wie viele Fehlschläge haben wir vor dem Experiment mit Minnie erlitten, und wie viele Ratten mußten wir töten?«

»Das war etwas anderes.«

»Nein«, antwortete Dillard. »Dies hier ist immer noch ein Experiment, und wir *müssen* uns weiter an alle Parameter halten, die bei unserer früheren Forschungsarbeit mit Ratten Gültigkeit hatten. Das sehen Sie doch sicherlich ein, Cassandra. Ansonsten verfügen wir über keinerlei wissenschaftliche Beweise, können unsere Arbeit nicht verteidigen, und selbst wenn wir Erfolg haben sollten, wird man unsere Resultate für ungültig erklären.«

Er beobachtete den Klon in ihrem Arm. »Dies ist Ihre Chance, berühmt zu werden, und meine, Jahrzehnte wissenschaftlicher Arbeit zu rechtfertigen, die bisher ignoriert worden ist.« Er wollte sie nur beruhigen und das Kind streicheln, aber er verhielt sich ungeschickt und stieß ihm hart in die Rippen.

Das Baby begann zu schreien, und Cassandra wandte sich

Dillard zu. »Sie müssen vorsichtiger sein, Hutton«, brauste sie auf. »Das ist ein hilfloses Kind.« Sie wiegte das Baby in ihren Armen. »Sehen Sie, wie es sich beruhigt?«

Dillard drehte sich der Magen um. Zuerst hatte Christopher ihre Aufmerksamkeit beansprucht, und jetzt hatte sie nur noch Augen für dieses verdammte *Wesen*. Er war sich so sicher gewesen, daß dieses Experiment sie einander näherbringen würde, aber jetzt kam alles ganz anders.

Sie nannten ihn Lawrence. Angesichts der Vorliebe des Pale Saint für die Schriften von Thomas Edward Lawrence hielt Christopher das für einen angemessenen Vornamen. Cassandra, die sich der Ironie nicht bewußt war, mochte ihn, und Dillard war das Ganze so oder so gleichgültig – für ihn blieb ein Experiment ein Experiment, ganz gleich, wie das menschliche Versuchskaninchen hieß.

Da sie nicht auf die Hilfe der Vertex-Assistenten zurückgreifen konnten, erarbeiteten Dillard und Cassandra einen speziellen Stundenplan, in dem festgelegt war, wer sich zu welcher Zeit im Labor aufhielt. Sie unterteilten den Tag in drei Schichten zu je acht Stunden, so daß sichergestellt war, daß sie Zeit zum Schlafen fanden. Es gab auch Zeiträume während der Woche, wo sie gemeinsam im Labor sein würden. Meistens absolvierten sie ihre Schichten aber allein.

Die Lernfortschritte des Klons konnte man nur als spektakulär bezeichnen. Nach zwei Tagen hatte er sich selbst von seinen Windeln befreit und begriff in einer halben Stunde, wie man eine Toilette benutzt. Es war erstaunlich, wie schnell er die englische Sprache erlernte. Cassandra erlebte, wie aus einzelnen Wörtern Redewendungen und aus diesen Sätze wurden, die er immer schneller ausspie und die zu einem wahren Wortschwall wurden, als ob er nicht schnell genug dazulernen könnte. Seine Kleidung wurde ihm viermal am Tag zu klein. Dreißig Stunden nach seiner Geburt sah er sich bereits die Videokassetten von Kindersendungen an, die sie besorgt hatte. Zu diesem Zeitpunkt entsprach seine Entwicklung bereits der eines eineinhalbjährigen Kindes. Fast vom Augenblick seiner Geburt an hatte Cassandra ihm vorgelesen, doch jetzt saß er vor dem großen Bildschirm des TV/Computer-Monitors und sah Stunde um Stunde Videos. Cassandra war klar, daß das nicht die ideale Methode war, ein Kind großzuziehen, aber hier war sie zweckmäßig.

Der permanente Appetit des Kindes auf neue Videokassetten brachte zahllose merkwürdige Überraschungen mit sich. Cassandra ertappte Lawrence beispielsweise dabei, wie er die Titelmelodie von ›Jeannie‹ vor sich hinsummte. Bevor er wichtigere Worte beherrschte, konnte er bereits ›Big Bird‹ ›Oh, Mr. Grant!‹ und ›Yes, Master‹ sagen. Auffällig war, daß das Wort ›Daddy‹ in seinem Vokabular nicht vorkam.

Als er Zähne bekam, änderten sich seine Eßgewohnheiten. Cassandra mußte ihm beibringen, die Zähne nur zum Essen zu benutzen, weil er dazu neigte, wie ein Tier auf Gegenstände zu beißen und daran zu zerren. Verwirrend waren auch die Zeichnungen, die er anfertigte, nachdem Cassandra ihm am Nachmittag des zweiten Tages Buntstifte gegeben hatte: lange Linien mit gezackten Dreiecken an den Enden. Er fertigte diese Zeichnungen auch weiterhin mit einem Eifer an, der geradezu beängstigend war.

Andererseits widersetzte er sich allen Bemühungen, ihn von dem künstlichen Traumland der durch die Deltawellen verstärkten Schlafs zu entwöhnen. Als Cassandra einmal versucht hatte, ihn ohne die künstliche Hilfe ins Bett zu bringen, hatte er so lange wachgelegen, daß sie besorgt ein Elektroenzephalogramm gemacht und herausgefunden hatte, daß sein Gehirn über keinerlei Deltawellen-Ausströmungen verfügte, die für den Tiefschlaf unabdingbar sind. Sie erwähnte dies gegenüber Dillard, der ihr daraufhin die chemischen Analysen von Lawrence' Gehirn zeigte. Sie waren durch abnorm hohe Serotonin- und folglich niedrige Melatonin-Werte charakterisiert.

Lawrence bestand auch darauf, weiterhin in der Höhle der Geburtskammer zu schlafen, obwohl Cassandra für ihn ein Bett im Labor vorbereitet hatte. Dillard war erleichtert gewesen und hatte, kühl wie üblich, darauf hingewiesen, daß man den Klon in der Geburtskammer leichter beobachten könne. Cassandra andererseits war besorgt, daß Lawrence bereits jetzt Anzeichen von Pale Saints Hang zur Zurückgezogenheit aufwies. Als Christopher sie darauf aufmerksam machte, daß sie sich darüber doch freuen müßte, weil es bewies, daß das Experiment funktionierte, wurde sie wütend und suchte fortan insgeheim nach einem Weg, wie sie Lawrence aus seiner gesellschaftlichen Isolation befreien könnte.

Sie alle hatten mit der extremen Geschwindigkeit seines Wachstums zu kämpfen. Jedesmal, wenn sie das Labor verließen, um zu Hause zu schlafen, veränderten sich in der Zwischenzeit sein Körper und Geist durch seine spezielle biologische Beschaffenheit. Wenn sie ihn wiedersahen, war er ein Jahr älter: Die Gliedmaßen waren gewachsen, die Gesichtszüge hatten sich entwickelt, die Haut glänzte aufgrund der neu freigesetzten Hormone und Neuropeptide, und das Gehirn war exponentiell gewachsen. Weil das Team über keinerlei angemessene Vergleichsdaten verfügte, um die Wachstumsschübe zu beurteilen, erhielt seine Entwicklung selbst in den Augen der Wissenschaftler, die den Klon gemacht hatten, den Charakter des Düsteren, Furchterregenden und beinahe Übernatürlichen.

»Es ist, als ob man irgendein monströses Raubtier beobachtet, das sich zu einem Wesen entwickelt, das nur Gott allein kennt«, sagte Dillard, der seine Monitore und Analysen betrachtete. Cassandra riet ihm, den Mund zu halten, weil Lawrence zufällig mithören könnte.

Ohne daß sie es bemerkten, ergriff der Klon von ihnen Besitz. Das war insofern eigenartig, weil eigentlich er derjenige war, der permanent beobachtet wurde. Dennoch erschien es ihnen, als ob sich das Blatt gewendet hätte. Wie eine nicht zu stoppende Armee auf dem Vormarsch, beschäftigte er tagsüber ihr Denken, und verfolgte sie nachts in ihren Träumen mit der Unnachgiebigkeit ausschwärmender Bienen. Für Dillard wurde er zu einer Art Zirkusattraktion, die er nach der Verleihung des Nobelpreises auf einer triumphalen internationalen Reise an medizinischen Fakultäten und in zur Lehre befugten Krankenhäusern vorführen würde. Christopher sah in ihm, einem Alptraum gleich, den Schatten des Pale Saint.

Er fürchtete, der Klon könnte aus dem Labor entfliehen, in dem riesigen Labyrinth der Stadt untertauchen und sich mit dem ›Original‹ verbrüdern, um ein beispielloses Blutbad anzurichten. Was Cassandra betraf, lagen die Dinge nicht so einfach. Es stimmte: Er war ein Objekt ihrer Neugierde, ihrer Angst und Verachtung, aber er war auch ein hilfloses, verlorenes und einsames Kind, das fürchterlichen und zweifellos beängstigenden biologischen Kräften ausgeliefert war, die zu jeder Stunde des Tages seinen Körper und seinen Geist zerrissen.

Lawrence las mit einer Gier, die niemand von ihnen ergründen konnte, und Cassandra kam kaum hinterher, Bücher herbeizuschaffen. Er verschlang alles: geschichtliche, kunsthistorische, wissenschaftliche und philosophische Bücher und die Bibel. Doch niemand konnte genau sagen, was er von der Lektüre tatsächlich begriffen hatte.

Während sich das Wachstum des Klons in diesen erstaunlichen, beängstigenden und unmenschlichen Schüben vollzog, tauchten die Probleme der beschleunigten Entwicklung auf. Sie erinnerten an schnell sprießendes Unkraut, das man nicht rechtzeitig jäten kann. Obwohl er die Grammatik und den Wortschatz erstaunlich gut beherrschte, fing er zu stottern an. Zudem schien er fast von Beginn an eine Antipathie gegen Dillard entwickelt zu haben, und es dauerte nicht lange, bis er begann, dem Forscher teuflisch clevere Streiche zu spielen. Christopher schien dieses Verhalten zu ermutigen, wenngleich Cassandra ihn bat, Lawrence im Zaum zu halten.

Schließlich stellte sich heraus, daß Christopher der einzige war, dem es gelang, den Klon zu kontrollieren. Obwohl Lawrence zu Ausbrüchen, schwermütigem Schweigen und verbalen Ausfällen gegenüber Dillard neigte, war er immer aufmerksam, wenn Christopher ihn unterrichtete. Wenn dieser dann das Labor verließ, erschlafften seine Gesichtszüge auf beängstigende Weise, während er sich wieder in sich zurückzog. Cassandra bat Christopher, mehr Zeit mit dem Klon zu verbringen, aber die Nachforschungen gingen weiter, und Christophers Anwesenheit war oft an anderer Stelle erforderlich.

Die Spur im Fall William Cotton, die einst so vielversprechend ausgesehen hatte, erschien ihnen immer mehr als eine Sackgasse, während sie ihre Erkenntnisse über das Opfer zusammenstellten. William Cotton war im San Fernando Valley in Kalifornien geboren worden und aufgewachsen und hatte dort die Schule besucht. Anschließend ging er für zwei Jahre nach Stamford, bevor er seine Ausbildung abbrach und das Internet-Unternehmen gründete. Keiner aus Christophers Team hatte etwas über eine frühere Verbindung zum Pale Saint herausfinden können.

Cassandra mußte zugeben, daß diese Sackgasse bei den polizeilichen Nachforschungen für Lawrence eine Art Segen war, weil Christopher nach und nach immer mehr Zeit mit dem Klon zu verbringen begann. Schritt für Schritt machte er Lawrence mit den Prinzipien von Moral und Ethik vertraut. Er erklärte ihm die Unterschiede zwischen Lüge, Diebstahl und Mord einerseits und der Liebe, des Respekts und des Mitleids andererseits. Christopher bediente sich dabei seiner intimen Kenntnis der menschlichen Natur, wie sie sich auf den Straßen der Großstadt offenbart. Er erklärte Lawrence, wie die Verzweiflung einen Mann auf den falschen Weg führen und die Rachsucht selbst den stärksten Geist beeinflussen konnte. Nach Christophers Meinung war die Würde des Menschen gegenüber den Bestien dieser Welt dadurch charakterisiert, daß er das Gesetz geschaffen und einen Sinn für das entwickelt hatte, was richtig und was falsch war. Der Geist des Klons glich einem Schwamm, der alles aufsaugte, so daß Christopher nie eine Darstellung oder Erklärung wiederholen mußte.

Während er mit dem Unterricht fortfuhr, bemerkte Christopher, daß der Klon eine Art entwickelt hatte, die Erlaubnis für etwas zu erhalten, ohne direkt danach zu fragen. Das war der Charakterzug eines Erwachsenen, und Christopher bewunderte es, obwohl er es ihm gegenüber nie eingestehen würde. Tatsächlich machte Cassandra die Beobachtung, daß Christopher sich immer stärker zurückzuziehen schien, je mehr der Klon an seinen Lippen hing. Es schien, als wäre Christopher der Ansicht, daß der Geist des Klons bereits unwiderruflich durch die krankhafte Seele des Pale Saint befleckt und er ein Patient mit einer ansteckenden und unheilbaren Krankheit wäre. Besonders bei diesen Gelegenheiten empfand Cassandra Mitgefühl für Lawrence, der zuviel Ähnlichkeit mit einem unter dem Mikroskop beobachteten Forschungsobjekt hatte. Ihr war klar, daß er trotz seines schnellen Wachstums und seines bizarren und häufig beängstigenden Verhaltens das brauchte, worauf jedes Kind angewiesen war: Aufmerksamkeit, Liebe und ein Gefühl der Stabilität und Ordnung. Sie sah, was Christopher nicht sehen konnte oder wollte – daß er aufgrund seines Berufs Ordnung und Stabilität beispielhaft verkörperte.

Während der zweiten Woche blieb Cassandra keine andere Wahl, als zu akzeptieren, daß sich die beunruhigenden Erscheinungen mehrten, die mit der beschleunigten Entwicklung zusammenhingen. Lawrence verbrachte noch mehr Stunden damit, wie unter Zwang gezackte Dreiecke zu zeichnen. Je nach seiner augenblicklichen Stimmung stotterte er mehr oder weniger, und es verstärkte sich besonders dann, wenn er aufgeregt war. Vielleicht sprach er auch deshalb nur sehr wenig. Er begann, an Alpträumen zu leiden, wobei es sich nicht um wirre, sondern um ganz spezielle Träume handelte, die ihn in Angst und Schrecken versetzten. In diesen Alpträumen tauchte ein umherwandelndes Skelett auf, das mit dem Klon sprach, als ob sie Vertraute wären. Ihre Versuche, ihn nach dem Inhalt seiner Träume zu befragen, veranlaßten ihn zu so markerschütternden Schreien, daß Cassandra sofort das Gespräch abbrach. Dillard hätte im Namen der Wissenschaft weiter nachgehakt, aber selbst Christopher brachte es nicht über sich.

Und dann die Reaktion des Klons auf Sara. Trotz Christophers Einwänden meinte Cassandra, daß es richtig war, einen Spielkameraden für Lawrence zu suchen. Er war verzweifelt auf die Kommunikation mit einem Menschen angewiesen, der noch nicht erwachsen war. Auf wen außer Sara hätte sie zurückgreifen können? Die Tage vergingen, und Sara versuchte alles, um mit Lawrence zu spielen, doch ohne Erfolg. Auf Christophers Vorschlag hin fragte sie ihn sogar, was die Dreiecke zu bedeuten hätten, aber er antwortete nicht. Sie hatte den Eindruck, daß er es selbst nicht wußte.

Dillard war in Hochstimmung. »Die meisten unserer Kollegen gehen von der Annahme aus, daß die DNS kein Träger von Erinnerungen ist, obwohl es zahlreiche dokumentierte Befunde gibt, daß spezielle Tendenzen auf der Ebene der Zellen überleben. Diese nenne ich Präferenz-Imprints. Tatsächlich gibt es aber keinen Präzedenzfall. Ich habe schon zu Beginn unseres Experiments gesagt, daß wir uns auf unbekanntem Territorium befinden. Tatsache ist, daß wir nicht wirklich wissen, wieviel oder welche Art von ›Erinnerung‹ in diesen Imprints enthalten ist.«

»Wollen Sie damit sagen, daß alles, was er zu zeichnen versucht, in irgendeiner Weise mit den Erinnerungen des Pale Saint zusammenhängt?«

»Vielleicht ist der Begriff *Erinnerung* zu spezifisch.« Dillard zögerte. »Das Gehirn funktioniert wie ein komplizierter Filter, der das große Durcheinander zu ordnen versucht, das durch unsere fünf Sinne auf es einströmt. Ich vermute, daß hier ein anderer Sinn am Werk ist, der von der Ebene der DNS ausgeht. Die Dreiecke sind Symbole, die der Klon zu entziffern versucht.«

»Genau wie das Skelett.«

»Vielleicht«, antwortete Dillard in dem anmaßenden Tonfall, den er ihm gegenüber immer an den Tag legte. »Aber wir sollten uns nicht zu voreiligen Spekulationen verleiten lassen. Wir müssen uns hüten, *alles*, was in seinem Kopf vorgeht, dem Einfluß des Pale Saint zuzuschreiben. Das ist nicht die richtige Methode, eine unwiderlegbare wissenschaftliche Theorie zu entwickeln.«

Cassandra war beunruhigt, als Lawrence sich weigerte, mit Sara zu reden, weil sie wußte, daß gemeinsames Spielen ein normales Verhalten in diesem Alter war. Sara ihrerseits schien das anomale Verhalten des Klons nicht zu bekümmern. Sie erledigte ihre Hausarbeiten, während Lawrence anscheinend selbstvergessen neben ihr saß, seine rätselhaften Dreiecke zeichnete oder sich immer wieder Videoaufzeichnungen von Fernsehsendungen anschaute. Selbst Christopher, der die beiden mit Argusaugen beobachtete, entspannte sich etwas.

Im Gegensatz zu den drei Erwachsenen schien Sara weder die Existenz des Klons noch sein rapides Wachstum auch nur im geringsten aus der Fassung zu bringen. Ihr gefiel das Ganze sogar. Christopher sagte, er sei davon nicht besonders überrascht. Sara hatte sich bereits an die Unterhaltungsindustrie, Computer und weltumspannende Netze gewöhnt, wo man mit verwirrender Geschwindigkeit Informationen abrufen konnte. Warum sollte ihr ein Geschöpf, das unter dem Gesetz der Geschwindigkeit angetreten war, nicht gefallen? In gewisser Weise war Lawrence ein Symbol für ihren Lebensstil, ein lebendiges Sinnbild ihrer Zukunft, auf die sie mit Pentium-Geschwindigkeit zueilte.

Als Sara überraschend ankündigte, daß sie für Lawrence kochen wolle, ermahnte Cassandra sie: »Kein Fast food, ja? Schon jetzt ist er bis zur Unersättlichkeit gierig auf Schokoladenriegel.« Sie hätte sich keine Sorgen machen müssen. Sara brachte die elektronische Brotbackmaschine aus der Wohnung mit, und der delikate Duft frisch gebackenen Weizenvollkorn- und Roggenbrots erfüllte das Labor. Sie schleppte riesige, bis zum Platzen mit Töpfen, Pfannen und Lebensmitteln gefüllte Einkaufstüten heran, schuf sich in einer Ecke des Labors Platz und benutzte einen Bunsenbrenner zur Zubereitung des Essens. Lawrence, der Babynahrung aus Gläsern in den ersten paar Stunden seines Lebens nicht gemocht hatte, aß alles, was Sara ihm auftischte: heiße Butterbrote, Blaubeer- oder Apfel-Muffins, die sie zu Hause gebacken hatte, gedünstetes Gemüse und Omeletts, die mit überraschend farbenfrohen Zutaten wie Zucchinis, roten Pfefferschoten oder Orangenmarmelade gefüllt waren.

Cassandra beobachtete alles mit dem Erstaunen, das ein Kind an Weihnachten empfindet, aber ihr Glück und ihr Stolz wurden durch die Reaktion des Klons getrübt – vielmehr dadurch, daß er keinerlei Reaktion zeigte. Er bedankte sich nie bei Sara und erkannte in keinster Weise an, daß sie ihm soviel Aufmerksamkeit schenkte. Eines Tages, als sein Alter dem eines Sechsjährigen entsprach, tauchte sie mit einem ramponierten Baseball auf und gab ihn Lawrence. Sie zeigte ihm, wie er werfen mußte, und versuchte, Fangen mit ihm zu spielen. Statt dessen umklammerte er den Ball mit seinen Händen und versuchte, dessen Hülle durchzubeißen. Sara schien enttäuscht zu sein, aber nachdem sie das Labor an diesem Tag verlassen hatte, nahm Lawrence den Ball mit, als er sich schlafen legte.

Am nächsten Tag brachte Sara Hound mit ins Labor. Lawrence, der wieder einmal zeichnete, starrte den Weimaraner lange an. Dann stand er ruhig auf, ging zu dem Hund hinüber und sprach mit ihm.

»Du bist zurückgekommen«, sagte er in einem Tonfall, der Cassandra mit einem merkwürdigen Gefühl erfüllte. Als Christopher ihn nach dem Hund fragte, zuckte der Klon nur die Achseln. »Ich habe ihn schon mal gesehen«, sagte Lawrence. »In meinen Träumen.«

Der Hund drückte seine Schnauze in Lawrence' Handfläche und gab einen winselnden, kehligen Laut von sich. Von diesem Augenblick an waren Lawrence und Hound unzertrennlich, wann immer Sara den Weimaraner ins Labor mitbrachte.

Unterdessen fuhr Christopher damit fort, Lawrence täglich zu unterrichten. »Ich möchte, daß du mir erzählst, was du über das Vertrauen gelernt hast«, sagte er am neunten Tag.

Lawrence dachte einen Moment lang nach. »Die Menschen wollen, daß man ihnen hilft. Vertrauen, Hoffnung und der Glaube faszinieren sie. Im Grunde genommen sind die Menschen gut, aber es gibt auch böse Wesen, die das Vertrauen zum Schaden anderer mißbrauchen. Sie verletzen dieses Vertrauen und nutzen es für ihre eigenen Ziele aus. Deshalb müssen sie bestraft werden.«

Cassandra, die dem Gespräch zuhörte, während sie an ihrem Transgen-Protokoll arbeitete, bemerkte, daß Lawrence weniger zu stottern schien, wenn er mit Christopher redete. Sie war sich aber auch der Tatsache bewußt, daß Christopher den Klon nie auch nur mit einem einzigen Wort lobte, obwohl er seine Lektionen so schnell begriff. Sie versuchte, das zu kompensieren, indem sie Lawrence sagte, wie gut er lerne, aber er schien ihr gegenüber gleichgültig zu sein. Tatsächlich waren all ihre Versuche, ihn aus sich selbst herauszulocken, vergeblich und bestärkten ihn nur weiter in seiner Verschlossenheit. Ebenso beunruhigte sie, daß er sich mit derselben Hartnäckigkeit von ihr zurückzog, mit der er sich in der ersten Woche an sie geklammert hatte.

»Werden alle Kriminellen bestraft, die du verhaftest?« fragte der Klon.

Christopher nickte. »Wenn sie erwiesenermaßen schuldig sind. Das ist einer der Grundpfeiler der Zivilisation. Wenn sie das Gesetz gebrochen haben, werden sie bestraft.«

»Das Skelett müßte bestraft werden«, sagte Lawrence.

Das gab Christopher zu denken. Bis jetzt hatte sich der Klon geweigert, über das Skelett zu sprechen.

»Woher weißt du, daß das Skelett böse ist?«

»Weil es will, daß ich ihm vertraue. Es legt sich neben mich und bohrt seine knöchernen Finger in meine Herzgegend. Ich sehe es an, und das Skelett grinst. ›Vertraue mir‹, sagt es mit klappernden Zähnen. ›Ich kenne dein Herz – nur ich allein.‹«

»Es spielt keine Rolle, was das Skelett sagt oder tut«, antwortete Christopher. »Das Skelett ist nicht real, sondern nur ein Bestandteil deines Traums.«

»Doch, es ist real. Genau wie Dillard.«

»Warum hast du Angst vor ihm?«

»Ich will nicht, daß Dillard in meiner Nähe ist.«

Christopher hatte nach dem Skelett gefragt, dieser reinen Erfindung der Imagination des Klons, über die er mehr herausfinden wollte, aber die Fehlinterpretation seiner Frage machte ihn neugierig. »Warum? Hat Dillard dich verletzt?«

»Nein, aber er wird es noch tun«, antwortete der Klon mit unheimlicher Bestimmtheit.

»Ich weiß nicht, wie du auf diese Idee kommst. Dillard ist ein eitler Kerl, aber er könnte keiner Fliege etwas zuleide tun.«

»›Vielleicht ist der Begriff *Erinnerung* zu spezifisch. Das Gehirn funktioniert wie ein komplizierter Filter, der das große Durcheinander zu ordnen versucht, das durch unsere fünf Sinne auf es einströmt.‹« Der Klon äffte Dillards Stimme mit einer solch unheimlichen Perfektion nach, daß Cassandra die Nackenhaare zu Berge standen. »Er haßt mich«, sagte Lawrence wieder in seinem normalen Tonfall. »Ich fühle es wie ein Jucken unter meiner Haut.«

Am fünfzehnten Tag schlug Christopher vor, den Klon mit der Außenwelt vertraut zu machen. Zu dieser Zeit hatte Lawrence die Kommunikation mit Sara aufgenommen. Sie zeichneten zusammen und hörten gemeinsam Musik, aber am besten schien es dem Klon zu gefallen, wenn Sara ihm aus einem von Shakespeares Dramen vorlas. Lawrence beteiligte sich fast sofort, und aus dem Rezitieren wurde auf fast magische Weise eine Aufführung, in der beide ihre Rollen mit einer Selbstvergessenheit spielten, die Cassandra bei keinem von ihnen je zuvor wahrgenommen hatte.

Daß Lawrence sich fast über Nacht mit Sara angefreundet hatte, überzeugte Cassandra davon, daß Christophers Vorschlag richtig war, den Klon mit der Welt außerhalb des Labors vertraut zu machen. Sie ersparten es sich, Dillard über ihren Entschluß zu unterrichten, den schon der bloße Gedanke wie ein Blitzschlag getroffen hätte. Cassandra suchte Kleidungsstücke aus, aber Lawrence stieß sie zur Seite. Er zog sich selbst Jeans, ein T-Shirt, einen Baumwollsweater und Segeltuchschuhe an. Zu diesem Zeitpunkt war er bereits ein muskulöser, gertenschlanker Mann. Das hellbraune Haar seiner Kindertage begann grau zu werden, und die Physiognomie seines Gesichtes glich der des Pale Saint fast vollkommen. Erst als er die Baseball-Jacke anzog, die Sara im Labor gelassen hatte, bemerkte Cassandra, daß er sich genau wie ihre Tochter kleidete. Sie war beschämt, als sie spürte, daß ihr ein Schauer der Besorgnis über den Rücken lief.

Christopher nahm Lawrence zu einem Spaziergang durch Greenwich Village mit. Sie gingen gemächlich die MacDougal Street hinab. Christopher wollte den Klon mit Kindern zusammenzubringen, die ungefähr in seinem Alter waren. Die Gerüche von Kaffee, Gewürzen, Falafel und Weihrauch vermischten sich zu einem Duft, der einen an den Mittleren Osten denken ließ. Aber das konnte der Klon natürlich nicht wissen, dachte Christopher. Wie ein Käfer war er in Formaldehyd in jenem Gefängnis eingesperrt gewesen, das Cassandra und Dillard für ihn errichtet hatten. Vielleicht war Dillard der Ansicht, daß es in Ordnung war, wenn ein Kind aus Büchern und am Computer lernte, aber Dr. Nobel machte auch nicht den Eindruck, als ob er vom Leben auf der Straße viel Ahnung hätte. Christopher wußte es besser: Um das Wesen des Guten und des Bösen verstehen zu können, mußte der Klon das Gefühl haben, zu einem größeren Ganzen zu gehören, und es war wichtig, daß er merkte, daß er wie all die anderen aussah und sich wie sie verhielt.

Sie überquerten das untere Ende der Sixth Avenue und gingen durch die Bleeker Street zur Christopher Street. Es war offensichtlich, daß Lawrence der Espresso schmeckte, den Christopher ihm im Café Figaro bestellt hatte, weil er um eine zweite Tasse bat. Währenddessen belauschte er ein Mädchen mit lavendelfarbenem, kurzgeschnittenem Haar und einer vielfach gepiercten rechten Augenbraue, die ihrem Freund mitteilte, daß sie mit ihm Schluß machen werde, falls er sich nicht die Zunge piercen lasse.

»Ein Metallstück in meinem Mund. Was soll denn daran so toll sein?« fragte er seine Freundin.

»Hier geht es um eine *Verpflichtung* – mir, uns und unserer Beziehung gegenüber. Wenn du dich nicht völlig verpflichtet fühlst und nicht bereit bist, den ganzen Weg zu gehen, hast du dir die falsche Frau ausgesucht.«

»Ich mag sie«, sagte der Klon. »Sie erinnert mich an Sara.«

Auf der 4. Straße war er hingegen weniger zufrieden. Vor dem Jack the Ripper Pub erzählte er Christopher, daß er sich wie ein Erstickender fühle. Christopher versuchte, mehr aus ihm herauszubekommen, aber Lawrence war stumm wie ein Stein und wurde plötzlich so bleich, daß er sich Sorgen zu machen begann. Schließlich gingen sie gemeinsam in östlicher Richtung zurück und setzten sich zwischen den Bäumen im Tompkins Square Park in die Sonne.

Der Klon schien sich beruhigt zu haben, aber Christopher beobachtete ihn aufmerksam.

»Geht es dir besser?«

Lawrence nickte. Er saß mit baumelnden Füßen da und stieß mit den Hacken seiner Segeltuchschuhe gegen den Boden, wie es jeder andere Fünfzehnjährige auch tun würde. Aber gerade das erinnerte Christopher wieder daran, wie wenig dieses Wesen anderen Teenagern glich.

»Ich hatte das Gefühl ...« Er blickte Christopher an, und seine Augen glichen denen des Pale Saint. »Die Außenwelt ist ein Chaos – so viele Menschen auf einem Haufen.«

»Tut mir leid, wenn es dir zu viel geworden ist«, sagte Christopher. »Aber ich möchte, daß du einen Eindruck von der wirklichen Welt gewinnst. Es gibt noch mehr als dieses Labor.«

»Ja, das seh ich.«

Christopher fragte sich, ob er irgendeinen Hinweis auf den Pale Saint wahrnehmen würde, der vor so kurzer Zeit hier einen Menschen ermordet hatte. Aus diesem Grund hatte er sich entschlossen, mit dem Klon in den Tompkins Square Park zu gehen. »Ich möchte, daß du es mir erzählst, wenn du irgend etwas Außergewöhnliches fühlst«, sagte er.

»Okay.« Lawrence beobachtete eine Teenagerin, die auf einem Fahrrad vorbeifuhr und ihm zulächelte. »Ich wünsche mir, daß alle so wie Sara wären«, sagte er schließlich. »Sara ist clever.«

»Und warum glaubst du, daß sie clever ist?« fragte Christopher.

»Sie weiß viel.«

»Was denn?«

»Alles mögliche.«

»Gib mir ein Beispiel.«

»Sie weiß, wie man einen Spitball wirft und wie man Fleischklößchen mit Spaghetti zubereitet.«

»Ich mag ihre Fleischklößchen mit Spaghetti.«

»Ich weiß«, antwortet der Klon. »Deshalb kocht sie sie ja auch.« Er spitzte die Lippen. »Ich dachte, daß du ihr Vater bist.«

»Jetzt, wo ihr richtiger Vater tot ist, wäre ich es gerne.«

Der Klon warf ihm einen vorsichtigen Blick von der Seite zu. »Kann ich einen Schokoladenriegel bekommen?«

Christopher ging zu einem Zeitungskiosk in der Nähe und kaufte ihm einen Hershey-Schokoladenriegel, weil der Klon andere nicht aß.

»Ich möchte ihr Baseball-Spiel sehen«, sagte Lawrence, während er genüßlich kaute. »Es geht um die Meisterschaft, und sie wirft. Ich möchte sie spielen sehen. Wenn sie gewinnt, heißt das, daß sie die Beste ist, oder?«

»Stimmt.«

»Es ist wichtig, daß man gewinnt, oder?«

»Häufig schon. Aber das Leben ist komplizierter.«

»Erklär es mir.«

Christopher dachte einen Augenblick nach. »Nehmen wir mal an, du wärst an Saras Stelle Werfer, aber in der letzten Minute hat Cassandra einen Unfall. Du könntest entweder spielen oder ihr helfen. Was würdest du tun?«

Der Klon verzog das Gesicht. »Ist das eine Fangfrage?«

»Nein.«

»Ich will gewinnen«, sagte der Klon, während er versuchte, sich über das Problem klarzuwerden. »Aber ...« Er blickte zu Christopher auf. »Wie schwer ist meine Mutter verletzt?«

»Das würdest du erst wissen, wenn du sie siehst«, erwiderte Christopher. »Aber so ist die Frage falsch gestellt.«

»Es spielt keine Rolle, wie schwer sie verletzt ist«, antwortete der Klon, der mittlerweile begriffen hatte. »Es zählt bloß, daß sie verletzt ist und Hilfe braucht.«

»Stimmt genau.« Christopher nickte zustimmend. »Es wird in deinem Leben Situationen geben, wo du solche Entscheidungen treffen mußt, und manchmal werden sie nicht annähernd so leicht zu treffen sein. Wie du reagierst und wie du dich entscheidest, das hat sehr viel damit zu tun, was für eine Persönlichkeit du bist.«

Der Klon ließ sich Zeit, um seinen Schokoladenriegel aufzuessen. »Werden wir gemeinsam mit Mama zu Saras Baseball-Spiel gehen?«

»Ich glaube schon, aber letztlich muß das Cassandra entscheiden.«

Der Klon schüttelte den Kopf und ließ weiterhin die Beine

baumeln. Er leckte sich die letzten Schokoladenreste von den Lippen. »Ich verstehe nicht, warum ich im Gegensatz zu allen anderen in dem Labor bleiben muß.«

Christopher wußte, daß der entscheidende Augenblick gekommen war, und er wägte seine Worte vorsichtig ab. »Du hast ja bereits eine Vorstellung davon, daß du – verglichen mit Sara oder mir – anders bist. Aber jetzt ist es an der Zeit, daß du begreifst, worin diese Andersartigkeit besteht.« Als ihre Blicke sich trafen, sprach Christopher weiter. »Deine DNS ist die eines anderen Menschen. Das war Absicht. Cassandra und ich versuchen uns an einem Experiment.«

»Und das Experiment bin ich, richtig?

»Ja. Wir wollen sehen, ob du jemanden finden kannst.«

»Aber wie? Ich kenne nicht viele Menschen, und die Welt ist so riesig. Außerdem bin ich sowieso die ganze Zeit in dem Labor eingesperrt.«

»Das wird sich ändern. Der Mann hält sich irgendwo hier in der Stadt auf.« Christopher lächelte. »Wir glauben, daß es irgendeine Art von Verbindung gibt, weil du dieselbe DNS hast.«

»Verbindung?«

Christopher nickte. »Denk an Hound. Wenn Sara ihn ins Labor mitbringt, hält sie ihn an einer Leine. Cassandra und ich glauben, daß du mit diesem Mann vielleicht durch eine Art Leine verbunden bist.«

»Wer ist es?«

»Ein bösartiger Mann, der andere ermordet.«

»Er erwirbt ihr Vertrauen und nutzt das aus.«

Christopher dachte einen Augenblick lang darüber nach. »Vielleicht. In gewisser Weise ist es so. Wie auch immer. Er kümmert sich kein bißchen darum, daß seine Opfer Individuen sind. In seinem Inneren herrscht eine große Leere – das treibt ihn um, so daß er nicht aufhören kann. Er tötet einfach, und wenn wir ihm nicht Einhalt gebieten, wird er weiter morden. Um aufrichtig zu sein, bis jetzt hatten wir nicht viel Glück. Und hier beginnt deine Aufgabe. Cassandra und ich glauben, daß du ihn mit deinem speziellen Wissen und deinen Veranlagungen vielleicht ausfindig machen kannst. Das ist sehr wichtig, aber ich will dich nicht anlügen: Es ist sehr wahrscheinlich, daß das gefährlich werden wird.«

»Wie in *Mission Impossible.*«

»Wenn man davon absieht, daß es hier nicht um eine Fernsehserie, sondern um die Realität geht.«

»Du glaubst mir nicht, aber das Skelett ist real.«

»Ich glaube, daß es für dich real ist.«

Einen Moment lang blickte Lawrence aus seine baumelnden Beine herab. »Dieser Mann hat viele Menschen umgebracht, oder?«

»Ja. Er hat keinerlei Achtung vor dem menschlichen Leben.«

Der Klon wirkte einen Augenblick lang nachdenklich. »Ich verstehe, warum du ihn finden mußt. In moralischer Hinsicht, meine ich.« Seine Logik war unfehlbar. »Außerdem ist es dein Beruf, aus dem Chaos Ordnung erstehen zu lassen. Aber ich glaube, daß dein Wunsch, ihn zu schnappen, auch etwas hiermit zu tun hat.« Er tippte mit einer Fingerspitze gegen Christophers Herz, genau wie er es im Zusammenhang mit dem Skelett beschrieben hatte. »Aber warum ist Mama so scharf auf seinen Arsch?«

Christopher war erstaunt, und das nicht nur wegen des Slangausdrucks, den Lawrence so mühelos aufgeschnappt hatte. Es schien, daß er bereits jetzt ahnte, daß diese besondere Jagd einen persönlichen Hintergrund hatte. Es machte keinen Sinn, ihn anzulügen – ganz im Gegenteil. »Der Mann mit derselben DNS wie du hat vor kurzer Zeit Bobby Austin umgebracht, Cassandras Mann. Bobby war mein bester Freund.«

Der Klon blickte zu Christopher auf. »Dann ist es für mich keine Frage. Ich muß ihn finden, oder? Ich *muß*, selbst wenn ich dabei ums Leben komme.«

ZWEITES BUCH

VERWICKLUNGEN

18. bis 21. Oktober

›Wir sind alle Gefangene der Molekularbiologie.‹
H.B. Pearl

6.

Christopher und Esquival überprüften die nutzlosen Resultate ihrer täglichen Nachforschungen beim VCAP, dem Violent Criminal Apprehension Program, einer landesweit operierenden Datenbank, die 1984 vom FBI gegründet worden war. Angeblich wurden hier alle Gewaltverbrechen aufgelistet, die sich irgendwo im Land ereignet hatten, zumindest der Theorie nach. Doch die Wirklichkeit sah ganz anders aus. Der bürokratische Aufwand, der notwendig war, um einen Fall in die Datenbank aufzunehmen, war erschreckend, und selbst die eifrigsten Polizisten mußten geradezu gedrängt werden, alle Angaben zusammenzustellen. Dazu kamen die Formalitäten, auf die das FBI jedoch bestand. Somit beruhte die Datenbank auf freiwilliger Mitarbeit, und deshalb war sie unvollständig. Dennoch waren die Daten, die man hier fand und zu denen jeden Tag neue kamen, absolut verläßlich, so daß das VCAP seinen Nutzen hatte. Esquival hatte die Datenbank täglich konsultiert und nach Mordfällen gesucht, deren Methode der des Pale Saint glich. Er hoffte, so eine Spur zu finden, die ihnen über die wahre Identität des Verbrechers Aufschluß geben konnte.

»Fehlanzeige«, kommentierte Esquival.

»Wie bisher immer.«

Christopher bemerkte die Frustration des FBI-Mannes und klopfte ihm auf die Schulter. »Er muß eine Vergangenheit haben, Reuven. Wir alle haben eine.«

»Ja? Guter Gott, ich sage Ihnen, dieser Typ ist anders als irgendeiner von uns.«

»Und ich weigere mich zu glauben, daß diese Mordserie seine erste ist.« Christopher blickte auf den Computermonitor. »Wir müssen weitersuchen, Reuven, und zwar so schnell wir können.«

»Wo liegt der Sinn? Dieser Kerl gleicht einem Windstoß. Er ist überall und nirgends zugleich.«

Das Telefon klingelte, und Christopher griff nach dem Hörer.

»Du solltest besser ins Labor kommen, Jon«, sagte Cassandra, nachdem er sich gemeldet hatte.

»Im Augenblick geht es nicht. Ich stecke mitten in …«

»Ich meine, daß du *unbedingt sofort* kommen solltest. Es geht um Lawrence.«

Christopher hörte genauer hin und bemerkte, daß sie außer Atem war. »Was ist passiert?«

»Ich bin mir nicht sicher, aber ich glaube, es könnte etwas mit dem Pale Saint zu tun haben.«

»Bin schon unterwegs.« Er hatte den Raum fast verlassen, als er Esquival noch etwas über die Schulter zubrüllte. »Beepen Sie mich an, wenn Sie was finden.«

»*Falls* ich was finde«, entgegnete Esquival mürrisch, aber Christopher war bereits verschwunden.

Als Christopher das Labor betrat, blickte Cassandra von den nicht abreißenden Meldungen auf ihrem Monitor auf. »Lawrence hatte eine Vision.«

»Was meinst du mit ›Vision‹?«

»Er hat irgend etwas in seinem Geist ›gesehen‹.«

»Du willst sagen, daß er geträumt hat.«

»Er hat nicht geschlafen. Die Videoaufzeichnungen und die permanente Kontrolle seines Zustandes bestätigen, daß er wach war.«

»Dann …«

»Ich habe dir erzählt, daß er eine Vision hatte. Sieh her.« Sie zeigte auf die Meldungen, die sie studiert hatte, als er ins Labor gekommen war. »Das ist das digitale Überwachungsprotokoll – direkt vor, während und nach Lawrence' Vision. Siehst du es? Seine Temperatur stieg dramatisch an, und es gab quantitative Veränderungen der chemischen Substanzen in seinem Gehirn.« Sie glitt mit dem Finger über den Monitor. »Hier hatte sein Serotonin-Spiegel das höchste Niveau erreicht, und während der Dauer seiner Vision blieb er erhöht. Als es dann vorbei war, fielen die Werte, und sein Gehirn begann mit erstaunlicher Geschwindigkeit Melatonin zu produzieren.«

Christopher blickte durch das Panzerglas auf den Klon in der Geburtskammer. »Ist das ungewöhnlich?«

»Machst du Witze? Wäre es nicht hier aufgezeichnet worden, hätte ich es für unmöglich gehalten.«

»Interessant. D'Alassandro war sicher, daß die merkwürdigen Hormonanteile im Blut des Pale Saint daher stammen, daß er sich irgendeinen chemischen Cocktail einverleibt hätte. Der Klon hat doch wohl nicht etwas anderes als gute, altmodische amerikanische Hausmannskost gegessen?«

»Natürlich nicht. Und dennoch – meine wissenschaftlichen Befunde weisen darauf hin, daß die chemischen Prozesse in seinem Gehirn nicht mit denen identisch sind, die wir bei einem Menschen für normal halten würden.« Sie blickte ihn ruhig an. »Begreifst du, was das bedeutet, Jon? Ich würde behaupten, daß es eine verläßliche These ist, das der Pale Saint gleichfalls über Kräfte verfügt, diese Substanzen nach Belieben zu produzieren.«

»Und was bedeutet das?«

Cassandra zuckte die Achseln. »Wir wissen noch nicht genug über die Eigenschaften der beiden Substanzen, aber ich habe eine bestimmte Vorstellung. Man hat mich aus der American Medical Association rausgeschmissen, weil ich diese Ansicht vertreten habe. Ich glaube, daß das Ganze etwas mit dem Dritten Auge zu tun hat, über das wir bereits gesprochen haben. Ich habe dir erklärt, daß Serotonin und Melatonin in der Zirbeldrüse produziert werden, und das ist die Drüse, auf die der Pale Saint fixiert zu sein scheint: das Dritte Auge. Vielleicht sieht Lawrence ...«

»Ja?«

»Die Vergangenheit und die Zukunft des Pale Saint – das, was sich in seinem Kopf abspielt. Ich weiß es nicht.«

»Guter Gott«, sagte Christopher. »Das ist genau die Art von Umschwung, den wir erbetet haben. Aber stimmt die These, oder handelt es sich nur um verzweifeltes Wunschdenken?«

Cassandra stand auf und ging zum Fenster der Geburtskammer hinüber. Lawrence lag auf einem Tisch mit verstellbarer Platte, der mit einer Reihe von Monitoren verbunden war, die Dillard einstellte. Abwechselnd sah der Klon Cassandra und Christopher an. »Ich weiß es nicht, Jon.«

Christopher blickte Lawrence an, und vor seinem geistigen Auge baute sich wie eine Bestie das verhaßte Bild des Pale Saint auf.

»Ich muß mit ihm reden.«

»Noch eine Minute. Er wird untersucht.«

»Das sehe ich. Was hat er gesagt?«

Sie wandte sich um und blickte ihn an. »Er hat an einem finsteren, kalten und feuchten unterirdischen Ort irgend jemanden gesehen.«

»Das Skelett?«

»Ich weiß es nicht, ich glaube aber nicht.« Cassandra strich mit einer Hand durch ihr kurzes Haar. »Wie auch immer – er hat von einer fürchterlichen Gefahr und vom Tod gesprochen.«

»Wessen Tod?«

»Jon, ich ...«

»Ich muß mit ihm reden. Auf der Stelle.«

»Aber Hutton ...«

»Zum Teufel mit Dillard!« sagte Christopher, während er an ihr vorbeieilte und die Tür der Geburtskammer öffnete. Unzählige Gerätschaften schienen gleichzeitig zu summen, als befände er sich in einem gigantischen Bienenkorb.

»Ich muß mit Ihrem Forschungsobjekt reden, Doktor.«

Dillard sprang auf. »Wie können Sie sich unterstehen, hier hereinzukommen? Die Laborvorschriften besagen ...«

»Raus!« donnerte Christopher.

Dillard blickte ihn wild an.

»Legen Sie sich besser nicht mit mir an, Doktor.«

Dillard gab ein angewidertes Geräusch von sich, während er die Geburtskammer verließ.

Christopher blickte den Klon an, dessen Augen weder flackerten noch blinzelten. Seit dem Verhör des Pale Saint in Chinatown, das so ein schlimmes Ende genommen hatte, erinnerte er sich an diesen Blick. Es war schwer, sich nicht von ihm einschüchtern zu lassen. Er verriet eine Stärke und Entschlossenheit, die Christopher fürchterlich vertraut vorkam.

Und dann begriff er. Vor drei Jahren, nachdem er einen Serienmörder vor Gericht gebracht hatte, der seine Opfer vor und nach der Tat vergewaltigt hatte, hatte er mit Brockaw eine Pressekonferenz veranstaltet. »Da ist dieser Ausdruck in Ihrem Blick«, hatte Brockaw gesagt. »Was für ein Ausdruck?« hatte Christopher gefragt. »Der, den ich kennengelernt habe, als ich Ihnen begegnet bin, nachdem Sie zum ersten Mal einen Verbrecher getötet hatten.« Er mußte sich irren. Der Klon war erst zwei Wochen alt, was konnte er vom Tod wissen?

»Ich bin so glücklich, daß du gekommen bist, Daddy.«

Christopher stutzte.

»Was hast du gesagt?«

»Daß ich glücklich bin, dich zu sehen, Daddy.«

»Guter Gott, laß uns diesen Unsinn gleich im Keim ersticken«, schnauzte Christopher ihn an. »Ich bin nicht dein Vater.« Er blickte auf den Klon hinab, der nicht antwortete. »Cassandra hat mir erzählt, daß du eine Vision hattest. Ich bin hier, und du kannst mir erzählen, was du gesehen hast. Das ist wichtig, wenn wir den Pale Saint finden wollen.«

»Ich habe zwei Erscheinungen gesehen«, sagte der Klon. »Das Skelett und irgend jemanden, der genau wie ich aussah. Einer der beiden lebte unter der Erde, der andere nicht. Einer war bereits tot.«

»Wer?« fragte Christopher, während er sich Lawrence näherte. »Das Skelett oder das Wesen, das wie du aussah?«

Der Klon blickte ihn auf eine seltsame Weise an, während er den Kopf neigte. »Natürlich das Skelett.«

Mit rasendem Herzen dachte Christopher daran, daß Esquival gesagt hatte, der Pale Saint sei innerlich bereits tot. »Was geschah dann?«

»Dann verschmolzen die beiden wie Farben. Mischt man rote und blaue Farbe, ergibt das Grün.«

»Also ist das Skelett der Pale Saint.« *Oder ist es so,* fragte sich Christopher, *daß der Klon der Pale Saint war?*

Lawrence benetzte seine Lippen. Seine Haut wirkte bleich und wächsern. Christopher sah, daß es sehr schwer für ihn war, sich an seine Visionen zu erinnern. Es war, als müßte er

Messer aus seinem Fleisch herausziehen. Aber er wollte mehr in Erfahrung bringen. »Was passierte dann?«

»Meinst du den Schädel?«

»Was für einen Schädel?«

»Er liegt dort unter der Erde.«

»War es der Schädel von jemandem, den das Skelett ermordet hat?«

»Dieser Schädel ist riesig, so groß wie die Welt.«

»Das macht keinen Sinn.«

»Ich habe ihn schon vorher in meinen Träumen gesehen.«

»Dann hat es nichts zu bedeuten.«

Lawrence wurde nervös. »Kann ich jetzt aufstehen?«

Christopher befreite ihn von den Kabeln und Schläuchen. Während die Anzeigen auf den Monitoren nach und nach erloschen, wurde Dillard draußen im Labor wütend.

»Dr. Nobel sieht aus, als ob ihm die Augen aus den Höhlen treten würden«, sagte der Klon.

Christopher sah, daß Cassandra Dillard zu besänftigen versuchte. Er veränderte die horizontale Position der Tischplatte. »Dr. Nobel muß lernen, auch einmal zurückzustecken.«

Während der Klon aufstand, betrat Cassandra die Geburtskammer. Sie schloß sorgfältig die Tür, während Dillard draußen weiter tobte.

»Warum verdirbst du Huttons Überwachungs-Protokoll, Jon? Er ist ziemlich wütend, und im Augenblick kann ich ihn sogar verstehen.«

»Du hattest recht.« Christopher wies auf den Klon. »Er hat eine psychische Verbindung zum Pale Saint hergestellt.«

»Guter Gott.« Cassandra stand wie angewurzelt da.

Christopher wandte seine Aufmerksamkeit wieder dem Klon zu. »Erzähl mir jetzt genau, was geschah, nachdem die beiden Bilder miteinander verschmolzen.«

»Da waren wieder zwei Wesen.«

»Das Skelett und der Pale Saint?«

»Nein.« Der Klon befeuchtete wieder die Lippen. Seine Blässe wirkte noch auffälliger, als ob er Blut verlieren würde. »Du warst da. Du und das Skelett. An dem unterirdischen Ort, dem Ort des Todes.«

»Und dann?« fragte Christopher, der zu seiner großen Bestürzung eine Gänsehaut bekam.

»Es kroch durch die unterirdische Finsternis, und ich konnte die Berge sehen, unter denen der Schädel lag.«

»Was für Berge?«

Lawrence stöberte in einem Regal herum und zog aus einem Stapel einige der Zeichnungen mit den Dreiecken hervor. »Hier«, sagte er, »die Berge aus seinem Geist.«

Christopher griff nach den Zeichnungen und studierte sie. »Welche Berge sind das?«

»Die Rockies.«

Christopher atmete tief durch. »Dann wird er also demnächst in den Rocky Mountains auftauchen.«

»Nein«, widersprach Lawrence. »Er stammt von dort.«

Christopher fühlte, daß so etwas wie ein elektrischer Schlag sein Rückgrat hinaufkroch. »Weißt du, wo in den Bergen er geboren wurde, Lawrence? In welcher Stadt oder in welcher Gegend?«

Der Klon schüttelte den Kopf. »Ich habe nur die Berge gesehen.«

»Aber was hat es mit diesem unterirdischen Ort auf sich?« fragte Cassandra. »Ist das ein realer Ort oder eine Vorstellung des Skeletts?«

»Beides.«

Christopher bemerkte, daß Cassandra ihm rasch einen forschenden Blick zuwarf.

»Ihm gefällt es unter der Erde – es mag die Finsternis und den Geruch der Erde.«

Sie sahen, wie sehr der Klon durch seine Vision verängstigt war.

»Das alles hat nichts mit dir zu tun, Lawrence«, beruhigte Cassandra. »Das weißt du doch, oder?«

Der Klon schien ihre Worte zu ignorieren und blickte Christopher an. »Während es kroch, habe ich etwas gesehen, irgend etwas in seinem Geist.«

»Was?«

»Einen Gegenstand – so lang.« Der Klon hob die Hände. Der Abstand zwischen ihnen betrug nach Christophers Schätzung etwa dreißig Zentimeter. »Aus Metall.« Christopher mußte plötzlich an den durch Bobbys Auge gebohrten Kugelschreiber denken. Die Augen des Klons wirkten groß und leuchteten hell in seinem wächsernen Gesicht. »Es war ein Instrument – das war seine Bezeichnung. Ein Instrument des Todes.«

Ein tiefes Schweigen schien sich über die Geburtskammer zu legen. »Hast du dieses Instrument gesehen? Hat es damit gemordet?«

»Ja«, antwortete der Klon. »Nachdem es den Mann in dem Park umgebracht hat, hat es das Instrument in einen Müllcontainer geworfen.«

»Im Park?«

»An einer Straßenecke direkt davor.«

»Welche Straßenecke?« fragte Christopher bohrend.

Der Gesichtsausdruck des Klons verriet seine Anspannung. »Um Himmels willen, Jon ...«, sagte Cassandra.

Christopher brachte sie mit einer Handbewegung zum Schweigen. »An welcher Straßenecke?« wiederholte er.

»Es gab da ein Telefon«, sagte der Klon schließlich. »Ein Telefon, das nicht funktionierte.«

»Guter Gott«, murmelte Christopher, während er sein Handy aus der Tasche zog. Er rief D'Alassandro an und schilderte ihr die Details, veschwieg aber, woher er die Informationen hatte. »Lassen Sie alles liegen, und machen Sie sich an die Arbeit«, sagte er abschließend. »Sofort.« Dann wandte er sich wieder dem Klon zu. »Du hast gesagt, daß das Skelett den Mann im Park umgebracht hat. Niemand hier hat dir etwas von dem Mord erzählt.«

»Nein.«

»Wie konntest du dann davon wissen?«

Der Gesichtsausdruck des Klons wirkte hilflos. »Hab' ich was Schlimmes getan?«

Cassandra warf Christopher einen warnenden Blick zu und legte einen Arm um Lawrence. »Jon hat dich nicht gescholten, Lawrence. Manchmal vergißt er, daß du eigentlich erst zwei Wochen alt bist.« Während sie fortfuhr, sah sie Christopher an. »Aber erzähl uns doch, wie du das über den Mann im Park wissen konntest.«

»Keine Ahnung«, sagte der Klon achselzuckend. »Das Bild ist genauso plötzlich in meinem Geist aufgetaucht wie das Skelett.«

»Und dieser unterirdische Ort?« fragte Christopher.

»G-Geh nicht, Daddy«, bat der Klon. »Ich habe A-Angst, daß du dort stirbst.«

»Ich gehe nirgendwo hin«, versprach Christopher, obwohl er sich fragte, was für einen seltsamen, verbotenen Ort Lawrence gesehen hatte.

»Licht, Kamera, Action! Aha!« Paul Layton warf die Arme auseinander, während die Scheinwerfer ein brandneues Fernsehstudio beleuchteten, das Herzstück eines Betongebäudes, das so modern war, daß es wie ein Bunker wirkte. Unpassend war, daß es sich zwischen den Ulmen und Platanen direkt südlich von Kingston verbarg, im nördlichen Teil des Staates New York. »Ich versichere Ihnen, daß an nichts gespart worden ist«, sagte Layton zu seinem Begleiter. »Ja, Sir, es ist alles auf dem neuesten Stand der Technik, bis hin zum digitalen Uplink mit dem Satelliten. Ich garantiere Ihnen, daß es in den entscheidenden Augenblicken keine nervigen Ton- oder Bildstörungen mehr geben wird!«

Layton lachte laut auf, so wie man es ihm eingebleut hatte. Er war der Manager des Fernsehsenders, und die Besitzer des Evangelical Nations Network hatten ihm in unzweideutigen Worten mitgeteilt, diesen Mann extrem zuvorkommend zu behandeln. Aber dieser Mann hatte ein so hohes Ansehen, daß es kaum nötig war, Layton irgend etwas über ihn zu erzählen. *Es ist, als ob man den Papst oder irgendeine andere hochrangige Persönlichkeit treffen würde,* dachte er nervös.

»Was halten Sie von dieser Studiodekoration?« Er klopfte auf eine der Säulen aus Balsa-Holz. »Ein guter Einfall, was? Es war meine Idee, daß es so aussieht, als säßen sie auf der Veranda eines großen alten Hauses aus der Zeit vor dem Bürgerkrieg. Sehr volkstümlich, sehr bequem, sehr heimatverbunden.«

»Genau richtig für mich.« Dean Koenig leckte sich die Lippen und hob den Kopf. »Die Säulen, die Weidenholz-Möbel und der Hintergrund, wo das warme Licht durch die Papierrouleaus strömt. Junge, Junge, diese ganze Inneneinrichtung ist so schick wie mein erster Sonntagsanzug.«

Koenig sprach zwar sanft und onkelhaft, aber sein Körper hatte die etwas beunruhigende Form eines Torpedos. Während er sich im EEN-Fernsehstudio in den Korbsessel setzte, der die Macht repräsentierte, erschien hinter ihm das Banner der Sendung ›Mighty Marching Christian Hour‹. Als ein Techniker Koenig mit einem winzigen Mikrophon und einem Ohrhörer ausstattete, schalteten die drei Kameras des Fernsehstudios auf Großaufnahme. Layton rieb sich die Hände und schüttelte besorgt den Kopf. Wenn irgend etwas mit der heutigen Ausstrahlung aus dem neuen Fernsehstudio des EEN schiefginge, würde es ihn den Kopf kosten, weil durch die Satellitentechnik eine so hohe Sehbeteiligung erzielt werden würde, wie es sich zuvor niemand hatte vorstellen können. Und dieser Mann, dieser überaus populäre Dean Koenig, war zu einem nicht geringen Teil dafür verantwortlich, daß genügend Geld in die Kasse geflossen war, um das neue Studio bauen zu können.

»Kann ich Ihnen vor dem großen Augenblick noch etwas bringen?« fragte Layton.

Dean Koenig schüttelte auf eine Art und Weise den Kopf, wie es nur große Männer konnten. Sein dichtes graues Haar war aus der breiten Stirn zurückgekämmt und so stilvoll frisiert, als wäre sein Friseur ein begnadeter Profi. Seine Nägel waren genauso auf Hochglanz poliert wie seine Schuhe, und seine rosigen Wangen verrieten eine robuste Gesundheit. Aber nach einer Weile konnte man erkennen, daß das Funkeln seiner hellen blauen Augen stärker wurde, wenn er Blut sah – natürlich nur im übertragenen Sinn. Dean Koenig trat oft im Fernsehen auf und verfügte über die wichtigste Gabe eines erfolgreichen Politikers: Er wirkte wie ein Mann mit einer Vision, der Gelegenheiten zu ergreifen wußte und nicht eher aufgab, bis sie zu seiner vollsten Zufriedenheit geregelt waren.

Er gab zahllose Interviews und wurde von den Gastgebern von Talk-Shows wegen seiner schlagfertigen Antworten geschätzt, die häufig so amüsant wie empörend waren. Mit Ghostwritern hatte er zwei Bestseller geschrieben, und kürzlich hatte man ihm die tägliche Sendung ›Mighty Marching Christian Hour‹ anvertraut. Diese im Kabelfernsehen ausgestrahlte Sendung, die gleich beginnen würde, war dem Untergang geweiht gewesen, bis Dean Koenig kam. Jetzt war sie das Flaggschiff von EEN – und heute erstmals landesweit zu empfangen.

Punkt Mitternacht leuchtete das Rotlicht auf der ersten Kamera auf, und Dean Koenig ging auf Sendung, um mit David Letterman, Larry King, Musikvideos, langweiligen Wiederholungen aus den siebziger Jahren und Nachrichtensendungen zu konkurrieren, die von wiederauferstandenen, ehemaligen Berühmtheiten moderiert wurden.

Koenig begann seine Rede. »Meine lieben Freunde, die Zeugung des Lebens – jeden Lebens – ist ein heiliger Akt, ein feierlicher Akt, ein Liebesakt. Es handelt sich um eine Art Vertrag zwischen Ihnen und Gott.« Dean Koenig sprach offen und direkt die Herzen und Seelen der gläubigen Zuschauer der ›Mighty Marching Christian Hour‹ an, so daß alle glaubten, daß er in ihrem Wohnzimmer sitzen und mit ihnen plaudern würde. »Aber ohne den göttlichen Funken wird sie zu einer Karikatur des Lebens und deshalb in den Augen unseres Herrn Jesus Christus zu einer Abscheulichkeit.«

Koenig lächelte gütig. Seine porzellanblauen Augen funkelten, und das hieß natürlich, daß er in Fahrt kam. »Ich habe Ihnen ja wieder und wieder verkündet, daß es Agenten des Teufels gibt, Menschen, die genauso gottlos wie herz- und gefühllos sind und nichts anderes im Sinn haben, als den Willen des Satans zu vollstrecken. Das ist häßlich und abscheulich …« Sein entsetzter Gesichtsausdruck wirkte wie der eines Priesters, der Zeuge eines perversen Sexualaktes wird. »Meine lieben Freunde, tatsächlich tut es mir weh, auch nur darüber zu sprechen.« Er schob heroisch seinen Unterkiefer vor. »Dennoch muß ich darüber reden, auch wenn ich mich einer Gefahr aussetze. Diese Leute haben bereits eine Unmenge Geld ausgegeben und riesigen Druck ausgeübt, um mich aus dem Fernsehen zu vertreiben, aber ich werde gewinnen. Weil ich Ihnen gegenüber eine Verantwortung habe, meine lieben Freunde, werde ich nicht schweigen und Sie über ihre amoralischen Taten aufklären. Ich warne Sie, daß diese Menschen jetzt, *in diesem Augenblick, wo ich zu Ihnen spreche,* Pläne schmieden, Ihre Kinder und Kindeskinder zu bestehlen. Es stimmt – *Ihr* eigen Fleisch und Blut. Und was meine ich mit dem Wort ›stehlen‹? Meine lieben Freunde, Sie wollen sich des Körpers der Rechtgläubigen und Gottesfürchtigen bemächtigen. Sie wollen die Gene Ihrer Kinder manipulieren, die *Essenz* des Lebens, dieses uns von Gott gegebene Geschenk, das aus jedem Menschen ein Individuum macht. Was Gott unseren Kindern geschenkt hat, wollen sie ihnen nehmen und durch eine Substanz ersetzen, die sie bei ihren gottlosen Laborversuchen zusammengebraut haben. Jetzt werden Sie vielleicht fragen, ob es so etwas unaussprechlich Böses wirklich geben kann? Sind Menschen töricht und blasphemisch genug zu glauben, daß sie das Reich Gottes usurpieren könnten? Ja! Ob Sie es glauben oder nicht, *sie wollen nicht mehr und nicht weniger, als Gottes heiliges Werk in die eigenen Hände zu nehmen.* Das ist wahrer Wahnsinn und Chaos. Sie verhöhnen Gottes heiliges Wort, die von ihm vorausgesagte Apokalypse, wenn unser Herr Jesus Christus die Rechtschaffenen vor den Flammen erretten wird, und die Ungläubigen und die Sünder von ihnen verschlungen werden.

Der Teufel hat viele Lakaien, aber niemand ist abscheulicher, unredlicher und abgründiger sündhaft als diese Menschen, die sich *Wissenschaftler* nennen. Diese Forscher ziehen Ihnen und mir das Geld aus der Tasche, um ihre widerlichen Projekte zu finanzieren, das Geld, das man besser dafür verwenden könnte und sollte, unsere Kinder zu erziehen, damit sie gegen die Komplizen des Teufels aufstehen und ›Es reicht!‹ rufen können. Ich *vertreibe* dich, du Ungläubiger, ich *vertreibe* dich in deine eigene Wüste, an den traurigen, gottlosen Ort, wo du vergehen und sterben wirst. Du wirst mir *nie* mein eigenes Geburtsrecht oder das meiner Kinder oder Kindeskinder nehmen!«

Dean Koenigs Augen funkelten wie Diamanten im Sonnenlicht, während seine donnernde Stimme Millionen hingerissener Zuschauer packte. Sogar die Studiotechniker waren von seiner Rede gefesselt.

»Diese *Wissenschaftler* – diese Lakaien des Teufels – haben einen Namen. Sie plagen sich unter dem Joch einer Firma namens Vertex-Institut. Es ist gut möglich, daß sie ihre Missetaten auch in Ihrer Stadt verüben, dort, wo Sie leben, den Gottesdienst besuchen und Ihre unschuldigen Kinder erziehen. Ja, meine lieben Freunde, Sie haben mich richtig verstanden: Wenn Sie wie ich in einer großen Stadt wie New York oder der Hauptstadt unseres Landes leben, sind diese gottlosen Sünder Ihre Nachbarn. *Sie leben mitten unter uns, und wir müssen ihnen Einhalt gebieten.*

Und um dem Ganzen die Krone aufzusetzen, erhält Vertex auch noch alle sechs Monate finanzielle Zuwendungen von der Bundesregierung. Ja, ja, so läuft das heute. Der Kongreß, der sich aus den Männern und Frauen zusammensetzt, die Sie gewählt haben, um Ihre Interessen zu vertreten, hat dem Willen dieser Sünder nachgegeben. Ihre Regierung hat Sie betrogen. Dieselben Leute, denen Sie vertraut haben, geben Ihr hart erarbeitetes Geld dem Vertex-Institut, um dessen gottlose Projekte zu fördern. Für die gewissenlose Forschungsarbeit von Vertex ist Gerald Costas verantwortlich. Aber die Chefwissenschaftlerin in diesem Labor des Teufels, die kalt und grausam die Kreation und Manipulation von Genen überwacht, die sie Ihren Kindern implantieren wollen, heißt Cassandra Austin. Ich bitte jeden, der die ›Mighty Marching Christian Hour‹ sieht, mit dem für Sie zuständigen Mitglied des Repräsentantenhauses in Washington in Kontakt zu treten. Rufen Sie an, schreiben Sie, senden Sie ein Fax oder schicken Sie eine E-Mail – fordern Sie, daß alle finanziellen Mittel für Vertex gesperrt werden. *Ihre Stimme – die Stimme der Rechtschaffenen – muß und wird gehört werden!*«

Er faltete seine Hände, als ob er beten würde. »Und jetzt, nachdem ich Ihnen die Augen geöffnet habe und Sie das Licht gesehen haben, gibt es noch ein letztes Thema, für das ich um Ihre Aufmerksamkeit bitte. Wie viele von Ihnen wissen, wollten wir letzte Woche als unseren speziellen Gast eben jene Cassandra Austin begrüßen, die Chefin für Genforschung am Vertex-Institut. Wir haben ihr ausreichend Zeit zugesagt, ihre Sicht der Dinge unter den Augen unseres Herrn Jesus Christus zu erklären und zu verteidigen. Sie hat im letzten Moment abgesagt und sich trotz unserer geduldigen Nachfragen mehrfach geweigert, einen neuen Termin für ihren Auftritt zu vereinbaren. Das läßt nur die unausweichliche Schlußfolgerung zu, daß sie ihre gottlose und seelenlose Tätigkeit vor Ihnen, meine lieben Freunde, und vor Gott *nicht verteidigen kann. Gottes Licht hat ihr die Sprache verschlagen. Weil sie nicht antwortet, hat sie sich selbst verdammt.* Wir, die wir von der Güte des göttlichen Willens von Jesus Christus geleitet werden, haben Ihm, aber auch unseren Familien und gottesfürchtigen Nachbarn gegenüber eine Pflicht. Am unteren Bildrand haben wir die Telefon- und Fax-Nummern und die E-Mail-Adresse von Gerald Costas eingeblendet: Ich bitte Sie, Kontakt mit ihm aufzunehmen und zu fordern, daß Cassandra Austins Vertrag sofort gekündigt wird. Geben Sie ihm unmißverständlich zu verstehen, daß wir ansonsten unseren ganzen Einfluß geltend machen werden, die Verbindung von Vertex zur Regierung der Vereinigten Staaten zu beenden.« Er senkte kurz den Kopf. »Im Namen von Jesus Christus – wir brauchen verantwortungsbewußte und gottesfürchtige Menschen, die sich gegen diese rücksichtslose Preisgabe des heiligsten Vertrags zwischen den Menschen und unserem Herrn und Erlöser zur Wehr setzen! Sein Wille geschehe, Amen.«

Dean Koenig setzte sein telegenes Lächeln auf. »Und nun, meine lieben Freunde, verabschiede ich mich bis nächste Woche, wenn wir uns zur gleichen Zeit wiedersehen. Ich wünsche Ihnen in Gottes Namen eine friedliche Nachtruhe, Seine heilige Gnade und Herzensgüte.«

Christopher kam spätnachts ins Labor, um mit dem Klon zu lernen. Auch Dillard war da, beschäftigt mit einer weiteren Serie seiner anscheinend nie endenden Versuche.

Als er Christopher sah, grinste Lawrence. »Du kommst gerade rechtzeitig«, sagte er.

»Warum?«

»Ich will dir was zeigen.«

Dillard befreite Lawrence von Kabeln und Schläuchen, und der Klon ging zu Christopher hinüber. Als er nah bei ihm stand, griff er in die Tasche seiner Jeans und streckte dann die Hand aus, in der der Baseball lag, den Sara ihm geschenkt hatte. Der Ball sah mitgenommen aus und schimmerte grünlich, wo er im Gras aufgesprungen war. Der Klon hatte wieder diesen seltsamen Gesichtsausdruck, und er drehte den Ball mit seinen Fingern so lange, bis man ein in ihn gebohrtes Loch sah. Christopher hatte nicht die geringste Ahnung, wie er das zustande gebracht hatte. Das Loch war ziemlich groß, und während der Klon den Ball weiter drehte, sah Christopher, was sich darin befand: Eine winzige Maus, deren Fell sich langsam von dem kleinen, ausgetrockneten Kadaver abzulösen begann. Die Schnauze des Tiers ragte etwas aus dem Loch hervor, und sie war so weiß wie der Schleier einer Braut.

»Was zum Teufel ist das?« fragte der konsternierte Dillard.

»Dahin geht es«, antwortete der Klon, der seine Augen nicht von Christopher abwandte. »Hier träumt es.«

»Wer?« fragte Christopher. »Das Skelett?«

Der Klon nickte.

»Hör mal zu«, sagte Dillard streng. »Gib es mir.«

Lawrence wich zurück, während Dillard die Hand ausstreckte.

»Her damit!«

Christopher stellte sich zwischen Dillard und den Klon. »Lassen Sie ihn.«

»Sie untergraben meine Autorität«, zischte Dillard.

»Was für eine Autorität, Doktor? Soweit ich sehe, haben Sie keine.«

Dillard gab ein verächtliches Geräusch von sich. »Es ist ekelhaft. Man sollte ihm nicht erlauben …«

Christopher wandte Dillard den Rücken zu. »Es würde mich sehr interessieren, wie du das gemacht hast«, sagte er zu Lawrence.

Der Klon warf Dillard einen flüchtigen Blick zu. »Ich habe das Loch nachts gemacht, als alle glaubten, daß ich schlafen würde. Der Hund hat die Maus angeschleppt.«

»Heimtückischer Teufel«, murmelte Dillard.

»Es ist gut, daß Sie nicht versucht haben, ihm das wegzunehmen«, sagte Christopher. »Ich glaube, daß er mit Klauen und Krallen darum kämpfen würde, den Ball behalten zu dürfen. Für ihn ist er zu einem Objekt der Verehrung geworden.«

»Schwarze, teuflische Ehrfurcht.« Dillard erschauerte sichtlich. »Ich will damit nichts mehr zu tun haben. Mein subkutanes Depot beschäftigt mich mehr.« Er stürmte aus der Geburtskammer und raste auf die andere Seite des Labors zu.

Christopher verharrte an Ort und Stelle. Ihn interessierte, was der Klon mit dem Baseball angestellt hatte, weil er schon Varianten solcher Behältnisse gesehen hatte. Vor zwei Jahren hatte er einen Serienmörder geschnappt, der in gewisser Weise mit den Körpern seiner Opfer weiter zusammenlebte. Er behielt sie bei sich, besonders die Schädel und Gehirne. Dann zerkleinerte er sie und deponierte die Überreste in einem ausgehöhlten Kürbis. Als er gefaßt worden war, hatte er behauptet, daß sich die Seelen all seiner Opfer darin befänden, aber Christopher hatte sich keinen Reim darauf machen können. Er hatte Esquival gefragt und der Psychologe hatte ihm geantwortet, daß dieser Brauch sich im Zuge der Sklaventransporte von Afrika in die Karibik dort eingebürgert habe. Es war eine Art schamanistischer Magie. Die Idee schien darin zu bestehen, daß man die Seele eines Toten in einem Behälter am Leben erhalten konnte. Für Christopher schien jetzt klar zu sein, daß der Pale Saint etwas Ähnliches tat. Vielleicht hatte er auch William Cottons Augen in einem ähnlichen Gegenstand versteckt.

Christopher beobachtete den Klon, der sich von Stunde zu Stunde immer mehr zu einem Doppelgänger des Pale Saint entwickelte, und in seinem Inneren schien sich dasselbe zu vollziehen. Wie ausgeprägt würden die Ähnlichkeiten sein? fragte sich Christopher. Das war die alles entscheidende Frage.

»Jetzt sind wir Dr. Nobel ja los«, sagte er, während er seine düsteren Gedanken abschüttelte. »Können wir mit der Arbeit beginnen?«

»Okay«, sagte der Klon eifrig, während er den unheimlichen Ball wieder in seiner Tasche verstaute.

Christopher hatte ihn bereits mit den Grundlagen der Polizeiarbeit vertraut gemacht und ihm erklärt, wie man Informationen aus Menschen herauslockte, wie man sich gegen körperliche Gewaltanwendung verteidigte und Orte betrat und verließ, kurz: wie man sich auf der Straße verhielt. Aber der Klon sollte im Labor bleiben, und deshalb konnte er ihn nicht mit praktischen Beispielen konfrontieren, die alles viel besser als tausend Worte hätten verdeutlichen können. Das störte Christopher, der der Ansicht war, daß es keinen wirklichen Ersatz für die Ausbildung auf der Straße gab. Trotzdem begann er, dem Klon die Grundlagen des Spiels mit dem Vertrauen zu erklären, die die elementaren menschlichen Gefühle und Reaktionen so adäquat illustrieren konnten.

»Also, es geht um Vertrauen«, sagte Christopher.

»Der andere schenkt dir sein Vertrauen, stimmt's?« antwortete der Klon sofort.

»Ja, wenn es soweit ist«, entgegnete Christopher. »Aber zuvor muß er das Gefühl haben, daß *du ihm* vertraust. Das ist das wahre Geheimnis dabei, und deshalb klappt es auch immer. Sobald der andere dir vertraut, wird er dir so ungefähr alles geben, selbst wenn du ihm sagst, daß er es nicht tun soll.«

»Wirklich?« Es war offensichtlich, daß dieser scheinbare Widerspruch den Klon neugierig machte.

Christopher nickte. »Er wird es wollen, weil er eine Verwandtschaft und Nähe zu dir empfindet, einen gewissen Bund, der dich und ihn vom Rest der Menschheit unterscheidet und dich vertrauenswürdig macht.«

»Die Menschen suchen diese Nähe«, antwortete der Klon mit entnervender Scharfsinnigkeit. »Sie ist ihnen wichtig.«

»Ja«, sagte Christopher. »Vielleicht ist diese Nähe das Wichtigste, was ein Mensch geben kann, aber auch dazu ist das Skelett nicht in der Lage. Es ist kein Wunder, daß dich diese Visionen verängstigen. Das Skelett hat niemanden. Die Finsternis in seinem Geist hat es von allem und jedem abgeschnitten, was menschlich ist.«

»Außer mir«, sagte der Klon.

Jetzt hatte Christopher keine Antwort parat. Statt dessen begann er, dem Klon die ›verräterische Eigenart‹ zu erklären. »Ich möchte, daß du Dillard beobachtest und mir beschreibst, worin seine verräterische Eigenart besteht.«

Lawrence brauchte drei Minuten, eine erstaunlich kurze Zeit. »Wenn er frustriert oder wütend ist, zupft er an seinem linken Ohrläppchen.«

»Stimmt«, sagte Christopher. »Alle Menschen, denen du begegnen wirst, haben irgendeine verräterische Eigenart, eine Angewohnheit, derer sie sich nicht bewußt sind, die aber verrät, was sie denken.«

»Ist das wichtig?«

»Oft, ja«, entgegnete Christopher. »Die Menschen können dich vielleicht anlügen, aber ihre verräterische Eigenart wird dir enthüllen, was sie wirklich denken.«

»Zeig es mir.«

Christopher blickte sich um. »Dillard wird ausflippen.«

»Ist mir doch egal.«

Christopher blickte Lawrence kurz an. »Weißt du was? Mir auch.«

Er wartete, bis Dillard über seiner Arbeit eingenickt war, zog ein digital aufgenommenes Foto aus der Tasche, das das Innere der Kammer zeigte, und befestigte es mit einem Klebestreifen an einer Winkelstütze, die er mitgebracht hatte. Dann brachte er die Winkelstütze am unteren Ende der Videokamera an. Er hörte, daß der Autofocus die Kamera auf das Foto einstellte. »Das wär's«, flüsterte Christopher. »Jetzt können wir das Labor verlassen, ohne daß Dr. Nobel was merkt.« Bevor sie die Kammer verließen, zeigte er dem Klon, wie er seine Decke drapieren mußte, damit es aussah, als ob er im Bett lag. »Nur für den Fall, daß Dillard aufwachen sollte«, erklärte er.

Draußen wirkten die Schatten der Straßenlaternen unheimlich. Während sie in Christophers Wagen in die Stadt fuhren, erzählte der Klon pflichtschuldig, an welche Einzelheiten seiner Visionen er sich erinnerte. Aber statt eindeutiger Bilder wie neulich, die, wie Christopher hoffte, seinem Team halfen, die Tatwaffe des Tompkins-Square-Park-Mordes zu finden, kamen verworrene Mitteilungen. Der Klon erzählte unzusammenhängend von gewalttätig herbeigeführten Todesfällen, sinnlosem Gerede in erstickender Finsternis und einem wütenden Feuer, das alle Sterne des Nachthimmels verschlang.

An der Kreuzung Broadway und 44. Straße parkte Christopher vor einer Spielhölle namens Three Card Monte. Der Aufpasser war ein Latino mit kaffeebrauner Haut und einer Narbe unter dem linken Nasenloch. Er stand vor einer Gruppe von Menschen, die sich über einen Spieltisch beugten und in gieriger Erwartung schwitzten. Die Stimmung war kurz vor dem Siedepunkt. »Die Abzocker und die Geschröpften«, sagte Christopher, und dann erklärte er Lawrence, wer zu den Touristen gehörte und wer als Schlepper andere zum Spielen animierte. »Du siehst, wie das Spiel funktioniert«, sagte er, aber der Klon schüttelte den Kopf. »Schau dir den Mann mit den Karten an und finde heraus, worin seine verräterische Eigenart besteht. Dann wirst du das Spiel verstehen.«

Lawrence entdeckte die verräterische Eigenart des Manns beinahe umgehend – genau wie bei Dillard. »Er klopft fünfmal mit dem Knöchel auf den Tisch, erst dreimal, dann zweimal – wenn er die Karte ausgetauscht hat.«

»Stimmt.« Christopher fühlte sich wie ein Mann, der gerade zum ersten Mal eine neue Waffe geladen hat. »Hier sind fünf Dollar. Verlier sie nicht.«

Der Klon verlor nicht nur nicht, sondern er verzehnfachte sein Geld innerhalb von zehn Minuten. Das Ganze geschah so schnell, daß dem Aufpasser schwindlig wurde. Er reckte das Kinn in die Höhe, gab dadurch den Schleppern ein verabredetes Zeichen, so daß sie sich dem Klon näherten. In diesem Augenblick schritt Christopher ein und zeigte ihnen erst seine Polizeimarke, dann seine Dienstwaffe.

»Das hat Spaß gemacht«, meinte Lawrence später, während er einen Hershey-Schokoladenriegel aß, den er von seinem Gewinn gekauft hatte.

»Das war der erste Fehler, den du in dieser Nacht gemacht hast«, ermahnte ihn Christopher. »Mit Spaß hat das Ganze nichts zu tun – es ist harte Arbeit. Für manche Menschen, etwa die Typen, die ich gerade in ihre Grenzen gewiesen habe, geht es um den Lebensunterhalt. Vergiß das nie. Sie glauben, daß du sie ihres materiellen Lebensunterhalts beraubst, und deshalb werden sie niederträchtig und gewalttätig. Das ist das erste, woran du denken solltest, bevor du dich in ihre Kreise begibst. Alles klar?«

Lawrence biß erneut ein Stück von seinem Schokoladenriegel ab. »Okay.« Das vielfarbige Neonlicht der Leuchtreklamen über ihnen strömte über sein Gesicht wie Fischschwärme im tiefen Wasser.

Der Pale Saint hat für den Raum, in dem er schläft, einen mannshohen Spiegel gekauft, den er an einer Stelle direkt unter der Neonröhre hinter der Badezimmertür aufgestellt hat. Das Badezimmer selbst ist so klein wie ein Sarg. Es paßt zu ihm wie der Smoking zu einer Hochzeit.

Er schluckt den Inhalt eines kleinen Glasbechers hinunter, in den er eine trübe aussehende Mixtur von geriebenen Kräutern und puderartigen Essenzen gefüllt hat.

Völlig nackt steht er vor dem Spiegel und spricht laut ein einziges Wort aus: »Osteologie.« Der beißende, moschusartige Geruch der Kräuter kann den menschlicher Asche nicht ersticken, der von einem grauen Pigment herrührt, das er selbst hergestellt hat. Er taucht zwei Finger in die Masse und beginnt, seinen Körper von oben nach unten entlang der Knochen mit langen Linien zu bemalen. Er bestreicht den großen Oberarmknochen, Elle, Speiche, Hände, Brustbein, Rippen, Beckenknochen und Beine. Zuletzt malt er sein Gesicht an: um die Augenhöhlen herum, die Scheitelbeine, den Hinterkopf, die Schläfen, das Keilbein, den Kiefer und das Jochbein, bis alle Knochen seines Schädels stark reliefartig wirken.

Mit höchster Konzentration starrt der Pale Saint auf sein Spiegelbild, das von einem Totenkopf auf dem verändert wirkenden Körper gekrönt wird. So hat er gelernt, seine Macht zu beschwören: Er verschlingt die Kräuter und puderartigen Substanzen, während seine Knochen unter Muskeln, Sehnen und Fleisch hervortreten.

Der Pale Saint seufzt und steht mit einer einzigen, flüssigen Bewegung vor ihr, wie ein Gott, der auf einen Untertanen herabblickt. Er beobachtet sie sorgfältig, wie in jenem Augenblick, bevor er sie angefallen hat, in jenem letzten Moment, wo sie noch bei Bewußtsein war. Bevor er sie umgebracht und ihr Lebenslicht in Händen gehalten hat. Sie hat die Augen geöffnet und starrt ins Nichts. Die großen, braunen Augen erinnern an eine Kuh, und ihr Blick ist jetzt genauso leer wie zu ihren Lebzeiten.

Sie hat sich im Dunkel einer Toreinfahrt eines Mietshauses im East Village aufgehalten, wo sie morgens und abends immer anzutreffen war. Mit den Händen in den Taschen und der laufenden Nase hat sie gewirkt, als ob sie auf ihn wartete, und dem war ja so. Er hat ihr einen Becher mit dampfendem Kaffee spendiert, den sie wie ein Tier hinunterstürzte.

Wie bei allen seinen Opfern kannte er ihren Persönlichkeitstyp, wenn auch noch nicht ihre Seele. Jung, einsam und gepierct trieb sie ziellos durchs Leben – eine gequälte Kreatur. Es stellte sich heraus, daß sie so verdummt war wie die Studiogäste einer Fernsehsendung, die auf ein Zeichen lachen und klatschen und ansonsten ruhig und fügsam wie Lämmer dasitzen. Dumm wie die Sünde.

Ja, denkt er, dumm wie die Sünde. Im Gegensatz zu Christopher.

Aber zweifellos erfüllt sie einen Zweck, wenn auch nicht *den* Zweck, weil sie, wie alle anderen, denen er begegnet ist, nicht *diejenige* ist. Er hat es schon früh gewußt; es war, als ob ihre Haut, als er zum ersten Mal zudrückte, wie der Verwesungsgeruch einer abgestorbenen Blume alle Geheimnisse preisgegeben hätte. Keines seiner Opfer hat an seiner Einsamkeit etwas geändert, oder, genauer gesagt, keines hat ihn interessiert, obwohl sie im Augenblick ihres Todes alle seiner Gnade ausgeliefert waren. In seinem Inneren herrscht unverändert die Leere, die riesige schwarze Leere.

Jetzt tritt der Pale Saint aus dem blauweißen Lichtschein der Neonröhre heraus und kniet vor seinem letzten Opfer nieder. Mit einer Polaroid-Kamera schießt er ein Foto nach dem anderen, wobei die Blitzlichter von den Wänden reflektiert werden. Er heftet ein Foto an die Wand, greift nach einem Metallgegenstand und durchbohrt mit einer einzigen, präzisen Bewegung ihr linkes Auge, ohne auch nur einen Tropfen Blut zu vergießen. Mit einem langen Instrument aus rostfreiem Stahl tastet er tief und geschickt hinter die Augenhöhlen. Er weiß, wann er die geheiligte Stelle gefunden hat, weil er die Berührung wie einen schwachen elektrischen Stromstoß empfindet und dann leise aufstöhnt. Er beschreibt einen kleinen, präzisen Kreis mit der Spitze des Instruments und extrahiert die winzige, eichelförmige Drüse.

Das dunkelrote Organ liegt in seiner Handfläche, auf der Lebensader, und die Zirbeldrüse scheint durch ein inneres Leben zu pulsieren. Auf seiner Zunge fühlt sich ihr Gewicht wie ein flügge werdender Zaunkönig an. Er schluckt krampfartig, und sein Mund ist voller Speichel.

Bald wird es an der Zeit sein, sich der Leiche zu entledigen, aber selbst das erfüllt einen Zweck. Er blickt auf das Mädchen hinab, das jetzt wirklich tot ist, so tot, wie ein Mensch nur sein kann.

Tief in seinem Inneren spürte er ein Kribbeln. »Sie ist es nicht, Faith, sie nicht«, flüstert er. »Schlaf jetzt. Hab' Geduld.«

7.

Emma D'Alassandro nahm nichts als stinkenden Verwesungsgeruch wahr. Überall um sie herum türmten sich Müllberge auf, die im frühen Morgenlicht grünlich-weiß schimmerten und an Berge auf dem Mond erinnerten. Auch sie und ihre beiden Begleiter – Esquival und ein Führer von der städtischen Müllabfuhr – wirkten fast wie Astronauten, weil sie zu ihrem Schutz spezielle Overalls, Stiefel und Handschuhe trugen.

»Sind Sie sicher, daß dies der richtige Quadrant ist?« rief D'Alassandro Offenbach – dem Mann von der Stadtreinigung – zu, weil das Gekreische der Möwen immer lauter wurde. Die riesigen Vogelschwärme glichen Wolken, die manchmal die Sonne verdeckten.

Offenbach blickte in seine Unterlagen, tippte mit dem Zeigefinger darauf und nickte. »Zumindest steht's hier so.«

»Vor zwei Tagen stand in Ihren bescheuerten Unterlagen, daß wir im Quadrant B-11 suchen sollten. Gestern war es D-14, heute ist es F-8.«

»In diesen vier Häuserblocks am südöstlichen Rand des Tompkin Square Park werden die Müllcontainer einmal pro Woche geleert. Aus irgendeinem Grund ist die Fracht, die Sie suchen, hier abgeladen worden. Irgend jemand hat vergessen, die Scheißkopien auszufüllen.«

»Scheißkopien?« fragte D'Alassandro etwas skeptisch.

»Was wollen Sie, eine eidesstattliche Erklärung?«

»Im Augenblick wäre das mit Sicherheit hilfreich«, keifte D'Alassandro.

»He, he, yeah«, sang Offenbach schleppend. »New York, entweder man liebt dich, oder man haßt dich.«

D'Alassandro knirschte mit den Zähnen. Sie konnte Bürokraten nicht leiden, weil sie nur Ahnung vom Papierkram hatten und glaubten, andere Menschen herumstoßen zu können.

Vor einer Stunde war Esquival mit einem Egg McMuffin im Mund aufgetaucht. Ihr hatte er auch einen mitgebracht, doch D'Alassandro war sicher, daß er das nur getan hatte, weil er wußte, daß sie jegliche Art von Fast food haßte. Sie hatte das ekelhafte Zeug hinuntergeschlungen und zusammen mit Esquival eine Tasse schlechten Kaffees getrunken. Mit der mit Dreck verschmierten Schaufel, die sie in der Hand hielt, gab sie Esquival ein Zeichen. »Wie läuft's?«

»Wie soll's schon laufen?« brüllte Esquival zurück. »Ich stecke bis zur Hüfte im Müll.«

Sie sah, wie er erstarrte. »Einen Augenblick. Was haben wir denn hier?« Er griff mit einer Hand in den Abfall.

D'Alassandro schwieg kurz. »Haben Sie etwas gefunden?«

»Ja. Ich glaube schon.« Esquival kam mühsam zu ihr herübergeschlurft und kippte ihr die Ladung seiner Schaufel vor die Füße.

D'Alassandro blickte auf einen metallisch im Sonnenlicht schimmernden Gegenstand herab, und ihr Herz begann wie wild zu pochen. »Mein Gott, das ist es!« schrie sie. Dann bückte sie sich und säuberte den Gegenstand mit ihrer behandschuhten Hand von dem Dreck. »Mist!« Sie hob den Gegenstand auf – und hielt einen obszön großen, verchromten künstlichen Penis in der Hand. »Verdammt, Reuven!« Esquival lachte, und sie warf mit dem künstlichen Penis nach ihm. »Hören Sie mit Ihren Clownerien auf, und machen Sie sich wieder an die Arbeit!«

Esquival salutierte munter. »Aye, aye, *mi capitain*!« Immer noch lachend kehrte er an seine Arbeitsstätte zurück.

D'Alassandro griff nach ihrer Schaufel und beugte sich vor, um mit der ekelhaften Arbeit fortzufahren. Dann blickte sie zu Offenbach auf. »Was gibt's da zu lachen? Wir könnten gut noch jemanden gebrauchen, der uns hilft.«

»Nein, nein, das hat schon alles seine Richtigkeit«, antwortete Offenbach sanft. »Davon steht nichts in meinem Vertrag.«

»Verzeihung?« D'Alassandro richtete sich auf.

»Ich bin Supervisor und gehöre zum Management.« Er hob seine Unterlagen hoch, als ob er Moses wäre, der von einem Berggipfel herabstiege. »Ich bin befördert worden und wühle nicht mehr wie ein Schwein im Dreck.«

»Tatsächlich? Jetzt hören Sie mal gut zu, Sie Großmaul. So einen Unsinn höre ich mir von niemandem an.« D'Alassandro warf ihm eine Schaufel zu. »Das Management steckt genauso in der Scheiße wie alle anderen. Oder wäre es Ihnen lieber, wenn ich Ihren Vorgesetzten anrufe und ihm mitteile, daß Sie die wichtigsten polizeilichen Nachforschungen des Jahrzehnts behindern?«

Mit finsterem Blick klemmte sich Offenbach seine Unterlagen unter den Arm und rammte den Spaten in den Müll. »Mann«, murmelte er, »diese Stadt ist auch nicht mehr das, was sie mal war.«

»He, he, yeah.« D'Alassandro äffte seinen Tonfall nach. »New York, entweder man liebt dich, oder man haßt dich.«

Drei Stunden später hatten sie den Gegenstand gefunden, den Lawrence Christopher beschrieben hatte.

Als D'Alassandro und Esquival den Besprechnungsraum betraten, überprüfte Christopher gerade mit Sergeant Lewis die Spuren und Erkenntnisse des Tages. Die ermüdenden Routinearbeiten wurden glücklicherweise von zusätzlichen Polizisten erledigt, die Brockaw dem Team zur Verfügung gestellt hatte. Aber nach Christophers Erfahrungen führten die von ihnen entdeckten Spuren fast immer ins Nichts. Trotzdem mußte man ihnen nachgehen.

Er blickte auf. »Was zum Teufel ist denn das für ein Gestank?«

»Wissen Sie, wo wir waren, Chef?« fragte Esquival. Sie hatten sich nicht die Mühe gemacht, ihre Spezialkleidung abzulegen.

»Sie brauchen es mir nicht zu sagen. Hatten Sie Glück auf der Müllkippe?«

»Ja.« D'Alassandro ließ eine Tüte für Beweisstücke auf den Schreibtisch fallen.

Christopher drehte den Gegenstand in der Plastiktüte um und studierte ihn genau. Das Blut in seinen Schläfen pulsierte so heftig, daß er kaum einen klaren Gedanken fassen konnte. Die Intuition, die ›Visionen‹ oder die Bilder, die der Klon gesehen hatte, entsprachen der Realität.

»Ich würde gerne erfahren, woher Sie den Tip hatten«, sagte Esquival.

»Alles zu seiner Zeit.« Christopher drehte den Gegenstand herum.

»Wir mußten in der stinkenden Achselhöhle von Brooklyn im Dreck herumwühlen«, sagte D'Alassandro. »Fragen Sie mich nicht, wo, weil ich nicht die Absicht habe, je wieder dorthin zurückzukehren. Und sorgen Sie bitte dafür, daß ich nie wieder mit einem Mann von der Müllabfuhr zusammenarbeiten muß. Diese Typen sind Idioten, die können nicht einmal Befehle befolgen.«

»Wenn Sie – wie wir alle – eine Waffe tragen würden oder mir gestattet hätten, meine zu ziehen, hätte man uns sehr viel eher geholfen«, sagte Esquival.

»Wenn man davon absieht, daß wir ein Gerichtsverfahren am Hals gehabt hätten, Sie Neandertaler«, antwortete D'Alassandro. »Außerdem möchte ich niemals eine Pistole benutzen – ich verbringe mein Leben damit zu analysieren, was Waffen anrichten. Guter Gott, Boß, ich habe in meinem ganzen Leben noch nicht so viele Möwen gesehen. Wußten Sie, daß die schreien?«

»Lachen«, entgegnete Christopher.

»Wie bitte?«

»Deshalb nennt man sie Lachmöwen.«

»Da draußen ist es nicht komisch.«

»Hier drinnen auch nicht.« Esquival hielt sich die Nase zu. Mit der professionellen Bewegung eines Schauspielers warf er ihr eine riesige Plastikflasche mit Lysol zu. D'Alassandro fing sie auf und spritzte die Flüssigkeit sofort in seine Richtung.

»Gut gemacht«, lobte ihr Kollege lachend, während er sich duckte.

Christopher reichte ihm die Tüte. Esquival streifte sich Gummihandschuhe über und zog einen metallischen Gegenstand hervor, der ungefähr dreißig Zentimeter lang war und dessen breiteste Stelle knapp drei Zentimeter maß. Ein Ende war flach, das andere spitz zulaufend.

»Was zum Teufel ist das?« fragte er.

»Sieht aus wie ein riesiger Nagel«, entgegnete Esquival. »Ein Nagel Gottes.«

Er schob den Gegenstand weiter unter den Lichtschein der Schreibtischlampe und sah sofort, warum D'Alassandro auf dem Rückweg so aufgeregt gewesen war. »Da ist ziemlich frisches Blut auf dem Stahl, und nach der Patina würde ich sagen, daß dieser Nagel sehr alt ist.«

»Wie alt?« fragte Christopher.

»Älter als jeder einzelne von uns.« Esquival legte den Gegenstand auf die Plastiktüte, drehte sich um und rief blitzschnell die umfangreiche Online-Enzyklopädie auf, die sie auf Wunsch D'Alassandros abonniert hatten. Weil er eine Reihe von Datenbanken durchsuchen mußte, dauerte es eine Weile, bis er fündig wurde. »Hier haben wir etwas – unter dem Stichwort ›Amerikanische Geschichte‹. Ja, kommt mal zu Papa rüber.« Er bedeutete ihnen, vor den Monitor zu treten. »Dieser Gegenstand stammt aus dem neunzehnten Jahrhundert. Er wurde ausschließlich im Westen benutzt, weil der Boden in den Rocky Mountains so hart ist.«

Die Rocky Mountains, dachte Christopher, während er leicht erschauerte. *Bis jetzt hat der Klon immer ins Schwarze getroffen.* Er streifte ein Paar Einweghandschuhe über, griff nach dem Gegenstand und verglich ihn mit der Zeichnung auf dem Bildschirm. »Sie sind identisch«, stellte er fest.

»Stimmt.« Esquival wirbelte in seinem Drehstuhl herum und blickte D'Alassandro und Christopher an. »Es mag Ihnen seltsam vorkommen, aber der Pale Saint benutzt bei seinen Morden einen altmodischen Dorn, der beim Eisenbahnbau verwendet wurde, und obendrein einen seltenen.« Er drückte auf eine Taste, und auf dem Monitor erschienen jetzt zwei Dorne, von denen einer kürzer als der andere war. »Sehen Sie, unser Dorn ist anders, etwa sechs Zentimeter länger und spitzer zulaufend als dieser gewöhnlichere.«

»Kein Wunder, daß er damit seinen Opfern die Zirbeldrüse extrahieren kann.« D'Alassandro zeigte ihnen eine Reihe von Fotos, die William Cottons Gesicht in extremer Großaufnahme zeigten. »Die Form des Gegenstands stimmt mit William Cottons Wunde überein«, sagte sie. »Ich wette, daß dies Cottons Blut ist. Warten wir die Testresultate ab. Das hier ist mit Sicherheit die Tatwaffe.«

»Da werde ich Ihnen wohl zustimmen müssen.« Christopher hob den Dorn hoch. »Sobald Emma mit ihren Analysen fertig ist, schicken Sie diesen Gegenstand ins FBI-Labor nach Washington. Vielleicht können uns Ihre Freunde dort mit weiteren Informationen versorgen. Und besorgen Sie uns zusätzliche Polizisten, die die Antiquitätenhändler abklappern. Sie haben gesagt, daß so ein Dorn eine Rarität ist. Ich will mir eine Vorstellung davon verschaffen, ob er ein Sammlerobjekt ist und ob man ihn kaufen oder verkaufen kann.« Er wandte sich um, und verließ den Raum. »D'Alassandro«, sagte er über die Schulter, »in Ihrer Freizeit …«

»Welcher Freizeit?«

»Suchen Sie in Ihrer Freizeit doch mal im Internet, ob es eine Website für Sammler gibt. Das ist ziemlich abwegig, aber man kann ja nie wissen. Vielleicht haben wir Glück.«

»Ihr Tip hinsichtlich dieses Dorns wird sich mit Sicherheit auszahlen, Boß.« Sie blickte ihn auf ihre schlaue Art an. »Gibt es irgendwelche Chancen, daß wir dieser mysteriösen Quelle noch mehr entlocken können?«

»Wir haben eine neue Information. An die Arbeit, *Boys and Girls*«, sagte Christopher und unterband so jede weitere Spekulation über dieses Thema.

Cassandra überprüfte an ihrem Monitor die aktuellsten Nachrichten über Lawrence' Gesundheitszustand, als Dillard von der anderen Seite des Labors auf sie zukam. Er sah niedergeschlagen und mitgenommen aus.

»Sie sind hier, Cassandra?« stellte er erstaunt fest. »Ich habe nicht gesehen, wie Sie hereingekommen sind.«

»Sie sehen ja fürchterlich aus, Hutton. Wann haben Sie zum letzten Mal geschlafen?«

»Es gibt ein ernstzunehmendes Problem.« Sein Tonfall verriet Ungeduld. »Die ganze Nacht lang habe ich versucht, es zu bestimmen.«

Cassandra war sofort alarmiert. »Stimmt etwas mit dem subkutanen Hormon-Depot nicht?«

»Nein. Was das betrifft, bin ich auf dem besten Wege, es zu perfektionieren. Noch in dieser Woche werden wir in der Lage sein, es zu verwenden. Es wird zu bestimmten Zeiten die Substanz freisetzen und den rapiden Alterungsprozeß einen ganzen Monat lang aussetzen, bevor wir es ersetzen müssen.« Er atmete tief durch. »Wenn wir davon ausgehen, daß wir eine Chance haben, es zu verwenden.«

Cassandra spürte, wie sich ihr Herz zusammenzog. »Wovon reden Sie?«

»Von Minnie.« Dillard meinte die Ratte, die als Versuchsobjekt für den rapiden Alterungsprozeß diente. »Sie wird sterben, und die Daten besagen, daß es am Alter liegt.«

»Aber es ist noch nicht soweit.« Cassandra änderte die Anzeige auf ihrem Monitor und begann hektisch die Daten zu überprüfen, über denen Dillard die ganze Nacht gebrütet hatte.

»Stimmt, soweit ist es noch nicht. Aber trotzdem bleibt die Tatsache bestehen, daß der Alterungsprozeß sich dramatisch beschleunigt hat.«

»Warum haben Sie mich nicht angerufen?«

»Als Sie gestern das Labor verließen, wirkten Sie so mitgenommen, daß ich dachte, es wäre besser, Ihnen eine Pause zu gönnen.«

»Da haben Sie falsch gedacht«, sagte Cassandra spitz.

»Tut mir leid, aber die Geschichte hat mich nervös gemacht. Damit will ich sagen, daß sich der rapide Alterungsprozeß zunächst verlangsamte, nachdem ich die Tetracyclin-Dosis erhöht hatte, aber er ließ sich nicht zum Stillstand bringen, was der Sinn der Sache war. Er setzt sich mit der gleichen Geschwindigkeit fort.«

Cassandra warf ihm einen weiteren flüchtigen Blick zu. »Das ist unmöglich.«

Dillard nickte. »Vergangene Nacht hätte ich Ihnen ja noch zugestimmt, aber sehen Sie selbst.«

Ihre Finger flogen über die Tastatur des Computers, während sie Dillards Resultate mit denen der früheren Experimente verglich.

»Es hat offensichtlich eine Panne gegeben. Die Computersimulationen haben uns diese Möglichkeit nie aufgezeigt. Das Transgen verhält sich einfach nicht so, wie es unsere theoretischen Studien vorausgesagt haben.«

Cassandra blickte vom Monitor auf. »Und worin bestehen die Konsequenzen für Lawrence?«

»Ihnen ist doch klar, Cassandra, daß die Prognosen schlecht sind, oder? Es besteht das Risiko, daß diese Anomalie des Transgens aktiviert wird und er so schnell altert, daß er innerhalb von zwei Wochen tot ist. Wenn nicht schon früher.«

Cassandra überprüfte die Daten erneut. »Ein um so überzeugenderer Grund dafür, daß wir versuchen müssen, einen Weg zu finden, die Kontrolle über das Transgen wiederzugewinnen.«

»Gleich«, sagte Dillard. »Zuerst muß ich noch ein Kaninchen aus dem Hut zaubern.«

Cassandra ignorierte seine Worte – mit Hutton war es immer besonders schlimm, wenn er vor unlösbaren Problemen stand. »Wir sollten uns wie Profis verhalten, einverstanden?« Ihr blieb keine Zeit, auf seinen Zorn einzugehen. »Die Antwort für unser Problem liegt irgendwo in unserem Computerprogramm. Ich bin mir sicher, daß wir sie gemeinsam finden werden.«

Dillard verschränkte besserwisserisch die Hände vor der Brust. »Sie müssen den Tatsachen ins Auge sehen, Cassandra. Lawrence' Problem ist seine eingebaute Zeitbombe – das Transgen kann jederzeit falsch reagieren. Wir wissen es einfach nicht. Und dann ist mein Nobelpreis dahin.« Er schüttelte den Kopf. »Zum Teufel mit Ihnen und zum Teufel mit mir, daß ich mich zu diesem krankhaften Experiment überreden ließ.«

In dieser Nacht wachte Cassandra auf, weil sie den Namen ihres toten Ehemanns gerufen hatte. Christopher, der auf dem Weg zum Badezimmer gerade an ihrem Schlafzimmer vorbeikam, blieb stehen. Weil Sara darauf bestanden hatte, war er heute in das Gästezimmer der Austins eingezogen. Obwohl sie Sara das nicht erzählen würde, hatte Cassandra gewisse Befürchtungen – wann immer sie in Christophers Nähe war, empfand sie einen Konflikt zwischen ihrem Verlangen und einer der Situation angemessenen Verhaltensweise. Sie begehrte ihn so, daß sie seine Anwesenheit empfand, als wäre sie ein Pfeil, der ihre Brust durchbohrte. Und dennoch schwebte das Bild von Bobbys Gesicht dicht vor ihrem geistigen Auge und ließ sie vor Schuldgefühlen frösteln.

»Habe ich dich geweckt?« fragte sie, bevor er wieder verschwinden konnte.

Christopher stand in der offenen Tür. »Es gibt zu viel, worüber ich nachdenken muß. Durch die Vision des Klons haben wir die Tatwaffe gefunden.«

Cassandras Augen waren weit aufgerissen. »Mein Gott, Jon ...«

»Ja, ich weiß. Es geschieht alles so schnell, daß es fast aussieht, als ob wir die Kontrolle über die Ereignisse verlieren würden.«

Sie schien einen langen Augenblick ins Leere zu starren. »Willst du dich nicht zu mir setzen?«

»Cass, ich ...«

»Nur für einen Moment.«

Zögernd setzte er sich auf die Bettkante, als ob er am Rande eines Waldes auf ein seltenes und scheues Tier warten würde. Cassandra griff nach dem Wasserglas auf ihrem Nachttisch. Der Anblick seines nackten Oberkörper brachte ihr Blut in Wallung, und sie fühlte ein heißes Prickeln auf der Haut. »Meine Kehle ist so ausgetrocknet, als ob ich stundenlang aus vollem Hals geschrien hätte.« Die Digitaluhr zeigte kurz nach drei Uhr morgens an. Sie war erst nach ein Uhr nach Hause zurückgekehrt – zuvor hatte sie zwölf Stunden lang erfolglos versucht, ein Heilmittel für Minnie und Lawrence zu finden. Danach hatte sie an der behelfsmäßigen Behausung des Obdachlosen in der Nachbarschaft angehalten, mit dem Bobby sich angefreundet hatte, und ihm eine Pizza und eine Thermoskanne mit Tee gebracht, den er statt des billigen Alkohols trinken sollte. Einerseits wünschte sie sich, immer noch mit Lawrence im Labor zu sein, anderseits dankte sie Gott, daß sie in diesem Augenblick hier war.

»Du hattest einen Alptraum«, sagte Christopher.

»Wenn ich mich nur daran erinnern könnte.« Sie verzog das Gesicht, weil das Wasser nach Chlor schmeckte. Seit wann ist das Trinkwasser so schlecht? fragte sie sich. Sie spürte ein schmerzhaftes Verlangen nach dem klaren, wohlschmeckenden Wasser, das sie früher während ihrer gemeinsamen Sommerferien getrunken hatten. »So wie's aussieht, werde ich weiter dieses schreckliche Unbehagen empfinden.«

»Da bist du nicht die einzige.« Mit seinem entblößten Oberkörper wirkte Christopher riesig und kraftvoll, so unaufhaltbar wie der Güterzug, der durch die Wildnis außerhalb von Kingston gebraust war.

Sie streckte die Hand aus, weil sie auf seine Stärke angewiesen war. »Ich weiß, daß ich Bobbys Namen gerufen habe.« Ihre Worte und Gefühle übermannten sie. »Das wird noch einige Zeit so bleiben. Ich werde in Tränen ausbrechen und ...«

»Schon in Ordnung.« Er ergriff ihre Hand. »Es wäre seltsam, wenn es anders wäre.«

Cassandra seufzte. »Du weißt, daß ich ihn geliebt habe, auf eine völlig andere Art und Weise als dich. Weniger intensiv, weniger ...« Sie verlor sich in Gedanken und fragte sich, warum sie sich abzulenken versuchte. Christophers Gegenwart ging ihr durch und durch. »Manchmal habe ich mir gewünscht, ihn auf dieselbe Weise lieben zu können, wie er dich geliebt hat – als Freund, mit dem er völlig entspannt zusammensein konnte.«

»Es steht außer Frage, daß Bobby dich geliebt hat.«

»Du bist ein treuer Freund.« Sie lächelte traurig. »Aber wir waren nie eine richtige Familie, sondern nur drei Menschen, die mehr oder weniger in derselben Wohnung lebten. In der Zeit, die er mit Sara verbrachte, lehrte er sie das Werfen. Wenn wir zusammen waren, liebten wir uns wie wild, oder wir stritten uns über alles und jedes. Das war alles, was er uns geben konnte, und vielleicht konnte ich auch nicht mehr geben.«

»Das ist kein Grund, sich Vorwürfe zu machen.«

»Ich mache mir keine Vorwürfe, weil ich versagt habe, sondern weil ich mich nicht stärker bemüht habe.« Auf ihrer dünnen Bettdecke zeichneten sich schwache Lichtmuster ab. Sie war sich bewußt, daß Christopher auf ihre Brüste blickte, und ihre Brustwarzen stellten sich auf vor Erregung. Zugleich erregt und beschämt, biß sie auf ihrer Unterlippe herum. Sie war nervös wie ein Teenager. Ihr Körper, durchströmt von Hormonen, Pheromonen und Endorphinen, war wie ein ein Sender, der sich auf seine Wellenlänge einstimmte. Diese lange unterdrückten Gefühle verängstigten sie so, daß sie lieber weitersprach: »Armer Bobby. Ich habe keinen Zweifel daran, daß er es gut gemeint hat, aber er hatte andere Ziele. Er war so besessen davon, die Welt zu verbessern. Ich habe immer geglaubt, daß das daher kam, weil sein Vater so ein gemeiner Kerl war.«

»Bobby hat mir mal erzählt, daß es nicht die Schuld des alten Manns war. Vor langer Zeit hatte sein Vater einen Riesenstreit mit seinem älteren Bruder und wurde um sein Erbe betrogen.« Christopher blickte Cassandra weiterhin begehrlich an. »Es scheint, daß auch der Großvater ein übler Typ war, einer dieser legendären Großgrundbesitzer der Jahrhundertwende.«

»Wen kümmert das?« fragte Cassandra wütend. »Das ist keine Entschuldigung dafür, den eigenen Sohn wie Dreck zu behandeln. Erinnerst du dich an die Beerdigung des Alten?«

»Wie könnte ich das vergessen. Wir waren die einzigen Trauergäste. Der ältere Bruder war damals schon tot, aber keines seiner Kinder hatte auch nur angerufen.«

»Geschah dem Alten ganz recht. Ich wollte auf seinen Sarg spucken, weil er Bobby soviel Leid zugefügt hatte, aber Bobby weinte. Später hat er mir erklärt, daß er an die Zeit denken mußte, als der Alte ihm das Werfen beigebracht hat. Was für ein Unsinn!«

»Vielleicht nicht, Cass. Nachdem der alte Mann von seiner Familie isoliert war, wurde Baseball zu seinem Lebensinhalt, und er wollte sich seinen Traum durch Bobby erfüllen. Er trieb ihn an, schikanierte ihn und versank dann in einer Depression, weil Bobby kein Baseball-Profi werden, sondern Jura studieren wollte.«

»Bobby war so gut. Davon hat er nie etwas erzählt.«

»Ich glaube nicht, daß er es je irgend jemandem außer mir erzählt hat.«

Cassandra seufzte. »Wahrscheinlich war er deshalb so davon besessen, Sara das Werfen beizubringen. Das war auch eine Geschichte, die ich nicht nachvollziehen konnte. Das ist zumindest die Meinung meiner Tochter.«

»Dann habt ihr also miteinander geredet?«

»Sie hat getan, worum du sie gebeten hast, Jon. Das tut sie immer.«

»Ihr habt viel zu viele Geheimnisse voreinander.«

»Jetzt sind es einige weniger. Wir haben ein paarmal miteinander gesprochen, und dadurch habe ich eingesehen, daß ich sie und Bobby falsch eingeschätzt habe.« Cassandra war überrascht, daß ihre Stimme zitterte. »Es war schwer, ihr zuzuhören.«

»Besser, als gar nicht zu reden. Ich weiß das, weil ich schlimme damit Erfahrungen gemacht habe.«

»Ich war wütend wegen dem, was du getan hast. Und dann war ich auf mich selbst wütend, weil ich auf dich wütend war.« Sie blickte ihn an. »Ergibt das einen Sinn?«

»Ja.«

»Sara und ich haben einen langen Weg vor uns.«

»Vielleicht braucht ihr nur Zeit, euch besser kennenzulernen.«

»Ich möchte sie so gerne näher kennenlernen.«

Cassandra konnte kaum atmen. Die Luft schien nicht genügend Sauerstoff zu enthalten, wenn Christopher bei ihr war. Sie fragte sich, ob er dasselbe empfand. Sie versuchte, seinen Gesichtsausdruck zu deuten, aber er saß nur ganz ruhig da, als ob die geringste Bewegung irgend etwas Wertvolles zerstören würde.

»Woran denkst du?« flüsterte sie. Sie konnte seine Hand einfach nicht loslassen.

»Wenn ich so mit dir zusammen bin, kann ich fast vergessen, wie sehr ich mir wünsche, den Pale Saint zu vernichten.«

»Jon …«

Christopher würgte ihre Ermahnung ab. »Es ist zu spät. Ich kann mir nicht helfen, aber so bin ich nun mal.« Er lachte rauh. »Vielleicht hat Dillard ja eine Theorie parat, mit der sich das erklären läßt.« Er schwieg – vielleicht überlegte er, ob er weiterreden sollte. »Kürzlich hat mich MacAffee aufgesucht, ein Polizist aus dem sechzehnten Bezirk. Er war der vierte Cop, der bei mir war, und ich bin sicher, daß weitere folgen werden. Er hat mit Romero zusammengearbeitet, einem der Polizisten, die in Chinatown ums Leben kamen. MacAffee will im wahrsten Sinne des Wortes Blut fließen sehen. Er hat mich angebettelt, ihn zwanzig Minuten mit dem Pale Saint allein zu lassen, wenn wir ihn geschnappt haben. Du kannst dir denken, warum.«

Cassandra bekam noch immer kaum Luft. Plötzlich war sie verängstigt, weil sie sich um ihn und um sich selbst Sorgen machte. Es war, als ob der Alptraum, den sie vergessen hatte, auf grausame Weise zurückkehren würde. »Was hast du geantwortet?«

»Sieh mich nicht so an – natürlich habe ich nein gesagt. Ich war vorsichtig, besonnen und fast unbeteiligt, aber das war nur die Maske, die ich für MacAffee und all die anderen aufgesetzt habe. Was mich betrifft, sieht alles ganz anders aus. Ich fühle diesen Pulsschlag in mir und diese Wut über das, was er Bobby angetan hat. Ich weiß, daß mich nichts aufhalten wird, wenn ich ihn endlich eingelocht habe.«

Sie packte ihn. »Du *mußt* dich beherrschen, Jon! Bobby hätte sich gewünscht, daß du ihn unverletzt verhaftest, so daß man ihn vor Gericht stellen kann, und du weißt das auch. Mehr als an alles andere glaubte Bobby an das amerikanische Justizsystem – das war sein Lebensinhalt.«

»Das weiß ich besser als irgend jemand sonst«, antwortete Christopher.

»Du kennst *mich* besser als irgend jemand sonst.«

Als Christopher sie zu sich hochzog, zitterte Cassandra. Mit zurückgeworfenem Kopf schien sie über den wallenden Bettlaken zu schweben. Ihre nackte Haut glänzte matt. Christopher schwieg. Sie fühlte, daß sein Herz wie wild pochte, und nahm seinen Körpergeruch wahr. Es schien, als ob sie auf mysteriöse und magische Weise jenen Augenblick unter der gesprenkelten Sommersonne wiedererleben würde, als er sie beim Masturbieren beobachtet hatte. Ihr Puls beschleunigte sich.

Als er sie küßte, schloß sie die Augen und seufzte. Sie verharrten lange so, als ob keiner sich wünschte, daß dieser Augenblick je enden würde. Dann löste sie sich von ihm, weil sie noch ein letztes Thema ansprechen mußte, bevor sie sich ihren Gefühlen hingab.

»Bitte, Jon, du darfst Lawrence nicht hassen.«

Sie sah, daß Christopher auf das künstliche Licht blickte, das wie Gift durch die Jalousien sickerte. Das Licht war farb- und strukturlos, als ob es keine wahre Existenzberechtigung hätte.

»Ich muß die ganze Zeit an Andy denken und daß ich versagt habe, so sehr, daß er sich ...« Er würgte, und sie fühlte mit ihm. »Daß er sich umgebracht hat.«

»Du hast dein Bestes getan.«

»Ein trauriger Kommentar über mein Leben.« Er saß sehr ruhig da.

»Jon«, sagte sie sanft, »siehst du nicht, wie deine Schuldgefühle dich innerlich verzehren? Das wird auch verhindern, daß du auf natürliche Art und Weise auf Lawrence reagieren kannst.«

Weil ihm darauf keine Antwort einfiel, wollte er aufstehen, aber ihre Stimme ließ ihn innehalten. »Geh nicht«, flüsterte sie.

»Cass, das ist nicht der richtige Zeitpunkt ...«

»Wir haben gerade herausgefunden, daß das Transgen im Körper des Klons außer Kontrolle geraten könnte.«

»Und was heißt das im Klartext?«

»Wenn es dazu kommt und wir keine Möglichkeit finden, die Entwicklung rückgängig zu machen, wird er sterben. So einfach ist das.« Sie blickte ihn freudlos an. »Bitte, Jon.«

Christopher legte sich neben sie, aber sie entspannte sich nicht und schlief auch nicht wieder ein.

Er nahm sie in die Arme, so daß sie seine Körperwärme spüren konnte, aber sie fühlte sich so kalt an, als ob er sie aus einem Gletscher gerettet hätte.

»Wie lange wird es dauern?« fragte er.

»Guter Gott, stell mir nicht diese Frage.«

»Du weißt, daß ich sie stellen muß.«

Cassandra senkte den Kopf. »Ein paar Wochen, vielleicht schon früher.« Sie näherte sich ihm. »Was habe ich getan, Jon? War meine Entscheidung richtig?« flüsterte sie in sein

Ohr, als befürchtete sie, daß die Wände mithören und ein Urteil verkünden könnten.

»Da gibt es keine richtige Entscheidung.« Christopher blickte auf ihre Brüste. »Wir leben in einer völlig neuen Welt, wo ethische Theorien jede Stunde neu formuliert werden.«

»Das ist doch nur Gerede. Wir müssen der Wahrheit ins Auge blicken. Er ist das geklonte Abbild des Pale Saint, aber das ist mit Sicherheit nicht die ganze Wahrheit. Sind wir nur durch unsere DNS programmiert, so daß wir wie unsere Vorfahren handeln müssen? Lernen wir nicht dazu, wenn wir aufwachsen, und werden wir nicht reifer, wenn wir altern? Worum sonst geht es im Leben, Jon?«

»Ich kenne die Antwort nicht, Cass.«

»Niemand von uns kennt sie«, hauchte Cassandra. »Aber es ist zu spät, um sie herauszufinden, oder? Was wir jetzt auch unternehmen mögen, für den armen Lawrence ist es zu spät.«

Sie drehte sich um und setzte sich flink mit gespreizten Beinen auf Christopher. Die Innenseite ihrer Oberschenkel war warm und weich. Sie griff nach seinem Glied und preßte es gegen ihren Bauch. Christopher blickte sie noch immer unverwandt an. Cassandra konnte nicht sagen, wie oft sie sich diesen Augenblick vorgestellt hatte, um ihre Gedanken dann angewidert zu verscheuchen, weil sie sich schämte, daß sie ihren besten Freund mit einer Leidenschaft begehrte, die selbst ihr eiserner Willen nicht völlig unterdrücken konnte. Anstatt ihren Gefühlen nachzugeben, hatte sie damit begonnen, in ihm einen Feind zu sehen, der ihre Ehe mit Bobby vergiftete. Die Wahrheit war ganz einfach: Ihre Ehe war von Anfang an eine Sackgasse gewesen.

Sie streichelte ihn, bis er zu stöhnen begann und sich aufrichtete. Sein offenkundiges Begehren spiegelte ihr eigenes wider. Sie führte seinen Penis ein und stieß die Luft aus, während sie ihr ganzes Gefühl in ihre leidenschaftlichen Bewegungen legte. Sie nannte seinen Namen, als ob er eine Beschwörungformel wäre, durch die sie all die Jahre der Schuldgefühle, des Leidens und der fürchterlichen Sehnsucht auslöschen konnte.

Sie war so feucht, warm und hingerissen, daß er ihr nicht

widerstehen konnte. Ihr Begehren glich einem zweiten Herz, das wie wild in ihrem Unterleib pochte. Es flatterte wie ein Schmetterling, bis seine Wangen durch ihre Tränen naß waren und die Muskeln ihrer Oberschenkel sich fest gegen seinen Körper preßten. Sie stöhnte bei jedem Stoß seines Körpers, wenn ihre erigierten Brustwarzen ihn berührten, bis ihr ganzes Becken unbeherrscht zuckte.

Als er kam, sank ihr Kopf neben seinen, und er hielt sie fest, weil sie wieder zu weinen begann.

Lange danach, als sie sich erneut geliebt hatten, diesmal weniger heftig, dafür voll inniger Liebe und Sanftheit, um ihre Körper besser kennenzulernen, glitt das Licht des anbrechenden Tages über ihre eng verschlungenen Körper. Cassandra wachte aus einem Traum auf, an den sie sich nicht erinnern konnte. Erneut begann sie zu weinen. Sie spürte, wie Christopher sie fest an sich zog, und sagte: »Jon, ich fühle mich, als ob die Sterne verlöschen würden.«

Cassandra und Dillard setzten ihre Serie von Untersuchungen mit Lawrence weiter fort. Im Gegensatz zu Minnie waren bei ihm bis jetzt noch keine Probleme mit dem Transgen aufgetreten, aber die Ratte alterte mit einer erschreckenden Geschwindigkeit. Nachdem massive Tetracyclin-Injektionen nicht geholfen hatten, schlug Dillard vor, daß sie andere Antibiotika verwenden sollten, um das außer Kontrolle geratene Transgen zu deaktivieren. Doch keine der Methoden sprach an, und bald darauf waren sie sich einig, daß sie andere Mittel finden mußten, um das Problem in Griff zu bekommen. Die Schwierigkeit bestand darin, daß sie nicht wußten, in welcher Richtung sie suchen sollten.

Häufig wurden sie bei ihrer ergebnislosen Suche durch Lawrence unterbrochen, dessen durch das Serotonin verursachte Visionen immer häufiger wurden. Problematisch daran war vor allem, daß er sich oft nicht erinnern oder ausdrücken konnte, was er ›gesehen‹ hatte.

»Schauen Sie sich die Menge von Serotonin an, die sein Körper produziert«, sagte Dillard nach dem letzten dieser Vorfälle. »Wenn wir eine Methode finden könnten, uns diese

Produktion zunutze zu machen, würde selbst Costas uns zu Helden küren.«

Cassandra, die eine weitere Reihe schwieriger Berechnungen auf ihrem Computer studierte, nickte verwirrt. Wie immer während der letzten paar Tage warteten jede Menge Voice-Mails von Gerry Costas auf sie. Wenn sie sich in diesem Geheimlabor aufhielt, war sie auf normalem Wege nicht zu erreichen. Costas' Nachrichten hatten einen zunehmend eindringlicheren Tenor, was aber nicht ungewöhnlich war: Er verlangte ständig vierteljährliche Berichte, aufwendige Updates und Prognosen. Weil Cassandra Papierkram wie die Pest haßte, hinkte sie Costas' Anforderungen ständig hinterher. Gewöhnlich hatte er Schaum vor dem Mund, bis er das in Händen hielt, was er von ihr haben wollte. Diesmal nicht, hatte sie beschlossen. Sie hatte Wichtigeres zu tun, als sich mit einem wachsenden Berg von …

Sie schnippte mit den Fingern. »Serotonin! Warum bin ich nicht schon vorher darauf gekommen?« Sie erhob sich und ging zu einem anderen Monitor.

Dillard wurde von ihrer plötzlichen Aufregung angesteckt und folgte ihr. »Was tun Sie da?«

»Bis jetzt haben wir bei Lawrence noch keines der bedrohlichen Anzeichen registriert, die wir bei Minnie festgestellt haben, nicht wahr?«

»Stimmt, aber …«

Cassandras Gesichtsausdruck wirkte triumphierend. »Ich wette, daß der anomal hohe Serotonin-Spiegel in seinem Körper das Transgen unter Kontrolle hält.«

Cassandra arbeitete, so schnell sie konnte: Sie überprüfte Daten und verglich die Analyseresultate des Klons mit denen Minnies. »Sehen Sie« – sie wies mit dem Zeigefinger auf den Monitor – »Minnies Serotonin-Spiegel liegt im normalen Bereich.« Sie stellte schnell einige Berechnungen mit Prozentzahlen und dem Körpergewicht des Klons und der Ratte an. »So …« Dann nahm sie eine Ampulle und eine Mikrospritze, tauchte die Nadel in die Flüssigkeit und zog die Spritze auf. Anschließend ging sie zu Minnies Käfig. »Dann wollen wir mal sehen, was geschieht, wenn ich Minnie massive Injektionen verabreiche, um ihren Serotonin-Spiegel auf das Niveau von Lawrence' zu bringen.«

Sie öffnete den Käfig und holte Minnie heraus. Die graue hagere Ratte lag ruhig in ihrer Hand. »Alles in Ordnung, meine Süße«, säuselte Cassandra, während sie ihre Vorbereitungen traf. »Wir werden dir helfen, damit du dich wohl fühlst.« Nachdem sie ihr das Serotonin injiziert hatte, setzte sie Minnie wieder in den Käfig, schloß sie an die Kabel an und wandte sich den Computeranalysen zu.

»Mist, Mist, Mist.«

Die chemische Zusammensetzung von Minnies Blut blieb unverändert, auch nach einer halben und einer vollen Stunde. Das Transgen war immer noch außer Kontrolle.

Cassandra war frustriert und verängstigt. »Ich war mir so sicher, die Lösung gefunden zu haben.«

Dillard blickte zur Seite. Es gab nichts, was er hätte sagen können.

8.

Als Cassandra das Labor am nächsten Morgen betrat, war Dillard fast hysterisch.

»Sie werden es nicht glauben«, kreischte er beinahe, »aber Christopher hat mit dem Klon kleine Mitternachtsspaziergänge gemacht.«

Cassandra mußte sich schnell etwas einfallen lassen. »Woher wissen Sie das?«

Dillard lächelte bitter. »In der letzten Nacht habe ich sie flüchtig gesehen, als ich das Labor verließ. Ich war zurückgekommen, um den letzten Stoß von Papieren mitzunehmen, die wir durchgesehen hatten, und ich sah sie durch die Hintertür schleichen.« Sein Lächeln wich einem gereizten und harten Gesichtsausdruck. »Ich versuchte, ihnen zu folgen, habe sie aber verloren.«

Guter Gott, dachte Cassandra. »Ich wußte das, Hutton. Jon hat es mir erzählt.«

»Sie sind ja alle verrückt!« brüllte er.

»Bitte beruhigen Sie sich, Hutton.«

»Nein! Sie haben zugelassen, daß der Klon das Labor verläßt. Unverantwortlicher hätten Sie nicht handeln können.«

Schon einmal hatte Cassandra Dillard so erlebt - damals, als sein Thesenpapier über nicht vererbbare Charakterzüge vom Magazin *Cell* abgelehnt worden war. »Um Himmels willen«, sagte sie etwas gereizt. »Machen Sie doch keine Staatsangelegenheit daraus.«

»Wie bitte? Sie und Christopher haben das gesamte Projekt gefährdet. Wie lange ist der Klon nicht beobachtet worden? Wer weiß, was für chemische, endokrinologische oder hormonelle Veränderungen sich in seinem Körper vollzogen haben, als er nicht im Labor war? Jetzt spielt es keine Rolle mehr, weil wir es nie wissen werden. Uns sind entscheidende Daten entgangen, die Aufschluß hinsichtlich des Übergangs von einem Stadium des beschleunigten Alterungsprozesses zum nächsten geben. Was haben Sie sich nur dabei gedacht?«

»Gut, ich sehe ein, daß es ein Fehler war.« Cassandra wechselte abrupt ihre Taktik. »Aber ich habe gedacht, das wäre das Beste für seine Entwicklung. Können wir jetzt weitermachen?«

»Nein. Jetzt erkennen Sie Christophers wahren Charakter.«

»Sie übersehen da etwas. Jon ist unsere persönliche Sicherheitsgarantie«, antworte sie verzweifelt, um ihn zu besänftigen. »Er sorgt dafür, daß niemand innerhalb oder außerhalb des Labors mitkriegt, was wir tun. Unser Ruf und unsere Karriere hängen von ihm ab, Hutton. Denken Sie doch einmal daran, was passieren würde, wenn Dean Koenig, das Institut für Bio-Ethik oder auch nur Costas Wind davon bekämen, was wir hier machen. Jon beschützt uns – also seien Sie ein guter Junge, und versuchen Sie sich daran zu erinnern, daß er auf unserer Seite steht.«

»Unsinn, Cassandra. Sie lassen es zu, daß Ihre persönlichen Gefühle der wissenschaftlichen Beobachtung im Weg stehen. Ihr geschätzter Mister Christopher schert sich keinen Deut um wissenschaftliche Entdeckungen. Er hat doch nichts anderes im Sinn, als den Klon bei seinen Nachforschungen auszunutzen. Dann wird er unvollständige Erkenntnisse zu seinem Evangelium machen – er wird sie manipulieren, aus dem Zusammenhang reißen und gewagte Hypothesen anstellen, um sie in seinem Sinne auszubeuten. Und das ist eine Gefahr, die ich um jeden Preis vermeiden will. Hören Sie gut zu – wenn wir diesen Eindringling nicht sofort ausschließen, wird er die wissenschaftliche Integrität unserer Forschung gefährden, und dann haben wir uns umsonst auf dieses gefährliche Projekt eingelassen.«

»Und was ist, wenn Jon hier auf irgend etwas stößt, was ihm helfen kann, den Pale Saint zu finden?«

»Jetzt versuchen Sie, mich zu überreden, Kompromisse zu machen? Dann könnte ich genausogut für Helix Technologies arbeiten. Nein, das akzeptiere ich nicht. Was ist bloß in Sie gefahren? Die digitalen Aufzeichnungen sind alle hier. Wie um alles in der Welt sollen wir die Lücke in unseren Beobachtungen erklären? Selbst ein Laborassistent im ersten Lehrjahr erkennt, daß Daten fehlen.«

»Dramatisieren Sie die Situation nicht zu sehr, Hutton. Sie reden, als ob Jon einfach die Tür des Labors geöffnet und Lawrence unbeaufsichtigt herausgelassen hätte. Nichts entspräche der Wahrheit weniger. Er hat sich nur weiter um seine Erziehung gekümmert.«

»Hören Sie nur, was Sie da sagen. Hat Christopher Sie so korrumpiert, daß Sie mir etwas vorheucheln wollen?« Dillards Gesicht war vor Wut rot angelaufen. »Mein Gott, ich habe genug gesehen, um zu kapieren, was hier vor sich geht. Sie und Christopher haben in diesem Augenblick das Projekt so verfälscht, daß wir nicht mehr sagen können, ob sein Verhalten von anomalen Trieben seiner Gene oder von seiner Umgebung abhängig ist. Begreifen Sie das nicht? Sie ignorieren unsere Chance, unsere Theorien zu beweisen, aber vielleicht ist es noch nicht zu spät. Wir haben immer noch eine Chance, müssen aber schnell handeln. Alle Unbefugten, also Christopher und Ihre Tochter, müssen des Labors verwiesen werden. Die Sache ist aus dem Ruder gelaufen. Wir müssen uns wieder an strenge wissenschaftliche Maßstäbe halten und den Klon innerhalb des Labors permanent beobachten. Hier gehört er hin, und hier muß er bleiben.«

»Sie sprechen von Lawrence, als ob er nicht mehr wert wäre als Minnie.«

»Ja, Cassandra, genau das ist mein Argument. Dies hier ist ein Experiment. Auch ein menschliches Versuchskaninchen bleibt ein Versuchskaninchen – Punkt.«

»Wir reden über einen *Menschen*, Hutton.«

»Ist er ein Mensch, Cassandra? Diese Frage überlasse ich gern dem Institut für Bio-Ethik. Er ist nur dazu da, unsere Theorien zu bestätigen. Ansonsten hat er keinerlei Nutzen.«

»Ich lebe.«

Dillard stutzte. Er wandte sich um und sah Lawrence vor sich stehen.

»Geh wieder in deine Kammer.« Dillards Gesicht war erneut rot angelaufen. »Diese Unterhaltung geht dich nichts an.«

»Es geht mich schon was an«, sagte Lawrence. »Sie können mich nicht wie ein Tier einsperren.«

Dillard wandte sich Cassandra zu. »Sehen Sie, was Sie und Christopher angestellt haben.«

»Mir gefällt es, daß Lawrence unabhängig denkt. Warum paßt es Ihnen nicht?« Cassandra schüttelte den Kopf. »Sie können ihn nicht beschuldigen, daß er nicht so aufwächst, wie Sie es sich vorgestellt haben.«

»Ich habe mir ein sauberes Experiment vorgestellt, das keiner unserer Kollegen oder Forscher vom Institut für Bio-Ethik anzweifeln könnte, ganz zu schweigen davon, daß die Leute von Helix Technologies schön dumm geschaut hätten. Jetzt haben Sie und Christopher diesen Traum zerplatzen lassen, und ich bin gezwungen, alles zu tun, um das Fiasko zu verhindern. Dazu gehört auch, daß sich in diesem Labor kein Unbefugter mehr aufhält.«

»Aber mein Vater ist für mich wichtig«, sagte Lawrence. »Genauso wie Sara.«

»Tut mir leid, aber du hast hier nichts zu sagen«, antwortete Dillard sehr förmlich. »Und Christopher ist nicht dein Vater. Es wird höchste Zeit, daß du das begreifst.«

»Es muß einen besseren Weg geben, mit diesem Problem umzugehen, Hutton«, sagte Cassandra.

»Sie sind selbst dafür verantwortlich, daß ich mich auf diese Optionen jetzt nicht mehr einlassen kann«, entgegnete Dillard. »Das Experiment darf nicht mehr beeinträchtigt werden, und wenn das bedeutet, ihn in der Geburtskammer einzusperren, dann muß es so sein.«

»Ich will Sara bei den Spielen werfen sehen«, widersetzte sich Lawrence.

»Du wirst nichts dergleichen tun«, antwortete Dillard brutal.

»Doch, Dr. Nobel.«

»Habe ich dir nicht gesagt, daß du mich nicht so nennen sollst?« keifte Dillard.

»Lawrence, du weißt doch, daß du dich nicht respektlos gegenüber anderen verhalten sollst«, sagte Cassandra.

»Und was ist, wenn sich andere Leute mir gegenüber respektlos verhalten?«

»Halt die Klappe.« Dillard wandte sich Cassandra zu. »Hören Sie: Wenn er auch nur den Versuch machen sollte, das Labor zu verlassen, werde ich sofort zu Costas gehen und dieses Projekt beenden.«

»Sie können mir nicht drohen, Hutton. Sie sind genauso am Erfolg dieses Projekts interessiert wie ich.«

»Ich drohe nicht. Sie haben das Experiment bereits ernsthaft gefährdet. Ich werde nicht müßig danebenstehen und zusehen, wie Sie zerstören, was von unserer Integrität übrig geblieben ist.«

Cassandra wandte sich Lawrence zu. »Vielleicht ist es am besten, wenn du im Labor bleibst.«

Der Gesichtsausdruck des Klons hätte ihr fast das Herz gebrochen.

Als Christopher zum Frühstücken ins No-Name kam, bemerkte er gleich, daß der Eingang auf der anderen Straßenseite leer war. Kenny blickte auf, stellte einen Teller mit einem Steak und Eiern ab und kam eilig hinter seinem Tresen hervor. »Ich glaub, ich hab' einen Tip für Sie.«

Er zeigte in Richtung der anderen Straßenseite. »Als die Kleine heute morgen nicht auftauchte, hab' ich mich umgehört.« Wenn Kenny blinzelte, sah er wie ein Terrier aus. Er führte Christopher zu einem Stuhl, auf dem ein riesiger und behaarter Mann saß, der einem Gorilla glich. Sein dunkles Haar war unfrisiert, und er hatte buschige Augenbrauen und stank, was in diesem Lokal zugleich fremdartig wirkte und unwillkommen war.

»Das ist der Gentleman, den ich erwähnt habe«, sagte Kenny.

»Sie interessieren sich für das Mädchen, das sich sonst auf der anderen Straßenseite in den Hauseingängen herumdrückt?« Der Mann hatte einen riesigen Mund.

»Stimmt.« Christopher trat auf ihn zu und bedauerte es sofort. »Was ist mit ihr?«

»Gestern Abend hab' ich sie gesehen. Ich komm immer hierher, um kleine Sünden zu begehen. Zu Hause hat mir meine Frau Diät verordnet.« Der Gorilla lachte, während er seinen fetten Bauch tätschelte. Sein übler Geruch schwebte über ihm wie ein schlimmer Kopfschmerz.

Christopher klappte sein Notebook auf. »Erinnern Sie sich, wann Sie sie gesehen haben?«

»Ungefähr um sieben, vielleicht um halb acht, aber bestimmt nicht später, weil hier noch nichts los war. Die Stammkunden kommen frühestens um acht.«

»Ah.«

»Ich hab' gesehen, wie sie sich von Zeit zu Zeit die Nase abwischte, während sie von einem Fuß auf den anderen trat. Aber dann kam mein Essen, und als ich wieder aufblickte, sah ich, wie sie den Pappbecher nahm, den er ihr anbot.«

Christopher hielt den Atem an. »Wen meinen Sie mit ›er‹?«

Der Gorilla runzelte die Stirn. »Sein Gesicht hab' ich nicht gesehen, aber er war nicht auffällig. Weder groß noch klein. Trug Jeans, eine Baumwolljacke und Arbeitsstiefel. Normale Kleidung, nicht diese Designer-Sachen, die man überall sieht. Sein Hemd konnte ich nicht erkennen.«

»Schon in Ordnung.« Die Aussage des Gorillas hatte Christophers Puls beschleunigt. »Reden Sie weiter.«

»Seine Kleidung sah abgetragen aus. Vielleicht war er Bauarbeiter. Das hab' ich zumindest gedacht, weil er sehr braun war, als ob er die ganze Zeit über draußen arbeitet. Er wirkte wie der Marlboro-Mann, überhaupt nicht wie ein Großstadtbewohner.« Er schnippte mit den Fingern. »Noch was: Sein Haar war weiß wie Milch, so wie man den Pale Saint beschrieben hat.«

Die Toreinfahrt auf der anderen Straßenseite, die für endlose Wochen das schäbige Zuhause der Ausreißerin gewesen war, war ein finsteres Loch. Auch auf der Straße selbst war es noch dunkel, obwohl der Himmel hoch über den Dächern die für einen Oktobermorgen typische tiefblaue Farbe anzunehmen begann. Nach der unbarmherzigen Hitze und Feuchtigkeit des Sommers wirkte die kalte Luft sehr angenehm, wie der Geschmack frischen Joghurts.

»Haben Sie gesehen, was geschah, nachdem er ihr den Kaffee gegeben hatte?«

»Er ging mit ihr weg. Er hatte den Arm um ihre Schultern gelegt, als ob sie ein Liebespaar wären. Dann hab' ich noch gesehen, daß er ihr was ins Ohr flüsterte.« Der üble Körpergeruch des Gorillas trieb Christopher das Wasser in die Augen. »Sie sind in östlicher Richtung weggegangen«, sagte der Mann und streckte den Zeigefinger aus. »Mehr hab' ich nicht gesehen.«

Christopher nickte. »Ein guter Anfang.«

»Glauben Sie, daß das der Pale Saint war?«

»Und Sie?«

»Vielleicht.«

»Dann hätten Sie die Polizei anrufen sollen.«

»Ich hätt' es ja getan ...« Die riesigen Schultern des Gorillas hoben und senkten sich. »Aber die Bullen und ich, wir kommen nicht so gut miteinander aus, wenn Sie verstehen, was ich meine.«

Christopher sagte, daß er ihn verstehe. Kenny servierte ihm einen Krapfen und eine Tasse dampfenden Kaffees, während der Mann das Lokal verließ.

Als sie die verstärkten Sicherheitskräfte vor dem Vertex-Labor sah, zog sich Cassandras Magen zusammen. Sie bat den Taxifahrer, um den Block zu fahren, so daß sie sich die Menschenmenge genau ansehen konnte. Was zum Teufel ist hier los? fragte sie sich. Dann sah sie die Banner und handgemalten Schilder mit Bibelzitaten, die Gottes Willen verkündeten und gegen das ›Werk des Teufels‹ protestierten, die ›bösen Experimente‹, die von Vertex finanziert wurden. Das Ganze glich einer Demonstration gegen Abtreibung – ein paar hundert Menschen hatten sich um ein Podium versammelt, von dem aus der nur allzu bekannte Dean Koenig Vertex im allgemeinen und Cassandra im besonderen verdammte. Als sie ihn ihren Namen durch das Megaphon brüllen hörte, wünschte sie sich, an der Veranstaltung teilgenommen zu haben, um seinen Anhängern die Wahrheit zu sagen. Sie spielte sogar mit dem Gedanken, sich ihren Weg durch die Menge zu bahnen, Koenigs pathetische Rede zu unterbrechen und die Chance zu ergreifen, diesen Menschen zu sagen, daß sie weder von ihr noch von Vertex etwas zu fürchten hatte.

Schließlich entschloß sie sich, nichts dergleichen zu tun. Sie wußte, daß Koenig den Zorn der Leute bereits angestachelt hatte. Derart aufgeputschte Menschen waren für die Wahrheit nicht empfänglich. Sie beugte sich vor und bat den Taxifahrer, sie einige Häuserblocks weiter abzusetzen. Von dort eilte sie durch die Schatten des frühen Morgens zu dem versteckten Gang, der zum Geheimlabor führte.

Der Anblick Dean Koenigs und seiner Anhänger vor ihrer Haustür hatte ausgereicht, sie dazu zu veranlassen, ihre liberale Lebensphilosophie zu überdenken. Sie verstand Koenigs angeborene Furcht vor ihren Experimenten ja, aber sie nahm es ihm übel – so lächerlich das auch sein mochte –, daß er sie an den Pranger stellte.

Im Labor sah sie nach Lawrence. Seine Gesichtszüge reiften Minute um Minute, und er veränderte sich, wenn sie einen Moment nicht hinschaute. Als sie in Minnies Käfig blickte, schien die Ratte dem Tode so nahe zu sein, daß es ihr das Blut in den Adern gefrieren ließ. Sie konnte sich nicht dagegen wehren, sich Lawrence als alten Mensch vorzustellen, dessen Lebenslicht erlosch – vielleicht schon in einer Woche, wenn sie keine Möglichkeit fand, das außer Kontrolle geratene Transgen zu deaktivieren.

Die alten Fenster waren wegen des kühlen Herbstwetters fest verschlossen. Dennoch drang nicht nur kalte Luft, sondern auch die künstlich verstärkte Stimme Dean Koenigs hindurch. »›Die Leuchte deines Leibes ist das Auge‹«, deklamierte er. »›Ist nun dein Auge klar, wird dein ganzer Leib im Lichte sein. Ist aber dein Auge schlecht, wird dein ganzer Leib im Finstern sein. Wenn darum das Licht, das in dir ist, Finsternis ist, was mag das für eine Finsternis sein!‹«

Sie fand es komisch, daß Dean Koenig und Männer wie er willkürlich aus der Bibel zitierten und dabei nur auf die Passagen zurückgriffen, die ihre Interessen illustrierten. Alles andere wurde ignoriert. Als ihre Eltern die schwerste Phase ihrer Scheidung durchmachten, war sie bei ihrer Tante Emily untergebracht, einer Schwester ihrer Mutter, die damals bereits Witwe war und allein lebte. Um gegen ihre Einsamkeit anzukämpfen, hatte ihre Tante Emily sich dem Bibelstudium zugewandt. Jede Nacht, wenn Cassandra ins Bett ging, las Tante Emily ihr in ihrer klaren, flüssigen Sprache etwas vor. Während sie verängstigt in einem fremden Bett lag, empfand Cassandra das Vorlesen oft als angenehm, und zwar so sehr, daß sie sich an fast alles erinnerte. Matthäus hatte über die Finsternis des Bösen geschrieben, aber auch: ›Denn wenn ihr den Menschen ihre Fehler vergebt, wird euch auch euer himmlischer Vater vergeben. Wenn ihr aber den Menschen nicht vergebt, wird auch euer Vater eure Verfehlungen nicht vergeben.‹ Aber es war nicht die Art von Männern wie Dean Koenig, denen zu vergeben, die sie für Todfeinde hielten – und das war das Widersprüchliche an ihren christlichen Botschaften.

»Und wie groß ist die Finsternis in den Köpfen derer, die sich darüber hinwegsetzen!« Dean Koenigs schallende Stimme dröhnte vom Bürgersteig in das Labor. »Wie groß ist das Böse, das ein göttliches Geschenk dem Willen des Menschen unterwirft? Fragen Sie Gerry Costas, meine lieben Freunde, den Boß dieses Labors des Teufels. Fragen Sie Cassandra Austin, die das blasphemische Werk des Satans als Chefin des Labors durchführt. Bitten Sie sie, Ihnen zu sagen, wie sie Gottes großartigen Plan der Menschheit manipuliert und wie sie alles entstellt, was natürlich, von Gott gesandt und deshalb heilig ist. Fragen Sie sie nach ihren Plänen, Ihre Kinder aus dem Mutterleib zu stehlen und sie für immer zu verändern. Um alles zu verbessern, sagt sie, aber wir durchschauen die schönrednerischen Worte des Teufels. Wir erkennen den grundsätzlichen Fehler dieser Einstellung: Wie kann man Gottes Schöpfung verbessern? Wie kann ein menschliches Wesen auch nur daran denken, so eine undenkbare Grenzüberschreitung gegen den Willen unseres Schöpfers zu unternehmen? Er muß im Banne des Teufels stehen. Meine lieben Freunde, wir werden gegen alle Widrigkeiten und Gegner den Willen Gottes verteidigen. Wir dürfen es Cassandra Austin und Gerry Costas nicht erlauben, das Heilige zu profanieren. Wir dürfen es nicht zulassen – und ich gelobe, daß wir es auch nicht zulassen *werden*, meine lieben Freunde!«

Cassandra hörte nicht mehr auf den Wortschwall, knirschte mit den Zähnen und konzentrierte sich darauf, eine Antwort auf die Frage zu finden, wie sie dem durch das außer Kontrolle geratene Transgen beschleunigten Alterungsprozeß Einhalt gebieten konnte. Es dauerte einige Zeit, bis sie bemerkte, daß Lawrence sie anstarrte. Sie stand auf und ging in die Kammer. Der Klon sah fern, aber der Ton war abgeschaltet.

»Was hast du gemacht?« fragte sie ihn.

»Hast du Gott gesehen, Mama?«

Jetzt wußte sie, daß er Koenigs Lügen gehört hatte.

»Nein«, sagte sie. »Niemand hat ihn gesehen. Gott ist unsichtbar.«

»Aber er existiert.«

»Wenn du das glaubst, denke ich, daß es so ist.«

»Er hat alles erschaffen.«

Sie nickte. »Manche Menschen glauben das.«

»Aber mich nicht. Mich hast du erschaffen.«

Darauf fiel Cassandra keine Antwort ein.

Lawrence drehte sich um. »Glaubst du, daß Gott mich haßt?«

»Warum sollte er dich hassen?«

»Weil ich anders bin und bald sterben werde.«

»O Lawrence.« Cassandra nahm ihn in die Arme und drückte ihn an sich. Seine Arme hingen schlaff herunter. »Du wirst nicht sterben. Ich verspreche es dir.« Sie lehnte sich etwas zurück, um ihm in die Augen blicken zu können. »Und was Gott betrifft – er lebt in jedem Menschen, sogar in dir. Gott kann nicht hassen.« Sie hob das Kinn. »Der Mann da draußen ist ein Lügner. Er verbringt sein Leben damit, Worte in seinem Sinne zu verfälschen. Es wäre töricht, ihm Gehör zu schenken.«

»Okay.«

Als Cassandra ihn losließ, ging Lawrence zum Fernseher hinüber und schaltete den Ton ein. Es lief eine Sitcom, und Lawrence begann über die Grimassen der Schauspieler zu lachen. Cassandra beobachtet ihn und fragte sich, warum er angesichts dieses banalen Humors lachen konnte, aber auf ihre liebevolle Behandlung nicht reagiert hatte.

Christopher ging durch Alphabet City und näherte sich dem East River. Der Gorilla hatte gesagt, daß der Pale Saint mit der Ausreißerin in östlicher Richtung verschwunden sei, aber Christopher befand sich bald im Niemandsland. Die Gegend war ihm vertraut, weil er hier schon öfter mit Menschen aneinandergeraten war, die jenseits des Gesetzes lebten. Das waren harte Jungs gewesen, die sich nichts dabei dachten, nachts Blut gegen die Wände der Mietskasernen zu spritzen, als ob es sich um den Urin von Säufern oder Tieren handelte. Wenn Christopher sich richtig erinnerte, wurden Hunde und Katzen in dieser Gegend besser behandelt als die Opfer der kleinen Gangster.

Hier gab es ein mit Unkraut übersätes, unbebautes Stück Land, das die Einwohner eifersüchtig gegen die permanente Bedrohung durch obdachlose Camper verteidigten, die den Platz entweihten, den sie in einen Friedhof für Haustiere verwandelt hatten. Im Laufe der Jahre hatte der Ort eine seltsam religiöse Aura gewonnen. Als sich die Stadtverwaltung in den frühen achtziger Jahren entschlossen hatte, das Gelände mit dem Bulldozer einzuebnen, brachten die entschlossenen Demonstrationen der Anwohner sie dazu, von weiteren Versuchen dieser Art abzusehen.

Christopher stand vor einem Maschendrahtzaun, den die Anwohner um das Gelände errichtet hatten, und blickte auf das Durcheinander von frischen und verwelkten Blumen, die hier und da die kleinen Gräber schmückten. Es war zugleich seltsam und erfrischend, soviel Natur in dieser Stadt zu sehen.

Nahezu die Hälfte des Friedhofs war immer noch mit Unkraut übersät, das einem bis zu den Oberschenkeln reichte - gelbliche Blumen mit langen Stengeln und grotesk gewundenen Blüten, von denen Christopher annahm, daß sie nur ein Botaniker beim Namen nennen könnte, der auf mutierte Pflanzen spezialisiert war. Und dann entdeckte er am hinteren Ende des Geländes, wo die Vegetation am dichtesten war, noch einen weißen Fleck, genauer gesagt war er bläulich-weiß – wegen der Venen.

Christopher robbte auf allen vieren durch ein Loch in dem Zaun, das irgend jemand kürzlich notdürftig mit billigem Draht geflickt hatte, und kroch über den Tierfriedhof. Seine Schuhe lösten kleine Lawinen von Dreckklumpen aus und brachten einige der Blumenarrangements in Unordnung. Es roch nach Erde, Urin und dem Übelkeit erregenden, süßlichen Gestank von Fleisch, das zu lange nicht im Eisschrank gestanden hatte.

Sein Pulsschlag beschleunigte sich, weil ihm der zuletzt wahrgenommene Geruch nur allzu vertraut war. Vor seinem geistigen Auge tauchten erneut Bilder des gegen die Wände der Mietskasernen spritzenden Blutes und der erloschenen Augen der Toten auf.

»Scheiße.« Er kniete im Gestrüpp und starrte auf das Gesicht der toten jungen Frau. Es war sein Mädchen, die Ausreißerin, die ihr Leben gefristet hatte, indem sie in der Toreinfahrt gegenüber dem No-Name ihren Körper verkaufte.

Sie hatte so lange gebraucht, ihm zu vertrauen. Auch ihr fehlten die Augen – wie William Cotton. Und ihre Leiche zeigte keinerlei Blutspuren – wie die Bobby Austins. Er hätte darauf gewettet, daß Stick das Fehlen der Zirbeldrüse feststellen würde. Er wußte, wer das Mädchen ermordet hatte.

Als er aufstand, war seine Hose mit Dreck verschmiert. Er holte einige der Blumen, die er in seiner Eile verstreut hatte, um sie neben die Leiche zu legen. Dann reckte er den Hals in die Höhe und blickte auf die Fenster der Mietskaserne, von wo aus man den Tierfriedhof überblicken konnte. Er rief in der Einsatzzentrale an und orderte einen Polizeiwagen, der sich ohne Blaulicht nähern sollte.

Als der Wagen mit Jerry Lewis und einem weiteren uniformierten Polizisten ankam, hatte Christopher bereits mit der Überprüfung der an den Tierfriedhof angrenzenden Gebäude begonnen. Er unterrichtete sie über den neuesten Stand der Dinge und beauftragte sie, die benachbarten Mietshäuser zu überprüfen.

Als er an die Türen der ersten drei Wohnungen klopfte, öffnete niemand. Der Mann in der vierten Wohnung war gerade von einem einwöchigen Urlaub in Atlantic City zurückgekehrt und wußte nicht, wovon Christopher sprach. Lewis kam und übernahm die Befragung. Eine alte Frau, die auf der Veranda des Gebäudes saß, behauptete, daß sie den Pale Saint gesehen habe, aber sie roch nach Gin, und Christopher war sich nicht sicher, ob er ihr Glauben schenken sollte. Andererseits war sie offensichtlich die Schnüfflerin im Haus, die über alles Bescheid zu wissen schien: Sie erzählte ihm, welcher Mieter wann und für wie lange Frauen oder Männer mit nach Hause brachte. Ihre Beschreibung des Pale Saint war korrekt, und sie zeigte auf den Türeingang, in dem der Mörder verschwunden war, nachdem er die Ausreißerin auf so schreckliche Weise umgebracht hatte. Christopher gab Lewis Anweisungen, den anderen Polizisten zu suchen, im Büro der Gerichtsmedizin anzurufen und dann den Keller nach weiteren Ausgängen zu überprüfen. »Sorgen Sie dafür, daß alles überwacht wird.«

»Lassen Sie mich mitkommen, Boß.«

»Nein, Sie müssen hier draußen bleiben«, antwortete Christopher. »Ich brauche eine hundertprozentige Rückversicherung. Wenn ich ihn nicht erwische, müssen Sie ihn schnappen. Alles klar?« Lewis nickte, und Christopher legte eine Hand auf seine Schulter. »Fordern Sie Unterstützung an. Wenn Sie sie informiert haben, folgen Sie mir mit ein paar Männern.«

»Ich wünschte, daß sie auf uns warten würden, Chef. Ich habe ein mulmiges Gefühl ...«

»Wir dürfen keine Zeit verlieren«, entgegnete Christopher. »Ich mache mich auf den Weg.«

Cassandra war in ihre Analysen vertieft, als Sara aus der Geburtskammer gestürmt kam. »Lawrence flippt aus, Mama.«

»Was ist passiert?« fragte Cassandra, während sie mit ihrer Tochter auf die Geburtskammer zurannte.

»Ich weiß es nicht. Ich erzählte ihm gerade noch etwas über Baseball, und im nächsten Augenblick ... Sein Blick wurde glasig, und er antwortete nicht.«

Lawrence saß steif da und starrte ins Leere.

»Wird es ihm bald wieder besser gehen?« fragte Sara.

Cassandra bemerkte die Sorge im Tonfall ihrer Tochter. Im Verlauf der letzten Woche hatte Lawrence mehr und mehr Zeit mit Sara verbracht. Es war eine Erleichterung, daß er sich zunehmend wie ein normaler Teenager verhielt und Redewendungen von Sara übernahm. Trotz Dillards Mißbilligung war Cassandra davon überzeugt, daß sie richtig gehandelt hatte, als sie Lawrence mit jemandem zusammengebracht hatte, der auf dem gleichen Entwicklungsstand war wie er. Es tat ihr gut, wenn sie die beiden gemeinsam lachen sah und sie sich wie normale Jugendliche verhielten. Auch wenn Lawrence nie darüber sprach, war sie sich doch der Tatsache bewußt, daß die durch die beschleunigte Entwicklung ausgelöste Desorientierung für ihn eine erschütternde Erfahrung sein mußte.

Sie bewegte eine Hand vor den Augen des Klons hin und her, aber er blinzelte nicht. Dann kauerte sie sich nieder, bis ihre Augen auf einer Höhe mit seinen waren.

»Daddy!« sagte Lawrence sehr laut, und Cassandra schreckte auf. »Daddy.«

Dillard blickte alarmiert von seiner Taskstation auf.

»Lawrence«, sagte Cassandra leise und zärtlich. »Was ist los mit dir?«

»Nein, nein, nein«, brüllte der Klon.

»Was siehst du?«

Lawrence machte sich aus Cassandras Umarmung frei und begann, Gegenstände von den Regalen zu schleudern. Cassandra drängte ihre Tochter brutal aus der Geburtskammer hinaus. Sara hatte die Augen weit aufgerissen und einen starren Blick. Cassandra hatte sie noch nie in einem solchen Zustand gesehen.

»Ich will ihm helfen, Mama!«

»Das kannst du, wenn du der Gefahr aus dem Wege gehst.«

»Er wird sich etwas antun, ich weiß es.«

»Bleib hier«, befahl Cassandra. »Ich werde mich um ihn kümmern.«

»Gebieten Sie ihm Einhalt, Cassandra«, brüllte Dillard. »Es ist soweit, er ist verrückt geworden!«

Cassandra ignorierte ihn und wandte ihre Aufmerksamkeit dem Klon zu. »Was ist los, Lawrence? Jon ist im Moment nicht hier.«

Der Kopf des Klons wirbelte herum, und sein Gesichtsausdruck wirkte, als ob er plötzlich wahnsinnig geworden wäre. »Das weiß ich« sagte er mit beunruhigender Ungeduld. Er tippte mit einem Finger gegen eine seiner Schläfen. »Aber Daddy ist *hier*.«

»Worauf will er hinaus?« fragte Dillard. »Das ergibt keinen Sinn.«

Wie schon so oft, starrte Lawrence Dillard an, und der Wissenschaftler blieb wie angewurzelt stehen. Anfangs hatte Cassandra vermutet, daß Lawrence ihn damit einfach nur verunsichern wollte, wie das bei Heranwachsenden manchmal der Fall war, wenn sie das Wesen und das Ausmaß der Macht der Erwachsenen testen wollten. Doch im Verlauf der Wochen war sie zu der Auffassung gelangt, daß es sich bei dem Verhalten um etwas ganz anderes als Eigensinn handeln mußte.

Schließlich wirbelte Lawrence wieder herum und warf weiter Gegenstände von den Regalen, bis er gefunden hatte, wonach er suchte. Er öffnete zwei kleine Gläser und begann, sein Gesicht mit roter und schwarzer Farbe zu bestreichen. Zuerst malte er waagerechte Linien auf seine Stirn, dann vertikale auf seine Wangen. Und während er die Augen schloß, zeichnete er eine rote Linie, die von seinen Brauen direkt bis unter die Augen reichte.

Erst dann wandte er sich um und starrte Cassandra an. »Ich habe ihn gesehen.«

Cassandra lief ein kalter Schauer über den Rücken.

»Guter Gott, passen Sie auf«, brüllte Dillard, der vor den dicken Glasscheiben stand. »Er ist zu einem Primitiven geworden.«

»*Was* siehst du, Lawrence?« Cassandra war sich der Tatsache bewußt, daß sie nur noch flüsterte. »Erzähl es mir.«

»Ich muß gehen.«

»Wohin?« fragte Cassandra mit schmerzerstickter Stimme.

»Er wird nirgendwohin gehen«, sagte Dillard, während er die Tür der Geburtskammer zuschlug und verriegelte. »Das garantiere ich Ihnen.«

»Daddy braucht mich.« Lawrence starrte Cassandra mit einem unheimlichen Gesichtsausdruck an, und seine Augen glichen denen des Pale Saint. »Er hält sich an einem dunklen und gefährlichen Ort auf, wo es vor anderen *Wesen* wimmelt und …«

»Und was?«

»Er ist nicht allein.«

Cassandras Herz wurde von tiefer Angst ergriffen. »Was siehst du, Lawrence? Wer ist bei Jon?«

»Bitte«, flüsterte er. »Laß mich gehen.«

»Ist Jon in Gefahr?«

Der Klon riß die Augen weit auf. »Daddy, Daddy, *Daddy …*!« Das letzte Wort steigerte sich zu einem Schrei, und er warf sich wieder und wieder gegen die verschlossene Tür.

Cassandra versuchte, ihm Einhalt zu gebieten, ihn zu beruhigen und mit ihm zu reden. Aber er schien weit entfernt zu sein, im Abgrund des Furchteinflößenden und Unbekannten. Jetzt, wo er allenfalls noch einem in der Falle sitzenden Tier glich, fühlte sie nur wachsende Verzweiflung hinsichtlich der Hybris ihres Versuchs. Sie ertrug es nicht länger, ihn in seinem Schmerz betrachten zu müssen, der so offen zu Tage trat wie nackte und glänzende Organe ohne die schützende Haut.

In einem plötzlichen Anfall von Angst griff sie nach dem Telefon und rief Christophers Büro an. »Wo ist er?« fragte sie, als sie Esquivals Stimme hörte.

»Lieutenant Christopher? Ich weiß es nicht. Bleiben Sie dran.«

Cassandra wartete atemlos.

»Ich bin gerade erst hereingekommen, und im Augenblick ist niemand hier, den ich fragen könnte«, sagte er in einem Tonfall, der ihr etwas verdächtig vorkam.

»Hören Sie, ich …«

»Tut mir leid, Frau Doktor, im Moment habe ich keine Zeit. Wollen Sie eine Nachricht hinterlassen?«

»Ich glaube, daß irgend etwas …« Sie verschluckte den Rest dessen, was sie sagen wollte, weil sie wußte, daß es töricht klang. *Keine Panik*, ermahnte sie sich streng. »Nein. Keine Nachricht.« Sie legte auf und wählte die Nummer von Christophers Handy, aber er antwortete nicht.

Ich bin verrückt, dachte sie, während sie den Hörer auflegte. *Bleib ruhig und mach dir wegen Esquivals Worten keine Sorgen. Es ist alles in Ordnung.* Aber als sie Lawrence beobachtete, der verzweifelt versuchte, aus der Geburtskammer zu entkommen, empfand sie erneut eine seltsame, instinktive Furcht, die ihr die Haare zu Berge stehen ließ. Jetzt erlebte sie hautnah, was sie zuvor eher für eine melodramatische Redewendung gehalten hatte: In der summenden Stille ihres High-Tech-Labors fühlte sie sich, als schritte jemand über ihr Grab.

9.

Im Keller des Mietshauses war alles ruhig. Christopher war dem Weg gefolgt, den der Pale Saint der alten Frau zufolge genommen hatte. Er befand sich in der letzten Reihe der Backstein-Gebäude, hinter denen sich die riesige Siedlung von Häusern befand, die die Stadt in den fünfziger Jahren direkt am East River Drive gebaut hatte. Nachdem er sein Mobiltelefon abgestellt hatte, entsicherte er den Revolver.

Der Keller stank nach verwesten Tieren, ein Geruch, der Ratten anzog, die groß wie Katzen waren. Er bewegte sich so leise wie möglich und hob die Füße sehr vorsichtig, damit der knirschende Sandstein ihn nicht verriet.

In dem schmutzigen, stinkenden und finsteren Keller kam Christopher sich wie ein Schlafwandler in einer Totenstadt vor. Er hatte nicht vor, ein sinnloses Risiko einzugehen, durfte aber auch nicht abwarten. Zuviel war geschehen, zuviel Blut geflossen. Er konnte es nicht leugnen: Seit er Bobbys Leiche gesehen hatte, wartete er ungeduldig auf die Begegnung mit dem Pale Saint.

Der Keller bestand aus einem Gewirr kleiner, zellenartiger Räume, in denen sich der Müll der Mieter und des Hausmeisters türmte. Mit der Spitze eines Schuhes überprüfte er die Ecken, in denen Stapel mit bis zum Bersten gefüllten Plastiktüten standen. Das Licht der in altmodische Porzellanfassungen geschraubten, nackten Glühbirnen flackerte so, daß es die Wahrnehmung eher verzerrte, statt die Dunkelheit zu erhellen. Er wünschte, er hätte seine Taschenlampe benutzen können, aber der sich bewegende Lichtstrahl hätte ihn nur verraten.

Christopher nahm den Geruch gebackener Bananen wahr und folgte ihm wie ein Bluthund. Am Ende des Kellers sah er Licht aus der offenen Tür eines weiteren zellenartigen Raums dringen. Da es dort zunehmend heller wurde, näherte er sich vorsichtig und spähte in den Raum. Jemand hatte die Zelle in eine Einzimmerwohnung verwandelt. An der rechten Wand stand ein schmales Feldbett mit einer khakifarbenen Armeedecke und dem kleinen Kopfkissen einer

Fluggesellschaft, und an der hinteren Wand befand sich ein alter, oft reparierter Tisch, auf dem eine Kochplatte, ein paar Pappbecher, Plastikbesteck und zwei Gläser mit einer klaren Flüssigkeit standen. An zwei in den Beton gehämmerten Nägeln hingen Kleidungsstücke, darunter auch eine einfache Baumwolljacke.

Die andere Seite des Raums konnte Christopher von seinem Standort aus nicht einsehen, aber er erkannte ein paar an die Wand geklebte Fotografien aus Hochglanzmagazinen. Ihm stockte der Atem – zwischen den Werbefotos hing ein Polaroid-Foto der toten Ausreißerin. Ihre erloschenen Augen starrten Christopher an, als ob sie ihn dafür tadeln würde, daß er den Mord zugelassen hatte.

Eine plötzliche Bewegung in der provisorischen Wohnung lenkte seine Aufmerksamkeit ab. Irgend jemand kam von der linken Seite des Raums und beugte sich mit dem Rücken zu Christopher über die Kochplatte. Er rührte etwas in der verrußten Pfanne um, und die Bananen zischten. Der Mann trug Jeans, ein verwaschenes, kariertes Flanellhemd, eine umgekehrt aufgesetzte Baseball-Kappe und Stiefel. Wie der Gorilla gesagt hatte – ein echter Marlboro-Typ.

Also los, dachte Christopher, riß die Pistole hoch und stürmte in den Raum. Mit der ausgestreckten linken Hand riß er ihm die Baseball-Kappe vom Kopf. Das Haar des Mannes war milchweiß. Christopher packte den Mann bei den Schultern, wirbelte ihn herum und holte mit dem Griff seiner Pistole aus. Ein Hieb, und alles wäre vorbei – die Nase und die Wange des Pale Saint wären zerschmettert, und sein Blut würde über den Betonboden spritzen. Vor seinem geistigen Auge sah er die Bilder von Bobby Austin und der Ausreißerin wie die Geister von Leidenschaft und Rache in einem altmodischen Drama.

Als er das Gesicht sah, blieb Christopher gerade noch genug Zeit, die Waffe herumzureißen, die die Schläfe des Manns traf und dann gegen die Betonwand krachte. Der Mann wirbelte verängstigt herum, knallte gegen die Wand und sackte zusammen.

Christopher stand über dem Fremden, dessen Gesicht keine Ähnlichkeit mit dem des Pale Saint hatte. Er atmete schwer, und seine Ohren dröhnten durch den Adrenalinstoß. *Verdammter Mist,* dachte Christopher. Er ging zur Wand hinüber, riß das Polaroid-Foto von der Wand, kauerte sich neben dem verängstigten Mann nieder und hielt es ihm vors Gesicht.

Der Mann schüttelte den Kopf, während ihm Tränen die Wangen hinabrannen. Der Hieb hatte etwas von seiner Haut abgeschabt, aber am schlimmsten war der blaue Fleck, der bereits jetzt anzuschwellen begann und innerhalb einer Stunde in allen Regenbogenfarben schillern würde.

Christopher ging zum Tisch hinüber und öffnete die Gläser. In einem war billiger Gin, dessen Geruch Christopher das Wasser in die Augen trieb. Der Mann zuckte zusammen und stöhnte, als er einen kräftigen Schuß des Alkohols über seine Wunde goß.

Der Mann, der vorgab, Guy zu heißen, sagte, daß er keine Ahnung habe, wer das Foto an die Wand geklebt hatte – er habe weder das Bild noch das Mädchen je gesehen. Er behauptete, daß ihm die Kleidungsstücke von demselben Mann geschenkt worden seien, der seine Haare gefärbt habe – einem Mann mit dunkler Hautfarbe und schneeweißem Haar. Seine Kopfhaut jucke immer noch von dem Färbemittel, sagte Guy. Der Pale Saint hatte Guy erzählt, daß sie für einen Streich probten.

Christopher glaubte ihm. Warum auch nicht? Zudem brauchte Guy die Kleidung und den Zwanzig-Dollar-Schein, den ihm der Mann zugesteckt hatte. Christopher zeigte ihm das Foto des Pale Saint. »Er hatte einen langen, dichten Schnurrbart und einen kleinen Kinnbart, aber das ist der Kerl«, sagte Guy. Christopher erzählte ihm, wer dieser Mann war, und Guy fing vor Angst wieder an zu weinen. Er hielt seinen Kopf in Händen, bewegte sich krampfhaft vor und zurück und gab mitleiderregende, tierische Laute von sich, bis Christopher ihn fragte, was mit ihm los sei.

»Mir ist schwindlig«, winselte er. »Ich kann vor lauter Schmerzen nicht denken. Was haben Sie mir nur angetan?«

Die verschlagene Art und Weise, wie er Christopher anblickte und dann wieder wegschaute, verleitete ihn zu der Annahme, daß der Mann den größtmöglichen Vorteil aus dem Zwischenfall herauszuschlagen versuchte. Andererseits wollte Christopher nicht das Risiko eingehen, daß der Mann eine Gehirnerschütterung erlitten hatte. Deshalb packte er ihn behutsam am Ellbogen und half ihm hoch. »Wir werden Sie röntgen und untersuchen lassen, damit die Schmerzen verschwinden«, sagte er.

Guy nahm gehorsam die Baumwolljacke vom Nagel, und Christopher stellte die Kochplatte ab und schaltete das Licht aus. Im Keller dröhnten elektrische Geräte: Heizungen versorgten das Haus mit Wärme, und Pumpen lieferten kaltes und warmes Wasser. In einer Ecke stand ein Verbrennungsofen, der seit Jahren nicht mehr benutzt worden war, weil die Stadtverwaltung Gesetze zur Luftreinhaltung erlassen hatte. Trotzdem war es hier unter furchtbar staubig, und es roch nach Zement und sich auflösendem Isoliermaterial.

»Ich hab' nichts Unrechtes getan«, wiederholte Guy traurig. »Ich hab' nur dem Kerl einen Gefallen getan, um einen weiteren Tag zu überleben.«

»Niemand hat behauptet, daß Sie etwas Unrechtes getan haben.«

»Sie haben sich aber so benommen.« Guy hielt sich immer noch den Kopf.

»Haben die Schmerzen etwas nachgelassen?« erkundigte sich Christopher.

»Nein.« Guy begann zu lachen, hörte dann aber plötzlich wieder auf, weil das Lachen seine Schmerzen verstärkte. »Mein Vater war Farmer in der Gegend von Rhinebeck. Ich glaube, daß Großstadtkinder wie Sie keinen blassen Schimmer von Rhinebeck haben.«

»Doch«, antwortete Christopher. »Ich habe in der Nähe häufig meinen Sommerurlaub verbracht.«

»Im Ernst?« In dem schlecht beleuchteten Keller bewegte sich Guy langsam und behutsam voran, als ob seine Beine verletzt worden wären. »Na, mein Alter war Farmer und kannte sich mit Schmerzen aus. Ich werd's schon schaffen.«

»Das glaube ich auch.«

Sie waren fast an der Treppe angelangt, die ins Erdgeschoß hinaufführte. »Mist, ich hab' was in meiner Wohnung vergessen«, sagte Guy. »In der Stadt bekomme ich Asthma, ich brauch mein Inhaliergerät.«

»Ich werde es holen«, sagte Christopher. »Sie bleiben hier und ruhen sich etwas aus.«

Das Inhaliergerät befand sich in einem Pappbecher auf dem Tisch, wie Guy gesagt hatte. In der Dämmerung warf Christopher einen letzten langen Blick auf die Wand mit den Fotos: Es waren Guess- und Calvin-Klein-Werbefotos, die halbnackte und extrem dünne Models in provozierenden Posen zeigten. Bei den meisten konnte man nicht sagen, was durch die Werbung verkauft werden sollte – man sah nur das Model und den Markennamen. Christopher wunderte sich über eine Kultur, in der die Firmen sich auf Kinder verließen, um ihren Markennamen bekannt zu machen.

Er griff nach dem Inhaliergerät und ging zu der Stelle, wo er Guy zurückgelassen hatte. Neben dem Verbrennungsofen kauerte eine unnatürlich große Ratte, die an ihren Barthaaren leckte. Ihre roten Augen beobachteten ihn wachsam. Die Ratte hatte den besitzergreifenden Blick eines Pendlers, der auf einen Sitzplatz im Morgenzug wartet.

Guy war nicht dort, wo er sich von ihm getrennt hatte. Christopher schaltete seine kleine Taschenlampe an und drehte sich langsam einmal um die eigene Achse. Er rief nach Guy, erhielt aber keine Antwort.

Jetzt machte er sich Sorgen, daß Guy vielleicht doch ernsthafter verletzt war, als er gedacht hatte. Es bestand kein Zweifel, daß er weggegangen war. Vielleicht war er ohnmächtig geworden, litt an inneren Blutungen. Christopher ging zur Treppe – von Guy keine Spur. Dann kehrte er wieder zurück.

Neben dem riesigen Verbrennungsofen blieb er stehen. Mit seiner Taschenlampe beleuchtete er die Vorderseite – die Tür des Ofens war leicht angelehnt. Er war sicher, daß sie geschlossen gewesen war, als er hier vor ein paar Minuten mit Guy vorbeigekommen war. Christopher öffnete die Tür und leuchtete in den verkohlten Innenraum – er war nicht leer.

Guy lag inmitten alter Asche. Seine Haut und seine Kleidung waren so grau wie ein Krokodil. Sein Kopf lag vor der Tür, und Christopher bemerkte, daß irgendein scharfer Gegenstand oder eine Waffe sein linkes Auge durchbohrt hatten. Er sah kein Blut, aber Guy war mausetot. Sein anderes Auge hatte sich im Todeskampf nach oben gerichtet und blickte ihn finster und anklagend an.

Christopher öffnete die Tür des Verbrennungsofens lautlos und zog Guys Leiche gegen alle Dienstvorschriften heraus. Für ihn war der Gedanke unerträglich, daß ein Mann wie er, der Sohn eines Farmers, der unter freiem Himmel aufgewachsen war und die Hitze der Sonne und den kühlenden Kuß des Regens auf seiner Haut gespürt hatte, in einem dreckigen und stickigen Großstadtkeller hatte sterben müssen.

Während er neben Guys Leiche kauerte, hörte er ein leises Kratzen, das von dem Geräusch von Absätzen auf dem rauhen Betonboden stammen konnte. Christopher horchte reglos, wo das Geräusch herkommen mochte. Die Schatten vor und hinter ihm schienen auf einen Windstoß zu warten, der nie kommen würde.

Langsam und vorsichtig trat Christopher zurück, bis er in der Finsternis nicht mehr zu erkennen war. Dann schnellte er mit der Waffe in der Hand, die sich angenehm kühl anfühlte, wie eine Natter hervor. Mit drei schnellen, leisen Schritten umrundete er das hintere Ende des Verbrennungsofens. Er sah die Silhouette eines Menschen, der dann aber in einer Nische des Kellers verschwand.

Er ging zur anderen Seite des Ofens und näherte sich von hinten der dunklen Ecke, wo sich der andere versteckt hielt. Christopher hörte leise Atemgeräusche und spürte die Körperwärme eines anderen Menschen. Die Mündung seiner Pistole bohrte sich in das Fleisch des Mannes, während er ihm mit dem linken Arm die Kehle zuschnürte.

Er spürte, wie ihn ein Ellbogen in die Rippen stieß und ein Absatz sein Schienbein traf. Christopher drückte fester zu.

»Mist!« murmelte er.

»Sind Sie das, Chef?«

»Verdammt, ich hätte Ihnen fast das Genick gebrochen.« Er ließ Lewis los, und die beiden Polizisten starrten sich an. »Er war hier«, sagte Christopher. »Der Pale Saint hat einen Penner ermordet, der hier im Keller gehaust hat.«

»Rausgekommen ist er jedenfalls nicht«, antwortete Lewis. »Da bin ich mir sicher.«

»Sie irren sich.« Christopher schüttelte den Kopf. »Er ist verschwunden.«

»Aber wie?«

Die anderen Männer von Lewis' Mannschaft stießen zu ihnen, und innerhalb von ein paar Minuten hatten sie eine alte, rostige Rutsche für Kohle entdeckt. Der Zugang zur Hintergasse war durch einen grünen Stahlcontainer versperrt, den jemand vor die verrosteten Türen geschoben hatte.

»Hierdurch ist er geflüchtet«, sagte Christopher.

Lewis trat gegen den Container, was ihm aber nur einen stechenden Schmerz im Bein eintrug. »Verdammt! Ich hab' Mist gebaut, Chef.«

»Er hat uns wieder reingelegt«, sagte Christopher und schluckte seine Enttäuschung hinunter. »Wir müssen sichergehen, daß das nicht noch mal passiert.«

In *Die Sieben Säulen der Weisheit* hat Thomas Edward Lawrence über seine Mittel geschrieben, den Feind zu besiegen. »›Wenn wir geduldig wären und übermenschliche Fähigkeiten hätten, könnten wir den Sieg erringen, ohne in die Schlacht ziehen zu müssen, indem wir unsere Vorteile durch mathematische und psychologische Analyse durchsetzen.‹« Er hat natürlich von allen Vorteilen Gebrauch gemacht, die sich mit den in der Wüste aufgewachsenen Beduinen verbanden, von denen er ›Mobilität, Härte, Selbstsicherheit, Kenntnis des Territoriums und einen intelligenten Mut‹ verlangte, um den Feind psychologisch zu zermürben, seinen Willen zu brechen und ihn – bildhaft gesprochen – vor dem endgültigen, entscheidenden Schlag nackt auszuziehen.

Nachdem der Pale Saint aus dem Keller der Mietskaserne

zurückgekehrt ist, hat er allen Grund, über den Sieg in den gleichen Begriffen nachzudenken, wie es einst Thomas Edward Lawrence getan hat. Er steht in der Mitte seiner Einzimmerwohnung und bereitet sich auf den Verzehr der Zirbeldrüse vor, die er seinem Opfer extrahiert hat.

Er ist immer allein – immer und für alle Zeiten. Selbst wenn Faith und Mama in ihm weiterleben und auch der Gott der Rache und des Blutes bei ihm ist, bleibt er dennoch allein in der großen, tödlichen Wüste zurück. Wird diese fürchterliche Einsamkeit nie ein Ende haben? fragt er sich.

Nachdem er seine Puder mit Mörser und Stößel zermahlen und sie mit den richtigen Flüssigkeiten vermischt hat, behält er das zähflüssige Getränk in der Kehle, während er die Zirbeldrüse zwischen die Lippen schiebt. Er kaut gemächlich und nachdenklich, mit geschlossenen Augen. In seiner Schläfe pulsiert eine Ader, bis daraus ein Rhythmus wird. Dann schluckt er, und sein Bewußtsein kehrt in die Vergangenheit zurück, wie ein Fluß, der bergauf zu seiner Quelle zurückfließt.

Die Winter sind besonders hart für Faith, und durch den bitteren Frost sind die Enden ihrer langen Finger und Zehen blau gefroren. Handschuhe sind nur ein unzureichender Schutz, genau wie die hohen Stiefel, die Mama ihr kauft. Sie hat eine schwächliche Konstitution, die noch labiler geworden ist, weil sie lange in den heißen Sümpfen von Louisiana gelebt hat, wohin Mama sie im Alter von zwei Jahren geschickt hat.

Sofort nach Papas Tod kehrt sie in einem Wintersturm nach Hause zurück. Drei Jahre später wäre sie in einem solchen Unwetter fast ums Leben gekommen.

Die ungebärdige und mißtrauische Krähe zeigt dem Pale Saint den Weg zu der Stelle, wo sie liegt, weniger als eine Meile von zu Hause entfernt, aber dennoch verloren, durch den Schnee geblendet und von der erbarmungslosen Kälte erschöpft. Nachdem sie im Kreis herumgelaufen ist, ist sie am Rand einer Schneebank zusammengebrochen, glücklicherweise so, daß sie vor dem Wind geschützt wird. Er war wegen ihrer Abwesenheit besorgt und sattelte den Rotschimmel, um sie zu suchen. Er hat die Shawnee-Satteldecke dabei, die Mama ihr geschenkt hat. Es ist in der Weihnachtszeit, und Mama ist natürlich nicht zu Hause, wenn man von dem blauen Licht absieht, das sie verströmt wie ein Satellit, der die Sonne reflektiert.

Ihm ist das nur recht. Wenn sie daheim gewesen wäre, hätte sie ihn mit der Pistole verprügelt, weil er seine Schwester aus den Augen gelassen hat. Die Aussicht darauf hätte ihm keine Angst eingejagt – er kennt den Kupfergeschmack des Blutes in seinem Mund gut. Er wäre lieber ohnmächtig geworden, als zu winseln, wie seine Mutter es gerne gesehen hat.

Er kniet neben Faith nieder und dreht ihren Körper herum. Ihre Lippen sind blau, und ihr Gesicht ist von eisigem Rauhreif bedeckt, aber er kann immer noch schwach ihren Geruch wahrnehmen, eine Mischung aus Glyzerin-Seife und Rosenduft. Nachdem er sie in die Shawnee-Decke eingewickelt hat, hebt er sie in den Sattel, greift nach den Zügeln und schleppt sich mühsam durch Regen und Wind zu dem düsteren, höhlenartigen Haus zurück, dem er gerne entkommen möchte.

Später, als sie vor dem Feuer liegt, ruft sie seinen Namen, und die Wirkung auf ihn ist nachdrücklich. Er fühlt sich, als ob er mit einer Hand eine Glasscheibe zertrümmert und sich eine Ader geöffnet hätte, so daß schließlich der seelische Schmerz wie das Blut aus seinem Körper fließt.

Durch ein Schweigen und eine Vertrautheit verbunden, die er nicht versteht, teilen sie sich einen Hershey's-Schokoladenriegel, und einen Augenblick lang existieren weder Papa und Mama noch der Rachegott mit Feuer und Schwefel. Die Welt, das ist nur noch diese kleine Oase in der riesigen und unversöhnlichen Wüste.

Es dauerte nicht lange, bis D'Alassandro mit ihrem Team eintraf, und einige Augenblicke später waren auch die Leute von der Gerichtsmedizin da. Der Keller wirkte wie ein Kriegsschauplatz nach einer Schlacht. Nachdem er D'Alassandro eine Unmenge von Fragen beantwortet hatte, schaltete Christopher sein Mobiltelefon wieder ein, um Esquival anzurufen.

»Bringen Sie mich auf den neuesten Stand, was Ihre Nachforschungen bei der VCAP-Datenbank ergeben haben, Reuven«, bat er müde.

»*Nada, niente,* nichts.«

»Mist, wir haben zwei weitere Leichen.«

»Wie schön – die Presse spielt jetzt schon verrückt. Wenn die Medien davon Wind bekommen, werden sie völlig außer Rand und Band geraten. Täglich laufen drei Sendungen im Kabelfernsehen, die sich ausschließlich Spekulationen über diesen Fall widmen. D'Alassandro kann Ihnen berichten, wie viele Websites es jetzt schon über den Pale Saint gibt. Es müssen mehr als hundert sein. Sieht so aus, als ob jeder Idiot eine Theorie über ihn hat.«

»Großartig. Gestern kam ein Anruf von *Vanity Fair*. Dominick Dunne beginnt mit einer Fortsetzungsgeschichte über den Fall. Es gehen auch schon Anrufe von Hollywood-Studios ein.«

»Sie werden einen Agenten brauchen«, sagte Esquival.

»Genau.« Christopher konnte sich sein Lächeln vorstellen. »Ich sehe schon eine weitere Pressekonferenz mit Brockaw auf mich zukommen. Nach diesen Vorfällen muß selbst ich zugeben, daß wir ernsthaft aufpassen müssen, daß die Öffentlichkeit nicht in Panik gerät.«

»Übrigens – ich erhielt einen seltsamen Anruf von Dr. Austin.«

»Was meinen Sie mit ›seltsam‹?«

»Es ist nur, daß ... Bleiben Sie dran, ich überprüfe mal, wann der Anruf kam. Sie rief an, während Sie sich in dem Keller aufhielten. Sie war irgendwie beunruhigt, fast so, als hätte sie gewußt, daß es Ärger gibt.«

»Sie haben ihr aber nichts erzählt?«

»Machen Sie Witze? Natürlich nicht. Trotzdem. Ich hatte das Gefühl, daß sie mir nicht glaubte.«

Christopher fragte sich, was passiert war. »Ich werde mich darum kümmern.«

Er informierte Esquival so schnell wie möglich über die

Ereignisse im Keller des Mietshauses. »Der Pale Saint hat sein Äußeres durch einen Schnurr- und Kinnbart verändert. Die Bärte sind wahrscheinlich falsch, wenn wir von der Zeit ausgehen, die vergangen ist, seit wir ihn geschnappt hatten. Ändern Sie die Fahndungsfotos, aber geben Sie sich damit nicht zufrieden, weil er seine Erscheinung mit Sicherheit erneut verändern wird. Wahrscheinlich hat er seine weißen Haare gefärbt – ich an seiner Stelle hätte es jedenfalls getan. Beauftragen Sie unseren Zeichner, ein Bild anzufertigen, das ihn mit Vollbart, langem, dunklen Haar und Brille zeigt – Sie kennen das Spielchen ja.«

Damit war das Telefonat beendet. »Wenn Sie mich brauchen sollten – ich bin wieder im Labor«, sagte er zu D'Alassandro, während er das Telefon in die Tasche steckte.

»Noch eine Sekunde.« Sie gab dem Fotografen Anweisungen, der gerade eingetroffen war, und nahm Christopher zur Seite. »Hören Sie, Boß, ist alles in Ordnung? Nach dem, was ich sehe, war das Ganze hier kein Zuckerschlecken. Warum setzen Sie sich nicht eine Stunde in die Sonne, um den Ärger zu vergessen?«

»Mir geht's gut«, antwortete Christopher mechanisch. »Außerdem will ich Cassandra abholen. Sara wirft heute bei den Baseball-Stadtmeisterschaften.«

»Ich weiß, daß Sie an Bobby denken müssen.«

»Er hätte einen Arm dafür geopfert, dieses Spiel sehen zu können.«

»Ich weiß.« D'Alassandro stellte sich zwischen ihn und die Mitglieder des Teams, die mit Guys Leiche beschäftigt waren. »Hören Sie, Boß, wissen Sie, was ich denke?«

»Was ich auch antworte, Sie werden es mir sowieso erzählen.«

»Stimmt. Meiner Ansicht nach führt uns dieser Kerl absichtlich hinters Licht – er hat alles inszeniert. Er hat Sie in den Keller gelockt und einen Mann umgebracht, der praktisch direkt hinter Ihnen stand. Zum Teufel – was für ein krankhaftes, perverses Spiel ist das?«

»Es ist kein Spiel«, antwortete Christopher. »Für ihn nicht. Ich habe Ihnen doch bereits gesagt, daß er einen Krieg führt.«

»Jetzt begreife ich, daß Sie recht haben«, sagte sie, während sie einen Blick über dic Schulter warf. »Nur ärgerlich für uns, daß es ein Krieg ohne Regeln, Grenzen und sogar ohne Beispiel ist.«

»Wirklich?« Christopher strich sich mit einer Hand über die Augen. »Ich glaube immer noch, daß die Antwort direkt vor mir liegt. Wenn ich sie nur sehen könnte!«

D'Alassandro berührte kurz seinen Arm. »Machen Sie eine Pause, Boß. Es wird Ihnen guttun, das Spiel zu besuchen. Sie sehen aus, als ob …«

»Wenn Sie es aussprechen, sind Sie gefeuert«, warnte Christopher.

Auf dem Weg zum Vertex-Labor dachte Christopher über D'Alassandros Worte nach. Er wußte, daß er fast nur noch von nervöser Energie angetrieben wurde, und harte Erfahrung hatte ihn gelehrt, wie tückisch das sein konnte. Aber er wußte auch, daß er jetzt weitermachen mußte und sich keine Pause gönnen durfte. Er kam dem Pale Saint näher – jedesmal, wenn er in der Nähe des Klons war, spürte er es. Die psychische Verbindung wurde stärker. Es war nur eine Frage der Zeit – und wie wenig Zeit hatten sie alle! –, bis der Klon ein kristallklares Bild aus dem Geist des Pale Saint ›sehen‹ und sie zu dem Mörder führen würde

Wie Totentänze auf Tapisserien tauchten in seiner Erinnerung Bilder der Ausreißerin und Guys auf. Trotz seiner Erfahrung fühlte er sich, als ob er an Gewicht verloren hatte – es war, als ob Aasgeier ihm das Fleisch von den Rippen gerissen hätten. Das erstaunte und erschreckte ihn zugleich. Zum ersten Mal, seit er bei der Polizei angefangen hatte, fühlte er sich verletzbar. Aber als er das Labor erreichte, beschäftigten ihn andere Gedanken. Cassandra begrüßte ihn nervös und mit ängstlichem Blick.

»Gott sei Dank, daß dir nichts zugestoßen ist, Jon.« Sie warf sich in seine Arme und redete schnell. »Lawrence hatte eine Vision. Er sagte, daß du dich an einem finsteren, gefährlichen Ort aufhältst, den er sehen konnte. Mit angemaltem Gesicht hat er sich gegen die Tür der Kammer geworfen, weil er zu dir wollte, aber Dillard hatte die Tür abgeschlossen. Ich habe versucht, dich anzurufen, aber es meldete sich niemand.«

Christopher schob sie zurück, um ihr in die Augen blikken zu können. »Der Klon *wußte*, wo ich war?«

»Er behauptete, dich ›gesehen‹ zu haben ...«

Christopher spürte, daß ihn ein Schauer durchfuhr. »Ich war im Keller eines Mietshauses.«

»Lawrence sagte, daß du da unten nicht allein bist, und er hatte recht, nicht wahr?«

Christopher nickte schweigend.

»Was ist geschehen?« Sein Blick verängstigte sie. »Bitte erzähl es mir, Jon. Ich kenne dich zu gut. Es ist nicht richtig, wenn du alles in deinem Inneren verschließt.«

Also erzählte er ihr, was der Pale Saint inszeniert hatte: Er hatte sich vorsätzlich der Ausreißerin bedient, weil er wußte, daß Jon ihr half. Dann hatte er sie umgebracht, seinen grausigen Ritualen gefrönt und sie zum Tierfriedhof gebracht, wo die alkoholisierte Schnüfflerin ihn sehen konnte. Der Pale Saint hatte genau gewußt, daß Christopher sie befragen und in den Keller kommen würde, wo er auf der Lauer lag, um Guy zu ermorden.

»Guter Gott, zwei weitere Leichen.« Cassandra strich sich mit einer Hand durch das Haar. »Aber warum hat er das getan? Warum sollte er das Risiko eingehen, daß du ihn schnappst?«

»Eine gute Frage«, antwortete Christopher. »Als er William Cotton im Tompkins Square Park ermordet hat, hat der Pale Saint seine Methode leicht geändert. Wir haben geglaubt, daß das, was ihn zu dieser Änderung veranlaßt hat, irgend etwas mit William Cotton zu tun hatte, aber alle Spuren stellten sich als Sackgassen heraus. Jetzt erkenne ich allmählich, daß alles etwas mit *mir* zu tun hat.«

Cassandra wirkte erschrocken.

Er nickte. »Das Ganze gleicht einem seltsamen Schlachtplan: Der Pale Saint tötet Cotton und wird gefaßt. Wir glauben, Glück gehabt zu haben, aber nein – es stellt sich heraus, daß er sich freiwillig gefangennehmen ließ. Warum? Damit er direkt vor unseren Augen flüchten konnte. Nur so besteht die Möglichkeit einer direkten Konfrontation zwischen uns. Er flieht, legt drei meiner Männer um, nachdem er Bobby getötet hat, an den ich mich bei wichtigen Fällen immer gewandt habe.

Aber das genügt ihm noch nicht. Er verfolgt mich, sieht mich ins No-Name gehen und beobachtet, wie ich mich mit der Ausreißerin beschäftige. Er stellt ihr nach, weil er weiß, daß es eine Verbindung zu mir gibt und daß ich sie suchen werde, wenn sie verschwindet. Er stellt sicher, daß er mit ihr gesehen wird, so daß die Schnüfflerin aus der Mietskaserne ihn erkennt und ich direkt auf den Keller verwiesen werde, wo er sich versteckt hält. Er ist vollkommen Herr der Lage: Erst entflieht er aus der Haft, und jetzt hat er in meiner Anwesenheit einen Menschen getötet.«

»Aber was für ein Schlachtplan ist das?« fragte Cassandra.

Christopher wandte sich um, holte mit einem seiner kräftigen Arme aus und schlug zu. Becher und Reagenzgläser flogen in alle Richtungen. »Verdammt, wenn ich es nur wüßte.«

»Jon …« Cassandra nahm ihn in die Arme und spürte, daß er fror. Sie wollte ihn wärmen und seinen Schmerz vertreiben, wie er es auch bei ihr getan hatte. »Geh nicht.«

Sein Gesichtsausdruck verriet seine Verwirrung. »Guter Gott, Cass, der Mord an Bobby war schon schlimm genug, aber daß der Pale Saint ein armes, verlorenes Mädchen verfolgt und nur aufgrund ihrer Beziehung zu mir umgebracht hat, das ist zuviel.« Er hieb mit der Faust auf die Zinkoberfläche der Theke. »Ich muß ihn schnappen, bevor er erneut mordet. Meine einzige Chance ist der Klon.« Christopher blickte sich um. »Ich muß sofort mit ihm reden.«

»Das ist ja das Furchtbare, Jon«, während sie ihn zu der Geburtskammer führte. »Ich war weg, um ihm Schokoladenriegel zu kaufen. Es waren keine zehn Minuten – ich schwöre es –, aber als ich zurückkam …« Mit dem Arm beschrieb sie einen großen Bogen. »Lawrence ist verschwunden – er hat sich in Luft aufgelöst.«

10.

»Was ist das?«

Sara legte ihren Rucksack mit dem aufgedruckten Teddybär ab und ging zu Lawrence hinüber, der am Tresen in der Küche stand. »Ein Buch, dessen Autor Thomas Edward Lawrence heißt. Sie haben dich nach ihm benannt.«

»*Die sieben Säulen der Weisheit*«, sagte Lawrence. »Was hat das zu bedeuten?«

Nachdem sie die Wohnung betreten hatten, hatte Lawrence sofort den Fernseher eingeschaltet und eine Werbesendung über ein Abführmittel angesehen, als ob es sich dabei um eine faszinierende menschliche Tragödie handelte. Er ignorierte Sara, die um ihn herumtänzelte, völlig, und sie beobachtete die Spiegelung des elektronischen Lichts, die seine Augen in einem merkwürdigen hellen Blau erscheinen ließ.

Um ihn zu beschäftigen und ihn vielleicht auch aus der Reserve zu locken, zeigte sie ihm Cassandras Computerprogramm, das Nachrichten auf dem Anrufbeantworter in Texte konvertierte und sie zusammen mit den E-Mails in einer Datei mit Mitteilungen ablegte. Immer wenn eine neue Nachricht eintraf, läutete eine Glocke.

Anfänglich hatte Lawrence Interesse gezeigt, aber nicht sehr lange. In dem Augenblick, wo er das Prinzip begriff und ein paar Beispiele überprüfte, setzte er sich wieder mit dem Buch von Thomas Edward Lawrence an den Tresen in der Küche. »Mein Vater behauptet, daß Weisheit etwas Wertvolles ist.« Einen Augenblick lang schloß er die Augen. »Mein Vater ist in Sicherheit«, flüsterte er, als ob er nur mit sich selbst spräche. »Endlich ist er in Sicherheit.« Er blickte Sara an. »Wirst du mir etwas über die Säulen erzählen?«

Sie wußte, daß er es ernst meinte, weil er im Labor einen so unersättlichen Wissensdurst an den Tag gelegt hatte. Außerdem hatte er noch nie eine überflüssige Frage gestellt. »Sicher weiß ich es nicht, weil Thomas Edward Lawrence ein Mensch war, der seine Taten oder Gefühle nie wirklich erklärt hat. Seine Schriften sind merkwürdig, so daß ich mir oft meinen eigenen Reim darauf machen mußte.« Sie standen nebeneinander, als sie die Textstelle am Ende des Buchs fand. »›Das Leid in aller Einfachheit zu teilen, verlieh uns einen Hauch von Größe‹«, las sie vor. »›Es gibt nichts Erhabeneres als ein Kreuz, von dem aus man das Elend der Welt betrachtet.‹«

»Wie Jesus. Er starb doch am Kreuz, oder?«

Sara blickte auf.

»Ich hab' in der Enzyklopädie was drüber gelesen.« Er runzelte die Stirn. »Es ist gut, wenn sich jemand um einen kümmert und beschützt, stimmt's?«

»Genau. Jesus hat an die Wiedergutmachung geglaubt, genau wie Thomas Edward Lawrence.« Sara fragte sich, wie sie mit ihm über theologische Probleme reden sollte. Einen Augenblick lang zögerte sie. »Kennst du die Bedeutung des Wortes ›Wiedergutmachung‹?«

»Ich hab' im Wörterbuch nachgeschlagen. Es ist, als ob man etwas zurückbekommt, was man vorher verloren hat.«

»Ja, aber es ist etwas anderes, als einen Baseball-Handschuh zu verlieren, was im Augenblick für mich eine Tragödie wäre.« Sie nahm ihren Baseball-Handschuh vom Tresen und dachte einen Augenblick nach. »Nehmen wir mal an, du hättest was Schlimmes getan.«

»Wie sch-schlimm?«

»Etwas wirklich Böses.«

»Jemanden umgebracht? So was würde ich nie tun.«

Sara lächelte. »Das weiß ich. Wir nehmen es ja nur an. Wenn du jemanden getötet hättest, wäre das wirklich schlimm und du würdest dich ganz schlecht fühlen, oder?«

»Ja.«

»Natürlich. Und dann würdest du was sehr Gutes tun, um die böse Tat wiedergutzumachen.«

»U-Und wie?«

»Sag es mir selbst.«

Der Klon überlegte. »Ich würde mich der Aufgabe widmen, Mörder zu verhaften.«

»Sehr gut.« Sara klopfte ihm auf den Rücken. Sie bemerkte, daß er mittlerweile sehr flüssig sprach. Vielleicht gewöhnte er sich an sie. »Jetzt würdest du erlöst werden. Du wärst innerlich rein, und alle würden dich statt für einen bösen für einen guten Menschen halten.«

»Wie Daddy?«

Sara schüttelte den Kopf. »Ich weiß nicht, wovon du redest.«

»Natürlich weißt du es. Daddy glaubt, daß er Andy umgebracht hat.

Sie atmete tief durch. »Woher weißt du das mit Andy?«

»Ich hab' gelauscht, als Mama und Daddy über ihn geredet haben«, sagte Lawrence geradeheraus. »Er hat Selbstmord begangen, und Daddy glaubt, daß es seine Schuld war. Ich versteh das nicht.«

»Das nennt man Schuldgefühle«, antwortete Sara. »Dein Bewußtsein sagt dir, daß du was Schlimmes angerichtet hast, obwohl es vielleicht nicht so war. Was Onkel Jon betrifft – er glaubt, nicht genug für Andy getan zu haben und daß Andy sich nicht umgebracht hätte, wenn er sich anders verhalten hätte.«

»Stimmt das?«

»Mama und ich glauben es nicht.«

Lawrence dachte darüber nach. »Wie auch immer, es spielt keine Rolle, oder? Daddy muß erlöst werden, und deshalb macht er diesen Job.«

Sara runzelte die Stirn, weil sie sich so konzentrieren mußte. »So hab' ich das noch nie gesehen, aber vielleicht hast du recht.«

»Ist das dasselbe, was Thomas Edward Lawrence passiert ist? Er sehnte sich nach Wiedergutmachung, obwohl er nichts Böses getan hat, genau wie mein Daddy.«

»Ja, ich glaub schon. Lawrence half den Arabern, die Türken aus Arabien zu vertreiben, obwohl er selbst kein Araber war.«

»Und warum?«

»Gute Frage. Der Islam, die Religion der Araber, beruht auf fünf Prinzipien, die sie ›Säulen‹ nennen.«

»Und welche sind das?«

»Mal sehen, ob ich mich erinner.« Sara legte die Stirn in Falten. »Die *Schahada* steht für ihren streng monotheistischen

Glauben, der durch den Satz ›Es gibt keinen Gott außer Allah, und Mohammed ist sein Prophet‹ zusammengefaßt wird. *Salat* steht für das Gebet, und *Saum* ist das Wort für die Fastenzeit während des Ramadan. *Sakat* bezeichnet eine moralische Verpflichtung, den Armen Geld zu spenden, und *Haddsch* steht für die Pilgerreise in die heilige Stadt Mekka.

Aber die Säulen von Thomas Edward Lawrence haben nichts mit Religion zu tun. Im Grunde genommen konnte er die Zivilisation nicht ertragen – Städte, Fabriken und jede Menge Geschäftsleute.«

»Feine Pinkel«, sagte Lawrence, der sich an Saras Ausdruck erinnerte.

Sara lächelte. »Genau. Mit Anzügen und allem. Ich mag sie auch nicht. Er sah sich als verweichlichten Weißen ...«

»Ein Typ wie Dr. Nobel.«

Sie mußte lachen. »Stimmt. Aber Thomas Edward Lawrence schämte sich, daß er weiß und verweichlicht war. Er mußte diese Schande auslöschen, diese Sünde tief in seinem Inneren. Der einzige Weg, den er sah, war, sich selbst zu opfern und sein Leben für Menschen zu riskieren, die er nicht kannte.«

Sara öffnete den Eisschrank und holte die Zutaten für Sandwiches heraus: Brot, einzeln verpackte Scheiben Käse, Senf und süße Pickles. Während sie die Sandwiches zubereitete, sprach sie weiter. »Die Araber waren völlig anders als er – abgehärtet, dunkelhäutig und unabhängig. Ihnen mangelte es an *allem*, was Lawrence kannte und für selbstverständlich hielt. Und sie überlebten nicht nur, sondern gediehen sogar in ihrer furchtbaren Not und Armut. Er bewunderte sie und sehnte sich danach, wie sie zu sein. Er wollte sich wieder mit den einfachen, primitiven Bedürfnissen begnügen: Essen, Kleidung, ein Obdach, Wiedergutmachung. Das waren die ersten vier Säulen seiner Weisheit. Während des Wüstenkrieges entdeckte er dann die anderen drei: geistige Aufklärung, freiwilliger Verzicht auf körperliche Bedürfnisse und die Reinheit des Geistes.« Sie reichte ihm ein Sandwich. »Sieben Säulen.«

»Bei Säulen denk ich an ein Haus.«

»Das ist normal. Landhäuser haben viele Säulen.«

»Nicht an ein Landhaus«, sagte der Klon so überzeugt, daß Sara schwieg. Es war seltsam, aber sein Blick schien undurchdringlich zu sein.

»Was meinst du?«

»Ich seh ein Haus mit vielen Säulen. Sieben Säulen.«

»Säulen wie zum Beispiel auf einer Veranda?«

»Ja, eine Veranda.« Lawrence biß kräftig in sein Sandwich. Er aß immer schnell und fast gefräßig – wie ein Raubtier im Wald, das über seiner Beute kauerte. »Die Veranda und alles andere gehen in Flammen auf, und das Feuer lodert bis in den Himmel.«

So schnell, wie alles begonnen hatte, war es auch vorüber. Sein Blick wurde wieder normal, und er sprach weiter. »Erzähl mir mehr über Thomas Edward Lawrence. Er war anders als die Araber, die er so liebte.«

Sara wollte ihn fragen, was geschehen war, überlegte es sich dann aber anders, weil sie instinktiv wußte, daß er ihr nicht hätte antworten können. »Völlig anders. Aber er hatte auch nichts mit seinen Landsleuten gemeinsam. Man könnte sagen, daß er ein Fremder war.«

»So wie ich.«

Sara biß einen kleinen Happen von ihrem Sandwich ab und überlegte, was sie sagen sollte. Sie begriff, daß sie keinerlei Vorstellung davon hatte, was in seinem Kopf vorging, und sie bezweifelte, daß irgend jemand das wußte – selbst ihre Mutter oder Onkel Jon nicht. »Wie du«, bestätigte sie, während sie ihnen kalte Milch einschenkte. »Und wie ich.«

Ein anderer hätte gefragt: *Du? Was willst du damit sagen?* Aber Lawrence stürzte nur seine Milch mit einem einzigen, riesigen Schluck hinunter. Sie war leicht verängstigt, weil er sie wie jemand anblickte, der auf Pferde setzt und kurz vor dem Rennen einen Außenseiter abschätzt und sich fragt, ob nicht vielleicht eine negative Überraschung auf ihn wartete.

Merkwürdig, daß sie sich zum Sprechen gezwungen fühlte. »Seit dem Tod meines Vaters war alles sehr schwer für mich.«

Lawrence runzelte die Stirn. »Der böse Mann – das Skelett

aus meinen Träumen – hat ihn getötet. Über den Grund hat mir mein Vater nichts erzählt.«

»Hat er gesagt, daß du genau wie das Skelett in deinen Träumen aussiehst?«

»Er h-hat gesagt, daß ich er *bin*. Aber stimmt das, Sara? Ich hab' darüber nachgedacht. Wäre ich fähig gewesen, deinen Vater zu töten? Dann würde ich nie Erlösung und den Weg in den Himmel finden.«

Sie empfand kein Bedürfnis, ihm zu antworten. So sehr sie sich auch zu dieser seltsamen Kreatur hingezogen fühlte – aufgrund seiner Herkunft hätte sie ihn insgeheim hassen müssen. Es spielte keine Rolle, daß es nicht seine Schuld war und er nichts Böses getan hatte. Das Böse lauerte in ihm wie eine Saat, die bald aufgehen würde. Zumindest war das Onkel Jons Meinung, und sie fragte sich, ob auch sie so dachte.

Sie schüttelte diese Gedanken ab, wischte sich die Hände mit einem Papiertuch ab und bewegte einen Finger weiter die Seite des Buchs hinab. »Wir waren mit dem Thema Thomas Edward Lawrence noch nicht fertig«, sagte sie. »Hier schreibt er über seine Vorstellung von Größe: ›Eine ehrenhafte Wiedergutmachung muß aus freiem Willen und mit der Unschuld eines Kindes geschehen.‹ Er hatte nichts zu gewinnen bei dem, was er für die Araber tat. Weder wurde er reich, noch ihr oberster Scheich oder so was in der Art. Er handelte einfach aus freiem Willen.«

»Er hat anderen Menschen geholfen. Wie unser Vater.«

»Begreifst du, daß Jon eigentlich nicht dein Vater ist?« Es war grausam, das auszusprechen, aber als sie jetzt seinen Gesichtsausdruck betrachtete, vermutete sie, daß er es schon immer gewußt hatte.

»Glaubst du, daß er s-sich nicht um mich kümmern und mich nicht b-beschützen wird? So verhalten sich doch Väter gegenüber ihren Kindern, oder?«

»Ja. Aber ich hab' von deiner Herkunft gesprochen. Onkel Jon und meine Mutter haben damit nichts zu tun.«

»Sie haben mich adoptiert.«

»Bitte nicht wieder dieses Thema.« Sara hob die Hände. »Das nervt mich langsam.«

»Tut mir leid. Du hast was Gutes getan, und jetzt fühlst du dich wegen mir schlecht.«

»Wovon redest du?«

»Du hast m-mich aus dem Labor herausgeholt.«

»Ich hab' dir versprochen, daß du zum Baseball-Match mitkommen kannst. Und ich wollte Wort halten, besonders, nachdem du mir erzählt hast, daß Dr. Nobel dich ständig schimpft.«

»Das war nett von dir.«

»Und dann hast du noch erzählt ...«

»Du meinst die Geschichte mit dem Gefängnis.« Er wandte den Blick ab, als schämte er sich.

Vielleicht ist er einfach nur etwas schüchtern, dachte Sara. Ihr fiel ein, daß er fast keine Erfahrungen im Umgang mit anderen Menschen hatte. »Du hast gesagt, daß dir das Labor meiner Mutter wie ein Gefängnis vorkommt.«

Er nickte. »Wenn ich schlafe, träume ich, in den Bergen zu sein. Die Luft ist frisch und rein. Der Raum ist unendlich, und die Wälder reichen von den Bergen bis in die Täler. Ich kann überall hingehen. Und dann wache ich wieder in dem kalten, leblosen und sterilen Raum auf, wo ich von den Apparaten beobachtet werde, die alles aufzeichnen, was ich tue oder sage.«

Vielleicht erkannte Sara in diesem Augenblick, daß er kein Kind und auch kein Jugendlicher mehr war. Aber es war sowieso schwer, ihn einzuordnen. In einem Moment war er absolut ratlos, im nächsten formulierte er überraschende Einsichten. »Wenn ich auf dem Baseball-Feld stehe, fühle ich mich auch so. Es gibt weder Zwänge noch Grenzen, und irgend etwas in meinem Inneren beginnt zu singen.«

»Zu singen?« *Wenn er auf diese Weise seinen Kopf neigt,* dachte Sara, *wirkt er wie ein Achtjähriger.*

»Ja, innerlich. Das kommt daher, weil ich mich frei fühl und das tu, was *ich* tun will, und nicht das, was einem die Erwachsenen vorschreiben.«

»Ich würde gern tun, was mein Vater von mir verlangt.«

»Bei Onkel Jon geht es mir auch so. Er hat was Besonderes. Jetzt, wo er mit Mutter zusammenlebt, wette ich darauf, daß sie sich nicht wie sie und Dad streiten werden.«

»Haben sie sich verletzt?«

»Nicht so, wie du glaubst. Sie haben sich mit Worten verletzt. Sie waren nicht füreinander geschaffen. Wahrscheinlich liebten sie sich auf eine gewisse Weise, aber es reichte nicht. Sie verletzten sich mit Worten, Lügen und Anschuldigungen.«

Lawrence schien lange darüber nachzudenken. »Es ist schlimm zu lügen«, sagte er schließlich. »Das hat mich mein Vater gelehrt.«

»Er hat recht«, antwortete Sara. »In letzter Zeit denke ich, daß man am besten immer die Wahrheit sagen sollte, selbst dann, wenn man einen anderen dadurch verletzen könnte.« Sie seufzte. »Denk nur an mich und Mama. Ich hab' mich ihr gegenüber schlecht benommen, und jetzt glaube ich, den Grund dafür zu kennen. Mein Vater ist von uns gegangen, und plötzlich hab' ich Angst, daß auch sie mich verläßt.«

»Wohin sollte sie gehen?«

Sara mußte lächeln. »Mit ›von uns gehen‹ meine ich ›sterben‹.« Sie schnippte mit den Fingern. »So wie mein Vater von einem Augenblick auf den anderen gestorben ist.«

»Das ist schlimm. Er müßte sich um dich kümmern und dich beschützen.«

Plötzlich brachen die Dämme, und Sara begann zu weinen.

Lawrence stand reglos da und starrte sie an. »Wein doch nicht, Sara.«

»Wenn deine Eltern sterben, bist du ganz auf dich allein gestellt. Der Tod meines Vaters hat mir gezeigt, daß ich auf so was nicht vorbereitet bin.«

»Ich werde bei dir sein, mich um dich kümmern und dich beschützen.«

Lawrence sagte das so zärtlich, daß sie einen Augenblick lang überrascht war. Sie war gerade im Begriff, ihm zu sagen, wie lieb das war, aber sie ließ es, weil es gerade wieder passiert war. Vielleicht lag es am Licht oder ihrem Blickwinkel, aber oft, wenn sie Lawrence anblickte, sah sie das Bild des Pale Saint, wie es im Fernsehen ausgestrahlt oder in Illustrierten abgedruckt wurde. Das fürchterliche Porträt reduzierte ihn zu einem zweidimensionalen Objekt des Entsetzens, der Verachtung und zu einem Prüfstein für ihre eigene Angst und Wut. Doch dann bewegte sich der Klon, oder das Licht veränderte sich, so daß er wieder Lawrence war. Lawrence, jener seltsame und außergewöhnliche Charakter, der seiner Umwelt so entfremdet war und der so unschuldig wirkte, ohne es zu sein. Es schien ihr, daß er sich wie ein Bild in einem Grafikprogramm permanent veränderte und in Minutenschnelle Wochen und Monate älter wurde. Und das stimmte ja auch. Das war für sie beide eine außergewöhnliche und aufregende Erfahrung, die aber auch mit einer seltsamen Melancholie verbunden war. Es war, als ob das Leben mit Lichtgeschwindigkeit auf ihn einstürmte.

Aber das betraf nur seine körperliche Erscheinung. Sie war davon gefesselt, was in seinem Inneren vor sich ging. Vielleicht war es letztlich seine namenlose innere Scham, die sie so anzog wie die seines Namensvetters Thomas Edward Lawrence.

Der Klon spielte mit dem Buch. Spürte er, wie sie sich fühlte? »Mama wird sauer sein, wenn sie zurückkommt.«

»Genau wie Dr. Nobel, dieser Mistkerl. Aber ich sag dir was. Wir werden es beide überleben, wenn Mama sauer ist.« Sie warf ihm einen Apfel zu und biß selbst in einen, während sie ihren Baseball-Handschuh unter den Arm klemmte und nach ihrem Rucksack griff. »Laß uns verschwinden. Ich hab' dir einen guten Sitzplatz versprochen, und den sollst du auch bekommen.«

»Gebongt«, sagte Lawrence, und Sara lachte. Sie warf Lawrence den Rucksack zu und legte dem Hund die Leine an. Dann verließen sie die Wohnung.

»Hast du die Videoaufzeichnungen aus der Kammer überprüft?« fragte Christopher.

Cassandra nickte. »Gleich, nachdem ich das ganze Labor durchsucht hatte.« Sie rief die Videoaufzeichnung auf, damit er sich selbst überzeugen konnte. »Jemand muß die Tür aufgeschlossen und ihn rausgelassen haben. Aber als ich ins Labor zurückkam, war der Riegel wieder vorgelegt.«

»Wer immer ihn herausgelassen hat, er hat sich die Mühe gemacht, wieder abzuschließen.«

»Sie waren auch klug genug, nicht viel zu sprechen. Ich konnte den Gesichtsausdruck des Klons erkennen und hörte ihn sagen: ›Ich dachte, daß Dr. Nobel kommen würde.‹ Ich glaubte, ein Lachen gehört zu haben, aber sonst hat niemand geredet. Als er die Kammer verließ, bewegte er sich aus dem Gesichtskreis der Überwachungskameras hinaus. Mehr gibt es auf der Videoaufzeichnung nicht zu sehen.«

»Das genügt«, antwortete Christopher, während er ihre Hand nahm und mit ihr auf die Tür zuging. »Ruf zu Hause an«, sagte er, als sie in seinem Wagen saßen.

»Glaubst du, daß Sara was mit der Sache zu tun hat?«

»Das scheint mir noch am wahrscheinlichsten zu sein. Wer hat Zugang zu dem Labor? Du, Dillard, Sara und ich.«

Cassandra zog das Mobiltelefon hervor und wählte. »Es schaltet sich nur der Anrufbeantworter ein.«

»Sie muß bereits auf dem Sportplatz im Central Park sein«, sagte Christopher, während er das abnehmbare Blaulicht aufs Dach stellte und einschaltete.

»He, natürlich – heute ist das Match. Kein Wunder, daß sie Lawrence mitgenommen hat. Sie hat ihm versprochen, daß er ihr beim Werfen zusehen darf, und dann haben Dillard und ich ihn eingesperrt. Jetzt ist Sara da draußen allein mit ihm. Mein Gott, Jon, was habe ich nur getan?«

»So sehr mir der Gedanke, daß die beiden zusammen sind, auch mißfällt, sollten wir doch hoffen, daß wirklich Sara ihn entführt hat.«

»Was willst du damit sagen?«

»Die andere Möglichkeit ist viel schrecklicher«, sagte Christopher. »Lawrence hat bewiesen, daß der Pale Saint in seinem Geist existiert. Was ist, wenn die psychische Verbindung in beiden Richtungen funktioniert und der Pale Saint genauso viel über Lawrence weiß wie der über ihn?«

»Guter Gott, nein.« Cassandra lehnte sich zurück. »Was, wenn er in der Gewalt des Pale Saint ist?«

Der Sportplatz befand sich auf der westlichen Seite des Ramble, zwischen der 79. Straße und dem See. Zu seiner

Rechten sah Christopher den Verkehr auf dem West Park Drive – die meisten Autos waren Taxis. Die dunkelgrünen Tribünen waren bis zum Bersten mit überschwenglichen Familienangehörigen und Freunden der Mitglieder beider Teams gefüllt. Die Partyatmosphäre übertrug sich auf die Bürgersteige und die Wiesen, wo Passanten stehenblieben und sich die Hälse verrenkten, während die Zuschauer immer unruhiger wurden.

Zu ihrer größten Erleichterung entdeckten sie den Klon sofort. Lawrence saß am Ende der Mannschaftsbank von Saras Team. Er hielt die Hundeleine fest, und der Weimaraner hatte den Kopf auf seine Knie gelegt. Lawrence sah aus wie ein amerikanischer Nationalspieler. Die clevere Sara hatte ihm eine Baseball-Kappe ihrer Mannschaft gegeben, und er hatte den Schirm tief in die Stirn gezogen, so daß die obere Hälfte seines Gesichtes verdeckt war. Cassandra wollte zu ihm gehen, aber Christopher hielt sie zurück.

»Es geht ihnen gut«, sagte er. »Laß ihn in Ruhe.«

»Aber Jon ...«

»Wenn du ihn jetzt holst, wird er Theater machen und Aufmerksamkeit erregen. Im Augenblick weiß niemand etwas von seiner Existenz, und dabei soll es auch bleiben.«

Cassandra setzte sich zögernd neben ihm auf die Tribüne.

Nervös blickte sie zu dem Klon hinüber, als ob dieser jeden Augenblick in Flammen aufgehen oder explodieren könnte. »Das ist dein Werk, Jon.«

»Meins?«

»Ja. Sieh ihn dir an. Als er zum ersten Mal meine abgeschlossene, kleine wissenschaftliche Welt verlassen hat, war das das Ende. Das begreife ich jetzt. Im Labor war er wie ein in den Käfig gesperrtes Tier im Zoo, das ungeduldig hin- und herrannte und sich nach Freiheit sehnte.«

Christopher nickte. »Die Kugel, die du gegossen hast, ist jetzt in der Trommel, und es muß nur noch auf den Abzug gedrückt werden.«

»Es ist zu früh«, flüsterte sie. »Zu früh. Wenn er dem Pale Saint begegnet, wird er sterben.«

»Er wird sowieso sterben – es ist nur eine Frage der Zeit.«

Christopher legte einen Arm um sie. »Denk jetzt an Sara«, sagte er eindringlich. »Genieß das Spiel. Das ist der größte Tag im Leben deiner Tochter. Du solltest ihn weder dir noch ihr vermiesen.«

Sara stand auf dem leicht erhöhten Platz für den Pitcher und begann sich mit einigen Würfen aufzuwärmen. Christopher hatte sie eine Zeitlang nicht spielen sehen und war beeindruckt. Bobby hatte gut mit ihr trainiert. Sie spielte mit dem Baseball hinter ihrem Rücken und wartete auf das Zeichen des Fängers. Häufig gaben Spieler ihres Alters durch die Art und Weise, wie sie den Ball hielten, preis, wie sie werfen wollten. Doch Sara war schon jetzt eine Meisterin darin, ihre Absichten zu tarnen. Andererseits verfügte sie bereits über viel Erfahrung. Die Austin-Frauen waren so verschwiegen wie die frühen Jesuiten, die für den Papst bestimmte riskante und in den Quellen nicht dokumentierte Dienste verrichteten.

Als das Spiel begann, bemerkte Christopher, daß Sara sie gesehen hatte. Sie lächelte unsicher und warf Christopher einen flehenden Blick zu, während sie ihre Hände wie zum Gebet faltete. Er nickte ihr zu, und sie schien sich zu entspannen.

Christopher hatte schnell festgestellt, daß sie nicht nur den mit gespreizten Fingern geworfenen Forkball beherrschte, sondern auch einen tückischen Slider, der sich scheinbar unwiderstehlich dem Schlagmal näherte, aber kurz vor dem Batter sank und sich von ihm wegdrehte. Wenn Bobby ihr den Spitball beigebracht hatte, so konnte Christopher es nicht erkennen. Er war stolz auf sie. Die männlichen Pitcher trumpften nur mit schierer Körperkraft auf: Sie warfen einen Fastball nach dem anderen mit einer peitschenartigen Bewegung, zu der nur der männliche Körper in der Lage war. Sara hatte klugerweise einen anderen Weg gewählt und sich für die anspruchvollen Würfe entschieden.

Sie hätte das Spiel gewinnen müssen und hatte mit Sicherheit hart genug dafür gearbeitet. Aber die Unterstützung durch das Team fehlte, und ohne Runs endet das Spiel auch für die besten Pitcher mit einer Niederlage. Im achten Inning machte sie einen Fehler. Vielleicht lag es nur an ihrer Erschöpfung. Wie auch immer, sie hatte einen Slider über die Außenseite des Schlagmals gezogen, und der Batter, ein Brocken mit Schultern wie ein Football-Spieler, schlug den Ball über das ganze Feld, und damit war das Spiel entschieden.

Christopher war erfreut, daß Sara den Kopf nicht hängen ließ, als der Kerl, der die Grundlinie entlanglief, die Faust schüttelte. Während Sara von ihren Mannschaftsmitgliedern getröstet wurde, wartete er geduldig. Ihr Trainer klopfte ihr auf die Schulter und strahlte. Kurze Zeit später kam sie durch die erregte Zuschauermenge auf sie zu. Sie hielt den Klon an der Hand. Zwischen ihnen bemerkte er Hound, der unablässig mit dem Schwanz wedelte.

»Tut mir leid, Mama«, sagte Sara. »Aber als Lawrence mir erzählte, wie streng Dr. Nobel mit ihm umgeht, hab' ich ...«

»Das ist keine Entschuldigung für das, was du getan hast, junge Dame. Überhaupt keine«, antwortete Cassandra. »Sara, du kannst nicht einfach das tun, was dir gefällt, ohne an die Konsequenzen zu denken.«

»Sei nicht böse, Mama«, sagte Lawrence, ohne zu stottern. »Sara hat getan, was sie tun mußte. Sie hat an mich gedacht und mir versprochen, daß sie mich zum Spiel mitnehmen würde. Sie konnte ihr Wort nicht brechen, und wenn sie es getan hätte, hätte dir das doch auch nicht gefallen, oder?«

Noch bevor Cassandra antworten konnte, sagte Sara: »Ich weiß, daß es ein Fehler war. Aber manchmal muß man eine oder zwei Regeln brechen, um das Richtige zu tun. Es wäre falsch gewesen, Lawrence das Match nicht sehen zu lassen.«

»Hast du irgendeine Vorstellung davon, welcher Gefahr du dich und Lawrence ausgesetzt hast? Was wäre gewesen, wenn ...«

Als Christopher ihre Hand drückte, schwieg sie und erinnerte sich insgeheim an seine Worte, daß sie Sara nicht den Tag verderben sollte. »Wir werden später darüber reden«, sagte sie streng.

»Ein großartiges Match«, erklärte Christopher, bevor Sara etwas erwidern konnte, das Cassandra verärgert hätte.

»Danke für das Kompliment«, antwortete Sara, »aber ich wünschte, der Slider wäre nicht weggedreht. Daddy wäre enttäuscht gewesen.«

»Vielleicht nicht. Er war für Überraschungen gut.«

»Nicht, wenn's um Baseball ging. Glaub mir – er hätte mir einen Tritt in den Hintern gegeben. Dieser Kerl hat einen Schlag wie Wade Boggs, und ich wußte das. Ich hätte mich für den Spitball entscheiden sollen.«

»Und warum hast du es nicht getan?«

»Weil du hier warst und ich nicht wollte, daß du mich dabei ertappst.«

Einen Augenblick lang fehlten Christopher die Worte. Machmal erfuhr man unmittelbar, welchen Einfluß man auf andere Menschen hatte, und das war nicht immer eine angenehme Entdeckung. Es verunsicherte, weil man begann, die Äußerungen zu überprüfen, die man sonst leichthin gesagt hätte.

»Du hast dich richtig entschieden«, entgegnete Christopher schließlich. »Es ist gut, wenn man den Spitball beherrscht, aber in einem sportlichen Wettbewerb hat er nichts zu suchen.«

Sara legte den Kopf zur Seite. »Komisch«, antwortete sie. »Das hat Dad auch immer gesagt.«

»Sara, ich ... Es war wunderbar, dir beim Werfen zuzusehen«, sagte Cassandra.

»Danke, Mama. Ich wollte dir erzählen ...« Sie unterbrach sich, weil Hound plötzlich wie wild zu bellen anfing. Der Weimaraner zog so stark an der Hundeleine, daß er Sara fast umgerissen hatte.

»Was ist los?« fragte Christopher.

»Keine Ahnung«, antwortete Sara. »So habe ich ihn noch nie erlebt.« Sie war von dem Hund schon ein Stück weggezogen worden.

In diesem Augenblick sah Christopher, daß Lawrence auf das Spielfeld zurannte und Hound ihm folgte.

»Warte! Wo willst du hin?« rief Christopher, aber der Klon schlüpfte bereits durch die Menschenmenge.

Als Hound die erste Grundlinie überquerte, sorgten seine

kraftvollen Bewegungen dafür, daß Sara das Gleichgewicht verlor. Der Weimaraner krachte gegen den Brustkasten des Vaters eines Mannschaftskollegen von Sara und lief dann weiter, hinter Lawrence her, die Hundeleine mitschleifend.

Cassandra eilte hinter Christopher her, der dem Hund auf den Fersen war. Er riskierte einen kurzen Blick nach hinten und wußte, daß es sinnlos war, sie zum Rückzug zu bewegen. Sara brüllte er zu, sie solle bleiben, wo sie sei.

Als er sich aus der Menge befreit und das Spielfeld erreicht hatte, sah er Lawrence, der sich der südwestlichen Ecke der Tribünen näherte. Der Hund rannte neben ihm. Für den Bruchteil einer Sekunde konnte Christopher einen Mann sehen, der sofort wieder hinter der Tribüne verschwand.

Er hatte einen kurzgeschorenen Vollbart und rotbraunes Haar, aber für Christopher gab es keinen Zweifel. *Guter Gott,* dachte er. *Der Pale Saint!*

In Gedanken fühlt Lawrence die Anwesenheit des Skeletts. Wie in seinen Träumen zieht ihn eine unbekannte Macht an, und er springt wie ein Barsch aus dem nassen Reich seines Lebens hoch, um nach dem verlockenden Köder zu schnappen, der unwiderstehlich über seinem Kopf baumelt.

In seinem Geist hört er eine Melodie, und die Textzeile ›The times they are a'changin‹ hallt wie ein Gewehrschuß am Rande eines stillen und makellosen Sees wider. Während Lawrence hinter dem Skelett herrennt, spiegelt sich die Sonne auf dem See. Er hört, wie sein Vater hinter ihm seinen Namen ruft, und seine Stimme mischt sich mit dem Keuchen des Weimaraners, der neben ihm läuft. Lawrence fühlt das Spiel seiner Muskeln und die pumpende Maschine seines Körpers, der zum ersten Mal wirklich zu leben scheint. Er biegt um eine Ecke, jagt durch ein Knäuel von Menschen und bemerkt ein Bootshaus. Im Augenblick kann er das Skelett nicht sehen, aber er weiß, wo es ist. Der Köder bewegt sich und spiegelt das Sonnenlicht. Lawrence und der Hund laufen gleichzeitig los. Der Klon weiß, daß sein Vater zurückfällt, aber er kann nicht anders. Etwas zieht ihn magisch an.

Und da, auf der anderen Seite des Bootshauses, liegt der große See, der wie eine helle, flache Metallscheibe im spröden Sonnenlicht des Herbstnachmittags glänzt. In Büchern hat Lawrence viel über Seen gelesen und sie gelegentlich auch im Fernsehen gesehen. Aber jetzt verängstigt ihn der reale See auf merkwürdige Weise, ganz anders als das sichere Ufer.

Abrupt bleibt er stehen. Am hinteren Ende des Bootshauses taucht erneut das Skelett auf, und sie können einander sehen. Unterhalb der in die Stirn gezogenen Baseball-Kappe gleicht Lawrence' Gesicht dem des Pale Saint trotz des Schnurrbarts und des dunkel gefärbten Haars. Sie haben den gleichen Knochenbau, und in ihren Augen spiegeln sich dieselben Charakterzüge wider. Wie von einem Blitz getroffen, fühlt sich Lawrence außerhalb seines Körpers. Er blickt auf sich. Das verstörende Gefühl ist nur von kurzer Dauer, und dennoch ist die Wirkung nachhaltig. Er fühlt sich, als ob *er* das Skelett wäre.

In diesem Moment sieht er alle Tode des Skeletts wie eine Reihe von gebleichten Schädeln. Er begreift, daß diese Tode ein Eigenleben haben, daß das Skelett darin wohnt wie eine Perle in einer Auster und daß diese Austernmuschel alles bestimmt, was es tut und denkt. Aber weil er so ganz und gar in der Auster eingeschlossen ist und einen besonderen Lebensstil aufrechterhält, kann er an nichts glauben. Er denkt und handelt, und es bleibt ihm nichts anders übrig, weil er wie von einer schweren Krankheit heimgesucht ist.

All diese Gedanken schießen Lawrence in Sekundenbruchteilen durch den Kopf.

Der Hund steht neben ihm, zum Sprung bereit. Das kann der Klon an seinen angespannten und zitternden Muskeln erkennen. Aber es bedarf nur eines kurzen Blicks des Skeletts, und Hound setzt sich auf die Hinterbeine. Das Tier verharrt unbeweglich mit angelegten Ohren.

»Hallo«, sagt das Skelett. Er blickt Lawrence mit einem eigenartigen Gesichtsausdruck an. »Du siehst aus wie ich, als ich noch jünger war. Was um alles in der Welt haben sie mit dir angestellt, mein Sohn?«

»Sie haben mich in einem Labor gezeugt«, antwortet der Klon. »Ich hab' auf dich gewartet.« Jetzt weiß er, daß alles wahr ist.

Das Skelett benetzt seine Lippen. »Dann sind wir also identische Wesen, oder?«

»Ich weiß nicht genug, um das beantworten zu können. Ich weiß nur, daß du in meinem Geist herumspukst und daß ich von dir träume.«

»Tatsächlich?«

»Ja. Und jetzt bist du hier.«

»Jetzt verstehe ich. Du bist Cassandras Geschöpf, oder?«

»Sie ist meine Mutter«, antwortet der Klon. »Jon Christopher ist mein Vater.«

»Oho. Sieht so aus, als ob ich niemanden unterschätzt hätte.« Das Skelett blickte Lawrence bewundernd an. »Begreifst du, was geschieht?«

»Was meinst du?«

»Wir beide, mein Sohn, stehen gegen die ganze Welt.« Er neigte den Kopf. »Hast du es nicht begriffen? Siehst du nicht, *wie sehr* wir uns von allen anderen unterscheiden? Du bist genau wie ich.« Er zeigt auf den Hund. »Bis hin zu der Verbindung, die zwischen dir und dem Weimaraner besteht.«

»Wie kannst du das wissen?«

»Ich weiß alles und bin bereit, dich alles zu lehren.« Er streckt eine Hand aus. »Ist das nicht wunderbar? Wir beide sind vom selben Schlag.«

»Wirklich?«

»*Sieh mich nur an.* Wer ist in deinem Kopf?«

»Du.«

»Und du bist in meinem. Und du weißt, was das zu bedeuten hat. Wir sind nicht mehr allein.« Er drückt die Hand des Klons. »Verlasse sie und komm mit mir. Sie sorgen sich sowieso nicht um dich, nicht wirklich. Du bist eine Falle, die sie aufgestellt haben, um an mich heranzukommen. Schlau ausgedacht, aber das ist auch alles. Du bist nur ein Mittel zum Zweck, ein *Ding*. Ich kann mich um dich kümmern und dir alles beibringen. Wir gehören zusammen.« Das Skelett blickt schnell über die Schulter des Klons und sieht Christopher auf sie zukommen. »Bist du bereit, mein Sohn?«

»Wozu?«

Das Skelett beginnt ein Lied zu pfeifen und singt dann ›*A hard rain's a'gonna fall*‹. Es zwinkert Lawrence zu. »Ich weiß nicht, für wen sie dich halten, aber ich möchte unbedingt herausfinden, wer du bist.«

Das Skelett dreht sich um und springt in den See. Lawrence steht am Ufer und zögert nur ganz kurz. Als er sieht, wie Hound hysterisch am Rand des Sees bellt, watet er in das Wasser, das ihn bald verschlingt. Er sieht die rhythmischen Arm- und Beinbewegungen des Skeletts, versucht sie nachzuahmen und geht sofort unter. Das Wasser verschluckt ihn, und während er noch Luft in den Lungen hat, beginnt er zu würgen. Er taucht auf und sieht verschwommen, wie das Skelett mit erstaunlicher Geschwindigkeit weiterschwimmt. Der Hund rennt wie wahnsinnig bellend am Ufer hin und her.

Lawrence wedelt mit Armen und Beinen und geht erneut unter. Er versucht zu atmen und schluckt Wasser. Er sinkt tiefer und tiefer, bis das herbstliche Tageslicht nur noch ein grünliches und entferntes Glühen ist.

Christopher sah, wie der Klon Hals über Kopf in den See tauchte, und schrie, um ihn davon abzuhalten. Er wußte, daß es nichts nutzen würde. Lawrence war wie mit einer Hundeleine an den Pale Saint gefesselt. Wie vielleicht niemand sonst, hatte er den Pale Saint wahrgenommen, von Hound abgesehen. Der Weimaraner hatte ihn gewittert. Christopher fragte sich, ob das wichtig war. Doch während er so schnell wie möglich auf den See zurannte, bedrängten ihn andere, dringendere Fragen: Was hatte der Pale Saint hier zu suchen? Warum war er das Risiko eingegangen, entdeckt zu werden?

Die Antworten auf beide Fragen waren gleichlautend: Er war wegen Lawrence gekommen. Vielleicht hatte er genauso von dem Klon geträumt, wie Lawrence von ihm. Mit Sicherheit gab es eine Anziehungskraft zwischen den beiden.

Christopher sah, wie der Pale Saint mühelos und flink davonschwamm. Er rannte am Ufer des Sees entlang auf die Stelle zu, wo der Mörder aus dem Wasser steigen würde. Zugleich zog er sein Mobiltelefon aus der Tasche und forderte Verstärkung an. *Jetzt habe ich ihn,* dachte er.

Da sah er, wie der Klon unterging, und alle anderen Gedanken waren wie weggeblasen. Er kehrte um, weil ihm keine andere Wahl blieb – der Klon würde ertrinken. Von seiner instinktiven Abneigung gegen dieses Wesen abgesehen, war er doch ein Mensch, zumindest mehr oder weniger.

»Mist!« rief er.

Es blieb ihm keine Zeit, seine Waffe abzulegen oder die Schuhe auszuziehen, die ihn im See hinabziehen würden. Das Wasser war so kalt, daß es ihm den Atem verschlug, aber er verlor keine Zeit und tauchte auf die Stelle zu, wo der Klon untergegangen war.

Seine Zähne klapperten, und sein Herzschlag schien einen Moment auszusetzen. Um diese Jahreszeit hatte sich das Wasser bereits reichlich abgekühlt. Im Laufe der Jahre war er ein- oder zweimal während des Winters im Hudson River geschwommen, und er wußte, wie schnell Wasser die Wärme aus dem menschlichen Körper ziehen konnte.

Das Wasser war so trübe und dunkel, als ob es bereits wie im Februar zugefroren wäre. Während Christopher tiefer tauchte, schien es die Konsistenz von Matsch anzunehmen, und es wurde immer kälter.

Dann war es dunkel, wie bei einem plötzlichen Einbruch der Nacht. Die Welt, in der es Licht und Wärme gab, wurde zu einem Traum, unwirklich wie eine Rauchwolke. Die einzige Realität war dieses kühle Grab, und während er weiter nach dem Klon suchte, schwand die Realität mehr und mehr, bis nur noch sie beide in diesem engsten aller Räume existierten.

Ihm ging die Luft aus, und plötzlich kam ihm der Gedanke, daß er versagen könnte. Es war seltsam. Der Gedanke, daß er vielleicht nicht in der Lage war, den Klon zu finden und ihn zu retten, und daß er ihn vielleicht nur noch tot aus den Tiefen des Sees würde bergen können, war unerträglich. Er dachte an Andy, wie er allein in der Dunkelheit das Schwimmbad betreten hatte. Sein Sohn mußte den Geruch des neuen Betonbelags wahrgenommen haben, und er mußte mit knirschenden Geräuschen über die Plastikplanen und die dicken Kabel der Maschinen geschritten sein. Woran hatte er gedacht, als er auf den Sprungturm geklettert war und in den schwarzen Abgrunde des trockengelegten Schwimmbads gestarrt hatte? Wie groß waren seine Qualen gewesen? Er mußte sich so verloren gefühlt haben, als er gesprungen war.

Und Christopher war nicht an Ort und Stelle gewesen, um ihn zu retten.

Unter Wasser schien die Vergangenheit die Gegenwart einzuholen, und der verlorene und einsame Andy sprang erneut. Cassandra hatte recht gehabt. Es gab eine Möglichkeit der Wiedergutmachung und Buße dafür, daß er seinem Sohn gegenüber versagt hatte.

Seine Kehle und seine Lungen brannten, und Christopher unternahm eine letzte, verzweifelte Anstrengung weiterzutauchen, als er mit dem Rücken seiner rechten Hand etwas Lebendiges berührte. Mit vor Kälte steifen Fingern griff er langsam nach dem Bein und zog. Wie ein Fisch an einer Angel tauchte der Klon aus der trüben Dunkelheit auf. Sein Gesicht war bleich, und er hatte die Augen geschlossen. Christopher konnte nicht sagen, ob er lebte oder bereits tot war.

Keuchend tauchte er aus dem Wasser auf, und die New Yorker Luft erschien ihm geradezu lieblich. Mit seinem linken Arm umklammerte er den Brustkorb des Klons. Obwohl sein Hinterkopf im Wasser lag, konnte sein Gesicht so nicht unter die Oberfläche sinken. Er schwamm auf das Ufer zu, aber seine Beine waren schwer wie Blei und seine Füße mittlerweile völlig gefühllos. Er mußte all seine Kräfte aufbieten, um die Beine zu bewegen, und befürchtete, es nicht zu schaffen.

Einen Moment lang mußte er ohnmächtig geworden sein, weil er Wasser schluckte, als er wieder zu Bewußtsein kam. Er war untergegangen, ohne es zu bemerken. Er wollte auftauchen, aber es war, als ob ein Anker an seinen Füßen hinge. Erneut ging er unter, weil er keine Kraft mehr hatte. Sein

Kopf tauchte in das kalte Wasser, und die Dunkelheit hüllte sie beide ein, während sie tiefer und tiefer sanken.

Doch plötzlich trieb ihn etwas nach oben – eine Strömung, ein Strudel von Wärme. Sein Kopf durchbrach die Wasseroberfläche, und er spuckte Wasser und schnappte nach Luft. Er bemerkte, daß ihn ein starker Arm festhielt, und bemerkte direkt vor sich ein Gesicht.

»Hallo, Christopher«, flüsterte der Pale Saint. »Sie wären beinahe ertrunken.«

Christopher schnappte nach Luft, zu erschöpft, um antworten zu können. Er spürte, wie eine Hand seinen Kopf unter Wasser drückte, bis er das brennende Gefühl in seinen Lungen fast nicht mehr aushalten konnte und es ihm schwarz vor den Augen wurde. Dann zog ihn der Pale Saint erneut ans Sonnenlicht hoch, und Christopher keuchte und würgte. Mit einem animalischen Grunzen drückte der Pale Saint Christophers Kopf erneut unter Wasser und ließ ihn genauso schnell wieder auftauchen. »Nur eine kleine Bewegung von mir, und Sie ertrinken.« Er griff unter Christophers Jackett, riß die Pistole aus dem Holster und preßte ihm die Mündung der Waffe an die Schläfe. »Ich könnte Sie auch erschießen. Der Tod kann einen auf vielerlei Arten ereilen. Man braucht nur etwas Einfallsreichtum.« Er warf die Waffe weg. »Ich könnte Sie jetzt erledigen, Christopher, aber wo bliebe dann der Sinn des Ganzen? Ich kann Sie doch nicht vor der Zeit sterben lassen, oder? Nein, das wäre nicht gut. Nicht jetzt, wo wir gerade *Vertraute* geworden sind.« Christopher spürte das Zittern seiner Lippen an seinem Ohr.

Um sie herum war das Wasser aufgewühlt, weil die Beinbewegungen des Pale Saint sie über Wasser hielten. Die Lippen des Pale Saint berührten Christophers Ohr wie die einer Geliebten. Sein Atem roch nach Schokolade, genau wie der des Klons. Diese kleinen, abscheulichen Ähnlichkeiten paralysierten Christopher genauso wie die Kälte und die Erschöpfung.

Als Christophers Blick sich ins Nichts zu richten schien, wiegte der Pale Saint seinen Kopf. »Verlieren Sie jetzt nicht das Bewußtsein.« Er versetzte ihm eine heftige Ohrfeige.

»Ich habe Ihnen noch so viel zu erzählen.« Der Pale Saint ohrfeigte ihn weiter, bis Christophers Blick wieder klar wurde. »Ich weiß alles über Sie, jede Kleinigkeit. Ihre Gefühle für Cassandra sind mir bekannt, und ich weiß auch, was Sara für Sie empfindet. Genauso weiß ich alles über Andy und die Schuldgefühle, die wie eine verhungernde Ratte an Ihnen nagen. Und über die Frage, die in ihrem Kopf herumspukt: *Was habe ich falsch gemacht?* Ich frage mich, wie es wohl sein mag, wenn man den Betonboden mit tödlicher Geschwindigkeit auf sich zurasen sieht und weiß, daß sein Schädel wie eine reife Melone zerplatzen wird. Was waren Andys letzte Gedanken, und wie oft haben Sie sich diese Frage gestellt, Christopher? Unzählige Male, darauf wette ich. Ja, ich weiß alles. Uns verbindet eine Art – wie würden Sie es nennen – *affaire de coeur*.« Er kniff in Christophers Ohrläppchen. »Bleiben Sie bei mir. Ich bin noch lange nicht fertig mit Ihnen.« Mit fast kindlicher Zärtlichkeit strich er Christopher das Haar aus der Stirn. »Ich habe mich gut über die Austins informiert und kannte Bobby besser als Sie. Ich weiß den wahren Grund, warum er Assistent des Bezirksstaatsanwalts wurde. Aber das Ganze hat nicht geklappt.«

»Ich weiß nicht, wovon Sie reden.«

»Natürlich nicht. Zumindest noch nicht. In Wahrheit kennen wir einen anderen Menschen nie. Es ist alles eine Illusion. Was im Inneren eines Menschen vorgeht … Manchmal ist es besser, es nicht zu wissen, oder?« Er ohrfeigte Christopher erneut, diesmal brutaler. »*Falsch.*«

Irgend etwas in seinem Gesichtsausdruck schien sich zu entspannen. »Es wird Zeit, Sie gehen zu lassen, Christopher.« Er drehte seinen Körper in Richtung Ufer. »Zumindest für kurze Zeit.« Dann legte er seine Hände auf die Wangen des Klons, und Christopher spürte jene besondere Wärme, die die Kälte durchschnitt, die ihn fest im Griff hatte.

»Nehmen Sie Ihre Hände weg.«

»Was für ein Geschenk Sie mir gemacht haben«, sagte der Pale Saint. Er beugte sich vor und küßte Lawrence auf die Stirn. »Wie oft macht ein Mann die Erfahrung, daß man ihn klont?«

Langsam sammelte Christopher seine letzten Energiereserven. Mit einem Satz versuchte er, den Pale Saint zu pakken, mußte dabei aber Lawrence loslassen. Er hielt inne und riß den Kopf des Klons aus dem Wasser.

»Mein Gott«, sagte der Pale Saint, während er sich abwandte. »Sehen Sie sich nur an.«

Christopher blieb keine andere Wahl, als den Klon so schnell wie möglich an Land zu bringen. Er konnte seine Beine nur mühsam bewegen und machte mit seiner freien Hand unbeholfene Schwimmbewegungen. Erneut überkam ihn das Gefühl, in Ohnmacht zu fallen. Dann – am Rande der Bewußtlosigkeit – begannen ihn seine Instinkte zu lenken. Wie der Pale Saint preßte er seine Lippen auf die Stirn des Klons. Wärme durchströmte ihn, und das Gefühl kehrte in seine Glieder zurück. Er schwamm mit frischen Kräften weiter.

Nach einer schier unendlich langen Zeit – obwohl es sich höchstens um eine oder zwei Minuten gehandelt haben konnte – spürte er festen Boden unter den Füßen. Er war so benommen und entkräftet, daß er es kaum bemerkte, als er das Ufer erreichte. Er lag keuchend da, der Klon halb auf ihm.

Christopher hörte Sirenengeheul und nahm undeutlich Cassandras Rufe wahr, die rasch näherkamen. Sie mußte sehr schnell laufen, dachte er. Er versuchte, sie zu sehen und bemerkte, daß sie am westlichen Ufer des Sees stehengeblieben war, weit von der Stelle entfernt, wo er und der Klon in den See gesprungen waren. Er hörte ein fast hysterisches Bellen und blinzelte, um den feuchten Dreck aus den Augen zu bekommen. Dann sah er den Weimaraner südlich von sich um den See herumlaufen. Nachdem er die ganze Länge des T-förmigen Sees durchschwommen hatte, hatte der Pale Saint bereits die Grünfläche hinter der Uferböschung erreicht. Er rannte auf den verkehrsreichen West Park Drive zu. Der Weimaraner hetzte mit hängender Zunge hinter ihm her.

Es gab Augenblicke, wie in einem Traum, wenn man wußte, daß etwas Schreckliches geschehen würde: Man sah einen Bekannten von einem Dach springen oder einen geliebten Menschen, der auf dem Eis ausrutschen und sich das Genick brechen würde. Man rief, war aber stumm, versuchte, zum Unglücksort zu rennen, konnte sich aber nicht bewegen. Man war völlig hilflos.

So fühlte sich Christopher, als er erschöpft und nach Luft ringend dalag. Er versuchte, den Klon von sich zu rollen, und beobachtete, wie der Pale Saint sich durch den Verkehr schlängelte. Wie ein Matador, der mit einem verrückten Stier kämpfte, wand er sich unter dem Klang der Hupen, dem Geräusch kreischender Bremsen und Flüchen durch die Autoschlangen. Und hinter ihm lief Hound, der jetzt sehr schnell rannte, weil der Vorsprung kleiner geworden war. Der Hund war in der Stadt aufgewachsen, und Sara hatte ihm beigebracht, wie man sich angesichts der Gefahr verhielt, die die Autos darstellten. Den Wagen ausweichend und über die Motorhauben springend, bahnte er sich seinen Weg. Er war fast an der anderen Straßenseite angelangt, als der Pale Saint einen Blick über die Schulter warf. Hound blieb stehen und reckte den Kopf in die Höhe. Er hatte seine Ohren so flach angelegt, als lauschte er einem stillen Befehl.

Stunden später sollte sich Christopher an den vollkommenen, silberfarbigen Hals des Hundes und die Art und Weise erinnern, wie er in dem Augenblick seine ganze Aufmerksamkeit auf den Pale Saint konzentrierte, bevor ihn das Taxi anfuhr. Durch den Aufprall wurde Hound in die Luft geschleudert. Er überschlug sich mehrfach, und sein silbriger Körper war bereits leblos, als er gegen eine alte Ulme prallte und auf den Boden fiel.

Christopher sollte sich auch daran erinnern, wie der Pale Saint innehielt und ein paar Schritte auf das Tier zuging. Irgend etwas, vielleicht der Ausdruck eines Gefühls, huschte über sein Gesicht. Dann, als ob er gespürt hätte, daß der Weimaraner tot war, drehte er sich um verschwand in der riesigen Menschenmenge, die sich am Unfallort versammelte.

Als Cassandra sich neben ihn kniete, beatmete Christopher eben den Klon.

»Jon! Alles …?«

»Ich bin okay.«

»Gott sei Dank!«

»Aber ich weiß nicht, wie es um Lawrence steht.«

»Laß mich das machen.« Cassandra küßte ihn leidenschaftlich und begann sich dann um Lawrence zu kümmern, indem sie wiederholt auf seinen Brustkorb drückte.

»Ich habe mein Bestes gegeben, bin aber etwas außer Atem.« Christopher beobachtete, wie sie instinktiv den Kopf des Klons durch ihren Körper schützte, weil Menschen auf sie zugerannt kamen. Er war so glücklich, der Kälte und der Finsternis entkommen zu sein, daß er zu zittern begann. »Wo ist Sara?«

»Bei ihrem Trainer. Sie weiß noch nicht, was Hound zugestoßen ist.«

Da hustete Lawrence. Er spuckte Wasser, atmete zitternd tief durch, öffnete die Augen und starrte sie an. »Ich lebe«, sagte er.

Cassandra lächelte erleichtert und küßte ihn auf die Wange. Der Klon setzte sich auf. In diesem Augenblick schien Christopher in einem schlechteren Zustand als er zu sein.

Lawrence blickte Christopher an. »Er ist tot«, sagte er.

»Wer?« fragte Christopher. »Das Skelett?«

Lawrence stand auf. »Wo ist Sara? Ich möchte sie sehen.« Er erblickte sie, und als Sara ihn sah, ließ sie ihren Trainer stehen und rannte auf Lawrence zu. Er ergriff ihre Hand und führte sie zu dem Baum, unter dem Hound lag.

Sara stieß einen leisen Schrei aus, kniete sich neben ihn und streichelte seinen Kopf. Ihre Wangen waren tränenüberströmt. Dann legte sie ihre Baseball-Jacke über die zerschmetterten Hüften des Weimaraners.

Lawrence setzt sich neben sie, nahm sie in den Arm, und Sara legte ihren Kopf an seine Brust. Er flüsterte ihr etwas ins Ohr, und sie nickte. Gleichzeitig berührten sie den schlanken, silberfarbenen Körper des toten Hundes.

Dann machte sich Lawrence abrupt frei. Er stieß einen rauhen, unmenschlichen Schrei aus, und sein Körper bewegte sich ruckartig hin und her. »Tot, tot, tot.«

Zum ersten Mal, seit er ›erwachsen‹ war, sahen sie ihn weinen.

Cassandra hatte blitzschnell überlegt und sich bei dem Trainer eine neue Kappe besorgt, die sie Lawrence nun aufsetzte, um sicherzustellen, daß ihn niemand erkannte. Damit die Notärzte seine durchnäßten Kleidungsstücke nicht sahen, hatte sie ihm ihre Jacke gegeben.

Christopher beobachte ihn, während die Ärzte ihn untersuchten. Die Tortur hatte ihm physisch nichts anhaben können – wie beim Pale Saint, dem es auch nichts ausgemacht hatte, durch den ganzen See zu schwimmen?

Es war unheimlich, wie der Pale Saint immer allen einige Schritte voraus war. Es schien, als ob er alles von Anfang an so geplant hätte. Selbst das Eingreifen des Klons hatte ihn nicht durcheinanderbringen können. Wenn Christopher die Sache richtig deutete, fühlte er sich jetzt nicht länger allein in diesem Universum: Der Pale Saint sah in Lawrence einen verwandten Geist. Am beunruhigendsten aber war seine Anspielung, daß Bobby eine verborgene Absicht damit verbunden habe, Assistent des Bezirksstaatsanwalts zu werden. Wenn es so war, dann hatte Bobby Christopher darüber nie etwas erzählt. Bei der nächsten Gelegenheit mußte er Cassandra fragen, ob sie etwas drüber wußte.

Christopher wollte sie endlich von hier forthaben. Keiner von ihnen, nicht einmal er selbst, konnte es sich leisten, jetzt befragt zu werden. »Alles in Ordnung?« fragte er Lawrence.

Der Klon nickte.

»Gut.« Christopher sah, wie Cassandra einen Arm um Saras Schultern legte. »Was hat er gesagt? Ich habe gesehen, daß er mit dir gesprochen hat.«

»Er war überrascht, mich zu sehen, und hat mich gefragt, was ihr mit mir angestellt habt. Wahrscheinlich meinte er unser Äußeres. Ich hab' geantwortet, daß ich in einem Labor gezeugt worden bin.«

Streifenwagen kamen lärmend über den Rasen gefahren. Aus den Augenwinkeln sah Christopher, daß weitere Polizisten zu Fuß folgten. »Willst du damit sagen, daß du Cassandras Namen genannt hast?«

»Er kannte ihn bereits.«

Ein kleiner Schauer kroch Christopher das Rückgrat hinauf. Er wollte Lawrence gerade eine weitere Frage stellen, als er sah, daß Sergeant Lewis über den Rasen auf ihn zugesprintet kam.

»Ich habe die Nachricht gehört und bin so schnell wie möglich gekommen.« Er war etwas außer Atem. »Sind Sie in Ordnung?«

Christopher nickte. »Ja, aber ich brauche Ihre Hilfe. Ich muß jetzt von hier verschwinden. Sorgen Sie dafür, daß alles so lange abgeschirmt wird, bis ich mit Brockaw gesprochen habe.«

»Was ist passiert?«

»Der Pale Saint war hier, aber die Geschichte darf nicht an die Öffentlichkeit dringen. Lassen Sie sich also irgend etwas über eine Schlägerei einfallen. Sie wissen ja, was zu tun ist.«

»Kein Problem.«

»Danke«, sagte Christopher, während er mit Lawrence im Schlepptau davonging. »Ich werde mich so schnell wie möglich bei Ihnen melden.«

Lewis nickte und konzentrierte sich auf die herannahende Menge blauuniformierter Polizisten.

Christopher führte den Klon schnell vom Ort des Geschehens fort, über den West Park Drive aus dem Park hinaus.

»Ich möchte, daß du dich daran erinnerst, was das Skelett gesagt hat. Wer hat Cassandras Namen zuerst erwähnt, das Skelett oder du?«

»Er.«

»Bist du sicher?«

»Ja.«

»Was hat er gesagt? Erzähl es mir *genau*, wenn möglich Wort für Wort.«

»Er fragte: ›Du bist Cassandras Geschöpf, oder?‹ Ich hab' geantwortet, daß sie meine Mutter ist.« Lawrence blickte sie an. »War das ein Fehler? Ich hab' die Wahrheit gesagt.«

»Und was geschah dann?« fragte Christopher, ohne zu antworten.

»Ich hab' ihm erzählt, daß du mein Vater bist, und er hat gesagt: ›Sieht so aus, als ob ich niemanden unterschätzt hätte.‹«

»Sonst noch was?«

Lawrence schien einen Augenblick lang verunsichert zu sein, nickte dann aber erneut. »Er sagte, daß wir beide nicht länger allein sind.«

Christopher sah Polizisten auf sie zukommen. »Weißt du, was er damit ausdrücken wollte?«

Lawrence schüttelte den Kopf.

Vor ihnen warteten Cassandra und Sara. Christopher vernahm eben noch den Schluß ihres Gesprächs.

»Ich will nicht, daß Hound hier bleibt.« Saras Augen waren geweitet, und sie weinte. Christopher dachte, daß sie Bobby nie ähnlicher gesehen hatte. »Ich möchte, daß er richtig begraben wird.«

»Mach dir deshalb keine Sorgen. Ich habe mich schon darum gekümmert.« Cassandra drückte ihre Schultern. »Es tut mir so leid, Sara. Ich weiß, wieviel dir Hound bedeutet hat.«

Sara wandte sich plötzlich um, vergrub ihr Gesicht an der Brust ihrer Mutter und schlang die Arme um sie. »Versprich mir, daß du nicht weggehen wirst.«

»Schatz …«

»Versprich mir, daß du nicht zulassen wirst, daß Onkel Jon weggeht.«

Cassandra hob ihren Kopf. »Natürlich werde ich nicht weggehen. Wie kommst du auf so eine Idee?«

Sara liefen die Tränen über die Wangen. »Daddy ist gestorben«, flüsterte sie, »und jetzt ist auch Hound tot. Lawrence' Leben vergeht so schnell … Wer wird der nächste sein?«

»Ach, meine Kleine.« Cassandra drückte ihre Tochter an sich. »Niemand.« Sie küßte sie auf das Haar. »Ich verspreche es dir.« Cassandra lächelte. »Ich werde dir ein Geheimnis verraten, das sonst niemand kennt. Ich werde Onkel Jon nicht gehen *lassen*.« Sara preßte sich an sie. »Du bist jetzt in Sicherheit, Darling. Sieh nur, da kommt er. Bei uns bist du in Sicherheit.«

Heute nacht versucht er zu schlafen, aber der Schlaf hat ihn verlassen, wie ein Seemann, der ein sinkendes Schiff verläßt.

Vor seinem Fenster ziehen die mitternächtlichen Wolken vorbei, rund und flockig wie ein Schaffell. Vor dem Widerschein der Neonlichter der Stadt bewegen sich die Wolken, wie von einer unsichtbaren Maschine gezogen.

Der Pale Saint ist in seiner dunklen, engen und feuchten Wohnung. Er kennt das Wesen dieser Maschine. Er weiß, wer die Fäden zieht. In seinem Geist sieht er ihr Bild, das durch das phosphoreszierende Licht der elektronischen Funken bläulich leuchtet. In seinen Erinnerungen ist ihr Bild immer bläulich, weil ihre feurigen Augen und ihre noch feurigere Zunge die staubige Nacht in Oklahoma beherrschen. Wie Peitschenhiebe entströmen die Worte ihrem Mund, und ihr Tonfall hebt und senkt sich, bis sich ein hypnotischer Rhythmus ergibt. Doch die Intensität ihrer Rede schwankt nie. Im Gegensatz zum Tonfall ihrer Rede steigt ihre Intensität immer weiter an, bis zu einem fiebrigen Höhepunkt, wo ihm der Schweiß ausbricht, die Handflächen feucht werden und das Jucken so stark wird, bis er nur noch den Geruch des parfümierten Kerzenwachses wahrnimmt und den Geschmack der Seife in seinem Mund, bis alle rationalen Gedanken ausgelöscht sind und sein Verlangen nach Erlösung übermächtig wird.

»Warum warst du nie zu Hause?« flüstert er. »Warum hast du nie mit mir geredet?«

»Ich hatte Dienst«, antwortet das Bild verächtlich. »Du wußtest das.«

»All die schrecklichen Dinge, die geschehen sind … Wenn du zu Hause gewesen wärst …«

Seine Stimme schwankt, als er ihren trockenen Blick sieht, und er fühlt sich besiegt. Ihre Macht gleicht einer kalten, bläulichen und bezwingenden Strahlung. So sieht der Pale Saint seine Mutter. Im tiefsten Inneren seines Herzens glimmt die weiße Asche eines Scheiterhaufens am Grabstein der Erinnerung, und das ist untragbar. Sie zwingt ihn zu Gefühlen, und er ist sicher, daß die Erinnerung ein unzuverlässiger Zeuge hinsichtlich der Wahrheit ist.

Die Wahrheit ist sorgfältig in der verriegelten und verschlossenen Kiste verborgen, die am Ende von Mamas Bett steht, die selbst ein Grabstein ist und unauslöschlich in dem düsteren und höhlenartigen Haus seiner Jugendjahre für das steht, was geschehen und aus seiner Familie geworden ist. Es ist die Vergangenheit, bevor alles in Flammen aufging und in seinem Innersten zu weißer Asche verbrannte.

Er liegt mit fest geschlossenen Augen auf seiner Matratze. Seine Rituale haben das Bild seines letztes Opfers festgehalten, aber er sieht sie jetzt nicht mehr, nicht einmal vor seinem geistigen Auge. In dem Reich hinter seinen geschlossenen Augenlidern scheint das düstere und höhlenartige Haus seiner Jugend aus der Prärie hervorzubrechen wie die Wurzeln eines knorrigen alten Baumes. Der Friedhof seine Familie blendet die Gegenwart und die Zukunft aus und läßt ihn einzig mit der gefährlichen Vergangenheit zurück …

Der Pale Saint erinnert sich an jenen Tag, an dem er hinter das Haus zu jener Stelle ging, wo Mama Papa begraben hatte. Er rief die Hunde, drei riesige schwarze Dobermänner, die er nach dem Tod des Albinos großgezogen hatte. Damals war er vierzehn, und der Himmel war für ihn so hart wie gefärbtes Glas. Er ließ die Hunde an einem Fetzen eines Hemdes seines Vaters schnuppern, und sie begannen bellend und schnüffelnd mit ihren Vorderbeinen in der bleichen, kalkigen Erde zu scharren, während er selbst sich unter der Veranda versteckt hielt.

Die Hunde wühlten tiefer und schneller und gaben Geräusche von sich, die an die schwere Arbeit rechtschaffener Männer erinnerten. Dann erschien Papa, schwarzweiß wie auf einer alten Fotografie, ein Arm, eine Schulter, eine Schläfe. Er war vollkommen runzlig, als ob seine Leiche so alt wie Methusalem wäre. Aber in Wirklichkeit war es nur der Dreck, der sich in die kleinen Hautfalten gelegt hatte, als der Vater des Pale Saint ins Reich des Vergessens eingegangen war – Staub zu Staub.

Das laute Knurren der Dobermänner sorgte dafür, daß Mama angerannt kam. Sie hatte diese erstaunlichen blauen Augen, die er nirgendwo sonst gesehen hatte und die oft beunruhigend aus den Höhlen hervorzutreten schienen.

Aber an diesem finsteren Ort, wo es nur blinde Würmer

und gleichgültige Insekten gab, war er in Sicherheit. Hier konnte er seinen Gedanken nachhängen, die wie Blitze über die Himmel von Oklahoma zogen. Wie die Unwetter, die stürmisch aufzogen und vergingen, besagten diese Gedanken nichts Besonderes, meinten aber alles. Sie standen für das tief in seinem Inneren verborgene Chaos, für den Schmerz, das Gefühl des Verlusts und die Furcht, in der er sich wie eine Raupe in einen Kokon eingehüllt hatte. Er beobachtete, wie seine Mutter den von ihr ermordeten Mann wieder vergrub, während sich die Hunde schüttelten und mit aus dem Maul heraushängenden Zungen zusahen. Sie beobachteten sie auf ähnliche Weise wie damals, als sie ihren Mann getötet hatte, und hingen ihren tierischen Gedanken nach.

Jetzt stellt er sich vor, daß sie seine Mutter auch so beobachteten, als sie die Kiste am Fußendes des Bettes öffnete, worin das Geheimnisvollste und Geheiligste verborgen lag, das nie ans Tageslicht kommen durfte.

»Das ist dein Papa«, flüstert er Faith mit gedämpfter Stimme zu. »Du hast ihn nie richtig gekannt. Jetzt wirst du dich so an ihn erinnern, verwesend und von den Hunden zerfetzt. Und das hat er angesichts seiner Taten auch verdient.«

Der launenhafte New Yorker Wind zerrt an den staubigen Jalousien, mit denen der Pale Saint das Licht der Großstadt ausschließt. Bald wir die Morgendämmerung anbrechen. Die Nacht vergeht wie ein Sturm, der über die Ebenen hinwegzieht. Er denkt an den Weimaraner mit seinem silbrigen Fell, das im Herbstlicht glänzte. Er sieht, wie er von dem Taxi angefahren wurde, und fühlt aufs neue, daß sein Leben bereits erloschen war, bevor er gegen den harten Baumstamm prallte. Er weiß, daß er zurückgegangen wäre, obwohl er sich dadurch in Gefahr begeben hätte, wenn der Weimaraner noch am Leben gewesen wäre, aber er war innerhalb eines Sekundenbruchteils gestorben. Urplötzlich wird er von Gedanken an das Ende beherrscht, und das läßt ihn unausweichlich an jene Nacht denken, als er das Licht der Welt erblickte.

In derselben Nacht brachte eine Hündin auf der Farm einen Wurf Welpen zur Welt, eine seltsame Mischung aus deutschen Schäferhunden und Weimaranern. Sechs der Jungen starben, nur der zuletzt geborene Albino überlebte, das größte Tier des Wurfs, dessen Geburt die Mutter wahrscheinlich getötet hatte. Niemand konnte sich daran erinnern, wann zum letzten Mal in diesem Teil von Oklahoma ein Albino geboren worden war. Bei den Shawnee sind Albino-Tiere heilig. Sie behaupten, daß die Geburt eines Albinos ein Omen dafür ist, daß ein Lebenszyklus endet und ein anderer beginnt.

Während er sich im Spiegel betrachtet, schämt er sich, zugeben zu müssen, daß er in jenen frühen Jahren bitterlich weinte, wenn seine Mutter zur Arbeit ging. Er ließ sich nie etwas anmerken, weil das seine Mutter in Rage versetzt hätte. Papa brachte sie oft in Rage. Dann strömte ihr das Blut ins Gesicht, wie es bei anderen Menschen aus Wunden floß. Ihr Gesicht wirkte aufgedunsen, wie das jener großen, schuppigen Eidechsen, deren Drüsen sich aufblasen, wenn sie wütend sind oder sich bedroht fühlen. Keine Frage, es war ein verängstigender Anblick.

Also beobachtete er schweigend, wie sie sich auf ihre Abfahrt vorbereitete, wenngleich er wußte, daß sie gelegentlich wochenlang nicht nach Hause zurückkam. Für sie war ihre Arbeit ein Kreuzzug; alles fiel von ihr ab, wie bei einem Tier, das sich häutet. Meistens blieb der junge Pale Saint allein mit Papa zurück, und das war gar nicht gut. Wenn er seinen Sohn nicht völlig ignorierte, hatte sein Vater die schlechte Angewohnheit, in bösartige Wutanfälle auszubrechen.

Einmal renkte er dem Pale Saint die Schulter aus. Seit damals schlief er mit dem Albino in der Scheune. Hier fühlte er sich allem näher: den Gerüchen des sich ändernden Wetters, den leisen, aber bedeutsamen Geräuschen des Landes, die man nur wahrnahm, wenn man wirklich zuhörte, und den beständigen Veränderungen des Lebens, die Freiheit bedeuteten.

Bedeutsam für ihn waren die Schmerzen des Albinos, der an einer angeborenen Magenkrankheit litt, die seine Verdauung zur Tortur werden ließ. Das war ein Phänomen, das der junge Pale Saint auf sich beziehen konnte. Nachts saß er zitternd mit angezogenen Beinen im Stroh und spürte die Wärme, die von dem Hund ausging. Er sang ein Lied, das er gehört hatte, dessen Text er aber nicht wirklich verstand – ›Stuck Inside of Mobile with the Memphis Blues Again‹. Und dann geschah im Laufe der Zeit etwas Außergewöhnliches. Nach und nach stellte er fest, daß der Schmerz etwas Lustvolles war, weil es *sein* Schmerz war und weil er ihn mit dem Albino teilen konnte.

Einmal fragte er Mama, ob Tiere Seelen hätten. Nein, antwortete sie, nicht wie Menschen, die gerettet werden können, wenn sie an Jesus Christus glauben. Der Pale Saint wußte, daß das nicht stimmte. Die trägen, dummen Kühe mochten vielleicht keine Seelen haben, der Albino aber schon. Der Hund war das einzige andere Wesen, das die Schmerzen des Pale Saint empfinden konnte. Seine Mama konnte das nicht, und es war ein schlechter Witz, auch nur daran zu denken, daß es sein Vater vermocht hätte. Der Pale Saint war sicher, daß der Albino es konnte.

Als er zehn Jahre alt war, wurden sie Mitte März von einem heftigen Schneesturm überrascht. Mühsam bahnten sie sich ihren Weg. Der Albino hatte den ganzen Tag noch nichts gefressen. In der Dämmerung der früh hereinbrechenden Nacht fand der Hund einen Bau von Kojoten und zog das kleinste Jungtier unter dem steinigen Überhang hervor. Da tauchte gegen die Windrichtung die wegen des Wetters halb verhungerte Mutter der Kojoten auf, und selbst der Albino nahm sie nicht wahr, bis sie lossprang. Der Hund, der sich zwischen dem Pale Saint und dem Kojoten befand, wurde von dessen Gewicht niedergerissen. Er schaffte es, den Kojoten zu töten, war aber selbst lebensgefährlich verletzt.

Der Pale Saint versuchte, den Albino nach Hause zu bringen, schaffte es aber nicht. Er starrte in die Augen des Hundes, die nichts mehr sahen, und streichelte sein kälter werdendes Fell. Er bemühte sich, mit dem Tier zu reden, konnte das Echo in seinem Geist aber nicht mehr wahrnehmen. Im tiefsten Inneren spürte er eine große Finsternis, die ihn innerhalb eines Sekundenbruchteils verschlang.

11.

Spätnachts brachten Cassandra und Christopher Lawrence in die Geburtskammer zurück und sorgten dafür, daß er sich wusch. Christopher blieb bei dem Klon, während Cassandra die diversen Aufzeichnungen so manipulierte, daß Dillard nie erfahren würde, daß Lawrence das Labor erneut verlassen hatte.

»Wie geht's dir?« fragte Christopher den Klon.

»Ich wünschte, ich könnte bei Sara sein. Sie war so traurig und verlassen, als wir gingen.«

»Ich auch, aber im Augenblick mußt du hier sein. Für den Fall, daß Dr. Nobel auftauchen sollte. Das verstehst du doch?«

»Ja.«

»Du denkst noch an etwas anderes, nicht wahr?« fragte Christopher, während er sich auf die Bettkante setzte. Gerade erst war ihm aufgefallen, daß Lawrence nicht mehr stotterte.

Der Klon entfernte das Papier und die Folie von einem Hershey's-Schokoladenriegel. »Seit du mich aus dem See gerettet hast, muß ich über Leben und Tod nachdenken.«

»Mach dir deshalb keine Sorgen. Damit machst du dich nur verrückt.«

»Du denkst doch auch darüber nach, Daddy. Ich weiß es.« Er begann zu essen – nur Schokolade schlang er nicht wie wild hinunter. »Wir denken über dieselben Dinge nach, und das gefällt mir.«

»Wenn du durch die Umstände gezwungen bist, jemanden zu töten, lernst du, nicht weiter über den Tod nachzudenken. Du schottest einen Teil deiner Seele einfach ab.«

»Aber das ist ein wichtiger Teil deines Ichs, oder?« fragte Lawrence mit verblüffender Einsicht. »Der Tod ist nur eine Hälfte der Gleichung. Wenn es den Tod nicht geben und jeder ewig leben würde, was wäre das Leben dann? Es würde seine Bedeutung verlieren.«

Christopher schüttelte den Kopf. »Du bist noch nicht einmal drei Wochen alt und redest wie ein Hundertjähriger.«

Lawrence starrte ihn an. »Wenn man jeden Tag ein Jahr älter wird, ist jeder Augenblick unglaublich wichtig.« Er spreizte seine Finger. »Es ist, als ob man durch einen Gegend rennt, die einem sehr gut gefällt. Man weiß, daß man nicht langsamer laufen kann, und deshalb muß man in der kurzen Zeit, die einem bleibt, so viel wie möglich in sich aufsaugen.«

Christopher merkte, daß ein Pfeil, von dessen Existenz er bisher nichts gewußt hatte, plötzlich seinen Panzer durchbohrte. Er konnte den Gesichtsausdruck des Klons nicht ignorieren. Vielleicht hatte er ihn die ganze Zeit über wahrgenommen, aber nicht darauf achten wollen. Aber das war vorher gewesen – bevor er ihn aus dem See gerettet hatte. Er begriff, mit wieviel Erfolg er alle Gefühle niedergekämpft hatte, die er für dieses Kind empfinden mochte. Trotz seines fortgeschrittenen Alters war Lawrence für Christopher in vielerlei Hinsicht immer noch ein Kind. Aber jetzt hatte sich etwas geändert. Seit den Ereignissen im See war eine Schlinge durchschnitten worden, die sich fest um Christophers Kehle gelegt hatte.

»Es tut mir leid, daß das alles so schwer für dich ist.«

»Sei nicht traurig, Daddy. Du und Mama, ihr habt mir das Leben geschenkt, und das ist ein Geschenk, das ich …« Er wickelte den Schokoladenriegel langsam wieder ein.

»Was möchtest du sagen?«

»Dr. Nobel sagt, daß ich dich nicht Daddy nennen soll. Er behauptet, daß du nicht wirklich mein Vater bist und daß es besser wäre, wenn ich die Wahrheit akzeptieren würde. Sara hat das auch gesagt. Aber ich habe geantwortet, daß du mein Vater bist, weil du dich um mich kümmerst und mich beschützt. Und das hast du auch getan. Ich wäre in dem See ertrunken, aber du hast mich gerettet. Deshalb bist du mein Vater, und das bedeutet, daß das Skelett sich geirrt hat.«

Christopher beobachtete den Klon sorgfältig. »Was willst du damit sagen?«

»Das Skelett hat gesagt, daß ich dir gleichgültig bin und du nur daran Interesse hast, daß ich dich zu ihm führe. Aber jetzt weiß ich, daß es sich irrt, auch wenn ich es in meinen Visionen sehe.«

»Ja«, sagte Christopher. »Es irrt sich. Wenn du irgend etwas von dem begriffen haben solltest, was ich dich gelehrt habe, müßte es dies sein: Es ist bösartig, und wir müssen ihm Einhalt gebieten.«

»Es ist tot«, sagte Lawrence mit unheimlicher Gewißheit. »Als wir uns im See berührt haben, habe ich in seinen Geist geblickt und gesehen, daß es tausend Tode starb. Und dann habe ich darüber nachgedacht, ob ich auch tot bin, falls wir beide gleich sind.«

»Nein. Du bist nicht tot.«

»Das ist gut, weil ich das Leben so liebe.«

Christopher beobachtete Cassandra, die vor ihrem Monitor mit den Computeranalysen saß. Er war sicher, daß sie, im Gegensatz zu ihm, von den Worten des Klons nicht überrascht gewesen wäre. »Sag mir eines«, begann er erneut. »Du hast gesagt, daß du in den Geist des Skeletts geblickt hast und daß es viele Male gestorben ist. Wie hast du das gemeint?«

»Du weißt es nicht?«

»Nein.«

»Stirbt der Geist von Menschen nicht wieder und wieder?«

»Erzähl mir mehr darüber.« Christopher beugte sich vor. »Ich würde es gerne wissen.«

»Aber du weißt es bereits. Du bist innerlich tot – wegen dem, was mit deinem Sohn Andy geschehen ist. Du hast einen für dich sehr wichtigen Menschen verloren, und er wird nie zurückkommen.«

»Woher weißt du das mit Andy?«

»Ich habe gehört, wie du mit Mama über ihn gesprochen hast, aber ich habe auch ihn im Geist des Skeletts gesehen.«

Christopher fühlte, wie die Angst von ihm Besitz ergriff. »Warum sollte es über meinen Sohn nachdenken?«

»Vielleicht hat das Skelett jemanden verloren, der ihm nahestand«, sagte Lawrence. »Mehrfach.«

»Wen?«

»Seine Familie. Alle.«

»Wen? Mutter, Vater, Schwester, Bruder?«

»Einen Bruder gab es nie.«

»Aber eine Schwester?«

»Ja.«

»Kannst du mir etwas über sie erzählen?«

»Sie ist tot. Sie sind alle tot.« Lawrence leckte Schokoladenreste von seinen Lippen. »Es ist seit langer Zeit allein, und ich glaube, daß es deshalb glücklich war, mir zu begegnen.«

»Glücklich oder nur erpicht darauf, jemanden zu bekehren? Es muß verlockend für dich sein, es zu bemitleiden, wenn du siehst, was du in seinem Geist bewegt hast.«

»Ich bin mir nicht sicher.«

»Stolpere nicht in diese Falle«, sagte Christopher bestimmt. »Es könnte auch sehr böse mit dir sein.«

»Das verstehe ich nicht.«

»Es haßt sich selbst für das, was all die Todesfälle aus ihm gemacht haben. Deshalb tötet es, und das wird es auch weiterhin tun. Das muß ein Ende haben. Sein Motiv spielt keine Rolle. Es ist gleichgültig, ob es Schmerz empfindet oder innerlich tausend Tode gestorben ist. Man tötet nicht vorsätzlich einen anderen Menschen. Das ist der springende Punkt, und da gibt es keine Ausnahme.«

»Aber was ist mit Gottes Gesetz?« fragte Lawrence. »In der Bibel habe ich gelesen: ›Ihr sollt für das Leben eines Mörders, der des Todes schuldig ist, kein Lösegeld annehmen; er muß des Todes sterben.‹ Gibt es nicht das Sprichwort ›Rache ist süß‹?«

»Ja, aber das ist eine Lüge«, antwortete Christopher. »Wir reden hier über Moral, nicht über animalische Rache. Gott weiß, daß das ganze Ausmaß seiner Moral für den Menschen unbegreiflich ist. Die menschliche Gesellschaft hat ihre eigenen Gesetze, und so sollte es auch sein. Aber die menschliche Moral ist ohne Gewalt nicht denkbar. Und Dean Koenig ist nur ein Beispiel dafür, daß die moralisch Aufrichtigen oft die gefährlichsten Mitglieder einer Gesellschaft sind.«

»Dann bist du die Hand Gottes?«

»Um Himmels willen – wie kommst du denn darauf?«

»Du verhaftest böse Menschen, und manchmal tötest du sie. Was könntest du sonst sein?«

»Ich bin nur ein Mensch und mache genauso viele Fehler wie jeder andere auch – ich habe im Umgang mit Andy Fehler gemacht.« Er griff in eine seiner Taschen, zog einen Ring mit Schlüsseln hervor und suchte einen bestimmten. »Dies ist der Schlüssel zu dem Schwimmbad, in dem Andy gestorben ist. Man hat ihn in seiner Tasche gefunden, als er auf dem Boden des Schwimmbeckens lag, in dem kein Wasser war. Ich habe ihn aufbewahrt, weil ...« Er strich mit dem Daumen über das dunkle, bronzefarbene Metall. »Weil niemand wußte, wie er an diesen Schlüssel gekommen ist. Und ich weiß nicht, warum er gesprungen ist. Da gibt es eine Verbindung, die ich nicht verlieren möchte.« Er steckte den Schlüsselbund wieder in die Tasche und blickte Lawrence an. »Wenn es eine Hand Gottes gibt – was ich persönlich bezweifle –, würde ich davon ausgehen, daß Gott keine Fehler macht.«

»Das Skelett hat einen Fehler gemacht. Es hat mich sehen lassen, daß es alles über uns weiß: Über dich, mich, Mama, Sara, Andy. Über alle.«

»Warum hat es sich so viel Mühe gemacht, alles über uns in Erfahrung zu bringen? Was will das Skelett?«

»Ich weiß es nicht. Ich ...«

»Denk nach, Lawrence.«

Der Klon verzog das Gesicht, und Christopher sah, daß er Probleme hatte, seine Gedanken zu artikulieren. »Es will, daß wieder alles so wie vorher wird.«

»Wann vorher?«

»Bevor es mit seinem Krieg anfing, und bevor der erste schlimme Zwischenfall passierte. Das war sehr, sehr schlimm für ihn.«

»Weißt du, was da geschehen ist, Lawrence?«

»Jemand ist gestorben, aber nicht plötzlich. Es dauerte. In der Zwischenzeit geschahen schlimme, schlimme Dinge.«

»Zum Beispiel?«

Über das Gesicht des Klons rannen Schweißbäche hinab. Es schien ihn beinahe übermenschliche Kraft zu kosten, sich an diese Bilder zu erinnern. »Ich weiß es nicht.«

»Kannst du mir erzählen, wie es den Zustand vor dem ersten Zwischenfall wiederherstellen will?«

»Es wollte einen neuen Anfang machen«, antwortete der Klon. »Ein Feuer loderte bis in den Himmel. Ein Feuer, das all die schlimmen Geschehnisse – die vielen Todesfälle – auslöschen sollte. Und dann sollte aus dem Tod ein neues Leben erstehen – eine Wiedergeburt.«

»Es glaubt, daß es wiedergeboren werden kann, wenn es immer wieder mordet.« Christopher dachte darüber nach. »Du hast bereits zum zweiten Mal ein Feuer erwähnt. War das ein realer Vorfall, oder wird es erst noch geschehen?«

»Beides. Weder noch. Ich weiß es nicht. Ich sehe ein Haus mit sieben Säulen.«

»In den Rocky Mountains?«

»Nein.«

»Wo steht es dann?«

Lawrence dachte einen Augenblick lang nach. »Dort gab es keine Berge, nur eine staubige Ebene. Vielleicht hier und da einen Baum, sonst nichts.«

Christopher atmete tief durch. »Eine Prärie. Weißt du, was eine Prärie ist?«

»Ja. Eine flache oder leicht wellige Grasebene mit wenigen oder gar keinen Bäumen, wie im mittleren Nordamerika.« Der Klon zitierte den Artikel aus dem Lexikon wie ein Papagei. »Das Wort leitet sich vom altfranzösischen *praierie* und vom lateinischen *prata* ab.«

»Dann steht das Haus also in der Prärie.«

»Ja. Es ist zweimal abgebrannt.«

»Wie kann es zweimal abgebrannt sein?«

»Es gab zwei Häuser.«

»Wo in der Prärie stand dieses Haus? Das ist wichtig.«

Dem Klon rann vor lauter Konzentration der Schweiß über die Stirn. »Oklahoma?«

»Oklahoma? Bist du dir sicher?«

»Ich weiß nicht …« Lawrence blickte ihn flehend an. »Das ist nur ein Wort, das mir durch den Kopf geschwirrt ist.«

»In Ordnung«, sagte Christopher, um ihn zu beruhigen. »Das war sehr gut.«

»Danke, Daddy.« Lawrence wischte sich mit einem Ärmel die schweißüberströmte Stirn und seufzte erleichtert.

»Ich kann es nicht oft genug wiederholen, Lawrence: Das Skelett irrt sich auf fürchterliche Weise. Vielleicht empfindet dieser Mann seelische Schmerzen wegen all der schlimmen Ereignisse, die ihm zugestoßen sind und die eventuell erklären können, was aus ihm geworden ist. Aber das kann seine Taten nicht entschuldigen. Deshalb glaube ich, daß er dir vielleicht etwas antun will, weil er sich selbst verletzt. Ich nehme an, daß er deshalb im See war. Du hast ihm erzählt, daß du in einem Labor aufgewachsen bist, und deshalb muß er gewußt haben, daß du nicht schwimmen kannst. Es ist möglich, daß er dich ertränken wollte.«

»Weil ich nicht so handle, wie er es sich wünscht«, antwortete Lawrence. »Aber wenn es stimmt, bin ich sicher, daß du mich beschützen wirst. Als du ihn hättest schnappen können, bist du getaucht und hast mich gerettet. Ich weiß, wie sehr du dich danach sehnst, ihn ins Gefängnis zu bringen, Daddy.«

Christopher war nachdenklich geworden. Selbst unmittelbar vor ihrem Tod war seine Frau für kurze Augenblicke geistig noch voll auf der Höhe gewesen. »*Glaub nicht, daß ich mir keine Sorgen um dich mache, wenn ich tot bin*«, hatte sie in einem dieser Momente gesagt.

»*Wovon redest du?*« Er war überrascht gewesen. »*Du machst dir doch nie Sorgen um mich.*«

Seine Frau hatte gelächelt. »*Wie kommst du darauf, Darling? Ich lasse es mir nur nicht anmerken.*«

»Gerade ist in deinem Geist etwas passiert«, sagte Lawrence. »Was?«

Christopher konzentrierte sich wieder auf die Gegenwart. »Ich habe mich an etwas erinnert, das meine Frau kurz vor ihrem Tod sagte.«

»Und warum hast du dich jetzt daran erinnert?«

»Ich weiß es nicht. Vielleicht hat es etwas mit dir zu tun.«

»Ist das ein gutes Zeichen?«

»Ja, ich glaube schon.«

Lawrence zog den halben Hershey-Schokoladenriegel aus

der Tasche, entfernte das Papier und die Folie und blickte einen Augenblick darauf. Dann reichte er ihn Christopher. »Komm schon, Daddy. Du hast nichts gegessen und mußt hungrig sein.«

»Das ist deine Leib- und Magenspeise. Willst du den Schokoriegel nicht essen?«

»Doch«, sagte Lawrence. »Aber es wäre mir lieber, wenn du ihn essen würdest.«

Christopher spürte, daß sich alles um ihn herum veränderte, und er registrierte, daß er hungrig war. »Wie wäre es, wenn wir ihn uns teilen?« fragte er und brach den Riegel entzwei.

»Gern.«

Sie aßen gemeinsam, und Lawrence sah Christopher, dem die Schokolade gut schmeckte, mit Vergnügen zu. Christopher fragte sich, ob sie hier so zusammensitzen würden, wenn Andy sich nicht zum letzten Schritt entschlossen hätte. Es war gespenstisch, aber sein Herz kannte die Antwort. Die neuen Entwicklungen überraschten ihn. Seit seiner Geburt hatte Christopher in Lawrence einen Feind gesehen, und er hatte Cassandras Bindung an ihn stets abgewertet. Aber Lawrence war nicht der Feind – nicht wirklich. Alle Argumente, die er Cassandra gegenüber vertreten hatte, sich nicht zu sehr auf Lawrence einzulassen, hatten plötzlich ihre Glaubwürdigkeit eingebüßt. Vielleicht bestand ja eine genetische Identität zwischen Lawrence und dem Pale Saint, aber durch seinen permanenten Kontakt zu Cassandra, Sara und ihm selbst hatte er sich zu einer eigenständigen Persönlichkeit entwickeln können.

Als er dem Pale Saint zum ersten Mal von Angesicht zu Angesicht begegnet war, hatte er begriffen, daß es sich nicht um identische Wesen handelte. Zwischen Lawrence und Christopher gab es eine menschliche Bindung, nach der er sich bei Andy so verzweifelt gesehnt hatte. Zudem begriff er, daß Lawrence wie Sara auf ihn reagierte. Er erinnerte sich an das, was sie nach dem Baseball-Match zu ihm gesagt hatte. Für Lawrence waren seine Taten und Worte genauso wichtig. Jetzt war er für den Klon so verantwortlich, wie seinerzeit für Andy. Christopher hatte endlich die fundamentale Wahrheit begriffen, die Cassandra in dem Augenblick mit voller Wucht getroffen hatte, als Lawrence das Licht der Welt erblickt hatte: Er war ein einzigartiges, unverwechselbares Individuum mit einem unbekannten Schicksal.

Cassandra beobachtete durch die dicken Glasscheiben der Geburtskammer, wie sie dicht nebeneinandersaßen und in freundschaftlichem Schweigen aßen. Es war das erste Mal, und sie wollte sie nicht stören.

»Ich werde die Aufzeichnungen nie wieder manipulieren«, sagte sie, als Christopher die Geburtskammer verließ. »Das verstößt gegen alles, was ich über das wissenschaftliche Ethos gelernt habe.«

»Was für eine andere Wahl bleibt uns?«

»Ich habe mich entschlossen, Dillard zu entlassen. Nach dem letzten Streit muß ich zugeben, daß ich mir Sorgen wegen Lawrence mache, wenn ich nicht hier bin, um sie auseinanderzuhalten. Hutton hat ihn bedroht, und es ist eine glückliche Fügung, daß er dieses Forschungsprogramm nicht leitet. Gott allein weiß, wie er Lawrence behandeln würde.«

Christopher blickte sie an. »Wird er sich nicht bei Gerry Costas beschweren? Er hat schon einmal damit gedroht.«

»Darüber habe ich bereits nachgedacht.« Sie tippte mit einem Fingernagel auf die Tischplatte. »Costas wird ihn feuern – nicht ich. Hutton wird keine Ahnung haben, warum er entlassen wird.« Sie nickte. »Ich muß mich sowieso mit Gerry treffen. Er bedrängt mich seit einer Woche, ihm den vierteljährlichen Kostenvoranschlag für das Labor zu übergeben. Dann werde ich mit ihm darüber reden.«

Als Cassandra am nächsten Morgen wieder im Labor war, sah sie sich die Computeraufzeichnung mit den seltsamen Serotonin-Spitzenwerten des Klons ein ums andere Mal an. Jon war wegen einer Pressekonferenz zum gestrigen Zwischenfall im Central Park im Polizeipräsidium. Die für Öffentlichkeitsarbeit zuständigen Leute vom NYPD hatten den Vorfall heruntergespielt. Die Nachricht, daß der Pale Saint im Central Park gewesen war, hätte zweifellos die ganze Stadt in Panik versetzt. Daß Christopher gemeinsam mit dem Polizeichef anwesend war, hatte seinen Grund darin, daß er den Medien persönlich berichten sollte, um der vorgeschobenen Story Glaubwürdigkeit zu verleihen.

Cassandra öffnete eine Schublade, zog aus einer Kiste ein paar Latex-Einweghandschuhe hervor und machte sich an die Arbeit. Vor einigen Tagen war ihr klargeworden, daß das Serotonin nicht die einzige Substanz war, die vom Körper des Klons während dieser Zeitspannen in ungewöhnlich großen Mengen produziert wurde, aber es hatte einige Zeit gedauert, bis sie die volle Bandbreite der Aktivität entschlüsselt hatte. Jedesmal, wenn der Serotonin-Spiegel in die Höhe schoß, gab es ein entsprechendes Ungleichgewicht der Eicosanoide. Das waren Hormone, die vom Körper produziert wurden, während er essentielle Fettsäuren zu Glucagon und Insulin abbaute. Eicosanoide, die beim Aufbau des Immunsystems mithalfen, leiteten sich vom Glucagon her, während diejenigen, die das Immunsystem schwächten, vom Insulin stammten. Cassandras Analyse zeigte, daß während der Zeitspannen, wo der Körper des Klons Serotonin-Spitzenwerte produzierte, das Verhältnis von nützlichen und schädlichen Eicosanoiden ein proportionales Mißverhältnis aufzeigte.

Sie präsentierte ihre Ergebnisse dem triefäugigen Dillard. »Schauen Sie nur, es sieht fast so aus, als ob der Körper des Klons seine natürlichen Abwehrkräfte gegen die heraufziehende Gefahr mobilisieren würde. Aber ich verstehe das Ganze noch nicht.« Sie schnippte mit den Fingern. »Moment mal – ich hab's!«

»Und?« fragte Dillard etwas verärgert.

Cassandra ging zu einem kleinen Kühlschrank, in dem sich eine Reihe von Reagenzgläsern mit Blutproben des Klons befanden, die sie ihm täglich für ihre Analysen abnahm. Sie holte ein Reagenzglas mit einer bestimmten Probe heraus und machte sich an die Arbeit.

»Was tun Sie da? Ich habe am Computer so viele Kombinationen überprüft, daß ich nicht glaube, daß wir die Antwort rechtzeitig finden werden.«

»Sie irren sich. Ich isoliere die Eicosanoide aus dem Blut des Klons«, entgegnete sie in fiebriger Aufregung. »Ich habe immer daran geglaubt, daß irgend etwas in der veränderten chemischen Zusammensetzung seines Blutes das Transgen davon abhält, so wie bei Minnie verrückt zu spielen.«

»Das ist sinnlos, Cassandra. Wir haben die Serotonin-Therapie bei der Ratte erfolglos anzuwenden versucht.«

»Ja, aber wir haben reines Serotonin benutzt, das wir im Labor produziert hatten. Wenn wir das Serotonin aus dem Körper des Klons verwendet hätten, wären wir vielleicht zu anderen Resultaten gelangt, weil es dieses Eicosanoid enthält.«

»Das ist Wahnsinn, Cassandra. Ich habe Ihnen ja gesagt, daß Ihr persönliches Verhältnis zu dem Klon zu einem Desaster führen wird. Wir haben andere Arbeiten zu erledigen. Die Ratte steht kurz vor dem Exitus, und das außer Kontrolle geratene Transgen wird sich jeden Augenblick auch bei unserem menschlichen Versuchsobjekt bemerkbar machen. In der knappen Zeit, die uns noch bleibt, müssen wir unsere Resultate zusammenfassen und am Wortlaut für die Präsentation feilen.«

Cassandra hob nicht einmal den Kopf. »Ich gebe nicht auf, auch wenn Sie es bereits getan haben, Hutton. Um die Wahrheit zu sagen – Lawrence' Leben ist mir weitaus wichtiger als ein Nobelpreis.«

»Ich sehe, daß ich mit einer Besessenen rede. Es tut mir leid, daß wir an diesem Punkt angekommen sind, Cassandra.«

»Soll das eine Drohung sein, Hutton?«

»Diese Bemerkung werde ich nicht einmal einer Antwort würdigen.« Er griff nach seinem Mantel. »Ich werde bald zurück sein.«

Es dauerte mehr als eine Stunde, bis Cassandra das Eicosanoid aus dem Blut des Klons isoliert hatte. Sie injizierte Minnie das Hormon, schloß das Tier an die Apparate an und setzte sich vor ihren Monitor und wartete – zehn, fünfzehn, zwanzig Minuten lang.

»Nichts«, sagte sie, während sie sich müde auf einen Stuhl setzte. »Die nächste Sackgasse.«

Esquival lauschte Robert Casadesus' exzellenter Aufnahme von Maurice Ravels ›Pavane Pour Une Infante Défunte‹. Die Musik linderte die Auswirkungen der ermüdenden Online-Suche. Wie jeden Tag hatte er das Violent Criminal Apprehension Program des FBI aufgerufen, um die Daten sorgfältig zu überprüfen. Er haßte diese Arbeit, die seiner Ansicht nach eher etwas für D'Alassandro war, der es tatsächlich Spaß machte, am Computer zu arbeiten. Er andererseits hätte seinen rechten Arm dafür gegeben, im Keller des Mietshauses oder – noch besser – im Central Park dabeigewesen zu sein, wo Christopher dem Pale Saint von Angesicht zu Angesicht gegenübergestanden hatte. Das hier war Drecksarbeit, aber er war der einzige, der autorisiert war, die VCAP-Datenbank des FBI zu nutzen.

Casadesus' wunderschöne Piano-Kaskaden übertönten die Stimmen, die klingelnden Telefone und das andere lärmende Durcheinander aus der von hektischen Aktivitäten erfüllten Abteilung. Esquival hielt sich in einem kleinen Hinterzimmer auf, wo er alle wichtigen Nachforschungen am Computer erledigte. Er hatte eine billige Mini-Stereoanlage angeschlossen und brachte praktisch jeden Tag neue Kassetten und CDs mit.

Jemand steckte seinen Kopf durch die Tür und fragte, ob er einen Happen essen wolle, und nur so bemerkte Esquival, wieviel Zeit vergangen war. Er verneinte, und der Kopf im Türrahmen verschwand. Die Mitglieder des Teams, und selbst die uniformierten Polizisten, die man aus verschiedenen Stadtbezirken ausgeliehen hatte, hatten Anweisungen erhalten, ihn in Ruhe zu lassen.

Bis jetzt hatte er noch keinen speziellen Bereich gefunden, auf den er sich bei seiner Suche in den VCAP-Dateien konzentrieren konnte, aber dann änderte sich alles, da Christopher ihn aufforderte, sich den Rocky-Mountain-Staaten zuzuwenden. Er behauptete, eine Ahnung zu haben, daß der Dorn wichtiger sei, als sie zunächst vermutet hätten, und Esquival arbeitete lange genug mit Christopher zusammen, um seine Ahnungen sehr ernst zu nehmen.

Da war zum Beispiel der ›Fall des begrabenen Kindes‹, bei dem sie sich kennengelernt hatten.

Brooke, die Tochter von Stewart Applewhite, dem Chief Executive Officer von Hubbart Aerospace, war aus dem Familienhaus an der Upper East Side Manhattans entführt worden. Die Kidnapper hatten dem Vater ein Ultimatum gestellt: Wenn er nicht innerhalb von sechsunddreißig Stunden fünf Millionen Dollar zahlte, würde seine Tochter sterben. Sie war in einer Kapsel vergraben worden, die nur begrenzte Mengen an Sauerstoff enthielt. Man hatte Christopher den Fall übertragen und ihm auf nachdrückliches Anraten des obersten Senators von New York Esquival als Mitarbeiter aufgeschwatzt. Applewhite finanzierte zu einem großen Teil den Wahlkampf des Senators, der sich zur Wiederwahl stellte, und der Senator pokerte jeden Montag mit dem Assistenten des stellvertretenden Direktors des FBI.

Die Nachforschungen des Teams waren ins Stocken geraten, bis Christopher beschlossen hatte, daß sie sich noch mal mit einem von Hubbarts besten Ingenieuren befassen sollten, einem farblosen kleinen Typ namens Wilson, dessen Brillengläser so dick wie das Glas einer Coca-Cola-Flasche waren und der nur achtundneunzig Pfund wog.

Aus einer Reihe von Gründen hatten sie den Mann von der Liste der Verdächtigen gestrichen: Er verdiente mehrere hunderttausend Dollar im Jahr, besaß ein Aktienpaket und Optionsscheine. Zudem arbeitete er bereits seit über zwanzig Jahren für Hubbart. Applewhite hatte ihn direkt nach dem Abschluß auf der Graduate School eingestellt.

Christophers Ahnung zahlte sich aus. Sie hatten bei ihren ersten Überprüfungen immer übersehen, daß in Wilsons Vertrag stand, daß die Patente für seine Erfindungen auf Hubbarts Namen lauten sollten. Aufgrund der Genialität des armen Narren strich das Unternehmen Millionen ein. Esquival erinnerte sich noch gut an Wilsons erste Worte, als Christopher ihn verhört hatte: »Jahrelang war ich ein Sklave – jetzt bin ich frei.«

Das akustische Warnsignal des Computers übertönte Ravels flüssige Melodie, und Esquival konzentrierte seine Aufmerksamkeit wieder auf den Monitor. In der VCAP-Datenbank gab es eine Parallele zur Mordmethode des Pale Saint.

Während Esquival die Daten am Bildschirm durchblätterte, riß er die Augen weit auf: Es gab nicht nur *einen* Treffer, sondern gleich *vier*! Die Fälle hatten sich in einer Kleinstadt namens Debenture in Montana ereignet.

In fiebriger Aufregung sah Esquival die Informationen durch. Im Jahr 1983 hatte man innerhalb von fünf Tagen vier männliche Leichen gefunden: die des früheren Bürgermeisters, eines damaligen Stadtrats, eines Kreisrichters und eines Stahlfabrikanten. Das Ganze war äußerst merkwürdig. Die Opfer waren alle alt, zwischen Mitte Siebzig und Anfang Achtzig. Sie alle waren auf dieselbe Art und Weise umgebracht worden – durch einen einzigen, tödlichen Stoß, der ihr linkes Auge durchbohrt hatte. Esquival stöberte in den unvollständigen Dokumenten herum. Es wurde nicht erwähnt, ob die Opfer keine Zirbeldrüse mehr hatten, aber das hatte nichts zu bedeuten. Frustrierende Erfahrungen hatten Esquival gelehrt, daß es in diesen Kleinstädten manchmal keinen kompetenten Pathologen der Gerichtsmedizin gab, der eine korrekte Autopsie vornehmen konnte.

Diese Morde waren vor fünfzehn Jahren geschehen. Er überprüfte die Daten. Wie er vermutet hatte, waren die Formulare erst sechs Monate nach dem Fund der Leichen ausgefüllt und an das VCAP geschickt worden. Eine erstaunliche Inkompetenz, aber andererseits war ihm auch klar, daß er dankbar sein mußte, daß es diese Einträge überhaupt gab, weil die Taten schon so lange zurücklagen.

Esquival machte einen Ausdruck, um ihn Christopher zu zeigen. Dann suchte er die Nummer der Polizei in Debenture in Montana heraus und rief dort an. Es war gut möglich, daß es nutzlos war, denn schließlich erkundigte er sich nach Morden, die fünfzehn Jahre zurücklagen. Er ging nicht davon aus, mit jemandem sprechen zu können, der sich an den Fall erinnerte, aber vielleicht hatte er Glück, und die vollständigen Akten waren noch vorhanden.

»Lawrence!« Cassandras Stimme klang so aufgeregt, daß der Klon zu den Monitoren hinübereilte, wo sie Minnies Analysen überprüfte. »Sieh dir das an.«

»Minnies Alterungsprozeß hat sich verlangsamt.«

Cassandra nickte. »Und zwar dramatisch. Der Alterungsprozeß hat sich fast wieder auf einem normalen Niveau eingependelt.« Triumphierend reckte sie die Faust hoch. »Die Eicosanoide in deinem Blut sind die Lösung.« Einen Augenblick lang schloß sie die Augen, während sie eine tiefe Erleichterung überkam. »Gott sei Dank haben wir sie gefunden.«

»Hatte Gott seine Hand im Spiel?« Lawrence wirkte verwirrt. »Ich denke, er ist unsichtbar.«

»Das ist nur eine Redensart. Gott hat hiermit nichts zu tun. Wir mußten nur die Dosis um fünfzehn Prozent über die Werte in deinem Körper erhöhen, um den rapiden Alterungsprozeß unter Kontrolle zu bringen. Ich werde die nötigen Berechnungen durchführen und dann Hutton zurückrufen. Er soll eine Reihe von Depots für die Eicosanoide vorbereiten, damit auch du wieder normal alterst.«

Und wenn ich in einer Stunde Gerry treffe, dachte sie, *wird das Huttons letzte Amtshandlung in diesem Labor gewesen sein.*

»Ihre Nachricht hat mich erreicht«, sagte Christopher, während er das Lagezentrum betrat. Er war mit D'Alassandro und Stick in dem gekühlten Raum gewesen, wo die Leichen aufbewahrt wurden. Dort hatte sich bestätigt, was er bereits geahnt hatte: Sowohl bei der Ausreißerin als auch bei Guy war die Zirbeldrüse entfernt worden. Er hängte seinen Mantel über die Rückenlehne seines Stuhls. »Was haben Sie herausgefunden?«

»Das sollte uns für das entschädigen, was gestern im Central Park passiert ist«, sagte Esquival grinsend, während er Christopher ein Exemplar des Ausdrucks reichte. »Die VCAP-Datenbank enthält vier Morde, deren Methode zu der des Pale Saint paßt. Sie haben sich alle innerhalb einer Woche ereignet.«

Christopher blätterte die Papiere durch. »Sieht ganz so aus, als ob das unser Mann wäre.«

»Genau. Bei allen Opfern fehlte das linke Auge. Wir haben keine genauen Unterlagen und können deshalb noch nichts über die Zirbeldrüsen der Ermordeten sagen, aber ich vermute ...«

»... daß sie fehlen.«

»Bingo.«

»Das bedeutet, daß sich die Mordmethode unseres Verbrechers nicht erst im Fall William Cotton geändert hat – er ist vielmehr zu seiner ursprünglichen Methode zurückgekehrt.«

»Stimmt. Irgend etwas muß diese Kehrtwende ausgelöst haben. Cotton war es nicht – wir sind der Spur gefolgt, bis sie sich als Sackgasse erwies.«

»Also, wie geht's weiter?«

»Keine Ahnung«, gestand Esquival. »Das sind die guten Nachrichten – die schlechten bestehen darin, daß diese Morde fünfzehn Jahre zurückliegen.«

»Das sehe ich. Die Opfer wurden in einem Provinznest namens Debenture umgebracht.«

»Der Ort liegt in Montana.«

»Montana?« Christopher war überrascht. »Nicht in Oklahoma?« Er dachte an das Haus mit den sieben Säulen, das Lawrence ihm beschrieben hatte und das in der Großen Prärie von Oklahoma abgebrannt war. Hatte er sich geirrt?

»Versuchen Sie, den Ort auf einer Landkarte zu finden. Er liegt in Montana, aber Sie könnten das Pünktchen auf der Karte mit Fliegendreck verwechseln.«

»Interessant.« Christopher tippte nachdenklich auf den Papierausdruck. »Diese Städte, die über Nacht aus dem Boden schossen, als die Eisenbahnschienen verlegt wurden, wurden nach den Launen der Industriebarone der damaligen Zeit benannt. Scheint eine dieser Kleinstädte zu sein.«

»Stimmt – ich habe es überprüft. Die Eisenbahn führte durch Debenture.«

»Das ist die Verbindung zu unserem Eisenbahn-Dorn. Gute Arbeit, Esquival. Haben Sie dort angerufen?«

»Allerdings. Im Büro des Sheriffs wußte niemand Bescheid, und die Akten sind verbrannt. Vor ungefähr zehn Jahren ist die Dienststelle in Flammen aufgegangen. Aber sie haben mir den Namen des damaligen Sheriffs genannt – er heißt Harold Wilcox. Mittlerweile ist er Pensionär und gerade zur Elchjagd unterwegs – die haben jetzt Saison. Vor morgen wird er nicht zurück sein.«

»Zuerst will ich Hintergrundinformationen über die vier Mordopfer haben«, sagte Christopher.

»Lassen Sie mich frei, Chef. Das ist das mindeste, was Sie tun können, nachdem sie mich wochenlang an diesen Zweihundert-Megahertz-Computer angekettet haben.«

Christopher nickte. »Daran habe ich auch schon gedacht. Ich kenne diese Hinterwäldler – sie reagieren positiv auf zerknitterte Typen wie Sie.«

»Danke für den Vertrauensbeweis«, entgegnete Esquival. »Ich überlege.« Er tippte mit einem Stift auf die Schreibtischplatte. »Jetzt, wo wir die Bestätigung haben, daß der Pale Saint in mindestens zwei Staaten gemordet hat, bin ich nach den Vorschriften dazu verpflichtet, meine Vorgesetzten in Washington zu informieren. Dieser Kerl gehört dem FBI.«

»Sie haben den Fall satt, was? Gut, rufen Sie an.«

Esquival brach den Stift entzwei. »In Ordnung. Die Leute in Washington werden uns den Fall nicht wegnehmen.« Er grinste. »Nebenbei gesagt – Sie mögen mich für verrückt halten, aber ich gewöhne mich langsam daran, daß Sie mein Boß sind.«

Aus dem Augenwinkel beobachte Christopher, wie Lewis gerade ein Päckchen von dem tragbaren Röntgengerät nahm, mit dem man Sendungen nach Briefbomben untersuchen konnte.

»Das hat ein Kurier für Sie gebracht.« Lewis reichte ihm einen gefütterten braunen Umschlag. »Es steht kein Absender darauf, deshalb haben wir ihn geröntgt. Alles in Ordnung.«

»Gut. Ich möchte, daß Sie in Brockaws Büro anrufen und für Reuven ein Rückflugticket nach ...« Er wandte sich Esquival zu. »Wissen Sie, welches der Debenture am nächsten gelegene Flughafen ist?«

»Kalispell in Montana.«

»Gut.« Christopher wirbelte in seinem Drehstuhl herum. »Besorgen Sie ihm auch einen Mietwagen mit Vierradantrieb, Lewis.«

»Großartig«, sagte Esquival, während er sich die Hände rieb. »Ich werde meine karierten Flanellhemden und meine Stiefel aus dem Schrank holen.«

»Gut so. Und um das Bild abzurunden – warum hämmern Sie auf dem Klavier nicht ein paar Willie-Nelson-Songs herunter?« Christopher warf Esquival den Ausdruck zu. »Ich will, daß Sheriff Wilcox Sie für einen dort ansässigen Typen hält, wenn ihr gemütliches Beisammensein stattfindet.«

»Aber nicht mit *dem* Akzent«, sagte Lewis.

»Scheiß drauf, mein Sohn, Sie können doch Kuhmist nicht von Shineola unterscheiden«, erwiderte Esquival schleppend und mit einem ziemlich gelungenen Akzent des amerikanischen Westens. »Ich habe jede Menge Tricks in petto.«

»Was zum Teufel ist Shineola?« fragte Lewis.

»Gute Frage. Vielleicht reinigen sie damit ihre Revolver, mein Freund.«

»Shine-ola war Schuhcreme aus dem Süden«, sagte Christopher.

»Nie davon gehört«, antworteten Lewis und Esquival unisono.

»Ein vorsintflutliches Produkt«, sagte Christopher. »Wie Moxie.«

»Moxie?« fragten die beiden anderen gleichzeitig.

»Machen Sie sich nichts daraus.« Während sie scherzten, hatte sich Christopher das Päckchen genauer angeschaut. Den Umschlag hätte man in jedem größeren Schreibwarengeschäft oder Postamt kaufen können. Auf die Vorderseite hatte jemand handschriftlich Christophers Namen und Adresse geschrieben. Ein Absender war nicht angegeben, aber an einem Ende des Umschlags klebte ein Empfangsschein des Kurierdienstes.

Christopher öffnete den Umschlag mit einem Brieföffner und zog eine normale, nicht beschriftete Videokassette hervor.

Er riß die Empfangsbestätigung ab, reichte sie Lewis und bat ihn, sie zu überprüfen. »Reuven«, sagte er leise, nachdem der uniformierte Polizist den Raum verlassen hatte, »sehen Sie sich das an.« Christopher starrte auf die Kassette, wie er eine Wespe angesehen hätte, die ihr Nest unter seinem Dachvorsprung einrichten wollte.

Esquival schob den Umschlag mit dem Brieföffner in eine große Plastiktüte für Beweisstücke und hielt Datum, Zeit und Ort fest. »Ich werde einen der Jungs beauftragen, das direkt ins Labor zu bringen.«

»Sagen Sie Ihnen, daß ich so schnell wie möglich die Analyse der Fingerabdrücke haben will«, sagte Christopher.

»Okay«, entgegnete Esquival, während er einen Mann herüberwinkte und ihm Anweisungen gab.

Christopher stand auf. »Oz, Esquival.« ›Oz‹ war Christophers Bezeichnung für den Medienraum des Teams. Hier gab es einen großen Fernseher, zwei Videorecorder, einen Computerscanner, Sound-Screener und Oszillatoren, mit denen man Teile des Audio- und Video-Spektrums isolieren konnte. Zusätzlich sah man noch komplizierteres Zubehör, Apparate, die Kenny, Christophers Spitzel aus dem No-Name, ausgesucht, modifiziert und den speziellen Erfordernissen angepaßt hatte.

Während die beiden Männer das Videoband in dem verdunkelten Raum ansahen, kroch Christopher ein eiskalter Schauer über den Rücken. Er sah, wie er den Keller der Mietskaserne an der East Side betrat, seine Pistole zog und sich dann den Weg zu Guys zellenartiger Behausung bahnte.

»Guter Gott«, sagte Esquival leise.

Christopher mußte mitansehen, wie unbeherrscht er sich Guy gegenüber verhalten hatte. Der Mann war tot, und es gab ein Dokument, das bewies, daß Christopher ihn kurz vor seinem Ende mit dem Griff seiner Pistole erwischt hatte.

Das Video war zu Ende, und sie lasen den Nachspann: ›Diese Kassette hätte auch bei Brockaw, bei Minelli vom Internal Affairs Department, dem Bürgermeister, den örtlichen Medien, den Networks oder bei CNN landen können. Es gab viele Alternativen, aber ich habe es Ihnen zugeschickt.‹

»Heilige Mutter Gottes«, flüsterte Esquival. »Dieses Monster muß ein ganzes Dossier über Sie zusammengestellt haben.«

Dann hat der Pale Saint also nicht gelogen, dachte Christopher. Ein Rinnsal kalten Schweißes lief ihm über den Rükken. Nachdem der Bildschirm für drei Sekunden dunkel geblieben war, erschien ein weiterer Text: ›Wie einen Sherarat werden Sie mich rätselhaft finden. Andere Männer mögen Hoffnungen oder Illusionen haben. Der Sherarat weiß, daß man ihm freiwillig in dieser oder einen anderen Welt besser nichts als seine körperliche Existenz läßt.‹

Nach drei weiteren Sekunden unbespielten Videobands folgte ein dritter Textabschnitt: ›Seine Einöde bestand in geistiger Isolation, in der eine zwar nicht sich entwickelnde, aber intakte Vorstellung von der Einheit Gottes existierte.‹

Der vierte und letzte Abschnitt lautete: ›Der Sieg kann nur durch Blutvergießen errungen werden. Im allgemeinen fällt es dem Klarsichtigen zu, auch wenn Sie, Christopher, mir zustimmen werden, daß das Schicksal und überlegene Intelligenz das unausweichliche Gesetz der Natur in Unordnung bringen können.‹

»Begreifen Sie, wie die Lage aussehen würde, wenn dieses Video Brockaw, dem Internal Affairs Department oder der Presse zugespielt würde?« fragte Esquival.

»Natürlich. Es wäre belastend.« Christopher schüttelte den Kopf. »Aber dieses Video war weder für Brockaw noch für das Internal Affairs Department oder die Medien gedacht, sondern ausschließlich für mich.«

»Ich bin ganz Ihrer Meinung. Er will Ihnen das Ausmaß seiner Macht demonstrieren.«

»Ich frage mich, ob das alles ist.« Christopher spulte das Band ein Stück weit zurück und ließ dann den Text in Zeitlupe ablaufen, um den Wortlaut in seinem Notizbuch festzuhalten. Als er das erledigt hatte, nahm er die Videokassette aus dem Gerät und verschloß sie in einer Schublade seines Schreibtischs.

In der Zwischenzeit hatte Lewis herausgefunden, daß das Päckchen von einem ortsansässigen Kurierdienst zugestellt worden war, von denen es im Großraum New York Hunderte gab. Die Sendung war bar bezahlt worden, aber niemand vom Kurierdienst konnte sich genau erinnern, wer das Päckchen aufgegeben hatte. Christopher wies Lewis an, sich die neuen Phantombilder des Pale Saint zu besorgen und sie allen Mitarbeitern des Kurierdienstes zu zeigen, die in den letzten vierundzwanzig Stunden gearbeitet hatten.

»Mich interessiert folgendes«, sagte Christopher, als sie wieder unter sich waren. »Er läßt zwei Namen fallen: Brokkaw und Minelli. Der des Polizeichefs ist allgemein bekannt, aber wie viele Bürger wissen, daß Minelli der Chef des Internal Affairs Department ist?«

»Keiner«, antwortete Esquival. »Vielleicht einige kürzlich pensionierte Polizisten, und selbst von denen haben nur die wenigstens jemals Kontakt zum Internal Affairs Department gehabt.«

»Und trotzdem weiß der Pale Saint offensichtlich, wer Minelli ist, und das bedeutet: Entweder hat er Kontakt zu jemandem aus dem Department, oder er hat Zugang zu ihrem Computer.«

»Beide Möglichkeiten machen mich nervös«, räumte Esquival ein. »Er setzt unsere eigenen Dateien gegen uns ein. Wie sollen wir gegen diesen Verbrecher ankämpfen?«

Christopher kannte die Lösung, seit Cassandra ihn über ihre verrückte Idee unterrichtet hatte: Lawrence war ihre einzige Hoffnung.

»Mich interessiert noch etwas anderes an den Textstellen«, sagte Esquival, der Christopher aus seinen Gedanken aufschreckte. »Die erste Botschaft unterscheidet sich stilistisch von den anderen.«

»Die erste stammt von Thomas Edward Lawrence. Ich erinnere mich an einige dieser Zeilen.« Christopher schlug sein Exemplar der *Sieben Säulen der Weisheit* auf.

»Noch etwas Interessantes«, sagte Esquival, der einen Blick auf Christophers Notizen warf. »Er spricht über Gott.«

»Laut Thomas Edward Lawrence ist es unmöglich, über die Araber zu reden, ohne von Gott zu reden.«

»Das ist kein Zufall, Boß.« Esquival tippte auf das Papier. »Sehen Sie, wie er die geistige Isolation der Einheit Gottes gegenüberstellt. Diese ›Einöde‹, in der er lebt, seine geistige Isolation und der altertümliche Begriff von Gott, den er aufrecht erhalten konnte, entwickelte sich nicht weiter.«

Christopher blickte von dem Buch auf. »Und was wollen Sie damit sagen?«

Esquival beugte sich vor. »Mein Verdacht ist, daß dieser Mann mit einer klaren Vorstellung von Gott aufgewachsen ist. Und das war kein Gott, der die andere Wange hinhält. Ich glaube, daß es sich um einen Rachegott handelte, eine allmächtige, furchterregende Gottheit ohne Mitleid, die mit dem Schwert bestrafte.«

»Hört sich ziemlich krankhaft an.«

»Allerdings. Aber dies ist kein Scherz, Boß. Sie werden durch eine Vorstellung geprägt und bleiben ein Leben lang dadurch gezeichnet.« Esquival blickte Christopher an. »Wo liegt der Grund für dieses verzerrte Gottesbild? Wenn wir das wüßten, hätten wir wahrscheinlich den Schlüssel in Händen, um alle Geheimnisse dieses kranken Verbrechers zu enthüllen.«

12.

Minnie befand sich weiter auf dem Weg der Besserung, und Dillard hatte zwar Triefaugen, war aber am späten Nachmittag an seinen Arbeitsplatz zurückgekehrt. Er war gerade dabei, die subkutan zu implantierenden Depots für Lawrence vorzubereiten, als Cassandra wegen ihrer Verabredung mit Gerry Costas das Labor verließ. Sie hatte den Termin verschoben, so daß sie bis zum letzten Augenblick verfolgen konnte, wie sich die Eicosanoid-Dosis auswirkte, die sie Minnie injiziert hatte. Als sie das Labor endlich verlassen hatte, war sie dankbar, frische Luft einatmen und die letzten Sonnenstrahlen genießen zu können, um sich von den Ereignissen der letzten Tage zu erholen. Es kam ihr immer mehr so vor, als wären sie alle in den rapiden Alterungsprozesses des Klons verstrickt und als würden die Ereignisse von Jahren grausam in Stunden und Tage komprimiert.

Während sie ihren Mantel um sich schlang, bemerkte sie, daß die Schatten länger geworden waren – sie glichen den

Bärten alter Soldaten, die noch zu widerstandsfähig waren, um schon zu sterben. Cassandra winkte ein Taxi herbei und kurbelte die Fensterscheibe herunter, während der Wagen losraste. »Ich erfriere gleich, Lady«, sagte der aus der Karibik stammende Taxifahrer.

»Entschuldigung«, antwortete Cassandra, während sie das Fenster wieder hochdrehte, es aber einen Spalt weit offen ließ.

Als sie ausstieg, wartete Gerry Costas bereits auf sie. »Hallo, Cass. Mein Büro gleicht heute einem Tollhaus. Lassen Sie uns ein paar Schritte gehen.«

»Tut mir leid, daß ich hiermit so im Verzug bin.« Sie reichte ihm einen Schnellhefter mit der Vierteljahrsprognose.

»*Par for the course.*« Costas klemmte sich den Schnellhefter unter den Arm, ohne sich die Mühe zu machen, in die Unterlagen hineinzuschauen. Er war ein kleiner, blonder Mann mit hängenden Schultern und strahlte jene Menschenfreundlichkeit aus, die in der Oberschicht offenbar ein erblicher Charakterzug war. Obwohl er Universitätsabschlüsse in Pharmazie und Molekularbiologie erworben hatte, wirkte er nicht wie ein Wissenschaftler, was nur von Vorteil war, wenn man bedachte, mit welchen Menschen er Umgang pflegte. Durch die Beziehungen seiner Familie und Schulfreunde hatte er in der Anfangsphase von risikobereiten Kapitalisten, Segelfreunden und müßiggängerischen Multimillionären Startkapital erhalten, und diese Leute sorgten jetzt für die großen Aufträge, die die Regierung vergab. »Verzeihen Sie, Cassandra, aber Sie sehen aus, als ob es Ihnen sehr schlecht ginge.« Das Wort ›beschissen‹ hätte Costas nie in den Mund genommen.

»Das würden Sie auch, wenn Sie vierundzwanzig Stunden am Tag arbeiteten.«

»Genau darüber wollte ich mit Ihnen reden. Seit Bobbys Tod sind erst ein paar Wochen vergangen. Ich habe versucht, flexibel zu reagieren, als ich Ihnen gestattet habe, sich wieder so schnell an die Arbeit zu machen, aber jetzt, wo ich Sie persönlich sehe, ist mir klar, daß Sie eine kleine Pause brauchen. Nehmen Sie Urlaub – solange Sie wollen.«

Cassandra schüttelte den Kopf. Sie konzentrierte sich hauptsächlich auf ihre Strategie, wie sie Gerry dazu veranlassen konnte, Hutton zu feuern. »Vielleicht in zwei Monaten, aber im Moment bin ich an einem kritischen Punkt angelangt, wo ...«

»Sie haben mich nicht richtig verstanden«, sagte Costas. »Das war keine Bitte.«

»Okay, Gerry, was ist los?«

Costas seufzte. »Diese kleine Fernsehdiskussion mit Dean Koenig, die Sie abgesagt haben ... Die Geschichte macht uns Schwierigkeiten.«

»Ich weiß. Die Demonstration ...«

»Das ist eher ein Teilaspekt des Ganzen. Bitte verstehen Sie, daß ich nicht Ihnen die Schuld gebe. Nach allem, was wir wissen, hätte diese Diskussion für uns zu einem Public-Relations-Desaster werden können. Für so etwas ist Koenig berühmt. Der springende Punkt ist, daß er uns kaltstellen will, und wenn wir Sie nicht aus der Schußlinie nehmen, wird er vielleicht Erfolg haben.«

Cassandra war so vor den Kopf gestoßen, daß sie kaum noch Luft bekam. »Guter Gott, Gerry«, sagte sie schließlich, »Sie scherzen.«

»Nein.«

Sie war entsetzt. »Sie dürfen jetzt nicht nachgeben. Dieser Mann ist nichts anderes als ein Erpresser, der sich die Maske des Priesters aufgesetzt hat.«

Costas nickte. »Wir beide wissen das, aber es gibt Millionen von Menschen, die ihm vertrauen und an ihn glauben. Und für uns ist im Moment am wichtigsten, daß Sie tun, wozu er Sie auffordert. Er hat eine Telefonkampagne angefacht, und die Leute fordern, daß ich Sie entlassen soll.«

Plötzlich fühlte Cassandra sich ähnlich orientierungslos, wie in jenem Sommer, als sie mit Christopher Achterbahn gefahren war. »Das ist doch völlig verrückt, Gerry.«

»Nennen Sie es, wie Sie wollen, aber Koenig hat uns – und besonders Sie – in seiner ersten landesweit ausgestrahlten Fernsehsendung angegriffen, und es gibt keinerlei Anzeichen dafür, daß er damit aufhören wird.«

»Wenn Sie jetzt vor Koenig kuschen, machen Sie den größten Fehler Ihres Lebens, Gerry. Sehen Sie den Grund nicht? Wenn mir oder irgendeinem anderen das nächste Mal ein wissenschaftlicher Durchbruch gelingt, wird es dieselbe Diskussion geben, und beim übernächsten Mal auch, bis wir beide begreifen, daß er alle wirklich relevanten Forschungsvorhaben bei Vertex gestoppt hat. Ohne eine Abteilung für Forschung und Entwicklung ist jedes Unternehmen der Biotechnologie erledigt – nicht nur Vertex.«

Costas wirkte plötzlich müde und mitgenommen. »Es geht nicht nur um Koenig, und die Geschichte ist schon schlimm genug. Das Ganze hat sich zu einer Art Medienspektakel entwickelt. Alle Nachrichtensender haben seine Schmährede übernommen. Jetzt tauchen Senatoren bei mir auf, die mich mit schonungslosen Fragen nach Ihrer Tätigkeit durchlöchern. Für den Augenblick habe ich sie abwimmeln können, aber Sie wissen, daß es dabei nicht bleiben wird. Es gibt so viele Vorurteile gegenüber der Genmanipulation, daß wir von Anfang an eine schwere Schlacht schlagen mußten. Dieses Medientheater hat Ken Reinisch mit der gewünschten Munition versorgt, und er will meinen Kopf. Ich werde alle Akten und Computeraufzeichnungen offenlegen müssen, um zu beweisen, daß Sie bei der Genreplikation unsere Richtlinien nicht verletzt haben. Aber wenn ich das tue, falle ich mir selbst in den Rücken, weil Ihr Projekt mit Minnie einigen Menschen – und zwar wichtigen Leuten – fürchterliche Angst einjagen wird.«

Er reichte ihr die letzte Ausgabe von *Time*, wo die Seite ›The Nation‹ aufgeblättert war. »Sogar die Frau des Vizepräsidenten hat sich eingemischt, und ich versichere Ihnen, daß sie nicht gerade auf unserer Seite steht. Durch das Engagement der Medien kreisen alle Aasgeier über meinem Kopf.«

Cassandra konnte kaum noch atmen. Alle Gedanken an ihren Plan, Costas zu veranlassen, Hutton zu feuern, waren wie weggeblasen. »Was werden Sie unternehmen?«

»Ich muß pragmatisch handeln. Dieser Angriff hätte uns zu keinem ungünstigeren Zeitpunkt treffen können. In drei Wochen muß ich vor den Unterausschuß des Senats treten, wo die Finanzierung des Projekts über den Alterungsprozeß überprüft wird.« Costas senkte den Blick, bevor er erneut Cassandra ansah. »Der Vorstand hat mir keine Wahl gelassen. Es tut mir leid, Cassandra, aber ich werde ankündigen, daß Sie ab morgen abend für unbefristete Zeit beurlaubt sind.«

»Gerade rechtzeitig, damit die Nachricht noch um sechs Uhr in den Nachrichten ausgestrahlt wird, stimmt's?«

»Dillard wird Ihre Pflichten übernehmen.«

Cassandra versuchte vergeblich zu schlucken und kämpfte die zunehmende Panik nieder. Der Gedanke, daß Dillard für Lawrence verantwortlich sein würde, war ihr unerträglich. »Es muß eine andere Möglichkeit geben, Gerry.«

»Wenn ja, hätte ich mich dafür entschieden.«

»Geben Sie mir wenigstens eine Woche, um meinen Job zu Ende zu bringen.«

»Auf solche Verhandlungen werde ich mich nicht einlassen.«

»Dann zwei Tage. Ich werde nur im Geheimlabor arbeiten und das Gebäude durch den Eingang betreten und verlassen, den niemand kennt. Sie können ja eine große Show abziehen, indem Sie meinen Schreibtisch im Hauptlabor ausräumen, okay?« Sie trat einen Schritt auf Costas zu. »Sagen Sie ja, Gerry. Sie schulden es mir.«

»Ich schulde Ihnen sehr viel, Cassandra«, sagte Costas leise. »Mehr, als ich sagen kann.«

»Dann gewähren Sie mir diese Gnadenfrist. Bitte.«

Er seufzte. »Vierundzwanzig Stunden, und das ist schon zu lange. Aber wenn irgend jemand fragen sollte – ich habe nein gesagt. Wenn man Sie erwischt, sind Sie auf sich allein gestellt. Mir wird dann keine andere Wahl bleiben, als gegen Sie vorzugehen. Ist das klar?«

»Absolut.«

»Wir werden das Ganze durchstehen, Cassandra, und dann werden Sie zurückkommen. Ich verspreche es Ihnen.« Aber selbst der perfekte Verkäufer ließ es in diesem Augenblick an der notwendigen Begeisterungsfähigkeit fehlen.

»Da ist noch eine andere Sache«, sagte Costas, während

sie sich umwandte, um ein Taxi zu rufen. »Ich habe mich entschlossen, nächste Woche ein paar Prominente durch das Labor zu führen.«

»Glauben Sie, daß das klug ist?« fragte Cassandra verärgert.

»Im Augenblick kann ich mir den Luxus nicht leisten, diese Frage zu stellen. Ich muß die Initiative ergreifen, um Koenigs unbewiesene und schädliche Behauptungen zu widerlegen. Jetzt ist Angriff die beste Verteidigung, und ich muß mich so offen wie möglich zeigen. Ablenkungsmanöver werden nur erneut Verdacht wecken. Ich bin bereits dabei, so viele Mitglieder des Unterausschusses des Senats wie möglich zusammenzutrommeln, und wenn ich wirklich Glück habe, folgt vielleicht sogar die Frau des Vizepräsidenten meiner Einladung.«

»Jetzt begreife ich«, sagte Cassandra. »Dillard ist genau wie Sie ein Mann aus der Oberschicht, mit vorzüglicher Ausbildung in Harvard und am Walter-Reed-Institut. Er wird Ihnen dabei behilflich sein, die Gäste durch Small talk zu besänftigen, damit sie Ihnen nicht weh tun.«

Costas seufzte. »Willkommen in der Ersten Liga, Cassandra. Wenn ich nicht nach ihren Spielregeln mitspiele, wird Vertex auf der Strecke bleiben. Schon jetzt sitzt mir ein Dutzend Unternehmen im Nacken, die auf die Verträge scharf sind, für die ich kämpfe.«

Cassandra war empört. »Ich bin die, die ihren Job verliert, und da soll ich mit Ihnen Mitleid haben? Sie sind nicht der einzige, der für Vertex den Kopf hinhält.«

»Ich hatte gehofft, daß Sie es nicht persönlich nehmen würden.«

»Sie haben mir keine andere Wahl gelassen.«

»Verdammt, Cassandra, Sie machen die Sache schlimmer, als sie ist.«

»Wirklich? Ich kann es nur schlimm finden, wenn jemand an seinem Lebenswerk gehindert wird.«

»Wenn Sie die Angelegenheit nur aus meiner Perspektive sehen könnten.«

»Mistkerl«, sagte Cassandra und ging davon.

Wenn man Emma D'Alassandro eines nicht nachsagen konnte, dann daß sie an Verfolgungsangst litt. Ein Freund von der Medizinischen Fakultät hatte sie eine pragmatische Realistin genannt. Da sie damals schon miteinander schliefen, war das nicht als Kompliment gemeint, aber es traf dennoch zu. Doch D'Alassandro machte diesen Mangel an Fantasie durch ihre Entschlossenheit mehr als wett. Sie stammte aus einer armen Arbeiterfamilie und hatte für jedes Stipendium, das sie bekam, schwer schuften müssen. Trotzdem hatte sie noch Schulden gehabt, als sie die Zulassung für die New York University erhielt.

Ihre Fantasie hielt sich in den engen Grenzen der *Political-ly Correctness* und ging über John Kennedy Jr. und Lt. Worf aus ›Star Trek‹ nicht hinaus. Selbst als Kind schien sie nie Tagträume gehabt zu haben.

Doch jetzt konnte sie das Gefühl nicht abschütteln, daß ihr jemand folgte. Sie war als Teenager aus dem grünen, aber langweiligen Yonkers nach Manhattan gezogen und hatte mehr als genug Zeit gehabt zu lernen, wie man sich im rauhen Durcheinander der Riesenmetropole zu verhalten hatte. Damals arbeitete sie abends bei Baskin-Robbins, um ihren Lebensunterhalt zu verdienen. Weil sie sich jetzt manchmal unwohl fühlte, wenn sie nachts durch gewisse Straßen ging, steckte sie ab und zu ein Tränengasspray in ihre Handtasche, und Alphabet City mied sie auf ihren frühmorgendlichen Dauerläufen.

Aber noch nie hatte sie sich so ängstlich gefühlt.

Sie wußte, daß etwas nicht in Ordnung war. Während sie über die Stufen von Sticks Bürogebäude in das herbstliche Zwielicht schritt, schien sie eine feuchtkalte Hand im Genick zu spüren, und dieses Gefühl wurde noch stärker, als sie die First Avenue überquerte, um ein Sandwich mit Thunfischsalat für das Abendessen zu kaufen. Vielleicht lag es daran, daß sie seit so vielen Monaten mit diesem grausamen Fall beschäftigt war oder seit fast sechsunddreißig Stunden durchgearbeitet hatte. Aber tief in ihrem Inneren glaubte sie nicht daran.

Sie blieb verängstigt mitten auf der Straße stehen und

blickte sich um, als die Ampel umsprang. Deshalb wäre sie beinahe von einem Taxi umgefahren worden, dessen Fahrer sie in einer unidentifizierbaren Sprache anbrüllte. Als sie auf der anderen Straßenseite angekommen war, überlegte sie, ob sie Christopher anrufen sollte. *Würde Reuven zu ihm rennen?* dachte sie. *Verdammt, benimm dich nicht wie ein kleines Mädchen.* Ihr Herz klopfte wie wild, und sie hatte jeden Appetit verloren. Sie zögerte erneut, dachte aber dann: *Zum Teufel, ich werde auf mich selbst aufpassen.*

Als sie zu Hause angekommen war, spürte sie den Zwang, zuerst alle Lichter einzusschalten, bevor sie das Sandwich auf einen Teller legen konnte. Sie blickte aus dem Fenster – neben der Feuertreppe befand sich der fast völlig im Dunkeln liegende Luftschacht. Dann begann sie wie besessen, ihre im dritten Stock gelegene Studiowohnung aufzuräumen. Seit ihrer Kindheit hatte sie nicht mehr solch beunruhigende Zwänge empfunden. Damals lauschte sie den nächtlichen Streitereien ihrer Eltern, drehte sich im Bett um, schaltete ihre Wizard-of-Oz-Nachttischlampe ein. Sie zitterte und redete sich ein, daß es ihr gutgehe und ihre Eltern zusammenbleiben würden, solange das Licht der Lampe schien.

Wenn ihre Blase zu platzen drohte, rannte sie ins Badezimmer, und ihr Herz pochte wie ein Preßlufthammer, bis sie wieder das beruhigende Licht der Nachttischlampe sah. »Jetzt bette ich mein Haupt zur Ruhe«, sagte sie sich dann selbst, um sich zu beruhigen und weil sie es gewagt hatte, sich einen Augenblick lang von der Lampe zu entfernen. »Ich bete zum Herrn, daß er meine Seele behüten möge …« Während sie diese Worte flüsterte, drangen aus der Küche durch das Treppenhaus hinauf die unheimlich klingenden Stimmen ihrer Eltern, deren spätnächtliche Streitigkeiten unweigerlich eskalierten. Manchmal mußte sie sich selbst belügen und sich einreden, daß alles nur ein Traum war. Damals beneidete sie ihre ältere Schwester Lisa, die jede Nacht durchschlief, ohne aufzuwachen.

Stunden später, als sie wie immer noch wach lag und die Stille des frühen Morgens durch den Gesang einer Spottdrossel zerrissen worden war, schlich sie sich die Treppe hinunter in die Küche. Dort fand sie Steingutbecher mit Resten von kaltem Kaffee und dreckige Teller mit Kuchen- oder Obsttortenkrümeln vor, die sich in geschmolzener Eiscreme auflösten. Und immer gab es zerbrochene Teller, Schüsseln, Schalen oder Becher, die ihr Vater oder ihre Mutter – sie hatte nie erfahren, wer – auf dem Höhepunkt des Streits auf den anderen geworfen hatte. Sie räumte den Tisch ab, spülte, trocknete ab und stellte alles wieder an seinen Platz, wobei sie nicht auf die Scherben auf dem Boden blickte.

Danach blieb ihr nur noch, die Scherben aufzukehren und sie in den Müll zu werfen. Sie hatte alle Spuren des Streits beseitigt und durch dieses wohlüberlegte Ritual die zerbrochene Beziehung ihrer Eltern kitten wollen. Wenn sie vollkommen war und das Haus perfekt in Schuß hielt, dachte sie, würden ihre Eltern schon zusammenbleiben.

Ihre Eltern hatten sich tatsächlich nie getrennt. Wie wäre ihr Vater ohne ihre Mutter zurechtgekommen, und wie wäre ihre Mutter mit dem Alleinsein umgegangen? Aber ihr Unglück hatte Emma D'Alassandros Leben in einer Weise belastet, die ihre Schwester nie verstanden hätte.

Jetzt kochte sie sich einen Tee und lauschte den Geräuschen, die von der 14. Straße in ihre Wohnung drangen. Dann aß sie im Stehen das Sandwich. Vielleicht schmeckte es gut, vielleicht auch nicht – es war ihr nicht bewußt. Sie verbrannte sich die Zunge am Tee und kippte ihn angewidert in den Ausguß. In ihren Küchenschränken fand sie nichts, worauf sie Appetit hatte, außer einer Schachtel Pralinen, die sie auf dem Weg in das kombinierte Wohn- und Schlafzimmer zu essen begann.

Rigatoni, ihre getigerte Katze, wachte auf, als sie den Computer einschaltete. Typisch – die Katze blickte ein paarmal auf den Monitor, bevor sie von der Schlafcouch sprang, wo sie zusammengerollt ein Nickerchen gehalten hatte. Das Tier streckte sich genüßlich und kam dann zu ihr herüber.

»Wie geht's dir, meine Kleine?«

Die Katze rieb ihren gewölbten Rücken an ihrer Wade

und sprang dann auf ihren Schoß, wo sie sofort wieder einschlief. »Was für ein Leben«, sagte D'Alassandro. Das Tier schnurrte im Schlaf, während sie seinen Hals streichelte. »Eines Tages würde ich gerne auch jemanden finden, der mich so gut behandelt.«

Sie klinkte sich ins Internet ein und suchte nach Seiten für Sammler, besonders solchen, die alte Eisenbahn-Dorne sammelten. Seltsam, welche komischen Sachen man entdeckte, wenn man im Web surfte. Es war, als ob man einen Stein umdrehte, und darunter alle Arten ekelhafter, aber faszinierender Insekten und Tiere fand.

Während sie im Web surfte, steckte sie sich eine Praline nach der anderen in den Mund, und nur allzu schnell war die Schachtel leer. Es war ein lausiges Abendessen, aber das war ihr egal. Ein kleiner Salat mit etwas Pasta und ihrer selbstgemachten Tomatensoße – das wäre vielleicht das Richtige gewesen, aber heute nacht war sie zu aufgekratzt, um etwas anderes als Pralinen essen zu können.

Als das Telefon klingelte, zuckte sie zusammen, und Rigatoni sprang von ihrem Schoß. Die Katze miaute klagend, während sie nach dem Hörer griff.

»Hallo?«

Stille.

D'Alassandro umklammerte den Hörer und lauschte angestrengt. Die Verbindung war da, und am anderen Ende war jemand. Trotz eines gewissen Gefühls, daß es am besten gewesen wäre, sofort aufzulegen, hörte sie sich selbst sagen: »Wer spricht da? Ich höre Sie, Sie Mistkerl.«

Keine Antwort.

Genervt knallte sie den Hörer auf die Gabel und schlang ihre Arme um den Körper, während Rigatoni sie anstarrte, als ob sie verrückt wäre. Aber sie wußte, daß es nicht so war. Am anderen Ende der Leitung war jemand gewesen – da war sie sich genauso sicher wie zuvor, als sie gespürt hatte, daß jemand sie beobachtete, nachdem sie Sticks Gebäude verlassen hatte. War es dieselbe Person? Sie zitterte, ohne den Grund dafür genau zu kennen.

Sie verließ das Web und schaltete den Fernseher ein. Auf

einem Kanal lief ein prächtiger Schwarzweißfilm mit Fred MacMurray und Ava Gardner - *Singapur*, der in einem exotischen, fernöstlichen Ambiente spielte. Genau das richtige, dachte sie. Sie setzte sich wieder auf das Sofa, legte eine Baumwolldecke über ihre Füße und Beine und beobachtete die wunderschöne Beleuchtung der Studiokulissen, die dem Film eine vibrierende dreidimensionale Atmosphäre verlieh. Das Spiel mit Licht und Schatten ist eine vergessene Kunst, dachte sie.

Das Telefon klingelte erneut, und ihr Herz begann schmerzhaft zu pochen. Während es wieder und wieder klingelte, saß sie regungslos da. Schließlich griff sie nach dem Hörer. Sie lauschte angestrengt, glaubte, jemanden atmen zu hören, und nahm sich vor, den Anrufer so schnell wie möglich identifizieren zu lassen.

»Emma?«

Sie zuckte zusammen, als sie Lisas dröhnende Stimme hörte.

»Bist du dran, Emma? Alles in Ordnung?«

»Natürlich.« D'Alassandro mußte sich räuspern. »Ja. Mir geht es gut. Ich habe gerade *Singapur* gesehen.«

Es tat gut, das kehlige Lachen ihrer Schwester zu hören. »Du und deine alten Spielfilme. Ich dachte, daß du hart arbeiten würdest, um den Fall Pale Saint zu knacken.«

D'Alassandro blickte auf den Computermonitor und sah, daß eine E-Mail eingetroffen war. »Ich gönne mir eine wohlverdiente Pause, Lisa. Ich habe die ganze Woche über nur Leichen gesehen.«

»Was glaubst du, warum ich anrufe? Ich will von meiner berühmten Schwester alles über die schmutzigen Details erfahren, über die in den Illustrierten nichts steht.«

»Du weißt doch, daß ich nicht über den Fall reden darf, Lisa.«

»Ich weiß, ich weiß, aber ich würde gerne vor meinen Freunden damit prahlen, daß wir darüber gesprochen haben. Jetzt muß ich nicht lügen.«

D'Alassandro stand vom Sofa auf und setzte sich wieder vor ihren Computer.

»Wo wir gerade von Leichen sprechen – hast du irgendwelche Heiratskandidaten in Aussicht?«

»Mama hat sich gemeldet. Sie fragt sich, wann du sie mit den Mädchen besuchen wirst.«

»Touché. Aber Kalifornien ist weit weg.«

»Es ist nur eine Flugreise weit entfernt«, entgegnete D'Alassandro.

»Sei nicht genervt, Schwester, wenn ich mich nach dir erkundige. Ich bin deine ältere Schwester, die glücklich verheiratet ist und zwei Kinder hat. Dasselbe wünsche ich dir auch.«

»Vielleicht will ich das gar nicht.« Emma rief die E-Mail auf. »Ich bin mit meiner Karriere verheiratet.«

»Ach komm. Jeder braucht etwas Liebe und Sicherheit. Warum machst du dich nicht an deinen mächtigen Boß ran?«

»Christopher? Wie mir das gefallen würde – ich bin total in ihn verknallt. Unglücklicherweise ist er …« Das Blut gefror Emma in den Adern.

»Ich habe versucht, mit Ihnen zu telefonieren«, las sie auf dem Monitor, *»aber Sie haben nicht geantwortet. Aber was wollte ich sagen? Nur dies: ›Etwas von dem Bösen in meiner Geschichte könnte mit den Umständen zusammenhängen.‹«*

Die E-Mail hatte keine elektronische Unterschrift, und das bedeutete, daß sie jemand mit einer nicht registrierten Internet-Adresse geschickt hatte, der sich als Hacker versuchte.

»Was ist er?« fragte Lisa.

»Vergeben.« D'Alassandro erkannte den letzten Satz als Zitat aus *Die sieben Säulen der Weisheit* von Thomas Edward Lawrence, der Bibel des Pale Saint.

»Emma? Deine Stimme klingt merkwürdig.«

»Hör zu, Lisa, ich muß Schluß machen.«

»He, nicht so eilig. Ist alles in Ordnung?«

»Natürlich, ich habe nur zu tun.«

»Ich dachte, du guckst fern?«

»Vorbei. Es ist was passiert. Ich rufe dich morgen an.«

»Okay, aber …«

Emma legte auf und begann mit ihren Nachforschungen im Web. Da die Adresse nicht registriert war, war der Absender mit größter Wahrscheinlichkeit nicht zu identifizieren, aber sie kannte einige Tricks, von denen selbst die Hakker nichts wußten.

Sie brauchte siebenunddreißig Minuten entschlossener Suche, um herauszufinden, wer die unheimliche E-Mail geschickt hatte. Dabei mußte sie mehrere Firewalls durchbrechen – Sicherheitsprogramme, die gegen Hacker schützen sollen. Das letzte Schutzprogramm war das des New York Police Department.

»Esquival!« Sie stieß den Namen aufgebracht hervor. »Dieser Mistkerl, dieses Schwein, ich bringe ihn um. Nein, das werde ich Christopher überlassen.« Rigatoni, besorgt wegen ihres Wutausbruchs, sprang auf ihren Schoß und rieb sich an ihrem Bauch. Emma streichelte den Rücken der Katze. Nach einem Augenblick verzogen sich ihre Mundwinkel zu einem Lächeln.

Sie stand auf und redete mit Rigatoni, als ob das Tier sie verstehen würde. »Nein, ich werde ihn nicht töten, sondern es ihm zurückzahlen.« Sie schaltete nacheinander die Lichter aus, bis nur noch die Bodenlampe aus Metall hinter dem Sofa brannte. »Wie wär's«, fragte sie die Katze, »wenn wir zu Esquival hinübergehen und du mir hilfst, mich zu rächen?«

Rigatoni miaute und gähnte dann herzhaft. »Nein, ich glaube nicht.«

Sie setzte die Katze auf das Sofa, wo sie sich auf der Decke zusammenrollte und zusah, wie Fred MacMurray eine leidende Ava Gardner verließ, während die Katze gemächlich und methodisch ihre Tatzen leckte.

»Keine Sorge, meine Kleine«, sagte D'Alassandro, während sie nach ihrem Mantel griff und auf die Tür zuging. »Er wird immer wieder zu ihr zurückkehren.«

Sie öffnete die Tür und trat in den Flur hinaus. Die Hausbesitzer renovierten das Gebäude, und da die Bodenkacheln entfernt worden waren, hallten die Schritte auf dem nackten Beton unheimlich. Das Licht der Lampen wurde von der gelblichen Chromdecke reflektiert, und da es durch nichts absorbiert wurde, hatte seine Farbe ein unangenehmes Eigenleben gewonnen.

Als sie gerade abschließen wollte, öffnete sich die Tür des Lifts mit einem Klingeln.

D'Alassandro wandte sich um. Die Tür war offen, aber niemand verließ den Aufzug, aus dem eine Lichtzunge drang, die sich über den Boden und die gegenüberliegende Wand erstreckte. Sie stand da, und der Adrenalinstoß ließ sie leicht erzittern. Ihr Herz pochte wie ein Motor.

»Hallo?« rief sie töricht.

Nur das Echo ihrer Stimme antwortete ihr. D'Alassandro stutzte. Hatte das Licht geflackert, als ob sich jemand im Aufzug bewegt hätte?

Sie wandte sich eilig um und verschloß die Wohnungstür doppelt. Dann trat sie einen Schritt auf den Aufzug zu, in ihrer Handtasche nach dem Tränengasspray wühlend. Es war gespenstisch, aber zugleich kam sie sich auch etwas dumm vor, als sie die Tür zum Treppenhaus aufriß und die Stufen mit laut klackenden Abästzen hinabrannte.

Als Esquival den Entschluß gefaßt hatte, eine Zeitlang in Manhattan zu wohnen, war ihm klargewesen, daß er an einem Ort leben wollte, der etwas Besonderes war, aber auch abseits von den Menschenmassen von SoHo und TriBeCa lag. Er wollte nicht an der Lower East Side leben oder dort, wo D'Alassandro ihre Wohnung hatte. Beide Gegenden hielt er für inakzeptable Gettos. Schließlich hatte er sich in einem Viertel niedergelassen, das bis jetzt nur unter dem Namen WOC – *west of Chelsea* – bekannt war. Chelsea lag auf der westlichen Seite Manhattans, in Höhe der 20. Straße und etwa zwischen der 6. und 9. Avenue. Er hatte eine Loft-Wohnung in einem riesigen Gebäude gekauft, das immer als Lagerhaus gedient hatte, seit es irgendwann vor dem Zweiten Weltkrieg gebaut worden war.

Jetzt wurde das Gebäude nach und nach renoviert, wobei riesige Wohnungen entstanden. Im ersten Stock befanden sich zwei Kunstgalerien – die ersten beiden Läden, die aus den kostspieligen Bezirken *downtown* weggezogen waren. Wöchentlich schossen neue Restaurants und Kinos aus dem Boden. Esquival glaubte, daß es nicht mehr lange dauern würde, bis die ersten Superstores von Barnes & Nobles, Armani und Gap folgen würden.

Im Moment war die Luxusrenovierung im Viertel aber noch nicht so weit fortgeschritten, als daß es Esquival nicht gefallen hätte. Wenn man an die breiten Boulevards und das viele Grün in dem nach europäischen Vorbild errichteten Washington gewöhnt war, konnte man sich in den Straßenschluchten Manhattans ganz schön gefangen fühlen.

Esquival, der D'Alassandro einen gründlichen Schrecken einjagen wollte, war ihr früher am Abend den ganzen Weg von Sticks Büro gefolgt. Er war wütend und frustriert, weil sie in ihrem Fall nur langsam Fortschritte machten und brauchte ein Ventil zum Dampfablassen und jemanden, mit dem er sich einen kleinen, boshaften Scherz erlauben konnte. D'Alassandro war genau das richtige Opfer.

Während er sich nun seinem Zuhause näherte, lächelte er wissend. Manchmal zahlte es sich aus, daß man Verhaltenspsychologe war. Zu genau dieser Reaktion hatte er sie anstacheln wollen, indem er ihr gefolgt war, und es sah so aus, als ob er Erfolg gehabt hätte. Exzellent. In seiner Wohnung wartete eine kleine Überraschung auf sie.

Während er die westliche 25. Straße überquerte, lachte er in sich hinein. Ein Taxi fuhr bei rotem Licht über die Ampel und raste auf ihn zu. Fluchend sprang er zurück. Wo waren die Verkehrspolizisten, wenn man sie brauchte?

Er wandte seine Aufmerksamkeit wieder D'Alassandro zu, die einen Block vor ihm ging. Als er begriff, daß sie von einem weiteren Mann verfolgt wurde, verschlug es ihm den Atem.

Esquival eilte weiter. In dem nächtlichen Zwielicht erkannte er einen Mann mit breiten Schultern und langem, dunklem Haar. D'Alassandro betrat Esquivals Haus, und der Mann folgte ihr. Während er die Außentür öffnete, warf Esquival einen genauen Blick auf seine großen Hände. *Guter Gott*, dachte er. Alle Gedanken an seinen Scherz waren verschwunden.

Während er losrannte, zog er sein Mobiltelefon aus der Tasche und wählte Christophers Nummer. Als er die Eingangstür erreicht hatte, wurde abgehoben. »Ich bin bei mir zu Hause und glaube, daß ich unseren Kerl erkannt habe«, sagte er atemlos. »Er ist gerade in das Haus rein.« Christopher brüllte etwas in den Hörer, zweifellos einen Befehl. Esquival öffnete die Tür. »Ich folge ihm.« Er unterbrach das Gespräch, bevor Christopher noch etwas hinzufügen konnte, was er hätte ignorieren müssen.

Der Pale Saint steht entspannt und langsam atmend in dem düsteren und höhlenartigen Gebäudeinneren. Die kühle Luft des Innenraums empfindet er wie einen physischen Druck. Es riecht nach Sägespänen und Teer, häufig erhitztem Metall und Öl, Terpentin und Latexfarbe, menschlichem Schweiß und den Überresten von Bic Macs und gebratenem Fleisch. Er hört die Schritte von zwei Menschen und beginnt in der Finsternis zu lächeln.

Eines hat er gelernt: Das größte Geheimnis, das er bei allem Widerstand bei seinen Taten erhellt hat, besteht darin, wie man eine Seele von ihren Wurzeln losreißt. Ohne die Belohnung, die Seele eines Opfers in Besitz nehmen zu können, ist dessen Tod sinnlos. Er hat begriffen, daß die Seele zuerst vom rationalen Bewußtsein abgelöst werden muß. Dies geschieht einfach und wirkungsvoll dadurch, daß man die Gefühle des Opfers umpolt. Mit anderen Worten – man versetzt es in einen Schockzustand. Das kann durch extreme Furcht oder extreme Wut funktionieren, weil sich in diesen Augenblicken die Seele von ihren Vertäuungen losreißt und er sie durch einen einzigen Stoß mit seinem Dorn aufnehmen kann.

Er lauscht, aus welcher Richtung die Schritte kommen, und setzt sich in Bewegung. Die Annäherung an die Seele eines anderen muß in kreisförmiger Art und Weise vor sich gehen: Man muß sich ihr in der Form einer sich immer weiter verjüngenden Spirale nähern, bis der Moment des Schocks wie ein Blitz aus einem schwarzen Himmel fährt. Dann kommt der schnelle, geliebte Stoß, und die Hitze des Lebens durchflutet ihn wie die Explosion eines Sternes.

Jetzt, an diesem Ort, wird alles noch viel schöner sein, weil es vor den Augen eines Zeugen geschehen wird. *Selbst ich,* denkt er im Sinne von Thomas Edward Lawrence, *der Fremde, der gottlose Schwindler, der ein fremdes Volk inspiriert, empfinde im Augenblick des Todes eines anderen eine gewisse Befreiung von der verhaßten und ewigwährenden Selbstbefragung. Und dennoch – im Gegensatz zu Thomas Edward Lawrence gibt es für mich keine wahre Befreiung von meinen Qualen. Das Licht, das mich erfüllt, ist flüchtig und nach ein paar Herzschlägen verschwunden, und zurück bleibt etwas, das ich nicht abstreifen kann: das Nichts des Todes.*

Er hat jetzt die Frau und den Mann eingekreist. Einerseits kennt er sie gut, weil er ihre Dossiers aus der Datenbank des Polizeiarchivs heruntergeladen hat, andererseits weiß er überhaupt nichts über die beiden. Während er sich ihnen nähert, ihrem pulsierenden Leben immer näher kommt, lernt er sie auf eine völlig andere Weise kennen. Es ist, als ob sein Herzschlag und seine Atmung synchron mit ihren Körperfunktionen verlaufen würden. Er ist in ihre Welt eingedrungen, wie nur er es kann. Er sieht, hört und riecht sie. Bald wird er ausholen, sein Opfer berühren und innerhalb kürzester Zeit ein ganzes Leben an sich reißen und es wie ein Gott in seinen Händen halten.

Esquival kam sich wie ein Idiot vor. Selbst ein Anfänger, der gerade die FBI-Akademie verlassen hatte, hätte einen Verdächtigen nicht in seinem eigenen Haus aus den Augen verloren. Das Ärgerliche war, daß dieses Erdgeschoß so groß wie eine Kathedrale oder ein Amphitheater war. Schlimmer noch – alles veränderte sich täglich. Er sah Wände und offene Türeingänge, wo gestern noch keine gewesen waren. Sie bauten sogar einen Aufzug für ein Zwischengeschoß ein, wo sich später eine Fotogalerie niederlassen sollte. Er sah Poster, die die Eröffnung anzeigten. Die Inhaber hatten sich für eine von Ansel Adams Schwarzweißfotografien eines Mondaufgangs über den Rocky Mountains entschieden. Das Bild war von außergewöhnlicher Intensität, zugleich seltsam vertraut und fremdartig. Selbst wenn man nie persönlich im Westen gewesen war, wußte man, daß man in einem Traum an diesem speziellen Ort gewesen war.

In diesem Augenblick sah Esquival D'Alassandro. Sie stand neben dem Lastenaufzug, dem einzigen Lift, der im Moment funktionierte. Irgendein Filmregisseur hatte eine Wand des Personenaufzugs demoliert, als er versucht hatte, darin eine alte Harley-Davidson zu seiner Wohnung hochzubefördern. Es gingen Gerüchte im Haus um, daß seine Freundin Chrom besonders liebte.

Esquival stand unentschlossen da, während D'Alassandro nervös um sich blickte. Ihm war klar, daß sein Vorhaben, Dampf abzulassen, außer Kontrolle geraten war.

Er hatte den Mann aus den Augen verloren, von dem er sich sicher war, daß es sich um den Pale Saint handelte. Jetzt zählte nur, D'Alassandro von hier wegzubringen. Ihm war nicht klar, warum der Pale Saint es auf sie abgesehen hatte – wenn er es denn gewesen war. Aber er hatte nicht die Absicht, Zeit damit zu vergeuden, ihn erst einwandfrei zu identifizieren.

Esquival blickte auf die Uhr – es war erst wenige Minuten her, seit er mit Christopher telefoniert hatte. Gott allein wußte, wie weit er von hier entfernt sein mochte, aber das durfte im Moment nicht seine vordringliche Sorge sein. D'Alassandro befand sich in Gefahr, und er mußte sie warnen.

Als er aus der Dunkelheit hervortrat, kratzten seine Absätze über den Boden, und das Echo hallte durch die Eingangshalle. D'Alassandros Kopf wirbelte herum. Sie sah einen Mann mit gezogener Waffe auf sie zurennen, zuckte zusammen und stürzte in den Aufzug.

»Warten Sie, Emma!« brüllte Esquival. »Ich bin's, Reuven! Sie müssen …«

Er schlug mit der Handkante gegen die geschlossene Tür des Lastenaufzugs. »Verdammt!«

D'Alassandro hatte Esquival gehört und seine Stimme erkannt. Ihr Körper begann sich zu entspannen, und sie drückte auf den Knopf für das Erdgeschoß. Der Aufzug hielt im siebten Stock, wo Esquivals Wohnung lag. Die Tür des Lifts öffnete sich, und sie blickte in eine graue Leere – die Lichter im Flur waren noch nicht angebracht worden. D'Alassandro gab ein leises, kehliges Geräusch von sich, während sie wiederholt auf den Knopf drückte, um zurück ins Erdgeschoß zu gelangen, wo Esquival auf sie wartete.

Auf dem Weg nach unten beschloß sie, ihm eine zu verpassen. Sie dachte nicht an eine Ohrfeige, sondern an einen richtigen Kinnhaken, der ihm vielleicht den Kiefer brechen würde. Das hoffte sie zumindest – diesmal war Esquival zu weit gegangen. Sie dachte, daß ihm das vielleicht bereits bewußt geworden war, denn seine Stimme hatte ängstlich geklungen, ganz anders als der für ihn typische, saloppe Tonfall. Aber selbst wenn er es schon bedauerte, sie zu Tode geängstigt zu haben - der Teufel sollte sie holen, wenn sie ihm das durchgehen lassen würde.

Während sich die Tür öffnete, ballte sie die rechte Hand zur Faust. Er stand fast direkt vor ihr, und sie legte ihr ganzes Körpergewicht in den Schlag, wie sie es in ihrer Zweikampf-Ausbildung gelernt hatte. Der Schlag hatte gesessen, und sie spürte einen befriedigenden Schmerz in ihrem Arm.

D'Alassandro warf im gleichen Augenblick ihren Kopf zurück, als sie den stechenden Schmerz in ihren Knöcheln spürte.

»Mist.« Sie schüttelte den Kopf. »Ich weiß, daß das eine exzellente Reaktion war, aber Sie hätten es verdient ...« Sie verstummte abrupt und schrie gellend auf, als sie das Gesicht sah, das sie für Esquivals gehalten hatte. Trotz des dunklen Haars und des Vollbarts erkannte sie den kalten Blick und die Adlernase sofort.

»O mein Gott!«

Vor ihr stand der Pale Saint.

Instinktiv trat sie gegen seinen Oberkörper – ihre Schuhsohle traf sein Brustbein. Fast im selben Augenblick drückte sie mit der Handkante den Knopf für den siebten Stock, und die Aufzugstüren begannen sich zu schließen.

Als der Spalt kaum noch zwanzig Zentimeter breit war, streckte der Pale Saint einen Unterarm durch die Lücke und versuchte dann, den zweiten dazwischenzuschieben. Durch das automatische Sicherheitssystem begannen sich die Türen wieder zu öffnen.

»Nein!« schrie D'Alassandro. Unablässig drückte sie auf den Knopf und biß zugleich dem Pale Saint fest in die Hand. Jedes normale menschliche Wesen hätte seinen Arm zurückgezogen, nicht jedoch dieser Mann. Er gab nicht auf, sondern warf sich gegen die Türen, die sich für einen Moment öffneten, dann aber gleich wieder schlossen, nachdem sie seinen Arm nicht mehr berührten. Die Kabine des Lifts erzitterte, dann wurde der Alarm ausgelöst.

»Mist, Mist, Mist!« D'Alassandro wiederholte das Wort gebetsmühlenhaft, als ob es sie von der Angst befreien würde, die sie zu übermannen drohte. Sie hörte seinen rhythmischen Atem und nahm durch den Spalt, der sich wie die Iris eines Auges verbreiterte und schloß, seinen nach Schokolade und Knoblauch riechenden Mundgeruch wahr.

In diesem Augenblick fiel ihr das Tränengasspray ein. Sie verfluchte sich selbst, daß sie so töricht gewesen war, nicht eher daran zu denken, und suchte mit beiden Händen in ihrer Handtasche. Die Türen begannen sich erneut zu öffnen, und sie gab ihre hektische Suche auf, um erneut auf den Schließ-Knopf zu drücken.

In diesem Augenblick packte der Pale Saint sie am Revers und riß sie gegen die Innenseite der Tür. Es verschlug ihr den Atem, und sie fühlte, wie seine blutigen Finger sie nach vorne zerrten. Ihr war schwindlig und sie zitterte, so daß ihre Finger von dem Knopf abrutschten. Die Türen öffneten sich, und er versuchte, sie brutal aus dem Lift herauszuziehen.

Da fühlte sie das kühle Metall der kleinen Sprühdose in ihrer Handfläche. Sie zog sie aus der Handtasche, drückte auf den Knopf, und das Tränengas entwich durch den breiter werdenden Türspalt. Sie hörte ein tiefes Grunzen, und spürte, wie sich der Griff des Pale Saint lockerte. Keuchend betätigte sie den Fahrstuhlknopf.

Diesmal schlossen sich die Türen, und der Aufzug fuhr nach oben.

D'Alassandro lehnte an der Tür und schnappte nach Luft. Sie zitterte am ganzen Körper, und fürchtete, jeden Moment ohnmächtig zu werden. Als die Türen sich wieder öffneten, gelang es ihr dennoch, auf den Flur des siebten Stocks hinauszutreten.

Sie mußte sich sehr anstrengen, um ihre Atmung zu kontrollieren, und bahnte sich zitternd und mit vor Furcht weit aufgerissenen Augen einen Weg durch die Dunkelheit zu Esquivals Wohnung.

Schwer schluckend suchte sie in ihrer Handtasche nach einer Haarnadel. Während sie versuchte, sie in das Schloß einzuführen, fiel sie ihr zweimal auf den Boden. *Mist*, dachte sie, *wo steckt Esquival nur?* Schließlich gelang es ihr, die Spitze der Haarnadel in die enge Öffnung des Schlosses zu stecken. Sie drehte sie um fünfundvierzig Grad nach rechts, und das Schloß sprang auf. Erleichtert gab sie einen kleinen Seufzer von sich, drehte den Türknauf und eilte in die Wohnung. Sie knallte die Tür zu und schloß sie ab.

Dann begutachtete sie die Wohnung. Nachdem Esquival eingezogen war, strich er die Wände blaßblau, aber das war auch schon alles. Am Fußende des Betts sah sie einen großen Fernseher und einen Videorecorder. Ein lächerlich großes Sofa aus einem raffinierten Material schien da stehengeblieben zu sein, wo es die Möbelpacker zufällig hingestellt hatten. Der dazu passende Sessel befand sich in einiger Entfernung vor den hohen Bogenfenstern, durch die man die vorbeifahrenden Lastwagen auf der 12. Avenue beobachten konnte. Es gab weder Brücken noch Teppiche, Tische, Bücherregale oder Lampen. Nur in der Küche fand sich ein Durcheinander von aufgestapelten Pappschachteln. Die Wohnung roch nach frischer Farbe, Lack und ungewaschenen Kleidungsstücken.

Unter normalen Umständen hätte D'Alassandro die passenden Worte gefunden, weil Esquival keinerlei Talent für Inneneinrichtung besaß. Doch im Augenblick war ihr das völlig egal. Wo stand nur das Telefon?

Sie entdeckte es schließlich auf dem Bett, rannte darauf zu und wählte die Nummer 911, aber es kam keine Verbindung zustande. Als sie das Telefon umdrehte, begann sie zu fluchen. Das Akku war leer – der Idiot hatte versäumt, es rechtzeitig in die Basisstation zu legen. Sie begann, überall nach einem anderen Telefon zu suchen.

»Esquival«, sagte sie zu sich selbst, »es *muß* doch hier irgendwo noch ein normales Telefon geben.« Aber es gab keines, auch im Badezimmer nicht. Warum auch, wenn er mit dem schnurlosen Telefon überall in der Wohnung telefonieren konnte – vorausgesetzt, es funktionierte.

Emma verfluchte Esquival, weil er einer dieser typischen Männer war, die es nicht kümmerte, wie es in ihrer Wohnung aussah, wenn jemand überraschend zu Besuch kam. Sie erstarrte, und ihr Herz klopfte, als es an der Wohnungstüre klingelte. Sie hatte inzwischen so viel Adrenalin verbraucht, daß sie sich zwischen Phasen übersteigerter Energie schläfrig zu fühlen begann. Jetzt hörte sie eine Stimme, die das Klingeln übertönte. War das Esquival?

»Machen Sie schon, D'Alassandro. Öffnen Sie.«

Sie trat einen, dann einen weiteren Schritt auf die Tür zu. Die Stimme klang wie die Esquivals. Aber warum war er auf sie angewiesen, um die Tür zu öffnen? Warum benutzte er nicht seinen Schlüssel?

»Esquival?«

»Ja, Emma, ich bin's. Ich komme nicht an meine Schlüssel ran.«

Was zum Teufel sollte das heißen? Sie war nur noch einen Schritt von der Eingangstür entfernt und streckte eine Hand aus, um sie zu berühren. »Es war noch jemand in der Eingangshalle, Esquival. Ich glaube, daß es der Pale Saint war. Haben Sie ihn nicht gesehen?«

»So kann man das auch sagen. Um Himmels willen, Emma, machen Sie auf. Ich blute.«

»Was?« D'Alassandro lehnte sich gegen die Tür. Sie war mit den Nerven am Ende. »Was ist passiert?«

»Er hat mich mit einem seiner verfluchten Dorne traktiert. Ich werde Ihnen alles erzählen, aber öffnen Sie die Tür, und lassen Sie mich rein.«

»Woher weiß ich, daß Sie es sind?«

D'Alassandro hörte ihn auf der anderen Seite der Tür seufzen. »Benutzen Sie Ihr Gehirn, und blicken Sie durch den Spion. Ich nehme an, daß Sie sich noch an mein Aussehen erinnern.«

Wie immer fühlte sie sich durch seinen Sarkasmus erniedrigt. Sie blickte durch den Spion, sah sein verzerrtes Gesicht und schloß erleichtert die Augen.

»Okay?« hörte sie ihn fragen.

»Okay.« Sie schloß die Tür auf. »Ich bin so glücklich, Sie zu sehen.«

Esquival taumelte in die Wohnung. Er hatte nicht gelogen – er war blutüberströmt.

D'Alassandro riß die Augen weit auf und erstickte einen Schrei. »Was ist geschehen, Reuven?«

»*Ich* bin geschehen.«

Während Esquival kopfüber in Emmas Arme sank, fiel ihr Blick auf den Pale Saint, der direkt hinter ihm stand. Dann zog sie das Gewicht Esquivals auf den Boden hinab, wo sie neben ihm liegenblieb.

Atemlos beobachtete sie, wie der Pale Saint die Wohnung betrat. Durch das Tränengasspray war sein Gesicht geschwollen und fleckig, aber sein Blick war auf merkwürdige Weise klar. Der Pale Saint kniete neben ihr nieder. Er bewegte sich mit einer gelassenen Würde, die sie konsternierte. Sein Lächeln war seltsam höflich – wie das eines Wohltäters, der in einer stürmischen Nacht in einem von Kerzen beleuchteten Türeingang steht und einen zu sich hereinbittet.

Er beugte sich über sie, Esquivals Dienstwaffe in der Hand. D'Alassandro zitterte, als seine schwielige Hand wie eine Wolke vor der Sonne über ihr Gesicht strich. Er preßte ihr die Mündung der Waffe an die Stirn, während sein Finger den Abzug fester umklammerte.

Jetzt bette ich mein Haupt zur Ruhe, sagte D'Alassandro zu sich selbst. *Ich bete zum Herrn, meine Seele zu beschützen …* Ihre Augenlider flackerten, während sie den Pale Saint anstarrte.

Da steckte er ihr die Mündung der Pistole in den Mund und drückte ab. Das Geräusch hallte wie ein Donnerschlag in ihren Ohren wider. Der Pale Saint lachte – der Ausdruck ihres Gesichts schien ihn zu amüsieren. Dann schleuderte er die ungeladene Waffe quer durch den Raum.

Seine Finger packten Esquival an den Haaren und zogen

seinen Kopf von D'Alassandros Hals hoch. Sie schnappte nach Luft. Esquival lebte noch. Seine Augen waren weit geöffnet, und sein Blick war klar, als er sie ansah.

»Es tut mir leid, Emma«, murmelte er. »Alles ...«

Jetzt wandte sich der Pale Saint an sie. »Schauen Sie zu.«

Sie konnte ihren Blick nicht abwenden, während er den Eisenbahn-Dorn hervorzog und ihn so geschickt und erfahren wie ein Chirurg in Esquivals linkes Auge bohrte. Esquival gab keinen Laut von sich, aber das wahnsinnige Rollen seines rechten Auges verriet mehr als alle Worte.

D'Alassandro spürte, wie ihr die Galle hochkam, während sie den Pale Saint beobachtete, wie er den Dorn um fünfundvierzig Grad nach rechts drehte, genau so, wie sie es mit der Haarnadel getan hatte, um Esquivals Wohnungstür zu öffnen.

Anschließend zog er den Dorn heraus. Er glitzerte im Zwielicht, und D'Alassandro sah zu ihrem Entsetzen, daß sich auf seiner Spitze ein kleines, eichelförmiges Organ befand.

Er hatte die Zirbeldrüse entfernt, während Reuven noch lebte.

Vor ihrem entsetzten Blick hob der Pale Saint langsam und andächtig das kleine Organ in die Höhe. Dann blickte er zu der blaßblauen Decke empor, öffnete den Mund und drehte den Dorn, bis die Zirbeldrüse hineinfiel.

Er begann langsam, gleichmäßig und genüßlich zu kauen. In diesem Moment sank Emma mit einem leisen Stöhnen in Ohnmacht.

Cassandra kehrte aufgebracht ins Labor zurück. Zuerst machte sie die Videogeräte für die Geburtskammer funktionsunfähig, dann verbrannte sie alle Kassetten – die gesamten Aufzeichnungen ihrer Arbeit mit Lawrence. Ihr wurde schwer ums Herz – es war, als ob ein Teil ihres Lebens in den beißend riechenden Flammen dahinschmelzen würde. Aber das war immer noch besser, als wenn die Aufzeichnungen in falsche Hände gerieten. Sie erschauerte bei dem Gedanken, was Costas Lawrence antun würde, wenn er etwas von dem Experiment erfuhr.

Flüchtig blickte Cassandra durch das Glas in die Geburtskammer und sah den Körper des schlafenden Klons unter dem Bettzeug. Sie blickte sich im Labor um. Sie hatte das Gefühl, als ob es bereits tot und unter einer Tonne von Sand begraben wäre. Ein klammes Gefühl ergriff sie, als würde sie auf dem dunklen und kalten Meeresgrund herumkriechen. Sie ging zu Minnies Käfig und holte das Tier heraus. Die Ratte setzte sich auf ihre Schulter und rollte sich dort zusammen, wobei ihr Schwanz wie eine Haarsträhne herabhing. In diesem Augenblick begriff Cassandra, daß dies nicht mehr ihr Labor war.

Sie griff nach einem halbvollen Reagenzglas. Seit Minnies Transgen außer Kontrolle geraten war, hatte sie das Blut des Klons zweimal täglich nach den gleichen Symptomen untersucht. Bis heute morgen war alles in Ordnung gewesen. Sie stellte das Reagenzglas wieder ins Regal. Etwa zehn Minuten würde es dauern, um sein Blut gründlich zu analysieren, aber dafür fehlte ihr jetzt die Zeit. Sie mußte Lawrence so schnell wie möglich von hier wegbringen.

»Hutton?« Keine Antwort.

Gut, dachte sie. *Er muß im Badezimmer sein.* Hastig machte sie sich auf die Suche nach den subkutan zu implantierenden Eicosanoid-Depots, die Hutton für Lawrence hergestellt hatte. Sie griff nach einem Plastikbehälter, in dem sie die Depots transportieren wollte, aber zunächst mußte er mit Trockeneis gefüllt werden. Also verließ sie das Labor und ging durch den Flur zu einer kleinen Küche, wo sie eine Eismaschine und einen zweiten Eisschrank aufgestellt hatte, in dem sie Blut- und DNS-Proben und Eisbehälter aus Kunststoff aufbewahrte. Bevor sie den Raum betrat, schaltete sie das Licht ein.

Er saß ihr gegenüber auf dem Küchenboden. Seine auf Hochglanz polierten Slipper hatten die Farbe von Ochsenblut. Er blinzelte nicht, als das Neonlicht ansprang. Seine linke Augenhöhle war ein klaffendes Loch.

Cassandra schrie leise auf und lehnte sich gegen die Wand, um nicht ohnmächtig zu werden. Dann wandte sie sich um und rannte in das Labor zurück.

Cassandras Anruf erreichte Christopher, als dieser gerade vor Reuven Esquivals entstelltem Körper kniete. Ihm drehte sich der Magen um. Er wußte, daß er versagt hatte. Wie hatte das nur geschehen können? Der Notarzt brachte D'Alassandro in die Notaufnahme des St. Vincent's Hospital, wo er nach ihr sehen würde, sobald das Team des Coroners eingetroffen war.

Jerry Lewis zog sein Mobiltelefon sofort aus der Manteltasche, als es zu piepen begann. Christopher hörte ihn ungefähr eine Minute lang gedämpft sprechen. Dann kam er auf Christopher zu und sagte leise: »Sie sollten den Anruf besser annehmen, Boß. Es ist Mrs. Austin.«

Chistopher griff, ohne hinzusehen, nach dem Telefon. Er wollte seinen Blick nicht von Reuvens Leiche abwenden, als ob dies irgendeine Art von Strafe wäre, die er ertragen mußte, weil es ihm nicht gelungen war, Reuven und D'Alassandro vor der heimtückischen Bosheit des Pale Saint zu schützen.

»Jon«, sagte Cassandra, »hier ist etwas Furchtbares passiert.« *Hier auch,* dachte er.

»Worum geht es, Cass?« fragte er mit tonloser Stimme.

Sie war so verwirrt, daß ihr sein veränderter Tonfall nicht auffiel. »Hutton ist ermordet worden. Er hat nicht geblutet, und sein linkes Auge fehlt. Den Rest kannst du dir sicher zusammenreimen.«

»Guter Gott.«

»Es ist merkwürdig. Er hat an zwei Stellen frische Verletzungsspuren im Gesicht, wie man sie nach einem Faustkampf erwarten würde.«

»Alles in Ordnung mit dir, Cass?«

»Warte«, sagte sie, seine Frage ignorierend. »Da ist noch was. Lawrence ist verschwunden. Er hat sein Bett absichtlich so hergerichtet, daß es aussieht, als ob er schlafen würde.«

»Den Trick habe ich ihm vor einer Woche gezeigt. Gibt es Kampfspuren in der Geburtskammer?«

»Nein. Auch sonst nirgendwo. Abgesehen von den Kampfspuren in Dillards Gesicht.«

Er dachte einen Augenblick lang nach. »Hast du Sara angerufen?«

»Ja, sofort. Sie schwört, Lawrence nicht gesehen zu haben, und ich glaube ihr, Jon. Sie klang verängstigt, wie von Sinnen.«

»Okay. Verschwinde von dort. Sofort. Das Schlimmste wäre, wenn dich die Polizei antrifft. Tu, was ich dir sage. Ich möchte, daß du zu Sara gehst. Vielleicht kommt Lawrence, um sie zu holen.«

»Er würde ihr nie etwas tun.«

»Das wissen wir nicht. Ich komme, so schnell ich kann. Bis dahin behältst du Sara im Auge und läßt niemanden in die Wohnung.«

»Jon ...«

»Ich muß Schluß machen, Cass. Ich habe alle Hände voll zu tun.«

»Hat er es getan, Jon?« Ihre Stimme zitterte. »Ist die psychische Verbindung zwischen Lawrence und dem Pale Saint so stark geworden, daß auch er einen Mord begehen könnte?«

»Vor dreißig Sekunden hätte ich noch nein gesagt. Aber ich weiß es nicht, Cass. Ich wünschte, ich wüßte es.« Er blickte auf Reuvens Leiche hinab und erschauerte. *Ich muß Stick bitten, den exakten Zeitpunkt von Dillards Tod festzustellen,* dachte er. *Selbst der Pale Saint kann sich nicht gleichzeitig an zwei Orten aufhalten.*

»Boß.« Lewis schüttelte Christopher. »Das Team von der Gerichtsmedizin ist hier.«

Christopher befreite sich aus dem Griff. Im Augenblick wollte er noch nicht von Reuvens Seite weichen. Was hatte Cass beim Baseball über Lawrence gesagt? *Zu früh. Wenn er dem Pale Saint begegnet, wird er sterben.* Ihre Worte hätten auch auf Reuven gemünzt sein können.

Das Loch in Reuvens Gesicht kam ihm wie ein Tunnel vor, der ihn in einen Wirbel aus Trauer und Wahnsinn hinabzog. Die Welt wurde kleiner – es gab nur noch die elementaren Phänomene. Gut und Böse – zwischen diesen beiden Extremen existierte nichts mehr. Es war die Welt des Pale Saint, zu der jetzt auch er selbst, Lawrence und Cassandra gehörten. Sie waren Akteure im Spiel des Pale Saint, Marionetten, die nach seiner perversen Melodie tanzten.

Ganz plötzlich fiel ihm das Zitat von Thomas Edward Lawrence ein, das Sara ihm vorgelesen hatte: ›Unser Ziel bestand darin, die bezüglich des Materials schwächste Stelle des Feindes auszumachen und uns nur darauf zu konzentrieren, bis im Laufe der Zeit die gesamte Front zusammenbrach.‹ Sara hatte ihm erzählt, daß Thomas Edward Lawrence wußte, daß die Willenskraft der Araber größer als die der Türken war und er sie deshalb schließlich besiegen konnte.

Das hatte er begreifen wollen, und das war es, was ihn die ganze Zeit über beschäftigt hatte.

Als Christopher das Morden, das der Pale Saint angerichtet hatte, zusammenfassend betrachtete, begriff er den dahinterstehenden Plan. Er hatte sich auf Christophers schwächste Stelle konzentriert. Zuerst hatte er Bobby ermordet und sich dann um Mitglieder aus seinem Team gekümmert. Reuven war tot, und D'Alassandro lag im Krankenhaus. Wer war als nächster dran?

Lawrence.

Der Klon war verschwunden. Entweder hatte er Dillard ermordet, oder er war Zeuge des Mordes gewesen. Aber wenn er die Tat nicht begangen hatte, warum war er dann weggelaufen? Zum ersten Mal seit Andys Tod war Christopher den Tränen nahe. Er fühlte sich, als ob er an einer inneren Blutung litt. Sein Herz brach. Der Klon hatte gerade erst Christophers Abwehrmechanismen überwunden, und schon zeigte sich seine wahre Natur. *Es ist meine Schuld,* dachte Christopher verbittert. *Ich habe ihn gelehrt, wie man das Vertrauen anderer gewinnt, und er dreht wie ein Meister den Spieß um. Er hat mein Vertrauen gewonnen, und dann hat er das getan, was seine Gene ihm diktierten.*

Es war nicht zu leugnen. Der Klon hatte seine wahre Berufung gefunden. *Möge Gott uns allen beistehen,* dachte Christopher. Lawrence war jetzt ein zweiter Pale Saint, der sich in einer Stadt mit zehn Millionen Einwohnern auf freiem Fuße befand.

DRITTES BUCH

KRIEG

21. bis 24. Oktober

›Der Augenblick des Wandels
ist das einzig wahre Gedicht.‹
Adrienne Rich

13.

Hutton Dillard saß noch genauso da, wie Cassandra es ihm beschrieben hatte, mit gespreizten Beinen und den Händen im Schoß, als ob er einfach da zusammengebrochen wäre, wo er gestanden hatte. Er war fein gekleidet und trug ein Tweed-Jackett, Kammgarnhosen, ein weißes Hemd und eine konservative, gestreifte Krawatte. Sein rechtes Auge war bereits verschleiert und starrte Christopher anklagend an.

Als er niederkniete, änderten sich die Lichtverhältnisse, und er sah durch das verschmierte, getrocknete Blut eine Strieme auf Dillards Stirn und weiteres Blut auf einem der Wangenknochen. Beide Stellen waren geschwollen und bläulich verfärbt. Die leere Augenhöhle glich dem Eingang eines Tunnels, der direkt zu der Stelle führte, wo sich die Zirbeldrüse befunden hatte.

»Alles ist unverändert«, sagte Cassandra, die hinter Christopher auftauchte. Das Neonlicht wirkte brutal und übermäßig hell.

Er blickte sie an. »Ich habe dir doch gesagt, daß du nach Hause fahren sollst.«

»Ich konnte nicht.« Sie hatte ihre Arme um ihren Oberkörper geschlungen, als ob ihr eiskalt wäre. »Ich muß wissen, was hier passiert ist.«

»Und was ist mit Sara?«

»Ich habe sie angerufen. Sie ist sich des Ernstes der Lage bewußt und übernachtet bei einer Freundin, von der Lawrence nichts weiß.«

Chistopher war klar, daß es sinnlos war, sich auf eine Diskussion einzulassen. Sie war hier, und sie mußten das Beste daraus machen. Er kauerte neben der Leiche nieder und streifte Chirurgenhandschuhe über, um sich an die Arbeit zu machen.

»Du hast recht«, sagte er. »Er wurde mindestens zweimal mit großer Wucht getroffen.«

»Das ist nicht die Handschrift des Pale Saint.«

Er blickte sie an. »Du bist inzwischen sehr mit forensischen Details vertraut.« Dann wandte er sich wieder der genauen Betrachtung von Dillards Fingernägeln zu. »Er muß sehr schnell mit voller Wucht getroffen worden sein. Unter seinen Fingernägeln finden sich keinerlei Hautreste oder Haare, die auf einen Kampf hinweisen würde.«

»Folglich muß er den Angreifer gekannt haben.«

Christopher ließ Dillards Hand sinken. »Nicht unbedingt.« Er drehte den Kopf des Opfers auf eine Seite. »Sieh her. Der Schlag traf ihn von hinten.«

»Das könnte Lawrence gewesen sein.«

»Wenn ich es nicht besser wüßte, könnte ich auf den Gedanken kommen, daß du Lawrence für den Mörder Dillards hältst.«

»Glaubst du das nicht? Sie verachteten sich. Und jetzt ist Dillard tot und Lawrence verschwunden. Welche andere Schlußfolgerung sollte man ...«

»Einen Augenblick. Warst du nicht diejenige, die ihn immer verteidigt hat? Was ist in dich gefahren?«

Der Blick ihrer kühlen Augen wirkte gehetzt. »Guter Gott, ich hätte dieses Experiment nie beginnen dürfen. Du hattest recht, und ich habe mich geirrt. Jetzt hat er sich zu einem zweiten Pale Saint entwickelt, und das kann nur in einer Katastrophe enden.«

Christopher stand auf, streifte die Handschuhe ab und verließ mit Cassandra die kleine Küche, in der es mittlerweile so kalt wie in einer Leichenhalle war. Er nahm sie in den Arm. »Du hättest nach Hause fahren sollen, wie ich gesagt habe.«

»Damit ich in der Wohnung herumsitze und vor Angst fast umkomme?« Cassandra schüttelte den Kopf. »Du kennst mich besser.« Sie blickte ihn an. »Ich bin wirklich beunruhigt, Jon. Was, wenn Lawrence Hutton umgebracht hat?«

»Was, wenn er es nicht war?«

»Aber du siehst die gleichen Beweise wie ich.«

»Ja, es könnte aber auch sein, daß die Beweise manipuliert wurden, damit wir glauben, Lawrence sei schuldig.«

»Weshalb?«

»Damit wir uns von ihm abwenden. Wir beginnen bereits, an ihm zu zweifeln, Cass. Aber laß uns die Angelegenheit einmal von einer anderen Seite betrachten. Von Anfang an war in diesem Fall nichts so, wie es zu sein schien. Wir schuften wie verrückt, um zu einer auf Beweisen beruhenden Schlußfolgerung zu kommen, nur um dann herauszufinden, daß diese Schlußfolgerung falsch ist. Es ist wieder und wieder passiert, und ich komme wieder darauf zurück, daß wir systematisch mit Beweisen gefüttert werden. Der Pale Saint liebt es, uns zu manipulieren. Für ihn ist es ein besonderer Reiz, zu beobachten, wie wir gleich Hunden dem eigenen Schwanz hinterherjagen.«

»Aber was für eine Rolle spielt Lawrence dabei?«

»Das alles macht keinen Sinn, solange man das Ganze nicht als Krieg begreift. Krieg bedeutet: wir gegen die anderen. Wer nicht auf unserer Seite steht, ist unser Feind. Der Pale Saint will, daß Lawrence auf seiner Seite steht. Esquivals These war, daß dieser Mann völlig allein und vom Rest der Menschheit abgeschnitten ist. Jetzt erblickt er sein Spiegelbild – einen anderen Menschen, der mit ihm identisch ist. Was denkt er sich? Er sagt sich, daß er nicht mehr allein auf dieser Welt ist. Es gibt jemanden, mit dem ich *alles* teilen kann.« Er zog Cassandra zu sich. »Im Central Park hat er versucht, Lawrence umzupolen. Er sollte uns verlassen und mit ihm kommen. Er hat Lawrence sogar erzählt, daß wir uns nicht um ihn sorgen würden.«

»Hat Lawrence ihm geglaubt?«

Christopher atmete tief durch. »Das ist die entscheidende Frage, nicht wahr? Ist Lawrence zu einem zweiten Pale Saint geworden, und hat er Dillard umgebracht, oder ist hier etwas anderes vorgefallen, das ihn so verängstigt hat, daß er sich zur Flucht gezwungen fühlte?«

Cassandra packte ihn. »Glaubst du wirklich, daß ...«

»Um die Wahrheit zu sagen, ich weiß nicht, was ich glauben soll. Aber wie du schon einmal gesagt hast – das Leben wird nicht nur durch die DNS bestimmt.«

»Wir müssen die Wahrheit herausfinden, Jon. Wo sollen wir beginnen?«

»Laß uns die Videoaufzeichnungen überprüfen.« Er schritt den Flur hinab. »Es muß Bilder geben, die zeigen, wie Lawrence die Geburtskammer verlassen hat.«

»Nein«, sagte sie, während sie ihm in das Labor folgte. »Direkt nach meiner Unterredung mit Gerry habe ich die Videoanlage funktionsunfähig gemacht und alle Kassetten verbrannt.«

»*Was* hast du getan?« Er wirbelte herum. »Bist du verrückt, Cass?«

In plötzlicher Erschöpfung setzte sie sich auf einen Stuhl und stützte ihre Arme auf die Zinkoberfläche des Tischs. »Der springende Punkt ist, daß ich am Ende bin, Jon.«

»Ohne Lawrence sind wir das alle.«

Sie hob den Kopf. »Nein, ich meine, daß bei Vertex für mich Schluß ist. Ich hatte bis jetzt noch keine Möglichkeit, dich über meine Unterredung mit Costas zu unterrichten. Ich hatte mich mit ihm verabredet, weil ich ihn veranlassen wollte, Hutton zu feuern, aber statt dessen hat er mich mehr oder weniger auf das Abstellgleis geschoben.«

»Was?«

»Er wollte Hutton die Verantwortung für das Labor übertragen.«

»Das macht noch weniger Sinn, als dich zu entlassen.«

»Nicht aus seiner Sicht der Dinge. Hutton hatte die akademischen Würden und die gesellschaftliche Stellung, um die Prominenten einzuwickeln, die Costas als Verbündete braucht.« Sie schüttelte den Kopf. »Das Ganze geht von Dean Koenig aus. Er hat Vertex so unter Druck gesetzt, daß der Vorstand Gerry befohlen hat, mich abzuservieren. Gerry sagt zwar, daß es nur vorübergehend sei, aber ich glaube ihm nicht. Ich habe so eine Vorahnung. Meiner Ansicht nach wird Gerry auch nach Huttons Tod nicht in der Lage sein, mich zurückzuholen, selbst wenn er es wollte.«

Christopher hielt sie fest. »Das tut mir leid für dich, Cass. Es ist eine schlimme Sache, wenn man bedenkt, was du für Vertex geleistet hast. Die Arbeit hier war für dich nicht nur ein Job, sondern dein Lebensinhalt.«

»Im großen und ganzen sieht die Lage noch viel trostloser

aus«, antwortete sie müde. »Im Moment verfügt Koenig über die ganze Macht. Wenn Gerry schon so schnell das Rückzugsgefecht einleitet, wer wird dann Koenig und anderen Kerlen seines Schlags Paroli bieten?« Sie blickte ihn an. »Begreifst du es nicht, Jon? Wir standen hier kurz vor einem kühnen Durchbruch in eine neue Welt, und der Forschungsfortschritt wäre so monumental gewesen, daß man ihn mit Sicherheit noch jahrzehntelang analysiert hätte. Und jetzt sieh dir an, was geschehen ist. Der religiöse Fundamentalismus ist im Begriff, die Wissenschaft ins Mittelalter zurückzuversetzen, wo primitive Gefühle und nackte Angst das Leben beherrschten.«

Christopher griff nach ihrer Hand und half ihr zärtlich vom Stuhl hoch. »Hast du für die nächste halbe Stunde etwas zu tun, um dich zu beschäftigen?«

Cassandra blickte sich um und nickte. »Bis jetzt hatte ich noch keine Gelegenheit, die letzte Blutprobe zu analysieren.«

»Gut«, sagte er. »Beschäftige dich damit, während ich mich in der Geburtskammer umsehe. Einverstanden?« Als sie ohne offensichtliche Begeisterung nickte, drückte und küßte er sie. »Verlier nicht das Vertrauen, Schatz.«

»Guter Gott«, sagte sie kopfschüttelnd, »wenn du so weiterredest, wirst du dir noch eine goldene Halskette anschaffen müssen.«

Aber er hatte ihre Stimmung zumindest vorübergehend aufgehellt. Christopher beobachtete, wie sie sich mit den Blutanalysen beschäftigte, und betrat die Geburtskammer. Er durchsuchte alles: Schubladen mit Kleidungsstücken, die Sara für Lawrence ausgesucht hatte, überfüllte Regale mit den Spielsachen seiner Kindheit und dem Zubehör für die Hobbys seiner Jugend, dann die riesige Sammlung seiner Buntstiftzeichnungen und Malereien – ohne Erfolg. Er griff nach einem Stapel von Zeichnungen auf einem anderen Regal. Die meisten hatte er schon häufig gesehen: Sie zeigten die gezackten Gipfel der Rocky Mountains und die grünen Dreiecke der Tannen, die wie eine Armee über Hügel und durch Täler zu marschieren schienen. Es war interessant festzustellen, wie diese unreifen, aber eindringlichen Zeichnungen aus seiner Kindheit sich weiterentwickelt hatten: Sie wurden schnell farbiger, perspektivisch ausgeklügelter und detaillierter, als Lawrence reifer und geschickter geworden war. Es konnte kein Zweifel daran bestehen, daß Lawrence künstlerisch begabt war.

Ein paar der Zeichnungen aus dieser späteren Phase hatte Christopher noch nie gesehen. Eine stellte ein Porträt Cassandras dar, das in seltsamen Blau- und Grüntönen gehalten war. Niemand konnte behaupten, daß Lawrence Realist sei, und dennoch hatte er Cassandras Wesen eingefangen, wie Christopher sofort erkannte. Dann gab es noch eine Bleistiftzeichnung, die Sara mit ihrer Baseball-Kappe zeigte. Wenn sie auch nicht so vollendet war wie das Porträt von Cassandra, hatte Lawrence doch auch hier das Wesentliche erfaßt.

Die dritte Zeichnung war durch eine komplizierte, fast besessene Detailfreude charakterisiert und zeigte ein Gebäude aus dunkelroten Backsteinen. Christopher zählte neun Stufen, die zur Veranda heraufführten. Der Handlauf der Treppe bestand aus dunklem Eisen und aus Bronze, die Patina angesetzt hatte, und über einer dunkelblauen Markise sah man die Gitter einer altmodischen Feuertreppe. Über dem Türeingang befanden sich drei Steinskulpturen mit nach unten spähenden Gesichtern. An beiden Seiten waren schmutzige Steinsäulen. In die Backsteinfassade eingelassen erkannte er zwei Basreliefs mit Jägern in römischer Kleidung, die durch ihr schulterlanges Haar so androgyn wirkten, daß es sich bei einer der Figuren um die Jagdgöttin Diana handeln konnte. Auf der Veranda spielten zwei Menschen Fangen. Der Himmel wurde durch einen Halbmond und viele Sterne erhellt. Die Zeichnung wirkte wie die eines beliebigen Kindes, besonders, wenn es sich nach einem gleichaltrigen Freund sehnte, mit dem es Ball spielen konnte. Doch dann fiel Christopher etwas Merkwürdiges auf. In der linken unteren Ecke sah man zwei Zahlen, als ob es sich um die Signatur des Künstlers handeln würde: eine schwarze Zehn und darüber eine rote Vier. Er fragte sich, was das wohl bedeutete.

Er legte die Zeichnungen einen Augenblick lang zur Seite,

wandte sich einem Bücherstapel zu, griff nach den beiden Büchern, die obenauf lagen und die Lawrence zuletzt gelesen hatte. Die Bibel und Shakespeares *König Richard der Dritte.* Eine interessante Kombination, dachte Christopher, weil es in beiden Werken in erster Linie um die göttliche Gerechtigkeit ging. Als er den Shakespeare-Band in die Hand nahm, und darin blättern wollte, fielen die Seiten an einer Stelle auseinander – eine Szene des Fünften Akts. Der Herzog von Norfolk, Richards Verbündeter, war gerade davon unterrichtet worden, daß sein Gebieter Dickson zum Verräter geworden war. Lawrence hatte Richards Antwort unterstrichen: ›Das ist ein Stück, vom Feinde ausgedacht – nun geht, ihr Herren, auf seinen Posten jeder. Laßt plauderhafte Träume uns nicht erschrecken; Gewissen ist ein Wort für Feige nur, zum Einhalt für den Starken erst erdacht: uns ist die Wehr Gewissen, Schwert Gesetz. Rückt vor! dringt ein! Recht in des Wirrwarrs Völle. Wo nicht zum Himmel, Hand in Hand zur Hölle.‹

Christopher bemühte sich, sich an die zentrale Thematik des Dramas zu erinnern. Tötete Richard nicht seinen Bruder, um König werden zu können? Tatsächlich ermordete er gewissenlos alle, die ihm im Wege standen. Er war zu allem fähig: Frauen zu erobern, Verbündete zu gewinnen, wenn auch nur aus Angst, die politische Landschaft neuzuordnen und Kontinente zu erobern. Richard versuchte, die Welt nach seinen Vorstellungen zu gestalten, und wenn Christopher sich recht entsann, war ihm das auch gelungen, wenngleich nur für einen einzigen, einsamen Tag. Er war immer einsam und allein gewesen. Sein Mangel an Gewissen isolierte ihn von allen. Diese verdorbene Seite seines Charakters machte ihn zum Unmenschen.

Das ist ein Stück, vom Feinde ausgedacht. Christopher las den Satz ein ums andere Mal und hoffte wider besseres Wissen, daß dies eine Botschaft des Klons war, der Beweislage nicht zu trauen.

Durch das dicke Glas hörte er, wie Cassandra ihn rief. Sie saß vor ihrem Monitor. »Sieh nur, es ist passiert.« Ihre Stimme zitterte. »Wir müssen Lawrence sofort finden, Jon. Das

Transgen hat sich genauso verhalten wie bei Minnie, nur daß seine Werte viel höher sind. Der rapide Alterungsprozeß ist außer Kontrolle geraten und verzehrt ihn innerlich. Wenn ich ihm nicht innerhalb der nächsten achtundvierzig Stunden das erste der Depots implantieren kann, die Dillard und ich vorbereitet haben, wird er sterben.«

Als Christopher bemerkte, daß D'Alassandro die Augen öffnete, setzte er Rigatoni auf ihren Bauch. »Willkommen zurück im Leben. Hier hat jemand nach Ihnen gefragt.«

»Boß«, sagte sie verschlafen, »was machen Sie in meinem Bett?« Dann gewann sie ihr volles Bewußtsein wieder, und damit kamen auch die Erinnerungen zurück. Sie richtete sich schwer atmend auf.

»Immer mit der Ruhe, Emma«, sagte Christopher, der sie festhielt, während Rigatoni miaute.

»Was ist mit Esquival?«

»Reuven ist tot.« Christopher wartete, bis sie die Katze in den Arm genommen und sie gegen die Brust gedrückt hatte.

»Dann war es also kein Alptraum.« Ihre Augen wurden feucht, und sie begann zu weinen. »Nein, du wirst nicht heulen«, sagte sie und wischte sich wütend die Tränen ab.

»Was ist in Reuvens Wohnung passiert, Emma? Sind Sie zu erschöpft, um ...«

D'Alassandro schüttelte den Kopf. »Nein, ich will ...« Sie zog die Beine an. »Ich muß darüber reden.« Sie blickte sich in ihrer Wohnung um. »Wie spät ist es?«

»Ungefähr zwölf Uhr nachts. Ich habe Ihre Entlassung aus dem Krankenhaus durchgesetzt, weil ich nicht glaubte, daß Sie dort aufwachen wollten. Haben Sie Hunger?«

D'Alassandro schloß die Augen, schüttelte den Kopf und erschauerte. Dann berichtete sie ihm das Geschehen in allen Einzelheiten: Sie erzählte von ihrem Gefühl, verfolgt zu werden, als sie Sticks Büro verlassen hatte, erwähnte den unheimlichen Anruf, die bedrohliche E-Mail und daß es sich dabei um einen weiteren von Esquivals perversen Scherzen gehandelt hatte. Sie erzählte ihm von der unheimlichen Gestalt in dem Flur und daß sie es Esquival zurückzahlen wollte. Dann kam sie auf die schreckliche Begegnung mit dem Pale Saint in der umgebauten Eingangshalle zu sprechen und berichtete, wie es ihm beinahe gelungen wäre, in den Aufzug zu gelangen, wie sie anschließend in Esquivals Wohnung geflohen war und wie dieser dann vor der Tür gestanden hatte.

»Der Pale Saint hatte mich in seiner Gewalt«, sagte sie dann. »Wo ich ihn mit dem Tränengasspray erwischt hatte, war sein Gesicht geschwollen ... Mein Gott, er hat Reuvens Zirbeldrüse extrahiert und vor meinen Augen aufgegessen.« Tränen liefen über ihre Wangen. »Es ist meine Schuld. Als ich zu Hause war, hätte ich Sie sofort anrufen sollen. Ich habe es aus Reuvens Wohnung versucht, aber er hatte kein ... Das verdammte Telefon funktionierte nicht. Lächerlich, ich war von der modernen Technologie abhängig! Ich konnte nicht ... Es gab nichts ...«

»Jetzt ist ja alles in Ordnung.« Christopher legte einen Arm um sie. »Reuven war so dumm, mit Ihrem Leben zu spielen – sein gottverdammter, perverser Humor.« Er stand auf und schritt um D'Alassandros Schlafsofa herum. »Ich kam zu spät. Ich ...«

»Nein. Sie haben mich gerettet.«

Christopher wandte sich um und blickte sie an. »Als ich ankam, war er bereits fort, Emma.«

Sie dachte darüber nach, während sie auf ihrer Unterlippe herumbiß. »Warum hat er das getan? Warum hat er Reuven umgebracht und mich verschont?«

»Er hat Sie nicht verschont. Er hat Reuven vor Ihren Augen ermordet, ihn verstümmelt und seine Zirbeldrüse gegessen.«

D'Alassandro begann leicht zu zittern und streichelte Rigatonis Nackenfell.

»Ich möchte Sie um etwas bitten, Emma.«

Sie hob den Kopf. »Was immer Sie wollen, Boß.«

»Ich muß sicher sein, daß Sie dazu in der Lage sind.«

»Ich werde ihn nicht in meine Nähe lassen, falls Sie sich deshalb Sorgen machen sollten.«

Er lächelte. »Vor mir müssen Sie nicht die harte Frau spielen.«

»Im Moment ist es für *mich* wichtig, daß ich hart bin.« Ihr Blick hielt seinem stand. »Sie sagen mir, was getan werden muß, und ich werde es erledigen.«

Christopher nickte und setzte sich wieder auf das Bett. Rigatoni begann, mit dem Ärmel seines Mantels zu spielen. »Ich möchte, daß Sie eine Reise machen. Kurz vor seinem Tod hat Reuven in der VCAP-Datenbank einige wichtige Informationen entdeckt. Es sieht ganz danach aus, als ob unser Mann in einem Provinznest namens Debenture in Montana ganze Arbeit geleistet hätte. Vor fünfzehn Jahren hat er dort innerhalb einer Woche vier Männer ermordet. Die Akten sind bei einem Brand vernichtet worden, und deshalb möchte ich, daß sie hinfliegen und mit dem Sheriff sprechen, der für die Fälle verantwortlich war. Tragen Sie soviel Einzelheiten wie möglich über die vier Opfer zusammen.«

Er streichelte den Bauch der Katze. »Der Sheriff heißt Harold Wilcox. Er ist mittlerweile pensioniert und wahrscheinlich recht mürrisch. Diese Leute mögen Telefone oder Faxe nicht besonders, und von E-Mails haben sie noch nie was gehört. Am meisten erreicht man in einem persönlichen Gespräch. Außerdem scheinen sie eine angeborene Abneigung gegen Großstädter zu haben, von denen sie glauben, daß sie ihre Gegend in den Schmutz ziehen wollen. Ich möchte, daß Wilcox sich hilfsbereit zeigt und uns nicht mißtraut. Nehmen Sie ihn einfach einmal unter die Lupe, aber tragen Sie Jeans, ein kariertes Hemd und Cowboystiefel.«

Emma lachte auf. Rigatoni schien zu spüren, daß es Frauchen inzwischen wieder besser ging, und reckte den Kopf gegen ihre Handfläche.

»Wann soll ich mich auf den Weg machen?«

Christopher streckte ihr ein rechteckiges Päckchen entgegen. »Heute morgen, 10 Uhr 35. Ist das zu früh?«

Sie nahm das Päckchen an sich. »Je früher, desto besser, oder?«

Er nickte. »Neben dem Ticket finden Sie darin einen Gutschein für einen Mietwagen, eine Karte der Region und Anweisungen, wo Sie Wilcox antreffen. Packen Sie nicht zu viele Kleidungsstücke ein. Sie fliegen nach Kalispell. Auf der

Hauptstraße dort gibt es eine Reihe von Läden mit Western-Klamotten.«

D'Alassandro lächelte. »Ich wollte immer schon ein Cowgirl sein – bis ich dann sah, wie groß ein Pferd im wirklichen Leben ist.« Nachdenklich klopfte sie mit dem Päckchen gegen ihren Handrücken, und ihr Gesichtsausdruck verdüsterte sich. »Dieser Ausflug ist wichtig, nicht wahr? Nach allem, was ich in diesen Fall investiert habe, wäre ich enttäuscht, nicht dabei zu sein, wenn Sie den Scheißkerl schnappen.«

»Ich glaube inzwischen, der Schlüssel zu seiner Festnahme liegt in seiner Vergangenheit.«

»Und was ist mit den *Sieben Säulen der Weisheit*?«

»Das Buch mag eine Art Vorbild für seinen Krieg sein, wie er uns glauben machen möchte. Aber diese Thomas-Edward-Lawrence-Geschichte könnte auch ein Ablenkungsmanöver sein, nichts anderes als eine klassische Irreführung. Der Pale Saint scheint sich an dergleichen zu ergötzen.«

»Hat dieser Kerl wirklich irgendein Ziel vor Augen?«

»Reuven glaubte daran, und ich teile seine Meinung. Meine Intuition sagt mir, daß jede Information von Sheriff Wilcox wichtig sein wird.« Das war keine Lüge, aber auch nicht die ganze Wahrheit. Tatsache war, daß Christopher Emma aus der Schußlinie bringen wollte. Er würde dafür sorgen, daß sie nicht dasselbe Schicksal wie Esquival ereilte.

Emma seufzte und lehnte sich gegen die Kopfkissen zurück. »Wo sind seine sterblichen Überreste?«

»Auf meine Bitte hin führt Stick gerade die Autopsie durch. Reuven hat einen älteren Bruder, der in Oregon wohnt, und eine Zwillingsschwester, die mit seiner Mutter in Bethesda lebt. Wenn Stick fertig ist, werden wir seine Leiche mit dem Flugzeug nach Washington überführen.«

»Mein Gott, ich kann es nicht fassen. Ich wußte so gut wie nichts über ihn, und jetzt ist er tot. Er konnte eine ziemliche Nervensäge sein, aber ich werde ihn vermissen.«

»Reuven und ich haben gemeinsam viel durchgemacht«, sagte Christopher, während er aufstand. »Ich glaubte, daß er immer bei mir sein würde. Ein törichter Gedanke.«

»Überhaupt nicht.«

Christopher streichelte Rigatonis schlanken Rücken. »Wußten Sie, daß Reuven ein großartiger Pianist war?«

»Nein.«

Christopher lächelte, während er sich erinnerte. »Er liebte Honkytonk und Ragtime. Im letzten Frühjahr hat man ihn eingeladen, an einem Montag mit Woody Allens Band zu spielen, aber er lehnte ab, weil er zu sehr mit einem Fall beschäftigt war.« Er schüttelte den Kopf. »In Wahrheit hatte er zuviel Angst vor einem Live-Auftritt.«

»Esquival? Er war doch so ein durchtriebener Schauspieler.«

»In der Abgeschiedenheit unseres kleinen Teams, aber sonst ... Man durchschaut die Menschen nie. John Lennon hatte solche Angst vor Live-Auftritten, daß er sich übergeben mußte, bevor er auf die Bühne ging.« Christopher lächelte traurig. »Reuven konnte alles aus einem Klavier herausholen.«

»Geben Sie mir die Adressen seiner Familienangehörigen. Ich möchte ihnen ein paar persönliche Zeilen zukommen lassen.«

»Sie würden sich sicher freuen.«

D'Alassandro blickte ihn auf ihre klare, direkte Art an. »Alles in Ordnung, Boß?«

»Natürlich.« Christopher wußte, wie ein guter Vorgesetzter antworten mußte, wenn ein Untergebener diese Frage stellte. Aber zugleich war ihm auch klar, daß D'Alassandro in diesem Augenblick mehr als hohle Phrasen von ihm erwartete. »Hören Sie, Emma. Bei allen länger dauernden Nachforschungen gibt es Phasen, wo es so aussieht, als ob eine bösartige Wolke über dem Fall schweben würde, und nichts richtig zu laufen scheint. Aber meine Erfahrung lehrt mich, daß das ein gutes Zeichen ist.«

»Wirklich?«

»Ja.« Er lächelte. »Es bedeutet, daß wir von jetzt an nur noch einen Weg einschlagen können.« Er wies auf die Decke. »Ich habe noch einen weiteren Job für Sie. Wenn Sie unterwegs sind, werde ich Ihnen Reuvens persönlichen Code für die VCAP-Datenbank mitteilen. Auf meinen Ratschlag hin hat er seine Nachforschungen auf die Rocky-Mountain-Staaten beschränkt. So ist er auf Debenture gekommen. Jetzt möchte ich, daß Sie sich auf Oklahoma konzentrieren.«

»Und wonach soll ich suchen?«

»Wenn ich das nur wüßte. Konzentrieren Sie sich auf ländliche Gegenden in der Umgebung von Kleinstädten mit weniger als fünfzigtausend Einwohnern. Große Städte mit Vororten können Sie vergessen. Tragen Sie alle ungewöhnlichen Vorfälle der letzten fünfzehn oder zwanzig Jahre zusammen.«

»Ich nehme an, daß wir über Morde reden.«

Christopher dachte einen Augenblick nach. »Nicht unbedingt. Wie ich schon gesagt habe, alle ungewöhnlichen Vorfälle. Aber achten Sie besonders auf Brände, speziell, wenn es ein Haus mit sieben Säulen war. Klinken Sie sich auch ins Net ein. Versuchen Sie, einen Zugang zu den örtlichen Medienarchiven in Oklahoma herzustellen, und legen Sie die gleichen Kriterien für die Region und die Zeit zugrunde.«

»Alles klar, Boß.«

Christopher stand auf. »Bevor ich gehe – haben Sie die E-Mail noch, die Reuven Ihnen geschickt hat?«

»Natürlich.«

Christopher nahm die Katze an sich, und D'Alassandro stand vorsichtig auf, ging zum Computer und schaltete ihn ein. Sie klickte ihre Internet-Software an und wählte die letzte E-Mail aus. »Da«, sagte sie, während sie einen Schritt zurücktrat, damit Christopher einen Blick auf den Monitor werfen konnte.

»Sind Sie sicher, daß Esquival diese E-Mail geschickt hat?« fragte er. »Klingt nicht gerade nach ihm.«

»Das ist ja der springende Punkt. Er wollte, daß ich glaube, daß sie vom Pale Saint kam.«

Christopher blickte sie an. »Und was ist, wenn es so war?«

»Was? Unmöglich. Ich habe einige komplizierte Firewalls geknackt und herausgefunden, daß die E-Mail von einem Mitarbeiter des NYPD geschickt wurde. Von Esquival.«

Christopher schüttelte den Kopf. »Denken Sie einen Augenblick lang nach, Emma. Wenn Sie die Firewalls knacken konnten, gelingt das auch einem anderen.« Er atmete tief durch. »Die detaillierten Informationen, die der Pale Saint über uns hat, können nur aus einer Quelle stammen: der Datenbank des NYPD.« Christopher hatte nicht die Absicht, Emma etwas über die Videokassette zu erzählen, die das Insiderwissen des Pale Saint offenbart hatte. »Entweder hat er einen Komplizen bei uns, oder …«

»Wenn ich an seine Charakterisierung als extremer Einzelgänger denke, würde ich das eher bezweifeln.«

Christopher nickte. »Ich stimme Ihnen zu. Dann bleibt noch die andere Möglichkeit: Er ist ein erfahrener Hacker.«

D'Alassandro wandte sich wieder ihrem Computer zu. »Dann wollen wir mal sehen, wie erfahren er ist.«

Während ihre Finger über die Tasten flogen und die Bildschirmanzeigen wechselten, sagte Christopher: »Können Sie seine Spur zurückverfolgen und herausfinden, wo er ist?«

»Es gibt da die sogenannten Cookies, die in jeder Computer-Software und in jedem Webmaster enthalten sind. Jeder, der eine Website hat, kann nicht nur sagen, wie oft eine Seite pro Tag besucht worden ist, wie viele Menschen sich dort eingeklinkt haben, sondern auch, wer es war. Da!« Sie blickte zu ihm auf und lächelte. »Irgend jemand *hat* im Server des New York Police Department gehackt. Wer es auch war – er hat Dateien heruntergeladen.«

»Das ist die Antwort auf eine unserer Fragen«, sagte Christopher. »Können Sie herausfinden, welche Dateien er geöffnet hat?«

»Das würde selbst Bill Gates nicht schaffen. Aber ich kann Ihnen seinen Web-Namen verraten: Faith.«

Der Pale Saint kehrt in seine Wohnung zurück und denkt einzig und allein an Lawrence, sein Ebenbild. Der Klon ist in einem Labor geschaffen worden, künstlich erzeugt, ähnlich wie seine Mutter Ingwerplätzchen gebacken hat. Seine Wangen fühlen sich immer noch wund an und sind von dem Tränengas geschwollen, mit dem D'Alassandro ihn attackiert hat, aber der Schmerz ist für ihn nur ein alter Freund, mit dem er schon sein Leben lang vertraut ist. Für ihn ist der Schmerz zu einer Art Lust geworden, weil nur dieses Gefühl stark genug ist, ihn – zumindest vorübergehend – aus dem Abgrund zu retten, diesem Niemandsland, das er bewohnt.

Aber jetzt existiert vielleicht jemand, der über dieselbe Macht verfügt. Der Gedanke, daß er in diesem Universum nicht mehr allein ist, erfüllt ihn mit einer seltsamen Art von Raserei. Es ist nicht die Raserei, mit der ihn die Gedanken an seine Mutter oder die Erinnerungen an die Kiste am Fußende des Betts seiner Eltern erfüllen. Nein, das hier ist etwas ganz anderes. Die fürchterliche schwarze Leere in seinem Inneren schien zu weichen, als er seinen ›Zwillingsbruder‹ am Ufer des Sees im Central Park sah. Wut, Angst, Liebe, Mitleid – all diese Gefühle, die in ihm kochen, sind dafür verantwortlich, daß er seine Strategie erneut ändert, so wie er damals zu einer Änderung gezwungen war, als Dean Koenig beim Evangelical Nations Network auf Sendung gegangen war.

Im Fernsehen sieht er das Bild dieses gefährlichen Vertreters für Allheilmittel. Heute, in einer Wiederholung der in der letzten Nacht ausgestrahlten Sendung, verwandelt Koenig die wunderbaren Sätze des Kohelet in einen Wortschwall, der typisch für Menschen seines Schlags ist.

»›Und ich wandte meinen Blick auf einen anderen Wahn unter der Sonne‹«, zitiert Koenig. »›Da steht einer allein, ohne einen zweiten, hat weder Sohn noch Bruder. Doch all seiner Mühe ist kein Ende, und sein Auge wird nicht satt am Reichtum. Aber für wen mühe ich mich und versage mir Annehmlichkeiten? Auch das ist Wahn und eine schlimme Plage.‹« Er blickt direkt in die Kamera, als ob er den Pale Saint anstarrt. Am oberen linken Augenlid hat er einen nervösen Tick, durch den es ständig flackert, während er seine Tirade fortsetzt. Tick-tock, tick-tock, es flackert wie ein seltsames, altes, defektes Metronom, wie die Flügel der Libelle, die seine Mutter an der billigen Fensterscheibe gestutzt hat.

»Und die unaussprechliche Eitelkeit, mit der wir es heute nacht zu tun haben, meine lieben Freunde, das ist die nicht zu vergebende Sünde, daß der Mensch sich zu eigen macht, was einzig und allein Gott gehört. Eine Beleidigung Gottes! Die Manipulation menschlicher Gene, die Erschaffung menschlichen Lebens, sie sollte, kann und wird nicht von Cassandra Austin, Gerry Costas und dem prinzipienlosen, amoralischen Vertex-Institut durchgeführt werden. Nicht, solange ich atme und mich – wie heute nacht – an Sie wenden kann, meine lieben Freunde. Ich bitte Sie, uns zu helfen, zu beten und uns bis in alle Ewigkeit zu unterstützen, um Gottes Werk zu bewahren. Meine lieben Freunde, ich bitte Sie, großzügig zu sein. Ich bitte Sie, mich zu unterstützen. Treten Sie an Gottes Seite, indem Sie alles für unsere Sache tun. Rufen Sie jetzt unsere gebührenfreie Nummer an – 1800-Faith-4-U-, und Gott wird Sie für Ihre Hilfe in seinem Sinne segnen.«

Der Pale Saint blickt nicht mehr auf den Fernsehschirm, sondern durch Dean Koenig hindurch auf ein Universum, das nur er sehen kann. Mama drückt den Körper der Libelle gegen die Fensterscheibe, und ihr linkes Augenlid zuckt langsam, wie es nur der Fall ist, wenn sie über Gott spricht und seine göttliche Macht an Beispielen erläutert. Sie ist von seiner Existenz überzeugt, von der Amoralität der vielen Sünder und davon, daß jeder Mensch erlöst werden kann.

Heute dient ihr die Libelle als Beispiel. »So offenbart sich uns Gott«, sagt sie mit diesem fürchterlichen, unversöhnlichen Tonfall, der ihm das Blut in den Adern gefrieren läßt. »So einfach kann Gott uns erschaffen, uns am Leben erhalten und uns vor allem Bösen schützen.«

Er sieht die Sommersprossen, die sich deutlich über ihrer Nase abzeichnen. Wenn sie zu Hause ist, schminkt sie sich nie. Sie behauptet, daß Make-up nur etwas für Huren ist. Und dennoch, wenn sie die verlassenen Nächte in Oklahoma mit ihrer Stimme erfüllt und ihre endlosen Ermahnungen ausstößt, sind ihre Lippen rot, ihre Augenlider schwarz geschminkt, und man sieht keine einzige Sommersprosse.

»Laß mich dir versichern, mein Kleiner«, sagt Mama, »daß der Teufel sehr mächtig und sehr überzeugend sein kann, wenn er will, aber ich habe dich zu beten gelehrt und als aufrichtiger und gottesfürchtiger Christ zu leben. Ich habe dir erklärt, wie man den Teufel in sündigen Gedanken erkennt und wie man ihn vertreibt, wenn er auftaucht. Aber vielleicht habe ich mich in dir getäuscht.« Sie blickt ihn wie einen Hund an, der gerade auf ihren besten Teppich uriniert hat. »Habe ich mich getäuscht, Kleiner? Wenn ja, habe ich das richtige Heilmittel.« Ihr Blick ist undurchdringlich und dunkel wie das Fell eines Wolfs, und ihre Augen wirken wie Eisstücke, die man aus einem Gefrierfach heraushämmert, Eis, das sich vielleicht seit dem ersten Tag dort befindet, als der alte elektrische Eisschrank den aus Holz und Eisen ersetzt hatte.

»Wenn wir annehmen, daß dich der Teufel *tatsächlich* heimgesucht und böse Ideen in deinen Geist eingepflanzt hat, wird folgendes mit dir passieren. Siehst du dieses große, alte Insekt, das nach den Regenfällen herauskommt? Man nennt es die ›Stopfnadel des Teufels‹. Und weißt du, wie die Libelle zu diesem Namen gekommen ist? Sie fliegt nachts zu den Betten der Kinder, die wie du bösartige Gedanken hegen, Kleiner. Und weißt du, was sie dann tut? Sie näht deine Lippen zusammen.«

Sie läßt den Thorax des Insekts los, so daß es auf den Boden fällt. »So einfach kann Gott uns fallen lassen, wenn wir sündigen und keine Reue zeigen.«

Mama wendet sich von dem heimgesuchten Insekt ab, und ihr Augenlid flackert in einem fast hypnotischen Rhythmus. Sie zündet ein Streichholz an, und die Flamme spiegelt sich in ihren Augen. Dann zitiert sie in jenem speziellen Tonfall aus der Genesis, der es unmöglich macht, ihr nicht zuzuhören. »›Er blickte nach Sodom und Gomorrha und schaute das ganze Gefilde jenes Landes, und siehe, Rauch stieg aus dem Erdboden, wie der Rauch eines Schmelzofens.‹« Sie wendet sich wieder um und läßt das brennende Streichholz auf die Flügel der Libelle fallen, die sich zusammenkringeln und verschmoren, bis nur noch eine merkwürdig beißend riechende Rauchspirale übrig bleibt, die wie ein Geist über die Fensterscheibe streicht.

14.

Als Lawrence sich dem Haus aus dunkelroten Backsteinen nähert, wirkt die dunkelblaue Markise grob und schäbig. In weißen, altenglischen Buchstaben steht ›Jack the Ripper Pub‹ auf der Markise. Lawrence spürt die vertraute, unsichtbare Hand an seiner Kehle und hält inne, als ein Windstoß Abfall durch die Gosse fegt. Ein Taxi fährt vorbei, gefolgt von zwei jungen Männern, die sich an der Hand halten. Lawrence beobachtet sie, während sie um die Ecke in die 10. Straße abbiegen.

Wie ein Herbstblatt, das flußabwärts getrieben wird, hat es ihn unausweichlich hierhergezogen. Seit er in seiner ersten Nacht in der Außenwelt mit Christopher hier vorbeikam und ihm nackte Angst die Sprache verschlug, war ihm klar, daß es für ihn keine andere Möglichkeit und keinen anderen Weg gab: Er mußte hierher zurückkehren.

Lawrence schließt die Augen und erinnert sich an das gestrige Gespräch mit seiner Mutter, vor dem schrecklichen Ereignis im Labor.

»Ich glaube, daß es hier Kräfte außerhalb deiner Kontrolle gibt«, sagte Cassandra. »Du bist geboren worden ... Ich habe dich aus der DNS eines anderen Mannes geschaffen. Dieser Mann ist mächtig und erstaunlich clever. Schlimmer noch ist, daß er dir in deinen Träume und Visionen als Skelett erscheint und großen Einfluß auf dich ausübt, indem er dich mit seinen Träumen, Erinnerungen und Sehnsüchten infiziert. Ich habe Angst, daß er dich verändert und dich mehr nach seinem Bilde formt.«

»Wie gelingt ihm das?« fragte Lawrence. »Du hast dafür gesorgt, daß ich er *bin*, und mich aus einem bestimmten Zweck geschaffen, um *dein* Ziel zu verfolgen. Ist dir jemals in den Sinn gekommen, daß ich ich selbst sein will?«

»Natürlich ...« Cassandra hielt plötzlich inne, als ob sie ihre Meinung geändert hätte, und streichelte seine Wange. »Nachdem du geboren wurdest«, sagte sie sanft, »und als ich dich in meinen Armen hielt, wurde mir klar, daß ich ein eigenständiges Lebewesen wiege. Was konnte ich oder irgend jemand sonst über das Potential oder die Anlagen wissen, die in deiner DNS schlummern?«

»In dieser Hinsicht unterscheide ich mich also nicht so sehr von dir, Daddy, Sara oder irgendeinem anderen Menschen.«

»Aber du bist anders«, sagte Cassandra. »Völlig anders.« Sie seufzte und fuhr mit der Hand über sein Haar, wie vor einer Woche, als er noch ein Kind gewesen war. »Ich habe dich geschaffen, damit du dem Pale Saint so ähnlich wie möglich bist. Innerlich trägst du seine Neigungen. Aber wir glauben, daß es auch möglich ist, daß du dich *anders* entwickelst als er. Jon und ich hoffen, daß du dich zu einer eigenständigen Persönlichkeit entfaltest.«

»Aber deine Erziehung und Daddys Ausbildung hatten nur den einen Sinn, daß ich das Skelett finde.«

»Stimmt. Vielleicht haben wir nicht genug an deine Rechte gedacht. Das war ein moralischer Fehler. Aber wir haben unser Bestes getan.« Sie schüttelte den Kopf. »Du bist ein Rätsel. Als du geboren wurdest, glichst du einem leeren Brunnen, den Jon und ich gefüllt haben. Zumindest war das unser Wunsch. Aber du bist das erste Geschöpf dieser Art, und wir wissen nichts über die Konsequenzen, die sich aus der Verwendung voll entwickelter DNS eines anderen Menschen ergeben. Wieviel Ähnlichkeit hast du innerlich mit dem Skelett? Wie und wann wird sie sich bemerkbar machen? Und welche Folgen wird es für dich haben, wenn es soweit ist? Diese Fragen kann keiner von uns beantworten.«

»Nicht einmal ich?«

Sie schenkte ihm ein schwaches Lächeln. »Im Moment nicht einmal du.«

Lawrence blickt zu den beiden steinernen Jägerskulpturen empor, die den Eingang des Gebäudes flankieren, und beginnt dann, die steile Treppe hochzusteigen. Durch die Glasscheiben in den Holztüren kann er die Finsternis erkennen, die auf ihn wartet und dem offenen Maul des Leviathans gleicht, der Jonah verschlungen hat. Jetzt ist er wirklich im Begriff, die Höhle des Löwen zu betreten.

Es bereitet ihm keinerlei Schwierigkeiten, das Schloß der

inneren Tür aufzubrechen – Christopher hat es ihm beigebracht. Die Gerüche von Curry und Koriander hängen wie Schleier in der Luft, durch die er sich lautlos wie ein Geist bewegt. Während er die Treppe zum vierten und obersten Stock hinaufsteigt, blickt er weder nach links noch nach rechts. Als er die Tür am hinteren Ende des Flurs erreicht, öffnet sie sich, bevor er das Schloß gewaltsam öffnen kann.

»Du bist also gekommen«, sagt der Pale Saint.

Lawrence blickt lange in seine eigenen Augen und sein eigenes Gesicht. »Es ist vollbracht«, sagt er schließlich. »Dillard ist tot.«

»Ich weiß.«

»Jetzt habe ich keinen Zufluchtsort mehr.«

Das Gesicht des Pale Saint zeigt keine Gefühlsregung, während er zur Seite tritt, um Lawrence in die Wohnung zu lassen. Irgendwo in dem Haus ist ein Fernseher eingeschaltet, an anderer Stelle tönt David Bowie aus einer Stereoanlage.

»Ich bin, was sie aus mir gemacht haben.«

Der Pale Saint senkt sanft den Kopf. »So wie ich.«

»Ich hasse es, daß mein Leben so schnell vorübergeht.« Er hebt seine geöffneten Hände. »Ich hasse es, daß sie mir nichts gelassen haben.«

»›In seinem Leben hatte er die Luft und die Winde kennengelernt, die Sonne und das Licht, weite Räume und eine große Leere‹«, zitierte der Pale Saint Thomas Edward Lawrence. »›Es gab keinerlei Anzeichen menschlicher Mühen, und die Natur war unfruchtbar: Da war nichts als der Himmel und die unberührte Erde. Da kam er unbewußt Gott nahe.‹« Er nickt weise. »Diese Erfahrung ist so unausweichlich wie der Tod. Er hatte sein ganzes Leben in der Wüste der Einsamkeit verbracht und begegnet unvermeidlicherweise Gott, der einzigen Zuflucht und dem Rhythmus des Seins.«

Als Lawrence über sie Schwelle tritt, umarmt ihn der Pale Saint.

»Diese bizarren Rituale müssen aufhören«, sagte Stick. »Meistens kommt es auch so.«

»Verraten Sie mir was, das ich noch nichts weiß«, antwortete Christopher.

Stick schlürfte eine Tasse Lapsong-Souchong-Tee, den er so stark braute, daß Christophers Herz schon nach einer Vierteltasse wie nach einem Sprint über dreihundert Meter raste. »Die Art der Rituale ändert sich.« Stick ging um Reuven Esquivals und Hutton Dillards Leichen herum, die nebeneinander in dem gekühlten Kellerraum lagen. Beide Körper wiesen lange, T-förmige Schnitte auf, die über die Brust und bis zum Unterleib verliefen und für Autopsien charakteristisch sind.

Stick stellte seine Tasse ab, die aus so feinem und dünnen Porzellan bestand, daß sie fast durchsichtig war. Sie war mit den Stengeln und Blüten von Kletterrosen bemalt. »Lassen Sie mich offen reden, Jon. Im Fall Bobby Austin war das Ritual ein langwieriges Zeremoniell. Ich glaube, ich habe Ihnen damals erzählt, daß es eine Weile gedauert hat, bis Austin starb.«

»Ja.«

»Weder William Cotton noch die junge Jane Doe sind sofort gestorben.« Er zeigte auf die Leichen. »Bei diesen beiden Opfern ist dagegen eine auffällige und irritierende Entwicklung festzustellen. An der Art der Schnitte und der Vorgehensweise, wie er die Zirbeldrüsen entfernt hat, können wir einen Unterschied erkennen: eine Beschleunigung und eine gewisse rauhe Entschlossenheit, für die es bei den vorherigen Opfern keine Anzeichen gab«

»Mordhunger oder heftige Begierde?«

Stick schenkte ihm ein schwaches Lächeln. »Vielleicht ist es am besten, wenn Sie hinsichtlich dieser Frage einen Polizeipsychologen konsultieren.« Er blickte auf Esquivals Leiche hinab. »Tut mir leid, Jon. Das war gedankenlos von mir, wenn man bedenkt, daß er erst kürzlich gestorben ist.« Stick hob seine Teetasse. »Aber wenn ich eine Vermutung anstellen sollte, würde ich sagen, daß dieser Mann trotz der Tatsache, daß er menschliche Organe ißt, nicht von einem krankhaften Mordhunger getrieben wird, zumindest nicht in dem von Ihnen unterstellten Sinn.« Er stürzte seinen schwarzen

Tee hinunter. »Ich glaube, daß er seinem definitiven Ziel einfach viel nähergekommen ist, worin auch immer dies bestehen mag.«

»Wie steht es mit den Todeszeiten?« fragte Christopher. »Könnte derselbe Mann beide Morde begangen haben?«

»Kann ich nicht sagen.« Stick runzelte die Stirn. »Todeszeiten sind schwer zu bestimmen. Wenn es sich um ungefähr einen Tag handelt, gibt es keine Probleme. Da kann ich Ihnen so ziemlich aus dem Stand Auskunft geben. Aber wenn wir über Stunden reden, gibt es immer einen Spielraum für Irrtümer. Jeder Mensch ist anders.« Er blickte Christopher an. »Wir brauchen alle unterschiedlich lange, um zu sterben.«

»Also, Ihr Fazit?«

»Nach dem, was Sie mir über die räumliche Nähe der beiden Tatorte erzählt haben, würde ich sagen, daß es möglich ist, daß dasselbe Individuum diese beiden Männer ermordet haben könnte. Aber das ist nur die Annahme eines Arztes.«

»Und die Handschriften der Morde?«

»Da kann ich genauere Auskünfte geben. Wenn man von den drei Quetschungen bei Dr. Dillard absieht, sind sie identisch.«

Christopher beugte sich über die Leichen. »Sind Sie sicher?«

»Ziemlich.« Stick geleitete Christopher zu einem Schreibtisch hinüber, wo er nach einem gelben, linierten Block und einem Stift griff und zu zeichnen begann. »Das hier ist das menschliche Gehirn. In beiden Fällen ist der Stich absolut identisch: Er durchbohrte zuerst die Pupille und die Augenhöhle, dann den *Thalamus opticus*, dieses Oval hier, und den *corpus callosum*, dieses längliche Gebilde, das die Oberseite des *Thalamus opticus* mehr oder weniger einhüllt.« Er lächelte. »Können Sie sich darauf einen Reim machen? Ich bin kein Künstler, und wenn man drei Dimensionen auf zwei reduziert, ist das häufig verwirrend. Deshalb habe ich beide übereinander dargestellt, um Ihnen zu zeigen, wo sie sich an der Zirbeldrüse kreuzen.«

»Einen Augenblick.« Christopher umkreiste mit dem Finger den Bereich, wo Stick die beiden Bestandteile des Gehirns übereinander gezeichnet hatte. »Haben Sie ›sich kreuzen‹ gesagt?«

»Ja, aber das war nur eine Redewendung, um ihnen zu erklären, wo ... Jon?«

»Tut mir leid«, sagte Christopher, während er zur Tür raste. »Mir ist gerade eingefallen, daß ich eine Verabredung mit einem alten Freund habe.«

Das Haus aus dunkelroten Backsteinen befand sich an der 4. Straße, direkt westlich der 6. Avenue, wo in einer der vielen unerwarteten Wendungen, die für das alte Greenwich Village charakteristisch sind, die 4. Straße die 10. Straße kreuzte.

Christopher und Cassandra standen an der Straßenkreuzung, und er hielt die Zeichnung in der Hand, die Lawrence von dem Gebäude angefertigt hatte. »Irgendein Detail dieser Zeichnung ging mir nicht aus dem Kopf – die blaue Markise.«

»Die Markise des Jack the Ripper Pub.«

»Genau. Lawrence und ich kamen hier vorbei, als ich zum ersten Mal mit ihm das Labor verlassen habe. Ich wollte, daß er Jugendliche in seinem Alter sieht. Jetzt, da ich wieder hier bin, erinnere ich mich, daß er seltsam reagierte. Er sagte, daß er das Gefühl habe, zu ersticken.«

Christopher zeigte auf die linke untere Ecke der Zeichnung. »Und dann war da noch diese seltsame Signatur, diese Vier über der Zehn. Das ist ein Hinweis darauf, wo das Haus steht, nämlich an der Kreuzung 4. und 10. Straße. Mit dieser Zeichnung hat er uns eine Art Karte hinterlassen.«

»Aber was ist so besonders an diesem Haus?« fragte Cassandra. »Warum ist er hierher gekommen?«

»Begreifst du nicht?« erwiderte Christopher, der die zusammengefaltete Zeichnung in die Tasche steckte. »Lawrence hat uns direkt zur Wohnung des Pale Saint geführt.«

Sie packte ihn am Arm. »Ruf sofort Verstärkung, Jon.« Als Christopher nicht reagierte, fuhr sie fort: »Guter Gott, du denkst doch nicht etwa daran, allein da hineinzugehen?«

»Bei dem Vorfall im Keller des Mietshauses an der East Side hatte ich jede Menge Leute zur Verfügung, und was hat es mir genutzt?« Er schüttelte den Kopf. »Und nebenbei, wenn Lawrence hier ist, wäre es sehr unangenehm für uns, wenn wir anderen seine Anwesenheit erklären müßten.«

»Es ist zu gefährlich, Jon. Es ...«

Aber Christopher rannte bereits den Bürgersteig entlang, stürmte die Treppen hinauf und durch die Außentür. Die Innentür war nicht abgeschlossen. In dem gekachelten Vestibül hielt er inne und wartete, bis seine Augen sich an das Dämmerlicht gewöhnt hatten. Er hörte einen Hund bellen, aber das Geräusch kam nicht von der Straße: Wie bei den meisten dieser alten Häuser gab es winzige Hinterhöfe. Christopher zog seine Pistole.

Rechts führte eine steile hölzerne Treppe zu den oberen Stockwerken. Wenn er auf der Flucht gewesen wäre und sich hier verstecken wollte, hätte er auf einen Fluchtweg geachtet, falls ihm jemand in die Quere kommen sollte. Wohnungen im Erdgeschoß waren aus diesem Grund ungeeignet, und die in den mittleren Stockwerken taugten nichts, weil man sie nur über die Treppe erreichen konnte. Damit blieben die Wohnungen im obersten Stockwerk, zu denen man über das Dach gelangen konnte.

Christopher schlich leise die Treppe hoch. Die Treppenabsätze in diesen alten Häusern waren so eng, daß es auf jedem eine gewölbte Nische in der Wand gab, damit man einen Sarg hinuntertragen konnte, wenn die traditionelle Totenwache in der Wohnung des Verstorbenen vorüber war. Als Christopher auf dem Treppenabsatz des zweiten Stocks angekommen war, wandte er sich um, weil er sich bewußt war, daß ihm jemand folgte. Er sah einen Schatten und spürte seine Anspannung.

»Cass.« Als er sie erkannte, ließ er die Waffe sinken. »Bist du wahnsinnig? Raus hier. Ich habe keine Lust, mir um dich oder um Lawrence Sorgen machen zu müssen.«

»Zu spät. Ich bin bereits hier.«

Christopher trat einen Schritt auf sie zu.

»Ich versichere dir, daß du mich nur unter Anwendung von Gewalt rausschmeißen kannst.«

»Kein Problem.«

»Ich weiß.«

Er studierte ihren Blick und bemerkte, daß er immer weniger von ihr wußte, je länger er sie kannte. Schließlich atmete er tief durch. »Bleib hinter mir, hörst du?«

»Du bist der Boß.«

Das entlockte ihm wenigstens ein dünnlippiges Lächeln.

Nacheinander stiegen sie erst in den dritten, dann in den vierten Stock hinauf. Christopher hatte registriert, daß es in jedem Geschoß fünf Wohnungen gab, zwei auf beiden Seiten des Flurs, eine am hinteren Ende. Er bedeutete Cassandra stehenzubleiben, und schlich durch den Korridor auf die hintere Tür zu. Das war offensichtlich die am besten geeignete Wohnung für den Pale Saint, weil man von hier aus schnell und mühelos durch ein Fenster in den Hinterhof entkommen konnte. Als er hochblickte, sah er einen rechteckigen, fleckigen Einsatz aus bemaltem Putz. Mit ausgestreckter Hand reichte er gerade an die Decke. Er tastete sorgfältig die Kanten ab und berührte das kurze Ende eines verdreckten Seils. Wenn man daran zog, öffnete sich ein Zugang, und eine kurze, ausziehbare Leiter senkte sich herab.

Da Christopher hochstieg, verlor Cassandra ihn für ein paar Minuten aus den Augen. Als er zurückkam, bemerkte sie, daß sie den Atem anhielt.

»Hier geht es auf das Dach«, flüsterte er und trat neben sie. »Als Unterschlupf für einen Verbrecher scheint sich dieses Haus wirklich vorzüglich zu eignen.« Er nahm sie am Arm. »Wenn er hier ist, ist er in der Wohnung, also bleib um Himmels willen, wo du bist.«

Er ging wieder den Flur hinab, kauerte sich nieder und preßte sich an die Wand, damit er sich nicht direkt vor der Tür der hinteren Wohnung befand. Dann zog er zwei Dietriche aus der Tasche. Er schwitzte, als er dreimal nacheinander das leise Klicken des Schloßes hörte. *Drei blinde Mäuse,* dachte er. *Sieh, wie sie rennen.*

Christopher zog die Dietriche aus dem Schloß, richtete sich auf und griff nach dem Türknauf. Er warf Cassandra einen letzten Blick zu, öffnete mit einer geschmeidigen Bewegung die Tür und verschwand in der Wohnung.

Wie angewurzelt stand Cassandra am anderen Ende des

Korridors, aber als sie kein Geräusch hörte und keine Bewegung ausmachen konnte, schlich sie den Flur hinab. Sie trat vor die offene Türe und sah Christopher. Seine Waffe steckte im Holster, und so war ihr klar, daß er die Einzimmerwohnung untersucht und niemanden angetroffen hatte. Sie war zugleich erleichtert und verängstigt. Wo war Lawrence?

Cassandra bemerkte Christophers außergewöhnlichen Gesichtsausdruck. In ihrer Jugend hatte sie die *Aeneis* von Vergil entdeckt. Immer wieder hatte sie die Erzählung von Aeneas gelesen, von dem die alten Römer abzustammen glaubten. Oft hatte sie sich gefragt, was für einen Gesichtsausdruck Aeneas gehabt haben mochte, als er über den nebelverhangenen Fluß Styx in den schwefeligen Hades übersetzte, das Reich der Toten. Als sie jetzt Christophers Gesicht sah, glaubte sie es zu wissen.

»Hier *stinkt's*«, sagte er.

»Wie in der Unterwelt.« Sie schnappte unwillkürlich nach Luft, weil sie bemerkte, worauf Christopher blickte: auf eine Wand mit Polaroid-Fotos von Toten, die er inzwischen besser kannte als seine engsten Freunde.

»Guter Gott«, flüsterte Cassandra heiser. »So viele Menschen, so viele *Menschenleben.*«

Der Raum war von ihren gedämpften Stimmen erfüllt.

Christopher fand die Anordnung der Fotos der Opfer merkwürdig: Die der jungen Mädchen befanden sich auf einer Seite – wie in einem Harem. Je länger er auf die Fotos blickte, desto mehr schien ihre Anordnung ein Eigenleben zu gewinnen, als ob es sich um eine überladene, fürchterliche Architektur handeln würde, die aus dem Fleisch und den Knochen dieser Opfer bestand, aus ihrem Blut und mit ihren Herzen verziert. Das Ganze war ein Tempel des Bösen, dessen eigener, dunkler Puls pochte. »Kein Wunder, daß es hier stinkt. Er hat sich mit Toten umgeben.«

Als er auf die monströse Ausstellung an der Wand starrte, hörte Christopher wieder die geflüsterten Worte des Pale Saint, als ob er die Stimmen derer ersticken wollte, die er bereits ermordet hatte. Am meisten verstörte ihn aber die Anspielung, die der Pale Saint über Bobbys Motive gemacht hatte, Assistent des Bezirksstaatsanwalts zu werden. War das nur eine weitere seiner durchtriebenen Lügen gewesen, durch die er Christophers Entschlußkraft schwächen wollte?

»Ich muß dich etwas fragen, Cass. Es geht um Bobby.«

»Was möchtest du wissen?«

Christopher atmete tief durch, bevor er weitersprach. »Weißt du, warum er sich entschlossen hatte, Jurist zu werden?«

Sie blickte ihn neugierig an. »Wovon redest du? Du weißt so gut wie alle anderen, daß er diese fixe Ideen hatte, was das Gesetz und die Gerechtigkeit betrifft.«

»Stimmt. Aber mittlerweile glaube ich, daß er mir nie erzählt hat, worin der Grund für diese fixe Idee bestand.«

Cassandra zuckte die Achseln. »Es hatte was mit seinem Vater zu tun. Er wuchs mit diesem verbitterten alten Mann auf, und das hätte auf jedes Kind einen bedeutenden Einfluß gehabt, von Bobby ganz zu schweigen.«

»Aber was ist, wenn es nichts mit seinem Vater zu tun hatte und wenn ihm irgendein Vorfall in der Vergangenheit solche Schuldgefühle eingeimpft hatte, daß er sich zu einer Wiedergutmachung verpflichtet fühlte?«

Cassandra schüttelte den Kopf. »Hör wenigstens einmal auf, wie ein Polizist zu denken. Bobby ist tot, und du solltest ihn in Frieden ruhen lassen. Ich könnte es nicht ertragen, wenn man ihm jetzt etwas nachsagt.«

Worin auch immer Bobbys Geheimnis bestanden haben mochte – *wenn* es eins gegeben hatte –, es war offensichtlich, daß Cassandra nichts darüber wußte. Christopher wandte seine Aufmerksamkeit einem Schrank zu, in dem abgegriffene Bücher über Anatomie, Neurologie, Psychologie, Pathologie, vergleichende Religionswissenschaften, Akupunktur, Metaphysik und unerklärbare Phänomene standen. Er strich mit einem Finger über die Buchrücken. »Reuven hatte nur teilweise recht. Er hat eine sehr gute Ausbildung, aber ich glaube nicht, daß er auf dem College war, von der Graduate School ganz zu schweigen.«

Neben der dünnen Matratze waren Hershey's-Schokoladenriegel gestapelt.

»Sieh dir das an, Jon.« Cassandra hob einen der Riegel hoch. »Daher stammt seine Sucht nach Hershey's-Schokoladenriegeln.«

Ihre Blicke trafen sich, und unausgesprochen stand die Frage zwischen ihnen: Was hatten Lawrence und der Klon sonst noch gemeinsam?

Auf einem ansonsten leeren Regal sah Christopher eine Sammlung von Schallplatten. »Dieser Typ ist ein fanatischer Bob-Dylan-Fan. Er hat alle Alben – als Langspielplatten, nicht als CD's.«

»Vielleicht lebt er deshalb hier«, sagte Cassandra. »Auf welcher Platte war ›Positively 4th Street‹?«

»Auf keinem normalen Album, nur auf dem Greatest-Hits-Sampler. Ursprünglich wurde das Stück 1965 als Single veröffentlicht.«

»Kein Wunder, daß du mit Sara so gut klarkommst.«

Christopher durchsuchte die Wohnung nach irgend etwas, das ihm über die wahre Identität des Pale Saint Aufschluß geben könnte. Wie konnte ein Mensch heutzutage ohne Sozialversicherungskarte, Führerschein oder selbst eine gestohlene Kreditkarte existieren? Vielleicht trug er alles bei sich, aber als Christopher ihn im Tompkins Park verhaftet hatte, hatte der Pale Saint keinerlei Ausweise dabei. Womöglich lebte er in völliger Anonymität. Aber vielleicht fand Christopher hier auch etwas, das man als persönlich bezeichnen konnte.

Er starrte durch das Fenster auf die Platane. Sie war so groß, wie Platanen nur in Manhattan wurden, wo so viele Menschen an die Bäume pinkeln. Dann öffnete er das Fenster, steckte den Kopf hinaus und blickte nach oben. Er hatte keinen Zweifel, daß der Baum das Gewicht eines Mannes bis zu der Stelle tragen würde, wo die Platane sich über das Dach wölbte. Plötzlich bemerkte er, daß Cassandra auf die dünne Matratze in einer Ecke des Raums starrte.

»Wie kann man es sich darauf bequem machen?« fragte sie. »Das ist, als ob man in einer Scheune schlafen würde.«

»Genau«, sagte Christopher, der zu ihr herüberkam. »Ich glaube, daß er genau daran gewöhnt war, bevor er in den Osten kam.«

In der Kochnische sah Christopher eine Reihe tönerner Gefäße, die in den meisten Haushalten dazu dienten, Kräuter und Gewürze aufzubewahren. Sie waren schwarz angemalt und offensichtlich in Eigenarbeit getöpfert worden. Aufs Geratewohl öffnete er eines der Gefäße und zog so schnell wie möglich seine Nase wieder weg. Die Gefäße schienen die Quelle des Gestanks zu sein.

»Cass«, sagte er, »ich möchte, daß du mir sagst, was in diesen Gefäßen ist. Wenn du es nicht weißt, nimm Proben.«

Als sie herüberkam, ging er zum Schreibtisch und schaltete die Lampe ein. In diesem Augenblick entdeckte er die Dossiers über sich, Esquival, D'Alassandro und Bobby. Auf allen stand oben auf der ersten Seite das Datum, wann sie illegal aus der Datenbank des New York Police Department entwendet worden waren. *Das erklärt manches,* dachte er. *Jetzt weiß ich, was er suchte, als er sich Zugang zum Server des New York Police Department verschafft hat.* Er legte alle Dossiers sorgfältig wieder an ihren Platz.

Dann suchte er nach dem Computer, den der Pale Saint benutzt hatte, aber in der Wohnung gab es keinen. Vielleicht hatte er ein Notebook, aber das hätte er bei sich tragen müssen, was zu riskant war. Christopher dachte an all die fehlenden Hinweise auf seine Identität. Vielleicht hatte er noch ein anderes Versteck?

Auf einem Fernseher mit integriertem Videorecorder lag ein dicker Stapel von Zeitungsausschnitten und Ausschnitten von Illustrierten, die sich alle mit dem Pale Saint beschäftigten. Während er sie durchblätterte, bemerkte er, daß eine Kassette im Videorecorder lag. Er schaltete den Fernseher ein, drückte auf ›Play‹. Wie eine Teufelsfratze erschien Dean Koenigs Gesicht auf dem Bildschirm. Die Kamera fuhr zurück und zeigte Koenig aus der Distanz, wie er, einer Spinne gleich, in der Mitte seiner heimeligen Studioeinrichtung saß, jenen Kulissen mit der falschen Veranda, den unechten Säulen und dem künstlichen goldenen Licht, das durch die Fenster hinter ihm drang. Der Pale Saint hatte die nächtliche Sendung des Fernsehpredigers aufgezeichnet. Neben dem Fernseher lagen drei weitere Kassetten, und als Christopher sie durchspulte, sah er, daß auf allen Aufnahmen von Dean Koenigs Sendung waren.

Christopher mußte daran denken, was Reuven über den Pale Saint gesagt hatte: ›*Mein Verdacht ist, daß dieser Mann mit einer klaren Vorstellung von Gott aufgewachsen ist. Und das war kein Gott, der die andere Wange hinhält. Ich glaube, daß es sich um einen Rachegott handelte, eine allmächtige, furchterregende Gottheit ohne Mitleid, die mit dem Schwert bestrafte.*‹ Genau wie der Gott, den Koenig so fröhlich beschwört, dachte Christopher. ›*Wo liegt der Grund für dieses verzerrte Gottesbild? Wenn wir das wüßten, hätten wir wahrscheinlich den Schlüssel in Händen, um alle Geheimnisse dieses kranken Bastards zu enthüllen.*‹

Christopher schaltete den Fernseher ab und dachte über seine letzten Gespräche mit Lawrence über das Wesen Gottes nach. Er fragte sich, ob die Gottesvorstellung des Pale Saint auf Lawrence abfärben würde. Ein beängstigender Gedanke.

Er kehrte zu der schmalen Matratze zurück, an deren Fußende eine ordentlich zusammengefaltete Decke mit den Stammesmustern amerikanischer Indianer lag. Christopher, der mehrere Fälle bearbeitet hatte, in die Indianer verwickelt waren, versuchte sich zu erinnern.

»Eine Shawnee-Decke«, sagte er.

»Was fängt er mit einer Indianer-Decke an?« fragte Cassandra.

»Gute Frage. Wie auch immer – sie ist alt. Sicher zwanzig Jahre.«

An einer Ecke der Decke befand sich ein Fleck, dunkelbraun wie Blut. Christopher drehte die Decke herum und sah, daß das Wort ›Faith‹ darauf geschrieben stand. Dieses Wort hatte der Pale Saint auch als Online-Codenamen gewählt.

»Jon«, rief Cassandra, »das hier solltest du dir mal ansehen.«

Christopher ging in die Kochnische zurück.

Cassandra hatte alle Gefäße geöffnet und winzige Portionen des Inhalts auf den kleinen Tisch gestreut. Jetzt rührte sie das dunkle Pulver mit der Spitze eines Schälmessers um. »Meine botanischen Kenntnisse sind ziemlich gut. Ich kann Schierling, blauen Giftpilz und eine Art getrockneter Wurzeln identifizieren. Aus letzteren kann man entweder eine Ekstase hervorrufende Droge oder ein ziemlich ekliges Gift herstellen. Hängt von der jeweiligen Konzentration ab.«

»Wofür braucht er diese Substanzen?«

»Siehst du dieses Gefäß und den Stößel? Er braut etwas zusammen, eine Art Tee, der als Phyto-Cocktail bekannt ist und seine schamanistische Macht steigert. Vor ein paar Jahren habe ich eine Vorlesung über schamanistische Kräuterkunde besucht. Ein Schamane muß eine Verbindung zu seinem höheren Ich herstellen. Nur dann kann er die Toten wieder zum Leben erwecken, den Kranken und Sterbenden helfen oder die Botschaften derer zurückbringen, die längst verstorben sind.«

»Merkwürdig. Ich habe einige Erfahrungen mit Massenmördern gesammelt, die glaubten, das auch zu können. Sie hatten nichts anderes im Sinn, als daß andere an ihrer Totenwelt teilhaben sollten.« Christopher blickte sie neugierig an. »Kannst du damit was anfangen?«

Cassandra zuckte die Achseln. »Zum Teil hast du vielleicht recht. Als Wissenschaftlerin hat man mich gelehrt, paranormale Dinge skeptisch zu beurteilen. Als Mensch weiß ich, daß die Wissenschaft nicht alle Antworten kennt, und ein Teil meines Ichs glaubt, daß sie sie niemals kennen wird. Sieh dir nur Lawrence an. Man muß kein Spezialist sein, um sich vorzustellen, wie meine Kollegen aus der Forschung seine psychische Verbindung zum Pale Saint interpretieren würden.« Sie fuhr mit einer Fingerspitze durch die Puder. »Ich glaube daran, daß diese natürlichen Substanzen seine Fähigkeiten steigern können.«

»Dann nimm sie mit«, sagte Christopher. »Ich will nicht, daß sie weiter in seinem Besitz sind.«

Cassandra nickte. »Da ist noch etwas.« Sie griff nach einer kleinen Flasche aus blau gefärbtem Glas, die alt und handgefertigt aussah. Sie war zerbrochen und sorgfältig – sogar liebevoll – wieder zusammengeklebt worden. Cassandra zog den Stöpsel aus dem breiten Flaschenhals und drehte die Flasche um.

»Was zum Teufel ist das?« fragte Christopher, als etwas aus der Flasche rollte, das ungefähr die Größe und die Form einer Murmel hatte.

»Ein menschliches Auge«, erwiderte Cassandra. »Das Gegenstück zu diesem hier.« Sie kippte das andere Auge aus der Flasche.

»Das müssen die Augen von William Cotton oder der Ausreißerin sein.«

»Unmöglich, Jon. Die beiden sind erst kürzlich ermordet worden. Diese Augen, die von demselben Menschen stammen, sind konserviert worden. Sie sind vielleicht ein Jahrzehnt oder noch länger aufbewahrt worden.«

»Wenn er sie so lange aufgehoben hat, müssen sie eine spezielle Bedeutung für ihn haben«, sagte Christopher.

»Allerdings.« Sie reichte ihm die Flasche. »Dies ist das einzige Gefäß, das beschriftet ist.«

Auf der Flasche klebte ein kleines Etikett. Darauf war mit einer dünnen Feder das Wort ›Faith‹ geschrieben.

Faith, dachte Christopher nachdenklich. Er griff nach der Shawnee-Decke und schlug eine Ecke um, so daß Cassandra das Wort sehen konnte. ›Faith.‹ Die Handschrift war dieselbe. Er blickte Cassandra an. »Woran denkst du – an ein Gebet oder einen Namen?«

»Noch zwei Bemerkungen zu diesen Augen, Jon. Sie stammen von einer Frau, und zum Zeitpunkt ihres Todes war sie jung, vielleicht noch ein Teenager.«

»Ein Mensch, der dem Pale Saint nahestand. So nahe, daß er einen Teil von ihr jahrzehntelang aufbewahrt hat.«

»Du hast diesen merkwürdigen Gesichtsausdruck, Jon«, sagte Cassandra, während sie die Augen in die Flasche zurückgleiten ließ. »Woran denkst du?«

»Erinnerst du dich daran, was Lawrence mit dem Baseball angestellt hat, den Sara ihm geschenkt hatte?«

»Den er ausgehöhlt hat, damit er die tote Maus darin verstecken konnte?« Sie erschauerte. »Wie könnte ich das vergessen?«

»Ich glaube, daß es sich mehr oder weniger um dasselbe Phänomen handelt.« Er nahm ihr die Flasche aus der Hand. »Auch dieses Gefäß ist wertvoll. Sieh dir nur an, wie sorgfältig es geklebt worden ist.« Er strich mit einem Finger über das zerbrochene Glas, als ob die Bruchstellen etwas über seine Geschichte verraten würden. »Lawrence hat mir erzählt, daß der Pale Saint eine Schwester hatte. Ich glaube, daß diese Schwester Faith hieß.« Er wendete das Gefäß hin und her, so daß es vom Licht beschienen wurde. »Das hier ist von ihr geblieben – für ihn sind es nicht nur Augen, sondern ihre Seele.«

Die Wohnung. Jetzt lebt er definitiv *nicht* mehr an der 4. Straße. Sein geistiges Auge durchbohrt die neuerliche Finsternis, und der Pale Saint sieht, wie sich Christophers Männer verstecken: Sie gleichen Glühwürmchen vor tintenschwarzem Laubwerk und warten in einem mit militärischer Präzision geplanten Kordon in der Nähe seiner ehemaligen Wohnung.

Während er den Anfang von ›All Along the Watchtower‹ singt, sieht er diese und weitere Bilder. Daß Christopher die Wohnung finden würde, war geplant, daß er sie so schnell gefunden hatte nicht.

Nachdem der Pale Saint den Klon umarmt hat, hat er ihn zunächst nach Waffen durchsucht. Dann teilten sie sich einen Hershey's-Schokoriegel. Beides war symbolisch für seine ambivalente Einstellung gegenüber Lawrence. Vielleicht liebte er ihn, wie er einst seine Schwester Faith geliebt hatte, aber er konnte ihn auch verachten wie Kain, der seinen Bruder Abel haßte.

»Warum hätten sie sich solche Mühe geben sollen, dich in die Welt zu setzen, wenn nicht aus dem Grund, daß du mich finden sollst?« fragte er.

»Ich kann mir keinen anderen Grund vorstellen«, erwiderte Lawrence wahrheitsgemäß. »Wie auch immer, ich bin hier, Christopher nicht.«

»Der Grund dafür liegt darin, daß Christopher nach Dillards Tod nicht weiß, was er von dir halten soll. Er fragt sich, ob du genauso gefährlich geworden bist wie ich. Dillard ist ermordet worden, und der Kleine ist verschwunden. Wohin? Ist seine wahre Natur durchgebrochen?« Er benetzte seine Lippen, als ob er eine Art Vorfreude verspüren würde. »Du siehst, Junior, daß unbeantwortbare Fragen wie diese einem das Gehirn vernebeln, alle Gedanken zum Stillstand bringen und alle Strategien durcheinanderwirbeln.«

Während er seinen Gedanken nachhängt, singt der Pale Saint leise weiter. Erneut hat er sein Aussehen völlig verändert. Er hat sich den Kopf rasiert und den langen Schnurr- und Kinnbart abgenommen. Statt dessen hat er sich für ein ›Soul Patch‹ entschieden, ein dreieckiges Bärtchen in dem Grübchen direkt unter seiner Unterlippe. Seine Kleider stammen aus einer Schwulen-Boutique in der Christopher Street, und sein Ohr zieren drei goldene Ringe. Von dem harten Marlboro-Mann ist nichts übrig geblieben. Statt dessen hat er sanfte, leicht feminine Verhaltensweisen angenommen, die perfekt in die Umgebung von Greenwich Village passen.

Lawrence wartet, bis der Pale Saint das Lied beendet hat. »Was für ein Song war das?« fragt er dann höflich wie immer. »Soll das heißen, daß Christopher dir nichts über Bob Dylan erzählt hat?« Der Pale Saint schnalzt mit der Zunge. »Ein böser Daddy.« Mit seiner sanften, piepsigen Stimme singt er das ganze Lied erneut.

Die beiden sitzen nebeneinander auf dem geteerten Dach eine Hauses an der Bleeker Street. Wenn man von dem veränderten Aussehen des Pale Saint absieht, könnte man trotz aller Unterschiede glauben, daß sie wie durch eine Nabelschnur verbunden sind. Lawrence, bei dem das Transgen außer Kontrolle geraten ist, nähert sich dem dreiunddreißigsten Lebensjahr, dem Alter des Pale Saint.

»Sie glauben, daß ich sie nicht sehe«, sagt der Pale Saint, der die Ellbogen auf die Knie gestützt hat. »Sie kriechen wie Ungeziefer im ganzen Häuserblock herum.«

»Wo? Ich sehe niemanden.«

Der Pale Saint atmet konzentriert durch die Nase ein und durch den Mund aus. »Du wirst es sehen. Wenn die Zeit gekommen ist.«

»Daran zweifle ich«, entgegnet Lawrence mit einem resignierten Seufzer. »Ich glaube nicht, daß mir noch viel Zeit bleibt.«

»Jetzt, wo du es erwähnst, Junge, muß ich zugeben, daß du nicht besonders gut aussiehst. Was ist los?«

»Ich habe das Gefühl, innerlich zu verbrennen. Es hat sicher was mit meiner künstlichen Zeugung in dem Labor zu tun.«

»Hat dich die Wissenschaft im Stich gelassen? Nun, das ist nicht weiter überraschend. Der Fortschritt der Zivilisation ist hochgradig gefährlich – er vergiftet alles.« Der Pale Saint kramt in seiner Tasche. »Aber es gibt für alles ein Gegengift – sogar gegen den Tod.« Er zieht ein Glasfläschchen mit einem Verschluß wie bei normalen Augentropfen hervor. »Vielleicht kann ich etwas gegen dieses ekelhafte innerliche Feuer tun.«

Lawrence beäugt das Fläschchen. »Was ist da drin?«

»Rhinozeros-Horn, Augen von Wassermolchen und Muskelmagen des Komodo-Drachen.« Der Pale Saint lacht in sich hinein. »Schau nicht so beunruhigt, ich habe alles selbst aus natürlichen Ingredienzen hergestellt. Das hier, mein Junge, ist ein Cocktail für die Jahrtausendwende.« Er öffnet das Fläschchen und drückt auf das Gummi, damit das zähflüssige Gebräu von der Pipette aufgesaugt werden kann. »Streck die Zunge raus.« Der Pale Saint neigt den Kopf. »Was ist los, traust du mir nicht?«

»Wir trauen uns beide nicht«, antwortet Lawrence offen. »Noch nicht.«

»Du hast völlig recht. Im Gegensatz zu Christopher und Cassandra will ich dein Bestes. Aber das sind nur Worte, und warum solltest du ihnen trauen?« Er verstaut das Fläschchen wieder in seiner Tasche, und sie verlassen das Dach. »Ich werde dir etwas zeigen. Dann kannst du dir eine Meinung über mich bilden.«

Der Pale Saint und Lawrence gehen in nordwestlicher Richtung über die Bleeker zur Hudson Street, dann nach Norden und anschließend erneut in westlicher Richtung, bis sie die schmale 12. Straße erreicht haben. Sie befinden sich in einem Viertel, wo Fleisch umgeschlagen wird und erst nach

Mitternacht etwas los ist, wenn Zuhälter sich nach neuen Territorien umsehen und die Drogendealer ihre Höhlen verlassen, in denen sie sich tagsüber aufhalten. Überall ragen Lagerhäuser aus der Zeit der Jahrhundertwende auf, die wie druidische Säulen aus einer anderen Epoche wirken. Die Straßenlampen funkeln und zischen wie durchnäßte Feuerwerkskörper. Über das Kopfsteinpflaster rumpeln Lastwagen, in deren gekühlten Laderäumen sich riesige Rinder- und Kalbshälften befinden, butterweiches Lammfleisch und dicke, erstklassige Rippen, die vor Fett glänzen.

Sie steigen die Metallstufen einer verwaisten Laderampe hoch. Auf einem uralten, von der Sonne gebleichten Schild steht: ›Halloran & Sons, Fine Meats, All Cuts.‹ Darunter hat jemand von der New Yorker Gesundheitsbehörde eine Benachrichtigung angebracht, die besagt, daß das Geschäft vorerst geschlossen ist, weil man zum dritten Mal die Vorschriften mißachtet hat.

Der Pale Saint zieht einen handgefeilten Schlüssel aus der Tasche, den er nach dem Original angefertigt hat, das er vorher entwendet hat. Das Echo ihrer Schritte klingt feierlich, und Lawrence stellt sich vor, daß es sich auch in einer weit entfernten gotischen Kathedrale wie Notre Dame so anhören würde.

Nachdem er das Licht angeschaltet hat, sagt der Pale Saint mit genießerischem Unterton: »Sieh da, der Schlachtraum.«

Sie stehen vor einer Reihe elfenbeinfarbener Tische, und obwohl die Klimaanlage auf Hochtouren arbeitet, liegt unverkennbar der Geruch von Blut in der Luft. Über und hinter den Tischen befinden sich drei Reihen hölzerner Regale mit Messern aus rostfreiem Stahl in allen nur erdenklichen Größen und Formen: zum Zerlegen des Fleisches und zum Entfernen der Knochen, daneben Schälmesser und gezackte Messer. Zusätzlich gibt es Beile, um Gelenke zu zerschmettern und Hämmer mit großen rechteckigen, häßlichen Köpfen, um Kalbfilets weichzuklopfen. Für die Abfälle stehen galvanisierte Eimer bereit. In den Rissen des Bodens sieht man Rinnsale getrockneten Bluts, als ob es sich um eine neue Art von Kitt handeln würde, und darüber gibt es Wasserhähne, um die Reste wegzuspülen.

Der Pale Saint greift hinter das obere Regal mit den Messern und zieht ein Paket aus braunem Papier hervor, das mit einer braunen Schnur zusammengehalten wird.

Er reicht Lawrence das Paket. »Hier, öffne es.«

Lawrence zieht an der Schur, und das Päckchen öffnet sich wie kunstvoll gefaltetes Papier. Er sieht ein Dutzend langer Gegenstände aus Stahl.

»Das sind meine Eisenbahn-Dorne.« Der Pale Saint greift nach einem und dreht ihn gemächlich zwischen den Fingern. »Mein Werkzeug.« Er läßt den Dorn sinken, bis die scharfe Spitze die Stirn des Klons berührt. »Ich durchbohre damit das linke Auge und extrahiere die Zirbeldrüse.« Er dreht den Dorn, so daß auf der Haut eine Spur zurückbleibt, aber Lawrence zuckt nicht zusammen.

Plötzlich zieht der Pale Saint den Dorn zurück, legt ihn zu den anderen zurück und verschnürt das Paket wieder. »Keiner hat das bislang gesehen. Nur du.«

Er verstaut das Paket wieder, greift nach einem Messer mit langer Klinge und hält es Lawrence entgegen. »Wenn du es tun willst, ist jetzt der richtige Augenblick gekommen.«

Er blickt Lawrence in die Augen und ins Herz – zumindest scheint es so.

»Nein? Hat Christopher dir keine Anweisungen gegeben, mich zu töten? Bist du sicher, daß du nicht zustechen willst?«

»Es war nie davon die Rede, dich zu töten«, antwortet Lawrence. »Außerdem, aus welchem Grunde ich auch geschaffen wurde, ich stelle mehr dar. Ich existiere und denke. Und deshalb treffe ich meine eigenen Entscheidungen und gehe meinen eigenen Weg.«

Der Pale Saint drückt Lawrence das Messer in die Hand. »Dann willst du mich also nicht umbringen.«

»Ich werde niemanden töten. Töten ist eine Sünde.«

»Christopher tötet.«

»Du auch.«

Der Pale Saint nimmt das Messer wieder an sich. »In diesem Fall lobe ich dein logisches Denken.« Er kniet nieder und hält die Klinge an seine Kehle. »Du mußt nur ein Wort sagen, dann werde ich es selbst erledigen.«

»Soll das ein Test sein?« fragte Lawrence. »Glaubst du nicht an meine Überzeugungen?«

»Was sind Worte anderes als schöne Gemälde von Künstlern?« knurrt der Pale Saint. »Alle Worte sind Lügen! Welche Überzeugungen kannst du schon haben? Du bist gerade mal zwanzig Tage alt!« In seinen Augen brennt ein kaltes, berechnendes Feuer. »Die Frage ist: Bist du Christophers Geschöpf oder meines? Entscheide dich!«

»Du versuchst, mich zu beeinflußen.« Lawrence wirkt aufgeregt.

»Kein bißchen.« Der Pale Saint erhebt sich, und die Hand mit dem Messer hängt schlaff an seiner Seite herab. »Wie ich schon gesagt habe, ich versuche, zur Wahrheit vorzudringen.«

»Wo wir gerade von der Wahrheit sprechen – warum hast du Bobby Austin ermordet?«

Der Pale Saint spitzt die Lippen. »Du weißt, daß es einen Grund dafür gab.«

»Ja.«

»Würdest du mich umbringen, um den Grund herauszufinden, Junior?«

»Ich habe dir doch gesagt, daß ich niemanden töten werde.«

»Okay, dann ist das Thema erledigt.« Der Pale Saint lacht in sich hinein, während er das Messer zurücklegt. »Ich habe ihn umgebracht, weil ...« Lawrence, der ihn einerseits genau, andererseits überhaupt nicht kennt, bemerkt, daß er bedächtig seine Worte abwägt und sie genießt wie das letzte Stück Schokolade. Irgend etwas steht bevor, und Lawrence hält den Atem an.

»Henry Miller hat einst etwas geschrieben, das auf uns beide zutrifft«, sagt der Pale Saint. »Das Zitat stammt aus dem Frühling des Jahres 1932, aber ich schwöre bei Gott, daß damit dieser geschichtliche Augenblick gemeint war. ›Soweit ich sehe, kümmert sich niemand um das, was in der Luft liegt und unserem Leben eine Richtung geben und Motivation verleihen könnte. Nur die Mörder scheinen ihrem Leben etwas Befriedigung abzugewinnen. Die Epoche fordert Gewalt, aber es gibt nur einige fehlgeschlagene Explosionen. Revolutionen werden im Keim erstickt oder zu schnell erfolgreich. Die Leidenschaft ist rasch erschöpft. Die Menschen werden auf Ideen zurückgeworfen, *comme d'habitude*. Kein Vorschlag überdauert auch nur einen Tag. Wir leben innerhalb einer Generation eine Millionen Leben.‹« Er wirft Lawrence einen feurigen Blick zu. »Ich habe Bobby Austin umgebracht, weil ich es tun mußte und weil das der vorletzte Schritt war, um den Kreis zu schließen.«

»Ich verstehe nicht.«

»Nur, weil du immer noch zum größten Teil Christophers Geschöpf bist.«

Sie verlassen das Gebäude, setzen sich auf die Laderampe und lassen die Beine baumeln, wie es einst Tom Sawywer und Huckleberry Finn am Ufer des Mississippi getan haben mögen.

Der Pale Saint zieht das Fläschchen aus der Tasche, öffnet den Mund und läßt sieben Tropfen auf seine Zunge fallen. Dann schließt er den Mund und schluckt krampfhaft. Er reicht Lawrence den Verschluß mit der Pipette. »Jetzt öffne den Mund und sag ›Aah‹.«

Lawrence fühlt eine zugleich kalte und heiße Empfindung, während die Flüssigkeit seine Zunge hinab auf die Geschmacksnerven zurinnt.

»Bleiben nur noch zwei Dosen übrig«, sagt der Pale Saint traurig. »Dein Daddy hat meine restlichen Vorräte zu einem ziemlich unangenehmen Zeitpunkt konfisziert, aber das läßt sich nicht mehr rückgängig machen. In einem Krieg ändert sich die Lage ständig.«

Ein Lastwagen, dessen Seitenwand mit dem Bild eines töricht dreinblickenden Rinds geschmückt ist, rumpelt an ihnen vorbei.

»Wie merkwürdig es ist, einfach mit einem anderen zusammen zu sein und mit ihm über einfache, alltägliche Dinge zu reden, über die ich noch nie mit einem Menschen gesprochen habe. Ich habe das Gefühl, bis Mitternacht mit dir reden und dann bis zur Morgendämmerung traumlos schlafen zu können. Was für eine Erleichterung wäre das.«

»Schläfst du nicht?«

»Wie könnte ich, wo die Welt in Flammen steht? Ich habe seit Jahren nicht geschlafen.«

»Ich träume im Schlaf von dir.«

»Ich weiß, Junior. Seit du da bist, habe ich das Gefühl, mir hängt ein Wiesel im Nacken und will nicht loslassen.« Der Pale Saint lacht, als scherzte er. Aber in seinem augenblicklichen Zustand verspürt Lawrence ein Gefühl kühler Gewißheit, daß er ihm die Wahrheit gesagt hat, oder zumindest einen Teil davon.

»Erzähl mir von Andy«, sagt der Pale Saint. »Christopher muß mit dir über seinen Sohn gesprochen haben.«

Lawrence erstarrt innerlich, während die Definition des Wortes ›Betrug‹ in seinem Kopf herumspukt. »Er hat nie mit mir über ihn geredet.«

Der Pale Saint neigt den Kopf. »Lüg mich nicht an, Junior. Big Brother merkt, wenn du lügst.«

»Überrascht es dich wirklich nicht, daß Christopher mir nicht vertraut? Ich glaube, daß ich für ihn nur ein flüchtiges Wesen bin, das sich verschwommen durch seine Welt bewegt.«

Der Pale Saint nickt. »Es interessiert ihn nicht, wie du geschaffen worden bist und was später mit dir geschehen wird. Mir bedeutest du mehr – *viel* mehr.« Er legt einen Arm um die Schultern des Klons. »Empfindest du irgend etwas? Noch nicht? Laß dir Zeit – es dauerte etwas, bis der Cocktail wirkt. Sei nicht beunruhigt, wenn du heftig zu schwitzen beginnst. Das ist ein Teil der Wirkung.«

»Welcher Wirkung?« Lawrence hat einen merkwürdigen Geschmack im Mund, und seine Zunge ist so geschwollen, daß seine Aussprache undeutlich wird. Das Licht der Straßenlampen verschwimmt wie Pastellfarbe auf Wasser.

»Ich werde deine Erziehung auf die richtige Weise fortsetzen, Junior. Hör zu und lerne. Es gibt eine Zeremonie, die bei den Schamanen verbreitet ist, die die altaische Sprache sprechen. Sie findet in der Nacht der ersten Schlacht statt, wenn alle nur an Rache denken. Die Schamanen werden auf rituelle Art und Weise mit Wasser gereinigt. Dann nehmen sie eine bestimmte Flüssigkeit zu sich, die den *Kanal* öffnet, der dahin zurückführt, wo in ihrem Inneren die Erste Macht beheimatet ist, die sich ihre Vorfahren zu Nutze machten. Diese Erste Macht ist sehr gefährlich, selbst wenn sie bis zu einem gewissen Grad in jedem lebt. Sie kann einen Mann bei lebendigem Leibe verzehren, ihn wie ein Dämon verschlingen, bis er nur noch ein innerlich zerstörter, lallender Idiot ist. Ich weiß, woran du denkst, aber die Gefahr ist wirklich sehr gering, solange ich dein Führer bin, dein Guru, dein Avatar. Wir werden gemeinsam durch die Flammen schreiten.«

Der Pale Saint grinst. »Mir gefällt, daß ich vor dir kein Theater spielen muß. Ich kann einfach ich selbst sein. Seit Faith die Farm verlassen hat, habe ich dieses Gefühl nicht mehr empfunden, und das ist eine gute Weile her.« Er blickt Lawrence an. »He, deine Augen sind ganz glasig.« Zärtlich streichelt er die Wange des Klons. »Ich werde dir jetzt eine Geschichte erzählen, zumindest den Teil, der zum Thema gehört. Sie handelt von Faith. Wenn du mir helfen willst, muß du über sie Bescheid wissen. Konzentriere dich jetzt auf meine Stimme, dann ist alles in Ordnung. Weil du so schnell alterst, ist es möglich, daß dein Stoffwechsel meinen Cocktail zu schnell verarbeitet. Aber du bist stark – ich spüre, wie deine Erste Macht ansteigt. Wie auch immer – es besteht kein Grund zur Sorge. Ich werde dafür sorgen, daß dir nichts geschieht.«

Der Pale Saint wischt Lawrence mit einem Jackenärmel den Schweiß von der Stirn. »Nach dem Feuer, als ich die Vergangenheit so gründlich wie möglich ausgelöscht hatte, reiste ich nach Westen, dorthin, wo alle Stürme, die über die riesige, staubige Ebene fegen, ihren Ursprung haben. Ich wollte Faith finden. Ein Jahr zuvor hatte sie im Alter von siebzehn Jahren alle Geduld mit Mama verloren und das Haushaltsgeld aus der Plätzchendose gestohlen, um nach Westen zu gehen. Zuvor hatte sie mich gebeten, sie zu begleiten, aber ich konnte doch nicht einfach die Familie verlassen, oder? Ich konnte Mama nicht verlassen, zumindest damals nicht. Sie erzählte mir, wo sie hingehen wollte, und ich beobachtete wortlos, wie sie uns verließ. Ich konnte sie nicht daran hindern, ohne sie zu verletzen, und das hätte ich nie getan. Niemals. Faith war für mich der einzige Mensch, für den zu sterben sich lohnte. Und ich werde es tun, wenn es sein muß.«

Er wirft den Kopf in den Nacken und starrt zum Himmel empor, wo hinter dem Widerschein der Großstadtlichter die Sterne funkeln und der Mond wie eine Kirsche auf einem Eisbecher leuchtet. »Als ich die Rocky Mountains erreichte, hatte ich mir einen Schnurrbart wachsen lassen, und direkt hinter der Staatsgrenze von Montana kaufte ich einen Cowboyhut und ein kariertes Halstuch. Mein Schnurrbart wurde länger und filzig, und ich ließ mir auch noch einen ordentlichen Spitzbart wachsen, weil ich an das Foto eines altmodischen Cowboys dachte.

In Montana fand ich Faith in einer Kleinstadt namens Debenture. Sie lag mit dem Gesicht nach unten auf dem Boden ihres armseligen und schmutzigen Zimmers in der verwanzten Pension. Man hatte sie beraubt, vergewaltigt und auf brutale Weise zu Tode geprügelt. Die Spuren an ihren Handgelenken, Oberschenkeln, Fußknöcheln und über ihren Brüsten verrieten, daß sie gefesselt worden war. Der Sheriff war unsympathisch. In seinen Augen war Faith eine Herumtreiberin und Hure gewesen, die nichts zum Wohl der Stadt beitrug. Er sagte, daß Menschen wie sie nichts als Ärger brächten. Ich hätte ihm auf der Stelle die Nase abbeißen sollen. Mir war klar, daß er etwas verbarg und trotz seines Sheriffsterns ein Komplize war. Was den entsetzlichen Tod meiner Schwester betraf, war er keineswegs überrascht.

Sie besaß nur noch eine blaue Glasflasche, die sie in Grand Junction gekauft hatte. Vor Wut warf ich sie gegen die Wand. Und dann? Ich entdeckte einen kleinen Zettel, den sie in der Flasche versteckt hatte. Auf ihm standen die Namen von fünf Männern, die in der Stadt oder in der Nähe lebten. Einflußreiche Männer, obwohl sie schon fast im Ruhestand waren: Politiker, ein Richter des Landkreises, Geschäftsmänner.

Mir war klar, daß diese Männer Faith umgebracht hatten. Was für eine Beziehung hatte sie zu ihnen unterhalten? Ich wußte es nicht und wollte es auch nicht wissen. Zum Teufel, was spielte das noch für eine Rolle? Sie hatten sie mißbraucht und umgebracht und diesem wertvollsten, einzigartigen und wunderschönen Mädchen in ihrer Niedertracht einen Pfahl durchs Herz gebohrt.«

Der Pale Saint hält einen Augenblick lang inne, um Lawrence erneut den Schweiß abzuwischen, der aus seinen weit geöffneten Poren strömt. »Langsam und methodisch habe ich alle Scherben der blauen Flasche aufgesammelt, Klebstoff gekauft und sie wieder zusammengeleimt. Aber das reichte natürlich nicht. Kannst du verstehen, was es bedeutet, einem anderen Menschen so nahezustehen, daß seine Seele zu einem Teil des eigenen Ichs geworden ist? Nein, wie solltest du auch. Aber du wirst es noch begreifen, das verspreche ich dir.« Der Pale Saint wartet, während ein Konvoi von Lastwagen um die Ecke biegt, deren unheilvoll nachhallendes Dröhnen an das Brüllen eines Grizzlys im zerklüfteten Gebirge erinnert.

»Direkt vor Sonnenaufgang nahm ich mir den Mann vor, dessen Name oben auf der Liste stand. Als ich mit ihm fertig war, knöpfte ich mir nacheinander die anderen vor. Jeden Tag habe ich einen von ihnen getötet. Tagsüber schlief ich, und zwar so wunderbar tief und traumlos, daß ich erquickt und zu allem bereit aufwachte. Als ich nach fünf Tagen meine Arbeit erledigt hatte, verließ ich Debenture für immer.

Um aufrichtig zu sein – ich war gründlich enttäuscht, weil ich begriffen hatte, daß ich nur ein leeres Gefäß war und daß das auch so bleiben würde, gleichgültig wie schnell ich mich bemühte, es aufzufüllen. Das ekstatische Lebensgefühl, das mir jeder der geopferten Toten verschafft hatte, war so flüchtig, daß ich mich kaum noch daran erinnerte. Ich war innerlich leer in Debenture eingetroffen, und genauso verließ ich es auch. Nur Faith ist mir geblieben.«

Der Pale Saint hält Lawrence fest, der zu zittern beginnt, als ob er Schüttelfrost hätte. »Hörst du mir noch zu, Junior?« Er tupft Lawrence den Schweiß vom Nacken, aber dessen Blick ist verschleiert und auf nichts Bestimmtes gerichtet. Er ist von einer seiner Visionen gefangen.

Nacht in Debenture vor fünfzehn Jahren, nach dem letzten Mord. Im Licht des kupferfarbenen Erntemonds beobachtet er den Pale Saint, der über der letzten Ruhestätte seiner Schwester kauert, die keinen Grabstein hat. Über ihm sieht er einen riesigen, hölzernen Wasserturm, der neben den Eisenbahnschienen aufragt. In nicht allzu weiter Ferne gehen die Außenbezirke der Stadt in rauhes Land über. Er zieht eine Handvoll Eisenbahn-Dorne aus den Schienen.

Jetzt erkennt er, was sich im Kopf des Pale Saint abspielt. Er wird der Pale Saint, der sein Jagdmesser in seinem eigenen Blut reinigt. Er befindet sich an einem anderen Ort und in einer anderen Zeit, während er die Leiche eines kleinen Mädchens enthäutet. Danach trennt er den Schädel ab und öffnet ihn oben. Er legt seine Hände um das Gehirn und erforscht mit seinen Fingerspitzen die kleinen Windungen, während er wie in einem Kirchenlied die ihn quälenden Fragen wiederholt: *Was ist das Leben? Was ist der Tod? Wo gehen beide ineinander über?* Auch das kann Lawrence fühlen, als ob er selbst der Pale Saint wäre. Er spürt, wie sich noch jemand im Geist des Pale Saint bemerkbar macht und sich wie eine Schlange in seine Gedanken einschleicht. Es ist seine Mutter, die heilige Worte in den Äther der Dunkelheit über Oklahoma aussendet – das Mikrofon des Fernsehstudios überträgt ihre Stimme in alle Ecken des Staates. Zugleich fühlt sich das wertvolle Gehirn in seinen Händen schwer an, als ob seine Weisheit ihn von einem nie gesehenen und unbekannten Ort durchströmen würde. Das Ritual ist beendet, und er wickelt den Schädel in Stoff und Plastik ein, weil er ihn auf seine lange, beschwerliche und blutige Reise mitnehmen will.

Lawrence öffnet die Augen und benetzt seine Lippen, weil sein Mund völlig ausgetrocknet ist. Er fühlt sich schwach, als ob er an einer schweren Krankheit litte, durch die alle Knochen schmerzen, oder auch wie der betrunkene junge Mann, der auf der anderen Straßenseite mit seiner Freundin aufgekreuzt ist. Der junge Mann taumelt gegen ein hochgeklapptes Stahlgitter, bricht fast zusammen und übergibt sich. Lawrence wird übel, und er wendet sich ab, aber es hilft nicht, er fühlt sich schlecht.

»Das liegt an dem Cocktail«, sagt der Pale Saint, als er es ihm erzählt. »Du mußt erst innerlich gereinigt werden, bevor sich der *Kanal* öffnet und die Erste Macht auslöst. Der Schweiß enthält alle Gifte deines Körpers. Wenn die Reinigung beendet ist, wird es soweit sein. Du wirst empfinden, wie sich das Universum öffnet und dann auf so natürliche Art und Weise in es eintreten, wie du atmest oder denkst.«

Tatsächlich fühlt sich Lawrence, als ob er im Rachen eines großen Abgrunds versinken würde. Das Bewußtsein seines eigenen Ichs schwindet schnell, als ob er zusieht, wie er selbst fällt, und gleichzeitig jemanden beobachtet, der ihm sehr ähnlich ist und vom Rand des Abgrunds zuschaut, wie er selbst fällt.

Wer bist du? flüstert Lawrence sich selbst zu. *Wer bist du?*

Es war nicht weiter verwunderlich, daß er sich diese Frage stellen sollte. Unter denselben Umständen hatte sich der Pale Saint gefragt: *Was ist das Leben? Was ist der Tod? Wo gehen beide ineinander über?* Dies sind die Fragen, auf die er eine Antwort finden muß, bevor sein Bewußtsein endgültig ausgelöscht ist. Was Lawrence betrifft, so ist sein Leben viel zu schnell verlaufen, als daß er ein Gefühl dafür hätte entwickeln können, wer er wirklich ist.

Lawrence spürt, wie die Wirkung der Droge nachläßt. Ihm ist klar, daß er jetzt schnell nachdenken muß: Dies ist seine Chance, dem Pale Saint seine Loyalität zu beweisen. Was bleibt ihm jetzt noch anderes übrig, als Vertrauen aufzubauen und das Vertrauen zu festigen, das ihm der Pale Saint erwiesen hat, indem er ihm die schreckliche Geschichte vom Tod seiner Schwester erzählte?

»Du hast deine Droge mit mir geteilt«, sagt Lawrence. »Jetzt werde ich etwas für dich tun.«

»Tatsächlich?« Der Pale Saint wirkt desinteressiert. »Und was glaubst du für mich tun zu können, Junior?«

»Die Augen deiner Schwester sind in der Wohnung. Ich weiß, wie viel sie dir bedeuten. Du kannst sie nicht holen, ohne gefaßt zu werden, aber ich kann es.«

»Wirklich? Aber mittlerweile hat Christopher Dillards Leiche gefunden. Er verdächtigt dich bereits.«

»Ja, aber er ist sich seiner Sache nicht sicher. Wie auch immer, ich bin, wie ich bin. Ein Geschöpf, von dessen Existenz man nichts weiß und das sich in der Dunkelheit versteckt. Er wird mich kommen sehen und alle anderen hinauswerfen.«

»Dann werde ich gehen«, erwidert der Pale Saint. »Wir sehen jetzt völlig gleich aus. Wenn ich ein paar kleine kosmetische Korrekturen vornehme, wird er uns nicht auseinanderhalten können.«

»Von der äußeren Erscheinung her nicht, aber er wird Fragen stellen. Innerhalb einer Minute wird er Bescheid wissen. Glaub mir, du wirst es nicht schaffen, ihn hinters Licht zu führen.«

Der Pale Saint denkt einen Augenblick lang darüber nach. »Es ist fatal, den Feind zu unterschätzen, oder, Junior?«

»Nach allem, was ich über den Krieg gelesen habe – ja.«

Gemeinsam stehen die beiden auf. »Also, das ist der springende Punkt«, sagt der Pale Saint. »Ich bin mit der Möglichkeit konfrontiert, dich auf die Probe zu stellen, indem ich dich zu Daddy gehen lasse. Was ist, wenn du nicht zurückkommst?«

»Ich werde zurückkommen.«

»Ja, allerdings. Und *das* ist meine Garantie.« Er schlendert zur anderen Straßenseite hinüber, wo das Mädchen immer noch versucht, dem Freund zu helfen.

Lawrence hört ihn sanft und zärtlich mit dem Mädchen reden, und er denkt: *Nein!* Der Schrei ertönt nur in seinem Geist, schwach und ohnmächtig wie in einem Traum. Allzu schnell kommt der Pale Saint mit dem Mädchen zurück.

»Das ist Marcy, Lawrence«, sagt er lächelnd.

»Hallo.« Sie streckt ihre Hand aus, und Lawrence ergreift sie verwirrt. »Bin ich glücklich, daß wir euch getroffen haben.« Das Mädchen hat einen fiebrigen Blick und wirkt halb weggetreten – wie Menschen, die gerade von ihrer Panik erlöst worden sind. »Wir kommen aus Jersey. Mein Freund Frank hat auf einer Party drüben in der James Street etwas zu tief ins Glas geguckt, und deshalb dachte ich, daß wir einen Spaziergang machen sollten, damit er wieder nüchtern wird.« Sie blickt zur anderen Straßenseite hinüber und schneidet eine kleine Grimasse. »Keine besonders gute Idee. Er klappte plötzlich zusammen, und ich wußte nicht, wo wir waren oder an wen wir uns wenden sollten.«

»Kein Anlaß zur Sorge«, sagt der Pale Saint freundlich. Eine unheimliche Verwandlung hat ihn ergriffen, er verströmt seinen Charme wie ein Studioscheinwerfer die Hitze. »Ich werde diesen netten Menschen helfen, während du deinen Auftrag erledigt, Lawrence. Okay?«

Mit größter Wahrscheinlichkeit ist *nichts* okay, aber Lawrence ist klar, daß er daran nichts ändern kann. Dem dankbaren Blick der kleinen, runden Augen des Mädchens kann er entnehmen, daß sie schon einen Teil ihres Herzens an den Pale Saint verloren hat. Lawrence weiß, daß alles unwiderruflich ist. Marcy war nur zu glücklich, dem Pale Saint ihr Vertrauen zu schenken.

»Ich kenne diesen Blick. Mach dir keine Sorgen«, sagt der Pale Saint besänftigend. Er wendet sich dem Mädchen zu. »Er sorgt sich um mich, der gute Junge. Ich lese oft Fremde auf, die Hilfe brauchen, und er hält mir permanent Vorträge, wie gefährlich diese Stadt sein kann.« Dann wendet er sich mit perfektem Timing wieder Lawrence zu. »Es wird schon nichts passieren, bis du zurück bist, nicht wahr Marcy? Versuch du, ihn davon zu überzeugen, daß du nicht plötzlich deine Giftzähne und Klauen ausfahren wirst, wenn er uns den Rücken zugewandt hat.«

»Guter Gott, nein«, sagt das Mädchen kichernd. »Wir könnten keiner Fliege was zuleide tun. Ehrlich.« Jetzt, wo ihre Angst verschwunden ist, wirkt sie irgendwie unbesonnen, nachdem sie dem Pale Saint ihr Vertrauen geschenkt hat. Wie jemand, der sich bereits die Pointe der Geschichte ausdenkt, die er morgen seinen Freunden erzählen wird. »Wir werden gegenseitig aufeinander aufpassen. Ehrenwort.«

»Genau.« Der Pale Saint lächelt freundlich.

»Ich werde zurückkommen«, sagt Lawrence, und er hofft, daß seine Worte wie eine Warnung klingen.

»Natürlich«, antwortet der Pale Saint in seinem höflichsten Ton. »Beeile dich jetzt, damit du den Voodoo-Akt durchführen kannst, den du so gut beherrschst.«

15.

»Ich habe in meinem Berufsleben schon eine Menge schlechter Neuigkeiten zur Kenntnis nehmen müssen, aber das hier ist der Gipfel.« Chief Anthony Brockaw starrte auf die entsetzliche Fotosammlung des Pale Saint. Sein Gesicht mit den bläulichen Wangen wirkte hager, und er machte einen mitgenommenen Eindruck. Es zermürbte ihn allmählich, die sensationsgierige Presse in Schach halten zu müssen. Er wandte sich Christopher zu, und seine riesigen Augenbrauen zogen sich wie Sturmwolken zusammen. »Tut mir leid, Jon, aber ich habe schlechte Nachrichten für Sie. Das FBI hat Reuven Esquivals Tod ziemlich persönlich genommen. Der stellvertretende Direktor kommt morgen mittag mit dem Flugzeug nach New York, und er wird eine Eliteeinheit mitbringen, die sich des Falls annimmt.«

Christopher spürte, wie sich sein Magen zusammenzog. »Sie wissen, was für ein Durcheinander die hier anrichten werden, Chief. Es wäre ja nicht das erste Mal. Erinnern Sie sich an Joey Big Eyes oder John Sheen, den ›Riverdale-Vergewaltiger‹? Wie konnten Sie …?«

Brockaw spreizte hilflos die Hände. »Der Big Boß selbst hat die Entscheidung getroffen. Ich wurde lediglich benachrichtigt.«

»Er hat die Feds beauftragt, ohne Sie auch nur zu konsultieren?«

»Das ist sein Recht.«

»Nein, das werde ich nicht zulassen. Dafür arbeite ich zu lange und zu hart an dem Fall und habe zu viele Mitarbeiter meines Teams geopfert. Sehen Sie doch, wie weit wir schon sind. Um Himmels willen, dies ist das Zuhause des Pale Saint. Ich bin *fast am Ziel*, Chief. Von einem Team verdammter FBI-Agenten werde ich mir diesen Fall nicht wegnehmen lassen. Er wird sie wie Anfänger hinters Licht führen und dann auf furchtbare Weise zuschlagen.«

»Der stellvertretende Direktor bringt seine besten Mitarbeiter mit, damit sie ein Täterprofil des Pale Saint erstellen.«

»Zum Teufel mit den Statistikern – diesem Verbrecher ist

mit einem Täterprofil nicht beizukommen. Er ist Reuven auf der Nase herumgetanzt, und Sie können mir glauben, daß Reuven der Beste war.« Christopher spannte seine Schultermuskeln an. »Sie müssen Zeit für mich herausschinden, damit ich ...«

»Unmöglich.«

Christopher blickte aus dem hinteren Fenster der Wohnung des Pale Saint. In dem winzigen Garten hatte jemand eine Votivkerze angezündet. Die kleine Flamme flackerte und warf riesige Schatten in die Ecken unter den Platanen. »Mit allem notwendigen Respekt, Sir, aber ich wußte nicht, daß dieses Wort in Ihrem Vokabular existiert. Erinnern Sie sich an den Fall des begrabenen Kindes? Sie haben ein Abkommen mit dem FBI ausgehandelt, durch das Reuven Esquival hierher kommen und den Fall unter meinem Oberbefehl übernehmen konnte. Erinnern Sie sich, als ich Ihnen erzählte, daß an einem Freitag zur Hauptverkehrszeit das Grand Central Terminal geräumt werden müsse, um den Vergewaltiger schnappen zu können? Das Wort ›unmöglich‹ habe ich wirklich noch nie aus Ihrem Munde gehört.«

Brockaw wandte sich um und ging langsam zum Fenster hinüber. Er hatte die Hände hinter dem Rücken verschränkt und spielte nervös mit seinen dicken Fingern. »Die Kerze da unten erinnert mich daran, daß ich eine Kirche aufsuchen und für das Seelenheil meines Bruders beten muß. Er ist seit fünf Jahren tot, und ich beginne bereits zu vergessen, wie er aussah. Manchmal ertappe ich mich dabei, daß ich auf Fotos sein Gesicht anstarre und mich frage, wer der Mann neben mir war.« Er drehte sich um. »Geht es Ihnen mit Mercedes und Andy genauso?«

»Nein.«

Brockaw nickte. »Wie ich Sie beneide, Jon. Ihr Job hat einen wirklichen Sinn, meiner ist reiner, unverfälschter Blödsinn. Wissen Sie, wie oft ich dem Bürgermeister den Hintern abgewischt habe und wie viele Male er durch mich wie ein Prinz unter normalen Sterblichen dastand? Und das ist die Belohnung. Er glaubt, daß es zu meinem Job gehört, mit mir machen zu können, was er will.«

»Uns bleiben siebzehn Stunden, bis die Feds landen, Chief. Ich brauche lediglich Ihren Segen.«

»Nennen Sie mir einen Grund, Jon.« Brockaws Gesicht war von einem dünnen Schweißfilm überzogen, und das war kein gutes Zeichen bei einem Mann, der dem ständigen Beschuß der sensationsgierigen Presse ausgesetzt war.

»Sie müssen mir nur vertrauen, Chef. Ich habe ein Recht auf diesen Fall.«

»Dann hätte mich der Bürgermeister in der Hand.«

»Genehmigen Sie sich ein langes Diner, und gehen Sie dann zu Bett. Wenn Sie aufwachen, wird alles vorbei sein.«

»Wie wollen Sie dieses Versprechen einlösen?«

»Ich kann es einlösen.«

Brockaw schüttelte den Kopf. »Letztendlich ist das der Unterschied zwischen uns. Sie *glauben* noch. Ich habe zuviel Zeit mit den hohen Tieren verbracht. Diese New Yorker Politiker quetschen einem das letzte bißchen Mumm aus den Knochen.«

Christopher packte Brockaws Schulter. »Nicht das letzte bißchen. Noch nicht.«

Der Polizeichef blickte wieder auf die Kerze, deren Licht den Garten erleuchtete. »So ein kleines Ding.« Sein Blick suchte die Skyline ab, als suchte er nach etwas Verlorenem. »Selbst wenn es beim Bürgermeister anders sein sollte – ich erinnere mich an alle Ihre Fälle und welche Schwierigkeiten Sie überwunden haben. Ich sehe es so, Jon: In dieser riesigen, stinkenden Stadt sind Sie mein einziger Freund, der einzige, auf den ich zählen kann, wenn das Schiff unterzugehen droht.«

Er bewegte seine Schultern, als ob er ein Gewicht abwerfen würde. »Aber verstehen Sie, selbst wenn ich Ihnen die Zeit gäbe, die Sie brauchen, ist das Ganze strikt inoffiziell.«

Christopher lächelte. »Machen Sie sich keine Sorgen. Mit plausiblen Lügen kenne ich mich bestens aus.«

»Bei Gott, ich wünschte, daß es bei mir nicht so wäre. Deshalb bin ich nicht zum New York Police Department gegangen.« Er verzog den Mund. »Lassen Sie mich nicht im Stich, Jon.«

»Zum Teufel, nein.« Christopher klopfte ihm auf die Schulter. »Wofür hat man denn Freunde?«

Als er sich der ehemaligen Wohnung des Pale Saint an der westlichen 4. Straße näherte, erwartete Lawrence, zumindest einige der Polizisten zu sehen, die Christopher zuvor in einem Kordon um den Block angeordnet hatte. Statt dessen erblickte er Sara.

»Was machst du denn hier?« fragte er, während er ein flüchtiges Stechen in der Magengegend spürte.

»Alles in Ordnung?«

»Natürlich.« Er drängte sie in einen Türeingang gegenüber dem Jack the Ripper Pub. »Aber du mußt mir sagen, was du hier tust. Mama …«

»Mama besuchte mich bei … Wo ich im Moment wohne. Sie wollte nach mir sehen. Sie sagte, daß sie nur einen Augenblick Zeit hätte, aber sie war so überdreht, daß ich es nicht länger ertrug. Deshalb bin ich ihr hierher gefolgt. Wenn sie es wüßte, würde sie mir den Hals umdrehen, ganz zu schweigen davon, was Onkel Jon sagen würde.«

»Aber sie haben beide recht«, antwortete Lawrence. »Es ist viel zu gefährlich. Versprich mir, daß du sofort dahin zurückgehst, wo du jetzt wohnst.«

»Da ist es langweilig.« Sara lächelte. »Außerdem – ich würde mich sehr ärgern, wenn ich hier was verpassen würde.« Sie hörte fast sofort auf zu lächeln und legte eine Hand auf seine Wange. »Das fühlt sich an, als ob du innerlich verbrennen würdest. Was ist los mit dir, Lawrence? Bist du krank?«

»Nicht, wie du es meinst, aber ich vermute, daß das Resultat dasselbe sein wird. Ich habe ständig erhöhte Temperatur. Die Dinge stürmen nur so auf mich ein und verschwinden wieder. Mein Geist legt jede Sekunde eine Million Meilen zurück.« Er lächelte gequält. »Ich gleiche einem Kometen, der in die Atmosphäre eines Planeten eintaucht und verbrennt.«

Sara schnappte nach Luft. »Wir müssen zu Mama. Ich weiß, daß sie dir helfen will. Sie kann …«

Lawrence schüttelte den Kopf, während er ihre Hand von seiner Wange nahm. »Hör zu, Sara, ich muß etwas erledigen.«

»Zum Teufel damit«, kreischte sie, während sie sich an ihn drückte. »Ich will nicht, daß du stirbst.«

Als ginge in seinem Inneren etwas mit ihm vor, nahm Lawrence sie langsam in die Arme. »Sara«, sagte er. Einen Augenblick lang fehlten ihm die Worte. Er küßte sie auf die Stirn und atmete ihren frischen Zitrusduft ein. »Das ist eine wichtige Aufgabe, und nur ich kann sie erledigen.« Er schob sie etwas zurück und blickte in ihr tränenüberströmtes Gesicht. »Hier steht mehr als nur mein Leben auf dem Spiel. So viele Menschen sind gestorben, und es werden viele weitere folgen, wenn ich nicht tue, was getan werden muß.«

Sie schüttelte den Kopf. »Mir ist es egal, was sie reden, ich glaube nicht, daß du es getan hast.«

»Was denn?«

Sein Körper versteifte sich, weil er wußte, was sie meinte.

»Mama und Onkel Jon verdächtigen dich, Dr. Dillard umgebracht zu haben. Aber ich weiß, daß du es nicht gewesen sein kannst. Deshalb habe ich auch Mamas Warnungen ignoriert, mich von dir fernzuhalten.«

»Erinnerst du dich daran, wie wir über Wiedergutmachung geredet haben?« Sara nickte. »Im Augenblick habe ich das Gefühl, auf Erlösung angewiesen zu sein. Mir bleibt nicht viel Zeit. Nein, nein …« Er schüttelte sie sanft. »Keine Tränen, versprochen? In der mir verbleibenden Zeit muß ich diese Sache erledigen. Ich muß etwas Verlorenes zurückgewinnen. Verstehst du?«

Sara standen die Tränen in den Augen. »Hast du etwas so Schlimmes getan?«

Er nahm sie in die Arme und drückte sie fest an sich. »Versprichst du mir etwas?« flüsterte er in ihr Ohr.

Ihr Kopf lag auf seiner Schulter, und sie nickte.

»Denk an mich, wie ich an jenem Tag war, als du mich aus dem Labor geholt hast und wir über Wiedergutmachung, das Gebet und freiwilliges Handeln sprachen.«

Lawrence spürte, daß sie zitterte, und schmeckte verwundert ihre salzigen Tränen. »Geh jetzt. Bei dem, was ich jetzt zu erledigen habe, muß ich wissen, daß du in Sicherheit bist.«

Sie schüttelte den Kopf. »Was du auch sagst – es kann mich nicht dazu bewegen, zu Beth zurückzukehren. Bitte mich nicht ...«

»Du wirst dich in Gefahr begeben.«

»Das interessiert mich nicht, wenn ich das Gefühl habe, bei lebendigem Leibe begraben zu sein. Ich *muß* etwas tun, oder ich werde verrückt. Ich werde dich begleiten.«

»Nein.« Lawrence erkannte die Sturheit, die sie von ihrer Mutter geerbt hatte, und er wußte, daß sie nicht auf ihn hören würde, wenn er ihr befahl, ihn allein gehen zu lassen. Wie konnte er sie daran hindern, ihm zu folgen? »Hör zu – wir schließen ein Abkommen. Ich werde zu Beth kommen, wenn keine Gefahr mehr besteht.«

»Bestimmt?«

Ihr flehender Blick schnürte ihm die Kehle zu. »Ich verspreche es«, sagte er, nachdem sie ihm die Adresse an der Green Street verraten hatte, die nicht weit von ihrer eigenen Wohnung entfernt lag. Als er sie zurückstieß, brach ihm das Herz. Lawrence erinnerte sich an die Worte des Pale Saint: *Kannst du verstehen, was es bedeutet, einem anderen Menschen so nahezustehen, daß seine Seele zu einem Teil deines eigenen Inneren geworden ist?* Er begriff, daß er sich jetzt nichts mehr wünschte, als bei ihr zu bleiben, so wie auch sie bei ihm bleiben wollte. Aber er unterdrückte seine Gefühle und verschloß sich, während er ihr den Rücken zuwandte und über die Straße auf das Haus zueilte, das wie ein wahnsinniger Liebhaber oder ein Schiff mit aufgeblähten schwarzen Segeln auf ihn wartete.

Sein Tod.

»Laß uns hineingehen«, sagt der Pale Saint zu Marcy, während sie vor dem Gebäude von Halloran & Sons stehen. Mit dem gekonnten Griff eines Feuerwehrmanns hat er sich den Freund des Mädchens über seine Schulter geworfen. »Wir werden Frank waschen und es in Nullkommanichts gemütlich haben.«

»Ich weiß, daß es töricht ist«, sagt Marcy, während sie in das riesige, hallende Gebäude späht, »aber ich habe Angst vor der Dunkelheit.«

»Kein Problem, bei Lawrence ist es dasselbe.« Er schaltet das Licht ein, und sie schreiten durch die Fleischfabrik. »Ich habe hier einmal gearbeitet«, sagt er lebhaft. »Wahrscheinlich ist das merkwürdig, aber mein Daddy hatte denselben Job. Ich bin einfach in seine Fußstapfen getreten.«

»Wenn ich in die Fußstapfen meines Vaters treten würde«, antwortet Marcy, »müßte ich lernen, wie man diese dummen kleinen Plastikhülsen über die Enden von Schuhsenkeln stülpt.«

»Schnürsenkelstifte.«

Marcy verzieht unschön ihr Gesicht. »Wie bitte?«

»Schnürsenkelstifte«, wiederholt der Pale Saint mit einem heimtückischen Grinsen. »Die Plastikenden heißen Schnürsenkelstifte.«

»Na wenn schon.« Sie wirkt völlig desinteressiert. »Wird mit Frank alles gut?«

»Aber ja.« Noch so eine Einfältige, denkt der Pale Saint, während er den Jungen auf die Schlachtbank wirft. Er dreht den Wasserhahn auf, zieht mit einer flüssigen Bewegung ein Messer aus dem Regal und schlitzt dem Jungen von einem Ohr zum anderen die Kehle auf. Der Körper zuckt, und das Blut spritzt wie aus einem Springbrunnen hoch. Wie ein Donner auf einen Blitz folgt, packt der Pale Saint Marcy.

Seine schreckliche Verwandlung vom Beschützer zum Teufel hat sie völlig gelähmt. Weil sie ihm ihr Vertrauen geschenkt hat, erscheint ihr diese so plötzlich zutage tretende Bösartigkeit unwirklich. Sie ist unfähig, die Wandlung jener Wirklichkeit zu begreifen, die er so kunstvoll für sie inszeniert hatte.

Während er ihr mit einer Hand die Luftröhre zudrückt, beschmiert er sich mit dem warmen Blut des Jungen, dann Marcys Gesicht, wobei er auf beide Wangen und auf die Mitte ihrer Stirn Kreuze malt. Sie ist bereits geschwächt und schnappt nach Luft. Ihre Augen sind groß wie Murmeln, und Laute dringen aus ihrem Mund wie Schaum. Konsterniert beobachtet sie, wie der Pale Saint mit seiner blutigen Hand unter den Hosenbund greift und einen langen Eisenbahn-Dorn hervorzieht.

Er durchbohrt ihr linkes Auge - so schnell, daß ihr keine Zeit mehr für einen weiteren Atemzug bleibt. Während sie einen kleinen Tanz vollführt, summt der Pale Saint, als ob er eine Melodie begleitet, die nur sie beide hören können, weil sie jetzt so eng miteinander verbunden sind.

Was ist das Leben? Was der Tod? Wo begegnen sich die beiden?

Völlig unerwartet verwandelt sich das Mädchen in eine Kämpferin. Sie will nicht ohne Gegenwehr sterben, und das macht den Pale Saint glücklich. Daß die menschliche Rasse immer noch für eine oder zwei Überraschungen gut ist, betrachtet er als ein Zeichen der Hoffnung. Aber bald schon bewegt sie sich nicht mehr, und es ist an der Zeit, ihre Zirbeldrüse zu extrahieren, das noch warme Organ in der Hand zu halten und es zu kosten. Es ist ein schrecklicher Trinkspruch auf die letzten Augenblicke ihrer Existenz, wo Leben und Tod wie zwei gegensätzlich aufgeladenen Atome kollidieren.

Sein Körper war bis in die letzte Faser von Aufregung durchdrungen, doch zurück bleibt nur die Leere, diese unermeßliche schwarze Leere, weil sie nicht die Richtige ist.

Schließlich hat er traurig sein Ritual beendet. Eine Zeitlang steht er da und blickt auf seine Opfer. Dann fällt ihm ein Bibelzitat ein, das seine Mutter oft laut herausgebrüllt hatte, das aber jetzt eine andere Bedeutung annahm: ›Vor ihm her frißt Feuer, und hinter ihm her sengt die Flamme. Wie der Garten von Eden ist vor ihm das Land, doch hinter ihm öde Wüste. Nichts kann ihm entrinnen.‹

Er geht in den Kühlraum und kommt mit seinem Notebook und seinem Mobiltelefon zurück. Dann verläßt er den Schlachthof eilig.

»Ich sage es zum letzten Mal, Cass.« Christopher beobachtete durch das Fenster der ehemaligen Wohnung des Pale Saint, wie Polizeichef Brockaw in Begleitung von zwei Polizisten in Kampfanzügen durch den kleinen Hinterhof eilte.

Er benutzte denselben Umweg wie vor seinem Treffen mit Christopher. »Der Pale Saint weiß zuviel über dich. Du bist in großer Gefahr, wenn du bleibst. Du solltest bei Sara sein.«

»Lawrence ist mein Sohn, Jon, und er wird sterben. Wenn eine Chance besteht, ihn zu finden, werde ich sie beim Schopf ergreifen, und damit Ende der Debatte. Du kannst mir erzählen, was du willst, ich ...«

Christopher wirbelte herum und packte sie bei den Armen. Er schüttelte sie so heftig, daß ihre kleine schwarze Handtasche wie ein wahnsinniges Pendel hin- und herschwang. »Begreifst du es nicht? Ich könnte es nicht ertragen, wenn dir etwas zustoßen würde.«

»Irgend etwas ist mir bereits zugestoßen. Genug, um zu wissen, wo ich hingehöre.«

»Das ist weder der richtige Zeitpunkt noch der richtige Ort für eine dieser semantischen Streitigkeiten, die du immer gewinnst.«

»Hier geht es nicht um Semantik! Dies ist mein Leben!« Ihre Augen loderten. »Verdammt, Jon, hör auf, mich so zu behandeln. Ich werde nicht ängstlich kreischen, wenn ich eine riesige Ratte sehe. Ich kann genauso schnell rennen wie du.« Sie zog eine Pistole aus ihrer schwarzen Handtasche, wobei sie sorgfältig darauf achtete, daß die Mündung auf den Boden zeigte. »Ich kann sogar schießen, wenn es sein muß.«

»Wo hast du die Waffe her?«

»Sie gehörte Bobby. Er hatte natürlich einen Waffenschein.«

»Steck sie weg«, befahl Christopher. »Du wirst auf niemanden schießen.«

Cassandra gehorchte. »Nebenbei«, sagte sie in einem sanfteren Tonfall. »Ich weiß, daß du nicht derjenige bist, der Lawrence' Todesurteil unterzeichnen will.« Sie zeigte ihm eins der Depots mit dem Eicosanoid-Serum, die Dillard vorbereitet hatte. »Ich werde nicht zulassen, daß er stirbt, Jon. Ich werde es einfach nicht zulassen.«

»Selbst dann nicht, wenn sich herausstellt, daß er Dillard ermordet hat?«

»Du kennst die Antwort. Was er auch getan haben mag, ich werde nicht als Richter oder Scharfrichter fungieren.«

»Gut. Diese Worte wollte ich hören. Gib mir jetzt das Depot. Ich werde es ihm selbst verabreichen.«

»Das kannst du nicht, wenn du dich nicht auf wundersame Art und Weise in einen Chirurgen verwandelt haben solltest. Es muß subkutan angebracht werden. Ich muß mich persönlich darum kümmern.«

In diesem Augenblick gab das Walkie-talkie Laute von sich, und Christopher griff danach. »Was gibt es?«

»Wir haben ihn gesehen, Boß«, sagte Jerry Lewis.

»Den Pale Saint?«

»Genau. Der Scharfschütze, der bei mir ist, hat ihn voll im Visier.«

»Wo ist er?« fragte Christopher.

»Er schlendert gemütlich die 4. Straße in östlicher Richtung hinunter.«

Das klang nicht nach dem Pale Saint, sondern schlicht töricht. Es sei denn ... »Geben Sie mir eine vollständige Personenbeschreibung.«

»Diesmal hat er hellbraunes, kurzgeschnittenes Haar und keinen Bart.«

Christopher umklammerte das Walkie-talkie, und die Haut über seinen Knöcheln verfärbte sich weißlich. »Was trägt er?«

Lewis beschrieb die Kleidungsstücke, die Lawrence getragen hatte, als er aus dem Labor verschwunden war. »Ziehen Sie alle Polizisten ab, Lewis.«

»Aber Boß ...«

»Sofort!« donnerte Christopher.

»Was ist los?« fragte Cassandra.

»Sie haben eine Person entdeckt, die in unsere Richtung unterwegs ist. Sieht so aus, als ob das Lawrence wäre.«

»Aber was, wenn er es nicht ist und der Pale Saint vorgibt ...?«

»Daran habe ich auch gerade gedacht«, sagte Christopher, während er die Munition in seiner Pistole überprüfte. Das Walkie-talkie knisterte erneut. »Alle haben sich an die äußere Grenze des Einsatzgebiets zurückgezogen – auch die Scharfschützen.«

»Gut«, sagte Christopher. »Warten Sie dort mit den anderen.«

»Er betritt das Haus, Boß.«

»Gehen Sie jetzt«, bellte Christopher. »Sie tragen die Verantwortung. Ich will nicht, daß irgend jemand, den der Finger am Abzug juckt, einen Fehler begeht. Verstanden? Der Chief will, daß wir ihn lebend schnappen.«

»Alles klar, Boß.« Christopher spürte, daß Lewis unzufrieden war. Aber er war ein guter Polizist und befolgte seine Befehle. »Gott sei mit Ihnen.«

Die Abwesenheit Gottes ist Gott genug, dachte Christopher, als Lawrence die Wohnung betrat. Oder war es der Pale Saint? Er würde es schnell genug herausfinden.

»Lawrence«, sagte Christopher, während er aus dem Dunkel hervortrat. »Du bist zurückgekommen.«

Die Silhouette des Klons wurde immer noch von dem schwachen Flurlicht eingerahmt. »Hallo, Daddy.«

»Alles in Ordnung?«

»Ich kann dir diese Frage leider nicht beantworten. Wie geht es Mama?«

Mama wartet mit einem wie wild pochenden Herzen im Badezimmer, dachte Christopher. »Sie macht sich Sorgen um dich – genau wie ich.«

»Das tut mir leid. Ich ...«

Er betrat den Raum, aber Christophers gehobene Hand gebot ihm Einhalt.

»Ich muß dir einige Fragen stellen.«

»Ich weiß«, sagte Lawrence. »An deiner Stelle würde ich dasselbe tun.«

»Erinnerst du dich, was du damals auf meine Frage geantwortet hast, wie das Skelett nach dem ersten schlimmen Ereignis den ursprünglichen Zustand wiederherstellen wollte?«

»Natürlich.«

»Was hast du mir geantwortet?«

»Er wollte einen neuen Anfang machen. Ein Feuer loderte bis in den Himmel. Ein Feuer, das all die schlimmen Geschehnisse – das Blutvergießen und die vielen Todesfälle – auslöschen sollte.«

»Und was waren deine ersten Worte, nachdem ich dich aus dem See gerettet hatte?«

»Ich lebe.«

»Und was hast du anschließend gesagt?«

»Er ist weg.«

»Wen meintest du?«

»Hound. Saras Weimaraner.«

Christopher entspannte sich und steckte seine Waffe ins Holster. Er rief Cassandra, und sie kam aus dem Badezimmer. Als sie den Klon von Angesicht zu Angesicht sah, blieb sie stehen und warf Christopher einen fragenden Blick zu. Christopher nickte, und Cassandra ging auf Lawrence zu.

»Hallo, Mama«, sagte der Klon linkisch, als ob die Reaktion, die er erwartete, ihn verunsichern oder ängstlich machen würde.

»Lawrence ...«

Sie war erleichtert, aber wie bei Ebbe das Meer Seetang zurückläßt, war auch bei ihr Zorn zurückgeblieben. »Du hättest nicht weglaufen sollen.« Als Lawrence schwankte und in ihre Arme taumelte, stieß sie einen kleinen Schrei aus. »Was ist los?«

Christopher holte einen Stuhl, damit Lawrence sich setzen konnte. Einen Augenblick lang mußte er sich anlehnen. »Wir haben gemeinsam etwas getrunken. Das Schwindelgefühl kommt in Wellen.«

Cassandra warf Christopher rasch einen Blick zu. »Der Phyto-Cocktail.«

Christophers Herzschlag beschleunigte sich. »Du warst beim Pale Saint?«

Lawrence nickte.

»Der Reihe nach. Warum bist du weggelaufen?« fragte Christopher. »Wer hat Dillard umgebracht?«

»Ich weiß, daß du glaubst, daß ich es war. Das Skelett hat es mir erzählt.«

»Hat er Dillard ermordet?«

»Das Wichtigste zuerst«, unterbrach Cassandra. »Zieh dein Hemd aus, Lawrence«, befahl sie. Aus ihrer kleinen schwarzen Handtasche zog sie ein Betäubungsmittel, ein Skalpell, Gaze und das andere Zubehör hervor. Dann begann sie, Lawrence das Eicosanoid-Depot zu implantieren.

Während sie beschäftigt war, stellte Christopher weitere Fragen. »Okay? Was ist geschehen?«

»Ich weiß es nicht.«

»Was willst du damit sagen, du weißt es nicht? Cassandra kam in das Labor und fand Dillards Leiche. Du warst verschwunden.«

»Ich verstehe.«

»Also?«

Es schien Lawrence gleichgültig zu lassen, daß Cassandra die Haut an seiner Schulter aufschnitt. »Es ist alles verschwommen. Im ersten Augenblick lag ich noch in meinem Bett, im nächsten stand ich über Dillard.«

»War er tot?«

»Ja. Ich keuchte, mein Puls pochte, und ich war sehr, sehr zornig. Meine Hände waren blutig.«

»Streck sie aus«, befahl Christopher.

»Ich habe das Blut abgewaschen«, sagte Lawrence, während Cassandra das Depot implantierte, es zurechtrückte und die Hautöffnung wieder zuzunähen begann.

»Das Blut hätte mir nichts verraten.« Christopher beobachtete konzentriert die Knöchel des Klons. »Die Haut ist verfärbt und abgeschürft, und hier hast du einen kleinen Schnitt.«

»Als ob ich ihn mehrfach hart geschlagen hätte«, sagte Lawrence.

»Bist du sicher, daß du dich bis zu dem Zeitpunkt, als du vor der Leiche standest, an nichts erinnern kannst?«

»Ich habe ihn geschlagen, ich weiß es einfach.«

»Woher? Erinnerst du dich?«

»Nein, aber ...«

»Woher willst du es dann wissen?«

»Hör auf, ihn so zu quälen, Jon«, sagte Cassandra.

»Ich quäle ihn nicht, sondern ich muß die Wahrheit erfahren.«

Lawrence schloß die Augen. »Die Wahrheit ist, daß ich zornig war. Sehr zornig. Ich …« Er öffnete wieder die Augen.

Cassandra streichelte seine Stirn und strich sein feuchtes Haar zurück. »Was ist geschehen? Willst du es uns nicht erzählen?«

»Er hat gesagt, daß ich nichts erzählen sollte und daß ihr mich für böse halten und mich hassen würdet, wenn ich es täte.«

»Wer?« fragte Cassandra. »Der Pale Saint?«

»Nein«, flüsterte Lawrence. »Dr. Dillard.«

Stille erfüllte den Raum. Christopher hörte seinen beschleunigten Puls pochen, als ob es sich um das Dröhnen von Schnellfeuer handeln würde. »Was ist zwischen dir und Dillard vorgefallen?«

Der Klon benetzte seine Lippen. »Es geschah während der Untersuchungen. Er hat mich gekniffen, gestochen und verletzt.«

»Und wann hat das begonnen?«

»Ich kann mich nicht erinnern, daß es jemals anders gewesen wäre«, sagte Lawrence langsam.

»Mein Gott.« Cassandra umarmte ihn. »Guter Gott. Wie konnte ich nur so blind sein?«

»Glaubst du deshalb, daß du ihn geschlagen hast?«

»Ja.«

Christopher beobachtete, wie Cassandra ihn zärtlich hin- und herwiegte.

»Jetzt ist alles in Ordnung«, sagte Christopher. »Begreifst du das?«

Lawrence standen die Tränen in den Augen.

Cassandra kniete neben ihm nieder. »Erzähl mir, woran du dich erinnerst, bevor du plötzlich vor Dillards Leiche standest.«

Lawrence faßte sich kurz mit einer Hand an den Kopf. »Ich muß geschlafen haben, weil ich chaotische, fiebrige Bilder sehe … Ein Traum.«

»Erzähl mir etwas über diese Bilder«, sagte Christopher. Cassandra war weiter damit beschäftigt, die Wunde zu behandeln. Er sah, wie sie sich zur Ruhe zwingen mußte.

Lawrence benetzte erneut seine Lippen. »Ich nahm Pferdegeruch war und hörte die Tiere wiehern, als ob sie in der Nähe wären. Ich kletterte eine Leiter hoch und sah sie.«

»Wen?«

»Faith. Meine Schwester.«

»Du meinst die Schwester des Skeletts.«

»Ja.« Lawrence blickte zwischen Christopher und Cassandra hin und her. »Irgend jemand war bei ihr. Er lag auf ihr – oder sie auf ihm. Ich sah ihre Oberschenkel, deren Blässe sich gegen die Farbe des Strohs abhob. Es ist alles verschwommen. Ich habe mich bewegt. Tief in meinem Inneren empfand ich Wut. Ich bewegte mich. Es ist alles verschwommen, das schwere Atmen, die Wut, und dann benutzte ich meine Fäuste ...«

Lawrence blickte auf seine Knöchel. »Und dann stand ich vor ihm, und er war tot.«

»Jon ...«

Christopher legte einen Finger an die Lippen, um sie zum Schweigen zu bringen. »Vor wem, Lawrence? Dem Jungen, der bei Faith war?«

Lawrence schüttelte den Kopf. »Er war verschwunden. Sie waren alle verschwunden – ein Traum. Ich stand vor Dillard, und er war tot.«

»Was war mit seiner Zirbeldrüse?«

Lawrence hob den Kopf. »Was?«

»Seine Zirbeldrüse wurde durch die linke Augenhöhle extrahiert«, sagte Cassandra. Sie würde nicht kreischen, wie sie es Christopher versprochen hatte, wie groß die Ratte auch sein mochte.

»Das ist mir aufgefallen.« Lawrence schüttelte den Kopf. »Das war das erste ...« Er spreizte hilflos die Hände.

»Das beweist nicht, daß du Dillard umgebracht hast.«

»Aber auch nicht das Gegenteil.«

Christopher kniete neben ihm nieder. »Hör zu, Lawrence. Ich glaube nicht, daß du Dillard ermordet hast. Es ist sehr gut möglich, daß du ihn geschlagen hast, aber selbst dafür konntest du nichts. Meiner Ansicht nach hat dich das Skelett gezwungen, etwas durchleben zu müssen, was ihm zugestoßen ist. Irgendwie hat er seine Wut, die er dem Jungen gegenüber empfand, der es mit seiner Schwester Faith trieb, auf dich übertragen.«

»Woher willst du das wissen?«

»Du hast es mir verraten, als du Faith als ›meine Schwester‹ bezeichnet hast. Aber sie ist nicht deine Schwester, oder?«

»Nein.«

Christopher nickte. »Ich glaube, daß dich der Pale Saint so zornig gemacht hat, daß du auf Dillard losgegangen bist und ihn bewußtlos geschlagen hast. Dann hat er ihn getötet, genau wie all die anderen.«

»Warum habe ich ihn dann nicht gesehen?«

»Du hast doch selbst gesagt, daß du dich an nichts erinnern kannst.«

»Das Schlimmste ist, wenn man etwas nicht weiß, oder?«

»Ja.« Christopher ging zum Fenster hinüber. »Etwas nicht zu wissen – das ist auch das Schlimmste bei der Geschichte mit Andy. Er hat Selbstmord begangen, aber warum?« Christopher atmete tief durch. »Brockaw hat mir erzählt, daß er bereits das Bild seines verstorbenen Bruders zu vergessen beginnt. Wenn es mir mit Andy jemals genauso ergehen sollte, könnte ich das nicht ertragen.«

»Aber das wird nicht passieren.« Cassandra kam zu ihm und streichelte seinen Nacken. »Es wird Zeit, daß du dich davon löst und dich nicht weiter mit Fragen quälst, auf die du nie eine Antwort erhalten wirst.«

Christopher schüttelte den Kopf. Er fragte sich, warum er gegen diese Wahrheit ankämpfte, obwohl er genau verstand, was Cassandra sagte.

»Ich weiß, daß du es niemals zugelassen hättest, wenn du bei Andy gewesen wärst, Daddy. Aber der Unterschied in meinem Fall besteht darin, daß ich selbst dann, wenn ich Dr. Dillard nicht umgebracht haben sollte, im Labor war, als er getötet wurde.«

»Du hättest nichts daran ändern können, Lawrence.«

»Ich hatte nicht einmal eine Chance, es zu versuchen.« Der Klon blickte zu Boden und sah dann Cassandra an. »Du hast gesagt, daß ich ein komplettes Rätsel bin, weil ich das erste Geschöpf meiner Art bin, Mama. Aber vielleicht stimmt das nicht ganz. Ich glaube, daß ich durch ein Zitat von Thomas Edward Lawrence charakterisiert werde. Er versuchte, seinen Freund Feisal zu beschreiben, und trotzdem bin ich gemeint: ›Ein braver, schwacher, unwissender Geist, der Aufgaben zu erledigen versucht, die allenfalls von einem Genie, einem Propheten oder einem berühmten Verbrecher bewältigt werden könnten.‹«

»Mein Gott, was haben wir ihm angetan?« flüsterte Cassandra, während sie ihn umarmte.

»Wir hatten ihn für eine unmögliche Aufgabe ausersehen«, sagte Christopher. »Glaub mir, daß es mir leid tut, Lawrence.«

»Ja, Daddy.«

Er überprüfte das Fenster und starrte in die tintenschwarze Dunkelheit. Die Kerze war erloschen, aber elektrisches Licht fiel in klaren Rechtecken auf die Platane. Das Weiß des Lichtes schien irgendwo zwischen dem Heiligen und dem Geisterhaften angesiedelt zu sein. Die Schatten hingen still und unbeweglich zwischen den letzten trockenen, gelben Blättern. Diese Schatten wirkten jetzt – wie seine Vergangenheit – nicht mehr so düster. Christopher riß sich von seinen Gedanken los und nickte. »Erzähl mir jetzt von deiner Arbeit.«

»Die Wohnung und das Skelett – der Pale Saint – haben mich unwiderstehlich angezogen.« Lawrence berichtete, was geschehen war. Als er ihnen erzählte, wie der Pale Saint ihm das Messer in die Hand gedrückt hatte, unterbrach ihn Christopher.

»Du hast nicht versucht, ihn zu töten.«

»Nein. Ich konnte nicht. Das wäre gewesen, als ob ich einen Teil meines eigenen Ichs vernichtet hätte. Nebenbei – ich glaube, daß das nur ein Test war. Ich bin mir sicher, wenn ich es versucht hätte, hätte er mich auf der Stelle abgeschlachtet.«

»Angesichts der Fleischfabrik ein treffendes Bild.« Christopher gestikulierte. »Erzähl weiter.«

»Wir haben gemeinsam die Droge genommen, und er hat mir erzählt, wie er seine ermordete Schwester Faith gefunden hat.« Lawrence wiederholte, was ihm der Pale Saint erzählt hatte. »Es war fürchterlich, was ihr diese Männer angetan hatten.«

»Nach dieser Geschichte hat er dir leid getan, nicht wahr?«

Lawrence nickte. »Ja, sie ist so traurig.«

»Der Pale Saint ist ein Meister der psychologischen Manipulation, Lawrence. Er hat dich angelogen, damit du dich mit ihm identifizierst, dich schneller an ihn bindest und das fühlst, was seinen Absichten entspricht. Er versucht, dich zu verwirren.«

Lawrence nickte erneut. »Ja, ich verstehe das. Aber vielleicht ist das gut so. Ich wollte, daß er mir vertraut ...«

»Er wird nie jemand anderem als sich selbst vertrauen«, sagte Christopher.

»Aber ich *bin* er selbst. In gewisser Hinsicht.«

»Das gefällt ihm«, warf Cassandra ein.

»Einerseits ja, anderseits nein. Er will mich lieben, kann aber nichts dagegen tun, daß er mich verachtet. So ist er nun mal.«

Die Worte des Klons klangen merkwürdig traurig. Christopher verstand, warum Lawrence es nicht über sich gebracht hatte, den Pale Saint umzubringen. Außerdem wußte er aus eigener Erfahrung, wie schwer es war, einen Menschen zu töten. Die meisten konnten es nicht, solange sie nicht selbst in unmittelbarer Lebensgefahr waren.

»Es geht um folgendes«, fuhr Lawrence fort. »Ich weiß, daß er diese Augen zurückhaben muß. Die Augen seiner Schwester Faith. Sie sind ihm sehr wichtig.«

»Dann hat er dich also deshalb hierher geschickt?« Cassandra zitterte vor Wut. »Der Mann hat Nerven.«

»Cass ...« warnte Christopher.

»Nein, es war meine Idee«, erklärte Lawrence. »Ich glaubte, daß ihn das von meiner Loyalität überzeugen würde.

Wenn er mir zu vertrauen beginnt, wird er seine Schutzvorrichtungen fallenlassen, und du wirst ihn verhaften können.« Er blickte zuerst Cassandra, dann Christopher an. »Das ist doch eure Idee, oder?«

»Ja«, antwortete Christopher.

»Weil er sicher war, daß ihr mich geschickt hättet, um ihn zu töten.«

»Das glaubt er. Ich habe immer nur an die Gerechtigkeit gedacht«, sagte Christopher. Er schwieg einen Augenblick. »Fragt sich nur, warum er dich zurückkehren ließ.«

»Er vertraut mir überhaupt nicht, oder?«

Christopher schüttelte den Kopf. »Du hattest recht, als du sagtest, daß dies ein Test ist. Wenn du mit den Augen zurückkehrst – gut. Aber wenn du das nicht tust und mich statt dessen zu seinem gegenwärtigen Aufenthaltsort führst ...«

»Nein, nein, du verstehst mich nicht. Wenn ich nicht zurückkomme, wird er dieses Mädchen töten.«

»Was für ein Mädchen?«

Lawrence erzählte ihnen von Marcy und ihrem betrunkenen Freund.

»Mein Gott.« Christopher ergriff den Arm des Klons und drängte ihn aus der Wohnung. »Wir müssen zu Halloran & Sons. Er wird das Mädchen umbringen, ob du zurückkommst oder nicht.«

»Aber warum?«

»Mit deinen eigenen Worten – es liegt in seiner Natur. So ist er eben.«

Da krachte hinter ihnen, am anderen Ende des Korridors, die Luke in der Decke auf, durch die man aufs Dach gelangte. Jemand sprang herunter. »Endlich – das Gesicht des Feindes«, schrie der Pale Saint und stürmte auf sie zu.

Während Christopher seine Pistole zog, traf die Handkante des Pale Saint mit voller Wucht die Nase des Klons. Fast im gleichen Zug rammte er Christopher den Ellbogen gegen die Schläfe. Jon prallte gegen die Wand, und die Hand des Pale Saint krachte auf sein Handgelenk. Die Waffe fiel auf den Boden.

Christopher schaffte es gerade noch, den blitzschnellen

Schlag des Pale Saint abzublocken, der seiner Luftröhre galt. Sein Knie traf die Rippen des Pale Saint, sein Fausthieb eine Schläfe. Der Pale Saint taumelte zurück, und Christopher setzte nach – was ein Fehler war. Der andere wartete bis zum letzten Augenblick und traf dann Chistopher mit seinem Schlag in der Herzgegend.

Christopher blinzelte und taumelte gegen die Wand. Noch bevor er auf dem Boden landete, streckte er die Hand aus, aber der Pale Saint hatte seinen Mantel aufgerissen. Nachdem er das Fläschchen mit den Augen seiner Schwester gefunden hatte, stürzte er auf die Leiter zum Dach zu.

Lawrence rappelte sich mit blutender Nase auf und taumelte auf die Leiter zu, während der Pale Saint durch die rechteckige Luke in der Decke verschwand. Hustend sah Christopher, wie der Pale Saint einen dünnen Draht an der obersten Sprosse der Leiter befestigte. »Nein, Lawrence«, brüllte Christopher. »Bleib da weg!«

Da der Klon zögerte, schleuderte Christopher seine Schlüssel über den Kopf des Klons. Als sie die Leiter trafen, ergoß sich ein Funkenhagel in den Flur.

»Er hat die Leiter unter Strom gesetzt«, schrie Christopher, während er seine Pistole aufhob und dann an Lawrence vorbeistürmte. »Bleib hier. Cassandra soll sich um deine Nase kümmern.« Dann rannte er durch die Wohnung, riß das Fenster zum Hinterhof auf und sprang. Er erwischte einen Ast der Platane. Während er sich an der schlüpfrigen Rinde festklammerte, merkte er, daß seine Schuhsohlen abglitten. Seine Füße fanden Halt auf einer Astgabel, und er kletterte durch die Zweige hindurch auf das Dach zu.

Die oberste Astgabel reichte bis etwa einen Meter unter das Dach. An der Stelle, wo der Baum die Höhe des Dachs erreichte, klaffte nach Christophers Schätzungen noch eine Lücke, die in etwa seiner Körpergröße entsprach. Einen Augenblick später stand er auf dem Ast. Ohne Zögern griff er nach dem sich darüber wölbenden Ast und zog sich hoch. In dieser gefährlichen Situation blieben ihm zwei Möglichkeiten: Er konnte versuchen, aufs Geratewohl über den fast zwei Meter breiten Abgrund zu springen oder sich an dem nächsthöheren Ast hochzuziehen, der über den Rand des Dachs hinausragte.

Er schlang seine Oberschenkel um den Ast, streckte sich und achtete dabei darauf, nicht das Gleichgewicht zu verlieren. Dann packte er den Ast über seinem Kopf. Dieser war etwas dünner als der darunter, aber Christopher war zuversichtlich, daß er ihn halten würde. Sein Blick fiel kurz auf den schwindelerregenden Abgrund und den kleinen Hinterhof. Aus dieser Höhe wirkte er so klein wie seine Handfläche.

Nachdem er mehrmals tief durchgeatmet hatte, zog er sich mit einem Klimmzug nach oben, bis er auf dem unteren Ast stand. Der obere teilte sich nach drei Schritten. Er spannte seine Muskeln an und hangelte sich mühsam weiter vor, während sein Körper über dem Abgrund baumelte. Der Schweiß brach ihm aus und lief über seinen Rücken. Er versuchte, nicht daran zu denken, wie tief er fallen würde ... Endlich erreichte er den Rand des Dachs. Er ließ den Ast los und fiel aus einer Höhe von etwas mehr als einem Meter auf das Dach.

Mit einem Blick orientierte er sich: Er sah die Tür, durch die man die Luke in der Flurdecke erreichte, und zwei altmodische Aufbauten, in denen sich Ventilatoren mit zwiebelförmigen Fächern drehten. Die Aufbauten überprüfte er zuerst. Einer war zu klein, um einem Mann als Versteck zu dienen, in dem anderen befanden sich nur der Ventilator und der altersschwache Motor.

Er begutachtet den Rand des Dachs – an der gegenüberliegenden Seite klaffte über der westlichen 4. Straße ein ähnlicher Abgrund. Die Nachbarhäuser waren auf beiden Seiten höher. Es bestand keine Möglichkeit, in das östlich gelegene Haus einzudringen, aber das gegenüberliegende Gebäude hatte eine Stahlleiter an der verrußten braunen Backsteinfassade.

Christopher ging hinüber, sprang auf die Leiter und begann hochzuklettern. Dabei sah er, daß die Sprossen stellenweise etwas glänzten. Jemand, der vor kurzem hier heraufgeklettert war, hatte etwas vom Dreck der Großstadt abgewischt: der Pale Saint.

Auf dem Dach des Nachbarhauses angekommen, rannte er auf die Tür zu, durch die man das Gebäude betreten konnte. Sie war durch ein Vorhängeschloß gesichert. Ohne Erfolg überprüfte er den Luftschacht und den kleinen Wasserturm. Vorsichtig und mit gezogener Waffe näherte er sich einem kleinen Schuppen, der an der Vorderseite zwei mit Scharnieren befestigte Türen hatte. Er legte sein Ohr gegen eine der Türen und vernahm ein leises, beruhigendes Gurren. Der Schuppen diente als Taubenschlag – einer der Mieter hatte seine Tauben darin untergebracht. Das Haus stand am Ende des Blocks, direkt an der Kreuzung der 4. und der 10. Straße. Wohin hätte der Pale Saint von hier aus flüchten können?

Die Türen des Taubenschlags flogen mit einem Knall auf, der an einen Gewehrschuß erinnerte. Ein Schwarm gurrender und wild mit den Flügeln schlagender Tauben stob aus dem Schuppen heraus. Christopher wich zurück und bedeckte instinktiv sein Gesicht mit den Händen. In diesem Augenblick sprang der Pale Saint aus dem Verschlag heraus und stürzte sich auf ihn.

Er packte Christopher bei den Schultern und schleuderte ihn über das Dach. Christopher sank auf die Knie und wurde von einem brutalen Tritt in die Rippen getroffen. Während er hintenüberkippte, riß er das Bein hoch, da der Pale Saint auf ihn zustürzte.

Christopher traf ihn so hart am Kopf, daß die Zähne seines Gegners aufeinanderschlugen. Er griff nach seiner Waffe, aber der Pale Saint versetzte ihm einen Schlag mit beiden Händen. Sie rollten auf die hintere Brüstung des Daches zu und prallten dagegen.

Der Pale Saint traf Christopher mit der Handkante, und sein Kopf krachte auf das Backsteindach. Noch einmal schlug er zu, dann zog er Christopher hoch und versetzte ihm einen Faustschlag in die Magengrube. Als er zu würgen begann, riß ihn der Pale Saint erneut hoch und drückte ihn mit dem Rücken gegen die Brüstung. Zugleich preßte er seinen Mund gegen Christophers Ohr und sagte:

»Als Daniel von dem Mörder Arjoch zu Nebukadnezar,

dem König von Babylon, gebracht wurde, sagte er: ›Das Geheimnis, nach dem der König fraget, können Weise und Zauberer, Wahrsager und Sternendeuter ihm nicht entdecken. Doch ist ein Gott im Himmel, der Geheimnisse enthüllt.‹« Er grinste grimmig. »Sie wollen meinen Geheimnissen auf den Grund kommen, Sie schmutziger kleiner Müllmann. Vorher begegne ich euch allen in der Hölle.«

»Niemals«, sagte Christopher, dessen Lippen bluteten.

Der Pale Saint schlug ihn erneut. »Sie haben in dieser Angelegenheit nichts zu sagen, Christopher. Das ist meine Show. Ich bin der Allmächtige und der einzige, der die Geheimnisse enthüllen kann. Keiner Ihrer modernen, Computer schleppenden Astrologen, Weissagern und Magier ist dazu in der Lage. Ihr seid alle meiner Barmherzigkeit ausgeliefert.«

Christopher schloß die Augen – er war kurz davor, das Bewußtsein zu verlieren.

»Aber nicht doch«, sagte der Pale Saint, während er Christopher erneut hochzog. Doch plötzlich blieb ihm die Luft weg, denn sein Gegner hatte ihm das Knie in die Genitalien gerammt. Christopher wich zurück und versetzte seinem Widersacher einen Schlag mit der linken Faust, wodurch dessen Kopf nach hinten gerissen wurde.

Ohne zu zögern schlug Christopher ein zweites Mal zu, doch im selben Augenblick trat ihm der Pale Saint mit dem Fuß in die Knickehle. Er sank zu Boden, der Pale Saint traf ihn im Genick und schleuderte ihn gegen die Brüstung.

»Jetzt werden Sie in die Tiefe stürzen, genau wie Ihr Sohn, als er sprang«, sagte der Pale Saint. »Warum ist er an jenem Tag zu dem Schwimmbecken gegangen? War es Zufall, oder hat er den Selbstmord geplant? Falls er es geplant hat, muß er sehr zornig gewesen sein. Ob er Sie wohl verfluchte, als er vom Sprungbrett sprang?«

Er hievte Christophers Körper auf den Rand der Brüstung. Christophers Herz zog sich zusammen, während er nach einem Halt suchte, aber der Pale Saint schlug ihm auf die Hand. Er versuchte, sich darauf zu konzentrieren, wie er sein Leben retten konnte, aber die Worte des Pale Saint bohrten sich so tief in seine Seele, als ob Pfeile auf ihn abgefeuert würden. »Sie konnten ihm nicht helfen, Christopher, selbst dann nicht, als er Sie am dringendsten brauchte und auf das Sprungbrett hinaustrat, in diesen letzten, bemitleidenswerten Augenblicken seines traurigen Lebens.« Während der Pale Saint an seinen Schuldgefühlen rührte, stieg Trauer in Christopher hoch. »Ist es nicht Ironie des Schicksals, und erscheint es Ihnen nicht angemessen, daß Sie sich genau wie Ihr Sohn das Genick auf Beton brechen werden?«

Die Tränen strömten Christopher übers Gesicht, und er spürte, daß er langsam den Halt verlor. Seine Beine baumelten in der Luft, und der Pale Saint hämmerte unablässig auf seine Hand ein. »Es wird Zeit, daß Sie loslassen, Christopher, und Ihren Sohn im Reich des Vergessens treffen.«

Christopher spürte, wie er über den Rand der Brüstung rutschte. Er fiel.

»Auf Wiedersehen, Christo...«

Die Worte des Pale Saint wurden von einem Pistolenknall verschluckt. Er wich zurück, und Christopher sah, daß seine Schulter blutete. Er hörte einen weiteren Schuß, umklammerte die rauhe Betonoberfläche der Brüstung und schwang seine Beine hoch, um dem Abgrund zu entkommen. Da sah er, daß der Pale Saint über die Brüstung fiel und fünf Stockwerke tief nach unten stürzte.

Christopher hustete und spuckte Blut, als er wieder in Sicherheit war. Seine Beine fühlten sich immer noch wackelig an, und er spürte eine große Wut in sich. In seinen Schläfen pochte es wild, während er sich über die Brüstung lehnte und in die Tiefe blickte.

Die Halterungen einer schweren Markise aus Segeltuch waren abgebrochen, und ein Straßenstand mit Früchten und Gemüse offenbarte sich in einem chaotischen Zustand. Ein junger koreanischer Gemüsehändler brüllte den Pale Saint an, der durch die anwachsende Menschenmenge davonrannte. Christopher sah, wie Polizisten in Kampfanzügen versuchten, sich ihren Weg durch die Menge zu bahnen, aber das war ein hoffnungsloses Unterfangen. Sie waren von allen Seiten eingeschlossen und konnten dem Pale Saint nicht folgen.

»Verdammt«, sagte Christopher, während er sich umwandte.

Cassandra kam auf ihn zu, Bobbys Waffe in der Hand. Mit einem schnellen Blick überzeugte sie sich davon, daß er lebte.

»Wie schwer bist du verletzt, Jon?«

»Ich glaube nicht, daß ich einen Bruch davongetragen habe, aber so besonders fühle ich mich nicht.« Er versuchte, sie anzulächeln, statt dessen brach er weinend zusammen.

»Jon«, flüsterte sie.

»Dieses Ungetüm weiß, wie es mich verletzen kann. Er ist über die Umstände von Andys Tod im Bilde und quält mich mit meinem Schmerz, meiner Trauer und meinen Schuldgefühlen.«

Sie legte eine Hand auf seine Wange, und er zuckte zusammen. »Du darfst nicht zulassen, daß er dir das antut, Jon.«

»Leicht gesagt.«

Sie kniete sich neben ihn und umarmte ihn. So verharrten sie lange. Unterdessen hatte es zu regnen begonnen. Christopher hob den Kopf. Es war so wohltuend, den Atem anzuhalten und das Regenwasser das Blut und den Schweiß wegspülen zu lassen. Wieder dachte er an Andy und die letzten einsamen Augenblicke in seinem Leben. Er wünschte sich so, die Zeit zurückdrehen und in das Schwimmbad laufen zu können, wo er Andy von dem Sprungbrett holen, ihn umarmen und ihm sagen würde, wie sehr er ihn liebte.

Er dachte darüber nach, wie dicht er vor der Verhaftung des Pale Saint gestanden hatte, und dennoch hatte er versagt. An jedem Wendepunkt wußte der Pale Saint, wie er ihn treffen konnte. Keine verwundbare Stelle blieb ihm verborgen. Genauso war es im Krieg, wenn man die Schwächen des Gegners ausnutzte.

»Woran denkst du, Jon?« flüsterte Cassandra.

Er liebkoste ihre Wange. »Daß du in vielerlei Hinsicht recht hast und daß du mir das Leben gerettet hast, weil du rennen und schießen kannst. Danke.«

Sie küßte ihn zärtlich.

»War es schwer?«

»Auf den Abzug zu drücken? Wahrscheinlich wäre es schwierig gewesen, wenn ich darüber nachgedacht hätte. Ich habe es nicht getan, sondern einfach so reagiert, wie Bobby es mich gelehrt hat.«

»Gut so.«

Sie verschränkte seine Finger mit ihren und drückte seine Hand. »Ich wünschte, ihn hätte ihn getötet, aber ich mußte sichergehen, daß ich nicht dich treffe.«

»Das hast du gut gemacht, Cass.« Sie half ihm beim Aufstehen. Es regnete jetzt stärker. Die Tropfen trommelten auf das geteerte Dach und verwandelten es in eine glänzende, schwarze Fläche. »Laß uns nachsehen, wie es Lawrence geht.«

16.

Man hörte das traurige Geräusch von Wassertropfen, das durch die leeren Räume hallte. Die Luft war feucht und schwer. Bei Halloran & Sons würde es nie wieder wie früher sein. Man hatte die Eigentümer benachrichtigt, daß ihre Schlachterei Tatort eines Doppelmordes war.

»Guter Gott«, sagte Jerry Lewis, während er auf die Leichen des jungen Mannes und seiner Freundin starrte. »Dieser Kerl hatte einen schönen Tag.«

»Ja, er hat mit Sicherheit seinen Spaß gehabt.« Christopher beugte sich über die Leiche des jungen Mädchens, um ihr Gesicht zu betrachten. »Ist das Marcy, Lawrence?«

Das Gesicht des Klons wirkte so blaß wie das von Marcys Freund, aber das lag am Schock. Durch seine geschwollene und dick verbundene Nase war er nicht wiederzuerkennen. »Er hat mich angelogen.«

»Du darfst dir das nicht zu Herzen nehmen«, sagte Christopher. Er klopfte dem Klon auf den Rücken. »Der Pale Saint verhält sich wie immer. Er ist ein geborener Lügner.«

»Ich existiere und denke, habe ich zu ihm gesagt. Ich treffe meine eigenen Entscheidungen und gehe meinen eigenen Weg.« Lawrence schüttelte traurig den Kopf. »Ich hätte ihn töten oder es zumindest versuchen sollen, auch wenn ich dabei selbst ums Leben gekommen wäre.«

»Nein«, widersprach Christopher. »Du bist deinen Instinkten gefolgt, und die hatten recht.«

»Wenn ich ihn getötet hätte, würden diese beiden Menschen noch leben.«

»Vielleicht. Aber vielleicht hätte er auch dich *und* sie ermordet, und ich wäre seiner Festnahme keinen Schritt nähergekommen.«

Lawrence ging zu dem Regal mit den Messern hinüber, griff hinter das oberste und zog das Paket hervor. »Es ist noch da.«

»Was?« fragte Christopher.

»Das wirst du gleich sehen«, sagte Lawrence, während er das Papier auseinanderfaltete.

»O je«, stöhnte Jerry Lewis und starrte auf die langen, gefährlich aussehenden Eisenbahn-Dorne. »Ein wertvoller Fund.« Er blickte Lawrence, dann Christopher an. »Das ist Ihre geheime Spur in diesem Fall, stimmt's?«

»Geheim wie die Sünde«, bestätigte Christopher, streifte sich Gummihandschuhe über und rief nach einer großen Plastiktüte für die Beweisstücke. Während Lewis die Tüte offen hielt, nahm er Lawrence das Paket aus der Hand und verstaute es darin.

»Ich stelle keine Fragen«, sagte Lewis. Er versiegelte die Tüte und notierte Fundort, Datum und Uhrzeit. Dann stürmte er aus dem Gebäude, um den Fund zur Gerichtsmedizin zu bringen.

Christopher wollte gerade mit Lawrence die Fleischfabrik verlassen, als sein Mobiltelefon piepte.

»Boß?« Es war D'Alassandro.

»Ja. Wo sind Sie?«

»Ich habe mich gerade in dem Hotel in Kalispell einquartiert. Um Himmels willen, hier gibt es in Handarbeit hergestellte Steppdecken und schmucke Schaukelstühle auf der Veranda!«

»Atmen Sie die saubere Luft für mich mit ein. Was haben Sie herausgefunden?«

»Jede Menge.« Selbst am Telefon nahm Christopher die Aufregung in ihrem Tonfall wahr. »Ich weiß zwar nicht, auf welcher Wellenlänge Sie sich eingeschaltet haben, aber bis jetzt liegen Sie richtig. Vor ungefähr sechzehn Jahren gab es hier eine Fernsehpredigerin, die aus einem kleinen Dorf im Niemandsland kam. Tangent liegt direkt in der Mitte der Oklahoma Dust Bowl, genau wie Sie es vermutet hatten. Wie auch immer – diese Fernsehpredigerin namens Myra Woods war damals lokal und regional eine wirkliche Berühmtheit. Sie war sogar dabei, landesweit prominent zu werden, als sie – und jetzt halten Sie sich fest – verhaftet, vor Gericht gestellt und verurteilt wurde, weil sie ihren Mann gefoltert und umgebracht hatte. Sieht so aus, als ob sie ihn zuerst monatelang an sein Bett gefesselt, ihm dann die Kehle durchschnitten und ihn anschließend hinter dem Haus vergraben hat.«

Christopher kam es wie ein böser Zufall vor, daß sein Blick in diesem Moment auf die durchtrennte Kehle von Marcys Freund fiel, dessen Leiche wie ein Exponat in einem sehr geheimen und makaberen Museum vor ihm lag. Doch vielleicht war es kein Zufall.

»Diese Myra Woods war eine wirklich durchtriebene Person. Als man sie festnahm, schwor sie Stein und Bein, daß ein Handelsreisender ihren Mann ermordet habe. Sie hat den armen Kerl ruiniert, indem sie ihn in ihrer Fernsehsendung an den Pranger stellte. Aber die gerichtsmedizinischen Beweise waren erdrückend und sprachen gegen sie. Man verurteilte Myra Woods zur Höchststrafe. Ich nehme an, man wollte ein Exempel statuieren.«

Christopher umklammerte das Telefon. »Und was bedeutet das?«

»Sie wurde zum Tode verurteilt. Vor neun Jahren haben sie sie auf dem elektrischen Stuhl hingerichtet. Tatsache ist – und dadurch bin ich der ganzen Angelegenheit auf die Spur gekommen –, daß in jener Nacht, als die Frau verhaftet wurde, ihre Farm völlig abbrannte. In den Online-Archiven der Zeitung von Oklahoma City habe ich ein Foto des Hauptgebäudes gefunden. Es handelte sich offensichtlich um ein historisches Gebäude. Das Haus hatte sieben Säulen, genau wie Sie vermuteten. Und nun kommt was besonders Interessantes: Der Sohn von Myra Woods, die im übrigen wüste Verwünschungen ausgesprochen haben muß, ist seit jener Nacht spurlos verschwunden. Er scheint sich in Luft aufgelöst zu haben.«

»Haben die Behörden die Brandursache herausgefunden?«

»Brandstiftung. Man fand eindeutige Beweise, daß Kerosin als Brandbeschleuniger verwendet worden war. Ich verwette ein Jahresgehalt darauf, daß ihr Sohn der Täter war.«

»Ich wette nicht dagegen. Haben Sie schon etwas über den Sohn herausgefunden?«

»Ein bißchen.« Sie teilte ihm das Geburtsdatum mit. »Somit ist er in dem Alter, auf das wir unseren Verbrecher geschätzt haben. Er heißt Neelon Woods.«

»Gute Arbeit, Emma. Besteht eine Möglichkeit, daß Sie Sheriff Wilcox noch heute abend treffen können?«

»Sicher. Er ist bereit, Überstunden zu machen, und sagt, daß alte Füchse nicht viel Schlaf brauchen.« Sie zögerte. »Es ist merkwürdig, aber er schien wirklich interessiert daran zu sein, sich mit mir zu unterhalten, als ob er irgendwie erleichtert wäre.«

»Hoffentlich handelt es sich nur um einen Fall von Schuldbewußtsein«, sagte Christopher. »Seien Sie vorsichtig, hören Sie?«

»Ich habe meinen sechsschüssigen Revolver umgeschnallt, Boß«, sagte Emma in Gary Coopers schleppendem Western-Tonfall.

»Gut gemacht, Emma.«

Der Pale Saint kauert in seiner vorübergehenden Behausung, einer Hütte aus altem, verrottendem Sperrholz und durchnäßter Wellpappe. Die Hütte steht über jenem großen Metallgitter, durch die die Luft aus der U-Bahn entweicht. Draußen regnet es so stark, daß sich die Wellpappe teilweise aufzulösen droht. Die Rinnsteine der Houston Street sind überflutet. Wasser tröpfelt in die Hütte und weiter durch das Gitter in die U-Bahn-Tunnel. Tick-tock, tick-tock.

Der Pale Saint hat sich ein improvisiertes Fenster zurechtgebastelt, so daß er den südlichen Häuserblock im Visier hat. Er bricht einen Hershey's-Schokoladenriegel entzwei und verschlingt eine Hälfte mit zwei riesigen Bissen. Er lauscht den zischenden Geräuschen des vorbeifahrenden Verkehrs und beobachtet den obdachlosen Mann. Dann begutachtet er die schmerzenden Stellen, die blauen Flecken und Wunden, die ihm sein Gegner beigebracht hat. Seine Schulter schmerzt, er spürt die Kugel darin wie einen Maulwurf, der von innen an ihm nagt. Es ist ein interessantes Gefühl, als ob man eine juckende Körperstelle nicht kratzen kann, und dieses Gefühl ist ihm nur allzusehr vertraut. *Stirb, Mama, stirb!* brüllt er in Gedanken. Aber sie will einfach nicht sterben, oder vielleicht doch? *Leb, Faith, leb!* Aber es braucht so lange, sie auferstehen zu lassen.

Doch bald wird er diese juckenden Körperstellen kuriert haben. Das Ende ist nah.

Er benetzt seine Schulter mit dem Alkohol aus der Flasche des Obdachlosen und macht sich daran, die Kugel zu entfernen. Bei seinen anatomischen und medizinischen Kenntnissen dauert das nicht lange. Er gießt weiteren Alkohol auf die offene, blutende Wunde und hat das Gefühl, sich selbst in Brand zu setzen. Durch seine zusammengebissenen Zähne entweicht ein kurzes, pfeifendes Geräusch, und er wiegt sich vor und zurück, bis der Schmerz etwas nachläßt. Von seinem durchnäßten Hemd reißt er Stoffetzen ab, verbindet sein Schulter und verknotet die Enden.

Das Gitter, auf dem er sitzt, ist zwar unbequem, aber warm. Auf vielerlei Weise wird er sich der schmutzigen, unruhigen Eingeweide von Manhattan bewußt: Dampf zischt, und die Gerüche des großstädtischen Verfalls steigen wie eine Schar von Amseln auf. Schmutziges Wasser, altes Öl und andere Schmiermittel tropfen aus Rohrleitungen wie lebenswichtige Flüssigkeiten aus dem Körper eines Sterbenden sikkern. In einer Ecke sitzt der Obdachlose, dem er seinen Platz weggenommen hat, als er in die Hütte eingedrungen ist. Der

Mann ist zusammengeschnürt wie ein Huhn, das auf den Bratspieß wartet. Eine zusammengedrückt, dreckige Socke dient als Knebel, sie ist mit zwei Streifen silbernen Klebebands befestigt. Er hat den Obdachlosen so hingesetzt, daß er seine schwarzen Augen beobachten kann, die stille Botschaften ausdrücken, um die er sich nicht zu kümmern braucht. Anfangs schienen diese Botschaften bis zu einem gewissen Grad interessant zu sein, aber jetzt ödet ihre Einförmigkeit ihn an. Im Gegensatz zur Furcht, die aufblühen kann, ist das Entsetzen etwas Statisches – nach einem anfänglichen Interesse verschwindet es und wird uninteressant.

Der kleine Kopf und die Krähenaugen des Obdachlosen erinnern ihn an den Sheriff aus Oklahoma.

Als der Sheriff zu ihm kam, war Mama bereits verhaftet worden. Die leberfarbenen Bluthunde des Sheriffs entdeckten das Fleckchen Erde unter der hellgrauen Eiche, wo seine Mutter Papa begraben hatte. Die Polizei suchte nach einem männlichen Jugendlichen, der zuletzt in den Feldern in der Nähe ihrer Farm gesehen und als vermißt gemeldet worden war. Den Jungen, der Faith auf den Heuboden mitgenommen und den der Pale Saint in einem Wutanfall getötet hatte. Anschließend hatte er seine Leiche verbrannt.

Der Anblick seines Vaters war nicht schön, nachdem sie ihn ausgebuddelt hatten: Ihm war kein Beerdigungsunternehmer vergönnt gewesen, der Tote durch Chemikalien und Make-up angenehm aussehen ließ. Mama hatte keinen Grund dafür gesehen – sie war zu sehr damit beschäftigt, den armen Kerl unter Aufwendung ihrer ganzen Kraft schwitzend und fluchend unter die Erde zu bringen, nachdem sie ihn aus dem Haus zu dem Loch geschleppt hatte, das sie neben dem Baum ausgehoben hatte.

Zunächst behauptete sie, ein flüchtiger Verbrecher, der sich als Verkäufer von Futtermitteln ausgab, habe Papa umgebracht, und für eine Weile kaufte man es ihr ab. Das war nur natürlich, weil sie eine Berühmtheit war und man Gott auf ihrer Seite glaubte. Aber Mama war eine geborene Lügnerin und wußte nicht, wann sie den Mund halten mußte. Sie jammerte weiter und gewann so weitere Sympathien,

Einschaltquoten und Berühmtheit. Also vernahm der Sheriff sie erneut. Jetzt sagte sie, daß ihr Sohn seinen Papa umgebracht habe.

»Hör zu, Junge«, sagte der Sheriff, nachdem er den Jungen in sein Büro geholt hatte. »Ich habe so ein Gefühl, als ob du wüßtest, was mit deinem Vater geschehen ist. Glaub mir, jetzt ist der richtige Zeitpunkt gekommen, die Wahrheit zu sagen.«

Also erzählte der Pale Saint ihm von seiner Schwester und seinem Papa, dann, was Mama seinem Vater angetan hatte. Der Sheriff wirkte, als ob er einen Angelhaken verschluckt hätte. Jetzt, wo er sich nach all den Jahren an diesen Tag erinnert, kommt es dem Pale Saint so vor, als hätte es der Sheriff gar nicht abwarten können, ihn aus seinem Büro hinauszuwerfen, als wäre er ein Stück Fleisch, das zu stinken begonnen hatte.

Auf der Farm war ein großes Loch neben der alten Eiche zu sehen. Der Sheriff ging mit dem Pale Saint ins Haus. Aus dem Hahn in der Küche tropfte Wasser in das staubige Waschbecken. Schon jetzt war juristisch nicht alles einwandfrei. Im ersten Stock verlangte der Sheriff vom Pale Saint, ihm zu zeigen, wo die Sache mit Papa passiert war. In Mamas Schlafzimmer standen die beiden Betten – das, an das sie Papa gefesselt hatte, und das andere, neuere, in dem sie nach der Tat geschlafen hatte. Dann fiel dem Sheriff die verschlossene Kiste auf, und er fragte den Pale Saint, ob er wisse, was sich darin befinde.

Er schüttelte den Kopf. »Sie war immer verschlossen. Sie gehört Mama.«

»Deine Mutter ist jetzt nicht hier«, antwortete der Sheriff. »Was würdest du sagen, wenn wir sie öffnen und herausfinden, was darin ist?«

»Sie hat es verboten.«

Der Sheriff zertrümmerte das Schloß mit dem Griff seines Revolvers, hob den Deckel hoch und spähte in die Kiste. Er gab ein leises würgendes Geräusch von sich, taumelte mit bleichem Gesicht zurück und übergab sich auf Mamas wunderschönen importierten Teppich.

Der Pale Saint blickt aus dem behelfsmäßigen Fenster in der Hütte des Obdachlosen. Er greift nach der Thermoskanne und trinkt den Rest des Tees, während er beobachtet, wie ein besonderer Ausdruck über das Gesicht des Penners huscht. »Leer.« Er dreht die leere Thermoskanne um und grinst dann plötzlich. »Keine Sorge.« Mit einem Fingernagel pocht er gegen die Seite der Thermoskanne. »So ein wertvoller Gegenstand. Ich werde daran denken, ihn Bobby Austins Witwe zurückzugeben.«

Christopher war ins Lagezentrum zurückgekehrt und studierte die Nachrufe auf die vier Männer, die der Pale Saint vor fünfzehn Jahren in Debenture in Montana ermordet hatte. Auf Esquivals Anfrage hin hatte man ihnen die Seiten aus dem Zeitungsarchiv des *Debenture Picayune* zugefaxt. Der Kreisrichter, der Bürgermeister, der Stadtrat und der Stahlfabrikant schienen wenig gemeinsam gehabt zu haben, wenn man davon absah, daß sie in der gleichen Stadt gelebt und freitag abends zusammen gepokert hatten. Christopher war gereizt und wartete auf D'Alassandros Anruf, als das Telefon klingelte. Es war Cassandra.

»Es gibt ein Problem mit Lawrence, Jon.«

»Was ist passiert?« Sie hatte den Klon in ihre Wohnung mitgenommen, um sich um seine gebrochene Nase zu kümmern. Natürlich konnten sie ihn nicht in die Notaufnahme eines Krankenhauses bringen – zu viele Menschen hätten Lawrence gesehen, und sie hätten zu viele Formulare ausfüllen müssen.

»Während ich darauf wartete, daß seine Nase zu bluten aufhörte, habe ich einen Bluttest gemacht. Das Eicosanoid-Depot funktioniert nicht. Er altert viel zu schnell weiter.«

Christopher schob die Nachrufe zur Seite. »Ich dachte, daß das Eicosanoid das Transgen deaktivieren würde.«

»Tut es auch. Das Problem ist das Depot.« Sie atmete tief durch. »Es sieht nach einem Sabotageakt von Dillard aus.«

»Zum Teufel mit diesem großspurigen Mistkerl. Ich sage dir, Cass, daß er von Anfang an etwas gegen Lawrence hatte.«

»Aber warum? Wenn das Experiment erfolgreich verlaufen wäre, hätte das seine Karriere perfekt gemacht.«

»Mag sein. Aber für ihn gab es etwas noch Wichtigeres – dich. Für ihn war Lawrence eine Bedrohung. Du hast dem Klon all deine Liebe und Aufmerksamkeit geschenkt, wonach Dillard sich vergeblich gesehnt hatte.«

»Dabei wäre es auch für immer geblieben.«

»Bingo. An wen hätte er seine Frustration besser abreagieren können als an Lawrence?«

»Mein Gott ...«

»Einfache menschliche Verhaltensweisen, Cass. Aber jetzt stellt sich die Frage, wie wir Lawrence helfen können.«

»Wir müssen ihn ins Labor zurückbringen. Dort kann ich sofort mit der Eicosanoid-Behandlung beginnen.«

»Wird sie anschlagen?«

»Die Verwendung von großen Dosen ist bisher noch nicht getestet worden. Ich kann es also nicht sagen. Um aufrichtig zu sein – er könnte sterben. Leider ist diese Behandlung seine einzige Chance.«

»Das Labor gilt immer noch als Tatort, aber ich glaube, daß ich dich hineinschmuggeln kann. Ich werde sofort hinfahren und dann Sara abholen. Ich will nicht, daß sie sich in der Nähe deiner Wohnung aufhält, bis die Sache vorbei ist. Am besten wäre es, sie unter Polizeischutz stellen zu lassen.«

»Glaubst du wirklich, daß das notwendig ist? Sie ist schon furchtbar verängstigt.«

»Ich verstehe dich, Cass, aber es muß sein.«

»In Ordnung. Übrigens solltest du dich röntgen lassen.«

»Keine Zeit. Sieh zu, daß du mit Lawrence fertig wirst. Ich fahre kurz in meiner Wohnung vorbei, um Regenkleidung zu holen, und werde so schnell wie möglich zurückkommen.«

Als Christopher das Gebäude, in dem er wohnte, erreicht hatte, kramte er in den Taschen, bis ihm einfiel, daß er seine Schlüssel nicht wieder aufgehoben hatte, nachdem er sie auf die Leiter im Flur vor der Wohnung des Pale Saint geworfen hatte.

Lawrence hatte Christophers Schlüssel an sich genommen. Vorsichtig stellte er das zweite Telefon wieder an seinen Platz. Wohin würden sie Sara bringen? Er würde es nie erfahren. Leise stahl er sich aus der Wohnung, an der Schulter reibend, wo Cassandra das Eicosanoid-Depot implantiert hatte. Wenn es möglich gewesen wäre, hätte er seine eigene Haut durchgebissen, um es wieder zu entfernen.

Innerhalb von Sekunden war er durchnäßt. Kalter Regen prasselte auf ihn nieder, aber er nahm es nicht wahr. Während er rannte, stand er kurz davor, in Tränen auszubrechen. Noch vor wenigen Stunden war er mit seiner Andersartigkeit und dem schnellen Verlauf seines Lebens einverstanden gewesen. Aber das war zu einem Zeitpunkt, als der Pale Saint ihn noch nicht betrogen hatte, bevor er die Leichen von Marcy und ihrem Freund gesehen hatte, hingestreckt wie geschlachtete Tierkadaver. Und vor dem Moment, als er Sara in den Armen gehalten und zugelassen hatte, daß sich etwas in ihm regte, das ihn zu befreien schien. Die beiden Momente verschmolzen in seinem Geist auf seltsame Weise ineinander. Er war versteckt, beschützt und verwöhnt worden, wie ein Nachtwandler, der nur die nächtliche Hälfte des Tages erlebte. Jetzt war er plötzlich in der Wirklichkeit aufgewacht, wo Entsetzen und Ekstase regierten. Das Leben war zu verlockend geworden, um es einfach wieder aufzugeben. Es gab so vieles, was er noch nicht ausprobiert hatte, so viele Orte, über die er zwar in Büchern etwas gelesen hatte, die er bisher aber nur aus Videos kannte. Das Fest des Lebens hatte sich ihm erschlossen, ausgebreitet lag es vor ihm, ohne daß er es erleben durfte.

Am schlimmsten aber fand er, daß er allein war, immer allein. Er wollte mit Sara zusammensein. Er spürte ein überwältigendes Bedürfnis, sie wiederzusehen und sie zu beschützen. Wenn es sein mußte, würde er für sie sterben.

Lawrence fand das Haus an der Green Street, wo Saras Freundin Beth wohnte. Er klingelte Sturm, bis die schwere Tür sich öffnete. Weil er zu ungeduldig war, auf den Lift zu warten, stürmte er die Treppen hoch. Sara mußte durch den Spion beobachtet haben, wie er durch den Korridor ging, denn sie öffnete die Tür, als er sich näherte. Im Türrahmen wartete sie auf ihn.

»Mein Gott«, sagte sie, als sie sein verbundenes Gesicht sah. »Es ist vorbei, oder? Du bist gekommen, um mich nach Hause zu bringen.«

Sara empfand es als unheimlich, sich wieder an dem Ort aufzuhalten, wo Andy Selbstmord begangen hatte. Sie erinnerte sich an den Tag vor zwei Jahren, als sie auf die völlig harmlos wirkende Backsteinfassade geblickt und gedacht hatte: *Das muß ein Irrtum sein. Es kann nicht stimmen. In diesem Gebäude kann nichts Unheimliches passieren.* Aber was hatten dann all die Polizisten und Notärzte hier zu suchen gehabt? Glitschig wie ein Aal war sie zwischen den Erwachsenen hindurchgeschlüpft und über die knirschenden Stufen ins Gebäude geeilt, bevor jemand sie aufhalten konnte.

Sie hatte Onkel Jon gesehen. Er stand am Rande des riesigen Schwimmbeckens, abseits der anderen Menschen. Trauer und Fassungslosigkeit standen ihm ins Gesicht geschrieben. Vom Boden des trockengelegten Schwimmbeckens stiegen grelle Lichtblitze auf, die scharfkantige, riesige Schatten auf die gewölbte Decke warfen.

Als sie sich dem Becken näherte, begriff Sara, das es sich um das Blitzlicht von Fotoapparaten handelte. Ein Mann stand auf dem grauen Betonboden und fotografierte ein zerschmettertes, blutiges Wesen. Die Menschen, die vom Rand des Schwimmbeckens hinabschauten, starrten darauf, allen voran ihr Onkel Jon.

Plötzlich begriff Sara, daß sie auf Andy blickten, der sich das Genick gebrochen hatte und aus dessen Hinterkopf Blut strömte. Andy war für immer von ihnen gegangen.

»Alles in Ordnung?« Lawrence blickte Sara an, die wie angewurzelt im Eingang des Gebäudes stehengeblieben war. Sie standen im gelblichen Licht der großen Sicherheitslampen, die den ganzen Block erhellten.

»Ja«, sagte sie mit heiserer Stimme. »Ich habe gerade an Andys Todestag gedacht.«

»Wir müssen hineingehen, damit uns niemand entdeckt.«

Lawrence legte einen Arm um sie und geleitete sie in das Innere des Gebäudes. Das dröhnende Geräusch der hinter ihnen ins Schloß fallenden Tür hallte in dem riesigen Raum wider. Es roch nach Chlor und Gummi. Das gelbliche Licht der Sicherheitsbeleuchtung sickerte durch eine Reihe von Fenstern, die in den oberen Teil der Wände des Gebäudes eingelassen waren. An einer Seite lehnte eine schwarze Stahlleiter, die zu einem Laufsteg hochführte, der den riesigen Raum über dem Schwimmbecken umgab. Renovierungsarbeiten hatten die Trockenlegung des Beckens erforderlich gemacht.

Sara stand am Rand des Schwimmbeckens. »Warum hast du dich für diesen Ort entschieden?«

»Daddy hat gesagt, daß du dich nicht in der Nähe eurer Wohnung aufhalten darfst. Weil der Pale Saint deinen Vater umgebracht hat, macht Daddy sich wahrscheinlich Sorgen, daß er vielleicht dort auftauchen könnte.«

Sara starrte auf den hohen Olympia-Sprungturm, der wie ein altmodischer Galgen über dem Schwimmbecken aufragte.

»Die Idee kam mir, als ich Daddys Schlüssel aufhob. Er hat mir erzählt, daß er den Schlüssel für dieses Gebäude behalten hat. Außerdem kenne ich nicht allzu viele Orte in New York.«

»Das Schwimmbecken ist trockengelegt, genau wie vor zwei Jahren.« Sie wandte sich Lawrence zu. »Aber das ist nicht der einzige Grund, oder?«

Er schüttelte den Kopf. »Für mich ist das Leben ein so wertvolles Gut. Ich versuche zu verstehen, warum jemand sein Leben wegwirft.«

»Ich habe lange darüber nachgedacht.« Sara biß auf ihrer Unterlippe herum. »Als ich noch jünger war, fuhren Andy und ich im Sommer zum Strand von Coney Island in Brooklyn. Früher war dort viel los, ein Ort mit riesigen Achterbahnen, und wo man Zuckerwatte essen konnte. Wie auch immer – wir wateten ins Meer hinaus und tauchten. Unter Wasser war es kühl, grün und friedlich, als ob man vorübergehend alles vergessen könnte. Wir haben miteinander gewettet, wer den Atem länger anhalten kann. Aber wie lange wir es auch schafften, wir mußten wieder auftauchen, und dann drang wieder alles auf uns ein, was uns erdrückte.« Sie atmete tief durch. »Ich glaube, daß Andy untergehen und nie wieder auftauchen wollte.«

Sie wandte sich vom Schwimmbecken ab, als ob sie genug von den Erinnerungen an Andys Tod hätte. »Das hier erinnert mich wirklich an ein Gefängnis. Wie lange muß ich hier bleiben?«

»Hoffentlich nicht lange.«

»Wenigstens warst du bei Mama. Sie hat dich verarztet, nicht wahr?«

»Sie hat's versucht, aber Dillard hat das Depot manipuliert, so daß es die chemische Substanz nicht freigibt, die ich brauche.«

Sara sah ihn mit ungläubigem Ausdruck an. »Sie muß doch was tun können.«

»Ja, schon, aber sie weiß nicht, ob es funktioniert.«

Sie warf sich in seine Arme und drückte ihn fest an sich. »Ich wünschte, ich könnte in deinen Körper greifen und alles in Ordnung bringen!«

Er spürte ihre Liebe, als wäre sie mit Händen greifbar. Vielleicht lag das an dem Phyto-Cocktail oder an dem außer Kontrolle geratenen Transgen, das in ihm brannte. Er konnte ihr Vertrauen in der Handfläche halten, seine Finger darum schließen und eine besondere Wärme spüren, die sich mit nichts vergleichen ließ. Er hatte nicht gewußt, daß es etwas so Wertvolles gab.

»Ich frage mich, was du dort finden würdest.« Er strich ihr übers Haar. »Ich träume viel von ihm und sehe seine Vergangenheit vor mir. Manchmal weiß ich nicht, wo meine Persönlichkeit endet und seine beginnt.«

»Sag nicht so was. Er versucht nur, dich zu verwirren, und du machst mir angst.«

»Nein, bitte – hab' keine Angst.«

»Du bist nicht wie er, und du wirst auch nie so sein. Ich weiß es, selbst wenn du Zweifel haben solltest.«

»Mir geht es gut, solange du hier bist, um mich daran zu erinnern.«

»Ich denke an Thanksgiving und Weihnachten«, sagte Sara leise. »Ohne dich will ich nicht feiern.«

Lawrence konnte den in ihrem Tonfall liegenden Schmerz nicht ertragen und fragte sich, womit er sie ablenken könnte. Er zitierte Shakespeares König Richard den Dritten: »›Zählt da die Glocke. – Gebt mir ›nen Kalender. Wer sah die Sonne heut?‹«

»›Ich nicht, mein Fürst.‹« Sara lächelte, als sie die Rolle von Sir Richard Ratcliffe übernahm, dem Verbündeten des Königs.

»›So weigert sie den Schein, denn nach dem Buch müßt' sie im Ost schon eine Stunde prangen. Dies wird ein schwarzer Tag für jemand werden.‹«

Es war ihr altes Spiel, gemeinsam Shakespeare zu rezitieren. Die altenglischen Zeilen, die zu einer anderen Welt zu gehören schienen, verzauberten den Augenblick, und führten sie weg von dem Chaos und der Gefahr, die jenseits dieser vier Backsteinwände lauerten. Der unvergängliche Zauber dieser Worte richtete sie auf und brachte sie zusammen, wie das nur bei Schauspielern der Fall ist, die ihre eigene Identität zugunsten einer anderen, höheren aufgegeben haben.

»›Ratcliffe‹«! schrie er.

»›Mein Fürst?‹«

»›Die Sonne läßt sich heut nicht sehen; wölkt sich finster unserm Heer. Die tau'gen Tränen möcht' ich weg vom Boden. – Nicht scheine heut! Ei nun, was gilt das mir mehr als dem Richmond? Denn derselbe Himmel, der mir sich wölkt, sieht trüb' herab auf ihn.‹«

Sara zitierte die Worte des Herzogs von Norfolk: »›Auf, auf, mein Fürst! Der Feind stolziert im Feld.‹«

Sie zuckte zusammen, als sie ein leises Geräusch wahrnahm, dessen Echo an den Wänden entlang auf sie zukam.

»Was war das?« flüsterte sie, während sie sich eng an seine schützende Schulter preßte.

»Nichts. Nur die Konstruktion des Gebäudes.« Lawrence ging auf die offene Tür zu, durch die man zu den Umkleideräumen gelangt. »Oder ein Nagetier, das sich hier herumtreibt.« Er blickte zu Sara. »Aber ich sehe mich mal um, nur um sicherzugehen, okay?«

Sie nickte. »Aber eins sage ich dir: Allein bleibe ich nicht hier.«

»Doch.« Er nahm ihre Hand und ging mit ihr in das Schwimmbecken hinunter. An der Wand des tiefen Endes standen Säcke mit Zement. »Warte hier«, sagte er. »Ich bin gleich zurück.«

Sara beobachtete stumm, wie er auf eine der Aluminiumleitern sprang, nach oben kletterte und aus ihrem Blickfeld verschwand. Sie zitterte, als sie sich zwischen den Säcken niederkauerte und darauf wartete, daß Lawrence zurückkam und ihr erzählte, daß sie sich allein in dem Gebäude befanden.

Hinter der offenen Tür fand Lawrence sich in einem schmalen Gang wieder. Direkt vor ihm lag ein kurzer Korridor, der zur Kellertür führte. Zu beiden Seiten waren die Umkleideräume in zwei symmetrische Flügel aufgeteilt, einer für Jungen und einer für Mädchen. Es gab Spinde, Waschbecken, Toiletten und Duschen.

Lawrence lauschte auf auffällige Laute, hörte aber nur ein leises Geräusch weit weg, von dem er annahm, daß es von der Heizung oder der Klimaanlage herrührte. Aufs Geratewohl wandte er sich nach rechts, und das Geräusch nahm an Lautstärke ab. Er kehrte um und ging in den linken Flügel. Auf halbem Weg zwischen den parallel angeordneten Spinden, klärte sich die Ursache des Geräuschs auf: Ganz in der Nähe rauschte Wasser.

Lawrence ging an den Waschbecken vorbei und sah wieder und wieder sein Ebenbild in den zu beiden Seiten angebrachten Spiegeln. Hinter den Toiletten konnte er das Geräusch eindeutig identifizieren: Eine Dusche war aufgedreht.

Er stand am Eingang des gekachelten Duschraums. Alle Kabinen waren leicht einzusehen, mit Ausnahme einer am hinteren Ende des Raumes, vor die ein weißer Plastikvorhang gezogen war. Dahinter stieg Dampf auf. Vor der Duschkabine stand ein weiß gestrichener Holzstuhl, auf dem ein ordentlich zusammengefaltetes Badetuch lag. Daneben lagen Unterwäsche, ein blaues Oxford-Hemd, eine gestreifte Krawatte und ein schmaler Ledergürtel. Auf dem Boden bemerkte er ein Paar polierter Slipper, und an der Befestigung für den Vorhang der benachbarten Dusche hing ein teuer aussehender, dunkelgrauer Nadelstreifenanzug, wie ihn Rechtsanwälte oder Banker tragen.

Lawrence ging über den gekachelten Boden an den Duschkabinen vorbei, bis er vor der letzten stand. Noch immer stieg Dampf auf, und es roch nach parfümierter Seife. Er rückte den Stuhl zur Seite und zog den Duschvorhang auf.

»Hallo, Junior«, sagte der Pale Saint, packte Lawrence am Hemd, zog ihn in die Dusche und versetzte ihm einen brutalen Hieb gegen den Kopf. »Nun, ich bin fertig.« Während der Pale Saint über den bewußtlosen Körper des Klons stieg, zog er die Klebebandrolle vom Duschkopf, die er dem obdachlosen Mann entwendet hatte. Er riß Stücke davon ab und fesselte erst Lawrence' Hände hinter seinem Rücken, dann die Fußknöchel. Ohne das Wasser abzudrehen, trat er aus der Dusche und begann sich abzutrocknen. Dann verband er seine Schulter. Als er sich anzog, öffnete Lawrence die Augen.

»Schau nicht so komisch.« Er sprach langsam und blickte Lawrence nicht an.

Lawrence öffnete den Mund, der sich sogleich mit Wasser füllte, das er ausspucken mußte. Er versuchte sich aufzusetzen und sah, daß der Pale Saint sich wieder ein neues Image zugelegt hatte. »Ich bekomme keine Luft.« Das auf seine verbundene Nase trommelnde Wasser sandte helle Funken Schmerz durch seinen Körper.

Während der Pale Saint seine Krawatte richtete, blickte er Lawrence an. »Würde es dir besser gefallen, wenn ich dir den Mund zuklebe?« Er drehte den Stuhl um und setzte sich mit gespreizten Beinen darauf.

»Ich möchte, daß du mir sagst, ob ich Dillard umgebracht habe«, flüsterte Lawrence.

»Ach ja?« fragte der Pale Saint spöttisch. »Kannst du dich nicht erinnern?«

»Du weißt das. Bist du auch dafür verantwortlich?«

»Du hast getan, was du tun mußtest, Junior. An deinen Händen klebt Blut. Das gehört zum Erwachsenwerden dazu.«

Lawrence schüttelte den Kopf. »Ich erinnere mich nur an etwas, das mit Faith auf dem Heuboden passiert ist. Daddy sagt, daß du deinen Zorn auf mich übertragen hast, damit ich Dillard angreife.«

»Christopher.« Der Pale Saint schnaubte. »Du bist wirklich eine große Enttäuschung, Junior. Ich habe mir so gewünscht, in dir einen Verbündeten zu bekommen, auf den ich im bevorstehenden Finale zählen kann. Ich gebe zu, daß es lustig gewesen wäre, dich an meiner Seite gehabt zu haben, wenn ich Faith aus dem Totenreich zurückhole. Das hätte dir mit Sicherheit die Augen geöffnet.« Er spitzte die Lippen. »Aber es soll nicht sein. Schade.« Er neigte den Kopf. »Egal. In anderer Hinsicht hast du mir einen großen Dienst erwiesen.«

»Ich habe dir einen Dienst erwiesen?« fragte Lawrence mühsam. Die Schmerzen hatten sich in seinem ganzen Kopf ausgebreitet, bis hin zu seiner verletzten Nase, in der es unaufhörlich pochte.

»Du hast es immer noch nicht begriffen?« Der Pale Saint stand mit in die Hüften gestützten Händen da und blickte auf den Klon hinab. »Ich will Sara. Ich brauche sie. Deshalb war ich neulich im Central Park. Hast du geglaubt, daß das ein Zufall war? Nein, ich war hinter ihr her. Ich glaubte, sie in dem Chaos nach dem Match entführen zu können.« Er runzelte die Stirn. »Der verdammte Hund hat alles vermasselt.« Er zuckte die Achseln. »Aber eigentlich war es nicht wirklich seine Schuld. Er hat mir sehr leid getan. Seit meiner Kindheit verfüge ich über die Fähigkeit, eine Verbindung zu Tieren herzustellen. Sie werden von mir angezogen wie Libellen von einer Flamme.«

Einen Augenblick lang war sein Blick undurchdringlich, als ob er durch Lawrence und sogar durch die Wand der Duschkabine auf irgendeinen anderen Ort blicken würde, den nur er kannte. »Es ist ein geheimes Band«, sagte er, als sein Blick sich wieder auf Lawrence konzentrierte. Er beugte sich vor, und sein Gesicht wurde naß. »Wie die psychologische Verbindung, von der ich glaubte, daß sie zwischen dir und mir bestehen würde.«

»Das war keine Verbindung, sondern Manipulation«, brachte Lawrence mühsam hervor. »Du hast versucht, mich in dich zu verwandeln.«

»Hast du es immer noch nicht begriffen, du armer Narr? Du *bist* ich. Du kannst kämpfen, soviel du willst, aber du und ich, wir sind vom selben Schlag. Letztlich *wirst* du es verstehen – wenn du nicht als erster stirbst. Ich muß schon sagen, daß du weniger krank aussiehst, seit du etwas an meinem Trank genippt hast.«

»Kümmere dich nicht um mich. Ich will wissen, was du mit Sara vorhast.«

»Sie hat dein Interesse geweckt. Aber ich frage mich, warum ich dir irgend etwas erzählen sollte, wo du mich doch betrogen hast.«

»Mir fällt kein Grund ein.«

»Aber mir.« Der Pale Saint lächelte unfreundlich. »Ich will deinen Gesichtsausdruck sehen, wenn ich es dir erzähle. Wenn der richtige Zeitpunkt gekommen ist, werden sie und ich gemeinsam die Droge einnehmen. Ich werde den *Kanal* öffnen. Nicht nur in mir, sondern auch in ihr. Sie wird das Gefäß sein.«

Lawrence riß die Augen weit auf. »Nein!«

Auf dem Gesicht des Pale Saint breitete sich ein Lächeln aus. »Doch, mein Kleiner. Sie wird sterben – zumindest ihre Seele. Wenn der *Kanal* weit geöffnet ist, werde ich Faith aus der Vorhölle herausholen, in der sie geduldig gewartet hat.«

»Das kannst du nicht tun.«

Er lachte. »Und wer sollte mich daran hindern? Etwa du?«

»Mein Vater.«

»Ja, Christopher wird es wohl versuchen. Aber es wird ihm nicht gelingen. Dafür sorge ich.« Der Pale Saint rückte den Stuhl näher heran. »Mir bleibt keine andere Wahl, Junior. Nur wenn Faith in Saras Körper wiederaufersteht, wird sich der Kreis endlich schließen.«

»Welcher Kreis?«

»Der Kreis des Todes, des Lebens und aller unbedeutenden Dinge dazwischen.«

Lawrence brüllte Sara eine Warnung zu, aber der Pale Saint lachte nur. »Schrei bis du heiser bist. Sie kann dich nicht hören. Nicht, wenn das Wasser läuft, und auch nicht durch diese dicken alten Wände.«

Lawrence schenkte ihm keine Beachtung und schrie weiter aus vollem Hals.

Der Pale Saint nahm seine Anzugsjacke vom Bügel. »Bis bald, Junior.«

Sobald er gegangen war, hörte Lawrence auf zu schreien. Er lehnte sich gegen die nasse Wand und kämpfte, um wieder auf die Beine zu kommen. Eine Woge des Schwindels überkam ihn, und er war gezwungen, sich an dem Duschkopf festzuklammern. Dann zog er sich hoch und verließ stolpernd und halb taumelnd die Duschkabine. Als er auf den gekachelten Boden sank, merkte er, daß er wegen seiner nassen Kleidung zitterte.

Er blickte sich um, fand aber nicht - wie in den Filmen, die er gesehen hatte - einen geeigneten Gegenstand, mit dem er das Klebeband hätte durchschneiden können. Mühsam kroch er durch den Raum auf den Flur zu, dann zur Ecke der hinteren Wand. Mit größtem Kraftaufwand stemmte er sich mit der Schulter wiederholt gegen die Wand, und versuchte aufzustehen. Beim dritten Versuch gelang es ihm beinahe, doch im letzten Moment rutschte er auf den glitschigen Kacheln aus und fiel unbeholfen gegen die Wand. Eine Wolke aus altem, ausgetrocknetem Mörtel senkte sich über ihn.

Er versuchte, erneut aufzustehen, als sein Blick auf eine Stelle fiel, an der Mörtel weggebrochen war. Ungefähr in Kniehöhe bemerkte er die scharfe Kante einer Kachel. Er wandte sich um, rammte seine Handgelenke dagegen und spürte, wie das Klebeband gegen die rauhe Kante stieß. Fast manisch bewegte er die Hände hin und her, und es gelang ihm, das Klebeband immer weiter zu durchtrennen, bis er es ganz geschafft hatte. Hastig riß er das Band von den Fußknöcheln, und lief dann schnell an den Waschbecken und den Spinden vorbei zum Schwimmbecken, wo er Sara zurückgelassen hatte.

Christopher sah schon einen Block vorher, daß Ärger bevorstand. Cassandra rannte wie eine in einen Käfig gesperrte Katze vor dem Eingang ihres Hauses auf und ab.

»Verdammt, Jon, Lawrence ist verschwunden«, sagte sie, als er vor dem Haus vorfuhr.

»Warum sollte er ...?«

»Bei einem der Telefone in der Wohnung war der Hörer nicht aufgelegt. Er hat offensichtlich unser Gespräch mitgehört.«

»Daß Dillard ihn mit den manipulierten Eicosanoid-Depots betrogen hat.«

»Wer weiß, was er jetzt denkt, nachdem klar ist, was Dillard ihm angetan hat? Er könnte uns hassen, weil wir es zugelassen haben.«

»Du solltest versuchen, einen klaren Kopf zu behalten, Cass. Lawrence haßt uns nicht.«

»Wie kannst du dir da sicher sein?«

»Er hat nur uns. Im Gegensatz zum Pale Saint sehnt er sich verzweifelt nach einer Familie. Er möchte zu einer Familie gehören, weil er alles andere als ein Einzelgänger ist.«

»Aber warum ist er dann aus der Wohnung weggelaufen?«

»Er ist verwirrt und verängstigt. Erinnerst du dich nicht daran, daß du erwähnt hast, die Eicosanoid-Behandlung könnte ihn vielleicht auch töten?«

»Mein Gott!«

»Kein Grund zur Sorge. Vielleicht weiß ich, wohin er gegangen ist.« Christopher bedeutete ihr, in den Wagen zu steigen. Er setzte sich hinter das Steuer und gab Gas. »Ich konnte nicht in meine Wohnung, weil ich keinen Schlüssel hatte. Erinnerst du dich, daß ich im Flur vor der Wohnung des Pale Saint mit den Schlüsseln auf die Leiter geworfen habe?«

»Ja, die Funken ... Die Leiter stand unter Strom. Du hast vergessen, die Schlüssel aufzuheben, als wir zurückgingen, um nach Lawrence zu sehen.«

»Die Schlüssel lagen später nicht mehr da«, sagte Christopher, der auf die Hupe drückte, während er über eine rote Ampel fuhr. »Ich habe mit Lewis gesprochen. Das Haus ist abgeriegelt. Niemand hat die Schlüssel gesehen. Ich denke, daß Lawrence sie gefunden und vergessen hat, sie mir zu geben.« Er bog mit beunruhigender Geschwindigkeit um eine Straßenecke und überfuhr erneut eine rote Ampel. Links und rechts hupten Autofahrer. »Ich habe ihm den Schlüssel zu dem Schwimmbad gezeigt, wo Andy Selbstmord begangen hat. Das ist der einzige Ort, an den er gedacht haben kann.«

»Kommt mir ziemlich umwahrscheinlich vor«, sagte Cassandra.

Christophers Mobiltelefon piepte. Er griff danach, in dem Glauben, es wäre D'Alassandro.

»Haben Sie sich schon erholt, Christopher?« fragte der Pale Saint.

Christopher spürte, wie sich sein Körper verkrampfte.

»Das wäre allerdings besser, weil Ihr kleiner Klon der Aufgabe nicht gewachsen ist, die Sie ihm anvertraut haben.«

»Was soll das heißen?«

»Er ist gefesselt wie ein Schwein, das zur Schlachtbank geführt wird«, sagte der Pale Saint. »Er wird Ihnen nicht dabei behilflich sein können, Sara zu befreien.«

»Wie bitte?«

»Sie ist in meiner Gewalt, Christopher. Und jetzt möchte ich, daß Sie sich vorstellen, wie sie auf einer Bahre in der Leichenhalle liegt, verblutet und blaß wie Milch. Was für ein hübscher Anblick! Nun, ich weiß, daß Sie nicht so darüber denken. Deshalb sollten Sie besser so schnell wie möglich hierher kommen.«

Christopher mußte sich sehr zusammenreißen, um Ruhe zu bewahren. Das ist Krieg, sagte er zu sich selbst. Krieg. »Wohin?«

»Wollen Sie damit sagen, daß Sie keine Ahnung haben? Gut, ich gebe Ihnen einen Tip. In ein paar Minuten wird Ihr kleiner Klon den gleichen Weg wie Andy gehen.«

»Gut, ich weiß, wo Sie sind.«

»Der brave Soldat brauchte nur ein bißchen Hilfe. Noch

etwas: Sollte es irgendeinen Hinweis darauf geben, daß Sie wie im Greenwich Village die Elitetruppe rufen, werde ich beide erledigen. Verstanden?«

»Ich höre Sie klar und deutlich, Neelon.« Einen Augenblick lang herrschte ein merkwürdiges Schweigen. »Neelon Woods, das ist doch Ihr richtiger Name, oder?« Wieder Schweigen. »Ihre Mutter war sicher eine schreckliche Person, Neelon. Sie hat Ihren Vater ans Bett gefesselt und ihn dann gefoltert. Wie lange eigentlich?« Das Schweigen am anderen Ende der Leitung dauerte an. »Nun, ziemlich lange. Dann hat sie ihm die Kehle durchschnitten. Sagen Sie, Neelon, haben Sie das alles mit angesehen? Hat Ihre Schwester Faith es mit angesehen? An diesem Tag muß das Blut wie aus einer Quelle geflossen sein.«

Doch der Pale Saint war nicht mehr am Apparat. Das Lämpchen erlosch – die Verbindung war unterbrochen.

»Mein Gott, Jon, das war *er*, nicht wahr?«

»Tut mir leid, ja«, sagte er, während er Gas gab. »Er hat Lawrence.«

»Mist.« Sie starrte aus dem Fenster. »Ich schieße auf ihn, er fällt fünf Stockwerke tief, und es geht ihm immer noch gut.« Sie wandte sich wieder Christopher zu. »Wenn ich eine zweite Chance kriege, *werde* ich ihn erschießen, Jon.«

»Ich zweifle nicht daran, daß du das möchtest, Cass. Aber mein Auftrag lautet, ihn lebend zu verhaften.«

»Und wenn es keine andere Möglichkeit gibt?«

Christopher schüttelte den Kopf. »Ich kann es nicht glauben, dich so reden zu hören. Was ist los?«

Sie seufzte und lehnte sich zurück. »Mein Gott, Jon. Ich dachte, ich hätte diese Sache mit Vertex im Griff. Ich dachte, mein Leben ist Vertex, und ich bin dort gut aufgehoben und behütet – und jetzt ist alles vorbei. Seit dem Studium hat Vertex mich unterstützt. Gerry hat mich von der Uni geholt. Er hat mir Rückendeckung gegeben, an mich geglaubt und mir freie Hand gelassen. Aber jetzt erkenne ich, daß es kein Segen war, daß er mich vor der Heuchelei, den Lügen und dem politischen Dreck schützte, für den Menschen wie er stehen. Das Ganze spielte sich in meiner Nähe ab und war doch weit weg. Ich glaubte, es würde mich nicht tangieren.«

Sie starrte in die Nacht hinaus. Tränen rannen über ihre Wangen. »Und jetzt hat es mich wie ein Hammerschlag getroffen. Ich habe das Gefühl, daß alles zu Ende ist. Gerry hat mir alles genommen, wofür ich so hart gearbeitet habe und was mir am Herzen liegt.«

»Du denkst, du hast ihm die besten Jahre deines Lebens geopfert?«

»Das trifft es ziemlich genau.« Obwohl sie weinte, schenkte sie ihm ein kurzes Lächeln. »Gerry hat mich betrogen. Ich habe ihm vertraut – er war mein Mentor. Aber ich habe immer noch meine Technologie. Mir kam die Idee, Ken Reinisch von Helix Technologies in seinem Büro aufzusuchen und mit ihm einen Handel abzuschließen.«

»Hast du nicht gesagt, daß Reinisch ein Mistkerl ist?«

»Gerry auch. Es hat sich herausgestellt, daß der einzige Unterschied zwischen den beiden ihre Herkunft ist. Gerry wurde in eine privilegierte Familie hineingeboren, Ken hat sich genau wie Bobby hochgearbeitet.«

»Du bist desillusioniert.«

»Allerdings.«

»Und angeekelt.«

»Total.«

Er warf ihr einen scharfen Blick zu. »Und jetzt willst du den Pale Saint höchstpersönlich umlegen?«

»Jetzt will ich den Pale Saint höchstpersönlich umlegen. Aber ich verstehe deinen Einwand.«

»Bei Gott, ich hoffe, daß du das tust.«

Christophers Telefon piepte. *Wenn er das wieder ist,* dachte er.

»Boß?« Es war D'Alassandro. »Ich habe etwas über die vier Opfer des Pale Saint herausgefunden. Es war das Geheimnis von Debenture. Der Ort sieht wie ein unschuldiges, winziges Provinzkaff aus, aber vor fünfzehn Jahren waren die Zustände hier so verkommen wie in Shakespeares Dänemark. Diese kleine Gruppe von Millionären – ekelhafte Räuberbarone – kontrollierten alles. Skrupellos taten sie, was immer ihnen gefiel und wann es ihnen gefiel – abseits des Scheinwerferlichts der großen Stadt. Wie auch immer, sie haben nicht nur einmal pro Woche zusammen gepokert, das kann ich Ihnen versichern. Sie waren alle in eine Vielzahl von Geschäften verstrickt, die nicht immer legal waren. Und sie unterhielten eine Art Club.«

»Was für einen Club?«

»Einen Sexclub. Eine wirklich schräge Angelegenheit: Sado-Maso, Fesselungen, Demütigung. Wie sagt man so schön – der Schmerz war ihr Vergnügen. Aber jetzt kommt der eigentliche Hammer: Ihre Opfer waren sehr jung – meistens Teens.«

»Mädchen?«

»Diese liebenswerten Herrschaften hatten an beiden Geschlechtern Interesse.«

»Entzückend. Mir ist aufgefallen, daß Sie das Wort ›Opfer‹ benutzt haben.«

»Das paßt auch. Wenn sie von ihren widerlichen Spielchen genug hatten, entledigten sie sich ihrer Opfer. Meistens haben sie sie mit etwas Geld und einer Eisenbahnfahrkarte weggeschickt, manchmal aber auch nicht. Gelegentlich rebellierten ihre Opfer, und von Zeit zu Zeit eskalierten die Dinge während der Sexspielchen. Gelegentlich war beides der Fall. Sheriff Wilcox sagt, im Fall von Faith Woods sei es wohl so gewesen. Ihr gefiel nicht, was man ihr antat.«

»Sie haben sie vergewaltigt, geschlagen und dann getötet, um ihr den Mund zu stopfen.«

»Ja, ungefähr so war es.«

»Hat Wilcox das alles freiwillig erzählt?«

»Es sprudelte wie aus einer Quelle aus ihm heraus. Das Schuldbewußtsein hat jahrelang an ihm genagt, genau wie Sie vermutet hatten.«

»Und dennoch hat er während der ganzen Zeit nichts unternommen.«

»Warum sollte er? Sie haben den Kerl gut genug bezahlt. Er hat zu ihren Gunsten eingegriffen und dafür gesorgt, daß sie vor den neugierigen Blicken derer geschützt waren, die sie noch nicht bezahlt, weggeschickt oder umgebracht hatten.«

Christopher dachte einen Augenblick lang nach. »Wie viele Menschen starben laut Wilcox in dieser Woche?«

»Vier. Genau wie es in der VCAP-Datenbank stand.«

Christopher erinnerte sich, daß Lawrence ihm erzählt hatte, der Pale Saint habe behauptet, in dem gleichen Zeitraum fünf Menschen ermordet zu haben. Der Pale Saint war ein geborener Lügner, aber warum sollte er in einer solchen Angelegenheit lügen? »Hören Sie gut zu, Emma. Ich habe den Verdacht, daß nach dem Mord an Faith noch jemand umgebracht wurde, jemand, den Wilcox aus einem unbekannten Grund nicht anschwärzen will. Vielleicht war er ein Mitglied dieses Clubs, vielleicht auch nicht. Aber er hatte mit Sicherheit etwas mit Faith Woods zu tun. Bitte finden Sie es für mich heraus.«

»Habe ich Ihre Erlaubnis, diesem Kerl eine Abreibung zu erteilen, Boß?«

»Nur im äußersten Notfall.« Er überfuhr erneut eine rote Ampel. Obwohl Cassandra angeschnallt war, hielt sie sich besorgt an der Tür fest. »Im Ernst, Emma: Gehen Sie höflich, aber unnachgiebig vor. Nach dem, was wir wissen, möchte Wilcox endlich alles loswerden. Er braucht nur Ihre Hilfe.«

»Verstanden, Boß. Aber d*ann* werde ich ihm eine Abreibung erteilen. Er ist eines von diesen Schweinen, die die Polizei in Verruf bringen.«

»Hören Sie, Emma – hier stehen die Zeichen auf Sturm. Wir kreisen den Pale Saint ein.«

»Ich benachrichtige Sie so schnell wie möglich. Viel Glück.«

»Ihnen auch.« Da Christopher keine Risiken mehr eingehen wollte, rief er Lewis an und befahl ihm, die Kontrollen an allen Brücken und Tunnels zu verschärfen, die aus Manhattan hinausführten. Nachdem er das Gespräch beendet hatte, beschäftigte ihn erneut die Frage, warum er es unterlassen hatte, Cassandra die ganze Wahrheit zu sagen. Aber wie konnte er ihr angesichts ihrer gegenwärtigen Verfassung gestehen, daß der Pale Saint Lawrence *und Sara* in seiner Gewalt hatte?

Lawrence wartete ab, ob sich irgend etwas bewegte. Er kauerte in dem dunklen Türeingang und blickte auf die weite Fläche um das Schwimmbecken herum. Doch nichts bewegte sich, keinerlei Geräusch war zu vernehmen. Er hörte nur das imaginierte Summen seines Stoffwechsels, der ihn bei lebendigem Leibe verzehrte. Hoch über ihm rann der Regen die Fensterscheiben hinab. Er versuchte, sich die kauernde Sara an der Stelle vorzustellen, wo er sie zurückgelassen hatte, in Sicherheit vor dem Pale Saint. War sie immer noch dort, am tiefen Ende des Schwimmbeckens? Und wo war der Pale Saint? In Gedanken suchte er nach Antworten auf diese Fragen, aber in seinem Geist hörte er nur den Widerhall der spöttischen Stimme des Verbrechers. *Du kannst kämpfen soviel du willst, aber du und ich, wir sind vom selben Schlag.*

Vom selben Schlag.

Lawrence stieß einen rauhen, verzweifelten Schrei aus, weil er begriffen hatte, was jetzt von ihm verlangt wurde. Er mußte Christopher und seine Lektionen vergessen, und er durfte sich nicht an seine Liebe zu Sara erinnern. Er mußte alles vergessen, was *sein* Wesen ausmachte, alles aufgeben, worum er sich so bemüht hatte, um sich vom Pale Saint zu unterscheiden.

Vom selben Schlag.

Hier ging es nicht um Schamanismus oder Mystizismus, sondern um Molekularbiologie. Wenn er ein Gefangener seiner DNS war, dann verhielt es sich beim Pale Saint nicht anders. Wenn er ihn besiegen wollte, mußte er so wie er werden.

Lawrence weinte jetzt. Es war eine brutale Folter, vor seiner Natur zu resignieren, viel schlimmer als die Qualen, die Dillard ihm zugefügt hatte. Um Sara zu retten, mußte er sein eigenes Ich aufgeben, vielleicht für immer.

Während er versuchte, sich zusammenzureißen, wischte er sich mit den Händen die Tränen ab. Er wußte, daß der Pale Saint auf seine Schwäche zählte – und auf vieles andere auch. Seine Erwartungen hinsichtlich der Reaktion seiner Feinde beruhten auf den psychologischen Profilen der Computerdateien des New York Police Departements, oder – bei ihm selbst und bei Christopher – darauf, daß er persönlich mit ihnen gesprochen hatte. Das war eine Schwäche, die er ausnutzen konnte.

Immer noch nahm er keinerlei Bewegung wahr. Lawrence legte sich hin und kroch zum Rand des Schwimmbeckens. Er konnte das tiefe Ende des Beckens sehen, aber Sara war nicht mehr da. War ihr auf wundersame Weise die Flucht gelungen, oder hatte der Pale Saint sie in seine Gewalt gebracht?

Lawrence ging in den Umkleideraum zurück und öffnete die nicht verschlossene Kellertür. Am Fuß der Treppe brannte eine Lampe. Er stieg hinunter.

Es stank nach Chlor und Moder. An den nackten Betonwänden liefen Rohre und Leitungen entlang für die Heizung, das Wasser, die Klimaanlage und für das Schwimmbad selbst. Die Luft war warm und schwer, und er hörte das unablässige Keuchen und Summen der Maschinen. Er war von einer kleinen Stadt umgeben, die aus Ölöfen, riesigen Klimaanlagen, Filtern, Kompressoren, Wassererhitzern und Tanks bestand. Lawrence bewegte sich so leise wie möglich.

Da sah er Sara, zusammengerollt wie ein Salamander. Wie vorhin er selbst war auch sie mit silbernem Klebeband gefesselt. Sie lag geknebelt zwischen zwei runden Filtern aus Plexiglas. Lawrence mußte der Versuchung widerstehen, zu ihr hinüberzurennen. Ihm war klar, daß dies eine Falle war; hätte der Pale Saint sie nur in seine Gewalt bringen wollen, wären sie mittlerweile verschwunden.

Vor ihm erstreckte sich der Keller, riesig und unbekannt, als ob es sich um ein lebendes Wesen handelte.

Er ist hier und wartet, dachte Lawrence. *Wohin ich mich auch wende, er wird mich sehen.*

Lawrence berührte kurz die Rohre, aber sie waren zu heiß, um sich daran festhalten zu können. Dann zog er schnell sein nasses Hemd aus, zerriß es und umwickelte seine Hände und Unterarme damit. Er zog sich an den Röhren hoch, bis er sie mit seinen Segeltuchschuhen umklammern konnte. An den Stellen, wo der durchnäßte Stoff seines Hemds das heiße Metall berührte, stieg Dampf auf. Die Rohre hingen etwa dreißig Zentimeter unter der Decke, und damit blieb ihm gerade genug Platz, um sich vorwärtsbewegen zu können. Mühsam arbeitete er sich im Labyrinth der Rohre vor. An einer Windung stieß er mit der Schulter an ein angrenzendes Rohr und zuckte vor Schmerz zusammen, als die Hitze seine Haut versengte. Er biß sich auf die Unterlippe und kroch weiter.

Lawrence konzentrierte sich auf Bereiche, von wo aus er die gefesselte Sara sehen konnte; der Pale Saint mußte sie aus seinem Versteck beobachten können. Er entdeckte ihn an einer Stelle, für die auch er sich entschieden hätte. Das verängstigte ihn, weil seine Persönlichkeit von Minute zu Minute mehr mit der des Pale Saint verschmolz, aber er kämpfte die Angst nieder und kroch weiter. *Das ist nicht anderes, als ob man gehen lernt,* dachte er. *Setz einfach einen Fuß vor den anderen und denk nicht an die Folgen.*

Er bewegte sich jetzt langsam und sehr bedächtig voran, aber als der behelfsmäßige Schutz, mit dem er seine Haut umwickelt hatte, allmählich trocknete, spürte er, wie die Hitze durch den Stoff drang. Er schwitzte, und die Schweißperlen sickerten ihm in die Augen, so daß er blinzelte und den Kopf schüttelte. Halb erblindet, schüttelte er erneut den Kopf, um klar sehen zu können.

Das war ein Fehler. Der Pale Saint spürte die Feuchtigkeit und blickte nach oben – nur einen Augenblick, bevor Lawrence das Rohr losließ und sich auf ihn fallen ließ. Der Pale Saint wich der Attacke aus, packte ihn am Genick, wirbelte ihn herum und schleuderte ihn gegen die Wand. Lawrence griff nach einem Stück Rohr. Sein Herz wollte bersten, und die alles beherrschende Vorstellung des Todes erstickte alle anderen Gedanken. Als er ausholte, schrie etwas in ihm auf. Er traf und hob das Rohr zum tödlichen Schlag.

In diesem Augenblick schlug ihm der Pale Saint mit einem beidhändigen Hieb seitlich gegen den nackten Oberkörper, und Lawrence blieb die Luft weg. Dann trat er ihm gegen die Schläfe.

»Gib's auf, Junior«, sagte der Pale Saint, während Lawrence auf den Boden fiel. »Du bist nicht für den Kampf bestimmt.«

Christopher hielt mit kreischenden Bremsen vor dem Backsteingebäude, das ihm nur allzu vertraut war. Als er aus dem Auto ausstieg, hatte er ein flaues Gefühl im Magen.

»Es ist gespenstisch, wieder hier zu sein«, sagte Cassandra.

»Zu gespenstisch, um Worte dafür finden zu können«, antwortete Christopher zustimmend. »Hör zu, Cass …«

»Erzähl mir nicht, daß ich im Wagen warten soll, Jon. Ich könnte das nicht ertragen.« Ihre grauen Augen suchten seinen Blick. »Ich weiß, daß ich wie eine Hexe mit einer Kriegsaxt agiert habe, aber ich war doch keine wirkliche Belastung, oder?«

Christopher schüttelte den Kopf. »Laß einfach den Finger vom Abzug, okay?«

Sie nickte schweigend, während sie durch den Regen eilten. Er bemerkte das Schild mit der Aufschrift ›Vorsicht‹, das neben dem Eingang stand. Wie er vermutet hatte, war die Tür offen. Lawrence hatte aufgeschlossen.

»Gehen wir nicht hinein?« fragte Cassandra.

»Nicht hier.«

Er lief mit ihr zur Seite des Gebäudes. »Der Pale Saint hat angerufen, um mich zu ködern, und das heißt, daß er mich in eine Falle locken will. Für ihn ist das Ganze ein Spiel. Ich muß einen Weg finden, ihn endlich zu besiegen.«

»Wie willst du das machen?«

Er lächelte angespannt. »Wenn ich es herausgefunden habe, werde ich es dich wissen lassen.« Er zog eine Stahlleiter herab, die zur Feuertreppe führte, und sie kletterten nach oben. Als sie das Dach erreicht hatten, näherten sie sich den Fenstern, von denen sich jedoch keines öffnen ließen. Mit Ausnahme von einem, das als Einstieg für Reparaturarbeiten diente. Christopher knackte das kleine Schloß, drückte auf den Hebel, und das Fenster schwang auf.

Cassandra spähte über seine Schulter. »Das Schwimmbecken befindet sich sechs Meter unter uns.«

»Mehr.«

»Würdest du mir dann gnädigerweise mitteilen, wie wir nach unten kommen sollen?«

Christopher zeigte hinunter, während er durch die Öffnung schlüpfte. Er sprang auf den oberen Laufsteg hinab, fand ein Gerüst auf Rädern und rollte es unter das Fenster, so daß Cassandra herunterklettern konnte, ohne selbst springen zu müssen.

Gemeinsam schlichen sie über den Laufsteg knapp unterhalb der Decke.

Das kalte, gelbliche Licht der Lampen außerhalb des Gebäudes schien den Innenraum in eine Art Unterwasserlabyrinth zu verwandeln.

Plötzlich erstarrte Cassandra. »Jon ...« flüsterte sie.

Christopher sah, daß in dem Dämmerlicht unter ihnen etwas am Rande des Sprungbretts hing. Er schlich weiter, um einen günstigeren Blickwinkel zu erhalten. Es war Lawrence. Seine Finger waren mit silbernem Isolierband an dem Sprungbrett festgeklebt, und mit demselben Klebeband hatte man ihm auch die Augen verbunden. Christopher erkannte, wie sich die Armmuskeln des Klons wölbten, weil sie sein gesamtes Körpergewicht tragen mußten.

Er holte ein Seil von dem Gerüst und kletterte dann über das Geländer des oberen Ganges. »Ich werde ihn holen«, sagte er, während Cassandra neben ihm niederkauerte.

»Du hast gesagt, daß das eine Falle ist. Vielleicht will er genau das.«

Christopher befestigte das Seil an einer der vertikalen Streben des Geländers. »Sieh ihn dir an, Cass. Was glaubst du, wie lange er sich noch halten kann? In ein paar Minuten sind beide Schultern ausgerenkt. Mir bleibt keine andere Wahl.«

Cassandra zog die Pistole aus der Tasche. »In Ordnung. Aber in dem Augenblick, wo der Pale Saint auftaucht, werde ich ihm das Gehirn aus dem Kopf blasen. Das schwöre ich dir.«

Christopher zog an dem Seil und überprüfte die Knoten. »Wenn du in so blutrünstiger Stimmung bist, solltest du auch sichergehen, daß du ihn triffst, wenn du den Abzug betätigst. Du bist der einzige Trumpf, den ich habe. Verfehlst du ihn, weiß er, daß du hier bist und wo du dich aufhältst. Das möchte ich nicht. Verstanden?«

Sie nickte. »Jon, ich …« Mit der Pistole in der Hand beugte sie sich über das Geländer und küßte ihn leidenschaftlich. »Komm mit Lawrence zurück.«

Er nickte schweigend, während er das Seil herabließ. Es war etwa drei Meter von Lawrence entfernt, und das bedeutete, daß er Schwung holen mußte, wenn er zu Lawrence hinübergelangen wollte.

Während er sich langsam an dem Seil herabließ, blickte er auf den Grund des Schwimmbeckens. Für einen Augenblick schien die Zeit um zwei Jahr zurückgestellt. Er sah die Blitzlichter und die Gerichtsmediziner, die wie riesige Käfer um den zerschmetterten Körper seines Sohns herumgekrochen waren. Und er hörte Sticks Worte: »Guter Gott, ich fühle mit Ihnen. Kein Vater sollte miterleben müssen, daß sein Kind so endet.«

So endet …

Aber es war ein Ende ohne jede Endgültigkeit gewesen. Wenn er doch nur gewußt hätte, was sich in Andys Gedanken abgespielt hatte, als er auf dem Sprungbrett stand. Welcher Zorn und welche Verzweiflung hatten ihn dazu veranlaßt, Selbstmord zu begehen? *Wenn er doch nur mit mir geredet hätte,* dachte Christopher zum zehntausendsten Mal. *Wenn ich doch nur mit ihm gesprochen hätte.*

Die Wirklichkeit verjagte seine düsteren Gedanken. Er hatte sich jetzt weit genug an dem Seil hinabgelassen und befand sich auf gleicher Höhe mit Lawrence. Mit einem Bein stieß er sich von der Wand ab und versuchte, genug Schwung zu gewinnen, um den drei Meter breiten Abgrund zwischen sich und dem Klon zu überbrücken. Er kam Lawrence näher und näher, bis er schließlich seine Beine um seinen Körper klammern konnte.

Christopher spürte, wie Lawrence zusammenzuckte. »Ich bin es.«

»Daddy!«

Christopher fühlte, wie ihn ein eigenartiger Schauer überkam. »Ich kann das Seil nicht loslassen«, sagte er. »Du mußt deine Hände selbst befreien.«

»Okay, Daddy. Das schaffe ich schon.«

Dasselbe hatte auch Andy vor Jahren gesagt, als Christopher damit begonnen hatte, ihm das Springen beizubringen. Eine Mischung aus Trauer und Liebe brach Christopher beinahe das Herz.

Lawrence bewegte seine Hände vor und zurück, bis er unter dem Klebeband etwas Spielraum gewonnen hatte. Dann zog er seine Finger zurück und riß sie nach oben. Es gelang ihm, eine Hand zu befreien, dann die andere.

»Sehr gut«, lobte Christopher. »Wir schweben über dem Schwimmbecken und werden hin- und herschwingen. Konzentrier dich einfach darauf, dich an meinem Körper festzuklammern, hörst du?«

»Ich muß dir was sagen, Daddy ...«

»Tu einfach, was ich gesagt habe.«

Der Klon nickte. Während sie hin- und herschwangen, tastete er sich blind vor und fand Halt, indem er seine Arme um Christophers Rücken schlang. Christopher verstärkte den Druck seiner Beine.

»Hör zu, Lawrence. Wir sind noch lange nicht in Sicherheit. Wir beide wiegen zusammen zu viel, als daß ich uns hinaufziehen könnte, und das Seil ist nicht lang genug, als daß wir uns nach unten herablassen könnten. Mach dir keine Sorgen, weil du nichts sehen kannst. Ich werde dich beschützen, falls wir fallen sollten. Hör einfach auf mich, ich bin bei dir.«

»Ja, Daddy.«

»Okay, jetzt geht's nach unten.«

Sie ließen sich langsam und mühevoll an dem Seil herab. Christophers angespannte Schulter- und Oberschenkelmuskeln schmerzten, und an den Stellen seines Körpers, wo der Pale Saint ihn bei dem Kampf getroffen hatte, pochte es wie wild. Seine Finger waren fast völlig taub, weil er sich an dem Seil festhalten und zusätzlich noch das Gewicht des Klons tragen mußte.

Sie ließen sich weiter und weiter herab, dann spürte Christopher mit den Füßen, daß sie das Ende des Seils erreicht hatten. »Gut, da wären wir«, sagte er. »Alles klar?«

Lawrence nickte und verlagerte sein Gewicht, damit sie

mehr Fahrt gewannen, und über dem Rand des Schwimmbeckens abspringen konnten.

»Christopher. Ich sehe Sie, Christopher.«

»Das ist er!« sagte Lawrence. »Wo steckt er?«

»Irgendwo in der Dunkelheit. Ich kann ihn nicht sehen.«

»Da haben Sie sich ja eine schöne Rettungsnummer ausgedacht«, höhnte der Pale Saint. »Glauben Sie, daß dieses nichtswürdige Subjekt das wert ist? Er ist schließlich nur eine Kreatur aus dem Reagenzglas, ein Klon, eine Null, ein Nichts.«

»Lassen Sie uns einen Augenblick lang über Sie reden, Neelon. Sie hatten eine Schwester namens Faith, die vor fünfzehn Jahren gestorben ist. Sie wurde ermordet in Debenture aufgefunden. Vorher hatte man sie vergewaltigt, geschlagen und gefesselt wie ein Schwein, das zur Schlachtbank geführt wird. Kein schöner Tod.«

»Ich habe keine Lust, über sie zu reden.«

»Ich gebe ja auch nicht Ihnen die Schuld.« Christopher fragte sich, ob Cassandra den Pale Saint sehen konnte. »Aber andererseits war Ihre Schwester ja daran gewöhnt, vergewaltigt zu werden.«

»Wovon reden Sie?«

»Ich denke an den Heuboden, Neelon. Ein Junge hat sie dort hinaufgeschleppt und vergewaltigt, und Sie haben es gesehen. Was geschah dann? Haben Sie ihn zu Tode geprügelt? War das der Anfang von allem?«

»Belästigen Sie mich nicht mit ihrer Hausfrauenpsychologie, bloß weil Ihr kleiner Fachmann nur noch eine Erinnerung ist.« Sein Tonfall wurde zu einem verächtlichen Winseln. »Bitte, Lieutenant, nehmen Sie mich fest, bevor ich noch mehr Schlimmes anstelle. Ja, ich will von den Polizisten, von den Gefängniswächtern belästigt und von den Zellengenossen vergewaltigt werden. Ich kann es gar nicht abwarten, bis Sie mir die Handschellen anlegen!«

Christopher ignorierte seine Inszenierung. »In Ihrer Familie ist Mord wohl an der Tagesordnung?« Er glaubte, daß sie jetzt genug Schwung hatten, um über den Rand des Schwimmbeckens zu gelangen. »Ihr Vater, John Woods, wurde von Ihrer Mutter umgebracht, und sie kam vor neun Jahren im Oklahoma State Penitentiary auf dem Elektrischen Stuhl ums Leben.«

»Das zeigt, wieviel Sie wissen, Christopher. Meine Mutter lebt noch, auch wenn Sie das nichts angeht.«

Sie mußten nur noch ein- oder zweimal hin- und herschwingen. »Es geht mich etwas an, Neelon. Sie ist eine Mörderin, und Sie sind in ihre Fußstapfen getreten.« Sie schwebten jetzt über dem Rand des Schwimmbeckens, und es blieb keine Zeit, Lawrence zu warnen. Christopher bereitete sich darauf vor, das Seil loszulassen.

»Ich?« brüllte der Pale Saint. »Ich habe keinerlei Ähnlichkeit mit ihr!« Er tauchte aus der Dunkelheit auf und schlug Christopher genau in dem Augenblick in den Magen, als dieser das Seil losließ.

Christopher und Lawrence stürzten in die Tiefe des Bekkens. Um Lawrence zu schützen, schlang Christopher in der Luft seinen Körper um den des Klons. Sie landeten auf den Zementsäcken, Christopher zuunterst, und rollten schwerfällig auf den Boden des Schwimmbeckens. Unmittelbar bevor Christophers Kopf gegen die Seite eines Sacks prallte, hörte er einen Schuß. Dann verlor er das Bewußtsein.

Der Pale Saint blickte auf und sah Cassandra an der Innenseite des oberen Laufstegs kauern. Er duckte sich, als sie einen weiteren Schuß abgab. Tief in der Dunkelheit drehte er vier riesige Hähne auf, und das Wasser begann in das Schwimmbecken zu schießen.

»Sie sind zu ehrgeizig, Cass«, rief der Pale Saint, während er die Treppe zu dem Gang hinaufstürmte. »Jetzt werden Sie sterben.«

Cassandra feuerte zwei weitere Schüsse ab, während der Pale Saint die Treppe heraufstürzte. Doch ihre Position war ungünstig, und sie hätte noch abwarten sollen. Seine Worte hatten sie in Panik versetzt, weil sie nicht wußte, was mit Christopher und Lawrence geschehen war. Als der Pale Saint den Gang erreicht hatte, rannte sie los. Sie hörte, wie er aufholte, wandte sich um und feuerte blind drauflos.

Da prallte der Pale Saint mit voller Wucht gegen sie.

Auf dem Grund des Schwimmbeckens befreite sich Lawrence aus Christophers Griff. Wo sie lagen, stand das Wasser bereits knöcheltief, und der Pegel stieg rasch. Als Lawrence das Klebeband von seinen Augen gerissen hatte, sah er, daß Christophers Kopf sich halb unter Wasser befand. Er zerrte ihn zum Rand des Beckens und brachte ihn in eine sitzende Position.

»Daddy«, sagte er. Dann eindringlicher: »Daddy!«

Er ohrfeigte ihn, und Christopher öffnete die Augen.

»Alles in Ordnung?«

Christopher schaute ihn benommen an.

»Ich muß ihn schnappen.«

Christopher schüttelte den Kopf, aber Lawrence stand bereits auf der Aluminiumleiter. Der Klon wandte sich um und packte Christopher am Hemd. Mit seiner Hilfe konnte Christopher sich aufrichten. Er lehnte sich erschöpft an die Seitenwand des Schwimmbeckens. Dann griff er nach den Leitersprossen und folgte Lawrence. Er blickte hoch und sah, daß Lawrence auf die Treppe zurannte. »Das ist nicht der richtige Weg«, brüllte er, aber das Dröhnen des Wassers übertönte seine Stimme.

Während sie mit dem Pale Saint kämpfte, war es Cassandra gelungen, die Waffe auf ihn zu richten.

»Wenn Sie mich erschießen«, sagte er, »werden Sie nie erfahren, was mit Sara geschehen ist.«

»Wie bitte?«

»Erzählen Sie mir nicht, daß Christopher Ihnen gegenüber zu erwähnen vergessen hat, daß ich sie in meiner Gewalt habe.«

Cassandra war vor Entsetzen gelähmt. Der Pale Saint versetzte ihr einen brutalen Schlag gegen den Kiefer, riß ihr sie Pistole aus der Hand und preßte ihr die Waffe gegen die Schläfe.

Aus dem Augenwinkel hatte er gesehen, daß der Klon die Treppe hochkam. »Je länger du lebst, desto besser scheinst du dich im Wasser zu fühlen.« Er zog den Hahn der Pistole zurück. »Bleib wo du bist, Junior. Ansonsten hat deine Mama ein Loch im Kopf.«

»Warum machst du dir die Mühe, mich zu bedrohen?« fragte Lawrence. »Du hast behauptet, daß wir identische Wesen sind. Wenn das stimmt, wird es mir egal sein, ob du sie erschießt oder nicht. Wenn ich wie du bin, sind mir alle und alles egal.«

»Das stimmt nicht, Junior. Ich sorge mich. Nicht um sie und mit Sicherheit nicht um Christopher.«

»Lügner! Du sorgst dich nicht um Faith. Deine Schwester hat dich betrogen. Sie ist mit diesem Jungen auf den Heuboden geklettert. Ich habe es gefühlt. Du hast dafür gesorgt, daß ich es durchleben mußte. Aber ich weiß auch, was wirklich auf dem Heuboden geschehen ist.« Lawrence trat vorsichtig einen Schritt auf den Pale Saint zu. »Er hat sie nicht vergewaltigt – sie hat ihn mit auf den Heuboden genommen. Faith hat ihm die Hose ausgezogen und darum gebettelt. Und das war nicht das erste Mal, habe ich recht? Nein, ich habe alles gesehen, woran du dich erinnert hast. Du hast den Jungen losgerissen und ihn bewußtlos geprügelt, während Faith schrie und dich packte, damit du aufhörst. Ich habe gesehen, wie du nach einer Schaufel gegriffen, ihn damit erschlagen und dann die Leiche verbrannt hast. Am nächsten Morgen ist Faith von zu Hause fortgegangen. Sie hat dich allein mit Mama zurückgelassen, richtig? Also erzähl mir nicht, daß du dich um sie sorgst, denn ich weiß es besser.«

»Ich sorge mich um *dich*, Junior.« Das Lächeln des Pale Saint war steif, wie aus Zorn geboren. »Du bist ein Teil von mir. Wie könnte ich dir je etwas antun, oder du mir? Unsere Verbundenheit ist von ganz besonderer Art und nicht nur körperlich. Du kannst unser inneres Band nicht lösen.«

Lawrence blickte den Pale Saint direkt an. »Bevor ich dir begegnet bin und bevor du mir die Droge gegeben hast, hätte ich dir zugestimmt. Aber du hast mich nur betrogen und manipuliert.«

»Hast du mich denn anders behandelt?« heulte der Pale Saint auf. »Nein! Laß uns die Lügen vergessen. Wir haben etwas gemeinsam, Junior. Etwas Einzigartiges.«

»Zu spät«, sagte Christopher, während er das Seil losließ,

an dem er sich mühsam hochgezogen hatte. Er schwang sich über das Geländer. In dem Augenblick, als Lawrence aus dem Augenwinkel Christopher gesehen hatte, war ihm klargeworden, daß er den Pale Saint weiter ablenken mußte.

Christopher rammte dem Pale Saint mit voller Wucht den Ellbogen gegen die Brust, so daß dieser nach hinten stürzte und die Pistole losließ. Lawrence stürzte auf Cassandra zu und nahm sie in die Arme.

Christopher griff nach seiner Waffe, aber er mußte sie verloren haben, als er mit Lawrence in das Schwimmbecken gestürzt war. Er sah Cassandras Pistole und sprang darauf zu – genau wie der Pale Saint. Christopher schlug ihm auf die Hand, und der Mörder schrie auf. Er trat zu und traf Christophers Knie, so daß dieser auf den Boden sank. Der Pale Saint langte nach der Pistole. Als seine Finger sich um den Griff schlossen, traf Christopher ihn mit der Handkante. Der Pale Saint grunzte und versetzte Christopher einen brutalen Hieb, doch der rammte seinem Gegner den Ellbogen gegen den Solarplexus.

Während der Pale Saint zusammenbrach, hob Christopher die Waffe auf, und als er erneut auf ihn zustürzte, drückte er auf den Abzug. Der Hahn klickte, aber es löste sich kein Schuß. Es war keine Kugel mehr in der Pistole.

Der Pale Saint sprang über das Geländer und griff nach dem Seil. Christopher sah, daß er mit viel Schwung über dem Schwimmbecken segelte. An der günstigsten und am weitesten entfernten Stelle ließ er das Seil los und flog durch die Luft. Er landete auf der gegenüberliegenden Seite des Schwimmbeckens und rollte sich auf dem Betonboden ab. Dann rappelte er sich auf, rannte los und verschwand in dem Korridor, der zu den Umkleideräumen führte.

»Kümmer dich um sie«, befahl Christopher dem Klon, während er die Treppe hinunterstolperte. Er versuchte, seine Waffe zu finden, aber das aufgewühlte Wasser war pechschwarz, so daß er es aufgab. Als er durch den offenen Türeingang trat, fiel sein Blick sofort auf die Kellertreppe. Um sicherzugehen, untersuchte er schnell die beiden Umkleideräume, doch sie waren verwaist. Er folgte dem Pale Saint in den Keller.

»Sie haben sich selbst in die Falle begeben, Neelon«, rief er, während er die engen Gänge zwischen den Maschinen hinabschritt. »Es gibt keinen Ausweg mehr. Sie haben keine Chance.«

Der Pale Saint trat hinter einem Kessel hervor – er hatte Sara an sich gepreßt. »Dieser Keller ist mit den Nachbargebäuden verbunden. Ich kann kilometerweit flüchten.« Saras Arme waren hinter dem Rücken gefesselt, ihr Mund zugeklebt, und der Blick ihrer weit aufgerissenen Augen flehte ihn um Hilfe an. »Nicht, daß das für Sie eine Rolle spielt. Zurück, Christopher.« Der Pale Saint entfernte sich rückwärts und zog das verängstigte Mädchen mit sich.

Christopher hob die Hände und drehte dem Pale Saint die Handflächen zu. »Lassen Sie sie frei, Neelon. Sie hat keinerlei Bedeutung für Sie. Nehmen Sie mich, wenn Sie eine Geisel wollen.«

»Geisel?« Der Pale Saint lachte. »Mein Gott, nach all dem haben Sie noch immer keinen blassen Schimmer. Ich gebe zu, daß Sie am Anfang einen vielversprechenden Eindruck machten, aber letztlich sind Sie wie alle anderen auch«, spottete er. »Nein, das Mädchen ist keine Geisel. Wollen Sie, daß ich es Ihnen beweise?« Er zog einen seiner langen Eisenbahn-Dorne aus der Tasche und drückte seine Spitze gegen Saras linkes Augenlid. Sie versuchte, zu schreien und sich zu winden, aber er hielt sie fest. »Das ist meine letzte Warnung, Christopher. Glauben Sie mir – wenn Sie in zehn Sekunden nicht verschwunden sind, werde ich sie töten.«

»Lassen Sie uns reden, Neelon …«

»Neun …«

»So werden Sie nicht kriegen, was Sie wollen.«

»Sie haben keine Ahnung, was ich will. Acht …«

»Dann erzählen Sie es mir. Vielleicht können wir …«

»Machen Sie keine absurden Vorschläge, Christopher. Sieben …« Er drückte etwas fester zu. Sara versuchte erneut zu schreien und weinte hemmungslos. Der Pale Saint warf

Christopher einen besorgten Blick zu. »Sehen Sie doch nur, was Sie ihr antun. Sechs ...«

»Sie wollen etwas. Was immer es auch sein mag, ich werde es Ihnen geben, wenn Sie das Mädchen freilassen.«

»Ihre Worte klingen wie aus dem Polizeihandbuch über Verhandlungen mit Geiselnehmern. Nur pathologische Kriminelle und Idioten hören auf solchen Schwachsinn. Fünf ...«

»Sterngold, Matthews, Braddock, Peterson.« Christopher zählte die Namen auf, die D'Alassandro ihm genannt hatte. »Ich weiß über sie alle Bescheid – auch darüber, was sie Faith angetan haben. Aber sie sind tot, Neelon.«

»Allerdings. Vier ...«

Christopher blieb stehen. »Was wollen Sie noch? Ich weiß, daß noch eine Rechnung offensteht. Aber warum das Mädchen?«

»Warum das Mädchen«, äffte er ihn in einem verächtlichen, larmoyanten Tonfall nach. »Wie ich Schwäche verachte, Christopher. Befolgen Sie meinen Rat und verschwinden Sie auf der Stelle.« Er bewegte den Dorn einen Millimeter weiter vor. »Drei ...«

»Okay, okay. Ich gehe«, sagte Christopher, während er sich zurückzog.

»Beeilen Sie sich. Zwei ...«

Christopher bewegte sich auf die Treppe zu.

»Rennen Sie, Christopher, rennen Sie. Eins ...«

Christopher stieg die Treppe hoch und lief zurück zu Cassandra und Lawrence. Das höhnische Gelächter des Pale Saint verfolgte ihn.

17.

Als Christopher aus dem Gebäude trat, saß Cassandra im Wagen, und Lawrence kniete neben der offenen Autotür. Der peitschende Regen hatte die Stadt reingewaschen, zumindest für eine gewisse Zeit.

Er umarmte sie. »Wie geht es dir, Cass?«

»Mein Kiefer schmerzt furchtbar«, antwortet sie, während sie ihn vorsichtig abtastete. Sie starrte ihn mit weit aufgerissenen Augen an.

»Jon, wo ist …«

»Er ist verschwunden – mit Sara.«

»Mein Gott.« Cassandra ließ sich gegen die Lehne des Autosessels fallen.

»Es ist meine Schuld«, sagte Lawrence. »Sara hat mir die Adresse ihrer Freundin verraten. Der Pale Saint ist uns hierher gefolgt.« Tränen liefen ihm die Wangen herab. »Ich wollte sie beschützen, aber ich habe versagt.«

Christopher legte ihm eine Hand auf die Schulter. »Du solltest nicht dir die Schuld geben. Du hast mir da drin das Leben gerettet. Danke.«

Der Klon blickte Christopher an. »Er wollte von Anfang an Sara in seine Gewalt bringen. Das habe ich dir zu sagen versucht. Er war im Central Park, um sie zu entführen.«

Cassandra wirkte verdutzt. »Was will er denn mit Sara?«

»Er behauptet, Faith zurückholen und sie wiederauferstehen lassen zu können. Ihre Seele und ihr Wesen leben immer noch in ihrem Schädel. Er wird eine größere Dosis von seiner Droge nehmen, den *Kanal* öffnen und ihre Seele und ihr Wesen auf Sara übertragen.«

Cassandra schüttelte den Kopf und zuckte vor Schmerz zusammen. »Aber das ist doch Unsinn, Lawrence, und du weißt das auch.«

»Ich weiß, was hier drin ist.« Er zog den ausgehöhlten Baseball aus der Tasche. »Ich weiß, daß sich etwas Lebendes darin befindet.«

»Aber sie ist tot.« Cassandra drehte den Baseball um, damit sie alle einen Blick darauf werfen konnten. »Der Körper ist nichts als eine ausgetrocknete und geschrumpfte Hülle.«

»Ich rede nicht vom Körper. Etwas darin lebt«, beharrte Lawrence. »Ich fühle es.«

»Weißt du, wohin er geflüchtet ist, Lawrence?« fragte Christopher.

Der Klon verzog das Gesicht. »Er geht zu einem Ort, wo es sieben Säulen gibt.«

»Zu dem brennenden Haus, das du gesehen hast?«

Lawrence lehnte sich zurück und schloß die Augen. »Ich habe mich geirrt. Es ist kein Haus.«

»Wo sonst sollte es sieben Säulen geben?« fragte Cassandra gespannt.

»Es sind keine echten Säulen.« Lawrence öffnete die Augen. »Ich verstehe es nicht und erwarte es auch nicht von euch. »Die Säulen sind flach und bestehen aus Sperrholz. Dahinter sind Löcher in der Wand.«

»Löcher? Wie Fenster?«

»Ja.«

Christopher lief ein Schauer über den Rücken, weil er etwas wiederzuerkennen glaubte. »Was siehst du, Lawrence? Kannst du es mir erzählen?«

»Ich weiß nicht. Ich habe das Bild nur einen Augenblick lang in seinem Geist gesehen.«

»Schließ die Augen und beschreibe, was du siehst.«

Lawrence folgte Christophers Anweisung. Einen Moment lang geschah nichts, aber dann sagte er plötzlich. »Es ist das Innere eines Gebäudes.«

»Des Hauses mit den sieben Säulen?«

»Es ist kein Haus, und die Säulen befinden sich *drinnen*. Ich sehe helle Lichter und Schlangen, die so dick wie mein Arm sind.«

»Schlangen?« rief Cassandra aus. »Nirgendwo im Staat New York gibt es so große Schlangen.«

Christopher bedeutete ihr, daß sie schweigen solle. »Was siehst du noch, Lawrence?«

»Die Schlangen werden von Energie durchströmt, aber sie bewegen sich nicht. Das Licht kommt von hinten, durch die Fenster.« Lawrence öffnete die Augen. »Ich bin auf einer Veranda.«

»Nicht wirklich«, erwiderte Christopher. »Du bist auf einer imitierten Veranda.«

»Das Ganze macht keinen Sinn, Jon«, sagte Cassandra.

»Doch, es macht Sinn. Erinnerst du dich an die Videos mit

den Aufnahmen von Dean Koenigs Fernsehsendung, die wir in der Wohnung des Pale Saint entdeckt haben?«

»Dann ist er also ein Anhänger von Koenig, wie so viele fehlgeleitete Menschen?«

»Hör zu, Cass. Die Schlangen, die Lawrence gesehen hat, sind Kabel in einem Fernsehstudio und die Löcher in der Wand falsche Fenster in einem nicht existierenden Haus – den Kulissen von Koenigs Studiodekoration. Er sitzt auf einer nachgebauten Veranda mit Säulen!«

»Das ist doch lächerlich«, rief Cassandra. »Was sollte der Pale Saint von Koenig wollen?«

»Ich bin mir noch nicht ganz sicher«, sagte Christopher nachdenklich. »Aber ich sehe Licht am Ende des Tunnels.« Er ging zur Fahrertür. »Alles einsteigen.« Christopher setzte sich hinter das Lenkrad und wartete, bis Lawrence hinten eingestiegen war. Dann drehte er den Zündschlüssel um und lenkte den Wagen auf die Straße. »Koenig ist ein Fernsehprediger – genau wie die Mutter des Pale Saint. Ich weiß, daß es da einen Zusammenhang gibt.«

»Scheint mir ziemlich weit hergeholt zu sein«, entgegnete Cassandra.

»Nein, Daddy hat recht«, sagte Lawrence. »Er hat einen wunden Punkt berührt, als er zum Pale Saint sagte, er wäre wie seine Mutter. Der Pale Saint haßt seine Mutter.«

»Das verstehe ich nicht«, entgegnete Cassandra. »Seine Mutter starb vor neun Jahren, und dennoch scheint er zu glauben, daß sie noch lebt.«

»Und was ist, wenn sie in seinem Geist weiterlebt?« fragte Christopher.

»Da ist noch was«, warf Lawrence ein. »Er hat gelogen, als er behauptete, daß Faith vergewaltigt wurde. Sie hat den Jungen auf den Heuboden mitgenommen, und es war nicht das erste Mal.«

»Mit ihm?« fragte Christopher.

»Mit ihm und anderen«, antwortete Lawrence. »Nachdem er den Jungen zu Tode geprügelt hatte, haben der Pale Saint und Faith sich wie wild angeschrien, und obwohl er sie bat zu bleiben, ist sie gegangen. Es erscheint mir irgendwie unwahrscheinlich, daß er sie wieder zum Leben erwecken will.«

»Und dennoch hast du den Schädel von Faith gesehen.«

»Das war das Bild in seinem Geist« sagte der Klon.

»Aber was hat die Wiederauferstehung seiner Schwester mit Koenig zu tun?« fragte Cassandra. »Das begreife ich einfach nicht.«

»Ich auch nicht«, antwortet Christopher. »Aber ich glaube, ich weiß, wie wir es herausfinden.«

»Wohin fahren wir?« fragte Cassandra, während sie aus dem Fenster blickte.

»In die Stadt. Ich brauche Hilfe, und es gibt da jemanden, auf den ich mich verlassen kann.«

»Wir sind in der Nähe meiner Wohnung«, sagte Cassandra. »Halt an, damit wir Lawrence absetzen können.«

»Wie bitte?«

»Ich habe eine Entscheidung getroffen, Jon. Lawrence hat genug für uns getan. Ich möchte ihn aus der Sache heraushalten.«

»Du machst Witze. Mir bleiben gerade noch zwölf Stunden, bevor die Leute vom FBI eintreffen und mir den Fall abnehmen. Wir dürfen keine Zeit verlieren. Wenn wir Lawrence ins Labor zurückbringen, sinken unsere Chancen beträchtlich, den Pale Saint zu finden oder Sara zu retten.«

»Wenn wir nicht sofort mit der Eicosanoid-Behandlung beginnen, hat er vielleicht keine Überlebenschance. Außerdem – du weiß, wo der Pale Saint hin will. Was könnte Lawrence sonst noch tun?«

»Ich bin auf seine Visionen angewiesen. Wir befinden uns in einem Krieg, der seinem Höhepunkt entgegentreibt, Cass. Ich bin auf alle Verbündeten angewiesen.«

»Verbündete oder Kanonenfutter?«

»Wer hat gesagt, er will dem Pale Saint das Gehirn aus dem Kopf blasen?«

»Männer und ihre Kriege.« Cassandra schüttelte den Kopf. »Was der Pale Saint auch sagen mag, das hier ist kein Krieg. Im Krieg sterben Menschen, und ganze Familien werden zerstört. Ist das dein Ziel?« Sie blickte ihn an, während er durch die nahezu verwaisten Straßen der Großstadt raste. »Erinnerst du dich, wie ich dir erzählt habe, daß ich glaubte, einen Fehler begangen zu haben, als ich mit dem Experiment fortfuhr? Ich habe mich geirrt. Nicht Lawrence war der Fehler, sondern die Pläne, die wir mit ihm hatten. Begreifst du nicht, daß er ein Opfer unserer Rachegelüste geworden ist? Wir haben einen Menschen erniedrigt. Du hast ihn mal mit einer Kugel in einem Revolver verglichen. Wir haben kein Recht, so über ihn zu denken.«

Christopher fuhr über eine gelbe Ampel und bremste dann einen Häuserblock weiter südlich vor einer roten. »Du hast doch hautnah miterlebt, wozu der Pale Saint fähig ist. Willst du zulassen, daß er weitere Menschen ermordet?«

»So einfach ist das nicht. Hier geht es nicht um Moral oder Unmoral.« Cassandra schüttelte den Kopf. »Wir sprechen davon, ein Menschenleben zu opfern, und davon, ob der Zweck die Mittel rechtfertigt. Du weißt so gut wie ich, daß das eine falsche Moral ist.«

»Um Himmels willen, Cass, das hier sind nicht die Nürnberger Prozesse.« Sobald die Ampel auf Grün umsprang, trat Christopher auf das Gaspedal.

Cassandra zitterte. »Begreifst du nicht, was du von mir verlangst, Jon? Eines meiner Kinder befindet sich in Lebensgefahr, und jetzt willst du, daß ich mein anderes Kind demselben Schicksal ausliefere. Das ist zuviel. Ich kann nicht zulassen …«

»Hört auf«, sagte Lawrence so nachdrücklich, daß sie ihn beide anblickten. Lawrence beugte sich vor. »Ich ertrage diese Streitereien nicht. Ihr redet, als ob ich nicht existieren würde. Habe ich überhaupt nicht mitzureden, wenn mein Schicksal auf dem Spiel steht? Schließlich geht's hier um *mein* Leben. Also sollte auch ich die Entscheidung treffen, oder nicht?«

»Ja, Lawrence.« Cassandra wandte sich halb um. »In einer heilen Welt hättest du ein Wörtchen mitzureden, aber du bist noch so jung. Woher sollst du wissen, was das beste ist?«

»Ich weiß, was ich hier empfinde.« Er legte eine Hand auf

sein Herz. »Ich kann nicht zulassen, daß Sara etwas zustößt.«

Cassandra ergriff seine Hand. »Du hast schon so viele schreckliche Dinge erleben müssen, Lawrence.«

»Du meinst, daß ich durch die Bösartigkeit des Skeletts angesteckt worden bin.«

»Ja«, flüsterte sie. »Ich glaube nicht, daß du absichtlich etwas Böses getan hast, aber Dillard ist tot, und wir wissen nicht ...«

»... wer ihn umgebracht hat«, beendete Lawrence den Satz für sie. »Ja, ich weiß. Soll das heißen, daß du mir nicht vertraust? Glaubst du, daß ich lüge, wenn ich sage, daß ich alles tun würde, um Sara in Sicherheit zu bringen?«

»Nein.« Christopher sprach aus tiefster Überzeugung. »Ich habe dir beigebracht, was richtig und was falsch ist, und weiß, daß du dich für das Gute entschieden hast und es achtest.«

Cassandras Gesichtsausdruck war schmerzerfüllt. »Aber du könntest vielleicht sterben, Lawrence!«

»Dann war das meine Entscheidung. Wenn du mir diese Entscheidung abnimmst, was bin ich dann? Ein Nichts.« Sein Blick wanderte zwischen Christopher und Cassandra hin und her. »Wie auch immer, von Anfang an war es doch meine Bestimmung, daß ich euch zum Pale Saint führe?«

Es herrschte ein kurzes Schweigen. In der Ferne beleuchtete die karmesinrote Neonbeleuchtung des Clubs The A List die heruntergelassenen Stahlrolläden der Geschäfte an der Avenue A. Eine Reihe von Menschen warteten darauf, in die Late-Night-Disco eingelassen zu finden. Sie befand sich neben einer puertorikanischen Kirche, die vor Jahren ein ukrainisches Bestattungsinstitut gewesen war. An der Straßenecke der Second Street betraten und verließen schwarz gekleidete Jugendliche ein mit Sofas möbliertes Café namens V.I. Lenin.

»Am Anfang vielleicht«, sagte Cassandra schließlich. »Aber damals verbanden wir mit dir nur eine Idee. Du warst ein Experiment, jemand, der uns zum Pale Saint führen sollte. Eine Kugel in einem Revolver. Jetzt hast du dich zu etwas ganz anderem entwickelt, und das konnte keiner von uns vorhersagen oder vorhersehen. Mit jedem Augenblick deines Lebens wird uns klarer, zu welchem Menschen du dich entwickelt hast. Deshalb fällt es uns so schwer, bei unserem ursprünglichen Plan zu bleiben.«

»Du und Daddy, ihr habt mir das Leben geschenkt«, sagte Lawrence. »Jetzt ist es an mir, es zu leben.«

»Er hat recht, Cass.« Während er am Bordstein vor der Disco parkte, hob Christopher die Hand, damit Lawrence einschlagen konnte. »Du bist zu einem Mitglied der Familie geworden und in jeder Hinsicht unser Kind.«

»Versuch, dich ein bißchen auszuruhen, Cass«, sagte Christopher sanft. »Im Augenblick kannst du nichts tun. Sobald wir zum Labor fahren, wecke ich dich.«

Cassandra nickte und schloß die Augen, während sie ihren Kopf gegen die Fensterscheibe lehnte. Als Christopher mit Kenny wieder auftauchte, seinem Spitzel, der seine übliche Nachtschicht als Diskjockey absolviert hatte, stieg Cassandra nach hinten um.

Nachdem Kenny eingestiegen war, erledigte Christopher zwei Telefonate. Zuerst rief er Jerry Lewis an, der ihm zusagte, innerhalb einer Viertelstunde einen Polizeihubschrauber bereitzustellen; Christopher machte sich kaum Illusionen, daß das Überwachungsnetz um Manhattan den Pale Saint aufhalten würde. Lewis versprach, daß der Pilot bei Christophers Ankunft über die genaue Lage des Evangelical Nations Network außerhalb von Kingston Bescheid wissen würde, jenen Ort, von dem aus unter der Woche allabendlich Dean Koenigs Fernsehsendung ausgestrahlt wurde. Er bat Lewis, die E-Mail-Adresse des Studios zu besorgen. Dann rief er D'Alassandro an, die immer noch mit Sheriff Wilcox sprach. Christopher sagte ihr, was er von ihr erwarte, und sie versicherte, daß sie jede einzelne Fernsehstation kontaktieren werde, um die gewünschten Informationen zu beschaffen.

Zehn Minuten später parkte er vor dem Vertex-Laboratorium. Er weckte Cassandra, und gemeinsam rannten sie zum Hintereingang. Christopher benutzte seinen Dienstausweis, damit die Polizisten sie durchließen.

»Ich werde ihm jetzt eine Eicosanoid-Dosis injizieren«, kündigte Cassandra an, während sie sich in dem Labor zu schaffen machte. »Die zweite Injektion folgt in einer Stunde.«

»Wird es funktionieren?« fragte Christopher.

»Das weiß nur Gott allein«, erwiderte sie knapp. »Aber im Moment ist das unsere einzige Chance.«

Christopher untersuchte mit dem geschulten Blick des Polizisten automatisch das Labor. »Weißt du, daß hier eine tote Ratte liegt, Cass?«

»Was?« Sie wandte sich um. »Wovon redest du? Alle meine Versuchstiere sind ...« Ihr Blick fiel auf die Ratte. »Mein Gott.« Sie rannte zu dem Käfig hinüber, öffnete ihn und zog das tote Tier heraus. Nachdem sie es sorgfältig untersucht hatte, blickte sie Christopher blaß an.

»Das ist Minnie, Jon.«

»Die Ratte, der du die Eicosanoide injiziert hast?«

Sie nickte schweigend.

Er blickte auf die Ratte. »Und was bedeutet das?«

»Daß die Eicosanoid-Injektionen nicht funktionieren.« In ihren Augen standen Tränen. »Was wir auch tun – Lawrence wird sterben.«

Christopher fühlte wie sein Herz langsam und schmerzhaft schlug. »Wieviel Zeit bleibt ihm?«

Sie zuckte hilflos die Achseln. »Schwer zu sagen. Eine Woche, ein Tag. Stunden.« Sie legte die Ratte aus den Händen. »Wieso muß das alles so enden?«

Er legte einen Arm um sie. »Warum muß es überhaupt enden ...«

Sie wandte sich ihm zu. »Wir werden ihm nichts sagen, Jon. Niemand verdient es, die letzte Zeit seines Lebens ohne Hoffnung verbringen zu müssen.«

Christopher nickte. Er spürte ein Brennen in der Brust. Seine Gedanken waren bei Andy, der auf dem Sprungbrett stand und dann freiwillig ins Nichts sprang, einfach sprang ...

Lewis hatte Wort gehalten – er stand neben dem Helikopter auf dem Hubschrauberlandeplatz an der 33. Straße am East

River. Die Propeller drehten sich nur langsam, weil der Pilot den Motor gedrosselt hatte. Lewis' offenkundige Aufregung wich der Sorge, als er die Blessuren seines Chefs sah.

»Was ist denn mit Ihnen passiert, Boß?«

»Ich bin in eine Motorsäge gelaufen«, antwortete Christopher. »Haben Sie dabei, worum ich Sie gebeten habe?«

»Alles da.« Er reichte ihm eine Pistole, Reservemunition und ein zusammengefaltetes Papier. »Hören Sie, Boß. Wie wär's, wenn ich die Sache mit der Waffe in der Hand erledige?«

Christopher spürte, wie scharf Lewis darauf war, beim Finale dabei zu sein, und er hatte es mit Sicherheit verdient. Aber er brauchte einen vertrauenswürdigen Mann, der ihm hier den Rücken freihielt. Wenn er irgend etwas schnell benötigen sollte, konnte er darauf zählen, daß Lewis es ihm besorgen würde.

»Tut mir leid, ich brauche Sie hier.« Er klopfte ihm auf die Schulter. »Beim nächsten Mal.«

Christopher beobachtete Cassandra, die die Hand des Klons hielt. Sobald sie aus dem Labor zum Auto zurückgekehrt waren, hatte sie ihm die Eicosanoid-Dosis injiziert. Obwohl die Situation aussichtslos war, gab sie die Hoffnung nicht auf – das entsprach ihrem Charakter. Jetzt schwieg sie, und sah düster vor sich hin. Christopher lächelte sie an, als ob er sagen wollte: *Laß dir Lawrence gegenüber nicht anmerken, daß etwas nicht stimmt.* Sie nickte.

Sobald sie losgeflogen waren, informierte er Kenny über seine Aufgabe.

»Keine schweißtreibende Arbeit«, brüllte Kenny wegen des Lärms. »Alles, was Sie jetzt brauchen, ist ein Monat Urlaub in der Karibik, wo Sie Pina Coladas schlürfen und die Sonne genießen können. Sie sehen furchtbar aus, Amigo.«

»Ich fühle mich auch so.« Christopher hatte den Klon nur als Lawrence vorgestellt. Kenny hatte einen Blick auf seine verbundene Nase geworfen und geschwiegen. Jetzt zog er jede Menge Süßigkeiten aus der Tasche, die er aus der Diskothek mitgenommen hatte. »Das Lieblingsgericht der Götter«, sagte er, während er sie verteilte. »Ohne solche Nahrung gehe ich nie vor die Tür.«

Eine Stunde später landete der Pilot den Hubschrauber auf dem riesigen Rasen vor dem ENN-Fernsehstudio. Es war ein zweistöckiges Gebäude mit kleinen, rechteckigen Fenstern, das wie ein Unternehmenssitz wirkte. Christopher fragte sich, ob Gott wußte, was seine Lakaien im Gebäudeinneren im Schilde führten.

»Ich möchte dir noch was erzählen«, sagte Lawrence, während sie über den Rasen eilten.

Christopher entfernte sich mit Lawrence ein Stück von Cassandra und Kenny. Am Rande des dicht bewaldeten Gebiets im Westen standen riesige Ulmen, Platanen und Eichen. Lawrence biß auf seiner Unterlippe herum. »Als ich den Pale Saint fragte, warum er Bobby Austin umgebracht hat, hat er geantwortet, daß das der vorletzte Schritt war, um den Kreis zu schließen.«

Christopher standen die Nackenhaare zu Berge. »Was für ein Kreis?«

»Sicher kann ich das nicht sagen, aber ich glaube, daß er den Kreis des Todes meint, der mit dem Mord an Faith begonnen hat.«

»Ich verstehe das nicht.«

»Ich auch nicht.« Lawrence blickte zu Cassandra hinüber. »Aber irgendwie ist Sara die Schlüsselfigur und der letzte Schritt. Was immer er auch mit ihr anstellt, es soll den Kreis schließen.«

»Mein Gott, warum sind ihm Sara und Koenig so wichtig?«

Diese Frage konnten sie beide nicht beantworten. In der Dunkelheit unter den hohen Bäumen beobachteten sie, wie der Hubschrauber abhob. Christopher wollte nicht, daß er hier war, wenn der Pale Saint auftauchte. Hastig verzehrten sie den Rest von Kennys Süßigkeiten, ausgenommen Cassandra, die keinen Bissen hinunterbrachte.

»Warum stehen wir hier herum, wo wir doch Sara suchen sollten, Jon? Wo sind die Beamten? Warum läßt du das Gelände nicht überwachen?«

»Weil wir sie dann nie rechtzeitig finden würden. In dem Augenblick, wo der Pale Saint mitkriegt, daß ein Haufen Beamter hier ist, wird er sie umbringen.«

»Aber woher sollte er es erfahren? Wenn die Polizei vorsichtig ist ...«

»Hör zu, Cassandra. Er wußte, daß ich veranlaßt hatte, seine Wohnung zu umstellen. Wie er das erfahren hat, weiß ich nicht, weil meine Männer verschwiegen sind. Sie waren *extrem* vorsichtig. Glaub mir, mir wäre nichts lieber, als einige hundert Männer als Verstärkung zu rufen, aber es geht nicht.«

Cassandras sah verzweifelt aus. »Aber wie sollen wir sie finden?«

»Ich zähle darauf, daß der Pale Saint uns zu ihr führt.«

Sie wirkte beunruhigt. »Was willst du damit sagen? Warum sollte er ...?«

Sein Mobiltelefon piepte. Er zuckte zusammen und fluchte, weil die Möglichkeit bestand, daß der Pale Saint anrief. Er entfernte sich einige Schritte von den anderen.

Es war D'Alassandro. »Was haben Sie herausgefunden, Boß?«

»Das erzähle ich Ihnen morgen«, antwortete Christopher müde.

»Die Neuigkeit lautet: Es *ist* bereits morgen.«

»Sehr ermutigend.« Christopher blickte auf die Uhr: Es war halb vier Uhr morgens. In achteinhalb Stunden würden die Leute vom FBI landen. Er streckte sich, krümmte den Rücken und hätte fast laut aufgestöhnt. Er hatte das Gefühl, als ob bald jeder Muskel, jedes Gelenk und jeder Knochen seines Körpers nicht mehr funktionstüchtig sein würden.

»Sieht ganz so aus, als ob der Kerl große Sympathien für mich hegt und in mir seine Erlöserin oder etwas ähnliches sieht. Sie hatten recht – er brauchte nur einen kleinen Stoß in die Rippen, und schon ist er umgefallen.«

»Und wieviel hat er preisgegeben?«

»Mehr, als wir beide uns hätten vorstellen können. Hören Sie – es *gab* einen fünften Mann. Die Sache mit dem Sexclub war seine Idee. Er war so mächtig, daß er überall Protektion genoß, sogar bei der VCAP. Er war einer der Mitinhaber der Hutchinson Fargo Railway, die durch diesen Ort führte. Die Züge beförderten die Schmuggelware, die diese Kerle stinkreich machte. Dann wurde sie in seinem Privatwagen verstaut.«

»Hört sich gut an.« Christopher preßte seine Daumen gegen die Augenlider. Der Schmerz und die Erschöpfung machten ihn schwindelig. Diese Jagd mußte bald ein Ende finden, oder er wäre am Ende seiner Kräfte.

»Aber nicht das macht den fünften Mann für uns besonders interessant, Boß«, sagte D'Alassandro, »sondern, daß er Joseph Winthrop Austin hieß.«

»Was?« Christopher fühlte sich, als ob man ihm einen Schlag versetzt hätte, und einen Augenblick lang konnte er nicht weitersprechen. Seine Gedanken rasten wie wild. »Bobbys Großvater hieß Joseph Winthrop Austin.«

»Wir reden über ein- und dieselbe Person. Ich habe das bereits überprüft.«

Ich habe mich gut über die Austins informiert und kannte Bobby besser als Sie, hatte der Pale Saint zu ihm gesagt. *Ich weiß den wahren Grund, warum er Assistent des Bezirksstaatanwalts wurde. Aber das Ganze hat nicht geklappt.* Christopher dachte an den Kreis, der sich mit dem Mord an Bobby geschlossen hatte oder sich mit Saras Tod schließen würde, wenn er dem Pale Saint nicht Einhalt gebot. *In Wahrheit kennen wir einen anderen Menschen nie. Es ist alles eine Illusion. Was im Inneren eines Menschen vorgeht … Manchmal ist es besser, es nicht zu wissen.*

»Sind Sie noch dran, Boß?«

»Ja. Jetzt bekommt alles einen Sinn.« *Bobby war also der Ausgangspunkt der ganzen Geschichte gewesen, der unbekannte Faktor, der den Pale Saint dazu veranlaßt hatte, seine Mordmethode zu verändern,* dachte Christopher. »Dann sind wir am Ziel. Wie haben Sie das herausgefunden?«

»Ich mußte mich etwas bemühen, aber ich habe alles eruiert, was Sie wissen wollten. Steht in einer Zip-Datei. Sagen Sie mir einfach, wohin ich sie schicken soll, und sobald ich online bin, wird sie Ihnen in zwei Sekunden zur Verfügung stehen.«

»Großartig. Aber was zum Teufel ist eine Zip-Datei?«

»Das ist eine Computerdatei mit jeder Menge Informationen, die elektronisch komprimiert worden sind und sofort über das Internet verschickt werden können. Die Leute an Ihrem Ende werden wissen, wie sie die Datei dekomprimieren müssen, so daß Sie sich über alles informieren können.«

»Perfekte Arbeit, Emma«, antwortete Christopher. »Setzen Sie sich wieder in Richtung New York in Bewegung.«

»Ja, *Sir*«, sagte sie aufgeregt. »Aber – zum Teufel, es sieht ganz danach aus, als ob ich das größte Feuergefecht verpassen würde.«

Der Teufel - das paßt genau, dachte Christopher.

Der Pale Saint will anhalten, um den gestohlenen Wagen aufzutanken. Er berührt den Schädel. Der Regen hat nachgelassen. Eine Schar von schwarzen Krähen fliegt in den frühen Morgenstunden unter dem grauen Himmel. Die Vögel gleichen alten Soldaten, die stumm ihr Schicksal befragen.

Um das Sicherheitsnetz zu umgehen, das Christopher zweifellos um die Stadt gelegt hat, ist er mit dem ramponierten, gestohlenen Ford in nördlicher Richtung nach Spanish Harlem gefahren. Die gefesselte und geknebelte Sara liegt unter ein paar schmutzigen Decken im Kofferraum des Autos. Der Pale Saint hat den eleganten Anzug abgelegt und sich statt dessen für einen dreckigen Overall, ein Jeanshemd und Arbeitsstiefel entschieden. Mit einer Creme hat er seine Haut dunkel gefärbt, und zwischen seinem Zahnfleisch und seinen Wangen befinden sich zwei kleine, harte Scheiben, die er aus Silikon hergestellt hat. Die dunkel gefärbten Kontaktlinsen runden seine äußerliche Verwandlung ab. In einer Bodega an der 135. Straße kauft er auf spanisch Obst und Orangensaft.

Als er sich der Brücke an der Willis Avenue nähert, gerät er in eine Autoschlange, an deren Ende vier Polizeiwagen mit flackernden Blaulichtern stehen. Er ißt eine Banane und einen Apfel. Dann ist er an der Straßensperre angelangt. Er lächelt den Cop an, der mit seiner großen Taschenlampe das Innere des Wagens ausleuchtet.

»Können Sie sich ausweisen, Sir?«

»Na klar.« Er öffnet seine Brieftasche und zeigt dem Polizisten den Ausweis, den er sich vom Server des New York Police Department heruntergeladen hat und der besagt, daß er der Streifenpolizist Alfredo Molina aus dem einundzwanzigsten Bezirk ist.

»Sie hätten was sagen sollen«, meinte der Cop und winkte ihn durch.

»Wen suchen Sie denn mit dieser Straßensperre?«

»Darf ich nicht sagen. Sie wissen ja, wie das läuft.« Die Aufmerksamkeit des Polizisten richtet sich bereits auf den Wagen hinter ihm. »Sie haben's gut, Mann.«

»Allerdings.« Während er losfährt, lacht der Pale Saint innerlich.

An der Tankstelle in der Nähe von Beacon blickt er auf den sorgfältig verpackten Schädel auf dem Beifahrersitz. Daneben liegen sein bewährter Notebook-Computer und seine Reisetasche. Alles in allem sind das die Achsen dessen, was er seine Welt nennt. Der Schädel in den beiden Plastiktüten ist mit Bändern verschnürt. An den feuchten Außenseiten der Tüten hängen immer noch Dreckklumpen. Bevor er die Innenstadt verließ, hat er sie aus einem Loch neben einer Platane im Tomkins Square Park ausgegraben. Weil er sich in einem Wacholderbusch versteckt hatte, konnte ihn dabei niemand beobachten.

»Genau achtzehn Dollar«, sagt der Tankwart, und der Pale Saint gibt ihm das Geld. Der abwesende Blick des Tankwarts erinnert ihn an den Gesichtsausdruck seiner Mutter an jenem Tag, bevor sie sie abgeholt hatten. Er hatte darum gebeten, sie noch einmal sehen zu dürfen, bevor sie vor Gericht gestellt wurde. Als er sie in Handschellen sah, durchzuckte es ihn wie bei einem Elektroschock. Mama zeigte diesen widerlichen Gesichtsausdruck, der Papa so eingeschüchtert hatte. Auf den Sheriff machte er jedoch keinerlei Eindruck. Zwei stämmige Hilfssheriffs saßen auf dem Vordersitz des Polizeiwagens. Keiner von ihnen bewegte sich oder sagte etwas. Sie waren einfach da, wie die Sphinxen, die das Grab des Pharaos bewachen.

Der Sheriff winkte dem Pale Saint zu und entfernte sich. Mama wirkte schlampig und ungepflegt, was normalerweise nicht der Fall war. Und doch konnte man jene Eigenschaften wahrnehmen, die sie zu einem rätselhaften, strahlenden und bezwingenden Menschen machten. So hatte sie viele Tausende im ganzen Staat geködert. Mama mochte eine geborene Lügnerin sein, aber sie war mit Sicherheit kein Scharlatan. Sie besaß diese Macht, selbst jetzt, nachdem sie überführt, gedemütigt und gefesselt worden war. Als er sich ihr näherte, rief er immer wieder ihren Namen, aber sie schien ihn nicht zu bemerken. Sie starrte über die staubige Ebene, die sie ihr ganzes Leben lang ihre Heimat genannt hatte. Woran mochte sie denken? Er konnte es sich nicht vorstellen. Für ihn war sie ein so rätselhafter Mensch, daß er nicht wußte, was für sie wirklich wichtig oder was im Blick ihrer Augen bereits erloschen war.

»Mama!« kreischte er, während er sich um sich schlagend auf sie warf.

Die beiden Stellvertreter des Sheriffs bewegten sich nicht. Nur ihre Augen, synchronisiert wie Metronome, sahen ab und zu in den Rückspiegel, um ihren messerscharfen Blick dann wieder nach vorne zu richten.

Selbst jetzt hat der Pale Saint noch den Eindruck, daß sich der Sheriff lange Zeit ließ, bis er ihn vom Körper seiner Mutter losriß. Das geschah, nachdem der Pale Saint sie zu einem Schrei veranlaßt hatte, der rauh wie der eines Geiers über die Prärie hallte.

»Nun, mein Wunderkind«, sagte der Sheriff und spuckte in den blutfarbenen Dreck neben ihrem Kopf. »Gib deiner Mutter einen Abschiedskuß.«

18.

»Was soll das denn?« fragte Paul Layton in seinem trockenen, geschäftsmäßigen Tonfall. »Wer sind Sie? Mein Gott, Sie können doch nicht einfach ...«

»Ich bin Officer des New York Police Department«, antwortete Christopher, während er seine Dienstmarke hochhielt.

Layton stand ihnen immer noch im Weg. »Von mir aus können Sie der Polizeichef von New York persönlich sein, aber hier sind Sie nicht zuständig.«

»Dean Koenig schwebt in Lebensgefahr. Wir wollen ihn schützen.«

»Vielen Dank, aber Sie sehen doch, daß Mr. Koenig über einen eigenen Sicherheitsdienst verfügt«, entgegnete Layton. »An Drohungen von Verrückten sind wir gewöhnt. Wir sind jederzeit in der Lage, uns um alles zu kümmern ...«

»Und wie sieht es mit dem Pale Saint aus?« Christopher stieß Layton zur Seite. »Glauben Sie, daß Sie mit ihm auch fertigwerden?«

»Mit dem Pale Saint?« fragte Layton, der erst seit drei Wochen bei dem Sender arbeitete. Er spürte, daß seine Knie weich wurden. Dann hatte er sich wieder gefangen. »Einen Augenblick!« Er rief nach den Sicherheitsbeamten, und drei stämmige Männer kamen angerannt. »Wenn es ein Problem gibt, rufen wir im Büro des hiesigen Sheriffs an.«

»Ich möchte den Sheriff nicht beleidigen, aber dieser Fall ist eine Nummer zu groß für ihn«, erwiderte Christopher.

Die Sicherheitsbeamten hatten sich Christopher in den Weg gestellt. Hinter ihm hielt Cassandra die Hand des Klons. Kenny stand mit vor der Brust verschränkten Armen etwas abseits.

»Trotzdem«, beharrte Layton halsstarrig, »wird er die Entscheidung treffen müssen. Um neun Uhr ist er in seinem Büro.«

»Soviel Zeit bleibt uns nicht. Ist Mr. Koenig bereits hier?«

»Ja«, erwiderte Koenig, während er auf sie zuschlenderte. Seine hellen blauen Augen strahlten. »Was hat dieser Aufstand zu bedeuten, Paul?«

»Dieser Mensch vom New York Police Department vertritt absurde Behauptungen. Er behauptet, daß Sie sich in Gefahr befinden, Mr. Koenig.«

»Die Liberalen versuchen ständig, mich zum Schweigen oder ins Grab zu bringen.« Koenig lachte herzlich. »Kein Problem. Ich lebe immer noch.« Er streckte die Hand aus. »Meine Güte, das ist nicht einfach ein Officer vom New

York Police Department. Das hier ist Jonathan Christopher, der berühmte Jäger des Pale Saint.« Er neigte den Kopf. »Nennt man Sie nicht so, Lieutenant?« Er wartete die Antwort nicht ab, zog seine Hand zurück und schritt an Christopher vorbei. »Am meisten bin ich aber darauf gespannt, mit dieser Person zu reden. Begrüßen Sie Dr. Cassandra Austin, Paul.«

»*Die* Cassandra Austin?«

»Allerdings«, sagte Koenig freundlich wie der Weihnachtsmann. Er ergriff Cassandras Hand. »Ich muß schon sagen, daß das eine unerwartete Freude ist, Frau Doktor. Seit Wochen warte ich darauf, daß Sie in meiner Fernsehsendung auftreten.« Bevor die verdutzte Cassandra antworten konnte, wandte er sich wieder Layton zu. »Diese berühmten Leute sind meine persönlichen Gäste, Paul. Erfüllen Sie ihnen bitte jeden Wunsch.«

»Hören Sie mir bitte zu, Mr. Koenig«, ergriff Christopher nun wieder das Wort. »Der Pale Saint ist im Begriff, hierher zu kommen. In seiner Wohnung haben wir Videokassetten mit Aufnahmen Ihrer Sendung gefunden. Auch seine Mutter war Fernsehpredigerin, und deshalb glauben wir, daß er auf Sie fixiert ist.«

»Da Sie schon einmal hier sind, Lieutenant, muß ich davon ausgehen, daß Sie einen Plan haben.«

»Allerdings.«

»Dann setzen Sie ihn in die Tat um.«

»Ich muß den Regieraum übernehmen und brauche unbeschränkten Zugang zu Ihren Videoarchiven.«

Koenig schien abgelenkt zu sein. »Was Sie wollen, Lieutenant.« Er nahm Cassandra zur Seite. »Im Augenblick bin ich allerdings mehr daran interessiert, mit Dr. Austin zu sprechen.« Er begleitete sie durch den Korridor zu seiner Garderobe.

Christopher wußte, daß es keinen Sinn machte, mit ihm über diesen Punkt zu verhandeln: Koenig glich einer Naturgewalt. Statt dessen bat er Layton, sie zum Regieraum zu führen, und fragte nach einer Liste aller Personen, die das Studio betreten oder verlassen hatten. Im Regieraum bat er einen der Angestellten nachzusehen, ob im E-Mail-Briefkasten eine Zip-Datei auf ihn wartete.

Der Mann blickte Layton fragend an, der nur die Achseln zuckte. »Mr. Koenig hat seine Zustimmung gegeben.«

Die Zip-Datei war da, wie D'Alassandro es versprochen hatte. Christopher war seiner Mitarbeiterin unendlich dankbar. Als der Studiotechniker die Datei öffnete, sah Christopher, daß es sich um Audio-Dateien handelte, die D'Alassandro von dem örtlichen Fernsehsender in Oklahoma City erhalten hatte.

»Okay, Kenny«, sagte er. »Das hier ist jetzt Ihr Reich.«

Kenny, der sich mit dem Cheftechniker über die Ausstattung des Raums unterhalten hatte, setzte sich vor den Computer. Als der Techniker das Band in das riesige Tonband eingelegt hatte, überspielte Kenny die Audio-Dateien. Dann spulte der Studiotechniker das Band zurück.

»Ich kenne diese Stimme«, sagte Lawrence.

»Wer ist diese Frau?« fragte Layton. Als ihm niemand antwortete, sagte er fast wie zu sich selbst: »Wer immer sie auch sein mag, sie kann jederzeit eine Fernsehsendung bei uns moderieren.«

Nachdem sie sich die Hälfte der Aufnahme angehört hatten, wandte sich Kenny Christopher zu und gab ihm ein Zeichen mit erhobenem Daumen. »Jede Menge Arbeit. Was soll sie denn genau sagen?«

»Also«, sagte Dean Koenig. »Mitten in der Nacht taucht der Teufel auf.«

»Ich bin nicht der Teufel, Mr. Koenig. Aber er ist unterwegs.«

Koenig lachte gutmütig. »Aber natürlich sind Sie der Teufel, meine Liebe.« Noch nie hatte Cassandra ein so weißes und ebenmäßiges Gebiß gesehen, wie Dean Koenig es trug. »Wenn auch nur, weil ich es behaupte.« Er zuckte die Achseln. »Das ist die Macht der Medien.«

»Schlichte Manipulation – das wollen Sie doch sagen.«

Der Raum war gemütlich mit Kiefernholzmöbeln ausgestattet. Auf einem Sideboard standen Kaffee und frische

Früchte. Am hinteren Ende des Raumes entdeckte Cassandra ein Ledersofa. Daneben befanden sich zwei gepolsterte Sessel, und auf einem Beistelltischchen sah sie ein Telefon und einen Druckknopf für die Alarmanlage. Gegenüber von der Sitzgruppe lief ein Fernseher ohne Ton, in dem eine Nahaufnahme von Koenigs Studiodekoration zu sehen war.

»Bitte setzen Sie sich, Cassandra.« Er zeigte auf einen der Sessel. »Es stört Sie doch nicht, wenn ich Sie mit Ihrem Vornamen anrede? Er ist so außergewöhnlich schön.« Seine Stimme klang süffig wie zwanzig Jahre alter Portwein.

Cassandra stand mit vor der Brust verschränkten Armen im Raum. »Was wollen Sie von mir, Mr. Koenig?« Sie betonte seinen Namen.

»Wenn man Fernsehmoderator ist und die Gäste kommen und gehen sieht, wird man zu einer Art Amateurpsychologe. Ich würde sagen, daß Sie mir gegenüber mehr als nur ein bißchen feindselig eingestellt sind.«

»Können Sie mir das verübeln? Sie haben mich verbal angegriffen, mich gehetzt, öffentlich angegriffen und dämonisiert. Das hat mich meine Stelle gekostet, aber das kümmert Sie ja nicht.«

»Ach ja, Ihre Stelle.« Koenig ging zu dem Sideboard aus Kiefernholz und schenkte ihnen Kaffee aus einer Glaskanne ein, die auf einer elektrischen Heizplatte stand. »Milch oder Zucker?«

»Beides«, stammelte Cassandra mühsam, die von seinem Benehmen fast benommen war.

Er nickte und gab Milch und Zucker in beide Tassen. »Wie Sie kann auch ich künstlichen Süßstoff nicht ausstehen.« Koenig wandte sich um und reichte ihr eine der Tassen. »Ich hoffe, daß ich Milch und Zucker richtig portioniert habe.« Er blickte sie erwartungsvoll an. »Probieren Sie. Ich suche die Kaffeebohnen selbst aus und mahle sie persönlich.«

Cassandra kostete. Der Kaffee schmeckte exzellent, aber das hätte sie ihm gegenüber um keinen Preis zugegeben.

Koenig zuckte die Achseln. »Schon in Ordnung. Ich weiß, daß es erstklassiger Kaffee ist.« Er nahm selbst einen

Schluck. »Ich hoffe wirklich, daß Sie meine Angriffe nicht persönlich genommen haben, Cassandra.«

Cassandra spürte, wie ihr übel wurde. Das war zuviel. Am liebsten hätte sie ihn erwürgt, um ihm sein väterliches Lächeln auszutreiben. Statt dessen ohrfeigte sie ihn hart. »Sie gemeiner Kerl.«

Koenig stand ganz ruhig da. »Ich glaube, das hätte ich kommen sehen müssen.«

»Da haben Sie wahrlich recht.«

»In Ordnung.« Er stellte seine Kaffeetasse ab. »Jetzt sind Sie Ihre Wut los. Können wir uns nun setzen und wie erwachsene Menschen miteinander reden?«

»Glauben Sie, daß dies eine Art geschäftlicher Diskussion ist?«

Er spitzte die Lippen. »Ganz genau, und zwar in einem sehr realen Sinn.« Er wies erneut auf den Sessel. »Gestatten Sie mir, daß ich es Ihnen erkläre?«

»Nichts, was Sie sagen könnten …«

»Bitte.«

Sie setzte sich zögernd in den Sessel. Koenig saß ihr gegenüber.

»Gottes Wege sind rätselhaft, Cassandra. Das ist mal sicher.« Er hob die Hände. »Zur Sache – Sie sind heute nacht hierher gekommen. Das überrascht mich wirklich sehr, wenn Sie bedenken, daß ich mir das Gehirn zermartert habe, um eine Lösung zu finden, wie wir uns in einer entspannten Atmosphäre treffen könnten.«

»Angesichts Ihrer ungeheuerlichen Angriffe wird das nicht möglich sein.«

»Ungeheuerlich? So denken Sie über mich? Meine Gott, ich …«

»Kommen Sie mir nicht mit der religiösen Masche, Mr. Koenig«, keifte Cassandra. »Sie ist so falsch wie Ihre Studiokulisse.«

»Wir wollen doch einmal eines klarstellen, meine liebe Cassandra. Der Pale Saint, den Ihr Freund Christopher verfolgt, *er* ist ungeheuerlich. Ich bin nur ein Geschäftsmann, der seinen Lebensunterhalt zu verdienen versucht.«

Cassandra sprang auf. »Geschäftsmann – Ich bitte Sie. Sie sind ein religiöser Fanatiker. Sie haben zuviel Publicity, zuviel Macht und ein übermäßig aufgeblähtes Ego. All das hat Sie zu einer Bedrohung für die Gesellschaft gemacht. Sie sind ein engstirniger, verbohrter und rachsüchtiger Mann. Jeder scheint Sie zu fürchten – ich nicht. Meiner Ansicht nach ist es hochgradig ironisch und sogar mitleiderregend, daß Jon in diesem Studio sein Leben aufs Spiel setzt, um Ihres zu retten.«

»Mein Gott, jedes Leben ist es wert, gerettet zu werden.« Koenig beäugte sie aus seinem Sessel. »Aber ich bin tatsächlich nur ein Geschäftsmann. Und mein Geschäft ist die Religion.« Er legte die Hände zusammen. »Ob Sie mir glauben oder nicht, ich habe es völlig ernst gemeint, als ich sagte, daß meine Angriffe nicht persönlich gemeint waren. Tatsächlich bekümmert es mich, daß Sie Ihre Stelle verloren haben, sogar sehr.«

Er griff nach dem Telefonhörer auf dem Beistelltisch und wählte eine Nummer. »Hallo. Entschuldigen Sie die späte Störung, aber es ist etwas ganz Außergewöhnliches passiert. Cassandra Austin ist hier. Ja, sie sitzt neben mir. Das habe ich mir gedacht.« Er reichte Cassandra den Hörer. »Für Sie.«

Cassandra starrte ihn einen Augenblick lang mit großen Augen an.

»Machen Sie schon. Ich versichere Ihnen, der Hörer wird Sie nicht beißen.«

Cassandra griff nach dem Hörer. »Hallo?«

»Sind Sie dran, Dr. Austin?« fragte eine dröhnende, tiefe Stimme.

»Wer spricht da?«

»Ken Reinisch.«

»*Wer?*« Darauf war Cassandra nicht vorbereitet.

»Ken Reinisch, Chief Executive Officer von Helix Technologies.«

Cassandra blickte Koenig an, der bis über beide Ohren grinste.

»Hören Sie, Dr. Austin. Ich weiß, was Ihnen bei Vertex widerfahren ist. Gerry war ein Narr, Sie zu entlassen.«

»Er hatte keine andere Wahl. Dean Koenig hat den Vorstand unter Druck gesetzt.«

»Natürlich hatte er eine andere Wahl«, rief Reinisch. »Er hätte zu Ihnen halten können, aber er hat sich für den Weg des geringsten Widerstands entschieden.«

»Kein Wunder, angesichts des Drucks, unter dem er stand.« Cassandra fragte sich, warum zum Teufel sie Costas verteidigte.

»Ja, der Druck«, sagte Reinisch. »Das war der entscheidende Punkt, oder?«

»Wie bitte?« Cassandra kam sich wie eine Närrin in einem Routinefall vor, der an Abbott und Costello erinnerte. Jeder machte Witze auf ihre Kosten. »Ich kann Ihnen nicht ganz folgen.«

»Inwiefern? Weil ich Gerry in die Enge getrieben habe, oder weil ich Ihnen eine Stelle anbiete?«

»Ich verstehe nicht, was Mr. Koenig damit zu tun hat.«

»Ach so, das meinen Sie. Dean und ich, wir erweisen uns gegenseitig den einen oder anderen Gefallen. De facto ist es eine Art Partnerschaft, wie Sie es nennen würden. Hören Sie, Dr. Austin. Sie kommen morgen in mein Büro, und dann werden wir uns einigen. Ich bin bereit, Ihnen innerhalb vernünftiger Grenzen alles zu geben, was Sie verlangen. Also tun Sie mir den Gefallen, mich nicht allzusehr in die Mangel zu nehmen, okay?«

Cassandra starrte Koenig an. »Er hat aufgehängt.«

Koenig nahm ihr den Hörer ab. »Hat er Ihnen das Blaue vom Himmel versprochen?«

»Und noch mehr.« Cassandra schüttelte den Kopf. »Sie und Reinisch? Er arbeitet in meiner Branche. Das paßt nicht zusammen.«

»Das hängt alles vom jeweiligen Standpunkt ab. Ich habe Ihnen doch erzählt, daß ich Geschäftsmann bin! Ken und ich, wir kennen uns schon lange. Auf dem College waren wir in derselben Studentenverbindung und haben gemeinsam jede Menge Unsinn angestellt.« Er lachte. »Aber unsere Familien waren schon vorher miteinander bekannt. Wir sind vom gleichen Schlag.«

»Meinen Sie, daß Sie geographisch gesehen aus der gleichen Gegend stammen?«

»Das auch. Aber ich meinte etwas anderes.« Er pochte mit einem Finger auf seine Schläfe. »Ich kann diese Aristokraten nicht ausstehen, die in ihrem Leben noch keinen Schweißtropfen vergossen haben. Sie blicken auf einen herab, als ob man eine minderwertige Kreatur wäre. Habe ich nicht recht, Cassandra? Ich nehme an, daß Sie von Zeit zu Zeit genauso gedacht haben?« Er spreizte die Finger. »Jetzt sehen Sie, daß ich die Wahrheit gesagt habe. Ken rief mich an und sagte, daß er Ihnen eine Stelle anbieten wollte, aber er wußte, daß Costas Sie niemals verlassen würden. Nicht, solange Sie nicht unter Druck gerieten. Also habe ich Druck gemacht.« Er stand auf. »Ich weiß, daß Sie bei Vertex einen guten Vertrag hatten, aber Vertex ist am Ende. Glauben Sie mir, ich kenne Ken. Er wird Ihnen weitaus bessere Konditionen anbieten. Und ich werde andere Leute unter Beschuß nehmen, um für neue Schlagzeilen zu sorgen. In dieser Hinsicht sind die Nachrichten über Sie bereits Schnee von gestern, und alle werden vergessen, daß ich je ein Wort gegen Sie gesagt habe.«

»Mein Gott, was sind Sie nur für ein Mensch«, antwortete Cassandra. »Vor ein paar Minuten habe ich noch geglaubt, daß Sie ein Ungeheuer sind, aber ich war zumindest der Ansicht, daß Sie mutig zu Ihren Überzeugungen stehen würden. Jetzt sehe ich, daß Sie keinerlei Überzeugungen haben. Sie sind ein Nichts.« Sie schleuderte ihm den Inhalt ihrer Kaffeetasse ins Gesicht. »Wenn Sie Ihren Freund Ken Reinisch das nächste Mal treffen, können Sie ihm erzählen, daß dies meine Antwort ist.«

In diesem Augenblick öffnete Christopher die Tür. »Alles läuft bestens.« Dann blickte er Cassandra und Koenig an. »Was ist los, Cass?«

»Verdammte Hurensöhne«, sagte sie, während sie an ihm vorbeistürmte. »Er gehört dir, Jon. Du kannst ja sehen, wie lange du es mit ihm aushältst, bevor dir übel wird.«

Es herrschte ein kurzes, merkwürdiges Schweigen. Koenig zuckte herablassend die Achseln, als ob er sagen wollte ›Wer versteht schon die Frauen?‹

»Was kann ich für Sie tun, Lieutenant?«

»Sie und Ihre Angestellten müssen das Gebäude räumen.«

Koenig schüttelte den Kopf. »Ich werde das sinkende Schiff nicht verlassen, damit das von Anfang an feststeht. Wenn ich mich von jeder Drohung oder von jedem Eindringling einschüchtern lassen würde, wäre ich bald ein Gefangener, und dagegen wehre ich mich.«

»Wir reden hier nicht von einem einfachen Eindringling«, sagte Christopher. »Hier geht es um den Pale Saint.«

»Es ist mir egal, selbst wenn es der Teufel persönlich wäre, Lieutenant. Ich werde nicht wie ein Feigling davonlaufen und mich verstecken.« Er lächelte heiter. »Außerdem habe ich die beste Security-Mannschaft, die man für Geld kaufen kann.«

»Ich habe keine Zeit, mich mit Ihnen zu streiten«, knurrte Christopher. »Halten Sie sich einfach nicht hier oder im Studio auf. Kann ich darauf zählen, daß Sie diesen Ratschlag befolgen?«

»Alles klar.« Er klopfte Christopher auf die Schulter. »Dann verhaften Sie ihn mal, Lieutenant.«

»Erinnere dich, mein Kleiner. Der Herr weiß, das man auf dieser Welt nur das bekommt, was man verdient.«

Aber nicht jeder, und Faith mit Sicherheit nicht. Ganz plötzlich wird der Pale Saint in die Vergangenheit zurückkatapultiert. Er starrt in die Kiste, die der Sheriff geöffnet hat. An diesem Tag mußte er nicht hinsehen, um zu erfahren, was Mama über so viele Jahre hinweg darin versteckte. Es überraschte ihn nicht im geringsten, daß sie den Leichnam ihres erstgeborenen Kindes aufbewahrte. Der Körper war in ihr staubiges, spitzenverziertes Taufkleid gehüllt. Es war ein bedauernswert kleiner Körper, der so zusammengeschrumpft war, daß sich die lederartige Haut streichholzdünn um die Knochen gewunden hatte, wie Kondolenz-Papier bei einer Beerdigung. Das ist Faith, die von ihrem Vater wieder und wieder sexuell mißbraucht wurde, bis sie gestorben war. Faith, die zuerst gelitten und deren Schädel er immer mit sich geführt hat. Sie war vor ihm und seiner Schwester geboren worden, jener Faith, die Mama weggeschickt hatte, damit Papa sich nicht mehr an ihr vergehen konnte. Faith war der Grund dafür gewesen, daß Mama ihren Mann schließlich umgebracht hatte. Da lag sie und sah ihn aus der Tiefe der Kiste mit erloschenen und ausgetrockneten Augen an.

Es hat erneut stark zu regnen begonnen – fast hagelt es. Weitab in der bewaldeten Gegend westlich der ENN-Studios verborgen, versteckt er sich tiefer im ausgehöhlten Stamm einer abgestorbenen Eiche. Er teilt sich dieses gemütliche Plätzchen mit einer Maden-Familie, etlichen Ameisen und einem vereinsamten Waschbären, der abseits von seiner Höhle von dem Regenguß überrascht worden ist. Er hört seinen unruhigen Herzschlag und sieht, wie sich sein Fell hebt und senkt. Der Waschbär hat seine Vordertatzen vor der Brust verschränkt, und seine strahlenden schwarzen Augen scheinen über das Wetter böse zu sein. Die Maden fressen, und die Ameisen kommen eilig ihrer Aufgabe nach – weder Hast noch Finsternis haben eine Bedeutung für sie.

Unter diesen kleinen Tieren fühlt sich der Pale Saint zu Hause.

Ein einzelnes, mißtönendes Geräusch stört seine Ruhe. Etwas weiter entfernt hört er Sara vor Desorientierung und Angst winseln, obwohl sie geknebelt ist.

Zwei junge Hirsche, die gerade den Bast von ihren Geweihen abgestreift haben, beobachten ihn neugierig. Sie haben keine Angst, wie es bei allen anderen Menschen der Fall gewesen wäre. Er ist nicht wie die anderen. Er gibt ein sanftes, tiefes, heulendes Geräusch von sich, und die Tiere schnauben und beginnen, in der schwarzen Erde herumzuscharren. Sie kommen nicht näher, aber sie verschwinden auch nicht. Die Hirsche verhalten sich wie Wachtposten, die geduldig darauf warten, daß der Krieg sie einholt.

Jetzt bereitet sich der Pale Saint vor. Ein Feuer kann er nicht anzünden – es muß ohne gehen. Er kriecht auf allen vieren auf Sara zu. An der tiefsten Stelle einer kleinen Versenkung hat er einen verlassenen Fuchsbau vergrößert. Seine Schulter schmerzt heftig. Ihm ist klar, daß er eigentlich Antibiotika benötigt, aber seine Kräuter werden ihn auch schützen und heilen.

Er schneidet Sara in die Innenseite ihres Arms. Während das Blut aus der kleinen Wunde sickert, fängt er sieben Tropfen mit einem kleinen Fläschchen auf, in dem sich die letzten beiden Dosen seiner Kräutermischung befinden. Sie vermischen sich mit dem Blut. Er wird seine Dosis jetzt einnehmen, und wenn er von seinem letzten Auftrag zurückkehrt, wird er Sara zwingen, den Rest zu trinken. Der *Kanal* wird geöffnet und ihr Blut in seinem Körper sein. Durch seine Hand wird Faith' Seele dort auferstehen, wo sie so lange geschlummert hat. Sie wird genau in dem Moment in ihren Körper eindringen, in dem er ihr die Luftröhre zusammendrücken wird. Faith' Seele wird ihren Körper erfüllen, nicht der Sauerstoff. Und schließlich wird Faith wiedergeboren werden. Sie ist zu früh gestorben, und jetzt wird sie zu neuem Leben erwachen.

Der Pale Saint wirft den Kopf zurück und spürt die zähflüssige Mixtur seinen Rachen hinabrinnen. Er schluckt krampfhaft, verschließt das Fläschchen wieder und greift nach den beiden Metallkanistern. In der Dunkelheit der Nacht bewegt er sich zielstrebig auf das zweistöckige Betongebäude im Nordosten zu.

Der Pale Saint trifft unbemerkt ein – niemand hat ihn beobachtet. Durch die gußeiserne, für den Gärtner vorgesehene Tür betritt er den Keller. Er schließt die Tür hinter sich. Um ihn ist es völlig finster. Nachdem er ein Streichholz angesteckt hat, findet er den Lichtschalter und einen Stapel Lappen, mit denen er sich reinigt. Besonders sorgfältig trocknet er seine Schuhsohlen, damit keine Spuren zurückbleiben, wenn er die Treppe hochsteigt. Dann unternimmt er einen Rundgang durch den Keller. Vor einem großen, rot angestrichenen Stahlschrank bleibt er stehen, knackt das Schloß mit einer Drahtschere und schaltet die Feuer-Sensoren und die Alarmanlage aus.

Im Licht einer schwachen Glühbirne studiert er den Gebäudeplan des ENN-Studios, den er in der Stadtverwaltung von Kingston gestohlen hat. Er hat ihn sich schon im Auto angesehen und sich alles ins Gedächtnis eingeprägt. Aber jetzt ist nicht der richtige Zeitpunkt, einen schwerwiegenden Fehler zu machen; er möchte sichergehen, nichts übersehen zu haben. Mit dem Zeigefinger zieht er eine Linie, die von der Treppe zum Hauptkorridor verläuft und dann den Flur hinab, der zu dem Studio führt, aus dem Dean Koenigs nächtliche Fernsehsendung ausgestrahlt wird, und weiter zu dessen Garderobe. Er wird keinen Stein auf dem anderen lassen.

Er sucht einen bestimmten Bereich im Westen des Kellers auf, verteilt mehrere Pappbehälter über den Raum und gießt den Inhalt des ersten Metallkanisters hinein. Der strenge Geruch des Kerosins steigt ihm in die Nase und erinnert ihn an eine andere Nacht vor langer Zeit, als die grellen Flammen in den sternenlosen Himmel von Oklahoma gelodert waren.

Der Pale Saint steigt auf eine kleine Leiter, reißt direkt über den Pappbehältern den Brandschutz von der Decke und bestreicht die nackte Wand mit Teer aus dem zweiten Metallkanister. Nachdem er von der Leiter heruntergeklettert ist, begutachtet er sein Werk und atmet die intensiven chemischen Gerüche ein. Er zündet ein Streichholz an und wirft es auf die vom Kerosin durchnäßte Pappe. Eine bläulich goldene Stichflamme schießt wie die Zunge einer gefräßigen Schlange in die Höhe und leckt an dem Teer. Die Hitze ist atemberaubend. Er kennt die Materialien, die beim Bau des Fernsehstudios verwendet worden sind, und er kennt auch die Bösartigkeit eines durch Brandbeschleuniger angeheizten Feuers. Ihm bleiben zehn Minuten.

Nachdem er die Karte zusammengefaltet hat, schaltet er das Licht aus und geht auf die Treppe zu. Der Flur, der zum Studio führt, ist verwaist, aber nicht lange. Während er wartet und die Lage beobachtet, sieht er einen Mann von der Putzkolonne, der mit einem Wagen aus einem der Büros kommt. Er schleicht sich hinter ihn und versetzt ihm einen Schlag ins Genick. Der Mann bricht zusammen, aber der Pale Saint fängt ihn rechtzeitig auf und schleift ihn in das leere Büro, das er kurz zuvor saubergemacht hat. Er lehnt ihn gegen eine Wand und studiert seinen Gesichtsausdruck.

Zurück im Flur, rollt er den Reinigungswagen vor die Herrentoilette. Er tritt ein – sie ist leer. Er schließt ab und entfernt die Creme, mit der er in Spanish Harlem seine Haut dunkel gefärbt hatte. Dann kommen die kleinen Silikon-Gegenstände an die Reihe, und schließlich wechselt er die Kontaktlinsen. Mit Pudern, Make-up-Stiften und Pinseln erzielt er den gewünschten Effekt. Im Spiegel beobachtet er seine Erscheinung ein letztes Mal. Dann schließt er die Tür auf, überprüft den Korridor und rollt den Wagen bis vor die Tür von Dean Koenigs Garderobe.

Er klopft höflich an. Als niemand antwortet, rollt er den Wagen in den Raum. Koenig ist nirgends zu sehen. Aber jetzt weiß er, wo er ihn findet. Auf dem Monitor im hinteren Bereich des Raums sieht er Koenig zwischen den Studiokulissen seiner Sendung. Er sitzt auf der Veranda mit den sieben Säulen, wo er zu lesen und ein Manuskript vorzubereiten scheint. Vielleicht arbeitet er am einleitenden Monolog für die heutige Sendung.

Vor seinem geistigen Auge sieht der Pale Saint seine Mama auf der Veranda ihres Hauses vor den Toren von Tangent in Oklahoma sitzen. Obwohl es früh am Nachmittag ist, ist der Himmel so dunkel wie in einer sternenlosen Nacht. Ein kalter Wind frischt auf. Schon jetzt wirken die Staubspuren in ihrem Gesicht wie die Kriegsbemalung der Indianer. Sie hält ihn in den Armen, obwohl er wimmert, weil er sich vor der Dunkelheit, dem auffrischenden Wind und dem fallenden Luftdruck fürchtet, der ihm wie eine naßkalte Hand erscheint, die schmerzhaft gegen seine Stirn drückt.

»Das ist die rächende rechte Hand Gottes, mein Kleiner.« Sie hält ihn von sich, als ob er eine Art Opfer wäre.

Am Horizont erscheint der Tornado. Er bewegt sich schnell vorwärts und kommt mit einer so beängstigenden Geschwindigkeit auf sie zu, wie man es bei einem solchen Wetterphänomen kaum für möglich hält.

»›Warum willst du uns für immer vergessen und verlassen auf lange Zeit?‹« zitiert Mama aus den Klageliedern. »›Führe uns, Herr, zu dir zurück, so kehren wir um. Mach unsere Tage neu, ganz wie sie ehedem waren. Oder hast du uns völlig verworfen, zürnst du uns so gewaltig?‹« Gegen Ende dieser Beschwörung ist

ihre Stimme zu dem Kriegsruf angeschwollen, den sie auch in ihrer Fernsehsendung anstimmt.

Der Pale Saint sieht seine Mutter lesend auf der Veranda sitzen. Dann blinzelt er und sieht Dean König. Die beiden Bilder scheinen zu verschmelzen. Sie gleichen sich wie ein Ei dem anderen, wie zwei Atome, die zusammen ein einziges Molekül bilden. Mit großer Anstrengung reißt er sich von dem Bild auf dem Monitor los. In fünf Minuten wird sich das hungrige Feuer durch den Boden fressen.

Im Flur hält er einen Moment lang inne, um wieder einen klaren Kopf zu gewinnen. Die Kräuterdroge fließt wie Raketentreibstoff durch seinen Körper. Er fühlt, wie seine Erste Macht anwächst. Bald wir der *Kanal* geöffnet sein. Konzentriere dich! Es gibt zwei Wege, die zu dem großen Studio führen. Er entscheidet sich für den, der am Kontrollraum vorbeiführt, weil das gefährlicher ist und Überraschungen bergen kann.

Unterwegs begegnet er drei Menschen, die alle abgelenkt und in Eile sind. Keiner würdigt ihn auch nur eines zweiten Blicks. Für sie ist er Bestandteil des geschäftigen, routinemäßigen Treibens in diesem Fernsehsender.

Der Pale Saint betritt das Studio. Es ist größer, als er es sich vorgestellt hat, obwohl die Kulissen, zwischen denen Dean Koenig sitzt, fast einen vertraulichen Eindruck hinterlassen. Die Studiodekoration wird von dem riesigen Raum verschluckt, in dem man sie errichtet hat. Die darüber schwebende Reihe von sieben riesigen Fernsehmonitoren erinnert an die ›Stopfnadeln des Teufels‹. Jetzt sind die Bildschirme dunkel, so dunkel wie die rächende Hand Gottes. Erneut erscheint vor seinem geistigen Auge das Bild des düsteren und höhlenartigen Hauses, das wie eine giftige Kröte unter dem hohen, windgepeitschten Himmel der Prärie kauerte. Das Haus seiner Jugendjahre, in dem Gewalt an der Tagesordnung war. Das Haus seiner Mutter, das er wegen der ihm innewohnenden Sünden bis auf die Grundmauern niedergebrannt hatte. Ihm bleiben noch drei Minuten. Schwacher Rauchgeruch steigt ihm in die Nase.

Erneut taucht das Bild auf, und in seinen Gedanken macht

sich, wie der düstere Wind des Tornados, ein Vers aus den *Klageliedern* breit:

›*Die Krone ist uns vom Haupte gefallen; wehe uns, daß wir gesündigt!*

Darob ist unser Herz krank, und darum sind unsere Augen verdüstert.‹

Eine Gestalt sitzt in seinem Sessel auf der Veranda, die für ihn mit so schmerzhaften Erinnerungen verbunden ist. Obwohl sie nicht bemerkt, daß sie beobachtet wird, weil sie sich dem Haus zugewandt hat, erkennt der Pale Saint den Mann. Er geht durch das Studio auf die Veranda zu. Das warme Licht, das durch die Fenster strömt, weist ihm den Weg. In seinem Herzen ist alles tot.

In diesem Augenblick flackern die Monitore auf. Er hält inne, und von allen Bildschirmen lächelt Dean Koenig auf ihn herab und spricht.

»Lassen Sie uns von Jeremias lernen und seine Schmerzen und seine Angst nachfühlen, die er empfindet, wenn er ausruft: ›Verflucht sei der Tag, an dem ich geboren; der Tag, da mich meine Mutter gebar, sei nicht gesegnet!‹«

Der Pale Saint zuckt zusammen und beginnt zu zittern. Es ist die fast schmerzhaft laut verstärkte Stimme seiner Mutter, die durch den höhlenartigen Raum hallt.

»›Verflucht der Mann, der meinem Vater die frohe Botschaft brachte: Ein Kind, ein Knabe ist dir geboren! und ihn damit hoch erfreute!‹«

Mamas Stimme tönt durch die Nacht – plötzlich ist es finster geworden, und der Himmel ist sternenlos. Nur das blaue, flackernde Licht bleibt, und er sieht das Gesicht seiner Mutter auf allen Monitoren. Brüllend verkündet sie ihre Predigt:

»›Es ergehe jenem Tage wie den Städten, die der Herr erbarmungslos zerstört hat; er höre Wehgeschrei am Morgen und Kriegslärm um die Mittagszeit. Weil er mich nicht tötete im Mutterleib, daß meine Mutter mir wäre zum Grab geworden.‹«

Mama lebt – er hat es gewußt. Sie konnten sie nicht töten, auch wenn sie auf ihre naive Art behaupteten, sie hätten es getan. Sie kannten sie nicht und hatten keine Vorstellung von ihrer Macht. Mama betrog sie, wie Gott Jeremias betrogen hatte.

»Jeremias hat geglaubt, daß seine Hand den Willen Gottes offenbaren könnte«, brüllt sie in jenem Tonfall, der die Menschen tief im Inneren traf und etwas packte, von dessen Existenz man vorher nichts gewußt hatte. »Aber Gottes Wille offenbart sich nur durch seine Hand. Der Mensch kann vor Gottes Willen nicht bestehen und ihn auch nicht ausüben. Der Mensch kann nur das sein, wozu Gott ihn erschaffen hat: ein Instrument seines göttlichen Willens. Der Mensch ist nur ein Schilfrohr im Wind des göttlichen Willens, der vor einer höheren Macht niederknien und sich verbeugen muß, einer Macht, die er nicht begreifen kann, der er aber dennoch gehorchen muß. Er muß Gott dienen, und dabei wird nur der Gehorsam ihn mit der Frucht des Verstehens belohnen.«

Undeutlich ist sich der Pale Saint der zunehmenden Hitze unter seinen Schuhsohlen bewußt. Durch die weißglühenden Flammen steigt der Rauch wie blinde graue Würmer durch die kleinen Ritzen des Parkettbodens.

Er verkraftet es nicht, ihre Stimme erneut hören zu müssen. Es ist ihm unerträglich, wieder unter ihren Deklamationen leiden und mit ansehen zu müssen, wie sie in ihrer rechtgläubigen Manie von den elektronisch blau leuchtenden Monitoren auf ihn herabgrinst. Mit einem rauhen Aufschrei jagt er ein letztes Mal die Stufen der Veranda hoch. Er wirbelt den Sessel herum, um sie zu packen.

Statt dessen blickt er in sein wegen der Schläge verbundenes und verarztetes Gesicht. Kaum erkennbar, ist es dennoch seines.

Erneut ist er mit den giftig ausgespuckten Worten seiner Mutter konfrontiert. »›Der Herr fragte mich: Was siehst du, Jeremias? Ich entgegnete: Feigen! Die guten Feigen sind ganz vortrefflich, die verdorbenen aber ganz schlecht, so daß man sie nicht essen kann.‹ Wie haben wir dieses Gleichnis zu verstehen? Alle Feigen sahen gleich aus. Was konnte Jeremias im Gegensatz zu uns erkennen?«

Der Pale Saint wendet sich von seinem verprügelten und

entstellten Gesicht und dem Wortschwall seiner Mama ab. Er sieht, wie Christopher mit gezogener Waffe auf ihn zukommt.

»Er sah nichts, aber er trug den Willen Gottes in seinem Herzen. Durch seinen Gehorsam gegenüber Gott konnte er die guten von den schlechten Feigen unterscheiden.«

Der Pale Saint stürzt auf Christopher zu, und dieser betätigt den Abzug.

Christopher wünschte sich, daß die Kugel den Pale Saint tötete. Trotz allem, was er Lawrence gelehrt hatte, und trotz der Worte Brockaws sehnte er sich nach Rache: für Bobby, die Ausreißerin, Guy und all die anderen, die der Pale Saint ermordet hatte. Aber dann hörte er Bobbys Stimme in seinem Inneren, die ihn im letzten Augenblick dazu veranlaßte, die Waffe ein wenig zu bewegen. Er traf den Pale Saint in die Hüfte.

Der Pale Saint ging für einen Augenblick zu Boden, und Christopher, der annahm, daß er außer Gefecht gesetzt war, machte den Fehler, auf ihn zuzugehen. Der Pale Saint schlug ihm mit einem Hieb die Pistole aus der Hand, die unter einen Kamerawagen flog.

In diesem Moment nahm Christopher die außergewöhnliche Hitze wahr, die der Fußboden des Fernsehstudios ausströmte. Warum wurde kein Alarm ausgelöst?

»Im Keller brennt es!« brüllte er, während er nach dem Pale Saint zu greifen versuchte, aber dieser lief bereits auf die Tür zu. Zwei Männer der Security-Mannschaft rannten ihm entgegen, und der Pale Saint schlug einen anderen Weg ein.

Die Flammen hatten sich jetzt durch den Boden des Studios gefressen. Auch das Personal erkannte die Gefahr.

Lawrence hatte Christophers Revolver aufgehoben und reichte ihn ihm nun, während sie dem Pale Saint nachsetzten. Sie sahen Menschen auf das Studio zueilen. Christopher erkannte einige der Techniker aus dem Kontrollraum und zwei von Koenigs Leibwächtern, die mit tragbaren Feuerlöschern ausgerüstet waren.

»Er hat Brandbeschleuniger benutzt«, rief er ihnen zu, während sie an ihnen vorbeiliefen.

Vor ihnen hatten die Männer vom Sicherheitsdienst die Spur des Pale Saint in dem Labyrinth von Korridoren verloren.

Seine Mutter verhöhnte ihn, weil er sie verfolgte. Mit extremer Willensstärke weigerte sie sich zu sterben. Zehntausend Volt hatten nicht ausgereicht, sie ins Jenseits zu befördern, und es war sinnlos, sie einsperren zu wollen. Sie war hier, und er mußte sie finden.

Er roch den Rauch des reinigenden Feuers. Schon einmal hatte er etwas niedergebrannt: das düstere und höhlenartige Haus, das wie ein tödlicher Tumor auf der weiten Prärie gestanden hatte und dessen Architektur teilweise an diesem Ort wiederauferstanden war. Er roch seine Mama und wußte, wo sie war. Verstecken würde sie sich nie – das war nicht ihre Art. Mutig war sie, das mußte man ihr lassen. Er würde sie nicht zusammengekauert auf der Toilette finden und sie von hinten zu Boden reißen müssen, während sie angsterfüllt davonzurennen versuchte.

Mama kannte keine Angst.

Aber er spürte, daß ihm Christopher und dieses erbärmliche Wesen dicht auf den Fersen waren. Sie konnte er nicht wie die anderen an der Nase herumführen. Ihm blieb keine Zeit mehr.

Und dann sah er sie.

Mama!

»Wie geht's, mein Sohn?« fragte Dean Koenig, während er lächelnd aus dem Dunkel neben der Eingangstür hervortrat. Er zielte mit einer 38er auf den Kopf des Pale Saint. »Ich habe gehört, daß Sie etwas von mir wollen. Alle wollen etwas von mir. Nun, hier bin ich.«

Er drückte auf den Abzug, als der Pale Saint auf ihn zusprang, aber da er noch nie zuvor auf ein sich bewegendes Ziel gefeuert hatte, verfehlte er ihn.

»Halt den Mund, Mama!« schrie der Pale Saint. »Sei still!«

Er heulte wild auf und rammte Koenig die Handkante gegen die Kehle. Der Knorpel brach und drang in seinen Hals wie ein Geschoß. Überraschung, Schock und Ungläubigkeit ließen Koenig die Augen aufreißen. Er stieß ein seltsames, entsetzliches Keuchen aus, während er nach Luft zu schnappen versuchte.

»Du wirst nicht sterben, Mama«, stieß der Pale Saint hervor. »Nicht, bevor du nicht die Wiedergeburt von Faith gesehen hast.«

Er packte Koenig am Hemd und zog ihn in Richtung der Eingangstür. Seine Fingernägel kratzten über seine Haut wie Krallen. In diesem Augenblick sah er, wie Christopher und Lawrence um die Ecke des Korridors bogen. Der Pale Saint schrie auf, schleuderte Koenig in ihre Richtung und verschwand.

Christopher und Lawrence jagten den Korridor hinab und dann durch die Eingangshalle nach draußen. Stahlharte Hagelkörner prasselten auf sie hernieder. Sie rannten an der Vorderseite des Gebäudes entlang und bogen dann gerade noch rechtzeitig um die Ecke, um eine Gestalt mit merkwürdigen Bewegungen in Richtung der ersten Eichen und Platanen im Westen davonlaufen zu sehen.

Sie rannten hinterher, in die dichte Dämmerung unter den tropfenden Bäumen.

»Bleib hier«, befahl Christopher.

»Aber Daddy ...«

»Nein. Hör zu, Lawrence. Cassandra hatte recht. Du hast genug getan. Ich will dein Leben nicht noch einmal aufs Spiel setzen.«

Er raste in den Wald, folgte einer Spur von zerbrochenen Zweigen und hielt erfolglos nach frischen Blutstropfen Ausschau. Der Pfad war knapp hundert Meter lang und endete unerwartet. Keuchend stand Christopher da. Es machte keinen Sinn, in die Finsternis zu spähen. Statt dessen lauschte er auf das Geräusch der Hagelkörner, die durch die rot und gelb gefärbten Blätter fielen, und auf das melancholische Lied des Windes, der hoch über ihm durch die Zweige strich. Er hörte das melancholische Heulen einer Eule und die kleinen Schritte der Insekten in dem herbstlichen Blätterteppich auf dem Waldboden.

Aber vielleicht waren es doch nicht die Geräusche von Insekten …

Christopher ging langsam los und hielt oft inne, um sich am Geräusch der Schritte zu orientieren. Durch eine Lücke zwischen zwei Eichen sah er den Hirsch. Vielleicht hätte er ihn nicht gesehen, wenn nicht eine zusammengesunkene Gestalt rittlings auf dem Rücken des Tieres gesessen hätte.

Während Christopher gebannt zusah, trieb der Pale Saint das Tier durch eine sanfte Bewegung seiner Knie gegen die Flanken weiter an. Christopher folgte ihnen und erinnerte sich daran, wie Saras Weimaraner Hound sie im Central Park auf die Anwesenheit des Pale Saint aufmerksam gemacht hatte und der Hund hinter ihm hergerannt war. Er hatte den Eindruck gehabt, daß der Pale Saint auf irgendeine rätselhafte Weise mit dem Hund kommuniziert hatte, bevor Hound von dem Taxi überfahren worden war.

Er kam nur schlecht voran. Durch die Finsternis und das dichte Unterholz verlor Christopher den Hirsch mehrfach aus den Augen. Schließlich sah er ihn für knapp fünfzig Meter überhaupt nicht mehr. Gerade in dem Augenblick, als er glaubte, ihn endgültig verloren zu haben, bemerkte er das Tier in einer sumpfigen Niederung unter einer riesigen Platane. Er bewegte sich darauf zu, bis er unter dem Baum stand, in der Dunkelheit, wo der Pale Saint ihn nicht sehen konnte, selbst wenn er in die richtige Richtung geschaut hätte.

Der Hirsch schüttelte den Kopf, und die scharfen Enden seines Geweihs lösten ein leises, pfeifendes Geräusch aus, während er sich über die Lichtung bewegte. Christopher folgte ihm, bis er entdeckte, daß niemand mehr auf dem Rücken des Hirsches saß.

Er stöhnte auf. Plötzlich hatte er den Geschmack von welken Blättern im Mund, als der Pale Saint, der von einem niedrigen Ast auf ihn herabgesprungen war, ihn zu Boden drückte. Christopher trat mit den Beinen um sich, spürte, daß das Gewicht auf ihm leichter wurde und drehte sich auf den Rücken. Er versuchte, sich aufzusetzen, aber der Pale Saint war mit hoch erhobenen Armen über ihm. Im nächsten Augenblick senkten sich die Arme in einer schnellen Bewegung auf ihn herab, unwiderruflich wie die Klinge einer Guillotine. Christopher erkannte einen langen, dünnen Gegenstand, und versuchte gleichzeitig, der Gefahr zu entgehen. Der Eisenbahn-Dorn durchbohrte das Fleisch an seiner Taille. Schmerz durchflutete ihn, und er kämpfte gegen die aufsteigende Finsternis an, bis sie ihn endgültig verschlang.

19.

»Daddy«, sagte Lawrence sanft, aber nachdrücklich.

»Wo bin ich?«

»Im Wald. Der Pale Saint hat dich mit einem seiner Dorne niedergestochen.«

»Allmächtiger Gott!«

»Es war geschickt von dir, die Stimme der Mutter des Pale Saint gegen ihn einzusetzen. Das hat ihn beinahe um den Verstand gebracht.«

»Allerdings.« Trotz seiner Schmerzen grinste Christopher. »Ich habe nur getan, was er die ganze Zeit über mit uns gemacht hat: die Schwäche des Feindes ausgenutzt.« Er stöhnte, während er sich zu bewegen versuchte. »Zieh das Ding da raus.«

Lawrence starrte auf die Wunde. »Ich weiß nicht, ob ich das schaffe.«

»Doch, du schaffst es«, befahl Christopher. »Du mußt.«

Lawrence nickte und griff nach dem Dorn. »Na gut«, flüsterte er. »Dann wollen wir mal.«

Christopher biß die Zähne zusammen, und dennoch schien der weißglühende Blitz des Schmerzes endlos anzudauern. Er schwitzte und zitterte, als Lawrence ihm den blutigen Dorn vor die Augen hielt.

Christopher griff danach und umklammerte den Dorn fest, während Lawrence die Wunde begutachtete.

»Ich habe Mama beobachtet, als sie uns beide verarztet hat«, sagte er. »Außerdem glaube ich, daß ich mich in Anatomie besser auskenne als sie.«

»Aha«, keuchte Christopher. »Und wie lautet die Diagnose, Herr Doktor?«

»Ich glaube, daß es gut aussieht. Scheint sich nur um eine Fleischwunde zu handeln. Der Dorn hat sich durch das Muskel- und Fettgewebe gebohrt.«

»Fettgewebe habe ich nicht. Dafür bin ich zu gut in Form.«

Während sich Lawrence an der Wunde zu schaffen machte, grinste er Christopher grimmig an. »Andererseits hast du ganz schön viel Blut verloren.«

Christophers Atem ging rasselnd. »Sprich weiter«, forderte er Lawrence auf und biß die Zähne zusammen. »Das hilft mir, nicht an die Schmerzen denken zu müssen.«

»Im Schwimmbad habe ich den Pale Saint gebeten, mir zu erzählen, ob ich Dr. Dillard umgebracht habe.« Mit nassen Blättern versuchte Lawrence, die Wunde so gut wie möglich zu reinigen. »Er hat gesagt, daß ich das getan habe, was ich tun mußte, daß ich Blut an den Händen kleben habe und daß das zum Erwachsenwerden dazugehört.«

»So ein Unsinn«, kommentierte Christopher in einem Anfall von Schmerz.

»Das ist gar nicht gut. Es blutet zu stark.« Lawrence verschwand für einen Augenblick und kam mit einer Handvoll Pilzen zurück. »Die gehören zur Mutterkorn-Spezies«, sagte er, während er sie zertrat und auf einige nasse Blätter preßte. »Da sind jede Menge Alkaloide drin, die die Blutgefäße um die Wunde herum zusammenziehen.«

»Freut mich, daß deine Beschäftigung mit der Enzyklopädie nicht umsonst war.«

»Sie enthält auch jede Menge Wissen, das ich nutzlos finde.« Lawrence legte die Packung zärtlich auf Christophers Wunde. »Aber ich weiß immer noch nicht, ob ich Dillard ermordet habe. So wie du nicht weißt, warum Andy gesprungen ist.«

Christopher schwieg.

»Du glaubst, daß du herausfinden mußt, warum Andy Selbstmord begangen hat.«

»Ja«, sagte Christopher heiser. »Ich habe wieder und wieder darüber nachgedacht, warum er in das leere Schwimmbecken gesprungen ist, aber nie eine Antwort auf diese Frage gefunden.«

Lawrence bereitete eine weitere Packung für den Austritt der Wunde in Christophers Rücken vor. »Auf einige Fragen gibt es keine Antworten. Und bei einigen Fragen, auf die wir Antworten erhalten, sind sie nicht mehr relevant. Das habe ich erkannt, als er mir die Droge eingeflößt hat und als sich in meinem Inneren alles öffnete. Das Leben geht weiter.« Er drückte die Packung an Christophers Rücken und band dann die beiden notdürftigen Verbände mit Streifen seines Hemdes über Christophers Taille zusammen. »Ich bin mir dieser Tatsache deshalb so bewußt, weil mein eigenes Leben so schnell vorübergeht. Und ich sehe folgendes: Die Menschen versuchen, ihren Lebensrhythmus zu verlangsamen, aber es ist unmöglich. Diese Bewegung liegt in der Natur der Dinge, und man kann sie nicht ändern. Deshalb müssen wir einfach weiterleben. Ich weiß, wie hoch du die Wahrheit schätzt, Daddy, und wie heilig sie dir ist. Nun, das ist die Wahrheit.«

Christopher benetzte seine Lippen. »Die Vergangenheit ist mit Konsequenzen verbunden. So ist es immer.«

»Ich glaube eher, daß die Vergangenheit das ist, was wir daraus machen«, entgegnete Lawrence, während er den improvisierten Verband überprüfte und eine der Pilzpackungen zurechtrückte. »Was sollte der Pale Saint anderes sein als ein Produkt seiner Vergangenheit? Eine Gegenwart hat er nicht, von einer Zukunft ganz zu schweigen. Er ist in der Vergangenheit gefangen, seit sich der erste schlimme Vorfall in seinem Leben ereignete. Es wird Zeit, daß du einfach weiterlebst, Daddy.«

Lawrence sagte das auf eine so einfache, reine und unbefangene Weise, daß Christopher spürte, wie in seinem Inneren etwas zu schmelzen begann und er plötzlich von Wärme durchflutet wurde. »Hilf mir auf«, sagte er. Er ergriff die Hand des Klons, konnte sich aber ohne dessen Hilfe nicht hochziehen. Als er saß, fühlte er sich so schwindelig, daß er einen Augenblick lang glaubte, wieder das Bewußtsein zu verlieren. »Ich muß gehen. Sonst holt er Sara, ohne daß wir wissen, wo sie ist.«

»Sieh doch, in welchem Zustand du bist, Daddy. Das wirst du nie schaffen. Ich …«

»*Nein,* Lawrence.« Christopher wußte, woran er dachte. »Nein.«

»Was für eine Wahl bleibt uns? Saras Leben steht auf dem Spiel.« Lawrence stand auf. »Laß es mich tun. Aus diesem Grunde bin ich geboren worden.«

Christopher versuchte ihm zu folgen, schaffte es aber nicht.

»Vielleicht ist das unser Schicksal, daß wir einander töten müssen.«

Christopher bewegte sich unter Schmerzen. »Das ist doch lächerlich. So etwas wie das Schicksal gibt es nicht. Zumindest nicht in dem Sinn, wie du es meinst.«

»Dann ist es vielleicht Gottes Wille. Über ein Thema haben wir nie gesprochen – wie alles für mich enden wird. Dir und Mama war klar, daß jemand stirbt, wenn ich dem Pale Saint begegne. Das ist nur logisch. Wir sind wie Öl und Wasser – wir ähneln uns sehr und sind doch völlig verschieden. Begreifst du nicht, daß es zwischen uns keinen Mittelweg geben kann?«

»Und deshalb werden wir gemeinsam gehen«, sagte Christopher. »Hilf mir jetzt hoch.«

Lawrence bückte sich und packte ihn unter den Armen. Christopher sank gegen den Stamm einer Platane und zog sich daran hoch. Seine Knie wollten nachgeben, und in seiner Taille brannte ein Feuer, das ihm den Atem zu rauben schien. Er lehnte sich einen Augenblick lang zitternd an den Baumstamm, während Lawrence seine Schulter zur Unterstützung gegen sein Brustbein preßte.

»Was ist das?«

Der Geruch von Ozon und einer seltsamen, beißenden, harzigen Substanz stieg ihnen in die Nase.

Ein merkwürdiges Licht schien zwischen den Bäumen hervorzuströmen, als ob es mitten in der Luft schweben würde. Das Licht war von einer ätherischen Reinheit, aber in seinem Zentrum war die Silhouette einer Gestalt zu sehen, vornübergebeugt, fast zusammengekauert. Sie erinnerte an die Bilder von Werwölfen aus dem neunzehnten Jahrhundert. Als sie durch das unheimliche Glühen hindurch das Gesicht der Gestalt erkennen konnten, sahen sie, daß es der Pale Saint war, dessen Gesicht offensichtlich blutüberströmt war.

»Ist das ein Geist?« flüsterte Christopher heiser und mit piepsender Stimme. »Eine Illusion? Eine Erscheinung?« Aufgrund des Klangs seiner Stimme löste sich die Gestalt auf, aber das merkwürdig flackernde Licht leuchtete noch einige Augenblicke in der Dunkelheit. Dann erlosch es gleichfalls, und sie blieben in einer tiefen, schwindelerregenden Dunkelheit zurück.

»Er hat die Kräuter eingenommen«, sagte Lawrence. »Wir sind gerade Zeuge der Manifestation des schamanistischen Prozesses geworden. Das Schlimmste ist eingetreten. Er hat den *Kanal* geöffnet.«

»Sara«, stöhnte Christopher verzweifelt.

Lawrence nickte. »Ob es dir gefällt oder nicht, Daddy, ich muß gehen.«

Christopher trat einen Schritt vor und wäre fast vornüber gefallen. »Mist.« Er klammerte sich wieder an dem Baumstamm fest. »Dann nimm das hier mit.« Er reichte Lawrence seine Pistole. »Und geh kein Risiko ein, sondern auf Nummer sicher. Du mußt nah genug vor ihm stehen, bevor du auf den Abzug drückst.«

Lawrence nickte. »Alles klar, Daddy. Auf Wiedersehen.«

Christopher sah ihn mit einem schmerzerfüllten Blick an. »Gott sei mit dir, mein Sohn.«

Fast im selben Moment verschwand Lawrence im Wald. Christopher, der im Moment nicht daran denken wollte, was geschehen könnte, spähte in die sumpfige Niederung. Der Hirsch war immer noch da, ruhig wie das Mondlicht. Das Tier schien ihn aus den Augenwinkeln zu beobachten.

Christopher atmete mehrmals tief durch. Er hatte das Gefühl, als ob ein Feuer in seinem Bauch brannte. Unbeholfen und unter Schmerzen setzte er einen Fuß vor den anderen. Hinkend und erschöpft kämpfte er sich von Baum zu Baum vor, bis er die Lichtung erreicht hatte.

Der Hirsch rührte sich nicht von der Stelle, sondern blickte ihn ruhig an, während Christopher sich ihm näherte. Jetzt erkannte er die dunklen Blutflecken auf seinem Rücken und an den Flanken. Christopher spürte, daß er fallen würde – seine Knie gaben nach. Er griff nach einem Ast und hing leicht schaukelnd da, bis der Hirsch sich in südwestlicher Richtung entfernte.

Christopher nahm seine letzte Kraft zusammen und folgte dem Tier. Er taumelte, fiel hin, stand wieder auf und ging weiter.

»Was für einen Unfug machst du denn da, meine Kleine?« Der Pale Saint kniet vor Sara und überprüft ihre Fesseln. »Willst du dich etwa befreien?« Er betrachtet die kühle Wölbung ihrer Wange, ihren verschleierten Blick, ihren sinnlichen Hals und studiert ihren gleichmäßigen Pulsschlag. Der Pale Saint denkt an Faith. »Zu spät.«

Er gräbt den Schädel aus, zieht ihn aus den Tüten hervor und legt ihn zärtlich und ehrfürchtig auf die feuchte Erde neben sich.

Bald, denkt er. *Bald.*

Er dreht Saras Körper in dem vergrößerten Fuchsbau um, zieht das Fläschchen aus der Tasche und öffnet es. »Ich wollte dies auf eine andere Weise erledigen, Faith. Mama sollte zusehen, wie du in das Land der Lebenden zurückkehrst. So hätte ich sie ein für allemal töten können. Christopher hat mich daran gehindert, sie hierher zu bringen, aber an deiner Wiedergeburt wird er nichts ändern.«

Er kneift Saras Nasenflügel zusammen, so daß sie keine Luft mehr bekommt. Sie krümmt und windet sich wie ein Fisch auf dem Trockenen. Als sie keine Kraft mehr hat, reißt er ihr den Knebel aus dem Mund. Während sie nach Luft schnappt, hält er das Fläschchen an ihre Lippen. »Trink«, befiehlt er feierlich, »damit der *Kanal* zwischen uns geöffnet werden kann.«

Sofort preßt Sara die Lippen zusammen.

»So wirst du nur ohnmächtig«, warnt der Pale Saint. Sara starrt ihn trotzig an. »Na gut.« Er beginnt, ihr immer fester die Kehle zuzudrücken, und Sara reißt die Augen weit auf, während sie einen schmerzerfüllten Laut von sich gibt. Als der Pale Saint noch fester zudrücken will, schnappen seine durch die Kräutermischung sensibilisierten Sinne ein fremdartiges Geräusch auf.

Mit einer einzigen flüssigen Bewegung ist er auf den Beinen und entfernt sich von ihr. Wegen seiner Hüftverletzung kann er nicht richtig gehen. Immerhin ist es ihm gelungen, die Blutung zu stoppen. Während er durch den Wald schleicht, sieht er sich nach Christopher um. Er weiß, daß er hier ist und daß es nur eine Frage der Zeit ist, wann er ihn entdeckt.

»Keine Bewegung«, sagt Lawrence hinter ihm.

Der Pale Saint versucht, sich umzudrehen, aber er spürt das kalte Metall einer Pistolenmündung an seinem Hinterkopf.

»›Gott erhebt sich‹«, zitiert Lawrence aus Kapitel achtundsechzig der *Psalmen*. »›Da zerstieben seine Feinde, seine Gegner fliehen vor ihm. Wie flüchtiger Rauch verweht, wie Wachs vor dem Feuer zerfließt, so vergehen die Frevler vor Gottes Antlitz.‹«

Der Pale Saint empfindet den Druck der Pistolenmündung wie die Stiefelspitze seiner Mutter. Er fühlt sich selbst wie die Libelle, dessen Flügel sie anzünden wird. »Zugegeben, Junior, du hast mich in deiner Gewalt.« Er rammt Lawrence den Ellbogen mit voller Wucht in den Magen. Ein Schuß löst sich, und er empfindet eine so starke Hitze, als hätte er direkt neben einem Blitzeinschlag gestanden. Dann fällt er auf den Waldboden.

Lawrence sitzt auf ihm. Der Pale Saint schlägt ihm die Handkante gegen die gebrochene Nase, und Lawrence wird zurückgeschleudert. Er tritt nach dem Revolver und stößt ihn in die Finsternis, dann rappelt er sich hoch und taumelt, das Fläschchen aus der Tasche ziehend, zu dem Fuchsbau zurück, wo Sara liegt.

Lawrence nähert sich ihm von hinten, und er hastet weiter. Da trifft ein Schlag seinen Hinterkopf, und er läßt das Fläschchen fallen.

»Nein!«

Er sieht, wie Lawrence das Fläschchen aufhebt, es aufschraubt und die letzte Dosis hinunterschluckt. Dann versetzt er dem Klon einen Schlag gegen den Kiefer, setzt sich rittlings auf ihn und würgt ihn, um ihn daran zu hindern, die Kräutermischung zu schlucken.

Aber er spürt, daß es zu spät ist. Die Erste Macht des Klons nimmt zu. Sein Gesicht ist blutverschmiert, und der Verband an seiner Nase hängt naß und nutzlos herab. Der Schlag trifft den Pale Saint direkt über dem Nasensattel und betäubt ihn. Einen Schlag nach dem anderen muß er nun einstecken, und die Welt entschwindet aus seinen Sinnen. Er spürt, wie ihm alles entgleitet, und weiß, daß es vorbei ist.

Aber noch ist es nicht soweit. Er wird nicht aufgeben und sang- und klanglos verschwinden, nicht, wenn er nicht alle anderen mit hinabziehen kann. Er wehrt die nächste Attacke des Klons ab und versetzt ihm einen harten Schlag in die Nieren.

Lawrence gibt einen leisen Schrei von sich und fällt auf die blutigen Blätter. Jetzt erkennt der Pale Saint seinen Vorteil, und er macht das Beste daraus. Er legt einen Arm um den Hals des Klons, dreht den Kopf seitwärts und legt seine Handkante gegen den Kiefer. Es bedarf nur einer schneller Bewegung, und sein Hals wird wie ein Baumzweig brechen, und alles ist vorbei.

In ihm lodert der Haß. Er blickt auf sein Ebenbild herab, und wie eine Schar von Amseln rauschen unzählige Gedanken in einem Wirrwarr durch seinen Geist. Wieder sieht er vor seinem geistigen Auge, wie die Kiste am Fußende von Mamas Bett geöffnet wird. Er sieht das aufgebrochene Schloß, die Hand des Sheriffs, die den den Deckel hochhebt, während er in die Tiefen der Seele seiner Mama späht.

Der Pale Saint erinnert sich und zögert einen kurzen Augenblick. Dann kehrt die Wut zurück, und er legt alle Anstrengung in eine letzte Bewegung.

Doch dieser Augenblick des Zögerns änderte alles. Ein Augenblick, so lang nur wie ein Flügelschlag oder das Flackern eines Augenlids, aber für Christopher hatte er ausgereicht. Ganz leise war er hinter die beiden getreten, und jetzt stieß er dem Pale Saint einen der Dorne in den Rücken.

Da die Kräutermischung ihn noch durchströmte, wehrte sich der Pale Saint mit Händen und Füßen und versuchte, seinen Gegner zu ergreifen. Er knirschte mit den Zähnen, riß seine Kiefer wie ein Krokodil auseinander und kämpfte mit übermenschlicher Kraft. Christopher spürte, wie sein Griff schwächer wurde und die letzten Reste seiner durch Wut und Kraft gespeisten Energie schwanden. Wenn das nicht ausreichte, würde die Bestie erneut entkommen. Selbst im Todeskampf würde der Pale Saint ihn innerhalb von Sekunden umbringen.

Der Pale Saint gewann die Oberhand, und jetzt wurde Christopher bewußt, daß er mehr als nur brutale Kraft und animalisches Durchhaltevermögen benötigte. Sie hatten die geheiligte Zone des Krieges betreten, wo er seinen Gegener im offenliegenden, verletzbaren Herzen treffen mußte.

»Können Sie sehen, wie er auf dem Heuboden auf Faith liegt?« flüsterte Christopher, während der Pale Saint im furchterregenden Adrenalinfuror auf ihn einschlägt. »Sehen Sie, wie Faith seine Hüften mit ihren Beinen umschlingt? Auch ich sehe ihn, Neelon. Ich sehe, wie er in sie eindringt und wie sie auf seine Bewegungen reagiert. Mein Gott, sie genießt es …«

Der Pale Saint heulte auf. Eine Eule flog schweigend davon, ihr großer Schatten strich über sie. Der Pale Saint schlug fieberhaft zu und hätte fast Christophers Auge getroffen, aber der gab nicht auf. Als er endlich in der richtigen Position war, legte er sein ganzes Gewicht hinter die Bewegung des langen Dorns. Mit einem scharfen Knacken durchbrach der Dorn eine Rippe und bohrte sich in das Herz des Pale Saint.

Der Pale Saint bäumte sich auf und machte einen letzten, vergeblichen Versuch, den Dorn aus seinem Rücken zu ziehen. Er blickte durch die Baumwipfel in den nächtlichen Himmel, versuchte vergebens aufzuheulen und fiel rücklings in das Laub eines längst vergangenen Sommers.

Christopher kroch auf Knien zu Lawrence und wiegte ihn in seinen Armen. »Wie geht es dir?« fragte er.

»Ich hab' die Kräuter eingenommen«, krächzte er heiser. »Ich mußte es tun, um Sara zu retten.«

»Jetzt ist alles in Ordnung«, antwortete Christopher.

Lawrence versuchte, sich aufzusetzen. »Er lebt immer noch.«

Christopher wandte sich mit geballten Fäusten um.

»Nein«, sagte Lawrence. Der Pale Saint lag auf dem Rükken. Der Dorn hatte sich durch seinen Körper gebohrt, aber er blutete nicht – die Kräutermischung verlieh ihm eine Willensstärke, die das verhinderte.

»›Fürsten werden von Feindeshand erhängt, Älteste nicht entsprechend geehrt‹«, flüsterte er, als er den Klon sah. »›Jünglinge müssen den Mühlstein schleppen, und Knaben straucheln unter der Holzlast.‹«

Lawrence erkannte die Verse aus den *Klageliedern*. Sein Blut tropfte auf die Spitze des Dorns und auf die zerfetzte Brust.

Die Stimme des Pale Saint war schwach wie eine dünne Wolke an einem klaren Sommertag. »Jetzt weißt du, was in der Kiste war.« Sein Blick begann sich zu verschleiern, und mit einem Mal floß das Blut in Strömen, wie ein Sturzbach, und bildete eine immer weiter anwachsende dunkle Pfütze, die sie alle zu verschlingen drohte.

Bevor das geschehen konnte, zog Lawrence Christopher von dem blutenden Körper weg und lehnte ihn gegen den Stamm einer großen Zeder. Dann taumelte er davon. Christopher blinzelte in die Dämmerung. Lawrence hörte sich an wie ein nach Futter suchendes Tier. Einige Augenblicke später kam er mit Sara auf den Armen zurück. Er hatte ihr die Fesseln abgenommen und sie von dem Knebel befreit. Ihre Arme lagen eng um seinen Hals, und ihr Kopf ruhte an seiner Brust.

Auf halbem Weg zu der Stelle, wo Christopher wartete, stolperte Lawrence und fiel. Sara stieß einen leisen Schrei aus, als sie auf dem Boden landete.

Christopher löste sich unter Schmerzen von dem Baum und kroch zu Lawrence hinüber. Sara warf sich in seine Arme.

»Onkel Jon«, flüsterte sie. »Onkel Jon.

»Alles in Ordnung«, tröstete er, während er ihr das Haar aus der Stirn strich. »Jetzt ist alles vorbei.«

»Aber Lawrence ...« Sie wandte sich um und berührte die Stirn des Klons. »Sieh nur, was mit ihm passiert ist. Wo ist Mama?« Sie blickte sich suchend um, als ob sie im Vertex-Labor wären. »Mama wird wissen, wie ...«

»Sie hat es versucht.« Der Blick des Klons wanderte von ihr zu Christopher hinüber. »Das stimmt doch, Daddy?«

Christopher nickte. »Sie hat alles versucht.« Plötzlich bekam er keine Luft mehr. Er dachte an Andy, der allein in der kühlen Dämmerung des Schwimmbads gestanden hatte und ins Nichts und in die Leere gesprungen war.

Sara streichelte weinend die Wangen des Klons. »Steh auf«, flüsterte sie. »Bitte steh auf.«

Ein Schauer erfaßte Lawrence wie die Flut des Meeres.

Christopher kroch heran und bettete ihn auf seinen Schoß. »Lawrence ...«

»Riechst du es, Daddy?«

Christopher schüttelte den Kopf.

»Den Wald. Die Zedern, die Platanen und die Ulmen. Und die Eichen. Besonders die Eichen. Sie sind alt, Daddy, und sie werden noch lange hier stehen. Sie leben länger als jeder von uns. Mein Gott, sie riechen gut, findest du nicht?«

»Ja«, antwortete Christopher. Sara drückte seine Hand, während ihr die Tränen über die Wangen liefen.

Als Lawrence sie weinen sah, zitierte er wieder aus Shakespeares *König Richard III.*: »›Das Feld ist unser und der Bluthund tot.‹«

»›Tapferer Richmond‹«, antwortete sie. »›Wohl hast du dich gelöst, wie hier, das lang geraubte Königskleinod. Hab' ich von des Elenden toten Schläfen gerissen, deine Stirn damit zu zieren. Trag es, genieß es, bring es hoch damit.‹«

»Ah, Sara.« Lawrence lächelte und blickte Christopher an. »Hat sie recht? Habe ich meine Sache gut gemacht, Daddy?«

»Du warst großartig«, antwortete Christopher mit brechendem Herzen. Er spürte das Leben des Klons in seinen Händen pulsieren, vielleicht genauso intensiv, wie Cassandra es nach seiner Geburt empfunden hatte. Hatte er die Ungeheuerlichkeit des Lebens bei seinem Sohn jemals so gefühlt? Hatte er ihn je so liebevoll festgehalten und das Rauschen des Blutes in seinen Venen, seine Atmung und den unverwechselbaren Schlag seines Herzens gefühlt? Er konnte sich nicht daran erinnern.

»Ich habe etwas vollendet«, sagte Lawrence. »Jetzt werde ich erlöst werden.« Für einen Augenblick schloß er die Augen. »Es ist gut, daß ich hier im Wald bin. Es ist so friedlich hier. Nicht wie im Bienenkorb der Großstadt, wo alle viel zu beschäftigt sind, um Wichtiges erkennen zu können.« Er öffnete die Augen. »Ich bin so glücklich, Daddy.«

»All das zu wissen.« Christopher nickte. »Ja, sehr glücklich.« Er wiegte Lawrence vorsichtig hin und her. »Mach dir keine Sorgen, ich bin bei dir. Wenn du fällst, fange ich dich auf.«

Lawrence lächelte. »Und ich werde sehr tief fallen, oder?«

»Das weiß niemand.«

»*Ich* weiß es.« Er seufzte lang und voller Inbrunst, und das rasselnde Geräusch klang, als ob alle Knochen in seinem Leib zusammengepreßt würden.

»Lawrence ...«

»Alles ist gut, Daddy. Es hat seine Richtigkeit, daß dies hier passiert ist. Ein Leben mit Lichtgeschwindigkeit zu leben, das ist nicht gut, und es sollte nicht wieder geschehen. Wir wissen es beide. Die Natur hat ihre eigenen Gesetze, die nicht gebrochen oder verändert werden können.« Er lächelte erneut. »Aber sie schenkt uns soviel, und deshalb ist das auch gut so, meinst du nicht?«

Christopher, der ihm jetzt so nah war, daß ihre Moleküle zu verschmelzen schienen, fühlte, wie Lawrence langsam starb. Wie die Ebbe, die das Meerwasser vom Strand zurückspülte, würde auch er die Reise zu einem rätselhaften Ort antreten, wohin ihm kein lebendes Wesen folgen konnte.

»Lawrence!« Christopher konnte ihn nicht sterben lassen. Er wartete, bis sich der Blick des Klons auf ihn richtete. »Ich möchte, daß du weißt, daß ich stolz auf dich bin.« Er weinte ohne jede Scham.

»›Getilgt ist Zwist, gestreut des Friedens Samen …‹« begann Lawrence, bevor seine Stimme ins Stocken geriet.

»›Daß es hier lange blühe, Gott, sprich Amen‹«, vervollständigte Sara das Shakespeare-Zitat.

Lawrence wurde von einem furchtbaren Krampf erfaßt. »Fang mich auf, Daddy.« Sein Flüstern stahl sich durch den Wald. »Fang mich auf, ich falle.«

20.

Sieben Wochen später hielten sich Christopher und Cassandra wieder im Norden des Staates New York auf. Weihnachten stand vor der Tür, und aus einem hellen Himmel rieselte Schnee herab. Die Luft war kalt und trocken und roch nach Holz und Kiefernharz, das im Kamin brannte. Es erinnerte sie daran, daß sie im Weihnachtsurlaub waren. Kenny hatte ihnen sein kleines Landhaus zur Verfügung gestellt, sie konnten bleiben, solange sie wollten.

Eine Woche nach Lawrence' Tod, während Christopher nach der Operation noch im Krankenhaus lag, fuhr Cassandra mit Sara ins Tierheim. Dort entschieden sie sich für einen muskulösen Boxer namens Butch.

Cassandra erzählte Christopher, daß Koenigs Karriere als Fernsehprediger beendet war. Durch den künstlichen Kehlkopf, den ihm die Chirurgen eingesetzt hatten, klang seine Stimme nur noch so schwach wie das Geräusch vom Wind verwehten Wüstensandes.

Während Christophers Rekonvaleszenz besuchte Sara ihn täglich. Cassandra hatte ihm mitgeteilt, daß sie eine Therapie mache, die ihr helfen solle, mit dem Trauma ihrer

Entführung klarzukommen. Sara las ihm Shakespeare vor und brachte ihm sein Lieblingseis mit Minze- und Schokoladensplittern mit, das er mit Plätzchen aß, die sie selbst gebacken hatte. Sie unterhielten sich über Musik und Baseball, aber eigentlich wollte sie über Lawrence und den Pale Saint reden. Wenn sie auf dieses Thema kamen, ließ Christopher sie über das reden, was sie beschäftigte. Während sie sprach, erinnerte er sich daran, wie Myra Woods das Gleichnis von den Feigen vorgelesen hatte. Gut und schlecht, schlecht und gut. Beides mochte identisch erscheinen. Weil die meisten Menschen sich nicht die Mühe machten, unter die Oberfläche zu blicken, war es nicht immer einfach, das Gute und das Schlechte voneinander zu unterscheiden.

Sara gehörte nicht in diese Kategorie. Als sie ihm über die langen Gespräche erzählte, die sie mit Lawrence über Gott, die Sünde und die Wiedergutmachung geführt hatte, sagte er: »Lawrence hatte Glück, einen Freund wie dich zu haben.«

»Ich auch. Er hat mir geholfen zu verstehen, wie wichtig meine Familie ist. Viel zu lange hat mich meine Familie überhaupt nicht interessiert. Jetzt kann ich Daddy nicht einmal mehr erzählen, welche Gefühle ich für ihn empfand. Bei Mama wird mir das nicht passieren.«

Später sprach Christopher mit Cassandra über diese Veränderung.

»Sie fühlt sich nicht mehr isoliert und einsam, sondern sieht sich jetzt als Teil einer Familie.« Cassandra streichelte seine Wange. »Wir verbringen jetzt mehr Zeit gemeinsam, und das hat alles etwas mit Lawrence zu tun. Die beiden hatten eine einzigartige Beziehung. In gewisser Weise war er genau der Mensch, den sie brauchte. Durch ihn hat sie festen Boden unter den Füßen gewonnen und ist sich über ihren Platz in dieser Welt klargeworden.«

»Ganz meine Meinung«, bekräftigte Christopher. »Endlich begreift sie, wer sie ist.«

Aber wie dachte Cassandra selbst darüber? Es war kein Tag vergangen, wo Christopher nicht versucht hatte, sie dazu zu bewegen, über ihre Gefühle für Lawrence zu sprechen.

Sie weigerte sich standhaft, auch nur ein einziges Wort zu sagen, und schließlich fragte er nicht mehr.

Fast von dem Augenblick an, wo seine Erholung weit genug fortgeschritten war, reichte Chief Brockaw ihn von einer TV-Sendung zur nächsten. Er trat in der ›Today Show‹, bei ›Larry King Live‹, in der ›Charles Grodin Show‹ und bei ›Rivera Live‹ auf, wo er sich mit dem Verrückten unterhielt, der dem Pale Saint seinen Namen gegeben hatte. Es folgte die ›Charlie Rose Show‹, aber Christopher wußte, daß er irgendwann einen Schlußstrich ziehen mußte. Er weigerte sich, gemeinsam mit Sara bei ›Oprah‹ aufzutreten, und lehnte auch ein Angebot der Produzenten von ›America's Most Wanted‹ ab, eine neue Sendung zu moderieren, wo es um seine Erfahrungen mit Serienmördern gehen sollte.

Außerdem entschied er sich dagegen, als Berater für einen Fernsehfilm zu fungieren, der möglichst schnell gedreht werden und den abscheulichen Titel *Der Heilige, der mordete* tragen sollte. Aber er willigte ein, ein Buch über den Fall zu schreiben, obwohl er der Ansicht war, daß das die Aufgabe eines Romanschriftstellers gewesen wäre. Wie vorherzusehen war, bemühten sich HBO und ein paar weitere große Filmstudios darum, vorab einen Blick in das Manuskript werfen zu dürfen.

Christopher war dankbar, all das hinter sich lassen zu können.

In ein paar Tagen, am Heiligen Abend, würde Sara sie besuchen, aber im Augenblick waren er und Cassandra glücklich, allein zu sein. In der ersten Januarwoche wollten sie bescheiden im engsten Familien- und Freundeskreis heiraten. Es war absurd, aber wegen Christophers plötzlicher Popularität mußten sie ihre Pläne so geheimhalten, als ginge es um die Invasion in der Normandie.

Sie verließen täglich gemeinsam das Haus. Manchmal fuhren sie mit dem Wagen los, um Geschenke einzukaufen, oder sie gingen einfach nur spazieren. Christophers Operation war gut verlaufen, und er bestand darauf, jeden Tag zu trainieren. Manchmal sorgte Cassandra dafür, daß er im Haus trainierte … Während sie sich im Bett, auf dem Fußboden des Badezimmers oder in der Küche liebten, paßte sie auf, daß er sich nicht erneut verletzte.

Am glücklichsten war Christopher aber, wenn er sich im Freien aufhielt. Die frische, klare Luft belebte ihn, und nach und nach ließen der Streß, die Anspannung, der durch die öffentliche Aufmerksamkeit verursachte Druck und die mit seinem Beruf verbundene Kurzsichtigkeit nach, die andere als Besessenheit bezeichnen mochten. All das fiel von ihm ab wie der ölige Ruß, den die Großstadt hervorbrachte. Er war ein glücklicher und freier Mann.

Nach und nach wurden ihre Spaziergänge länger. Sie kehrten den bekannten, verkehrsreichen Straßen den Rücken und gingen auf schmalen Landstraßen, die nur von Einheimischen benutzt wurden. Sie wanderten auf Wegen, wo sie nur noch selten von einem Auto oder Lastwagen überholt wurden, und schließlich kam der Tag, an dem sie die letzten Spuren der Zivilisation hinter sich ließen und durch den Wald wanderten, wo es keine Pfade mehr gab.

Zwischen den Bäumen, wo die Eichhörnchen nach Futter suchten und sich über ihren Köpfen die mürrischen Stare zu Schwärmen versammelten, fühlten sie sich am wohlsten. Sie waren allein und ganz im Einklang mit sich selbst.

Christopher hatte kaum noch Schmerzen, und sie marschierten weiter, zuversichtlich, den Rückweg zum Landhaus zu finden. Kurz nach zwölf Uhr mittags machten sie eine Pause, tranken Wasser aus ihren Plastikflaschen und verzehrten ein spartanisches Mahl, das nur aus Brot und Käse bestand. Anschließend bissen sie genüßlich in einen Apfel. Sie wanderten weiter, und nach etwa einer Meile krochen sie durch ein hohes Brombeergesträuch und sahen einen zugefrorenen Weiher. Sie knieten sich auf dem Eis nieder und beugten sich vor, so daß sie durch die Eisdecke in die Tiefe spähen konnten, wo die dunklen Schatten schlafender Fische wie in Honig konservierte Aprikosen wirkten.

Cassandra dachte an Bobby, und ihre Trauer vermischte sich mit einem Gefühl des Erstaunens, wie unterschiedlich sie beide gewesen waren. Durch dieses Eingeständnis fühlte sie sich ihm irgendwie näher, und es half ihr, ihre Schmerzen zu lindern. Christopher erinnerte sich an Andy. In Gedanken sprach er mit ihm, wie ein Vater mit seinem Sohn redete. Das war ein gutes Gefühl, weil er Andy nicht jene Frage stellte, die er sich nach jenem Augenblick so oft gestellt hatte, als er von Andys Sprung in den Abgrund gehört hatte: *Warum?* Das war ein Rätsel, das er nie würde lösen können. Während er in Gedanken mit Andy redete, hatte er das Gefühl, daß seine Schuldgefühle mit der Zeit nachlassen oder vielleicht sogar ganz verschwinden würden.

Er drückte Cassandras Hand. »Erinnerst du dich, wie du mir erzählt hast, daß Lawrence geboren wurde, um den Pale Saint zu finden und sich der Begegnung mit ihm zu stellen? Was immer auch geschehen sein mag, letztlich war es eine Angelegenheit, die die beiden unter sich ausmachen mußten.«

»Mein Gott, Jon, ich hoffe, daß Lawrence nicht nur deshalb geboren wurde.«

»Bei seiner Geburt stand das nicht fest.« Christopher kletterte auf eine knorrige Baumwurzel, die wie ein rastloser Geist aus dem Boden gewachsen war. »Aber er hat sich zu einem reifen Wesen entwickelt.«

Cassandra wandte sich schweigend ab, während der Schnee vom Himmel herabrieselte.

»Cass«, sagte er, während er ihr folgte. »Du mußt irgendwann mal darüber sprechen.«

Sie nickte. »Ich weiß, aber ...« Sie erschauerte, und er drückte sie fest an sich. Schließlich legte sie ihren Kopf an seine Schulter. »Warum konnte ich ihn nicht retten? Selbst in meinen Träumen stelle ich mir immer wieder diese eine Frage. Warum?«

»Weil du nicht Gott bist.«

»Erzähl keinen Unsinn, Jon.«

»Ich meine es wirklich so. Ich kann gar nicht zählen, wie oft ich mir nach Andys Selbstmord diese Frage gestellt habe. Warum hat er es getan? Warum war ich nicht da, um ihn zu retten? Warum mußte es so kommen? *Warum?*« Er blickte ihr tief in die Augen. »Lawrence hat mich gelehrt, keine Fragen mehr zu stellen, auf die es keine Antwort gibt. Es fällt nicht in unseren Zuständigkeitsbereich, alle Antworten zu kennen. Und wir sind auch noch nicht so weit, ein Wesen wie Lawrence das Licht der Welt erblicken zu lassen. Wir wissen, daß wir dazu in der Lage sind: Die Theorie existiert seit Jahren, und du hast bewiesen, daß sie sich in die Praxis umsetzen läßt. Tatsache bleibt aber, daß wir noch nicht so weit sind, uns den komplizierten Fragen zu stellen, die mit der Existenz eines solchen Wesens verbunden sind.«

Cassandra schloß die Augen. »Ich habe das Gefühl, bei Lawrence versagt zu haben.« Aber die Bitterkeit in ihrem Tonfall begann bereits zu schwinden.

»Du weißt, daß das nicht stimmt. Genau wie ich weiß, daß ich bei Andy nicht versagt habe. Wir haben beide unser Bestes gegeben. Wir konnten ihr Leben nicht retten, aber wir haben nicht versagt.« Er hob ihren Kopf an, und sie öffnete im Halbdunkel des Wintertages ihre, wunderschönen, leuchtenden Augen. »Zwischen ihnen liegen Welten.«

Hand in Hand traten sie den Rückweg zum Landhaus an. Cassandra schien in Gedanken versunken zu sein. »Es ist schwer und schmerzhaft für mich, es einzugestehen«, sagte sie schließlich, »aber ich bin zu der Erkenntnis gelangt, daß ich in meinem gesamten Berufsleben immer von Männern abhängig war. Meine ersten theoretischen Arbeiten wurden veröffentlicht, weil mein Mentor Digger McKay mich protegierte, und dann kam der nächste Karrieresprung, weil mich der Chefarzt für Gerontologie an der Medizinischen Fakultät der Uni New York einstellte und für meine Programme kämpfte, als Budgetkürzungen vorgenommen wurden. Dann hat Gerry Costas mir ein Angebot unterbreitet, dem ich nicht widerstehen konnte, und jetzt will sich Ken Reinisch als mein väterlicher Freund aufspielen.«

Vorsichtig gingen sie über eine kleine Holzbrücke, wo sich der Schnee durch den Autoverkehr in glitschigen Matsch verwandelt hatte.

»Noch vor einem Jahr oder sogar vor sechs Monaten wäre ich auf Reinischs Angebot geflogen, selbst wenn ich gewußt hätte, daß ich es nur seinem Druck auf Gerry verdankte, der, wie sich herausstellte, wirklich ein mieser Typ war. Aber das ist jetzt vorbei. Das ist die Lektion, die ich von Lawrence gelernt habe. Obwohl es sehr schwer für ihn gewesen sein muß, hat er doch immer den Mut gehabt, die moralischen Gesetze zu befolgen, die du ihn gelehrt hast.«

Als sie die Brücke überquert hatten und wieder durch den tiefen Schnee wateten, griff sie wieder nach seiner Hand. »Während all der Jahre wurde mir alles leichtgemacht. Es wird viel schwieriger sein, wenn ich mich selbständig mache. Ich werde lernen müssen, wie man an Forschungsgelder kommt«, sagte sie lachend, »und mich ein bißchen anbiedern müssen, um die Geldsäcke davon zu überzeugen, daß sie bei mir in ein lukratives Geschäft investieren. Jahrelang habe ich für Gerry gearbeitet, und was habe ich vorzuweisen? Nichts. Von jetzt an werde ich nur noch auf eigene Faust arbeiten.«

»Klingt ganz so, als ob du wieder Tag und Nacht arbeiten würdest.«

»Nein. Nicht auf deine Kosten. Als Lawrence aufwuchs, ist mir klargeworden, wie sehr Bobby und ich Sara vernachlässigt haben. Ich habe mich immer nur als Leiterin eines Labors gesehen. Ich glaubte, nicht für die Mutterrolle geschaffen zu sein, aber ich habe mich geirrt. Wie ich mich auch entscheiden werde, ich werde darauf achten, daß mir Zeit für meine Familie bleibt.«

Christopher war etwas außer Atem und bat sie, eine kurze Pause einzulegen. Sie waren von schneebedeckten Eichen und Platanen umgeben. »Das solltest du Sara erzählen. Sie wird begeistert sein.« Er lachte. »Du weißt, wie sehr sie Veränderungen liebt.«

Cassandra lächelte ebenfalls und küßte ihn leidenschaftlich. »Es erscheint mir wie ein Traum, daß wir beide hier durch die Wälder wandern, Jon.«

In diesem Augenblick sahen sie den Hirsch. Später würde Cassandra behaupten, daß es dasselbe Tier war, das Christopher in jener Nacht zum Pale Saint geführt hatte. Im letzten Jahr oder sogar noch vor sechs Monaten hätte Christopher eine solche Äußerung als pure Fantasie abgetan, heute jedoch nicht mehr. Es war ein junger Hirsch mit einem von Bast umhüllten Geweih, der offensichtlich etwas suchte. Seine großen, sanften, dunklen Augen glitten über die Schneelandschaft, und seine Nasenflügel bebten, als ob das Tier kurz davor stünde, ein lange verborgenes Geheimnis zu lüften. Schnee fiel auf seinen Rücken und schmolz dort. Der Hirsch atmete wie ein Kind, unschuldig und rein, unberührt von Zorn, Neid oder Groll.

Sie näherten sich ihm gegen den Wind und verbrachten den größten Teil des frühen Nachmittags damit, ihm zu folgen. Aber das Tier fand nicht, was es suchte, und sie hatten keine Ahnung, worum es sich dabei handeln mochte. Im schwindenden Licht des Spätnachmittags kehrten sie um. Aber sie waren zu spät dran, und die plötzlich hereinbrechende Finsternis des Winterabends hüllte sie ein. Sie fanden den Weg zum Highway und hielten ein Fahrzeug an. Ein alter Farmer, der von seinen Weihnachtseinkäufen zurückkam, stoppte. Obwohl sie dankbar waren, daß er sie mitnahm, waren sie auch traurig gewesen, als sie die Scheinwerfer erblicken. Denn irgendwie hatten sie sich gewünscht, daß niemand vorbeikam. In dem Laster roch es nach Dünger und Karamel. Als er sie etwa dreihundert Meter von Kennys Landhaus entfernt absetzte, wünschten sie sich gegenseitig glückliche Weihnachtsfeiertage.

Während Christopher und Cassandra langsam über den schneebedeckten Weg zum Haus gingen, fragte sie: »Wonach hat der Hirsch deiner Meinung nach gesucht?«

Christopher wandte sich um und blickte für einen Augenblick zurück. »Wir werden nie erfahren, was in seinem Herzen vorging.«

Als Cassandra und Christopher mit Sara von der Bushaltestelle zum Landhaus zurückkehrten, lagen die Geschenke bereits unter dem Weihnachtsbaum, der aber noch nicht geschmückt war. Gemeinsam behängten sie den Baum mit Lichtern und Tand, getrockneten Preiselbeeren, gelbem Popcorn und Lametta, während sie lachend zu verhindern suchten, daß Butch ihn umwarf. Cassandra hatte Apfelwein mit Zimt, Muskatnüssen und anderen Zutaten aufgewärmt, und Sara machte sich daran, Schokoladenplätzchen mit Nüssen und roten und grünen M&M-Bonbons zu backen. Butch verzehrte gierig und geräuschvoll ein T-Bone-Steak, das Christopher für ihn aufbewahrt hatte. Im ganzen Haus war es warm und hell, und es duftete delikat.

»Es ist soweit«, sagte Sara.

Gemeinsam schritten sie in das bläuliche Zwielicht der Winternacht hinaus. Die Eiszapfen leuchteten wie Diademe auf dem Meeresgrund. Sara half Christopher, an der Stelle den Schnee zu entfernen, wo sie Lawrence begraben hatten. Ein Grabstein existierte nur in ihren Gedanken.

Christopher legte einen Stapel trockenen Brennholzes auf das Grab, und Sara entzündete das Feuer. Es knisterte und funkelte, und der Widerschein erhellte ihre Gesichter.

Als das Feuer richtig brannte, griff Sara in die Tasche ihres Parkas und zog den Baseball hervor, den sie Lawrence geschenkt hatte. Christopher blickte Sara an, und sie nickte, als ob sie diesen Teil des Zeremoniells vorher abgesprochen hätten. Er warf den Baseball in das Feuer, und die Flammen züngelten hoch, schienen gierig das zu verschlingen, was sich in dem Baseball befand.

Dann war der Ball verbrannt.

Cassandra stand eine Zeitlang am Fußende des Grabes. Die hohen Bäume schienen durch einen kurzen Windstoß aufzuseufzen, und ein Schneeregen fiel auf sie herab. Sie kniete nieder, streifte ihre Handschuhe ab und wärmte ihre Hände über den verlöschenden Flammen.

»Ich fühle ihn«, sagte sie, während Christopher und Sara hinter ihr standen und ihr eine Hand auf die Schulter legten.

Christopher blickte zum sternenklaren Himmel hoch und sog den Duft der schneebedeckten Zedern ein. »Wir auch.«

Danksagung

Mein aufrichtiger Dank und meine tiefste Wertschätzung gelten den folgenden Menschen, die mir ihre Zeit gewidmet, Ideen beigetragen und mich ermutigt haben:

Dr. Phyllis DellaLatta
Dr. Bob Prosser
Dr. Sonny Singh
Dr. Alan Packer

von den Laboratorien für In-vitro-Fertilisation und Molekularbiologie am Columbia-Presbyterian Hospital danke ich für ihre unschätzbare Hilfe.

Manny Ovalle, United States Secret Service
Jim Perez, FBI
Rex Tomb, FBI
Neal Schiff, FBI
Steve Mardigian, FBI

Ken Dorff für seine Informationen zum Islam und der arabischen Geschichte.

Herrn Dr. Barry Sears und seinem Buch *Enter The Zone* verdanke ich Informationen über Eicosanoide. Die Ausführungen über die Beziehungen zwischen Eicosanoiden, Seratonin und schamanistischen Praktiken sind dagegen ganz und gar Erfindungen des Autors.

Und natürlich war das außergewöhnliche autobiographische Buch *Die sieben Säulen der Weisheit* von Thomas Edward Lawrence eine beständige Quelle der Inspiration.